张少康文集

第六卷

中国文学理论批评史（上）

北京大学出版社
PEKING UNIVERSITY PRESS

图书在版编目(CIP)数据

张少康文集.第六卷,中国文学理论批评史.上 / 张少康著.—北京:北京大学出版社,2024.5

ISBN 978-7-301-34210-7

Ⅰ.①张… Ⅱ.①张… Ⅲ.①中国文学—文学批评史—文集 Ⅳ.①I-53

中国国家版本馆 CIP 数据核字(2023)第 136307 号

书　　名	张少康文集·第六卷:中国文学理论批评史(上) ZHANG SHAOKANG WENJI · DI-LIU JUAN: ZHONGGUO WENXUE LILUN PIPINGSHI (SHANG)
著作责任者	张少康　著
责 任 编 辑	郑子欣
标 准 书 号	ISBN 978-7-301-34210-7
出 版 发 行	北京大学出版社
地　　址	北京市海淀区成府路 205 号　100871
网　　址	http://www.pup.cn　新浪微博:@北京大学出版社
电 子 邮 箱	编辑部 wsz@pup.cn　总编室 zpup@pup.cn
电　　话	邮购部 010-62752015　发行部 010-62750672 编辑部 010-62752022
印 刷 者	涿州市星河印刷有限公司
经 销 者	新华书店
	650 毫米×980 毫米　16 开本　27.5 印张　456 千字 2024 年 5 月第 1 版　2024 年 5 月第 1 次印刷
定　　价	128.00 元

未经许可,不得以任何方式复制或抄袭本书之部分或全部内容。
版权所有,侵权必究
举报电话: 010-62752024　电子邮箱: fd@pup.cn
图书如有印装质量问题,请与出版部联系,电话: 010-62756370

第六卷说明

本卷与第七卷收入《中国文学理论批评史》上下卷。1995年我曾与日本福冈大学教授刘三富先生合作出版《中国文学理论批评发展史》。当时我应邀在日本九州岛大学任教两年,其间与刘三富先生为挚友,刘三富先生对我的批评史原稿唐宋部分提出过不少很好的意见,最后以我们两人名义出版,回国后我对原书做了重写,补充了很多新内容,书名改为《中国文学理论批评史》,就没有再署刘三富先生的名字,2005年由北京大学出版社出版。

目 录

前　言 / 1

第一编　中国文学理论批评的萌芽和产生
——先秦时期

概　说 / 3

第一章　先秦的文学观念和文学理论批评的萌芽 / 5
　　第一节　先秦的文学观念 / 5
　　第二节　文学理论批评的萌芽 / 8
　　第三节　诗、乐、舞三位一体与"诗言志"的提出 / 13

第二章　孔子和儒家的文学观 / 17
　　第一节　孔子以"诗教"为核心的文学观及其对《诗经》的批评 / 17
　　第二节　孟子"与民同乐"的文学观及其文学批评方法论 / 29
　　第三节　荀子对儒家文学思想的继承与发展 / 38

第三章　庄子和道家的文学观 / 46
　　第一节　老子的"大音希声，大象无形"论 / 46
　　第二节　庄子崇尚自然、反对人为的文艺美学思想 / 49
　　第三节　庄子"虚静""物化"的艺术创作论 / 53
　　第四节　庄子"得意忘言"论及其对文学理论批评的影响 / 58
　　第五节　庄子文艺思想的浪漫主义和象征主义特征 / 62

第四章　先秦百家争鸣中的其他重要文学思想流派 / 65
　　第一节　墨家的功利主义文学观 / 65
　　第二节　商鞅、韩非的法家文学观 / 70

第三节 《易传》文学观的特色 / 75
第四节 《楚辞》的"发愤抒情"说 / 79

第二编 中国文学理论批评的发展和成熟
——汉魏六朝时期

概 说 / 85

第五章 两汉经学时代的文学理论批评 / 87
　第一节 西汉前期的道家文学观与司马迁的"发愤著书"说 / 87
　第二节 封建正统文艺观的确立
　　　　——从《礼记·乐记》到《毛诗大序》/ 97
　第三节 儒家"定于一尊"与扬雄、班固的文学理论批评 / 108
　第四节 王充真、善、美相统一的文学观 / 119
　第五节 王逸对《楚辞》的评论与东汉后期文学理论批评的
　　　　发展 / 131

第六章 魏晋玄学与文学理论批评的新发展 / 143
　第一节 玄学的兴起与文学观念的变迁 / 143
　第二节 曹丕《典论·论文》的时代意义 / 148
　第三节 嵇康的《声无哀乐论》及其在六朝文论发展中的意义 / 155
　第四节 陆机《文赋》论文学的构思与创作 / 165
　第五节 葛洪倡导繁富奥博的文学观与美学观 / 174

第七章 玄佛合流与南朝文学理论批评的繁荣 / 180
　第一节 佛教的流行及其对文学理论批评的影响 / 180
　第二节 沈约与声律论的历史地位 / 184
　第三节 对文学特征的探讨与文笔之争 / 188
　第四节 "芙蓉出水"与"错采镂金" / 193

第八章 刘勰及其不朽巨著《文心雕龙》 / 196
　第一节 刘勰的生平思想与《文心雕龙》的写作 / 196
　第二节 《文心雕龙》的文学思想体系 / 200

第三节 《文心雕龙》在中国文学理论批评发展史上的地位
与作用 / 230

第九章 钟嵘的诗论专著《诗品》/ 233

第一节 钟嵘的生平思想及《诗品》的写作 / 233

第二节 钟嵘以"直寻"为核心的文学思想 / 239

第三节 钟嵘对历代五言诗人的评价 / 250

第十章 颜之推与北朝的文学理论批评 / 255

第一节 尚质与尚文两种对立的不同思潮 / 255

第二节 北朝的文学理论批评 / 258

第三节 颜之推调和南北的文学思想 / 260

第三编 中国文学理论批评的深化和扩展
——唐宋金元时期

概 说 / 267

第十一章 初盛唐的文学理论批评 / 269

第一节 反齐梁文风中的两种不同倾向 / 269

第二节 刘知幾《史通》对文学理论批评发展的影响 / 280

第三节 陈子昂的兴寄论与风骨论 / 284

第四节 李白崇尚自然清新的诗歌理论 / 287

第五节 殷璠的兴象论和王昌龄的诗境论 / 291

第六节 杜甫的《戏为六绝句》及其论诗歌创作之"神" / 298

第十二章 皎然、白居易与中唐诗歌理论的发展 / 305

第一节 皎然《诗式》与中唐对诗歌意境特征的探讨 / 305

第二节 白居易的诗歌理论 / 320

第三节 元稹的诗论与"元和体"的文学思想 / 333

第十三章 唐代古文理论与韩愈、柳宗元的文学思想 / 340

第一节 唐代古文理论的产生与发展 / 340

第二节 韩愈的文学思想 / 352

第三节　柳宗元的文学思想 / 368

第十四章　司空图与晚唐五代的文学理论批评 / 381

第一节　晚唐五代文学理论批评的几个主要流派 / 381

第二节　司空图论诗歌的"味外之旨""象外之象,景外之景" / 395

第三节　晚唐五代的诗格和诗句图 / 417

前　言

中国古代文学理论批评的发展,历史悠久,内容丰富,它不同于西方的文学理论批评,有东方的民族传统特色,以及与此相适应的理论体系、概念范畴、名词术语,曾产生了像刘勰《文心雕龙》那样举世瞩目的巨著。中国古代文学理论批评是中国古代人对文学创作的历史发展规律和艺术创作经验的总结,从中还可以看到中国古代人的文学观念及其演变,各种不同的文学批评方法、审美标准和审美趣味。研究中国古代文学理论批评,能使我们深入领会中国古代的文学传统和艺术精神,也有助于对中国古代文学的研究,可以为建设当代新的文学理论,繁荣新的文学创作,提供历史的借鉴。

20世纪20年代以来,曾经出版过多种文学批评史,尤其是近二十多年来,新的文学批评史无论在质量还是数量上,都达到了前所未有的高度。但是,就本学科的总的研究状况来看,许多方面尚有待于进一步深化。本书既为专著,亦为教材。从教材说,认真吸取了现有批评史的某些研究成果;从专著说,则本书所述与已出诸书在体例安排、内容去取、观点评价等方面,颇不相同,注重对文学理论批评史上的重点部分提出自己的研究心得与看法,探讨各个不同历史时期的重要文学理论批评家对文学理论批评史发展所做的主要贡献,进而研究一些文学理论批评史上带有规律性的问题。本书遵循的原则,如刘勰在《文心雕龙·序志》篇中所说:"有同乎旧谈者,非雷同也,势自不可异也。有异乎前论者,非苟异也,理自不可同也。"希望借此能对推进中国文学理论批评史的研究,尽自己的一点微薄力量。

研究中国文学理论批评的发展历史,首先碰到的是历史分期问题。分期问题不是按历史顺序简单地划分一下阶段就能解决的,它应当体现我们对文学理论批评史发展的一个总体的宏观的认识。从已有的各种文学理论批评史来看,大都没有对文学理论批评历史发展的总体状况从分期上做出具体的概括和分析,只有郭绍虞先生在《中国文学批评史》上册(商务印书馆1934年出版)的自序和总论中,对中国文学批评史的历史分期问题,明确地提出了自己的看法。郭先生把中国文学批评史划分为演进、复古、完成三个时期:"自周秦以迄南北朝,为文学观念演进期。自隋唐以迄北宋,为文学观念复古期。南宋、金、元以后直至现代,庶几成为文学批评之完成期。"他是"就文学批评本身的演进,以为分期的标准。"他说:"文学观念之演进与复古二时期,恰恰成为文学批评分途发展的现象。前一时期的批评风气偏于文,而后一时期则偏于质。前一时期重在形式,而后一时期则重在内容。所以这正是文学批评之分途发展期。至于以后,进为文学批评之完成期,则一方面完成一种极端偏向的理论,一方面又能善于调剂融合种种不同的理论而汇于一以集其大成。由质言,较以前为精确、为完备;由量言,亦较以前为丰富、为普遍。"郭先生的分期在当时自是有见地的,他没有简单地按历史朝代顺序划分文学批评史的阶段,而是对文学批评发展的历史及其内在规律,做了相当深入的思考的。虽然他的分期,今天看来未必恰当,但还是很有参考价值的。文学批评史的分期应当以文学批评本身的发展状况作为主要依据来考察,它和历史时代有密切的联系,但不能以历史时代的划分来代替文学批评史的分期。近六十年来,文学批评史的研究者对分期问题似乎没有足够的重视,也很少有人对郭先生的分期法进行评论分析,或许认为郭先生的见解已经过时不值得再论,但也没有人对分期问题提出新的更为科学的论述。20世纪60年代以来新出版的几种文学批评史,一般以历史朝代为线索,按先秦、两汉、魏晋南北朝、隋唐五代、宋金元、明、清、近代等分编,或将先秦两汉合为一编,或将明清合为一编,这中间自然也包含了对分期的某种看法,但都没有对分期问题发表专门的意见。

我们认为对中国文学理论批评发展的历史分期,应当以文学理论批评发展的特点和规律为中心,结合历史发展阶段的特征和文学创作发展的状况,做综合的分析研究。为此,我们把文学理论批评史的发展分为两个大阶段:古代和近代。五个时期:一、先秦——萌芽产生期;二、汉魏六朝——发展成熟期;三、唐宋金元——深入扩展期;四、明清——繁荣鼎盛期;五、近代——中西结合期。前四个时期为古代,第五个时期为近代。这几个时期无论在社会发展阶段、文学创作状况、文学思想和文学理论批评发展方面,都有明显的特点。

  从历史发展方面来看,先秦时期是时间比较长的。它包括了原始社会、奴隶社会两个大的社会发展阶段,一直到封建社会的开始。汉魏六朝则属于封建社会的前期,是封建社会的上升发展时期。唐宋金元处于封建社会发展的中期,是封建社会繁荣鼎盛的时期,但同时封建社会的各种社会矛盾、民族矛盾也愈来愈激化。明清是封建社会的后期,是封建经济由繁荣走向衰落,封建制度开始逐渐崩溃的时期,并且已经有了资本主义萌芽因素的出现。近代则是半封建半殖民地的时期,一方面是帝国主义的入侵,另一方面西方的科学文化也开始较多地传入中国,近代西方的文学和美学思想也逐渐被介绍到中国来。这些社会发展的特点对文学创作和文学思想的影响是相当明显的。

  从文学创作的发展来看,先秦是中国古典文学发展的奠基时期。《诗经》和《楚辞》是中国古代诗歌发展的源头,同时也是后代难以企及的不朽之作,《诗》《骚》的传统也就是中国古代诗歌的传统。先秦的散文十分繁荣,不论是诸子散文还是历史散文,都对后代散文(特别是古文)的发展产生了极为深远的影响。汉魏六朝是中国古代文学的各种艺术形式开始形成并逐渐成熟的时期。各种形式的诗歌(如五言、七言、杂言等古体诗,乐府诗,民间歌谣,以及律诗、绝句等近体诗的雏形),大都是在这一时期形成发展起来的。诗歌的格律,诗歌的艺术表现技巧,也日趋成熟。辞赋、骈文得到迅猛的发展,笔记小说等也出现了。散文则已从诸子、史传中分离出来,而成为独立的文章。各类文章体裁(包括诗、赋等)据刘勰《文心雕龙》的归纳达三十多种,如加上其分支达六七十种,基本上包括了中国古代诗文的各种文学体裁。唐宋金元是中国古代文学发展的高峰期,是中国古代正统诗文创作的黄金时代。许多伟大的文学家,如王维、李白、杜甫、白居易、苏轼、陆游等诗人,散文方面韩愈、柳宗元、欧阳修、三苏等唐宋八大家,代表了中国古代诗文的最高水平。词作为诗的别体,也在这一时期形成并发展到最高峰。唐人传奇和宋代话本,则为中国古代文言和白话小说的进一步发展奠定了基础。戏曲也在这一时期发展成熟，以关汉卿、王实甫为代表的元曲，标志着古代戏曲已达到了相当高的艺术水平。明清时期与封建制度本身的衰落相适应，作为正统文学的诗文已没有多少新的成就，开始走下坡路了。而与商品经济繁荣和市民阶层扩大联系较为密切，被封建贵族官僚斥为"不登大雅之堂"的小说、戏曲，则有了大的发展，实际上成为这一时期文学发展的主流。著名的《三国演义》《水浒传》《西游记》《金瓶梅》《红楼梦》《聊斋志异》《儒林外史》等小说，以及《牡丹亭》《桃花扇》《长生殿》等戏曲，都产生在这个时期。近代文学则与半封建半殖民地社会特点有密切联系，受到西方资本主义发展的影响，具有明显的改良主义色彩，也产生了少量鼓吹资产阶级革命的文学作品。

　　从文学思想的发展来看，与上述社会发展特点和文学创作状况相适应，这几个时期的特点就更加鲜明了。先秦时期是中国古代文学思想的萌芽产生期，特别是先秦诸子从哲学、美学思想上为后来文学思想的发展奠定了基础。其中儒、道两家思想体系中所包含的文学和美学思想，几乎主宰了整个中国古代文学思想的发展。但是，先秦时期还没有完整的、独立的文学理论批评著作，许多有关文学、艺术和美学的论述，都是蕴藏在儒家经典、诸子著作、历史著作之中的。这一时期中所提出的一些基本的文学理论观点，包括一些基本的艺术理论观点，例如"诗言志""兴观群怨""文质彬彬""大音希声、大象无形""天籁""天乐""解衣般礴"等，以及哲学思想上那些与文学思想有密切关系的虚静、物化、形神、言意等重要命题，都是文学思想发展中带有根本性的重大问题，对中国古代文学思想的发展产生了极为深远的影响。汉魏六朝是中国古代文学思想的发展成熟期。西汉后期，文学已经与哲学、政治、历史等相分离，而成为独立部门（参见拙作《中国文学观念的演变和文学的自觉》，载香港浸会大学《人文中国学报》第九期，2002年12月香港中华书局出版）。从文学思想发展的特征来看，两汉经学时代儒家的文学思想得到较为充分的发展，总结了先秦儒家文学观，做了适合封建大一统要求的改造。六朝玄学时代，道家文艺思想经过玄学的发展更加完备，在某些方面和佛学相结合，对文艺思想的发展产生了极为深刻的影响。这样，就形成了中国古代文学思想"外儒家而内释老"的基本特征，在文学的外部规律方面以儒家为主，而在文学的内部规律方面则以道家、玄学和佛学为主。这个时期不仅产生了像刘勰《文心雕龙》那样不朽的文学理论批评巨著，而且形成了中国古代具有民族特色的文学理论体系，以及一整套自己独特的理论概念、名词术语、美学范畴。唐宋金元是中国古代文学思想发展的深入扩展期。它在汉魏六朝的基础上，对一些基本的重要文学思想、文学理论问题，做了更加深入的阐说和发挥。尤其是对以意境和韵味为中心的文学创作和文学鉴赏理论，从各方面做了充分的论述，出现了像皎然、司空图、苏轼那样重要的诗歌理论批评家和严羽《沧浪诗话》那样影响深远的著作。这一时期的文学理论批评著作总结了中国古代文学发展高峰时期的丰富创作经验，产生了大量的诗话、文话，使诗文理论批评发展到了一个新阶段，而且已经有了戏曲、小说理论批评的萌芽。明清时期是中国古代文学思想发展的繁荣鼎盛期，特别是从明末到清代乾隆、嘉庆这段时间，文学理论批评从总体来说，无论是在数量和质量上，还是在深度和广度上，都达到了前所未有的水平。这一时期的诗文理论批评，主要是在总结前人经验的基础上，将之进一步系统化和引向深入，并提出自己的新见解，像王夫之、叶燮、王士禛、沈德潜、袁枚等的诗论和桐城派的文论，就都有这种特点。而表现这一时期文学创作新特点的小说、戏曲理论批评则有了相当大的发展，以评点这种特殊形式出现的，最著名的小说理论批评家有李贽、金圣叹、毛宗岗、张竹坡、脂砚斋等，戏曲方面则有著名的李渔《闲情偶寄》等。此外，词话在这一时期也有了相当的发展。因此，明清不仅是多种文学形式的理论批评同时发展的时期，也是对中国古代文学理论批评从各方面加以总结、发挥的时期。从1840年鸦片战争以后，中国进入半封建半殖民地的近代社会，这时期文学思想发展的重要特点是开始引进西方文学思想和美学思想，提出了一个如何把西方的文学和美学思想与中国传统的文学和美学思想相结合的问题。所以，我们可以把这一时期称为中西结合期。梁启超的小说理论和王国维的《人间词话》就是这一时期最有代表性的著作。文学理论批评发展的分期是一个非常复杂的问题，需要经过对各个时代文学思想和文学理论批评发展特点的深入研究，才能做出科学的概括。我们相信，随着对文学理论批评发展史研究的逐步深化，分期问题将会得到更加科学的说明。

第一编
中国文学理论批评的萌芽和产生
——先秦时期

概 说

先秦时代是中国古代文学理论批评的萌芽产生期。文学理论批评总是后于文学创作的,因为它是人们对文学的认识和评论;而人们这种对文学的认识和评论,又是和人们对自然和社会的认识、社会生产力的发展、科学技术和思维能力的水平、思想文化和伦理道德的状况,以及文学在当时社会生活中的地位分不开的。先秦是一个很长的历史时期,包含着几个不同的社会发展阶段,从原始社会、奴隶社会、一直到封建社会初期,从总的方面来看,还属于文化发展的早期。这时,意识形态和文化领域内各个不同部门的界限还不很清楚,文史哲不分,诗乐舞合一,还没有明确的、科学的文学观念。所以这一时期的文学理论批评有以下几个明显的特点:

第一,文学思想和文学理论批评还处于萌芽和产生时期,它们大都体现在对总体文化的论述之中,而不是纯粹的、单一的。当时人们没有把诗、乐看作为单纯的艺术品,而是把它们作为政治、伦理、道德修养方式来对待的。"《诗》《书》,义之府也;《礼》《乐》,德之则也。"(《左传》僖公二十七年)但是从另一方面看,在人们对总体文化的一般性论述中,也包含着许多对文学艺术的重要看法和认识。比如"文质彬彬"本来不是论文学,而是指人的思想品质和文化修养的关系,但它后来直接影响到对文学创作的内容与形式关系、质朴和华丽的不同风貌关系的理解。先秦诸子中有关"言"和"辩"的论述,本是指一般性的语言表达和辩说才能的问题,原也无关乎文学,然而,文学是语言的艺术,是以语言和文字为工具和媒介的,也是被包括在"言"和"辩"之内的,对"言"和"辩"的要求,也包含了对文学创作的要求。

第二,先秦时期文学思想和文学理论批评的萌芽和产生,和哲学、政治思想有非常密切的关系,各种有代表性的文艺思想派别都是从著名的哲学、政治思想派别中派生出来的,不少重要的文艺思想甚至是蕴含于哲学、政治思想体系之中，而不是以论述文艺的形式表现出来的。例如儒家的仁政学说不仅直接导致"与民同乐"美学思想之产生，而且成为后代提倡"风雅比兴"与"实录"原则的思想基础。庄子关于"虚静""物化"的论述，关于"有无""形神"关系的论述，关于"言意"关系的论述，都成为后代文艺创作理论的主要依据。

第三，先秦时期的文学思想和艺术思想、文学理论批评和艺术理论批评，是紧密地结合在一起的，难于截然分开，而且很多文学思想和文学理论批评都是从艺术思想、艺术理论批评中引申出来的。我国早期文字创造中就蕴藏着丰富的文学思想，"文"的概念就是受原始绘画的启发而产生的，早期的画论和文学理论也是相通的，而对诗的评论则几乎是和对乐的评论合而为一的，并且可以说就是从乐论中派生出来的。乐论在先秦的文艺理论批评中占有主导地位。

第四，先秦时期虽然没有专门的文学理论批评著作，大都还只是一些片断的论述，很多还不是直接的文学理论批评，但是已经涉及了具有我国民族传统特色的文学理论批评中的一系列基本问题，并且为文学理论批评的进一步发展，从哲学和美学思想方面埋下了牢固的基石，后代文学理论批评中的许多问题都可以在先秦找到它的渊源。

先秦时期文学理论批评的萌芽和产生，可大致以春秋末期的孔子为界分为两个阶段：孔子以前，严格地说还没有什么正式的文学理论批评，在有文字记载前的原始音乐、舞蹈、绘画、歌谣以及雕塑艺术中，可以看出当时人们对文艺和劳动、宗教、自然和社会关系的认识，这和后来有文字记载的对文艺问题的论述，有极为密切的关系。从《周易》《诗经》《尚书》等古代文献中，有关文艺问题的一些论述，已经表现出了后来影响最大的儒道两家文艺思想的历史渊源。从春秋末年的孔子开始，我国古代文艺思想和文学理论批评的发展，进入了一个十分重要的历史时期。思想文化方面的百家争鸣局面，为多种文艺思想派别的产生提供了良好的条件。儒家和道家的文艺思想成为影响最大最深远的两派，分别从文艺的外部规律和内部规律两方面，为后来两千多年文学理论批评的发展奠定了基础。

第一章　先秦的文学观念和文学理论批评的萌芽

第一节　先秦的文学观念

中国古代文学理论批评的产生和发展，是和文学观念的形成与演变密切相关的，而文学观念又总是受文化发展状况及其特点的影响与制约的。先秦时期的文学观念也有一个由模糊到清晰的发展过程。

中国最早的"文"的概念之本义，大约就是后来《说文》中所解释的："文，错画也，象交文。"是指由线条交错而形成的一种带有修饰性的形式。甲骨文中的"文"字(🉂)，与"人"字相近，金文中"文"字有的像人身上有花纹，因此"文"字的产生可能与原始人的纹身有关。同时，这种"文"的含意也可能与原始时代陶器上的编织文有关。随着社会生活的发展，物质生产水平的提高，人们认识能力、想象能力的加强，"文"的含意逐渐扩大和丰富，色彩的交错亦可引申为"文"，就有了后来《礼记·乐记》中说的"五色成文"的观念。《周礼·考工记》中说："青与赤谓之文，赤与白谓之章，白与黑谓之黼，黑与青谓之黻，五采备谓之绣。"其实这里的"章""黼""黻""绣"也都是广义的"文"。故《左传》桓公二年臧哀伯曾说："火、龙、黼、黻，昭其文也。"更进一步是发展为《周易·系辞》所说的："物相杂，故曰文。"也就是说，任何事物的形式，只要具有某种"错画"性或修饰性，均可称之为"文"。《国语·郑语》中史伯说的"物一无文"，便是从这个意义上所做的发挥。不仅自然事物有"文"，社会事物亦有"文"。政治礼仪、典章制度、文化艺术，均可称"文"。人的服饰、语言、行为、动作，亦皆可为"文"。所谓："服，心之文也。"(《国语·鲁语》)"言，身之文也。"(《国语·晋语》)"动作有文。"(《左传》襄公二十一年)甚至以"文德"为"文"，主张"昭文德"(《左传》襄公二十七年)，"修文德"(《论语·季氏》)。

后来刘勰在《文心雕龙·原道》篇中说"日月叠璧"为"天文","山川焕绮"为"地文","傍及万品,动植皆文",正是说的这种最广义的"文"。这种宽泛的"文"的概念在某种程度上是与"美"的概念接近的,是指事物的一种美的形式。刘勰在《文心雕龙·情采》篇中正是据此而分艺术之美为"形文""声文""情文"。

对文学理论批评和文学观念发展影响最大最直接的,是比上述广义的"文"稍微狭隘一些的文化之"文"。《论语》中记载孔子所说的"郁郁乎文哉,吾从周",以及"天之将丧斯文也"中的"文",都是指西周的文化。孔子所说的:"行有余力,则以学文。"指的是文化修养。《论语》中说孔子的弟子中"文学:子游、子夏",此"文学"乃指对西周文化的学习与研究。《左传》中引孔子所说"言之不文,行而不远",这种对语言的修饰是指能体现很高文化修养的语言,而不是粗野的语言。这些从文化的角度与范围所说的"文",自然是包括了纯粹的文学在内的,但又不能等同于纯粹的文学。郭绍虞先生说先秦时期的"文"包含了博学与文章两个方面,这就文化之"文"的含义来说,有一定道理,但是,在战国中期以前,实际上其中文章的含义,亦即词章写作的含义,所占比重是很小的,主要是指学术,像《墨子·非命》中说的:"凡出言谈、由文学之为道也。"又《天志》篇说的:"下将以量天下之万民为文学出言谈也。"这里的"文学"都是指学术,几乎没有什么文章的含义。

可是,到战国中期以后,作为文化之"文"的概念中,文章方面的含义就大大增加了。由于百家争鸣的热烈展开,私家著述的繁荣发展,词章写作的地位显著地提高了,它在"文"的概念中之比重有了较大分量。有一些人的才能不是在学术方面,而是在词章方面。所以,吕不韦主持编撰的《吕氏春秋》,曾"布咸阳市门,悬千金其上,延诸侯游士宾客,有能增损一字者,予千金"(《史记·吕不韦列传》)。从这里我们可以看出学术与文章分离的征兆。从诗歌创作的发展来看,《诗经》时代还只是人民口头创作,并无专门的诗人。而到《楚辞》的时代,像屈原、宋玉、唐勒、景差等,实际上是专业诗人(辞人)了。同时这个时期意识形态和文化领域中的各个不同部门的特点及其相互之间的差别,开始受到注意和重视,文史哲混同不分的状况开始发生变化,诗、乐、舞三位一体的状态被打破了。《楚辞》

中的主要作品如《离骚》《九章》等已不再与乐、舞相配。特别值得我们注意的是荀子对五经异同的论述。《荀子·儒效》篇中说:"圣人也者,道之管也。天下之道管是矣。百王之道一是矣。故《诗》《书》《礼》《乐》之(道)归是矣。《诗》言是其志也,《书》言是其事也,《礼》言是其行也,《乐》言是其和也,《春秋》言是其微也。"传统的六经中包括了哲学、政治、历史、文学、艺术等不同的学科部门,战国中期以前人们还没有注意到它们之间的区别,然而荀子在这段分析中,不仅指出了五经都有明道的共性,而且着重指出了五经在如何明道方面又是不同的,各有自己的不同内容、不同角度、不同方式,都具备自己的个性。荀子的论述虽然还不是对五经所属不同学科特征的科学概括,但是已经指出了它们各有自己的特点。这个问题的提出,客观上反映了意识形态和文化领域中各部门独立性加强这一历史现状。正是在这种背景下,文学的观念开始逐渐从学术向词章转化。

诗歌是先秦时期严格意义上的纯文学。对诗歌的认识是与上述文学观念的演进一致的。战国以前,人们对诗歌的看法主要反映在对《诗经》的认识中。那时,人们(包括孔子在内)都不把《诗经》看作是一部单纯的文学作品,而是把诗歌作为一种广义的文化现象来对待,把《诗经》当作一部政治、伦理、道德、文化修养的百科全书。据《左传》僖公二十七年记载,赵衰曾说:"《诗》《书》,义之府也;《礼》《乐》,德之则也。"《论语》中记载,孔子也曾对他儿子说:"不学《诗》,无以言。"《左传》中大量"赋诗言志"的故事更充分说明《诗经》在他们心目中,乃是进行政治、军事、外交活动时必须熟练掌握的一种工具与手段。诗是配乐的,而音乐当时也和诗一样,首先不是作为艺术品,而是作为人的道德品质修养的必要方面而存在的。故《论语》中孔子曾说:"兴于诗,立于礼,成于乐。"先秦时期普遍流行"诗言志"说,这个"志"的内容,诚如朱自清先生在《诗言志辨》一书中所说,其实就是政教怀抱。但是,到了战国中期以后,诗歌是人的感情之表现这个特点,逐渐被认识,甚至被强调得非常突出。荀子在《乐论》中说:"夫乐者,乐(lè)也,人情之所必不免也。"虽是论乐,实亦通于诗。《楚辞》中则更明确地提出了"发愤以抒情"(《九章·惜诵》)。荀子或《楚辞》都不否定言志说,只是强调了诗歌在抒情中言志的特点,这是和当时整个文学观念的发展状况一致的。

总的看来,先秦的文学观念有一个发展演变过程,即是从最广义的一般性总体文化观念来看待文学,到逐渐认识文学的基本特点,并且开始和学术相分离的过程,这是和中国文化发展的特点及其历史轨迹互相契合的。这种状况也决定了先秦的文学理论批评的特征,即这种文学理论批评不仅表现在对《诗经》等纯文学的论述中,也反映在有关哲学、政治、文化、艺术等的论述之中。忽视这一点,就不能全面地认识先秦文学理论批评的状况。一般地说,先秦时期人们的文学观念是比较笼统的,他们对文学的看法往往包含在对总体文化的一般性论述之中。例如《论语》中的"文质彬彬"之说,本来是指人的思想品德与文化修养之间的关系,但也涉及内在本质与外在形式之关系,因此可以借此来说明文学创作的内容和形式或文学风格的华丽与质朴。又比如关于"言"和"辩"的论述,就其本意来说,是指一般性的语言表达与辩说才能问题,但在当时,它也包括了文学在内,常常把文学也看作是"言"与"辩"的一种形式。因此,有关"言"和"辩"的论述,其中也反映了文学理论批评见解。同时,有些政治、哲学方面的论述,表面看来,都不是论文学,但实际上对文学理论批评产生了直接的重大的影响。例如儒家的仁政说不仅是"与民同乐"美学思想之基础,而且直接导致了"风雅比兴"与"实录"原则的提出。庄子的"虚静""物化"论,"有无""形神"论,"言不尽意"论都成为后代文艺创作理论的主要内容。与这种状况相类似的是,先秦的文学理论批评与书、画、乐等方面的论述也是密不可分的。一些重要的音乐、绘画理论,实际上也就是文学理论。为此,我们必须从先秦文学观念及文学理论批评的特点出发,去研究文学理论批评的产生与发展状况。

第二节　文学理论批评的萌芽

文学理论批评是文学创作产生之后,在一定文化发展条件下的必然现象,它应当是很早的。但是,我们现在研究文学理论批评的产生,只能从有文字记载开始。

中国古代的文字最初是一种象形文字,有的几乎就是图画文字。例如"象",甲骨文作 ;"马",甲骨文作 ;"老",甲骨文作 ;等等。我们祖先在文字创造过程中表现出了用符号模仿物象的思想。所以，许慎在《说文解字叙》中说："仓颉之初作书，盖依类象形，故谓之文。""文者，物象之本。"然而，象形文字只是用符号仿真物象的一种最简易的直接描写方法，它大约相当于后来诗歌创作中的"赋"的方法。为了充分反映和表现复杂的事物和较为抽象的思维内容，文字创造势必要由直观模仿而发展为指事、会意等"六书"中的其他方法。为了创造更多复杂的文字，必须借助于比喻、象征等手段。例如指事字二（上）和二（下），就有象征意义；而会意字 （武）和 （休），就有比喻意义。用脚趾比喻人，背着武器，表示"武"的含义。用人靠树木比喻休息。它们大约相当于后来诗歌中运用的比兴方法。

与文字创造接近的是八卦的创造。八卦是一种抽象的符号，是用来占卜吉凶的。八卦以━和╍为两个基本符号，组合成八个基本卦象，即☰（乾）、☷（坤）、☴（巽）、☳（震）、☵（坎）、☲（离）、☶（艮）、☱（兑），由八卦两两组合形成为六十四卦，每一卦的六个符号为六爻（如乾卦为䷀，坤卦为䷁等），共有三百八十四爻。这些卦的名称大约都是后来加上的。八卦是怎样创造出来的？它的每一卦又表示什么意义？据后来《易传》解释，八卦是模拟自然事物而来的，例如《说卦》中说，乾代表天，坤代表地，巽代表风，震代表雷，坎代表水，离代表火，艮代表山，兑代表泽，八卦代表八种宇宙间的基本事物。《系辞》中则说，八卦是伏羲氏观物取象的产物。但这种说法从《易经》卦爻象及卦爻辞中都看不出来，可是《左传》《国语》中引《易经》卦象所进行的占卜，则又与《说卦》有相同之处。因此，我们只能说八卦的创造可能是象征自然界的八种基本事物，故而具有某种模拟自然的意向，可是还很不明朗。八卦之演化为六十四卦、三百八十四爻大约是在殷周之交，传说周文王"幽而演《易》"，也是有可能的。产生这样一个抽象的符号体系，说明当时人们的理性思维、抽象的逻辑思维能力已大大加强了。易象作为一种占卜的工具，它的主要特点，是以一种抽象的符号来象征具体的现实事物，这就需要有丰富的想象能力。毫无疑问，它比文字创作中的模仿、比喻、象征要复杂得多了。用一种抽象的符号来表示某种具体的意思，从它的象征作用来说，与文学创作中的"兴"有相似之处。南宋朱熹在《答何叔京》一文中曾指出《诗经》中的"兴"是和《易经》中的"立象以尽意"一致的。清代章学诚在《文史通义》中更明确指出了"《易》象通于《诗》之比兴"的道理。他说:"《易》象虽包六艺,与《诗》之比兴,尤为表里。"不过,易象和文学作品的艺术形象又有原则性不同,它不是具体生动的形象,而是一种抽象符号,它没有艺术形象的审美特征,没有感情色彩,没有具体可感性。《易经》中的卦爻辞是对易象的说明,它的产生也是比较早的,大约也在殷周之际。故《文心雕龙》说:"文王患忧,繇辞炳曜。"卦爻辞的内容比较复杂,罗根泽先生认为都是殷商时代的歌谣,这可备一说。我们认为它大都是用一些日常生活中的故事及歌谣传说来说明占卜结果的,通过这些故事、传说、歌谣来起一种比喻、象征作用,来暗示吉凶祸福的意义。例如,《左传》僖公十五年载:"初,晋献公筮嫁伯姬于秦,遇归妹之睽,史苏占之曰:'不吉。'其繇曰:'士刲羊,亦无衁也;女承筐,亦无贶也。'"由此可以看出当时文艺与宗教巫术之间的密切关系。

最早比较明确地表现了文学理论批评方面的见解的是《易经》中《家人》卦的象辞:"君子以言有物。"以及《艮》卦爻辞《六五》:"言有序。"这是后世文学理论批评中有关内容和形式基本要求的滥觞。"言有物"即是要求文学创作必须有充实的内容;"言有序",即是要求文学创作具备能正确表达内容的精练的语言形式。伪《尚书·毕命》中所说:"辞尚体要,不惟好异。"即是对《易经》中这种思想的发挥。它成为中国古代文学理论批评的重要传统之一。

《诗经》是中国最早的一部诗歌总集,收入了自西周初年至春秋中叶的三百多篇作品。《诗经》中有不少篇诗的作者曾明确地表达了他们写诗的目的,例如:

> 吉甫作颂,其诗孔硕,其风肆好,以赠申伯。
>
> ——《大雅·嵩高》
>
> 家父作诵,以究王讻,式讹尔心,以畜万邦。
>
> ——《小雅·节南山》
>
> 寺人孟子,作为此诗。凡百君子,敬而听之。

　　　　　　　　　　——《小雅·巷伯》

君子作歌，维以告哀。

　　　　　　　　　　——《小雅·四月》

维是褊心，是以为刺。

　　　　　　　　　　——《魏风·葛屦》

心之忧矣，我歌且谣。

　　　　　　　　　　——《魏风·园有桃》

上述几首诗中，《崧高》是周宣王之舅申伯被封于谢，大臣尹吉甫特地作诗送他，此处讲写作这首诗是为了颂扬他的德行。《节南山》相传是周幽王时大夫家父讽谏太师尹氏弊政的。尹氏执政不公，任用小人，天怒人怨。作者说他写此诗是为了追究幽王身旁的"凶人"，以改变其心，而达到抚养"万邦"的目的。《四月》和《巷伯》是诗人叙述自己困苦状况，以期引起统治者注意，要求改变现实状况的。《葛屦》和《园有桃》则是诗人表达自己不满和忧伤心情，也是对社会上不良现象的讽刺。《诗经》中虽然也有一部分是祭祖敬神的作品，但是绝大多数是反映社会现实问题的，表现了人们因各种复杂的社会矛盾而产生的各种各样思想感情与愿望要求。西周以前文艺创作中存在的浓厚宗教色彩与宗教感情，已经很淡薄，甚至完全看不出来了。因此，上述几首诗中，诗人所表达的作诗意图，在《诗经》中是有代表性的。这说明文学创作和文学思想的发展，已经从原始时代初期表现朴素简单的劳动生活和愿望要求，原始时代后期和奴隶时代前期表现宗教意识、宗教感情的阶段，进入了描写社会现实生活中的政治、伦理、道德关系和由此引起的种种思想矛盾、感情矛盾的阶段。《诗经》的作者非常突出强调的一点是诗歌的美刺作用，认为文学作品应当表现出人们对现实生活的褒贬态度，要以文艺为武器对现实生活特别是对社会政治起积极的干预作用。

　　文学创作和文学理论批评方面这些特点的出现，是和西周以来社会思想、政治、文化的发展密切相关的。从西周开始，神的地位逐渐下降，人的地位逐渐提高，对天命鬼神怀疑、不敬的思想大大地发展了。《诗经》中就对"天"的不公正，公开做了批评。如《大雅·节南山》说"昊天不平"

"昊天不惠"。《小雅·十月之交》提出"下民之孽,匪降自天"。郭沫若《金文丛考·周彝中之传统思想考》一文中曾指出西周统治者强调"德以齐家""德以治国""德以平天下",注重以德治来巩固其统治秩序。社会政治在人们心目中的地位显著提高了。于是文艺与社会现实中的政治、伦理、道德等的关系更加密切了。这种情况也影响到对诗歌本质的认识。《诗经》的内容十分丰富,但有两方面特别突出,一是表现朴素、天真的爱情,二是表现对现实黑暗、腐朽的不满与怨愤。抒情言志本是《诗经》的基本特点,然而由于《诗经》在当时社会生活中有特殊重要地位,它与社会政治相联系的方面被突出出来了,因此,大家都强调它的言志特征,而其抒情本质则未得到重视。从《左传》中记载的大量"赋诗言志"的故事中,我们可以看到《诗经》的内容和意义在它的接受者那里已经发生了变化,"断章取义,余取所求",成了春秋时代的普遍风尚。不过,他们的种种引申发挥,都是企图从各个角度把《诗经》和政治、外交、伦理、道德联系在一起。

比《诗经》稍晚,春秋时期出现了比较正式的有关文学理论批评的论述,它主要保留在《国语》《左传》等书的记载中。我们可以把它归纳为两种说法:一是献诗讽谏说,二是观诗知政说。据《国语·周语上》篇记载,周厉王暴虐,邵穆公遂对他进行了劝导,希望他能上纳讽谏,下察民情,以改善政治状况。其云:

> 防民之口,甚于防川。川壅而溃,伤人必多;民亦如之。是故为川者决之使导,为民者宣之使言。故天子听政,使公卿至于列士献诗,瞽献曲,史献书,师箴,瞍赋,矇诵,百工谏,庶人传语,近臣尽规,亲戚补察,瞽史教诲,耆艾修之,而后王斟酌焉。是以事行而不悖。

《晋语》六中亦有"使工诵谏于朝,在列者献诗"之说。又据《左传》襄公十四年记载,师旷对晋平公也说过:"自王以下,各有父兄子弟以补察其政,史为书,瞽为诗,工诵箴谏,大夫规诲,士传言,庶人谤。"由此可见,当时人们把诗歌、音乐等文艺作品完全看作一种为政治良窳提供例证,以达到改进政治目的之手段。中国古代究竟有没有采诗官、采诗制度,学术界有不同看法,我们认为有的可能性是比较大的,至少统治者要借助诗歌、音乐等来考察民情风俗,作为实施政治措施时之参考,这大约是无可怀疑的。《礼记》《汉书》等提出这个问题不会是没有根据的。因此中国古代的文学创作和文学理论批评一开始就和社会政治有特别密切的联系。

观诗知政说比较集中地体现在《左传》襄公二十九年季札观乐时发表的评论中。当时诗和乐是不分的。观乐实际上同时也是观诗,评乐实际上也是评诗,因为奏乐和歌诗是互配的。季札所观十五《国风》、大小《雅》、《颂》,其名目和编次大体是和今存《诗经》一致的。季札的审乐观诗,完全把文艺作品看作是政治状况的反映。他说《周南》《召南》,"美哉!始基之矣。犹未也,然勤而不怨矣"。认为从二《南》中反映的民情可以看出它已经奠定了周代教化的基础,虽尚未尽善,但民心劳而不怨。乐工歌《郑》之后,他说:"美哉!其细已甚,民弗堪也,是其先亡乎?"认为音乐之烦琐细碎,象征郑国政令苛细,百姓无法忍受,是"先亡"的征兆。乐工又歌《小雅》,他说:"美哉!思而不贰,怨而不言,其周德之衰乎?犹有先王之遗民焉。"认为音乐中表现出百姓虽有忧心而无背叛之意,虽有怨愤而不尽情倾吐,不直接明言,说明周德虽衰,而先王之遗民尚在,风教犹存。季札从音乐(包括诗歌)的风格上去考察其中所体现的思想感情,从而借以辨别政治优劣,风俗好坏。这就把文艺看作是政治的晴雨表,把文艺与政治关系提到一种极端化的高度,似乎政治完全可以决定文艺。这种片面观点对以孔子为代表的儒家文艺思想曾产生了较为明显的影响。

第三节　诗、乐、舞三位一体与"诗言志"的提出

中国上古时代的文艺实践中,诗、乐、舞三者是紧密结合而不可分割的。《尚书·尧典》中说的"击石拊石,百兽率舞",是音乐和舞蹈互相配合的,也许同时还有相应的口头诗歌。据《吕氏春秋·古乐》篇记载:"昔葛天氏之乐,三人掺牛尾,投足以歌八阕:一曰载民,二曰玄鸟,三曰遂草木,四曰奋五谷,五曰敬天常,六曰达帝功,七曰依地德,八曰总禽兽之极。"这里的"八阕"可能杂有后代人观念,但基本上还是对原始艺术的描

述,诗、乐、舞三位一体表现得很清楚。又《周礼·春官·大司乐》云:"以乐舞教国子舞《云门大卷》。"这种乐舞实际也是与诗相配的。刘勰《文心雕龙·明诗》篇说:"昔葛天乐辞云,玄鸟在曲;黄帝《云门》,理不空弦。"唐代孔颖达《诗谱序正义》说:"大庭有鼓籥之器,黄帝有《云门》之乐,至周尚有《云门》,明其音声和集。既能和集,必不空弦,弦之所歌,即是诗也。"诗乐舞不分的情况到春秋后期还有很明显的表现,如《左传》襄公二十九年季札观乐中,《诗经》的《风》《雅》《颂》均是合乐的,而他观舞《象箾》《南籥》《大武》《韶濩》《大夏》等,亦均是配乐的。而后《墨子·公孟》篇中有"诵诗三百,弦诗三百,歌诗三百,舞诗三百"之说。在诗、乐、舞三者之中,乐占有更为重要的地位,是三者的核心。所以,我国古代所讲的"乐",常常不是单指音乐,而是包括了诗、乐、舞三者在内的。《尚书·尧典》中记载舜的话说:"夔!命汝典乐,教胄子,直而温,宽而栗,刚而无虐,简而无傲。诗言志,歌永言,声依永,律和声。八音克谐,无相夺伦,神人以和。"这里的"典乐",即是包括了诗歌在内的,实际上也还有舞蹈。后来《礼记·乐记》中曾对诗、乐、舞三位一体的状况做了一个理论性的总结:"诗,言其志也;歌,咏其声也;舞,动其容也:三者本于心,然后乐气(当作'器')从之。"说明诗、乐、舞三者都是人的心志之体现,但又各有不同的角度与方式。由于这种以乐为中心、诗乐舞三位一体的状况,决定了先秦论乐的内容实际也就是论诗的内容。而且先秦的诗歌理论批评实际是从音乐理论批评中派生出来的。那时的诗和乐是不分的,而乐的地位比诗要高得多。因为乐是和礼联系在一起的,礼乐是治国之本。礼主外,而乐主内。礼是按照当时的等级制度制订的礼节仪式等规定,而乐则是让人们从内心很自觉地去服从礼的规定,控制好自己的思想和感情,心悦诚服地按照礼的规定来实行,做出应该有的行为举止。所以,那时的乐不是简单的艺术,不只是一种美的享受,还是要起到治心的功效的。先秦的乐论内容是非常丰富的,儒、道、墨、法等主要学派都有很多的音乐理论著作,我们现在研究他们的文艺思想,乐论是最主要的部分,无论在深度还是广度上都要超过诗论。我们必须把先秦的乐论作为文学理论批评的核心部分来看,否则就不能全面、确切地反映先秦文学理论批评的状况。

从上述有关诗、乐、舞三位一体的许多论述中,我们可以看到先秦时代对文艺本质的一个基本认识,这就是不管是乐还是诗,都是言志的。"诗言志"这种观念最早是体现在《诗经》的作者关于作诗目的的叙述中的,但它作为一个理论概念提出来,最早大约是《左传》记载的襄公二十七年赵文子对叔向所说的"诗以言志"。因为《尚书·舜典》晚出,大约是战国时写成的,所记舜的话自然是不可靠的。赵文子所说是指"赋诗言志",但它和作诗言志是可以相通的。到战国时代"诗言志"的说法就比较普遍了。例如《庄子·天下》篇云:"诗以道志。"《荀子·儒效》篇云:"《诗》言是其志也。"《荀子·乐论》篇亦云:"君子以钟鼓道志。""道志"亦即言志,《舜典》所说当是对这些论述的一个总结。"志"的内容究竟是什么呢?杨树达先生《释诗》一文中说:"'志'字从'心','㞢'声。"其实,志即是心;心借助语言来体现,即为志。所以汉人释"志"为"心所念虑"(赵岐《孟子·公孙丑》注)、"心意所趣向"(郑玄《礼记·学记》注),是有道理的。志也有情的因素,因为情亦是蕴藏于心的。故孔颖达说:"在己为情,情动为志,情、志一也。"(《左传》昭公二十五年《正义》)所以,"诗言志"应当是指诗乃是人的思想、意愿、情感的表现,是人的心灵世界的呈现。

但是,先秦时期人们对志的理解是比较狭隘的,所谓志,主要是指政治上的理想抱负。《左传》襄公二十七年赵孟请郑国七子赋诗时说:"武亦以观七子之志。"即是要看看他们的政治态度、理想抱负。《左传》昭公十六年韩宣子对郑国六卿说:"二三君子请皆赋,起亦以知郑志。"则是要从郑国六卿的赋诗中了解郑国的政治倾向。所谓"赋诗言志",乃是指借用或引申《诗经》中某些篇章来暗示自己某种政教怀抱。《论语》中记载孔子两次要观其弟子之志,亦属此种性质。《公冶长》篇云:"颜渊、季路侍。子曰:'盍各言尔志?'子路曰:'愿车马、衣轻裘,与朋友共,敝之而无憾。'颜渊曰:'愿无伐善,无施劳。'子路曰:'愿闻子之志!'子曰:'老者安之,朋友信之,少者怀之。'"师徒三人之志都与齐家、治国、平天下分不开。《先进》篇记载孔子与子路、曾晳、冉有、公西华之各言其志,亦皆是如此。因此,所谓"诗言志"是指诗歌所表现的与政教相联系的人生态度与理想抱负,当时人们都是从这个角度去认识和理解《诗经》的。

然而,到战国中期以后,由于对诗歌的抒情特点的重视,以及百家争鸣的展开,"志"的含义已逐渐扩大,像《庄子》中所谓的"诗以道志"就不是孔子时代"志"的内容所能包括得了的了。志作为人的思想、意愿、感情的一般意义开始受到了重视。这在《楚辞》中有明显的表现。《离骚》中所说的"屈心而抑志""抑志而弭节",这个"志"的内容虽然仍以屈原的政治理想抱负为主,但显然也包括了这种政治理想抱负不能实现而产生的愤激之情,以及对谗佞小人的痛恨之情在内。至于《九章·怀沙》中所说:"抚情效志兮,冤屈而自抑。""定心广志,余何畏惧兮?"这里的"志"实际上指的是他内心的整个思想、意愿、感情,而并非像《论语》中记载孔子师徒那种狭隘之志。因此,我们应当看到先秦"诗言志"的内容也是有发展变化的。

中国古代"诗言志"说的实质,就是把文艺看作是人的心灵的表现,这与西方古代把文艺看作是对现实的模仿和再现,是很不同的。柏拉图认为艺术是"影子的影子"。现实世界是模仿理念世界的,而艺术又是模仿现实世界的,虽然这都是不成功的模仿,但毕竟是模仿的产物。亚里士多德批评了柏拉图的理念论,更明确地把艺术看作是再现现实的产物。柏拉图、亚里士多德的时代相当于中国古代的战国时期,从这里我们可以看到东西方当时对艺术本质认识上的主要差异和各自的不同特点。

第二章 孔子和儒家的文学观

第一节 孔子以"诗教"为核心的文学观及其对《诗经》的批评

孔子是中国古代伟大的思想家、政治家、教育家,也是第一位重要的文学理论批评家。孔子和儒家的文学思想对中国两千多年来文学创作和文学理论批评发展,产生了极为深刻的影响。

孔子(前551—前479),名丘,字仲尼,鲁国人。孔子从小勤奋好学,但在51岁以前一直没有做过官。只在51岁至54岁这几年中在鲁国先后做过中都宰、小司空、大司寇,此后孔子又周游列国十四年,然而并未得到各国诸侯的重用。晚年以整理文化遗产、授徒讲学为主,为中国古代的文化教育做出了重大贡献。孔子的文学思想以"诗教"为核心,强调文学要为政治教化服务,认为文学是以仁义礼乐教化百姓的最好手段。他的文学思想是和他的哲学、政治、伦理、道德、文化、教育思想紧密地联系在一起的。

孔子生活在春秋末期,这是一个从经济、政治到思想、文化都发生着重大变革的时代。生产和技术的飞跃发展,使生产关系也有了新的变化。井田制的破坏、私田制的发展,使奴隶的人身自由有所扩大,杀殉陪葬的现象已大大减少。孔子就明确反对人殉。周朝王权衰落与诸侯争霸的激烈,使奴隶制日益走向崩溃,而代表封建制的新兴力量开始壮大,所谓"陪臣执国命"现象的普遍出现,就充分说明了这一点。从思想领域来说,神的作用受到怀疑,天命鬼神的地位发生动摇。天道主宰一切逐渐过渡到人道主宰一切。《左传》桓公六年随国大夫季梁说:"夫民,神之主也。"庄公三十二年虢国的史嚚说:"国将兴,听于民;将亡,听于神。"神是"依人而行"的。在《左传》昭公十八年子产提出了"天道远,人道迩"的问题。对人的作用的重视,成为这个时代非常突出的特点。而孔子正是这一变革时代的思想家,他的哲学、政治、伦理、道德和美学、文艺思想中都深刻地体现了这个变革时代的复杂矛盾。我们可以说孔子是旧时代的最后一位思想家,又是新时代的第一位思想家。他的思想中还保留着不少旧的东西,但更可贵的是他思想中的新内容。他之所以成为后来封建正统思想的代表人物,绝不是偶然的。

孔子在哲学思想上并不否定天命鬼神,认为"死生有命,富贵在天"(《论语·颜渊》),又主张要"畏天命"(《论语·季氏》),然而,他更突出地表现了对天命鬼神的怀疑与动摇。他说:"天何言哉?四时行焉,百物生焉。天何言哉?"他不相信四时更替、百物生长是一个有意志有人格的"天"在主宰的,鬼神究竟存在不存在,他不置可否,说"祭如在,祭神如神在"(论语·八佾》)。所以,"子不语怪、力、乱、神"(《论语·述而》)。他对他的学生说:"未能事人,焉能事鬼?"(《论语·先进》)孔子注重的是具体的社会人事,对抽象事物的探讨,孔子是不感兴趣的。他的学生子贡曾说:"夫子之文章可得而闻也,夫子之言性与天道不可得而闻也。"故而,从思维方式上看,孔子不愿对抽象的理论问题做宏观的思辨的研究,他更注意的是具体实际问题的研究。这种思维特点对中国的文化传统和文学理论批评发展都有着深刻的影响。

孔子在政治上有其明显的保守方面,他不满于"礼乐征伐自诸侯出""陪臣执国命"的现象,谴责"八佾舞于庭"的僭越行为,不赞成承认私田合法化的"初税亩"制度等等。但是,他还是主张要改革,要适应新的历史潮流。他所提倡的"克己复礼"的"礼",实际上已经不是西周那种与天道主宰一切相联系的礼,不是那种以祭祖祭神为中心的礼,而是给礼注入了重视人道的仁的新内容。仁是新时代新思潮的核心,他要求以仁来改造和重建礼,正是要求以人道为中心来确立各种典章制度。仁的主要意义是"爱人"(《论语·颜渊》),是"泛爱众"(《论语·学而》),重视人的地位与作用,要把人作为人来对待,而不是把人当作可以任意杀戮的贵族私产。他提出"为政在人"(《礼记·中庸》),认为统治者应当"节用而爱人,使民以时"(《论语·学而》)。据《左传》记载,他还主张对百姓要"宽猛相济",不只是猛,也要有宽的一面,反对"苛政猛于虎"(《礼记·檀弓》),尖锐地批评了统治者的暴虐。这种以仁为中心的重民、重人道思想,后来逐渐发展为孟子的仁政、民本思想,从而为中国古代具有民主进步倾向的文学与文学理论批评奠定了思想基础。

以仁为内容,以礼为形式,孔子建立了他的系统的伦理道德观念。他要求人们以此作为自己人格修养的最高准则,以仁德修身,方能以仁德治国。他强调"己所不欲,勿施于人"(《论语·颜渊》)。要求人人都能将心比心,"己欲立而立人,己欲达而达人"《论语·雍也》)。提倡重道义,轻私利,所谓"君子喻于义,小人喻于利"(《论语·里仁》)。强调"志士仁人,无求生以害仁,有杀身以成仁"(《论语·卫灵公》)。不要以个人利害欲望损害仁义,而要以仁义来约束自己,以达到修身、齐家、治国、平天下之大目标。也就是说,从人性的培养来说要以仁义之共性来抑制个性的自由发展。"非礼勿视,非礼勿听,非礼勿言,非礼勿动"(《论语·颜渊》)。以礼来严格地规范自己的言论行动。一切以是否符合先王圣人的言行为准则,不允许自己任意发表个人意见,不允许异端思想的存在,而只能"述而不作,信而好古"(《论语·述而》)。这种严格的伦理道德观念起到了以共性扼杀个性的作用,对人的创造力的发挥是一种极大的束缚,它对文学创作和文学理论批评的健康发展都是不利的。所以,在儒家思想影响下的文学创作和理论批评常常缺少独创性,复古模拟色彩浓厚,封建说教成分很重。由于对礼的重视,孔子的诗论也是从乐论中派生出来的。孔子说:"文之以礼乐,亦可以为成人矣。"(《论语·宪问》)作为道德修养来说,乐是完成君子的道德修养的最为重要的部分,所以他十分重视《诗经》的音乐之邪正,他说:"吾自卫返鲁,然后乐正,《雅》《颂》各得其所。"(《论语·子罕》)孔子那些有关《诗经》的论述,都可以看作是他音乐理论的延伸。

与上述哲学、政治、伦理、道德思想相联系的是思想方法上的中庸之道。"中",即是中正、中和、无过无不及。"庸",即是用,或训为常,郑玄《礼记·中庸》注谓"用中为常道也"。《论语·雍也》:"中庸之为德也,其至矣乎!"孔子认为事情既不要"过",也不要"不及"。"过犹不及",两者都是不好的。这是他观察、研究、评价一切事物的基本态度和方法。中庸之道,是孔子处于变革时代思想矛盾状况的反映,他企图在新与旧、进步与保守的激烈冲突中,把双方调和统一起来。这种思想方法也深刻地体现在他的美学与文艺批评标准之中,后来儒家之"中和"观念即由此引出。

孔子在美学思想上的主要特征是强调美和善的结合,而所谓"善"的

具体内容,即是他的仁政德治以及以仁义礼乐为中心的伦理道德观念。《论语·八佾》中记载孔子说道:

> 子谓《韶》:尽美矣,又尽善也。谓《武》:尽美矣,未尽善也。

《韶》是歌颂舜德的古乐,是孔子最喜欢的。《论语·述而》篇中说:"子在齐闻《韶》,三月不知肉味。曰:'不图为乐之至于斯也。'"尧舜是他心目中的圣贤之君,称《韶》尽美尽善,这是很自然的。但是,为什么说《武》尽美而未尽善呢?《武》是歌颂周的古乐,说它未尽善,历代有两种解释:一是汉代郑玄、清代焦循、刘宝楠等,认为是武王伐讨胜利后,没有来得及使天下太平就死了,故孔子以为未尽善;一是汉代孔安国、宋代朱熹等的解释,认为武王伐纣是以征伐取天下,而不是像尧舜那样以揖让受天下,故曰未尽善。我们认为后一种说法比较符合孔子原意。近人杨树达《论语疏证》中说:"又吾先民论政尚揖让,而征诛为不得已。文王三分天下有其二,以服事殷,孔子称其至德,善其不用武力也。《论语》称至德者二事,一赞泰伯,一赞文王,皆贵其以天下让也。吴季札观汤乐而曰有惭德,亦以其用武力也。汤有惭德,武王从可知矣。……孔云《武》未尽善,犹季札之言《濩》有惭德也。"孔子这种美善统一的思想也反映在他对自然美的看法上。他提出"知者乐水,仁者乐山"(《论语·雍也》)的说法,朱熹《四书章句集注》释道:"知者达于事理而周流无滞,有似于水,故乐水。仁者安于义理而厚重不迁,有似于山,故乐山。"孔子认为人们之所以认为自然山水是美的而喜爱它,是因为它的某些方面有似于人的精神品德,能象征人的仁义之性。这种"尽美尽善"的美学观成为孔子以"诗教"为中心的文学理论批评的基本出发点。

孔子的文学理论批评是以对《诗经》的评论为主而展开的。所谓"诗教"即是强调诗歌与政治教化之间的联系。"诗教"之说见于《礼记·经解》篇:"孔子曰:入其国,其教可知也。其为人也温柔敦厚,诗教也。"《礼记》所引不一定是孔子原话,尤其是"温柔敦厚"之说显然是汉儒对孔子诗教的认识,并不全符合孔子思想。不过,用诗教来概括孔子的文学思想则是有道理的。孔子关于文艺的一系列论述都是围绕诗教而展开的。下面我们分六个方面来加以论述。

1. 文艺与道德修养的关系

《论语·泰伯》篇记载,孔子在论述人的道德品质修养时提出了"兴于诗,立于礼,成于乐"的基本原则,孔子认为诗、礼、乐是人们进行以仁为中心的道德修养的几个必经的阶段。"兴于诗",据何晏《论语集解》引包咸注云:"兴,起也。言修身必先学诗。"为什么修身必先学诗呢?因为人的道德修养总是要从具体、感性的榜样学起,而《诗经》在孔子看来,就提供了许多这样的典范,使人们的言谈立身行事有了可靠的合乎礼义的依据。《诗》《书》在当时都是所谓"雅言",《论语·述而》说:"子所雅言,《诗》《书》、执礼,皆雅言也。"孔安国注说:"雅言,正言也。"郑玄说:"读先王法典,必正言其音,然后义全。"据刘宝楠、杨树达等的考证,"雅""夏"古通,"雅言"即"夏言",指读先王典籍,必须用周民族发源地陕甘一带语言,以表示尊敬。孔子是鲁国人,说鲁国方言,但读《诗》《书》,必用夏言。《诗经》既然在社会上具有经典性的百科全书一般的地位,而且它都是以生动具体的感性形象出现的,因此自然也就成为道德修养的最好启蒙教材。孔子一再教育他的儿子说:"不学《诗》,无以言。"(《论语·季氏》)又说:"人而不为《周南》《召南》,其犹正墙面而立也与?"(《论语·阳货》)也正是从修身必先学诗的角度提出来的。《诗经》当时在它的接受者那里往往已经具有了和它本身很不同的意义。例如《论语·八佾》记载孔子和子夏讨论《卫风·硕人》的内容即是如此:"子夏问曰:'巧笑倩兮,美目盼兮,素以为绚兮。'何谓也?子曰:'绘事后素。'曰:'礼后乎?'子曰:'起予者商也!始可与言《诗》已矣!'"这首诗本是描写女子的美貌的,但孔子却从"绘事后素"中引申出了先仁后礼的道理。他们都是按照自己的需要去理解《诗经》的含义的。必须懂得这一点,我们才能全面、确切地把握"兴于诗"的意义。

"立于礼"从道德修养过程来说,是比"兴于诗"要更深入的阶段。礼,是贯穿仁的原则精神的一系列礼节仪式的规定。它可以区别上下贵贱,匡正名分,使不同等级的人有与自己地位相当的言论行动。《论语·季氏》记载孔子说:"不学礼,无以立。"清代李塨在《论语传注》中说:"恭敬辞让,礼之实也。动容周旋,礼之文也。朝庙家庭,车舆衣服,宫室饮食,冠昏丧祭,礼之事也。事有宜适,物有节文,学之而德性以定,身世有准,可执可行,无所摇夺,是'立于礼'。"从学习生动形象的《诗经》,到掌握礼的各种原则规定,实际上也就是从具体感性认识进一步提高到理性认识,使自己立身行事严格地遵循礼的规定。

然而,孔子认为一个人的道德修养到这里并没有完成,还要通过音乐的陶染来改造自己的情性,改造自己的内心世界,使自己从本能出发就做到"非礼勿视,非礼勿听,非礼勿言,非礼勿动"。孔子所说的"乐",不是一般的乐,而是指浸透了仁的精神的先王之雅乐,或谓正乐。《论语·宪问》记载孔子说:"文之以礼乐,亦可以为成人矣。"其意义正在此。无论是诗还是乐,孔子都把它们作为道德修养的必要组成部分,而诗和乐作为艺术的审美特征与审美作用,则是常常被忽略或否定了的。同时,文艺对道德修养的作用也被无限地夸大了。

2. 文艺与政治、外交活动的关系

孔子对文艺在政治、外交活动中的作用,给予了极高的评价。《论语·子路》记载:"子曰:诵《诗》三百,授之以政,不达;使于四方,不能专对;虽多,亦奚以为?"孔子提出这个问题在当时是有现实根据的。从《左传》等书的记载来看,《诗经》在当时政治、外交活动中的作用确是十分突出的。当时人们在政治、外交活动中为了表达自己的意图,体现一定的礼节,都需要借助赋诗来实现。清代劳孝舆在《春秋诗话》中说:"自朝会聘享以至事物细微,皆引《诗》以证其得失焉。大而公卿大夫以至舆台贱卒,所有论说皆引《诗》以畅厥旨焉。余尝伏而读之,愈益知《诗》为当时家弦户诵之书。"如果不懂《诗经》,不会灵活地引申和运用《诗》的意义,那么在政治外交活动中就无法听懂别人的意图,也无法委婉地表达自己的要求,就可能失礼,甚至导致政治外交活动的失败,还有可能酿成"诗祸"。反之,如果善于熟练地运用"赋诗"的方法,就可能比较顺利地取得政治外交斗争的胜利,获得比预期更好的效果。例如《左传》文公十三年,鲁文公和晋侯谈判结束后,在归国途中遇到郑伯。郑伯在棐地宴请文公,想请他代为到晋国去说情,表示愿意重新归顺于晋。这一场交涉全部是通过"赋诗"来进行的。郑国子家先赋《小雅·鸿雁》,取其首章:"之子于征,劬劳于野。爰及矜人,哀此鳏寡。"表示郑国弱小,希望文公怜悯,给予帮助。鲁国季文子赋《小雅·四月》,取其首先四句:"四月维夏,六月徂暑,先祖匪人,胡宁忍予。"表示行役逾时,思归祭祀,无暇再去晋国了。郑国子家又赋《载驰》之四章及五章,表示小国有急难,恳请大国援助,用许穆夫人闻卫灭,思归求大邦救助之意。于是鲁国季文子又赋《小雅·采薇》之四章,借"岂敢定居,一月三捷"之意,答应再到晋国去为郑国求情,使两国重归和好。这样,一场交涉总算办成了。又例如《左传》襄公十六年记载,晋平公即位不久,与诸侯宴会于温,请与会诸国大夫赋诗,提出"歌诗必类",意为赋诗必当有表示恩好之意。但齐国大夫高厚赋诗"不类",结果晋大夫荀偃大怒,说:"诸侯有异志矣!"于是和各国大夫一起盟誓:"同讨不庭!"齐国高厚只好逃归,因赋诗不当几乎引起一场大祸。类似的例子在《左传》中还有很多记载,可见孔子"不学《诗》,无以言"的说法并非故意夸大,而是《诗经》在当时社会生活中(特别是政治生活中)的特殊地位的真实反映。孔子对文艺与政治、外交活动之间密切关系的论述,固然是他的整个思想体系导出的必然结论,同时也是时代风尚使然。

3. 关于文学批评的标准

孔子在对《诗经》的评论中还明确地提出了他的文学批评标准,这就是《论语·为政》中所说:"《诗》三百,一言以蔽之,曰:思无邪。""思无邪"本是《诗经·鲁颂·駉》篇中的一句话,孔子借它来概括全部《诗经》的特征。"思"字有两种解释:一是作为语助词解,没有实际意思;二是作思想内容解。但对理解全句意义来说,这两种说法并无多大差别。"无邪"即是"归于正"。邢昺《论语注疏》说:"《诗》之为体,论功颂德,止僻防邪,大抵皆归于正,故此一句可以当之也。"孔子认为《诗经》各篇的内容都是合乎他的政治思想、伦理道德和审美标准的。然而,《诗经》实际内容是相当复杂的。既有歌功颂德之作,也有暴露批判之作;既有天真朴素的爱情歌唱,也有严肃庄重的祭祀乐词;既有下级官吏牢骚不满的发泄,也有王公贵族享乐生活的写照。总之,不同的思想内容,是很难用一个标准概括的。很多古代学者就已看到了这一点。所以,对"无邪"的解释也有两种不同观点。汉儒认为《诗经》三百篇完全符合儒家正而不邪的标准,为此他们给《诗经》加上了很多牵强附会的"史实",对不少普通百姓的爱情诗及表现他们对社会黑暗愤激不满情绪的作品做了歪曲解释。结果使《诗经》许多篇章的真实面目被掩盖起来了。例如说《关雎》是表现"后妃之德"的;说《摽有梅》是"召南之国,被文王之化,男女得以及时也";说《静女》是"刺时也,卫君无道,夫人无德";等等。《毛诗序》是这种说法的典型代表,后来郑玄等大儒亦均持此种说法。到了宋代,以朱熹为代表的宋儒,感到这样穿凿解诗实在不能说服人,于是提出了另一种解释,认为"无邪"是指读诗人而言。《朱子语类》说:"思无邪,乃是要使读诗人思无邪耳,读三百篇《诗》,善为可法,恶为可戒,故使人思无邪也。若以为作诗者思无邪,则《桑中》《溱洧》之诗,果无邪耶?"《桑中》是一首写热恋中的青年男女幽会的诗,《溱洧》是写溱、洧水边春游的男女青年嬉戏交往、互赠芍药的诗。可是《毛诗序》说《桑中》是"刺奔也。卫之公室淫乱,男女相奔,至于世族在位,相窃妻妾,期于幽远,政散民流,而不可止"。说《溱洧》是"刺乱也。兵革不息,男女相弃,淫风大行,莫之能救焉"。硬说诗人是有意讽刺,实不可信。故而朱熹才提出了他的新解释。他在《四书章句集注》中又说:"凡诗之言,善者可以感发人之善心,恶者可以惩创人之逸志,其用归于使人得其情性之正而已。"其《诗集传》中《駉》篇注云:"学者诚能深味其言,而审于念虑之间,必使无所思而不出于正,则日用云为,莫非天理之流行矣。"他认为《诗经》中有一部分就是"淫奔"之作,但读诗人如果内心正而无邪念,则可以从这些诗中获得教训,可以从反面起到劝诫作用。朱熹这种解释的优点是认识到了文学作品的价值与效果,不只决定于它本身的内容,同时也与接受者的状况有着密切的关系。

但是,对于理解孔子"思无邪"的原意来说,上述两种说法都不合适。汉儒把《诗经》三百篇看成是同一思想倾向的作品,显然是不符合实际的,而朱熹所分的善恶也是完全从封建礼教角度出发的。至于说"无邪"是指读诗者自然亦非孔子本意。孔子的"思无邪"说和《诗经》实际内容上的矛盾,乃是孔子基本思想矛盾的反映。孔子既有维护旧制度的保守落后一面,又有反映时代新思潮的积极进步一面,因此,他可以把《诗经》中的这些不同内容、不同思想倾向的作品,都包容在他的"思无邪"之内。孔子所理解的"无邪"不像后来汉儒、宋儒那样狭隘,他既对《雅》《颂》给以很高评价,也可以从"可以怨"的角度出发,赞同像《伐檀》《硕鼠》《七月》这样的作品。对于那些描写爱情生活的作品,有些他可能是根据当时的社会风尚和《诗经》的特殊地位,做了一些附会政治、道德内容的解释(如对《硕人》),但不能根据这些个别例子来判定他对所有这类作品的理解。《诗经》是否由孔子删定,难以确定,然而曾经过他整理,是没有疑问的。他自己就说:"吾自卫反鲁,然后乐正,《雅》《颂》各得其所。"(《论语·子罕》)孔子对《诗经》中表现普通百姓的思想、感情、愿望的作品和表现下层官吏牢骚不满的作品的肯定,是和他提倡仁的思想的新内容相联系的,也正是他重视人的价值、同情下层人民在文艺思想上的表现。

孔子"思无邪"的批评标准从艺术方面看,就是提倡一种"中和"之美。"无邪"即是不过"正",符合"中正",也就是"中和"。孔子赞美《关雎》是"乐而不淫,哀而不伤"(《论语·八佾》)。这就是一种"中和"之美。《论语集解》引孔安国注云:"乐而不淫,哀而不伤,言其和也。"朱熹在《诗集传》中也说"此言为此诗者,得其性情之正,声气之和也"。从音乐上说,"中和"是一种中正平和的乐曲,也即儒家传统雅乐的主要美学特征。从文学作品来说,它要求从思想内容到文学语言,都不能过于激烈,应当尽量做到委婉曲折,而不要过于直露。这种思想后来在荀子那里得到较为充分的发展。

4.论文学的社会作用

孔子从诗教的观点出发,对文学作品的社会作用给了极高的估价。《论语·阳货》篇记载道:"子曰:小子何莫学夫诗?诗可以兴,可以观,可以群,可以怨。迩之事父,远之事君;多识于鸟兽草木之名。"这里孔子对文学作品的美学作用、认识作用、教育作用等乃至知识学习方面,都做了充分的肯定。他的"兴观群怨"说对后来的诗学理论产生了极为深远的影响。

"兴",是就文学作品的审美作用而言,故朱熹解释为"感发志意"

(《四书章句集注》),指诗歌的生动具体艺术形象可以激发人的精神之兴奋、感情之波动,从吟诵、鉴赏诗歌中可以获得一种美的享受。朱熹在《诗传纲领》中又释为"托物兴辞",这是从文学的创作特征角度对"诗可以兴"的美学作用之说明。诗歌的这种美学作用,可以使读者产生丰富的艺术联想,所以何晏《论语集解》引孔安国注说"兴"是指"引譬连类"。诗歌所引起的联想内容有具体的,也有抽象的。例如《论语·学而》篇记载:"子贡曰:'贫而无谄,富而无骄,何如?'子曰:'可也;未若贫而乐(道),富而好礼者也。'子贡曰:'《诗》云:如切如磋,如琢如磨。其斯之谓与?'子曰:'赐也,始可与言《诗》已矣,告诸往而知来者。'"由《淇奥》中的两句诗联想到了一个人在道德品质的修养中,要反复推敲不断深入。孔子是非常强调学诗要充分发挥这种联想作用的。孔子师徒对《淇奥》的理解也和对《硕人》的理解一样,有牵强附会之处,但都表明孔子很重视从具体、生动形象中联想起某种抽象的一般意义。可见,孔子实际上已感受到了文学的作用,不只决定于作品本身的客观意义,也与读者有密切关系。文学的美学作用是作者与读者共同创造的。诗"可以兴"的"兴"与"兴于诗"的"兴"论述的角度不同,前者是讲诗的作用,后者是讲诗在人道德修养过程中的地位,但它们都是指文学的审美特征,因此与后来讲诗歌具体表现技巧的"赋比兴"之"兴",不完全相同。孔子讲的"兴"反映了文学的艺术特征,可不可以"兴",是诗与非诗的区别所在。

"观",是就文学作品的认识作用而言的,而孔子所说"观",比较侧重诗歌所反映的社会政治与道德风尚状况,以及作者的思想倾向与感情心态。《论语集解》引郑玄注说:"观风俗之盛衰。"朱熹《四书章句集注》说:"考见得失。"这基本上是对的,但都显然比孔子的原意要更为狭窄。孔子讲的"观",不仅是观诗的客观内容,也观诗人的主观意图,针对当时盛行的"赋诗言志",也可以观赋诗人之志。从诗"可以观"的论述中,可以看出孔子对文艺与现实关系的理解。他要求文艺能比较具体、比较确切地反映现实的真实状况,体现了孔子文艺思想中的现实主义特征。

"群",是就文学作品的团结作用而言的。《论语集解》引孔安国云:"群居相切磋。"朱熹在《四书章句集注》中说是"和而不流"。孔子认为文学作品可以使人们统一思想,提高认识,交流感情,加强团结。孔子和他的弟子通过研究《硕人》《淇奥》而统一了对仁和礼的关系的认识、加强道德修养的认识,便是"群"的最好例子。春秋时代的"赋诗言志"实际上也起到了"可以群"的作用。故杨树达《论语疏证》中说:"春秋时朝聘宴享动必赋诗,所谓可以群也。"孔子所说的"群",是在"仁者爱人"与"泛爱众"的基础上的"群",而不是少数人以某种共同利益为基础的小宗派之"群",故《论语·卫灵公》云:"子曰:'君子矜而不争,群而不党。'"

"怨",是就文学作品干预现实、批评社会的作用而言的。《论语集解》引孔安国说:"怨刺上政。"这个解释指出了"可以怨"的主要内容,但不很全面。黄宗羲在《汪扶晨诗序》中就说过:"怨亦不必专指上政。"从《诗经》中许多表现怨的作品来看,并非都是"怨刺上政",有一些是对社会上不合理现象的牢骚和不满,也可以包括爱情婚姻方面的不如意遭遇。不过,怨的主体是指对现实不良政治的批判。孔子对怨的肯定,也是和他提倡的仁相联系的。他赞同百姓对"不仁"的现象直接通过诗歌来加以揭发,这正是孔子思想中的民主和进步因素的集中表现。它也是孔子对古代献诗讽谏传统的一个理论上的概括与总结,成为中国文学理论批评发展史上的重要传统。朱熹《四书章句集注》释为"怨而不怒",对怨加以严格限制,显然是不大符合孔子原意的,那是按照《毛诗大序》"发乎情,止乎礼义"的精神所做的解释。

孔子对"兴观群怨"是分开来论述的,但只是指其各个不同侧面而已。实际上,"兴观群怨"是不可分割地统一于一个艺术形象之中的。此点后来清代王夫之在《诗译》中曾做了深入的阐述与发挥。孔子的"兴观群怨"说对文学的社会作用做了相当全面的分析,它对中国古代文学理论批评的发展产生了深远的影响。

5. 论文学的内容和形式关系

《论语·卫灵公》曰:"子曰:辞达而已矣。"孔子认为语言文辞的作用在于充分地表达人的思维内容,也就是说,形式的根本目的在完美地体现内容,不必要片面地离开内容去追求形式的华丽。《礼记·表记》中引孔子说:"情欲信,辞欲巧。"这当然不尽可信,但其基本思想是和孔子一致的。所谓"辞欲巧",即是说要能巧妙地表达内容。《左传》襄公二十五年记载,孔子曾有"志有之:言以足志,文以足言","言之无文,行而不远"之说,主张言要有文,即是强调文辞应当有所修饰,形式也是要讲究的,然其目的还是为了更好地表现内容,使它起到更大的作用。孔子对内容和形式关系的看法,是与他以仁、礼为中心的道德修养学说有密切关系的。《论语·雍也》篇云:"子曰:质胜文则野,文胜质则史,文质彬彬,然后君子。"这里,"质"是指人的内在品格,"文"指人的外在仪表,"文质彬彬"是要求人既具备仁的品格,又有礼的文饰。这种文质并重的观点据《论语·颜渊》篇的记载,还被孔子的学生子贡做了进一步发展:"棘子城曰:'君子质而已矣,何以文为?'子贡曰:'惜乎!夫子之说君子也,驷不及舌。文犹质也,质犹文也;虎豹之鞟犹犬羊之鞟。'"子贡认为虎豹之皮与犬羊之皮的区别就在于其毛色不同,说明形式美不美直接影响到内容的价值。子贡的认识是否体现了孔子思想,是可以研究的,但这至少表明了以孔子为代表的先秦儒家对形式还是相当重视的。孔子关于文质的论述,后来被运用到文学创作中,成为要求文学作品内容与形式完美统一的基本理论,在中国文学理论批评的发展中始终起着主导作用。孔子这种以内容为主导,形式与内容并重的思想,是对《周易》中的"言有物""言有序"思想,以及《左传》襄公二十四年穆叔的"大上有立德,其次有立功,其次有立言"的"三不朽"思想之直接继承与发展。

6. 论雅乐与郑声

孔子关于音乐的论述,其实也是对诗歌的论述,其中比较突出的是关于对雅乐与郑声的看法。孔子提倡雅乐,反对郑声,态度是非常鲜明的。《论语·卫灵公》记载孔子说:"行夏之时,乘殷之辂,服周之冕,乐则《韶》《舞》。放郑声,远佞人。郑声淫,佞人殆。"《论语·阳货》篇也记载孔子说:"恶紫之夺朱也,恶郑声之乱雅乐也,恶利口之覆邦家者。"从音乐的角度来看,所谓"雅乐"即是古乐,主要是曲调平和中正,节奏比较缓慢的音乐,这可以表现古代先王功业的音乐(如《韶》《武》之类)为代表,《诗经》中的《雅》《颂》所配之乐也属这一类。孔子认为雅乐可以陶冶人的思想感情使之正而不邪,有助于养成以仁义为特点的高尚道德品质,而不会去做悖礼违义的事情。郑声实际是指当时的新乐,它的节奏明快强烈,曲调高低变化较大,故容易激动人心。所谓"淫",是指过分,不合中正平和之意。孔子认为新乐任其感情之自然发展而无所节制,容易诱发人们的私欲,不利于培养以仁、礼为内容的道德品质,所以要"放",要禁绝之。他把雅乐比作正人君子,把郑声看作谗佞小人。这是孔子文艺思想上比较保守方面的集中表现,是不合乎时代潮流的。其实当时多数人喜欢的不是古乐而是新乐。据《礼记·乐记》记载,魏文侯曾说他听古乐就觉得疲倦要睡觉,而听新乐则精神百倍,乐而忘倦。清代胡寅《明明子论语集解义疏》中就说:"春秋时列国皆好郑音,至以歌伎视为赂遗之物。襄公十一年郑赂晋以师悝、师触、师茷,襄公十五年郑赂宋以师蠲、师慧。魏文侯好听郑卫之音,赵烈侯独爱郑之歌者。"孔子贬斥郑声新乐的思想,是中国长期封建社会中看不起民间新文艺,把戏曲、小说视为不登大雅之堂的低贱之作的重要根源。

由于孔子在封建社会中处于崇高的"圣人"地位,他关于文学理论批评的论述,无论积极方面还是消极方面,都有十分深远的影响。历代儒家虽都以孔子为祖师,但是对孔子思想的理解都带有他们自己的时代与个人特点,并不与孔子完全相同,在文学理论批评方面也是如此。

第二节　孟子"与民同乐"的文学观及其文学批评方法论

孟子(前372—前289),名轲,战国中期邹(今山东邹县)人,曾受业于孔子孙子子思门人,他在新的历史条件下继承发展了孔子的学说。孟子在文学思想上基本上是和孔子一致的,也十分强调文艺与政治教化之间的关系,他对儒家文学思想的发展主要表现在下述两个方面:一是提出了"与民同乐"的文艺美学思想,二是提出了"以意逆志"与"知人论世"的文学批评方法论。

孟子"与民同乐"的文艺美学思想是在孔子以仁、礼为内容的诗乐论基础上发展起来的,他的诗论也是建立在乐论基础上的。孟子所处的时代,新兴的封建制已经在许多国家代替了旧奴隶制。孟子思想的主要方面是符合这一历史发展要求的。他在孔子"仁者爱人"的思想上进一步提出了仁政的问题。他认为新兴封建君主要巩固自己取得的政权,必须懂得争取民心的重要性,要看到人民的力量,这也是从春秋末年广泛的奴隶暴动中得出的经验教训。《孟子·梁惠王》上篇中孟子从《尚书·汤誓》"时日害丧,予及女偕亡"的记载中指出:"民欲与之偕亡,虽有台池鸟兽,岂能独乐哉?"他看到国家之兴亡与民心之向背是密切联系着的,为此他提出了著名的"民为贵,社稷次之,君为轻"的重要思想,认为一个君王要使自己的统治得以巩固,决不可置民于水火之中而不顾,否则人民活不下去,起来造反,君王也要垮台。因此,帝王必须施行仁政,只有让人民安居乐业,得到温饱,才能使自己统治得到稳固。以民为本是他的"民贵君轻"思想的基本出发点。民本思想在当时条件下,毫无疑问是有很突出的民主精神与进步意义的。孟子"与民同乐"的文艺美学思想正是在仁政与民本思想的前提下发展起来的。他在《离娄》上篇中说:"桀纣之失天下也,失其民也。失其民者,失其心也。得天下有道,得其民,斯得天下矣。得其民有道,得其心,斯得民矣。得其心有道,所欲与之聚之,所恶勿施,尔也。"《梁惠王》上篇说:"黎民不饥不寒,然而不王者,未之有也。"要做到"与民同欲",一是要施行仁政,二是要发扬仁教。而仁教主要是乐教,亦即仁声之教。他在《尽心》篇中说:"仁言不如仁声之入人深也,善政不如善教之得民也。""善政得民财,善教得民心。"仁声之教即是善教。赵岐注云:"仁声,乐声雅颂也。"这一点孟子和孔子是相同的,但是孟子认为仅有仁声之教是不够的,作为上层统治者还必须有"与民同乐"的实际行动。他在《梁惠王》下篇中说:"为民上而不与民同乐者亦非也。乐民之乐者,民亦乐其乐;忧民之忧者,民亦忧其忧。乐以天下,忧以天下,然而不王者,未之有也。"这里所说的"与民同乐"之"乐",是指快乐之乐,而非音乐之乐,指一切美好事物之享受,包括了物质和精神两方面,自然也包括诗乐在内。以百姓之乐为乐,以百姓之忧为忧,把它作为衡量一切的标准,也是评价文艺作品的标准,无论是诗、乐、舞还是别的文艺,都要看它能否"与民同乐"。

从"与民同乐"的角度出发,孟子在对待古乐与新乐的态度上与孔子有很大不同。孟子认为古乐之所以要尊敬,是因为古圣贤之君能"与民同乐",只要能"与民同乐",则今乐亦何妨?《梁惠王》下篇中说:

(齐宣王)曰:"寡人非能好先王之乐也,直好世俗之乐耳。"(孟子)曰:"王之好乐甚,则齐其庶几乎?今之乐由(犹)古之乐也。"曰:"可得闻与?"曰:"独乐乐,与人乐乐,孰乐?"曰:"不若与人。"曰:"与少乐乐,与众乐乐,孰乐?"曰:"不若与众。"曰:"臣请为王言乐。今王鼓乐于此,百姓闻王钟鼓之声、管籥之音,举疾首蹙頞而相告曰:'吾王之好鼓乐,夫何使我至于此极也?父子不相见,兄弟妻子离散。'今王田猎于此,百姓闻王车马之音,见羽旄之美,举疾首蹙頞而相告曰:'吾王之好田猎,夫何使我至于此极也?父子不相见,兄弟妻子离散。'此无他,不与民同乐也。今王鼓乐于此,百姓闻王钟鼓之声、管籥之音,举欣欣然有喜色而相告曰:'吾王庶几无疾病与,何以能鼓乐也?'今王田猎于此,百姓闻王车马之音,见羽旄之美,举欣欣然有喜色而相告曰:'吾王庶几无疾病与,何以能田猎也。'此无他,与民同乐也。今王与百姓同乐,则王矣。"

孟子认为评价音乐的好坏,唯一的标准是看它能否"与民同乐",如能做到这一点,则今乐也即是古乐。孟子发展和革新了孔子的音乐思想,实际上肯定了今乐。虽然孟子也批评郑声,但和孔子已不完全相同了。

孟子的"与民同乐"思想是以他的人性论为哲学基础的。孟子认为人性之本都是善良的。"人皆有不忍人之心。先王有不忍人之心,斯有不忍人之政矣。"(《公孙丑》上篇)"恻隐之心,人皆有之;羞恶之心,人皆有之;恭敬之心,人皆有之;是非之心,人皆有之。恻隐之心,仁也;羞恶之心,义也;恭敬之心,礼也;是非之心,智也。仁义礼智,非由外铄我也,我固有之也,弗思耳矣。"(《告子》上篇)他认为人性是有共同方面的,不仅仁义礼智为人性内在固有方面,而且在爱好方面,人们也有共同之处:"口之于味也,有同耆焉。耳之于声也,有同听焉。目之于色也,有同美焉。"(《告子》上篇)"至于味,天下期于易牙,是天下之口相似也。惟耳亦然。至于声,天下期于师旷,是天下之耳相似也。惟目亦然。至于子都,天下莫不知其姣也。不知子都之姣者,无目者也。"(同上)由于人们的感觉器官有共同性,因此他们在审美感知方面也有共同之处。这就是他提出"与民同乐"的理论根据。不管是皇帝还是普通百姓,只要是人,在人性本质上总有些共同之处。《告子》上篇说:"故凡同类者,举相似也。何独至于人而疑之？圣人与我同类者。"《离娄》下篇也说："尧舜与人同耳。"皇帝只有"与民同乐"，方能真正获得民心。孟子强调了人性中的共同方面，但他没有充分重视人性中的不同方面，即使从自然性、生物性角度来说，不同的人也有其不同状况，因此，在审美感知和审美趣味方面说，也不会完全相同，这是孟子"与民同乐"说的不足之处。

孟子对儒家文学思想的另一个重大发展，是提出了著名的"以意逆志"与"知人论世"的文学批评方法。《万章》上篇中，孟子针对咸丘蒙对《诗·小雅·北山》的错误理解，指出要全面确切地理解诗的内容，必须善于"以意逆志"：

> 咸丘蒙曰："舜之不臣尧，则吾既得闻命矣。《诗》云：'普天之下，莫非王土，率土之滨，莫非王臣。'而舜既为天子矣，敢问瞽瞍之非臣，如何？"曰："是诗也，非是之谓也；劳于王事而不得养父母也。曰：'此莫非王事，我独贤劳也。'故说诗者，不以文害辞，不以辞害志，以意逆志，是为得之。如以辞而已矣，《云汉》之诗曰：'周余黎民，靡有孑遗。'信斯言也，是周无遗民也。"

问题是由咸丘蒙提出的，他听人说，有高尚道德的人，君主不能以他为臣，父亲不能以他为儿子。舜不以尧为臣民，虽然尧让位于舜，但舜一直等他死后方真正即位。舜的父亲瞽瞍，在舜做天子时，又不算他的臣民，这和《诗经》中"率土之滨，莫非王臣"之说，岂不是矛盾了吗？孟子回答说，这是他对诗的本意缺乏正确理解，不懂得如何读诗的一种表现。《小雅·北山》原诗是这样写的：

> 陟彼北山，言采其杞。偕偕士子，朝夕从事。王事靡盬，忧我父母。
> 溥天之下，莫非王土；率土之滨，莫非王臣。大夫不均，我从事独贤。

诗人整天为王事奔忙，不能侍养父母，故心怀愁苦，对劳逸不均表示了强烈不满:大家都是臣民,为什么我特别劳累呢?孟子认为咸丘蒙所引的诗句联系全篇,旨在说明"莫非王事,我独贤劳",而所谓"率土之滨,莫非王臣",也应看作是诗歌的一种夸张描写,并非说人人皆是王臣,无一例外。就像"周余黎民,靡有孑遗",旨在说明"旱甚",而非真的"周无遗民"。所以读诗不能"以文害辞,以辞害志",亦即不能以个别文字影响对词句的了解,也不能以个别词句影响对原诗本意的认识,应当"以意逆志",即用自己对诗意的准确理解,去推求作者的本意。

如何才能正确地做到"以意逆志"呢?孟子认为必须能"知人论世",深入地了解诗人的生平、思想、品德、遭遇等状况以及诗人所处的时代状况。《万章》下篇中说:

> 孟子谓万章曰:"一乡之善士,斯友一乡之善士;一国之善士,斯友一国之善士;天下之善士,斯友天下之善士。以友天下之善士为未足,又尚(上)论古之人。颂其诗,读其书,不知其人,可乎?是以论其世也。是尚友也。"

这里讲的是交友问题,但是孟子说到对于古人不仅要"颂其诗,读其书",而且还必须"知其人",而要"知其人"就必须"论其世"。这样就涉及要了解作品,必须先了解作者,要了解作者,应当了解其时代的问题,因而也是批评和欣赏文学作品的重要原则与方法。对这种方法,孟子也有过具体实践。《告子》下篇云:

> 公孙丑问曰:"高子曰:'《小弁》,小人之诗也。'"孟子曰:"何以言之?"曰:"怨。"曰:"固哉,高叟之为诗也! 有人于此,越人关弓而射之,则己谈笑而道之;无他,疏之也。其兄关弓而射之,则己垂涕泣而道之;无他,戚之也。《小弁》之怨,亲亲也。亲亲,仁也。固矣夫,高叟之为诗也!"曰:"《凯风》何以不怨?"曰:"《凯风》,亲之过小者也;《小弁》,亲之过大者也。亲之过大而不怨,是愈疏也;亲之过小而怨,是不可矶也。愈疏,不孝也;不可矶,亦不孝也。孔子曰:'舜其至孝矣,五十而慕。'"

《小雅·小弁》传说是周幽王因为宠褒姒信谗言,而将太子宜臼放逐,宜臼的师傅就写了这首诗。另一说是周宣王时尹吉甫因宠信后妻,驱逐了前妻之子伯奇,伯奇就写了这首诗。究竟孰是不可考,但这首诗确是一个被放逐的儿子抒写忧愤之作。孟子和高子、公孙丑等是根据后一说来评论此诗的。高子认为对父母表示不满,有怨的情绪,是一种不孝的行为,故云是"小人之诗"。然而,孟子则认为高子的评论太"固",即太死板了。他指出对于"怨",要有具体分析:亲人如果犯了小过失,怨是不对的;如果犯了大过失,不怨反而显得疏远而不亲近。怨亲之过大者,正是"亲亲"之表现,亦即仁。那么,《凯风》为什么不怨呢?传说《邶风·凯风》写的是一个有七个儿子的母亲想要改嫁,这七个儿子为了安慰母亲,尽其孝道,就写了这首诗,对亲人的过失加以开导。孟子和高子、公孙丑也是按这个传说来理解此诗的。孟子认为这位母亲是犯了小过失,"亲之过小而怨,是不可矶也"。因亲人微小过失的刺激而发怨,也是不孝行为,所以《凯风》不怨。孟子对这两首诗的比较分析中所表现的封建伦理道德观念,自然是不可取的。但是他善于从不同作者及其诗作的不同背景分析出发,来评价不同的诗篇,恰恰是对"知人论世"方法的具体运用。

孟子的"以意逆志"与"知人论世"确是比较科学的文学批评方法,但对"以意逆志"的"意"历来有不同理解。一种认为"意"指读诗人之"意",即是读诗人自己对诗篇内容的理解,由此出发去求诗人之志。多数《孟子》注本均取此说,如后汉赵岐说:"志,诗人志所欲之事。意,学者之心意也。"说诗者"不可以辞害其志,辞曰:'周余黎民,靡有孑遗。'志在忧旱,灾民无孑然遗脱,不遭旱灾者,非无民也。人情不远,以己之意,逆诗人之志,是为得其实矣"。朱熹于《四书章句集注》中也说:"当以己意迎取作者之志,乃可得之。"到清代又出现了另一种说法,认为此"意"乃系指客观地存在于诗篇中之意。这种看法比较主要的代表是吴淇,他在《六朝选诗定论缘起》中说:"汉宋诸儒以一志字属古人,而意为自己之意。夫我非古人,而以己意说之,其贤于蒙之见也几何矣。不知志者古人之心事,以意为舆,载志而游,或有方,或无方,意之所到,即志之所在,故以古人之意求古人之志,乃就诗论诗,犹之以人治人也。即以此诗论之,不得养父母,其志也;普天云云,文辞也。'莫非王事,我独贤劳',其意也。其辞有害,其意无害,故用此意以逆之,而得其志在养亲而已。"吴淇主张从诗篇的客观意义出发去探求诗人之志,是比较科学的,所以近人多采此说。但是,它并不符合孟子的本意。从孟子的思想体系及他说诗的状况看,这个"意"乃是指读者之意。

孟子的"以意逆志"与"知人论世"都是针对春秋时"赋诗断章,余取所求"的主观臆断解诗方法而提出来的。当时的"赋诗言志",往往是借用《诗经》中的某几句来暗示或比喻自己的某种见解,不是对《诗》的原意之解释,这就是顾颉刚先生说的"以意用诗"问题(见其《〈诗经〉在春秋战国间的地位》一文,载《古史辨》第三册)。但是,确实也有不少地方是在曲解《诗经》。例如《左传》襄公十五年记载,楚国子午为令尹,他善于"官人",懂得怎样把合适的人安排到与其相宜的岗位上去。然后说:"《诗》云:嗟我怀人,置彼周行。能官人也。"《周南·卷耳》是写妇女怀念征夫的,这两句之意是说女子怀念丈夫,无心采摘卷耳,把筐搁到了大路上。《左传》显然是歪曲了其原意,后来《毛诗序》以此来解诗,结果就使《卷耳》一诗的真面目被掩盖了。类似的例子在《左传》中还很多。因此,孟子要求改变这种风气,提出救弊措施,无疑是很有积极意义的。

然而,孟子在理论和实践上仍是有矛盾的。他在解诗中也常常免不了受"断章取义"的时代风气影响。比如《梁惠王》下篇云:

> (齐宣)王曰:"寡人有疾,寡人好货。"(孟子)对曰:"昔者公刘好货,《诗》云:'乃积乃仓,乃裹糇粮,于橐于囊,思戢用光。弓矢斯张,干戈戚扬,爰方启行。'故居者有积仓,行者有裹囊也,然后可以爰方启行。王如好货,与百姓同之,于王何有?"王曰:"寡人有疾,寡人好色。"对曰:"昔者太王好色,爱厥妃。《诗》云:'古公亶父,来朝走马,率西水浒,至于岐下。爰及姜女,聿来胥宇。'当是时也,内无怨女,外无旷夫。王如好色,与百姓同之,于王何有?"

孟子举《公刘》及《绵》为例,说"公刘好货","太王好色",显然也是一种曲解。公刘为周代创业之始祖,率领氏族由邰迁至豳,此几句诗是描写他为迁移所做准备,与"好货"无任何关系。《绵》写周文王祖父太王率氏族由邹迁至岐的情况,与"好色"亦无任何牵连。类似的例子在《孟子》中还很多,例如《梁惠王》上篇说《大雅·灵台》是写古代贤王"与民偕乐"的,《公孙丑》上篇说《豳风·鸱鸮》是写古圣贤努力治国的,《鲁颂·閟宫》是写周公的。其实,《閟宫》诗中就明明是写"周公之孙,庄公之子"即鲁僖公的。这些充分说明孟子对《诗经》的理解大都不是从诗篇客观意义出发,而是从主观臆测出发,去理解诗人之志的。所以,他所说的"以意逆志"之"意",乃是读诗人之意,这是很清楚的。但是,读诗者之意也并非完全不能正确反映诗篇之意,如果读者能运用"知人论世"的方法,比较客观地去认识和理解诗篇,那么是可以准确地推求出诗人之志的。从文学鉴赏的特点来说,任何欣赏者总是带着自己的主观色彩去理解诗的,读者对诗的理解和认识不可能不带有他本人的人生观、世界观、道德观、艺术观等的影响。因此,我们完全不必因为"意"是读者之"己意",就觉得似乎"以意逆志"的方法没有价值,完全变成读者的主观臆测了。

由于孟子文学批评的理论与实践中存在着明显的矛盾,所以过去有些学者特别强调要把"以意逆志"与"知人论世"很好地结合起来。如清代顾镇在《虞东学诗》的"以意逆志"条中说:"正惟有世可论,有人可求,故吾之意有所措,而彼之志有可通。""夫不论其世,欲知其人不得也。不知其人,欲逆其志亦不得也。""故知论世知人而后逆志之说可用也。"王国维在《玉溪生诗年谱会笺序》中也说:"由其世以知其人,由其人以逆其志,则古诗虽有不能解者寡矣。"当然,"知人论世"亦须从正确分析实际情况出发,任意论断其人其世,也是不可能得到正确结论的。

孟子对后世文学批评影响比较大的,还有"知言养气"说。"知言养气"说是孟子哲学思想重要组成部分,而不属于文学理论批评,但对后来文论中的文气说具有奠基作用。《公孙丑》上篇云:

> (公孙丑)"敢问夫子恶乎长?"(孟子)曰:"我知言;我善养吾浩然之气。""敢问何谓浩然之气?"曰:"难言也。其为气也,至大至刚,以直养而无害,则塞于天地之间。其为气也,配义与道;无是,馁也。是集义所生者,非义袭而取之也。行有不慊于心,则馁矣。"……"何谓知言?"曰:"诐辞知其所蔽,淫辞知其所陷,邪辞知其所离,遁

辞知其所穷。"

孟子在这里所说的"浩然之气"是指人的仁义道德修养达到很高水平时所具有的一种正义凛然的精神状态,所以说这种"浩然之气"是"配义与道",是"集义所生","无是,馁也"。有了这种"浩然之气",就能具备一种崇高的精神美、人格美。他在《尽心》下篇中说:

> 浩生不害问曰:"乐正子何人也?"孟子曰:"善人也,信人也。""何谓善?何谓信?"曰:"可欲之谓善,有诸己之谓信,充实之谓美,充实而有光辉之谓大,大而化之之谓圣,圣而不可知之之谓神。乐正子二之中,四之下也。"

善良的人,实在的人,这是好人最起码的标准,而善与信充满于全身,可称之为"美";不仅充满全身,而且有光辉,则可称之为"大";不仅有光辉,而且能把一切都融会贯通,则可称为"圣";圣德达到神化莫测的境界,则可称为"神"。这是指人格美的不同层次而言的,能够具有美、大、圣、神的高度人格美的人,亦即具有"浩然之气"的人;所谓"善养吾浩然之气",也即善于培养自己这种美、大、圣、神的崇高品格。孟子认为一个人具有了这样崇高的品格,在精神上就会体现出浩然正气,就能"知言":不仅自己言辞理直气壮,而且善于辨别各种错误的言辞。可见,志、气、言之间是有密切关系的。"夫志,气之帅也。"(《公孙丑》上篇)"志",指心,即人的内在人格与品质,气就是这种志在精神状态上的体现,而言是具体表现气的特点的。所以,孟子认为必须首先使作者具有内在精神品格之美,养成"浩然之气",然后才能有美而正的言辞。这种思想影响到文学创作,就特别强调一个作家首要从人格修养入手,具有高尚道德品质,然后才有可能写出好作品。孟子所说的"气"是仁义道德修养的结果,是可以学而后至的,而非先天个性气质特征之表现,因此与后来曹丕所论之"气"不同,韩愈《答李翊书》中所说之"气"与孟子较为一致。

第三节　荀子对儒家文学思想的继承与发展

荀子(前313—前238),名况,字卿,又称孙卿,战国后期赵国人。荀子主要是一位儒家思想家,但他又广泛吸取了诸子中的许多重要思想成果,是一位集大成的思想家。荀子的学说反映了中国文化传统中的重要特点,即各派文化思想的融合与统一,他对中国文化传统的形成起过很大作用。荀子学说对儒家文学思想有许多新的发展。荀子直接论述文学的言论并不多,但是他有反对墨子《非乐》篇思想、专门论述音乐理论的《乐论》。后来代表儒家文艺美学思想的经典文献《礼记·乐记》,就是在荀子《乐论》的基础上形成的。所以荀子的文学思想也是儒家音乐美学思想的派生物。主要有以下几方面。

第一,"天行有常"的自然观对他的文学思想的影响。荀子在他著名的《天论》中明确否定了天是有人格、有意志的神的观点,指出:"天行有常,不为尧存,不为桀亡。"天道不能主宰人事,"本而节用,则天不能贫。养备而动时,则天不能病。修道而不贰,则天不能祸"。在人和自然的关系中,他充分肯定人的积极作用,重视发挥人的主观能动性,他说:"大天而思之,孰与物畜而制之,从天而颂之,孰与制天命而用之!"敬重天、思慕天,不如把它作为物来畜养而控制它;顺从天、颂扬天,不如掌握它的发展规律而利用它。这是他提出的一个"人定胜天"的光辉命题。为此,他十分重视人的创造性在文艺发展中的作用,强调作为精神产品的文艺可以产生积极的社会效果。这个特点非常鲜明地体现在他的《乐论》之中。

荀子提倡学习,认为一个人无论在道德修养上还是艺术创造上,要达到完美的境界都必须经过顽强的学习和实践。他指出人性本恶,人们生而有各种欲望,它们不一定都合乎礼义要求,只有认真学习,才能节制自己欲望,使之去恶从善,如能积善成习,可以逐步成长为圣人。此理亦通于文艺创造,只有不断地学习和实践,才能创作出日臻完美的文艺作品。他在《劝学》篇中说:

> 君子知夫不全不粹之不足以为美也,故诵数以贯之,思索以通

之,为其人以处之,除其害者以持养之,使目非是无欲见也,使耳非是无欲闻也,使口非是无欲言也,使心非是无欲虑也。及至其致好之也,目好之五色,耳好之五声,口好之五味,心利之有天下。是故权利不能倾也,群众不能移也,天下不能荡也。生乎由是,死乎由是,夫是之谓德操。

这里讲的是人格修养问题,同时也是审美感情和审美观的培养问题。他以"全"和"粹"之美作为最高标准,而实现它的关键是在学习、思索、实践。这种"全"和"粹"的美的境界,既是道德品质的标准,也是审美理想的标准,也是对创作完美的艺术品的主体方面的要求。

荀子认为人性的美和善,必须经过人为的努力学习和锻炼,方有可能达到。他在《礼论》中说过一段十分重要的话:

性者,本始材朴也;伪者,文理隆盛也。无性,则伪之无所加;无伪,则性不能自美。性伪合,然后圣人之名一,天下之功于是就也。故曰:天地合而万物生,阴阳接而变化起,性伪合而天下治。

荀子这里所说的"伪"即是指人为之努力。《性恶》篇中说:"凡性者,天之就也,不可学,不可事。礼义者,圣人之所生也。人之所学而能,所事而成者也。不可学、不可事而在人者,谓之性,可学而能、可事而成之在人者,谓之伪:是性伪之分也。"荀子认为性与伪的区别即在于一是先天的,一是后天的,而"无伪,则性不能自美"。所以人性之美关键是在后天的学习。"性伪合",然后才有美的人性出现。从文艺创作来说也是如此。创作对象必须经过创作者的主观努力,对之进行艺术的加工和改造,方有可能使之成为真正完美的艺术品。

荀子肯定自然和社会都是不断发展变化的,主张文艺创作也要从现实出发,不断有新的创造、新的发明,而不能固守旧的框框,唯以复古为尚。从政治上说,荀子主张"法后王",而不是"法先王"。他认为后王所作所为乃是对先王原则在新的历史条件下的运用与发展,先王的原则虽然很重要,但毕竟是适应当时情况需要的,对于已经变化了的现实来说,总是有缺陷的。所以,荀子虽然尊重五经,然而对它们还是有所批评的。他在《劝学》篇中说,五经虽然体现了先王之道,但时代久远,不能用以解决现实问题:"《礼》《乐》法而不说,《诗》《书》故而不切,《春秋》约而不速。"《礼》《乐》虽是经典法则,但未做具体详尽说明,《诗》《书》是前朝掌故,并不能切合今天现实;《春秋》过于简约,不能使人很快明白其意义。因此,他认为不能把五经当作死条条来背诵,而提出要"学莫便乎近其人",要向现实中真正有学问的人来学习,而那些"学杂识志,顺《诗》《书》"的人则不过是"陋儒"而已!在《儒效》篇中,荀子把人分为四等:俗人、俗儒、雅儒、大儒,而其中俗儒之特点即是"不知法后王而一制度,不知隆礼义而杀《诗》《书》"。这里的"杀"是贬低其地位之意。这是对以孔子为代表的儒家思想中的保守方面的大胆批评。他吸收了法家思想中重视现实的积极因素,对儒家思想做了革新。在文艺的形式方面,荀子也主张要有新的创造,并且身体力行,做了很多努力。他创作的《赋》篇,对"赋"这种新的文学形式的发展起了重要作用。刘勰《文心雕龙·诠赋》篇中,对荀子和宋玉在赋的发展史上的作用,曾做了充分的肯定。他说:"爰锡名号,与诗画境,六义附庸,蔚成大国。"

第二,明道、言志、抒情相结合的文学观之形成。荀子的思想虽是博取众家之长,但还是以儒家思想为主体的。他在《非十二子》篇中对各家都有严厉批评,唯独对孔子评价甚高,认为他的学说超乎各家之上,具有"总方略、齐言行、壹统类"的标准、示范作用。他对《诗经》也很有研究,传说《毛诗》即是通过荀子及其学生流传下来的。荀子文学思想从根本上说也是继承了孔子思想的,是非常强调文学和社会政治、伦理道德之间的关系的,但是他的论述比孔子具有更强的哲理性,范围也比较宽。他认为文学是明道的,不过他说的道与孔子之道,内容不完全相同。这主要表现在两方面。首先,荀子的道既是圣人之道,即社会政治之道,同时又是具有哲理性的自然规律之道。这大约是吸收道家思想成果而形成的。《天论》篇中说,万物都有道,所以"万物为道一偏",而圣人之道则是作为这种自然规律之道的集中表现,"百王之无变,足以为道贯"。其《儒效》篇中说:"圣人也者,道之管也。天下之道管是矣,百王之道一是矣。"他把圣人之道提到了自然规律的高度来看待,又把哲理之道具体化为圣人之道、社会政治之道。这也是一种糅合儒道之表现。其次,荀子的道既是先王之道,又是后王之道,这和他"法后王"的思想是一致的。他的道不是圣贤固定不变的条条,而是适应新时代变化情况的道,也就是说,道的内容是可以不断地扩大与丰富的。道既有其贯穿如一的中心,又有其"应变"的方面。《解蔽》篇云:"夫道者,体常而尽变。"《天论》篇云:"一废一起,应之以贯,理贯不乱。不知贯,不知应变。"这又显然是吸收了法家学说重变化重现实的内容,而对儒家思想的一种发展。因此,荀子所主张的文学要明道的观点,与孔子相比已有了很多新内容。

不仅如此,荀子关于文学明道的思想还和他对意识形态与文化领域中各部门不同特点的认识有密切关系。荀子所处的时代,由于意识形态与文化领域中各部门的逐渐分离独立,使他对这些部门的不同特点有了较为清晰的认识。他在《儒效》篇中指出《诗》《书》《礼》《乐》《春秋》虽然都是"明道"的,但各自又有不同的角度与特点。《书》主要是讲社会政治事情的,《礼》是讲人们应遵守的礼节制度以及为何照此行动的,《春秋》是通过历史事实的简要记载来体现作者微言大义的。而《诗》则是抒写人的心志的,《乐》是陶冶人们的感情、使之中正平和的。文艺有它独特的明道方式。明道和言志的结合,亦即共性与个性的统一。

更为重要的是,荀子对言志的理解也比孔子有了进一步的发展,他充分重视了言志中的抒情因素。当时诗和乐还没有完全分离,荀子对于音乐本质的阐述,也可以反映他对诗的认识。他在《乐论》中一方面指出音乐也是言志的:"君子以钟鼓道志,以琴瑟乐心。"另一方面又强调音乐乃是人感情的自然流露:"夫乐者,乐也,人情之所必不免也,故人不能无乐。"说明音乐是以情道志的,自然,这个志中是既有思想因素,亦有感情因素。这是对春秋以来言志说的重大发展。故相传由荀子学生传下来的《毛诗》,在西汉前期的《毛诗大序》中就明确提出诗既是"志之所之",又是"吟咏情性"的。这种明道、言志、抒情结合的文学观既反映了文学与其他社会科学的共性,又反映了文学本身的特点,即其个性。毫无疑问是对儒家文学思想的重大发展。

在文学批评上,荀子认为应当以道作为最基本的标准,一切言论行动包括文学在内都应当合乎道。《正名》篇云:

> 辨说也者,心之象道也。心也者,道之工宰也。道也者,治之经理也。心合于道,说合于心,辞合于说,正名而期,质请而喻。辨异而不过,推类而不悖。听则合文,辨则尽故。以正道而辨奸,犹引绳以持曲直;是故邪说不能乱,百家无所窜。有兼听之明,而无奋矜之容;有兼覆之厚,而无伐德之色。说行则天下正,说不行则白道而冥穷,是圣人之辨说也。

荀子在这里特别强调指出,言辞应当符合辨说的需要,辨说应当符合人内心的意图,而人内心的意图应当符合道。言辞辨说是心对道的认识之表现。言辞辨说合乎真实而易于了解("质请而喻"),辨别差异而无过错("辨异而不过"),推论各类事物差别而不背正道("推类而不悖"),关键就在于要以道为衡量之标准,"以正道而辨奸,犹引绳以持曲直"。而在明道的方面,应当学习先王、圣人,以他们为榜样,故其《正论》云:"故凡言议期命,是非以圣王为师。"圣人所留下来的经典,如《诗》《书》《礼》《乐》《春秋》等,则是圣人明道的代表作。所以,荀子的思想里已经具有"明道""征圣""宗经"思想的萌芽。然而,这又不等于是提倡复古,它应当是与适应新的变化、符合现实需要相统一的。他要求以道、圣、经的原则来指导现实。他在《赋》篇中说:"天下不治,请陈佹诗。"所谓佹诗,即是变诗。梁启雄《荀子简释》云:"杨树达曰:佹,假为'恑',《说文》:'恑,变也。'变诗,犹'变风''变雅'。"王先谦《荀子集解》云:"荀卿请陈佹异激切之诗,言天下不治之意也。"说明荀子正是要通过诗歌创作来干预现实,这和司马迁说他"疾浊世之政"(《史记·孟子荀卿列传》),是可以相互印证的。这和后世儒家以"明道""征圣""宗经"来强调复古、提倡"述而不作"是不同的。

第三,对文艺和政治关系的系统阐述。荀子在《乐论》中对先秦儒家关于文艺和政治的关系做了全面的理论总结。《乐论》是荀子针对墨子《非乐》论而写的一篇辩驳文章。郭沫若先生认为《礼记·乐记》系公孙尼子作,早于荀子,荀子《乐论》是抄袭《乐记》的(见《公孙尼子与其音乐理论》,载《青铜时代》)。我们不赞成这种看法,《乐记》当是汉儒所作(详见本书论《乐记》部分)。荀子《乐论》的直接思想来源当是《左传》记载的季札观乐,《乐论》的核心是论说音乐在社会政治生活中的重要地位和作用。

《乐论》最主要的贡献是提出了"音乐→人心→治道"的模式。它认为音乐可以感化人心,从而影响社会风尚,决定政治的治乱。这样就把音乐的作用提到了极端的地位。音乐是人的感情之自然流露,所以具有特殊的陶冶人心灵的作用。"夫声乐之入人也深,其化人也速,故先王谨为之文。"荀子认为人性本恶,天生就要求满足自己的私欲,故其思想感情有邪而不正的方面,为此需要有好的音乐来感化它,使之改恶从善,先王制《雅》《颂》之乐,其目的正是在这里。他说,由于音乐是人感情的自然流露,"故人不能不乐,乐则不能无形,形而不为道,则不能无乱。先王恶其乱也,故制《雅》《颂》之声以道之"。音乐有正声和奸声之不同,人情亦有顺气与逆气之差别,这是两相呼应的。"凡奸声感人而逆气应之,逆气成象而乱生焉。正声感人而顺气应之,顺气成象而治生焉。"这样荀子就揭示了音乐、人心、治乱之间的必然联系。正声感人而人心中之顺气应之,顺气成象就能使风俗醇正而社会安宁、政治清明。他说:"乐中平则民和而不流,乐肃庄则民齐而不乱。民和齐则兵劲城固,敌国不敢婴也。如是,则百姓莫不安其处,乐其乡,以至足其上矣。然后名声于是白,光辉于是大,四海之民,莫不愿得以为师。是王者之始也。乐姚冶以险,则民流僈鄙贱矣,流僈则乱,鄙贱则争。乱争则兵弱城犯,敌国危之。如是,则百姓不安其处,不乐其乡,不足其上矣。故礼乐废而邪音起者,危削侮辱之本也。"这就把音乐对政治的作用提到了绝对化的高度,似乎音乐可以决定政治了。荀子提出的"音乐(文艺)→人心→治道"的模式反映了儒家对文艺与政治关系的基本思想,后来直接为《毛诗大序》所接受,成为封建社会中儒家正统文艺思想的核心,它的功过需要在历史发展过程中做具体的分析评论。

荀子在《乐论》中还全面地阐述了礼乐关系,提出了"礼别异""乐合同"的思想。荀子发挥了儒家关于礼以节外、乐以和内的思想,指出礼作为礼节仪式、典章制度,是节制人们行动的准则。人都有天然的欲望和要求,如果任其自由发展,则必然产生过度追求,从而引起争端,"争则乱,乱则穷"(《礼论》)。故而需要以礼来加以控制,使之局限于自己应有的分内,而不超越这个界限。他在《礼论》中说:"礼起于何也?曰:人生而有欲,欲而不得,则不能无求,求而无度量分界,则不能不争。争则乱,乱则穷。先王恶其乱也,故制礼义以分之,以养人之欲,给人之求。使欲必不穷乎物,物必不屈于欲,两者相持而长,是礼之所起也。"可见,礼是为了从外面限制人的欲望之无限度发展而制定的,而人的欲望是产生于人的内在本性的。因而从根本上说,还是要陶冶人的内在本性,使之自觉不产生非分要求,这就需要用乐以和内。《乐论》说:"且乐也者,和之不可变者也;礼也者,理之不可易者也。乐合同,礼别异,礼乐之统,管乎人心矣。"礼规定不同社会地位的人应有不同的言行规范,乐则使人在思想感情上平和中正,不生非分之想,在精神品德方面统一到共同的原则上。荀子这种礼乐观进一步突出了文艺和政治的关系,是对孔子"兴于诗,立于礼,成于乐"的继承与发展。

荀子在《乐论》中还提出了"以道制欲"的重要命题。他说:"乐者,乐也。君子乐得其道,小人乐得其欲。以道制欲,则乐而不乱;以欲忘道,则惑而不乐。"从人格修养上说,要以道来限制欲望的任意发展;从文艺创作和欣赏来说,要以道作为判别优劣的标准。音乐给人以快乐,以美的享受,但是,君子喜爱音乐是因为它体现了道,而小人喜爱音乐则是为了满足自己的欲望要求。"以道制欲"是一个哲学上的命题,也是一个美学和文艺上的命题。从哲学上讲,是不允许人性的自由发展,抑制人的个性,只能让它按照礼义的方向发展。用共性来束缚个性,荀子比孔子论述得更明确,它成为我国文化传统中的一个很重要的特点。汉儒的"发乎情,止乎礼义",宋儒的"存天理,灭人欲",都是"以道制欲"在不同历史条件下的发展。这和西方中世纪的禁欲主义有相同的特点。从文艺和美学上讲,"以道制欲"要求文艺创作严格地以礼义为基本内容,把礼义作为审美的前提条件,不允许有越出礼义的文艺创作和审美观点。这样就使文艺和美学成为礼义的附庸,窒息了文艺的创造力、生命力,把美学也僵化了。中国历史上很多文艺和美学的斗争,都是为了冲破"以道制欲"的枷锁,以求得文艺和美学的自由发展。

从上述对文艺和政治关系的理解出发,荀子把"中和"之美作为衡量文艺作品的美学原则。他把孔子那种还处于朦胧状态的"中和"观念,从理论上做了明确的概括与总结。《劝学》篇说:"乐之中和也。"《乐论》中讲得更多:"乐中平则民和而不流。"中平即中和。又说:"故乐者,天下之大齐也,中和之纪也,人情之所必不免也。""故乐者,审一以定和者也。"《儒效》篇中说:"乐言是其和也。"音乐是如此,诗歌也是如此。《劝学》篇中说:"诗者,中声之所止也。"这当然是偏重指诗之乐章的,杨倞注说:"诗谓乐章,所以节声音至乎中而止,不使流淫也。"不过,"中和"也包括诗的内容和风格在内。"中和"方能合乎道,合乎道始能有"中和"之美。《儒效》篇云:"故《风》之所以为不逐者,取是(指道)以节之也;《小雅》之所以为《小雅》者,取是而文之也;《大雅》之所以为《大雅》者,取是而光之也;《颂》之所以为至者,取是而通之也。天下之道毕是矣。"这种"中和"观念,自然是对孔子"乐而不淫,哀而不伤"的发展,但也和中国春秋时代的音乐美学思想有关。《国语·周语》记载,周景王时伶州鸠论乐,即认为"中声""中音"是合于"天道""神人"的最高最美音乐。《左传》昭公元年医和论乐时也说:"先王之乐,所以节百事也,故有五节,迟速本末以相及,中声以降,五降之后,不容弹矣。"他们都对"中和"之美给以极高评价。这大约是和西周以来注重德治,强调要调和矛盾的政治思想状况有联系的,同时也与中国古代注重"和"之美的传统分不开的,讲究要五色相调、五音相配、五味相参,认为"物一不文","和实生物,同则不继"。而从孔子到荀子则把美学和文艺上的"中和"观念与政治道德更加密切地联系了起来。"中和"遂成为儒家传统美学思想的核心。

第三章 庄子和道家的文学观

第一节 老子的"大音希声,大象无形"论

先秦以老子、庄子为代表的道家文学思想是可以与儒家并驾齐驱的大派别,在中国古代文艺史上,从文艺的民族传统特点的形成与发展来看,其实际作用比儒家更为巨大而深刻。道家文艺思想的基本特点是着眼于文艺的审美特性以及文艺的创造过程,特别是对文艺创造的主体修养问题,从心理、生理等角度做了多侧面、多角度的阐述,把理想的审美境界和道的境界统一了起来,所以,和儒家之注重文艺的外部规律不同,道家更多的是研究文艺的内部规律问题。不过,道家的文学思想也是其音乐思想的延伸,在这点上是和儒家一样的。

老子(约前580—前500),姓李,名耳,字聃,楚国苦县厉乡曲仁里人。司马迁说他是"周守藏室之史也"。也有人说他是孔子死后一百多年周之太史儋,活了近200岁,或曰非,司马迁说"世莫知其然否"(《史记·老子韩非列传》)。可见,老子其人其事在西汉前期已经不清楚了。司马迁说:"老子,隐君子也。"据多数学者研究,老子大约和孔子同时,年岁比孔子略大,故孔子曾向老子问礼。《老子》一书成书时代,学术界颇有争议。《老子》和《论语》都是老子和孔子的学生所写定,并非他们本人所撰。中国在孔子以前还没有私学著述,因此,《老子》成书在《论语》之后,且其中明显杂有战国的思想,更可说明这一点。从文艺思想的实际发展看,儒家文艺思想的形成与发展,显然要早于道家文艺思想。

老子对文艺和美学的主要贡献有二:一是对"象"的论述;二是对"虚静"的论述。前者是从审美的角度对艺术创造的客体所要达到的标准的描述;后者是从心理的角度对审美主体所提出的要求。而这两方面又都是建立在以自然之道为中心的哲学本体论基础之上的。老子认为宇宙万物的本源是道,它"视之不见""听之不闻""搏之不得",看不见、听不到、

摸不着,所以说是"无状之状""无物之象",它像一团混沌、恍惚的气,其中似乎又有不纯粹是精神的东西,故而又说"有物混成,先天地生","其中有物","其中有象",这说明老子的道似乎又有物质的因素。

老子认为道始终处于运动变化之中,是永远长存的,它"独立而不改,周行而不殆,可以为天下母"。道既是万物产生的本源,又有它自身发展变化的规律。人不能用主观的人为的力量去改变这种自然规律,而应当无条件地顺从这种自然规律。"人法地,地法天,天法道,道法自然。"司马迁概括老子学说是"无为自化,清静自正"。唐代张守节释云:"言无所造为而自化,清净不挠而民自归正也。"老子强调绝对尊重自然规律,却又否定了人的主观能动作用,故而他崇尚自然无为,否定人的智慧与创造,主张"绝学""弃智",对人为的文艺也持否定态度。他说:"五色令人目盲,五音令人耳聋,五味令人口爽。""信言不美,美言不信。""善者不辩,辩者不善。"但是,实际上老子不是真正不要文艺,他要求的是一种完全摒弃人为而合乎天然的文艺,与道相合的美的境界。所以他提出了"大方无隅,大器晚成,大音希声,大象无形"这样著名的命题。这"大音希声,大象无形"原本并非美学的范畴,是指道的特点,但这也符合他对文艺与美学的要求。他认为最美的声音就是没有声音,最美的形象就是没有形象。王弼在"大音希声"下注道:"听之不闻名曰希,不可得闻之音也。有声则有分,有分则不宫而商矣。分则不能统众,故有声者,非大音也。"有声是指具体的声音,它只能是声音之美的一部分,而不可能是全部,故非"大音"。"无声"则可以使你去想象全部最美的声音,而不受具体"有声"之局限,故而是"大音"。因为,道是"无状之状","无物之象",它比一切具体的"状"和"象"都高,是"万物母",具体的"状"和"象"都是由它派生出来的。所以,"无声"为"有声"之母,"无形之象"为"有形之象"之母。"大音希声,大象无形"是一切艺术和美的最高境界,达到这种境界实际上已经进入了道的境界。这里没有任何人为痕迹与作用,完全符合自然。

这种"大音希声,大象无形"的境界,人们怎样才能体会到呢?这就涉及无和有、虚和实的关系了。老子说过一段非常有名的话:

> 三十辐共一毂,当其无,有车之用。埏埴以为器,当其无,有器之用。凿户牖以为室,当其无,有室之用。

老子认为无和有、虚和实之间有一种辩证关系,"有无相生",但有生于无,以无为本,而人们又可以从有去体会和领略无的境界。这里他以车轮、陶器、房子做比喻,说明无和有是相互依赖的。没有车轮中车毂的空隙,也就没车的作用;没有陶器中间的空处,也就失去了器皿的作用;没有房屋中央的空间,也就不可能成为房屋了。车轮、陶器、房屋之所以有它的价值和作用,主要在于无或虚的作用。老子强调了无和虚的作用,但是他对无和有、虚和实之间关系的看法是不完全正确的,从他举的这些例子中我们可以看到,实际上这种无和虚必须依靠有和实才能体现出来,才有可能发挥其作用。"大音希声,大象无形"的境界,总是要有某种具体的声和形来暗示、引导、象征,方能使人联想和体会到。例如白居易《琵琶行》讲到的无声与有声的关系:"大弦嘈嘈如急雨,小弦切切如私语;嘈嘈切切错杂弹,大珠小珠落玉盘。间关莺语花底滑,幽咽泉流冰下难。冰泉冷涩弦凝绝,凝绝不通声暂歇。别有幽愁暗恨生,此时无声胜有声。银瓶乍破水浆迸,铁骑突出刀枪鸣,曲终收拨当心画,四弦一声如裂帛;东船西舫悄无言,唯见江心秋月白。"在那种情况下,无声确实比有声更能充分地体现琵琶女的复杂感情。但是这种无声的境界及其作用,是不能离开前后两个有声的高潮的,否则就不能产生无声境界,读者也无法去联想其内容。虽然老子对无和有的主次关系理解上有偏激之处,然而他提出的"大音希声,大象无形"境界的影响是十分深远的。他把这种理想的"大音""大象"看作是体现了绝弃人工、委任自然的审美特征,是一个有无相生、虚实相成的完美境界,它含有无穷妙趣,使人体会不尽,给人以丰富的想象余地,这实际上也就是中国古代艺术意境的主要特征。可以说,老子的"大音希声,大象无形"论已为中国古代艺术意境理论的产生奠定了哲学和美学基础。

为了获得"大音希声,大象无形"的境界,也就是进入道的境界,老子认为作为主体的人必须有"致虚极,守静笃"的心理状态,使自己忘掉周围一切,也忘掉自身存在,这样就可与物同化,而完全顺应自然规律。为此,老子提出了"涤除玄览"的问题。"玄览",帛书本乙本作"玄监","玄监"即"玄鉴","玄览""玄鉴"意义上没有根本差别。河上公注云:"心居玄冥之处,览知万物,故谓之玄览。"老子要求审美主体必须排除一切主客观因素的干扰,内心虚静,然后方能洞察宇宙,览知万物。主体的审美心胸只有达到"涤除玄览"的境界之后,方能使艺术创造完全合乎自然而具有"大音希声,大象无形"之妙。因此,虚静、玄览乃是道家所倡导的一种特殊的审美观照。

老子关于虚静、玄览的论述,在《管子》的《心术》《内业》等篇中得到了进一步发展,并且接触到了心的虚静对思维与语言的影响。"大音希声,大象无形"论与虚静、玄览说对庄子的文艺和美学思想影响很大,庄子全面继承和发展了老子的思想,为道家学说奠定了基础。

第二节 庄子崇尚自然、反对人为的文艺美学思想

庄子(约前369—前286),名周,战国中期宋国蒙人。曾为漆园吏,是一个小官。庄子和梁惠王、齐宣王同时,但比孟子要稍晚一些。庄子是很有才能的,据《史记》记载,楚王曾派人以千金聘他做宰相,但是他拒绝了。因为庄子对当时黑暗的现实非常痛恨,抱有一种极为愤激的心情。《在宥》篇中说:"今世殊死者相枕也,桁杨者相推也,刑戮者相望也。"他对社会有非常清醒的认识,感到它已经不可救药了。为此,他悲观失望,隐居出世,主张回到古朴的先民生活时代去。过去有人说庄子是什么没落奴隶主贵族中消极悲观者在思想上的代表,现在又有人说他是反"异化"的代表,是在原始社会发展到文明社会时对文明社会带来的黑暗灾难的反抗与否定,等等。我们认为这些说法都缺乏根据,庄子思想是在社会大变动时期,即由奴隶制向封建制转化时期,找不到出路的广大群众的情绪之表现。他们希望凭着自己的聪明才智,过一种不受别人奴役、压迫的自由自在的生活,有一个不受侵犯、绝对自由的环境。他们在现实中找不到这一切,只好把希望寄托于回到浑浑噩噩的初民生活时代。他们对人间的种种明争暗斗、尔虞我诈、贪婪掠夺、攻伐杀戮等等,痛恨到了极点,认为只有复归自然才能摆脱这一切。所以庄子的思想里对人为的一切均持否定态度,而对"天然"的事物,则给予了最大的肯定与赞扬。

庄子在哲学上也和老子一样强调"天道自然无为",道既是宇宙万物的本源,又是宇宙万物内在的自然规律。对道的理解,庄子却和老子不完全相同。他认为道就是"无有","物物者非物。物出,不得先物也"(《知北游》)。又云:"昭昭生于冥冥,有伦生于无形,精神生于道,形本生于精,而万物以形相生。"(同上)可见,道是一种精神性的"无有""非物"的东西。这和老子所谓"惚兮恍兮,其中有象;恍兮惚兮,其中有物",显然不一致。尽管对道的内容理解不同,但他们都认为一切事物都是道的体现,道有它不能以人为力量去改变的自然规律。所以庄子明确提出要"无以人灭天,无以故灭命"(《秋水》)。这里,"天"即指自然,而"命"则指自然规律。庄子强调要尊重事物客观存在的内在规律,而不应当以人的主观意志去任意违背它,然而,他又把这一点绝对化了,否认人可以掌握自然规律,能动地去改造自然,得出了人只能消极地顺应自然,完全无所作为的结论,提出了"绝学""弃智"的主张,认为人对知识和技能的掌握,会破坏事物的自然规律,妨害自己去认识道、掌握道,所以在《逍遥游》中提出"至人无己,神人无功,圣人无名"的结论。这样就否定和取消了人的智慧和创造,使人的个性、人的情和欲不能自由地发展,从这个角度说,庄子的思想和儒家的"以道制欲""以礼节情"论,对人性发展来说,都有以共性束缚个性的特点。但是,庄子的"无情""无欲"论主要在否定人为的情和欲,而主张情和欲要完全顺乎天然,因此也反对儒家的"以道制欲""以礼节情",他认为儒家这种道、礼也是人为的东西。故而对儒家思想又有突破作用,实际上起着一种使人性发展从儒家的道和礼束缚下解放出来的积极作用。

庄子这种哲学观点反映在文艺美学方面,就形成崇尚天然、反对人为的审美标准和艺术创造原则。庄子认为最高最美的艺术,是完全不依赖人力的天然的艺术,而人为造作的艺术,不仅不能成为最高最美的艺术,还会妨害人们去认识和体会天然艺术之美,对人们任其自然的审美意识起一种破坏作用。他认为,人为地用色彩、线条创造的绘画,用声音节奏创造的音乐,用语言文字创造的文学,其实是最蹩脚的艺术,它使人们忘记了真正的自然本色美。庄子说:"擢乱六律,铄绝竽瑟,塞瞽旷之耳,而天下始人含其聪矣。灭文章,散五采,胶离朱之目,而天下始人含其明矣。毁绝钩绳,而弃规矩,攦工倕之指,而天下始人有其巧矣。"(《胠箧》)只有毁掉一切人为的艺术,人们才能懂得什么是真正的艺术,才能耳聪目明,发现天然的至高的美。他把古代著名的艺术家、工艺家看作是破坏人们天然审美意识的罪人。他说:"五色不乱,孰为文采;五声不乱,孰应六律,夫残朴以为器,工匠之罪也。"(《马蹄》)

庄子的片面性就在于他把尊重自然规律绝对化,否定了人的主观能动作用,诚如荀子《解蔽》篇所批评的:"蔽于天而不知人。"这样,便否定了人们艺术实践的必要性。但是能不能由此得出庄子是根本否定文艺的结论呢?不能。庄子是否定人为造作的艺术,而提倡完全天然的艺术。艺术本来是人的创造,否定了人的创造,还有什么艺术呢?其实,庄子也不是简单地否定人为的艺术,这方面他对老子有重大发展,他着重论述了人如何在精神上通过"心斋"与"坐忘",而进入"天地与我并生,而万物与我为一"(《齐物论》)的、与道合一的境界。人的主观精神能达到这样的状态,完全与自然同趣,那么他就能"独与天地精神往来"(《天下》),而他所创造的艺术,也即是天然的艺术,与天工毫无二致,这时的人工也就是天工了。这种艺术虽也是人工创造,但因主体精神与自然同化,因而也绝无人工痕迹,达到天生化成的程度。这才是庄子论艺术创造的真正精义所在。因此,关键不是在于是否人工创作,而在于创作主体的修养能否达到在精神上与道合一的问题。所以,他讲的一系列技艺创造故事,如庖丁解牛、轮扁凿轮、梓庆削木为镰、津人操舟、吕梁丈夫蹈水、痀偻者承蜩等,无不贯穿着这样的精神,这也是他对后代文学艺术创造影响的主要所在。历来受庄子影响的文学家、艺术家,不仅没有一个否定艺术创造,而且都是极为重视艺术创造的,只是要求无任何人为造作之迹,完全合乎天然而已!

庄子对他理想的天然艺术境界,有过许多生动的描绘,这就是音乐上的"天籁""天乐",绘画上的"解衣般礴",文学上的出乎"言意之表"。他在《齐物论》中把声音之美分为三类:人籁、地籁、天籁。这是三个不同层次的音乐美境界,是按人为因素的大小、有无来划分的。人籁是指人们借助于丝竹管弦这些乐器而吹奏出来的声音,即使再好也属于人为造作,属于最低层次。地籁是指自然界的各种不同孔窍,受风的吹动而发出的声音,它们是要靠风力的大小来形成不同的声音之美的。地籁虽没有人的作用,但要依赖风这个外力,所以还不是最自然的。天籁则是众窍的"自鸣"之美,它们各有自己天生之形,承受自然飘来之风,而发出种种自然之声音。"咸其自取,怒者其谁耶?"它和地籁之区别在于不受"怒者"之制约,完全是"无待"的,所以是最高层次的音乐美。符合天籁水平的音乐,称为"天乐"。《天道》篇云:"与天和者,谓之天乐。"关于天乐的具体状况及特点,《天运》篇曾有过论述,这就是黄帝在"洞庭之野"所奏的"咸池之乐"。它使黄帝的臣子北门成听了之后,竟至于心神恍惚,几乎不能控制自己。黄帝说这种天乐的特点是:"奏之以人,征之以天,行之以礼义,建之以太清。"它既合乎人事,又顺乎天道,礼义自然行乎其中,与天然元气相应。故郭象注说:"由此观之,知夫至乐者,非音声之谓也。必先顺乎天,应乎人,得于心而适于性,然后发之以声,奏之以曲耳。故咸池之乐必待黄帝之化而后成焉。"《天运》篇这种天乐是"听之不闻其声,视之不见其形,充满天地,苞裹六极"。唐代成玄英认为这就是《老子》中说的"大音希声,大象无形"之境界。他说:"大音希声,故听之不闻;大象无形,故视之不见;道无不在,故充满天地二仪;大无不包,故囊括六极。"郭象说:"此乃无乐之乐,乐之至也。"

绘画方面庄子欣赏的是"解衣般礴"式的画,《田子方》篇云:"宋元君将画图,众史皆至,受揖而立;舐笔和墨,在外者半。有一史后至者,儃儃然不趋,受揖不立,因之舍。公使人视之,则解衣般礴,裸。君曰:'可矣,是真画者也。'"具有这种精神状态的人,画出来的画,就和自然本身没有差别。庄子认为用笔墨所能画出来的画,都是有局限性的,总不如自然本身来得美。一个画家不管他有多大本事,也不能把自然之美全部描绘出来,总是会有人工痕迹,而只有自然本身所体现出来的,才是最美的"真画"。这种对绘画的要求,其实也不是不要画,而是要求人在主体精神上实现与道合一,这时画出的画就没有人工痕迹,而与自然一致了。

从运用语言文字来写作的文章(包括文学在内)来说,要不受语言文字局限,而求之于"言意之表",这样才能真正体现"妙理"。《秋水》篇说:"可以言论者,物之粗也。可以意致者,物之精也。言之所不能论,意之所不能察致者,不期精粗焉。"郭象注道:"唯无而已,何精粗之有哉!夫言意者,有也;而所言所意者,无也。故求之于言意之表,而入乎无言无意之域,而后至焉。"庄子所说的道是语言不能表达,心意不能察致的,因为用语言去论说,用心意去思索,都属于人为的努力,这是无法达到的。只有无言无意,任其自然,才能真正领会道的妙理。

"无乐之乐""解衣般礴""言意之表",成为我国古代音乐、绘画、文学所竭力追求的一种最高的境界。庄子把老子哲学上的境界具体发展为艺术上的境界。这里也可以看出庄子(包括老子)所追求的是一种绝对的"全"之美,而不是"偏"之美。人为造作的艺术总不能体现全美而只能表现偏美。《齐物论》中说:"有成与亏,故昭氏之鼓琴也;无成与亏,故昭氏之不鼓琴也。"对昭氏鼓琴所已表达出来的音乐之美是有所成了,而对昭氏鼓琴所没有表达出来的音乐之美,则又是有所亏了。故郭象注说:"夫声不可胜举也,故吹管操弦,虽有繁手,遗声多矣。而执籥鸣弦者,欲以彰声也。彰声而声遗,不彰声而声全。故欲成而亏之者,昭氏之鼓琴也;不成而无亏者,昭氏之不鼓琴也。"昭文作为古代最出色的音乐家,他一鼓琴也只能表现偏而不全的音乐美;他干脆不鼓琴,反倒能使人想象到"全"的音乐美。庄子认为:人为的音乐,不管有多大的乐队,有多高的水平,只要吹拉弹唱出来,总是有所遗漏的,不可能把声音之美全面地表现出来。所以只有"无乐之乐",方为"至乐"。传说陶渊明"性不解音,而畜素琴一张,弦徽不具,每朋酒之会,则抚而和之。曰:'但识琴中趣,何劳弦上声'"(《晋书·隐逸传》)。无弦琴之音,可以由人们去自由想象,不受任何人为之限制,是最自然的,也是最完美的。"全"之美和"偏"之美也是一种整体与部分的关系,它对后来文艺创作上的重要影响之一是追求整体的美,即所谓"以全美为工"(司空图语)。

第三节 庄子"虚静""物化"的艺术创作论

要在艺术创造上实现"天籁""天乐""解衣般礴""言意之表"这样的理想境界,庄子认为从创作主体来说必须具备"虚静"的精神状态,而从创作主体和客体的关系来说必须达到"物化"的状态。

"虚静"是庄子所强调的认识道的途径和方法,同时也是能否创造合乎天然的艺术之关键。虚静从认识论的角度看,有它的两重性。一方面它要求人必须"无知无欲""绝圣弃智"。比如庄子提出的导致虚静的方法:"心斋"和"坐忘"。《人间世》云:"若一志,无听之以耳,而听之以心;无听之以心,而听之以气,耳止于听,心止于符。气也者,虚而待物者也。唯道集虚,虚者,心斋也。"这就是要废止人的感觉、知觉器官的作用,使自己无知无欲,绝思绝虑,进入空明寂静的心理状态。又,《大宗师》说:"堕肢体,黜聪明,离形去知,同于大通,此谓坐忘。"这就是要使人忘掉一切存在,也忘掉自己存在,抛弃一切知识,达到与道合一。可见虚静是排斥人的一切具体认识与实践活动的。但是,虚静还有另一方面的重要意义,它可以使人进入一个"大明"的境界,能从内心深入把握整个宇宙万物,洞察它的变化发展规律。其实,老子讲的"涤除玄览"就有这层意思,魏源《老子本义》说:"涤除玄览,非昧晦之谓也,即明白四达而能无知也。"庄子对此论述得极为充分,他在《天道》篇中说:"圣人之静也,非曰静也善,故静也。万物无足以铙心者,故静也。水静则明烛须眉,平中准,大匠取法焉。水静犹明,而况精神?圣人之心静乎,天地之鉴也,万物之镜也。夫虚静恬淡,寂漠无为者,天地之平,而道德之至,故帝王圣人休焉。"水静了,浊物下沉,才能清澈见底;心静了,方能如镜子一样照见万物。庄子强调心必须离开人的一切利害关系,不受欲念干扰,排除知识对它的奴役作用,这时才能自由地进行审美观照。故《在宥》篇说:"至道之精,窈窈冥冥;至道之极,昏昏默默。无视无听,抱神以静,形将自正。必静必清,无劳女形,无摇女精,乃可以长生。目无所见,耳无所闻,心无所知,女神将守形,形乃长生。慎女内,闭女外,多知为败。我为女遂于大明之上矣。"庄子认为必须抛弃一切具体的、局部的、主观的"视""听""知"等,才能真正达到"大明"境界,也即是人的认识之最高境界。《天地》篇云:"视乎冥冥,听乎无声。冥冥之中,独见晓焉;无声之中,独闻和焉。"不能摆脱人为"视""听",那么也就不能"见晓""闻和"。可见,虚静不是消极的,而是有非常积极的目的。庄子这种看法很可能受了《管子》影响。《内业》篇云:"心能执静,道将自定。"《心术》篇云:"动则失位,静乃自得。"这种特点和后来荀子讲虚静时提出要达到"大清明"境界,是完全一致的。虚静后来对文艺创作思想所产生的巨大影响,不是它的消极方面,而恰恰是它的积极方面。

庄子把虚静看作是人的认识的最高阶段,达到这个阶段后,人对宇宙间一切事物及其内在规律即能了如指掌,一清二楚,而不会受任何具体认识的片面性与局限性之影响。这种虚静论的致命弱点是把"大明"境界的获得与人的具体认识与实践对立起来了。他不把认识的最高阶段的获得看作是人的无数具体认识和实践的结果,是在人的长期具体认识和实践基础上产生的飞跃;而是把人的具体认识和实践看作是获得这种最高认识的障碍,认为必须抛弃一切具体的认识和实践,才能达到这种认识的最高阶段,这就把人的认识过程颠倒了。事实上,排斥了具体的认识和实践,是不可能获得"大明"境界的。虚静的认识论体现了中国古代思维方式上的重要特点,即重在内心体察领悟,而不重在思辨的理论探索。在庄子看来,这些属于宇宙万物的本质和规律,亦即道的内容,是无法言说清楚的,就像《天道》篇轮扁凿轮故事中的"数",它只能靠人们去意会,所以这是一种"体知",而不是"认知"。不过这种"体知"之中又富有"认知"内容,它不只是一些直观的、经验的内容,不只是事物的表象,而是包括了事物的本质和内在原理的。这种思维方式特点对中国古代文艺思想和文学理论发展有重大影响。

庄子虚静说对后来文艺创作和理论批评的影响是通过他的一系列论技艺创造故事来实现的。他在论这些技艺故事时,贯穿了一个基本思想,即是要使技艺创造达到神化,与造化相吻合,最关键的是要使技艺创造者具备虚静的精神状态,达到"大明"的境界。正是在这一点上,技艺创造和艺术创作是相通的。庄子认为只有达到虚静,才能排除一切主观和客观杂念对自己的干扰,才能智照日月,洞鉴万物,深入领会创造对象的外在形态特点和内在规律,集中精力进行复杂的创造活动,使创造者与被创造者融合为一,使主体和客体进入"物化"的状态,这时就能创造出与自然同化的技艺产品来,这个道理和艺术创造是完全一致的。《达生》篇论梓庆削木为𫘧道:

梓庆削木为𫘧。𫘧成,见者惊犹鬼神。鲁侯见而问焉。曰:"子何术以为焉?"对曰:"臣,工人,何术之有?虽然,有一焉。臣将为𫘧,未尝敢以耗气也,必斋以静心。斋三日,而不敢怀庆赏爵禄。斋五日,不敢怀非誉巧拙。斋七日,辄然忘吾有四枝形体也。当是时也,无公朝,其巧专而外骨消。然后入山林,观天性形躯,至矣。然后成见镰,然后加手焉;不然则已。则以天合天。器之所以疑神者,其是与!"

所谓"斋以静心",即是指培养自己具有虚静之精神状态。他"不敢怀庆赏爵禄",抛弃了一切个人的名利私念之干扰;他"不敢怀非誉巧拙",不怕别人指摘,不喜别人赞扬,此种心理负担也全部丢开了;他"辄然忘吾有四枝形体",连自己本身的存在也忘记了,自然也不再受自己感觉器官的束缚和局限,而达到了认识上的"大明"。这时,从梓庆来说,已经不再感到主体的存在,他进入山林,好像自己就是所要创造的对象,完全进入了"物化"的境界,这就叫作"以天合天",主体的自然("天")和客体的自然("天")合而为一,不知是庄周变蝴蝶,还是蝴蝶变庄周,更不知究竟是庄周还是蝴蝶。这样的创作自然是和造化天工完全一致的了。

对"物化"在技艺创造中的特点和重要性,庄子在《达生》篇中论传说中的能工巧匠倕时还说过:

工倕旋而盖规矩,指与物化,而不以心稽,故其灵台一而不桎。忘足,屦之适也;忘要(腰),带之适也;知忘是非,心之适也;不内变,不外从,事会之适也。始乎适而未尝不适者,忘适之适也。

工倕之所以能做到"指与物化",首先是因为他"心与物化"。能做到"忘适之适"也即是"以天合天",技艺之高超,与造化同工。诚如徐复观《中国艺术精神》中说:"指与物化,说明表现的能力、技巧已经与被表现的对象,没有距离了。这表示出最高的技巧的精熟。"用"虚静""物化"来要求艺术创造,是中国古代论艺术创造的首要标准。《达生》篇中说吕梁丈夫蹈水故事道:吕梁之水高悬瀑布二十多丈,冲泼而下;下面水流急湍,溅沫四十里,尽是大旋涡。但是,吕梁丈夫披发吟歌,悠闲自在地游乎其中,孔子问他"蹈水有道乎",他回答说:"亡。吾无道。吾始乎故,长乎性,成乎命。与齐(脐)俱入,与汩偕出,从水之道而不为私焉。此吾所以蹈之也。"所谓"从水之道而不为私",即是说符合水之自然规律而不以主观意志去左右它。"与齐(脐)俱入,与汩偕出"者,即是"以天合天"之"物化"境界也。由此可见,庄子的虚静正是为了达到"物化",而"物化"之要害是使主体与客体完美地默契合一,不知是我还是物,亦不知是物还是我。物我不分,方能创造出化工造物般的艺术珍品。这是庄子艺术创作论的要害之所在。中国古代论艺术创作,不是着重去讲如何模仿现实,再现现实,而是强调主体精神境界的修养;不是讲对客体如何观察了解,而是讲如何才能充分发挥主体最大限度的创造功能。但是这种创造又不是完全主观的,而是与客观自在状况与内在规律完全吻合的。从主体入手而讲到与客体的结合,是中国古代艺术创作理论的重要特点。

庄子在论述这一系列技艺创造故事时,目的是要借此说明虚静的重要意义,因此也贯穿了要排斥一切具体的认识与实践的含意。但是这些具体的技艺创造故事本身又有自己的客观意义,这些客观意义往往又正好说明了要获得"大明"境界,必须经过大量具体的认识与实践的经验积累才有可能。因此,庄子在论这些技艺创造故事时,他的主观意图与故事的客观意义又有矛盾的一面。例如《养生主》篇中讲的著名的庖丁解牛故事:庄子认为庖丁之所以在解牛时能够"游刃有余",达到如此神化水平,是因为他摆脱了具体感官的作用,才进入了与道合一的虚静状态。庖丁说:"臣之所好者道也,进乎技矣。"所以他能顺其自然,依其天性,解牛之时,目无全牛,"以神遇而不以目视,官知止而神欲行"。成玄英疏道:"官者,主司之谓也;谓目主于色,耳司于声之类是也。既而神遇,不用目视,故眼等主司,悉皆停废,从心所欲,顺理而行。"从庄子看来,庖丁感官作用全部废弃,无知无欲,只凭与道合一的精神来解牛,但是,实际上故事本身正好告诉我们庖丁之所以有这种高超的解牛本领,恰恰是经过了长期反复的解牛实践才获得的。他历经十九年,解牛数千头,故对牛的特点与规律早已烂熟在心,懂得各种不同特点的牛的状况。他看到的牛,不是浑然一体之物,他能一眼看穿牛的内部结构,对牛的筋骨、肌肉、经络、皮层等组织情况了解得清清楚楚,他知道从何处下手,即能迎刃而解。这就说明技艺创造(包括艺术创作)必须从具体的认识和实践中去总结经验,方能掌握其客观规律,使之达到炉火纯青的地步。又比如《达生》篇所说疴偻者承蜩的故事,虽然庄子本意也要说明"无知无欲"方能达到虚静而进入"大明",但故事本身的客观意义却不同。这个驼背老头儿要克服生理上的缺陷,从竿子上放二丸不掉到放五丸不掉,使身体、手臂能纹丝不动,其过程是十分艰苦的,要有顽强的毅力,付出辛勤的劳动,进行持久不懈的刻苦锻炼,才能达到"承蜩犹掇"的神化水平。其云:"五六月,累二丸而不坠,则失者锱铢;累三而不坠,则失者十一;累五而不坠,犹掇之也。吾处身也,若橛株枸。吾执臂也,若槁木之枝。虽天地之大,万物之多,而唯蜩翼之知。"可见,技艺创造(包括艺术创作)是一个艰难的劳动过程,"无知无欲""绝圣弃智"是不可能达到最高的艺术境界的。由于这些技艺故事本身的客观意义否定了庄子虚静说的消极方面,因此后代受庄子虚静说的影响主要在其积极方面。后代的文艺家没有因为强调虚静而否定了知识学问技巧的重要性,这点在陆机《文赋》和刘勰《文心雕龙》中都可以看得很清楚。

庄子的"虚静""物化"之艺术创作论对古代文艺创作理论的影响是极其深远的。从魏晋以后,它就被广泛地运用到诗、书、画、乐等方面,不仅从道家派生出来的玄学家讲虚静,而且佛家、儒家也讲虚静,不过从文学艺术理论批评的发展看,主要还是以老庄为代表的道家的影响最深,尤其是庄子那些技艺神化的故事更是直接把哲学上的虚静和艺术创作联结起来的桥梁。

第四节　庄子"得意忘言"论及其对文学理论批评的影响

庄子对言意关系即语言和思维关系的看法,对中国古代文学理论和文学创作影响极大。文学是语言的艺术,那么,言究竟能不能尽意,即语言究竟能不能把人思维过程中的一切内容都充分地表达出来呢?先秦诸子对这个问题的回答是有分歧的。儒家是重视言教的,他们认为言是能够尽意的,故十分推崇圣人之书,奉为经典。《周易·系辞》中说:"子曰:'书不尽言,言不尽意。'然则圣人之意其不可见乎?子曰:'圣人立象以尽意,设卦以尽情伪,系辞焉以尽其言。'"《系辞》所引是不是孔子的话,已不可考。但《系辞》作者讲得很清楚,孔子虽然认为要做到言尽意很困难,然而最终圣人还是可以做到言尽意的。后来汉代扬雄曾发挥此意道:

"言不能达其心,书不能达其言;难矣哉!惟圣人得言之解,得书之体。"(《法言·问神》)所以儒家强调要努力运用语言去充分地表达思维内容,尽量做到最精确的程度。

以老庄为代表的道家则与儒家相反。他们都主张行"不言之教"。老子说:"知者不言,言者不知。"庄子进一步发展了这种观点,他说:"道隐于小成,言隐于荣华。"(《齐物论》)他认为言不能尽意,圣人之意是无法言传的,所以用语言文字所写的圣人之书不能真正体现圣人之意,不过是一堆糟粕而已!世人不懂这个道理,以为圣人之书是可以反映圣人之意的,故非常珍贵这些书,其实这是完全不值得珍贵的。《天道》篇云:"世之所贵道者,书也。书不过语,语有贵也。语之所贵者,意也。意有所随。意之所随者,不可以言传也,而世因贵言传书。世虽贵之,我犹不足贵也,为其贵非其贵也。"轮扁不仅说齐桓公所读之书为糟粕,而且以凿轮为喻,说他神妙的凿轮技巧,"口不能言",虽"得之于手而应于心",但"臣不能以喻臣之子,臣之子亦不能受之于臣,是以行年七十而老斫轮"。庄子强调语言文字的局限性,指出它不可能把人的复杂的思维内容充分体现出来。这种对言意关系的看法是与他整个哲学思想体系联系着的。在他的思想体系里,道与物、无与有、神与形、意与言、虚与实,都是类似的对应概念,后几方面都是从道与物的关系上派生出来的。这里应当说明的是,"意"的概念在《庄子》一书中不同场合有不同含义。前引《秋水》篇讲的"物之精"者的"意",是属于用心这个器官可以感知的具体的意,而《天道》篇的"意"则是超乎"言意之表"的"妙理",近乎道的概念,角度不同。

既然"言不尽意",而书籍不过是圣人之糟粕,那么,是不是可以完全废弃语言文字了呢?其实也不是。庄子自己的观点不是也要用语言文字来表达吗?庄子及其后学编写的《庄子》一书,不也是为了宣传庄子的思想吗?实际上庄子也不是不要语言文字,不过,在他看来,语言文字不过是表达人们思维内容的象征性符号而已,是暗示人们去领会意的一种工具罢了。《外物》篇云:"筌者所以在鱼,得鱼而忘筌。蹄者所以在兔,得兔而忘蹄。言者所以在意,得意而忘言。吾安得夫忘言之人而与之言哉!"《外物》篇不一定是庄子本人著作,但这种观点是符合他的思想的。他认为言的目的在"得意",但言本身并非意,它是不能尽意的,然而它可以像筌蹄之帮助人们获得鱼兔一样,也可以帮助人们"得意"。鱼兔非筌蹄不能得,而筌蹄又绝非鱼兔。如果拘泥于言,认为意即在此,反而不能"得意",故必须"忘言"而后方能"得意"。言只能起一种暗示、象征作用。"得意忘言",这是庄子解决"言不尽意"然而又要运用语言文字的矛盾之基本方法。后来魏晋玄学兴起,王弼正是用这种方法来解释言、象、意三者之间的关系的。

"言不尽意""得意忘言"涉及的语言和思维关系,是一个十分复杂的问题。语言作为一种表达人的思维内容的物质手段来说,只能算一种并不称职的工具。人的思维活动中,有抽象的部分,也有形象的部分,而语言在表达这两方面内容时,都不是十全十美的。数理逻辑方面的许多高度抽象的理论,往往只能用符号公式来表达,而很难用语言来确切表达。形象思维的内容更是极为生动而细致,语言则总是带有抽象性和概括性的,也不可能把它充分体现出来。至于人的潜意识方面的思维内容,更不可能用语言来明白地叙述。当我们用语言来描绘客观事物时,实际上已经舍弃了许多丰富生动的内容,而只能反映一个大致的轮廓。例如当我们看到一朵玫瑰花时,它本是具体的"这一个",但用语言来表述时,显然已经是不少类似的玫瑰花之概括了,已经不是原来的"这一个"了。我们观看晚会的焰火,觉得非常美,可是不管怎么描写,总不如亲临其境体会得具体真切。俗语说:"百闻不如一见。"其道理即在此。文学艺术的特点是要求愈生动、愈具体、愈形象才好,而语言是不能完全满足这个要求的,很难做到十全十美。从这个角度说,"言不尽意"是一种客观存在,而庄子对这一点是认识得非常深刻的。但是,从另一方面说,除了语言之外,还有什么更好的表达思维内容的方式呢?音乐、绘画等有胜过语言的方面,而总的来说是不如语言的。我们只能承认语言文字还是最好的工具,所以,儒家重视言教也是有道理的。我们应该说,"言尽意"和"言不尽意"都有其合理的方面。

那么,语言的这种局限性是不是一点也不能突破呢?也不是。语言这种局限性是可以在一定程度上有所突破的。庄子提出的"得意忘言"论正是企图要解决这个问题。他把语言作为"得意"的工具,利用语言可以表达的方面,借助于比喻、象征、暗示等方法,来启发人们的想象和联想,引起人们对生活中经验过的某种认识和印象的回忆,联系和形成许多更加丰富复杂的思维内容,以获得言外之意,要从有限的语言文字中,领会无限的言外之意,所以不能拘泥于语言文字,要沿着它所比喻、象征、暗示的方向,充分驰骋自己的想象,发挥接受者的主观能动性,去补充它、丰富它,以获得比语言文字已经表达出来的内容广阔得多的内容,这就是"得意忘言"论的真正意义之所在。

对文学作品的创作来说,它恰恰不要求"言尽意",而要求"言不尽意"。文学作品如果都只是意尽言中,就没有味道了。文学作品以形象思维为主,又有抽象思维和潜意识内容,它的意义与价值,是由作者和读者共同创造的。因此,更需要使语言含有不尽之意,让读者去思考、回味,用自己的经验、体会去进行艺术的再创造。这里的问题是:言与意的关系并非和筌蹄与鱼兔的关系完全一样,言与意之间还是有直接联系的,至少是意的一部分,故能起到一种特定的引导作用,使"作者得于心,览者会以意"(《六一诗话》引梅尧臣语),否则,就不能起到作者所企图达到的暗示、象征作用,接受者的创造也就会和原作者没有关系了。在这一点上庄子对言意关系的论述是有片面性的。把语言文字的作用贬得过低,就可能导致创作的神秘化。

言意关系问题的提出,特别是"言不尽意""得意忘言"说的流行,对中国古代文学创作和文学理论批评产生了难以估量的巨大影响。它在魏晋以后被直接引入文学理论,形成了中国古代注重"意在言外"的传统,并且为意境说的产生和发展奠定了理论基础。

与言意关系相联系的,是庄子对形神关系的看法。庄子讲的是哲学上的形神观而不是艺术上的形神观,但它是中国文学艺术上形神问题的最早思想渊源。庄子的形神论也是从他对道物、无有关系的论述中派生出来的。他是重神轻形的。他认为人的形体的生死、存灭、美丑,都是无关紧要的,关键是在他的精神能否与道合一,成为所谓"真人"或"畸人"。《大宗师》篇说:"以生为附赘县疣,以死为决疣溃痈。"提出人应当超乎生死,做到"外其形骸",不拘泥于物。《齐物论》篇说:"形固可使如槁木,而心固可使如死灰乎?"认为心和形、精神和形体是可以分离的。一个人即使形体是残缺不全的,或形貌是十分丑陋的,但如果在精神上能与道相通,那么仍然是最高尚的、最美的。《养生主》篇中说:"公文轩见右师而惊曰:'是何人也? 恶乎介也? 天与? 其人与?'曰:'天也,非人也。天之生是使独也,人之貌有与也,以是知其天也,非人也。'"右师虽然只有一只脚,但是因为天生如此,虽然形体不美,而精神则是自然合道的,故仍是美的。王先谦注云:"形残而神全,知天则处顺。"神并不因形而受影响。庄子在《德充符》篇中还举了许多例子来说明"形残而神全"的思想。例如"恶人"哀骀它的故事。哀骀它相貌奇丑,然而男子见了愿和他相处,妇女见了愿做他的妾而不愿做别人的妻,国王见了愿托付以国事,说明他的心灵非常美。故庄子借孔子之口说:"非爱其形也,爱使其形者也。"成玄英疏道:"使其形者,精神也。"这种内心精神上合乎自然之美,庄子称为"德全"。此外,庄子还举了畸形的"阘跂支离无脤"和长着大瘤子的"瓮㼜大瘿"受到卫灵公、齐桓公欢迎的故事,反复说明了美在神不在形的观点。《养生主》中说:"指穷于为薪,火传也,不知其尽也。"王先谦注云:"形虽往而神常存。"庄子这种形神观的价值是强调了美主要在神而不在形,它的缺点是过分贬低了形的作用,而实际上形和神是不能分离和对立的。它对中国重在传神的文艺和美学传统产生了重大影响。

第五节 庄子文艺思想的浪漫主义和象征主义特征

庄子强调自然之道,他所理想的最高艺术境界(如"天籁""天乐""解衣般礴""言意之表"等等),也如同老子的"大音希声,大象无形"一样,实际上也就是道的境界。或者也可以说,道的境界在庄子那里,也就是审美的境界。他要求艺术体现作为宇宙本体的道,而反对艺术去表现作为道的具体体现的物。他认为真正美的艺术应当追求的是"无"的理想境界,而不是"有"的现实。从这个角度看,庄子要求艺术描写理想,而不是描写现实,因此,他的文艺思想具有浪漫主义的特征。

道是最高的真理,是理想的境界,但它又是不可言说的,是玄虚而难以捉摸的。《天地》篇记载了这样一个故事:

> 黄帝游乎赤水之北,登乎昆仑之丘而南望,还归,遗其玄珠。使知索之而不得,使离朱索之而不得,使吃诟索之而不得也。乃使象

罔,象罔得之。黄帝曰:"异哉! 象罔乃可以得之乎?"

这里的"玄珠"即喻道;"知"同"智",智能、知识,指人的知觉;"离朱",古之明目者,善于观察,指人的视觉;"吃诟",力诤者,善言辩,指人的听觉。王先谦注云:"知以神索之,离朱索之形影,吃诟索之声闻,是以愈索愈远。"而所谓"象罔",即是无心之谓,"象"即形迹,"罔"同"无",无形迹也就是"无"。庄子认为道是人的知觉、视觉、听觉等都不可能把握的,只有"无"才能获得。文学艺术要创造的正是这样一种只有"象罔"才能"得之"的道的境界。道体现于万物之中,《知北游》曾说道无所不在,可以"在蝼蚁""在稊稗""在瓦甓""在尿溺",乃至任何其他事物。但是,这些具体事物又都不是道,如果拘泥于这些具体事物,不仅不能得到道,而且还会丧失道。道是超现实的,它不能通过描绘现实来体现,这种超现实的境界,只能借助于暗示、象征的方式让人们去领悟。因此,庄子的文艺思想与其说是浪漫主义的,不如说是象征主义的更为确切。

为了暗示、象征这种道的境界,可以用虚构的、超现实的神话、寓言、故事等,例如《应帝王》篇所讲的南海之帝、北海之帝为中央之帝浑沌"日凿一窍,七日而浑沌死"之类;但也可以用具体的、现实的事物,例如庖丁解牛、轮扁凿轮、吕梁丈夫蹈水、津人操舟等。而更多的情况下,庄子都是用生活里很普通的一些现象来暗示和象征道的境界的,像观鱼之乐、大鹏与斥鹦的大小之辩、笼中之鸡不如野外之鸡自由等等。也就是说,庄子常常用具体的、现实的内容来象征理想的、超现实的境界。这种象征的方法也就是"得鱼忘筌""得兔忘蹄""得意忘言"的方法。

这种象征方法表现在语言的运用上,就是《天下》篇所说的"以卮言为曼衍,以重言为真,以寓言为广"。卮言,指无心之言;重言,托为时贤先哲之言,为人所重之言;寓言,寄寓之言。《庄子》书中语言或为无心自然之言,或托为神农黄帝孔子颜渊之言,或为有寄寓之言,都不是指实之言,而是暗示、象征的语言,以引导人们去体会和领悟道。他在《寓言》篇中又说:"寓言十九,重言十七,卮言日出,和以天倪。"说明《庄子》一书十分之九都是寄寓之言,是要读者去发挥联想才能明白其意的,十分之七都是假托为人所重的先哲时贤所说的话,无心之言,层出不穷,均合乎自然。这"三言"都不是对现实的真实表述,而是为了让人们体会道的特征而运用的象征性语言。这样的语言具有"言已尽而意无穷"的特点。所以从另一角度来说,即是《天下》篇中说的:"谬悠之说,荒唐之言,无端崖之辞。"表面上看,这是一种浪漫的语言,其实都是用"得意忘言"的方法去象征道的语言。这些语言所要表达的往往不是它们本身的含义,而是要求人们从"言意之表"去体会"妙理"。所以,《庄子》和《楚辞》的浪漫主义不同,对后代文艺发展的影响也不一样,它是一种带有朦胧色彩的象征主义,但又和西方的象征主义不同,它可以用最具体、现实的内容来象征超现实的理想。

第四章　先秦百家争鸣中的其他重要文学思想流派

第一节　墨家的功利主义文学观

墨子(约前468—前376),姓墨,名翟,鲁国人,是战国初年的一位著名思想家,主要代表了当时小生产者的利益。墨子是以批判儒家起家的,《淮南子·要略》篇说:"墨子学儒家之业,受孔子之术,以为其礼烦扰而不说,厚葬靡财而贫民,服伤生而害事,故背周道而用夏政。"墨子和他的子弟形成的墨家学派在春秋战国之交与儒家并列而被称为儒墨显学。墨子在文艺上也是与儒家对立的。儒家强调文艺对社会政治的积极作用,把文艺的地位抬得很高,而墨子则认为文艺对社会政治只能起消极的破坏作用,把文艺的地位贬得很低。儒家主张文质并茂,墨子则主张"先质而后文"。墨子批判了贵族阶级把文艺作为自己的享乐工具,但又从狭隘的功利主义出发,发表了很偏激的否定文艺的主张。墨家和儒家在文艺思想上的对立,也集中体现在音乐美学思想上。

墨子在政治上反对上层贵族残酷的剥削与压迫,他指出当时老百姓有"三患",即"饥者不得食,寒者不得衣,劳者不得息"(《非乐》)。他的政治理想就是要解决此"三患"。他坚持反对当时诸侯国之间的兼并攻伐,反对侵略战争,提出了"兼爱""非攻"的口号。从这种政治立场出发,他反对儒家学说,认为《诗》《书》《礼》《乐》是治国之大患,对之采取完全否定的态度。《公孟》篇说:

> 子墨子谓公孟子曰:"丧礼:君与父、母、妻、后子死,三年丧服。伯父、叔父、兄弟期。族人五月。姑、姊、舅、甥,皆有数月之丧。或以不丧之间,诵诗三百,弦诗三百,歌诗三百,舞诗三百。若用子之言,则君子何日以听治,庶人何日以从事?"公孟子曰:"国乱则治

之,治则为礼乐。国治(当为'贫')则从事,国富则为礼乐。"子墨子曰:"国之治,(脱'治之,故治也。')治之废,则国之治亦废。国之富也,从事,故富也。从事废,则国之富亦废。故虽治国,劝之无餍,然后可也。今子曰:国治则为礼乐,乱则治之,是譬犹噎而穿井也,死而求医也。古者三代暴王桀纣幽厉,蘛为声乐,不顾其民,是以身为刑僇,国为戾虚者,皆从此道也。"

墨子认为君子不"听治",庶人不"从事",国家是富强不起来的。像儒家那样居丧数年而不干事,不居丧以诗乐自娱,是不能解决百姓"三患"的。他指出国治国富时搞礼乐,而不去继续"听治""从事",国家很快就会乱、会贫,到那时再去"听治""从事",岂非"噎而穿井""死而求医",怎么来得及呢?古代暴君之所以国败身亡,正是因为他们"蘛为声乐,不顾其民"。他又说"儒之道,足以丧天下者,四政焉",而其中之一即是"弦歌鼓舞,习为声乐"。他批评孔子"博于诗书,察于礼乐",不过是"数人之齿,而以为富",没有什么了不起。在他看来,《诗》《书》《礼》《乐》乃是一些空洞而不切实用的东西。

墨子在《非乐》篇中对他的文艺思想做了非常集中的论述。他说:"子墨子之所以非乐者,非以大钟、鸣鼓、琴瑟、竽笙之声以为不乐也,非以刻镂华文章之色以为不美也。"而是由于它们"不中万民之利",不能解决老百姓的"三患"。他不否定文艺的美及其娱乐作用,但是他强调文艺首先必须服务于功利的目的,否则再美也是无用的。由于墨子所强调的功利有很明显的狭隘性与实用性,所以必然会得出否定文艺的结论。他在《非乐》篇中认为音乐艺术之美,不能帮助百姓解除吃不饱、穿不暖、劳苦而不得休息的"巨患",相反,大搞音乐还会加深人民的灾难与痛苦。为什么会这样呢?他说了三条理由。第一,王公贵族爱好音乐,必然要搜刮民财来置办乐器设备,要用很多青壮年男女来当乐工,于是使老百姓愈加贫困,而且会"废丈夫耕稼树艺之时","废妇人纺绩织纴之事"。农桑俱废,岂不是为害无穷吗?第二,一个国家提倡音乐,就会使各阶层人忘了自己本职工作,使国家陷入贫穷和混乱,王公大人"说乐而听之,即必不能蚤朝晏退,听狱治政,是故国家乱而社稷危矣"。士君子"说乐而听之,即必不能竭股肱之力,亶其思虑之智,内治官府,外收敛关市、山林、泽梁之利,以实仓廪府库。是故仓廪府库不实"。农夫"说乐而听之,即必不能蚤出暮入,耕稼树艺,多聚叔粟。是故叔粟不足"。妇人"说乐而听之,即必不能夙兴夜寐,纺绩织纴,多治麻丝葛绪捆布缪。是故布缪不兴"。第三,社会上大国侵略小国,贵族压迫贱民,强者欺侮弱者,这种种令人愤慨不平的现象,靠音乐也是解决不了的。他说:"今有大国即攻小国,有大家即伐小家,强劫弱,众暴寡,诈欺愚,贵傲贱,寇乱盗贼并兴,不可禁止也。然即当为之撞巨钟、击鸣鼓、弹琴瑟、吹竽笙而扬干戚,天下之乱也,将安可得而治与?即我未必然也。是故子墨子曰:姑尝厚措敛乎万民,以为大钟、鸣鼓、琴瑟、竽笙之声,以求兴天下之利,除天下之害,而无补也。"不仅如此,墨子在《三辩》篇中还列举了从尧舜到周成王的历代帝王对音乐的爱好和政治优劣的情况,做了比较,认为愈古的帝王,政治贤明,音乐必少而简;而到后来,政治腐败,音乐反倒多而繁了。他说:"昔者尧舜有茅茨者,且以为礼,且以为乐。汤放桀于大水,环天下自立以为王,事成功立,无大后患,因先王之乐,又自作乐,命曰《护》,又修《九招》。武王胜殷杀纣,环天下自立以为王,事成功立,无大后患,因先王之乐,又自作乐,命曰《象》。周成王因先王之乐,又自作乐,命曰《驺虞》。周成王之治天下也,不若武王;武王之治天下也,不若成汤;成汤之治天下也,不若尧舜。故其乐逾繁者,其治逾寡。自此观之,乐非所以治天下也。"这样,墨子推论出音乐和政治之间是一种互相妨害和互相排斥的关系,这和儒家对音乐与政治关系的论述恰好形成鲜明的对立。墨子这种否定音乐、否定文艺的观点显然是错误的。但是联系当时的社会背景来看,其中也有某些积极的因素,他提倡"非乐"的动机有好的方面。他针对音乐和文艺被上层贵族把持的情况,反对把音乐和文艺作为享乐的工具,批判他们耽于声乐而置百姓死活于不顾,要求以"兴天下之利,除天下之害"来衡量文艺的价值。但是他把百姓的利益和要求理解得过于狭隘了,变成了只是穿衣吃饭等具体问题;同时他对音乐等文艺作品作用的理解也过于简单化了。诚如荀子所批评的,他是"蔽于用而不知文"(《荀子·解蔽》),不懂得精神的东西也可以对物质的东西起作用,不懂得音乐、文学也可以鼓舞百姓的斗志,激发他们的劳动热情,揭露现实中的黑暗与腐朽。他把文艺和富国强兵、发展生产对立起来了,把文艺和解决百姓"三患"对立起来了,因此就片面地否定文艺。

墨子在美学思想上也鲜明地表现了这种狭隘的功利主义色彩。《说苑·反质》篇曾记载了墨子和禽滑釐的一段对话,其云:

> 禽滑釐问于墨子曰:"锦绣絺纻,将安用之?"墨子曰:"恶。是非吾用务也。古有无文者,得之矣,夏禹是也。卑小宫室,损薄饮食,土阶三等,衣裳细布。当此之时,黼黻无所用,而务在于完坚。殷之盘庚,大其先王之室,而改迁于殷。茅茨不剪,采椽不斫,以变天下之视。当此之时,文采之帛,将安所施。夫品庶非有心也,以人主为心。苟上不为,下恶用之。二王者以身先于天下,故化隆于其时,成名于今世也。且夫锦绣絺纻,乱君之所造也,其本皆兴于齐,景公喜奢而忘俭,幸有晏子以俭镌之,然犹几不能胜。夫奢,安可穷哉?纣为鹿台糟丘,酒池肉林,宫墙文画,雕琢刻镂,锦绣被堂,金玉珍玮,妇女优倡,钟鼓管弦,流漫不禁,而天下愈竭,故卒身死国亡,为天下戮,非惟锦绣絺纻之用耶?今当凶年,有欲予子隋侯之珠者,不得卖也,珍宝而以为饰。又欲予子一钟粟者,得珠者不得粟,得粟者不得珠,子将何择?"禽滑釐曰:"吾取粟耳,可以救穷。"墨子曰:"诚然,则恶在事夫奢也。长无用,好末淫,非圣人之所急也。故食必常饱,然后求美;衣必常暖,然后求丽;居必常安,然后求乐。为可长,行可久,先质而后文,此圣人之务。"禽滑釐曰:"善。"

墨子在这里举夏禹和盘庚的例子,强调古代圣王都是以实际功用为务,而不是舍此去追求文采修饰,故而天下得以大治。像殷纣王那样的败国之暴君才拼命追求文采修饰,专门讲究衣食住行之美,其结果则是"身死国亡,为天下戮"。他举例说,饥荒之年,人们情愿要一钟粟,而不要价值连城的隋侯之珠,所以他依据"食必常饱,然后求美;衣必常暖,然后求丽;居必长安,然后求乐"的原则,提出了"先质而后文"的美学观点,轻视美而重功用,鄙弃文而注重质,这种思想后来对韩非有较大的影响。

墨子提出的"三表法",其目的是判断人们对事物的认识及其言论文

章是否正确,但它同时也是衡量文学艺术有没有价值的标准。"三表法"重视人的经验与实践,有一定的科学性。《非命》上篇云:

> 何谓三表?子墨子言曰:有本之者,有原之者,有用之者。于何本之?上本之于古者圣王之事。于何原之?下原察百姓耳目之实。于何用之?废以为刑政,观其中国家百姓人民之利。此所谓言有三表也。

在《非命》中篇,墨子还论述了提出"三表法"的原因:"凡出言谈,由(为)文学之为道也,则不可不先立义法。若言而无义,譬犹立朝夕于员钧之上也。则虽有巧工,必不能得正焉。然今天下之情伪,未可得而识也。故使言有三法。""三表法"是"出言谈,为文学"之"义法",这里的"文学"是广义的,主要指学术文化著作,但亦可包括文学在内,所谓"本之者"和"原之者"是指人们的间接经验和直接经验,言谈文学既要以古代圣王原则为本,又要合乎现实百姓的实际情况,以此为缘由。所谓"用之者",是要将它放到实践中去检验一下,看是否符合国家百姓人民之利益。不过墨子说的实践主要是指"刑政"。"三表法"无论从哲学上还是从政治上看,都有它的科学和进步之处。但是,它也有狭隘功利主义色彩,也有不科学的地方。"三表法"强调了要以对国家人民是否有利为标准来衡量言谈文学,要参考历史的经验、具有现实根据,要注重在实践中检验其效果,这都是很有价值的地方。不过,所谓"圣王之事",不同学派可以有很不同的理解;所谓"百姓耳目之实",也有过分狭隘的功利性;而所谓"国家百姓人民之利",也不都是一致的,在封建国家里对国家有利的未必对百姓有利。

墨子死后,墨家又分为好几派。据《韩非子·显学》篇记载,有相里氏之墨、相夫氏之墨、邓陵氏之墨,"墨离为三,取舍相反不同"。现存《墨子》一书中的《经》上下篇、《经说》上下篇、《大取》、《小取》六篇,经许多学者考定为后期墨家著作。后期墨家在逻辑学方面曾做出重大贡献,他们在研究论辩作用及论辩的逻辑性时所提出的一些原则和方法,对后来文章写作有积极影响。例如《小取》篇讲到论辩作用时说:"夫辩者,将以明是非之分,审治乱之纪,明同异之处,察名实之理,处利害,决嫌疑,焉(乃)摹略万物之然,论求群言之比。"这实际上也可以看作是对文章用途的论述。此篇又分析论辩的三种方法,即"以名举实,以辞抒意,以说出故",要求论辩中做到名实相符,用一定的命题来把自己意思表达清楚,通过论说把缘由分析出来。在论述如何"以说出故"时,又提出了九种逻辑方法:或、假、效、辟、侔、援、推、同、异。其中的"辟"和文学表现方法比较接近。其云:"辟也者,举也(他)物而以明之也。"就是指譬喻,借用具体形象的事物来说明,它和文学创作中"比"的方法是一致的。后来汉代郑众解释"比兴"之"比",即说:"比者,比方于物。"对"比"的特点之论述,后期墨家是最早的。

第二节 商鞅、韩非的法家文学观

战国后期以商鞅和韩非为代表的法家,在文艺思想上和墨子有很接近的地方。法家也反对儒家的仁义礼乐,反对以文艺服务于政治教化的主张。法家对文艺也持功利主义的观点,但不像墨子那么狭隘,而是强调文艺必须服从于法治的需要。

商鞅(约前390—前338),复姓公孙,名鞅,后因得到秦国商、於等十五邑封地,遂号为商君,历史上称他为商鞅。他是韩非之前法家学说的代表人物,现存有《商君书》。商鞅提倡法治,反对儒家的德治,对《诗》《书》《礼》《乐》持否定态度,他说:"国用《诗》《书》《礼》《乐》、孝、弟、善、修治者,敌至必削国,不至必贫国。"(《去强》)他认为那些讲《诗》《书》、善言辩的人,只能对法治、农战起破坏作用。他说:"农战之民千人,而有《诗》《书》辩慧者一人焉,千人者皆怠于农战矣。"(《农战》)有这些《诗》《书》辩慧者在,那么"境内之民皆曰农战可避而官爵可得也,是故豪杰皆可变业,务学《诗》《书》,随从外权,上可以得显,下可以求官爵","民以此为教者,其国必削"(同上)。他又说"辩慧,乱之赞也;礼乐,淫佚之征也"(《说民》)。商鞅把言谈、文学都看作是与法治相对立的,不抛弃这些"烦言饰词而无实用"(《去强》)的东西,国家就不能富强起来。因此,商鞅对文艺持一种否定态度。他和墨子出发点不同,但结论则是一致的。

韩非(约前280—前233),战国后期韩国人。他曾经想在韩国实行改革,推行法治政策,但得不到韩国统治者的赏识。韩非和李斯都是荀子的学生,韩非的著作传到秦国后,秦始皇十分喜欢,曾说:"寡人得见此人与之游,死不恨矣!"(《史记·老子韩非列传》)公元前234年韩非出使秦国,被秦始皇留下。后由于李斯的排挤诬陷,被下狱而死。然而,韩非的思想对秦国政治、经济发展,产生了重大影响。韩非也和商鞅一样,把《诗》《书》《礼》《乐》看作是推行法治的祸害。《五蠹》篇中,他把儒家所提倡的文学列为"五蠹"之一。他说:"儒以文乱法,侠以武犯禁,而人主兼礼之,此所以乱也。夫离法者罪,而诸先生以文学取;犯禁者诛,而群侠以私剑养。"韩非这里所说的"文学"也是广义的,包括学术和文章在内。他认为儒家的文学和游侠的武术,都不能治理好国家,对法治只能起破坏作用,因而是造成国家混乱的主要原因。他反对儒家的仁义学说,反对用文学之士。他说:"故行仁义者非所誉,誉之则害功;工文学者非所用,用之则乱法。"诗、乐是儒家实行德治的重要手段,尤其是音乐可以起到陶冶人心的作用,但韩非则认为爱好音乐,就会使君王"不务听治""不顾国政",导致"穷事""亡国"之祸。他在《十过》篇中曾举晋平公的故事来加以说明。晋平公问师旷说:"音莫悲于清徵乎?"师旷说:"不如清角。"晋平公遂叫师旷鼓清角。师旷说清角要有高尚德行的人才能听:"今主君德薄,不足听之,听之恐将有败。"然而晋平公说:"寡人老矣,所好者音也,愿遂听之。"师旷不得已而鼓之。"一奏之,有玄云从西北方起;再奏之,大风至,大雨随之,裂帷幕,破俎豆,隳廊瓦,坐者散走。平公恐惧,伏于廊室之间。晋国大旱,赤地三年。平公之身遂癃病。"韩非认为音乐、文学都会妨害人们从事应做的实际工作,所以是不符合法治要求的。他从功利的观点出发,对文艺采取了一种简单的排斥态度。他在《五蠹》篇中曾经说过这样一段话:"故糟糠不饱者,不务粱肉;短褐不完者,不待文绣。夫治世之事,急者不得,则缓者非所务也。"认为文艺对治世来说并非"急者",而"急者"乃是法治,文艺不能达到实际功用之目的,因此属于"缓者"。这种看法与《说苑·反质》篇中记载的墨子关于荒年之际是要"一钟粟"还是要"隋侯之珠"的看法是完全一致的。

然而,韩非与墨子也有不同之处。韩非并不一概反对文艺,如果能有利于法治,他还是可以允许的。他提出要以法治、功用作为衡量一切言谈、文学之标准。他认为儒家之言谈、文学的主要弊病是在空洞而不切实用，而他则明确提出要"以功用为之的彀"。其《问辩》篇云：

> 明主之国，令者，言最贵者也；法者，事最适者也。言无二贵，法不两适，故言行而不轨于法令者必禁。若其无法令而可以接诈应变生利揣事者，上必采其言而责其实，言当则有大利，不当则有重罪，是以愚者畏罪而不敢言，智者无以讼，此所以无辩之故也。乱世则不然，主有令而民以文学非之，官府有法民以私行矫之，人主顾渐其法令，而尊学者之智行，此世之所以多文学也。夫言行者，以功用为之的彀者也。夫砥砺杀矢而以妄发，其端未尝不中秋毫也，然而不可谓善射者，无常仪的也。设五寸之的，引十步之远，非羿、逢蒙不能必中者，有常(仪的)也。故有常则羿、逢蒙以五寸的为巧，无常则以妄发之中秋毫为拙。今听言观行，不以功用为之的彀，言虽至察，行虽至坚，则妄发之说也。是以乱世之听言也，以难知为察，以博文为辩；其观行也，以离群为贤，以犯上为抗。人主者说辩察之言，尊贤抗之行，故夫作(行)法术之人，立取舍之行，别辞争之论，而莫为之正。是以儒服带剑者众，而耕战之士寡；坚白无厚之词章，而宪令之法息。故曰：上不明，则辩生焉。

言行的是非以功用为准的，功用的内容即是合于法令。"言行而不轨于法令者必禁"，则凡是合于法令的言行，均有"大利"，自然也就应当肯定。不合法令的有重罪，必须反对。可见，韩非对言谈、文学还是有分析的，只不过当时盛行的言谈、文学，都是以儒家为主，所以他将之列为"五蠹"之一，加以严厉批判。他在《二柄》篇中还说过："为人臣者陈而言，君以其言授之事，专以其事责其功。功当其事，事当其言，则赏；功不当其事，事不当其言，则罚。"他的赏罚标准是很清楚的，要从实践中来检验其言论是否有利于法治功用。所以说"不以功用为之的彀，言虽至察，行虽至坚，则妄发之说也"。韩非这种思想的核心是强调文学要有实际功用，这是他比墨子有所进步的地方，他没有完全否定文艺。但是，这毕竟还是一种实用主义功利主义的文学观，对后来文艺思想发展的影响不大。

"以功用为之的彀"的文学观反映在对文艺的内容与形式关系的看法上,是重内容而不重形式,重质而不重文。他对内容和形式关系的理解是片面的,缺乏辩证统一的观点。《外储说左上》篇中他通过两个生动的故事来说明这个观点:

> 楚王谓田鸠曰:"墨子者,显学也。其身体则可,其言多而不辩,何也?"曰:"昔秦伯嫁其女于晋公子,令晋为之饰装,从衣文之媵七十人,至晋,晋人爱其妾而贱公女,此可谓善嫁妾而未可谓善嫁女也。楚人有卖其珠于郑者,为木兰之柜,熏以桂椒,缀以珠玉,饰以玫瑰,辑以翡翠,郑人买其椟而还其珠,此可谓善卖椟矣,未可谓善鬻珠也。今世之谈也,皆道辩说文辞之言,人主览其文而忘有用。墨子之说,传先王之道,论圣人之言以宣告人,若辩其辞,则恐人怀其文忘其直,以文害用也。"

韩非用秦伯嫁女、楚人鬻珠两个故事说明追求形式美,就会"以文害用",并为墨子"言多而不辩"做辩护。这两个故事本身所体现的思想基本上是正确的,它说明离开内容而片面讲究形式华美,不注意形式与内容统一,就会喧宾夺主,反而使内容不被重视,结果就主次颠倒了。但是韩非通过田鸠之口对这两个故事的分析,是为墨子只重内容不讲形式的思想张目,因此具有较大的片面性。在他看来,只要重视内容就行了,形式的美丑是无所谓的。这种思想,韩非还借用很多具体故事来加以说明。例如《外储说左上》篇中举墨子的故事说:墨子花了三年时间做了一只木头鹞鹰,非常巧妙,能凌空飞翔,可是只飞了一天就坏了。而如果用木头做车前辕木,只要不多的材料,花一天即成,则可以用很多年。韩非认为这比做鹞鹰有价值得多了。这篇中他还说了这样一个故事:"堂溪公谓昭侯曰:'今有千金之玉卮,而无当,可以盛水乎?'昭侯曰:'不可。''有瓦器而不漏,可以盛酒乎?'昭侯曰:'可。'对曰:'夫瓦器至贱也,不漏,可以盛酒。虽有千金之玉卮,至贵,而无当,漏,不可盛水,则人孰注浆哉?'"韩非认为不能盛水的千金玉卮,远不如可盛酒的瓦器更有价值。所以,外在形式之美是无关紧要的,关键在于内在之质,而质的价值即在于实用。

韩非认为事物之美就在其内在之质,而不在其外在之文饰上。他在《解老》篇中对质与饰的关系有一段十分重要的论述:

> 夫恃貌而论情者,其情恶也;须饰而论质者,其质衰也。何以论之?和氏之璧,不饰以五采;隋侯之珠,不饰以银黄,其质至美,物不足以饰之。夫物之待饰而后行者,其质不美也。

韩非认为美只在事物的本质,而不在其表现形式,这个看法显然也是不全面的。把事物的本质及其表现形式割裂开来,对立起来,这是错误的。他重视质之美,认为美首先在质,这是对的,然而质的美总是要以一定的形式才能体现出来,没有一定形式之美,不能充分反映事物本质之美。至于他认为形式之美是掩盖本质之丑的说法就更片面了。当然,也确实有一些本质不美而借美的形式来掩盖其丑的情况存在,但是不能认为凡是形式美的都是为了掩盖本质之丑。本质的美和形式的美达到高度统一,才是真正的美。

由于强调实际功用,所以韩非的文艺思想是接近现实主义的,这在他的画论中有比较明显的反映。《外储说左上》记载道:

> 客有为齐王画者,齐王问曰:"画孰最难者?"曰:"犬马最难。""孰易者?"曰:"鬼魅最易。夫犬马,人所知也,旦暮罄于前,不可类之,故难。鬼魅,无形者,不罄于前,故易之也。"

这个观点在画论史上影响很大,同时对文学创作思想也有很深影响。他认为表现人们日常生活中的真实状况是很不容易的,因为稍有不似,人们就可以发现。而表现人们幻想中的东西,如鬼魅,是比较容易的,因为谁也没有看见过,不管像不像,都没有一个现实的客观的标准,想怎么画就可以怎么画。这是从注重真实地再现现实生活的角度得出的结论。如果从浪漫主义的表现理想的角度来看,那么,鬼魅也是很不好画的,甚至比犬马更难画。因为画犬马有现实模式,可以依样画葫芦,可是,画鬼魅要使之充分体现作者理想,就不那么容易了。后来宋代的欧阳修就对此提出过不同看法。所以,从韩非的说法可以看出其有重视真实地再现现实而不重在表现作家主观理想的特点。这种思想大约也是和他对鬼神的不相信有关的,在《亡征》篇中,他说:"用时日,事鬼神,信卜筮而好祭祀者,可亡也。"《饰邪》篇中,他指出占卜、鬼神都是不可信的,军事、政治上的成败,与鬼神意志无关。他说:"龟荚鬼神,不足以举胜,左右背乡,不足以专战。然而恃之,愚莫大焉。"在他看来,相信鬼神是愚蠢的。为此,他对画鬼神是很看不起的。韩非是批判和反对儒家的,然而从文艺思想的现实主义特征方面看,又是和儒家接近的。这是因为他们虽然思想体系不同,但是从注重现实功用这一点说,又是有共同之处的。

第三节 《易传》文学观的特色

《易传》包括十篇,《彖辞》《象辞》《系辞》各有上下两篇,《文言》《说卦》《序卦》《杂卦》各一篇,又称"十翼",都是解释和阐述《易经》的。《易传》的作者和时代,均已不可详考。传说孔子作"十翼",但经学者考证,是不可靠的。从《易传》的内容来看,各篇的写成时代也很不一样,像《彖辞》《象辞》等可能早一些,而多数大约产生于战国中期以后。其中《系辞》最晚,但它包含的文艺和美学思想则最为丰富。

《易传》的思想和《易经》有很大的差别,不能混为一谈。《易传》是在解释《易经》的过程中形成了自己具有时代特色的思想体系。《易经》用对立统一观点来观察事物,如易象的构成便是建立在两个对立统一的符号━和--的基础上的,从数的角度看,则是奇和偶的组合。《易传》则极大地丰富和发展了《易经》中的这种思想,用它来解释宇宙万物的起源和发展。《系辞》认为易象中所包含的对立统一思想,来源于它所模拟的自然本身,来源于宇宙万物的起源和发展。它明确提出了"观物取象"说:"古者包牺氏之王天下也,仰则观象于天,俯则观法于地,观鸟兽之文与地之宜,近取诸身,远取诸物,于是始作八卦,以通神明之德,以类万物之情。"把《易经》中的朦胧易象化为了明确的模拟自然说。罗根泽先生曾说:"八卦以至稍后的文字画,无疑是模拟自然,以故谓文学为模拟自然之意向,应当是很古的。但很古的人虽有谓模拟自然的意向,却没有模拟自然之说;模拟自然之说,多少是受道家影响,而《易传》始有鲜明主张的。"(罗根泽《中国文学批评史》第一篇)而这种"观物取象"说的基础是肯定宇宙万物是在对立统一中产生和发展的。《系辞》认为宇宙最初是浑沌的"一",即太极,它的内部有阴阳两种因素的对立和统一,在运动过程中产生天和地,由天地产生四时的变化,然后产生八卦所代表的八种事物,由八卦演化为六十四卦三百八十四爻,便代表了整个宇宙万物的产生和发展。故《系辞》说:"易有太极,是生两仪;两仪生四象;四象生八卦。"它把阴阳作为宇宙及万物产生和发展的基本因素,故曰:"一阴一阳之谓道。"阳者刚,阴者柔;刚者动,柔者静。阳、刚、动与阴、柔、静之间的矛盾对立与统一是事物产生、发展、变化的基本原因。"是故刚柔相摩,八卦相荡;鼓之以雷霆,润之以风雨;日月运行,一寒一暑。""刚柔相推,变在其中矣。"这就是《系辞》所提出的宇宙构成及其发展变化的模式图,它认为八卦所构成的易象符号体系,就是反映这个模式图的。在解释易象符号体系所反映的宇宙万物时,《易传》还提出了"类"的概念,认为宇宙间复杂众多的事物,可以归成为许多不同的"类"。《象辞》说:"君子以类族辨物。"《系辞》说:"方以类聚,物以群分。"《说卦》则具体论说了每一卦所代表的一类或接近的几类事物。如乾卦代表天、君、父、玉、金等,坤卦代表地、臣、母、布、釜等,所以易象有限,而物类无穷。以类的同异去考察事物,看到事物之共性与个性,这也是《易传》思想的重要特点。

《易传》在解《易经》的过程中,体现了许多与文学有关的重要思想,所以对后代文学理论发展影响极大,主要有以下几点。

第一,象和物的关系。《易传》认为象是模拟物而产生的,这象虽然不是艺术形象,而是一种抽象符号,但是从模仿自然的角度说,它和文学创作的艺术形象有共同之处。而我国古代文艺理论提出的"意象"概念,正是从"易象"概念发展而来,至少是可以说受了"易象"启发而形成的。易象不仅是"观物取象"的结果,而且还是代表了一类或几类接近的事物的,因此易象是具有概括性、代表性的。这对艺术创造上的象与物的关系也是有启发性的。后来刘勰在《文心雕龙》中说的"诗人感物,联类不穷"(《物色》),"及《离骚》代兴,触类而长"(同上),都反映《系辞》中"触类而长之"的思想影响。不仅如此,《系辞》认为易象对客观事物之模拟,不仅是模仿事物之外表,而且要体现其内在本质、原理。故云:"圣人有以见天下之赜,而拟诸形容,象其物宜,是故谓之象。"而之所以称为"象",正是因为它像物。"是故易者,象也。象也者,像也。"如果说《老子》中"象"的概念主要指物象的话,那么《易传》中的"象"是指模仿物象而构成的符号,因而它和文艺创作中的形象概念更接近了,它是由"物象"发展到"意象"的中介。

《易传》在论述象和物的关系时,还提出了一个非常重要的言、象、意关系问题。易象的创造是模仿客观事物而来的,但它的目的不是模仿客观事物,而是占卜吉凶。因此,每一个象都是有一定的含意的,而这种含意别人只从象本身是难以体会的,故而要借卦爻辞来加以说明。所以说圣人"立象以尽意,设卦以尽情伪,系辞焉以尽其意"。言是明象的,象是尽意的,这里提出的言、象、意关系,对认识文学创作特点也是非常有价值的。文学创作以语言为工具,语言塑造了形象,而形象是体现了作家的思想意图的。虽然,《系辞》中说的象并非艺术形象,但它们之间在言、象、意的关系上有相通之处。而且《易传》认为以象为中介,可以更好地解决"书不尽言,言不尽意"的问题。以象来象征意,以言来说明象,就可以使难以言喻之意,能从象中去体会和领悟。这也是文学创作的重要特点。

第二,阳刚与阴柔。《易传》作者认为宇宙万物都是由阴阳两种对立因素的不同结合而形成的。阳的特性是刚,阴的特性是柔,因此宇宙万物也都有刚或柔的不同特点。按照《说卦》的观点,除乾卦六爻均为阳,坤卦六爻均为阴,属于全刚、全柔之外,其他各卦均是"分阴分阳,迭用柔刚"而成的。这就说明宇宙万物中纯为阳刚或纯为阴柔者是很少的,而绝大多数事物则是刚柔并用的,不过各自的成分有多有少罢了,所以一般是偏于刚或偏于柔。为此,易象也就有刚柔之区别。这种观点后来对文学艺术理论产生了极为深远的影响。因为人是天地之心,万物之灵,自然其个性也会有刚柔之别。文学艺术既是表现客观事物的,又要表现作家的思想观点与个性特点,故而文学作品的风格之美也就有阳刚与阴柔之别。刘勰在《文心雕龙·体性》篇中论文学风格与作家个性关系时曾说:"风趣刚柔,宁或改其气。"人的气有刚柔之不同,故其风格亦有刚有柔。严羽《沧浪诗话》中认为诗歌的基本美学风貌,大概有两种,一是"优游不迫",一是"沉着痛快",前者即阴柔之美,后者即阳刚之美。到清代姚鼐则更明确提出文章之美可分为"得之于阳与刚之美者"与"得之于阴与柔之美者"。强调两者在作品中应当互相调剂、互相补充。这些可以说都是从《易传》的美学思想申发出来的。这大体上和西方美学史上所说的壮美和优美的区别是一致的。

第三，发展变化的观念。《易传》，特别是《系辞》具有非常突出的发展变化的观念。它提出了"变动不居"的观点，认为宇宙间的事物都是处于不断发展变化状态中的，是永远不停顿的。"刚柔相摩，八卦相荡"，事物内部的矛盾促使它始终在运动，"日往则月来，月往则日来，日月相推而明生焉;寒往则暑来，暑往则寒来，寒暑相推而岁成焉"。为此，易象也是变化无穷的，它可以反映发展变化的事物。"知变化之道者，其知神之所为乎。"《周易》的特点即是它是变化的，因此人们要懂得变的道理。《系辞》说爻辞就是讲变化的，"爻者，言乎变者也"。易象在占卜中有很多变化，例如互体、变爻等。《系辞》特别强调必须通晓这种变化:"参伍以变，错综其数，通其变遂成天地之文，极其数遂定天下之象，非天下之至变，其孰能与于此。""通变"是为了能够充分反映客观事物的变化。对客观事物来说，"刚柔相推，变在其中矣"。对易象来说，则是"爻象动乎内，吉凶见乎外。功业见乎变，圣人之情见乎辞"。由于象的变化，辞亦有所变化。变是必然的，也是正常的，只有变，历史才会不断向前发展。"变则通，通则久。"所以，《系辞》充分肯定了新生事物。"日新之谓盛德，生生之谓易。"客观事物日新月异，易象也是生生不息，辞也是不断适应这种变化的。这种变的观念对文学理论的发展也产生了重大影响。中国古代文学理论的一脉充分肯定文学创作是随着时代的发展而不断变化的，反对复古模拟，主张革新，提倡独创，对新的文学形式的充分肯定，都是直接从《易传》得到有益的思想资料与充分的理论根据。中国古代文论中的"通变"观正是直接从《易传》的论述中借用过来的。

第四，"修辞立其诚"。中国古代十分重视人品与文品的统一，认为作家的人格修养、道德修养是写好文章的首要问题。尤其是儒家对这一点强调得十分突出。《易传》也很清楚地反映了这种思想。《文言》中提出的"修辞立其诚"，便明确指出文辞和人的内心思想性格有直接关系，思想感情纯正，道德品质高尚，就像孟子所说那样有"浩然之气"，则言辞也必然会有高格。《系辞》中说:"将叛者其辞惭,中心疑者其辞枝,吉人之辞寡,躁人之辞多,诬善之人其辞游,失其守者其辞屈。"认为有什么样的人格,就会有什么样的言辞。这里实际上已涉及作家的思想、个性、人格与文章的语言风格之间的关系问题。它对后代古文家的文论有很大的影响。

第四节　《楚辞》的"发愤抒情"说

战国后期,楚国出现了伟大的爱国诗人屈原(约前340—前277),汉人称以屈原为代表的楚国诗人的创作为"楚辞",刘向整理古籍,将屈原、宋玉及汉初的骚体作品编辑成书,定名为《楚辞》。这里,我们考察先秦时期《楚辞》中所反映的文学思想特点,不涉及屈原、宋玉以后的汉人作品。

许多文学史研究者都把《庄》《骚》并列作为中国古代浪漫主义文学的源头,而把《诗经》作为现实主义文学的源头,其实,从文学思想特点来看,这是不确切的。《楚辞》在文学思想、美学思想上和《庄子》差别是很大的,而与《诗经》反倒比较接近,是在《诗经》基础上的发展。屈原在思想上是以儒家为主的,他的政治思想实际上就是儒家的仁政。《离骚》中说:"彼尧舜之耿介兮,既遵道而得路。何桀纣之猖披兮,夫唯捷径以窘步。""举贤而授能兮,循绳墨而不颇。""长叹息以掩涕兮,哀民生之多艰!"民本思想是他的指导思想。因此他对现实采取的是积极入世的态度。他对黑暗的现实极其愤恨,不愿与之同流合污,上天入地追求美好的理想,这与庄子有相同之处;但屈原又时时刻刻不忘记现实,始终关切地注视着自己国家与人民的命运,这与庄子那种弃绝现实,醉心于超然物外、与自然同化的道的境界,又是完全不同的。他们在艺术和美的创造的基本出发点上是有原则差别的。屈原的作品虽然也写了一些超现实的内容,但是其基本内容与倾向还是非常现实的,有很强烈的政治性,《离骚》中相当大一部分篇幅讲的是政治问题,回顾历史来抒发自己对君王昏庸、谗佞当权的政治局面之感慨,表明自己决心保持崇高节操、坚持开明政治理想之态度。全诗伦理道德色彩也很浓厚,十分强调人格与品质的修养。这些都说明它与《诗经》是相当接近的。

《诗经》是重在言志的,《楚辞》则是强调通过抒情而达到言志的目的。屈原在他的《离骚》《九章》中,反复说明他写这些作品是由于他的志不能得以实现,受到压抑,即所谓"屈心而抑志"(《离骚》)、"愧易初而屈志"(《九章·思美人》)、"有志极而无旁"(《九章·惜诵》)等,为此就要"陈志",表明自己永远"不变此志",要"坚志而不忍"失路(《九章·惜诵》),即所谓"介眇志之所惑兮,窃赋诗之所明"(《九章·悲回风》)。然而,他赋中所明之志又不是以直截了当的抽象叙述来表现的,而是从"发愤以抒情"(《九章·惜诵》)中体现的。情,在《楚辞》中是非常之突出的。《离骚》中云:"苟余情其信姱以练要兮,长顑颔亦何伤?""荃不察余之中情兮,反信谗而齌怒。""不吾知其亦已兮,苟余情其信芳。"《九章·惜诵》中云:"情沉抑而不达兮,又蔽而莫之白。""心郁邑余侘傺兮,又莫察余之中情。"《九章·抽思》云:"兹历情以陈辞兮,荪详聋而不闻。"《九章·思美人》云:"申旦以舒中情兮,志沉菀而莫达。"这些几乎随处可见。所以他说自己的作品是"结微情以陈词"(《九章·抽思》),"抚情效志"(《九章·怀沙》)。由单纯言志到强调抒情以言志,这是《楚辞》不同于《诗经》的重要特点。虽然这种志与情都没有超出政治抱负与一己穷通出处的范围,然而就对文学特别是诗歌的感情因素之重视来看,屈原对文学的本质与特征之认识,已有了进一步提高。在这一点上,《楚辞》和《荀子》是接近的。荀子论乐也指出了其道志、抒情的特点。这就为汉代《毛诗大序》中情志合一说奠定了基础。

从艺术表现上看,《楚辞》虽以瑰丽多姿的浪漫主义为主,然而基本上也还是运用"赋比兴"的表现方法,尤其是"比"的方法更为突出。如王逸《离骚经序》所说:"《离骚》之文,依《诗》取兴,引类譬谕。故善鸟香草,以配忠贞;恶禽臭物,以比谗佞;灵修美人,以媲于君;宓妃佚女,以譬贤臣;虬龙鸾凤,以托君子;飘风云霓,以为小人。"不过,《楚辞》比《诗经》在艺术表现上要更加丰富而复杂。刘勰《文心雕龙·物色》篇中曾对此做了比较,他说《诗经》的特点是"以少总多,情貌无遗",故"灼灼状桃花之鲜,依依尽杨柳之貌,杲杲为出日之容,瀌瀌拟雨雪之状,喈喈逐黄鸟之声,喓喓学草虫之韵,皎日嘒星,一言穷理;参差沃若,两字连形"。而《楚辞》则在此基础上有新的发展,"及《离骚》代兴,触类而长,物貌难尽,故重沓舒状,于是嵯峨之类聚,葳蕤之群积矣"。这都说明《楚辞》和《诗经》在艺术上的继承发展关系。而《楚辞》和《庄子》的艺术表现则各有完全不同的特点。虽然这两部作品都有一些神话、寓言、故事,较多夸张之处,但是,《庄子》基本上用的是象征方法。无论是象罔索珠也好,浑沌凿窍也好,还是庖丁解牛、轮扁凿轮、津人操舟、痀偻者承蜩等等,都是象征难以言喻的道的境界,而且后一类故事本身都是非常现实的内容,但所体现的却是超现实的道的境界。《楚辞》虽然描写了月神、风伯、雷师、丰隆、宓妃等神话人物及诗人遨游太空之伟状,然而它所具体表现的意义还是现实的,是为了说明诗人虽欲远离现实,但结果还是"陟升皇之赫戏兮,忽临睨夫旧乡,仆夫悲余马怀兮,蜷局顾而不行",更强烈地表现诗人热爱祖国人民的心情。可是,庄子那些故事中所象征的道,却是朦胧的,难以具体捉摸的,可意会而不可言传的。当然,象征主义与浪漫主义也是有联系之一面的,浪漫主义也常常用象征手法,而象征主义也有浓厚浪漫色彩。不过,屈原的浪漫主义是以夸张比喻为主的,极少象征手法,所以和《庄子》相比较,各自特点就很鲜明。而《诗经》实际上也有不少浪漫主义作品,《楚辞》中也有不少现实主义成分,理想与现实本来是不能完全分开的。

在对待艺术美的理想上,《楚辞》也不同于《庄子》,而与《诗经》、儒家的观点较为一致。《庄子》所向往的是绝无人工痕迹的天工自然之美,而《楚辞》则侧重于强调人工修饰之美。屈原在《离骚》中说:"纷吾既有此内美兮,又重之以修能。扈江离与辟芷兮,纫秋兰以为佩。""佩缤纷其繁饰兮,芳菲菲其弥章。民生各有所乐兮,余独好修以为常。"这是对自己人格修养的一种赞美,但是由此也可以看出屈原是十分重视后天人为加工修饰的,而绝不像庄子一样只重天然之质。屈原强调内在本质之美与外在形式之美的一致、和谐,而庄子则认为"形残而神全",不必注意外在形式美的修饰。屈原在《橘颂》中说:"青黄杂糅,文章烂兮。"他更喜欢的是浓重的、鲜艳的色彩之美,而不是老庄那种朴素、平淡的自然之美。这些在他的创作中也有十分清楚的体现。《楚辞》在艺术上的成就是与这种艺术美的理想一致的。

《楚辞》中除屈原作品所反映的上述文学思想外,宋玉的《九辩》也反映了和屈原大体一致的看法。如其中说:"窃慕诗人之遗风兮,愿托志乎素餐。"由此可以看出《楚辞》作者确实是受了《诗经》很深刻的影响的。

萧统《文选》中载有宋玉的《高唐赋》《神女赋》《登徒子好色赋》《凤赋》《对楚王问》五篇,过去很多学者认为是汉人伪托之作。究竟是否宋玉所作,尚待考证。但其中有一些重要的文艺美学观点,对后来文艺发展曾产生了深刻影响。比如,《登徒子好色赋》中说楚国之丽者"东家之子,增之一分则太长,减之一分则太短,着粉则太白,施朱则太赤。眉如翠羽,肌如白雪,腰如束素,齿如含贝"。着重强调了真正的美必须恰如其分,稍有过之或不足,则不仅严重地影响了美,还可能变丑。这种对美的看法在后来的文学批评中有很明显的反映。如陆机在《文赋》中提出要"因宜适变",刘勰在《文心雕龙》中强调要"善于适要"(《物色》篇)等,都与此有渊源关系。宋玉《对楚王问》中提出的"曲高和寡"问题,影响也非常大。其云:"客有歌于郢中者,其始曰下里巴人,国中属而和者数千人;其为阳阿薤露,国中属而和者数百人;其为阳春白雪,国中属而和者不过数十人;引商刻羽,杂以流徵,国中属而和者不过数人而已。"于是得出了"其曲弥高,其和弥寡"的结论。在中国封建社会中由于广大群众没有文化,高级的艺术只能为少数有文化的人所享受,这是一种必然现象。但它也说明了:要了解和懂得艺术是不容易的,欣赏者本人必须有高度的文化修养和艺术修养,才能真正欣赏艺术,懂得艺术。所以,刘勰在《文心雕龙·知音》篇中深深地感叹:"音实难知,知实难逢!"要做到"曲高和众",必须普遍地提高广大人民的文化素质和艺术修养。

第二编
中国文学理论批评的发展和成熟
——汉魏六朝时期

概　说

汉魏六朝是中国文学理论批评的发展和成熟时期。这个时期差不多有八百年,它经历了两汉经学时代和魏晋南北朝玄学和佛学时代两个文化思想上极为不同的发展阶段。如果说先秦时期主要是为文学理论批评发展奠定了哲学和美学思想基础的话,那么,汉魏六朝则是在这种哲学和美学思想基础上,发展成为系统的具体文学理论批评。从大的方面说,这一历史时期的共同特点是自觉的文学理论批评的发展,对文学的本质和特点做了进一步的探讨。两汉时期,文学从学术中分裂出来而成为一个独立的部门,有了专业的文人队伍,同时也有了专门的文学理论批评著作。魏晋南北朝时期,文学理论批评获得重大发展,全面成熟,并进入了一个高潮,产生了像《文心雕龙》这样"体大思精"的不朽巨著,从而形成了中国文学理论批评的独特民族传统。这个时期有两篇我国文艺史上最重要的音乐美学论著,这就是《礼记·乐记》和嵇康的《声无哀乐论》,他们分别成为经学时代和玄学时代文艺思想发展的纲领性文献。

两汉经学时代的特点是强调文学和政治教化的关系、文学的社会教育作用,侧重于探讨文学的外部规律。汉代儒家思想在先秦的基础上有了新的发展,成为封建社会的正统思想,儒家的文艺思想也发展成为封建正统的文艺思想,其基本纲领就是《礼记·乐记》中提出的"音乐→人心→治道"的公式,到《毛诗大序》则发展成为"文学→人心→治道"的体现诗教的公式,它注重阐述文艺和现实、文艺和时代的关系,并明确提出了美刺讽谏说。在文学创作思想和文学批评上进一步形成了"原道""征圣""宗经"的原则,在对《楚辞》和汉赋的评价中,也都贯穿了以儒家经学为指导的思想。不过,汉代文学思想发展中也并不是只有单一的儒家一派,西汉初年的道家文艺思想虽然在汉武帝定儒家于一尊后没有得到进一步发展,但其潜流一直是存在的,并且对扬雄、王充等都有过影响。东汉随着反对谶纬神学迷信思想的思潮而出现的异端思想家桓谭、王充等,对儒家传统的文学思想也有不少重大的突破。

魏晋南北朝时代由于儒家思想的衰落,玄学和佛学的兴起,文学理论批评方面的特点是摆脱了儒家经学附庸的地位,开始重视文学本身的创作和审美特征,注意对文学的艺术表现技巧的研究,侧重于探讨文学的内部规律。道家文艺思想经过汉代《淮南子》的发展,魏晋玄学的改造,以及与佛学的融合,在这一时期有比较大的发展,并直接影响到系统的文学创作理论的形成。玄学思想的一个重要特点是儒道结合,援儒入道,以道为体,以儒为用,并从言意、形神、虚实等方面为文学创作理论的发展奠定了基础。特别是嵇康的《声无哀乐论》这篇重要的音乐美学论文,直接否定了《乐记》中"音乐→人心→治道"的文艺思想模式,强调声音只有"自然之和",而与人之哀乐感情无关,自然也和社会政治没有必然联系。这种心声二元论是和玄学的言意关系论一致的,它很自然地推动了整个文艺领域对艺术本身特征的探讨。佛教与玄学的结合以及在南朝的繁荣兴旺,有力地促进了玄学文艺美学思想的发展,使文学内部规律的探讨更加全面深入,文体分类和表现方法的研究日益具体细致,提出了一系列重要的文艺美学范畴,从而形成了具有中国特色的完整的系统的文学理论体系。这个时期所产生的刘勰《文心雕龙》和钟嵘《诗品》,为中国古代文学理论批评的发展奠定了深厚的基础。中国文学理论批评发展中的"外儒家而内释老"的文学思想基本特色开始确立。所以汉魏六朝是中国文学理论批评发展的最为重要的历史时期。

第五章 两汉经学时代的文学理论批评

第一节 西汉前期的道家文学观与司马迁的"发愤著书"说

西汉是儒家经学的极盛时期,但在西汉前期(汉武帝以前)儒学的地位并不高,而黄老思想则占有统治地位,这是适应当时由动乱到统一的历史阶段和实行与民休息、发展生产这种政治、经济政策需要的。因此文学思想上主要反映了道家的观点,但已有儒道合流倾向。从贾谊到刘安及其主编的《淮南子》,都鲜明地表现了这种特点。由于这时的文学创作主要是受《楚辞》影响,以写作骚体辞赋为主,所以文学批评也较多地是对屈原及《楚辞》的评论。

最早对屈原和《楚辞》做出评价的是贾谊(前200—前168)。他在被贬官长沙之后,由于政治抱负不得施展,深深地感慨自己遭遇和屈原相近,故在《吊屈原赋》中充分肯定了屈原的为人,赞扬了他不与黑暗现实妥协、不与谗佞小人同流合污的高尚精神,这实际上也是对屈原作品的高度评价。但是,贾谊又认为屈原既然不能得到楚国当权者的支持与重用,可以"隐处""自藏",远离浊世,没有必要过于执着,甚至"自沉",同时他认为在战国时期,屈原有这样的才能,到处都可以施展,何必一定要在楚国呢?"瞝九州而相君兮,何必怀此都也?"显然,这是一种道家的人生处世态度,它和贾谊在《鹏鸟赋》中所表现的"纵躯委命""达人大观"的思想是一致的。故司马迁在《史记·屈原贾生列传》中说:"及见贾生吊之,又怪屈原以彼其材,游诸侯,何国不容,而自令若是。读《鹏鸟赋》,同死生,轻去就,又爽然自失矣。"

继贾谊之后对屈原及其作品做了全面评论并给予了极高评价的是淮南王刘安。据《汉书·淮南王传》记载:"初,安入朝,献所作《内篇》,新出,上(汉武帝)爱秘之。使为《离骚传》,旦受诏,日食时上。"刘安作《离骚传》约在公元前139年,但未流传下来。据班固《离骚序》可知其前尚有

《叙》,对屈原及《离骚》做了具体评价。从班固引用的内容来看,我们可以知道司马迁《屈原贾生列传》中对《离骚》的一大段评论即引自刘安《离骚传叙》。其云:

> 《国风》好色而不淫,《小雅》怨诽而不乱。若《离骚》者,可谓兼之矣。上称帝喾,下道齐桓,中述汤武,以刺世事。明道德之广崇,治乱之条贯,靡不毕见。其文约,其辞微,其志洁,其行廉,其称文小而其指极大,举类迩而见义远。其志洁,故其称物芳。其行廉,故死而不容自疏。濯淖污泥之中,蝉蜕于浊秽,以浮游尘埃之外,不获世之滋垢,皭然泥而不滓者也。推此志也,虽与日月争光可也。

但是班固所引无中间"上称帝喾"至"故死而不容自疏"一大段,其他只是个别文字不同。这一大段究竟是刘安原文还是司马迁的发挥,现已难确考。但是我们认为这当是刘安原文,因为:第一,这一大段和上下文紧密衔接,在内容和文字上是十分完整的;第二,班固《离骚序》中所引明显为略文,由于要驳斥刘安之论,只引出其认为不正确部分,转述大意,具体分析部分就省去了;第三,此段中"其行廉,故死而不容自疏"之意,与司马迁在"太史公曰"中肯定贾谊对屈原自沉的批评,见解不同。故知此段当非司马迁的评述。

刘安对屈原及其《离骚》的评价,主要内容有三点。第一,他对屈原作品思想意义的分析,突出了"怨刺"的观点,强调《离骚》是通过回顾历史,"以刺世事",继承了《诗经》的传统。所谓"《国风》好色而不淫,《小雅》怨诽而不乱。若《离骚》者,可谓兼之",意在说明屈原是借男女之情,抒发贤人失志之怨,坚持进步的政治思想,对腐朽、黑暗的现实,表示了极大的愤慨。这与以老庄为代表的道家对黑暗现实的疾恶、批判是一致的。第二,他赞扬了屈原与统治者的不合作,能出污泥而不染,"蝉蜕于浊秽,以浮游尘埃之外,不获世之滋垢,皭然泥而不滓",寻求超脱现实的朴素纯真的美好理想世界,故云:"推此志也,虽与日月争光可也。"这也是合乎道家的人生处世态度的。第三,他对《楚辞》的艺术成就也给予了很高评价,指出其特点是寄托深远的比兴方法,所谓"其文约,其辞微",

"其称文小而其指极大,举类迩而见义远",说明《离骚》虽然写的是花草鸟兽、神话传说,但都包含有重大的社会现实内容,这就接触到了它的浪漫主义艺术特征,同时也可看出《离骚》对《诗经》艺术方法的继承与发展。从刘安对屈原及其《离骚》的评论中,可以清楚地看到他的文学思想中以道为主、儒道合流的倾向。

由刘安主持门客集体编写的《淮南子》一书,比较集中地反映了西汉前期道家的文艺观。《淮南子》非成于一人之手,内容颇杂,儒道墨法等各家思想均有,但主要倾向是道家。高诱《淮南鸿烈解序》中说:"此书,其旨近老子,淡泊无为,蹈虚守静,出入经道。"《淮南子》一书中的文艺和美学思想,主要是对先秦老庄的继承和发展,但又吸收了儒家思想中的某些成分,反映了儒道结合的特点,成为从先秦道家文艺思想向魏晋玄学文艺思想发展的中介和桥梁。先秦道家文艺和美学思想的特点是强调天然而否定人为,强调无而贬低有,强调虚而鄙弃实,强调神而轻视形,这有它的积极贡献方面,也有它的消极偏激方面。《淮南子》的特点是在承继先秦道家积极方面的同时,又在一定程度上克服了其消极方面。它崇尚天然之美,但并不否定人为之美;它认为美虽然存在于物的天然本质上,但人为修饰加工有助于天然本质之美,而不损害天然本质之美。《说山训》云:"琬琰之玉,在污泥之中,虽廉者弗释。弊箅甑瓾,在衽茵之上,虽贪者不搏。美之所在,虽污辱,世不能贱。恶之所在,虽高隆,世不能贵。"所以,"求美则不得美,不求美则美矣。求丑则不得丑,不求丑则有丑矣。不求美又不求丑,则无美无丑矣,是谓玄同"。必须顺乎自然,合于事物本身的规律,方为美;违背事物的自然本性,不合乎规律地由人为强加之美,则不仅不美,反而变为丑了。《说林训》云:"靥辅在颊则好,在颡则丑。绣以为裳则宜,以为冠则讥。"然而,尽管事物合乎规律的天然之状是美之所在,但人工修饰得好不好,也可以影响它的美与丑。美的修饰可以使之更美,丑的修饰也可以使美变丑。《修务训》云:"今夫毛嫱西施,天下之美人。若使衔腐鼠,蒙猬皮,衣豹裘,带死蛇,则布衣韦带之人过者,莫不左右睥睨而掩鼻。尝试使之施芳泽,正蛾眉,设笄珥,衣阿锡,曳齐纨,粉白黛黑,佩玉环揄步,杂芝若,笼蒙目视,冶由笑,目流眺,口曾挠,奇牙出,靥辅摇,则虽王公大人有严志颉颃之行者,无不惮悇痒心而悦其色矣!"从形神观的角度来看,美的本质在神,但是也在形,必须形神统一才是最美的,这显然和庄子那种美在神不在形、形残而神全的观点是不同的。从文质观来看,则美不仅在质也在文,当然质是根本的,然而没有文也不行。这和韩非那种重质不重文的美学观也是不同的。

从这种美学观出发,《淮南子》对老庄的"大音希声,大象无形"的文艺思想也有重要发展。它在强调无声、无形的主导作用时,不废弃有声、有形的作用,认为它们之间是主宰和被主宰、统率和被统率的关系,不像老庄那样认为只有抛弃有声、有形,才能达到无声、无形的境界。《齐俗训》云:"故萧条者,形之君,而寂寞者,音之主也。"《泰族训》云:"使有声者,乃无声者也。"《原道训》云:"夫无形者,物之大祖也;无音者,声之大宗也。""是故视之不见其形,听之不闻其声,循之不得其身。无形而有形生焉,无声而五音鸣焉,无味而五味形焉,无色而五色成焉。是故有生于无,实出于虚。"《淮南子》认为有声、有形的实的境界应当受无声、无形的虚的境界之支配,在它的统率下起作用,从有声、有形的实的境界去体会无声、无形的虚的境界。"是故圣人以无应有,必究其理;以虚受实,必穷其节。"(《精神训》)这种思想也反映在艺术描写的形似和神似关系问题上。《淮南子》强调形乃是神之具体表现,它必须服从于体现神之需要,不是否定形,而是认为神是形之君。《精神训》说:"故心者,形之主也;而神者,心之宝也。"《诠言训》云:"神贵于形。"《原道训》云:"故以神为主者,形从而利;以形为制者,神从而害。"《泰族训》云:"治身,太上养神,其次养形。"形虽居次要地位,但没有形,神亦无法体现。为此,在艺术表现上应以神似为主,但形似亦不可废,神似乃是形似之"君"。以传神为目的,而不废形似,这是其基本思想。例如,《说山训》云:"画西施之面,美而不可说;规孟贲之目,大而不可畏,君形者亡焉。"《说林训》:"使但吹竽,使工厌窍,虽中节而不可听,无其君形者也。"又云:"画者谨毛而失貌。"高诱注:"谨悉微毛而留意于小,则失其大貌。"这些论述中虽然突出地强调了传神之重要,但都没有否定形似之必要,只是要求摆好其主次关系而已。《淮南子》中对先秦道家文艺和美学思想的这种新的发展,说明它正是吸取了儒家文艺和美学思想中重视人工之美,强调文饰的作用,充分肯定有声、有形的实的境界之意义等积极因素,从而克服和改变了先秦道家的某些片面之处和绝对化倾向。同时,这也符合西汉初期黄老思想之特点,当时所提倡的无为不过是达到有为的一种手段,它是为了实现政治上的巩固与统一,而不是为了回到朴素的原始社会去。

在艺术创作思想方面,《淮南子》对老庄所提倡的"虚静""物化"是充分肯定的,但是它又不像老庄那样强调只有"无知无欲""绝圣弃智",才能进入这种境界,并不否定知识学问的作用。它认为艺术创作要达到炉火纯青的水平,是需要长期的学习与积累的,就像庄子那些寓言故事所提供的客观意义一样,没有刻苦的实践是难以进入这样高的境界的。例如《修务训》中写到舞蹈者优美的舞姿及杂技演员的惊险技艺,使"观者莫不为之损心酸足",而他们演完后则"徐行微笑,被衣修擢"。然后指出:"夫鼓舞者非柔纵,而木熙者(耍杂技者)非眇劲,淹浸渍渐靡使然也。"说明他们是长期训练成熟的结果。又说:"今夫盲者目不能别昼夜,分白黑,然而搏琴抚弦,参弹复徽,攫援摽拂,手若蔑蒙,不失一弦。使未尝鼓瑟者,虽有离朱之明,攫掇之捷,犹不能屈伸其指。何则?服习积贯之所致。"《淮南子》认为艺术创作必须进入"游乎心手众虚之间",方能达到真正的自由。《齐俗训》云:

> 剞劂销锯陈,非良工不能以制木;炉橐埵坊设,非巧冶不能以治金。屠牛吐一朝解九牛,而刀以剃毛;庖丁用刀十九年,而刀如新剖硎,何则?游乎众虚之间。若夫规矩钩绳者,此巧之具也,而非所以巧也。故瑟无弦虽师文不能以成曲,徒弦则不能悲。故弦,悲之具也,而非所以为悲也。若夫工匠之为连鑈运开,阴闭眩错,入于冥冥之眇,神调之极,游乎心手众虚之间,而莫与物为际者,父不能以教子。瞽师之放意相物,写神愈舞,而形乎弦者,兄不能以喻弟。

这里的基本思想和《庄子》所讲的庖丁解牛与轮扁斫轮的故事是一致的。所谓"游乎心手众虚之间"即是庄子所说的"游刃有余"的境界,此时是"以神遇而不以目视"。而所谓"父不能以教子""兄不能以喻弟",即是《庄子》所说的轮扁之斫轮技巧"口不能言,有数存焉于其间",因此,"臣不能以喻臣之子,臣之子亦不能受之于臣"。"游乎心手众虚之间",说明技已进于道,达到了技道合一的程度。这样,艺术创作自然可以达到高度自由的境界。毫无疑问,这只有艺术创造者在精神上做到"虚静""物化"才有可能,即所谓"阴闭眩错,入于冥冥之眇","而莫与物为际者"。然而,《淮南子》对创作中的心、手、器三者都是比较重视的。它吸取了孟子所说"梓匠轮舆能与人规矩,不能与人巧"(《尽心下》),以及"离娄之明、公输子之巧,不以规矩,不能成方圆;师旷之聪,不以六律,不能正五音"(《离娄上》)这些见解,认为"瑟无弦虽师文不能以成曲,徒弦则不能悲",所以"巧"与"巧之具"是缺一不可的。心之"放意相物",手之"写神愈舞",都必须"形乎弦"才能体现出来。心、手、器的统一也就是道、技、物的统一,这是对先秦道家重道轻物思想的重要匡正,它也是吸收儒家思想中积极因素的一种表现。

《淮南子》认为文艺创作是人的感情之自然流露,如《主术训》中所说,是"有充于内而成象于外"的一个过程。《缪称训》云:

> 文者所以接物也,情系于中,而欲发外者也。以文灭情则失情;以情灭文则失文。文情理通,则凤麟极矣。

这种文情统一的思想基本上是反映了儒家思想特点的。儒家认为文艺是人的内在情性之外在表现,《乐记》说:"和顺积中而英华发外。"所以儒家主张内外一致,文质并茂。然而,《淮南子》又特别强调由内而外的创作过程,是一个自然的过程。《齐俗训》云:

> 且喜怒哀乐,有感而自然者也。故哭之发于口,涕之出于目,此皆愤于中而形于外者也。譬若水之下流,烟之上寻也,夫有孰推之者?故强哭者,虽病不哀;强亲者,虽笑不和,情发于中而声应于外。

《淮南子》认为"愤于中而形于外"完全是自然而然的结果,如"水之下流,烟之上寻",并无外力在推动它,显然这是受道家崇尚自然思想影响之表现。《泛论训》中还指出,"不知音者之歌"之所以"浊之则郁而无转,清之则燋而不讴",而"韩娥、秦青、薛谈之讴,侯同、曼声之歌"之所以能"愤于志,积于内,盈而发音,则莫不比于律,而和于人心",正是因为后者"中有本主,以定清浊,不受于外,而自为仪表也"。所谓"中有本主"即是指韩娥等善歌者懂得如何使"愤于中"的内容找到恰好的"形于外"的方式,不是去套用别人的方式,而都能做到"自为仪表",这样就能合乎歌唱本身的自然规律,达到内外的高度统一。"中有本主"是强调要合乎自然地去发挥主体作用,而不是提倡主观随意性。

因此,《淮南子》在文艺的内容和形式关系上,既重视内容的主导作用,同时也讲究形式修饰,主张两者的和谐统一。《本经训》云:"必有其质,乃为之文。"《淮南子》虽然在有些地方也受法家重质弃文的影响,有些关于文质关系方面的片面性言论,例如《诠言训》中所说"饰其外者伤其内""见其文者蔽其质"之类,但是总的来看,基本上还是重视文的。《说林训》云:"清醠之美,始于耒耜;黼黻之美,在于杼轴。"其《俶真训》又云:"百围之木,斩而为牺尊,镂之以剞劂,杂之以青黄,华藻镈鲜,龙蛇虎豹,曲成文章。然其断在沟中,壹比牺尊,沟中之断,则丑美有间也。"修饰加工,可以使形式更美,而不影响内容,可以更好体现内容。

《淮南子》在艺术鉴赏方面提出了鉴赏者的主观差异性问题,《人间训》云:"夫歌《采菱》,发《阳阿》,鄙人听之,不若此《延路》《阳局》,非歌者拙也,听者异也。"《采菱》《阳阿》系乐曲之和声,《说山训》云:"欲美和者,必先《阳阿》《采菱》。"阳阿乃古之著名俳优,善和。这是属于比较高级的音乐。《延路》,或作《延露》,为民间乐曲。此句王念孙认为当作"不若《延露》以和"。这里是说缺少文化和艺术修养的人听《采菱》《阳阿》这样的乐曲,不能欣赏其美,甚至觉得不如通俗的《延路》来得好听,这并非歌者水平不高,而是听者水平低下的缘故。欣赏者不仅水平有高下,而且由于欣赏者的主观感情的不同,对艺术作品的反映也有极大之差别。《齐俗训》云:"夫载哀者闻歌声而泣,载乐者见哭者而笑,哀可乐者,笑可哀者,载使然也。"所以艺术的效果是和欣赏者的思想感情、心理状态分不开的。《缪称训》云:"申喜闻乞人之歌而悲,出而视之,其母也。艾陵之战也,夫差曰:'夷声阳,句吴其庶乎?'同是声而取信焉异,有诸情也。故心哀而歌不乐,心乐而哭不哀。夫子曰:'弦则是也,其声非也。'"情之不同,艺术欣赏的角度就不同。《淮南子》这些艺术鉴赏理论对后来六朝的嵇康、葛洪、刘勰等均有很大影响。

在刘安写《离骚传》之后,过了三四十年,司马迁(前145—前90)开始写作他的不朽巨著《史记》,历时十余年才完成。司马迁是一位伟大的史学家和文学家,他在文艺思想和文学理论批评方面,也有很重要的贡献。在《史记·屈原贾生列传》中,他在刘安评价的基础上又做了重要的发挥,更加突出了《离骚》的"怨"的特点。他说:

> 屈平疾王听之不聪也,谗谄之蔽明也,邪曲之害公也,方正之不容也,故忧愁幽思而作《离骚》。《离骚》者,犹离忧也。夫天者,人之始也;父母者,人之本也。人穷则反本,故劳苦倦极,未尝不呼天也;疾痛惨怛,未尝不呼父母也。屈平正道直行,竭忠尽智,以事其君,谗人间之,可谓穷矣。信而见疑,忠而被谤,能无怨乎?屈平之作《离骚》,盖自怨生也。……屈原既死之后,楚有宋玉、唐勒、景差之徒者,皆好辞而以赋见称;然皆祖屈原之从容辞令,终莫敢直谏。

司马迁对屈原表示了极大的同情,他指出屈原有感于当时朝廷邪正不辨,是非不分,小人当权,贤人被谗,自己"信而见疑,忠而被谤",身被流放,穷愁潦倒,为此,心中充满了怨愤不平之气,遂发而为《离骚》之作。司马迁认为屈原和宋玉等人最大的不同是他敢于直谏,不顾个人荣辱安危,为国家和百姓利益而进行坚决的、不妥协的斗争。这种对黑暗现实的怨愤激情和直谏精神,乃是中国古代文学思想史上的进步的优秀传统。司马迁通过分析屈原及其《离骚》的特点,揭示了一个真理:在中国古代文学发展史上,真正伟大的优秀的作品,大都是作家坚持自己进步的理想或正确的政治主张,在遭到反动势力迫害后,为了反抗这种迫害而坚持斗争的产物。

司马迁不仅阐明了《离骚》"盖自怨生"的特点,而且认为这种特点也反映在一切进步文学作品和其他学术著作中。他的"发愤著书"说正是在评论屈原及其作品基础上的扩展。他在著名的《报任少卿书》中说:

> 盖西伯拘而演《周易》;仲尼厄而作《春秋》;屈原放逐,乃赋《离

骚》；左丘失明，厥有《国语》；孙子膑脚，《兵法》修列；不韦迁蜀，世传《吕览》；韩非囚秦，《说难》《孤愤》。《诗》三百篇，大抵贤圣发愤之所为作也。此人皆意有所郁结，不得通其道，故述往事，思来者。

司马迁此处所举各例，许多学者认为其中有不少与事实不符，似乎已成定论，其实是误解了司马迁的意思。凡批评司马迁所举例子与事实不符者，其根据恰好都是司马迁的《史记》。《报任少卿书》中这段话亦见于《史记·太史公自序》，它们都写于《史记》基本完成之后。难道司马迁明明知道事实真相，故意要在这里说一些与事实不符的话吗？这岂不是和他严格遵循实录原则的一贯写作态度矛盾了吗？现在我们逐例做一些具体分析。文王幽而演易，这与《周本纪》所述一致，可不论。孔子作《春秋》是否属实，可以存疑。孔子遭厄莫过于在陈、蔡。孔子周游列国后返鲁在鲁哀公十二年（前483），厄于陈、蔡当在此前。而修《春秋》据《孔子世家》记载则在此后。则此条亦属实。屈原放逐，乃赋《离骚》，事见《屈原贾生列传》，当亦无疑问。"左丘失明，厥有《国语》"，目前没有材料可以证明《国语》不是作于左丘失明之后。《报任少卿书》中还曾说，"左丘明无目"之后，"退论书策以舒其愤，思垂空文以自见"。孙膑被庞涓断足以后才著兵法，见《孙子吴起列传》，各家亦不疑。问题最多的是关于吕不韦与韩非的两条。此处讲吕不韦"迁蜀"，是指其死，据《吕不韦列传》及《秦本纪》记载，吕不韦未及迁蜀即自"饮鸩而死"，葬于洛阳北邙山。"不韦迁蜀，世传《吕览》"，实际是说吕不韦死后他主编的《吕览》却流传天下，而非指《吕览》成书时间。关于《吕览》的写作，《吕不韦列传》中早已清楚地做了说明，那是在他得宠专权之时。"韩非囚秦，《说难》《孤愤》"，其意亦与上例一样。据《老子韩非列传》记载，秦始皇是先见到韩非的《孤愤》《五蠹》等著作，爱其才，然后在韩非使秦时扣留了他。而当李斯进谗，韩非下狱，李斯使人送药，韩非遂死。所以"囚秦"实即指韩非遇害而死。此两句意为韩非遭囚而死，他的《说难》《孤愤》却在世上广为流传。因此，不能说司马迁所举之例与事实不符。"《诗》三百篇，大抵贤圣发愤之所为作也。"这里说的发愤而作，仅指《诗经》，非指上七例，此于文字本身已极为分明。如要用发愤而作来概括全部例子，也未尝不可，但其含义不一定都是指受迫害、遭穷困,也应当包括为实现自己理想而坚持不懈地奋斗,完成鸿篇巨制,以垂范后世。实际上,司马迁在《太史公自序》及《报任少卿书》中对这八例是做了总结概括的,这就是所谓:"此人皆意有所郁结,不得通其道,故述往事,思来者。"由此可见,所谓"发愤著书",在司马迁看来,主要是为了达意通道。这里有两种情况:一是作者的崇高志向与抱负不能施之于事业,没有在实际上实现,才借"述往事,思来者"的著作作为寄托;二是作者的志向就是要总结历史和现实的经验,提出自己的系统理论观点,写"成一家言"的著作。总之,应当从广义上来理解司马迁的"发愤著书"说。从司马迁本人来说,他的毕生志愿就是要继承父亲司马谈的遗愿,写好《史记》,后来他不幸遭处宫刑,但并未因此而改变初衷,而是以惊人的毅力,"就极刑而无愠色",仍然继续他的事业。对他来说,遭刑之前和遭刑之后都是"发愤著书",不过遭刑之后这种特点更为鲜明了。司马迁强调《离骚》"盖自怨生"和"发愤著书",一方面继承和发展了孔子诗"可以怨"的思想,另一方面也符合道家对黑暗现实极其愤激的特点,表现了儒道结合的倾向,这是与他"论大道则先黄老而后六经"的思想一致的。他提倡"怨"和发愤著作又不受儒家那种不能过分的"中和"思想之局限,表现了极大的批判精神与战斗精神,强调作家在逆境中也应当奋起,而不应消沉,是中国古代具有民主精神的进步文学传统的突出表现。

与这种进步的文学思想相联系的是,司马迁在《史记》的写作中体现了严格的实录精神。他在《太史公自序》中虽然很谦虚地不承认是自比于《春秋》,但实际上他正是仿照《春秋》的原则来写作的。他说《春秋》之作,"上明三王之道,下辨人事之纪,别嫌疑,明是非,定犹豫,善善恶恶,贤贤贱不肖,存亡国,继绝世,补敝起废,王道之大者也"。他的《史记》正是以此为榜样来写的,而且比《春秋》写作具有更进步的指导思想,他敢于面对现实,真实地记载历史事实,不像《春秋》那样为尊者讳,为贤者讳。他把陈胜、吴广列入世家,把项羽列入本纪,都说明他力求不以统治者偏见来歪曲事实,努力做到客观地叙述历史真实。实录虽系史学写作原则,但由于《史记》的人物传记运用了文学创作方法来写,是水平极高的传记文学,因此实录原则也深刻地影响到文学创作及文学思想的发展,后来很多文学家皆以实录精神来衡量创作,故其也是重要的文学理论批评原则。刘向、扬雄、班固都充分肯定了《史记》写作中的这种精神。班固在《汉书·司马迁传赞》中对他的实录写作原则曾做了如下总结:

> 然自刘向、扬雄博极群书,皆称迁有良史之材,服其善序事理,辨而不华,质而不俚,其文直,其事核,不虚美,不隐恶,故谓之实录。

实录精神最可贵之处,是"不虚美,不隐恶",这在当时主要是针对描写帝王将相等人物的,对他们"不虚美,不隐恶",正是敢于大胆揭露而又实事求是的一种态度,是非常难能可贵的。不对他们阿谀奉承,不掩饰他们的罪恶,敢于直书是不容易的。同时对那些属于被否定的历史人物,他也能真实地反映他们的面貌,不因他们的缺点、过失甚至罪恶,而抹杀他们也有好的值得肯定的方面。这种原则同样也适用于对其他下层百姓的描写。如实地反映现实的真实,从中去体现作者的褒贬态度,这也是中国古代现实主义文学思想的精髓。他在评价历史人物时能够采取比较客观的态度,不受儒家礼义的束缚,故班固说他"是非颇缪于圣人",然而这也正是司马迁的长处和优点。司马迁的怨愤著书和实录精神,对中国古代文学思想和文学理论批评的发展产生了深远的影响。后来的一些重要文艺家如白居易、韩愈、欧阳修、王世贞、李贽、金圣叹等都曾从他那里吸取思想资料,做了进一步的发展。

第二节 封建正统文艺观的确立
—— 从《礼记·乐记》到《毛诗大序》

随着汉代封建帝国的建成和中央集权的巩固,政治上大一统局面的出现,大汉帝国需要有能够维护其统治秩序的统治思想,于是逐渐弃黄老而重儒学。这个变化是在汉武帝时代开始的。汉武帝罢黜百家,独尊儒术,著名的儒家思想家董仲舒则进一步从"天人感应"的观点出发把儒学神学化,提出了系统的君权神授和三纲五常的封建伦理道德,认为"道之大,原出于天;天不变,道亦不变"。先秦儒学经过以董仲舒为代表的汉代儒家的改造,遂成为官方的统治思想,它不可避免地要渗透到各个角落,直接影响到文学思想和文学理论批评的发展,形成了汉代新的儒家文艺观,逐渐发展成为封建的正统文艺观。

汉代的儒家文艺观是在先秦儒家文艺观的基础上发展起来的,由于历史条件的变化,它又有了重要的不同于先秦儒家的新特点。这主要表现在以下两方面。第一,保守性增强了,批评性减弱了。汉儒所崇奉的"温柔敦厚"的诗教,其实已和孔子思想有了相当的距离。《礼记·经解》篇所引孔子关于诗教、乐教的话,朱自清先生早已在《诗言志辨》中指出"未必真是孔子的话",而只能看作是汉儒的思想。汉儒对孔子的诗"可以怨"的思想做了明显的限制,无论"温柔敦厚"也好,"主文而谲谏"也好,"发乎情,止乎礼义"也好,都是为了强调:对上层统治者及其政治措施的批评,必须限制在统治者可以接受的范围之内,对社会黑暗的揭发,不能越出封建伦理道德规范,不能触及统治者的地位和妨害封建秩序的稳固,严格遵守礼义界限,不许越雷池一步。"温柔敦厚"的诗教遂成为长期封建社会中文艺发展的桎梏,使文学变成了儒家经学的附庸。与此相联系的是复古主义与"述而不作"的倾向又复活了,并且有了大的发展。此外,与整个儒学发展的特点一样,汉代儒家文艺思想的神学迷信色彩也加重了。特别是后来谶纬学说的盛行,把文艺的产生和发展也看作是神的意志之体现,认为文艺现象和自然现象、社会现象之间存在着一种神秘的、必然的联系,把文艺创作中的心物交感看作是阴阳五行说的"同类相动""同气相感"之结果。第二,汉代儒家文艺思想也发展了先秦儒家文艺思想中科学的、积极的、进步的内容,做了更加深入、更加系统的阐述,充实了许多新内容,使之更趋成熟,也更为完整了。这首先表现在美刺讽谏说的明确提出,对"六义"(风、雅、颂、赋、比、兴)的阐述,其次是对诗歌本质认识的深化,把志和情紧密地结合了起来,对文学的抒情特性有了极为充分的论说。除《毛诗序》外,翼奉曾说:"诗之为学,情性而已。"《诗纬》中说:"诗者,持也。"此"持"即"持人情性"之意。刘向在《说苑》中说诗歌是思积于中、满而后发的产物,此"思"即指情,所谓"抒其胸而发其情"。再次是进一步明确了文学和现实、文学和时代的关系,在《礼记·乐记》和《毛诗大序》的基础上,班固提出乐府诗是"感于哀乐,缘事而发"(《汉书·艺文志·诗赋略论》)的结果,何休提出了"饥者歌其食,劳者歌其事"(《公羊传解诂》)的观点。再其次是提出了文艺创作中的"物感"说,等等。这都说明汉代儒家文艺思想并非对先秦儒家文艺思想的简单重复,而是把儒家文艺思想发展到了一个新的更高的阶段。而汉代儒家文艺思想的有代表性的纲领性著作,便是《礼记·乐记》和《毛诗大序》。

《礼记》这部书是西汉儒生对先秦礼仪制度的论述,不少内容均采自先秦旧籍。《礼记》有戴德所辑《大戴礼记》及戴圣所辑《小戴礼记》两种,一般流行者为《小戴礼记》。其中《乐记》一篇是中国古代重要的音乐美学著作,是儒家文艺思想的经典文献。由于诗乐关系密切,它实际上也是一部重要的文艺理论著作,对文学思想与文学理论批评影响极大。《乐记》内容全部被司马迁收入《史记·乐书》,只是段落次序略有不同,文字上有个别差异。《乐记》的作者历来颇多争议,郭沫若认为是先秦公孙尼子所作,则时代要早于荀子。目前多数学者不同意这个看法,我们认为从《乐记》内容来看,这个说法是不可靠的。《乐记》显然是在《荀子·乐论》《吕氏春秋》有关音乐论述的基础上,综合先秦儒家乐论及战国后期阴阳五行家音乐思想以及秦汉之际乐律论而形成的,其思想观点是符合汉武帝定儒学于一尊之后的时代思想特点的。班固《汉书·艺文志》云:"武帝时,河间献王好儒,与毛生等共采《周官》及诸子言乐事者以作《乐记》。"我们认为这个说法是可靠的。至于《汉书·艺文志》接着说河间献王《乐记》传给常山王禹为二十四卷,刘向校书得《乐记》二十三篇"与禹不同",是指《乐记》在流传中有散失,有不同版本,并非像有些人所说河间献王《乐记》乃是另外一本。河间献王刘德生年不详,死于公元前130年,是汉武帝的弟弟。所谓毛生,当即毛苌,是刘德重要幕僚,王府博士。《乐记》很可能即是毛苌写定的。毛苌是《毛诗》的重要传人,受学于毛亨。毛亨称大毛公,毛苌为小毛公。而毛亨诗学承自荀子,故毛苌亦承荀学。毛苌很可能参与了《毛诗序》特别是《大序》的写作,故而《乐记》和《毛诗大序》观点是一致的,而且《毛诗大序》还大段地抄录了《乐记》的内容。毛苌系荀学传人,故而《乐记》的基本思想当来自荀子的《乐论》,同时杂有汉初阴阳五行说的音乐思想,大约也与董仲舒以阴阳五行说儒学的影响有关。毛苌和董仲舒是同时代人。《乐记》的思想是符合汉武帝罢黜百家、独尊儒术之需要的。

《乐记》中的声、音、乐概念各有不同的内容。"声"是指组成乐曲的不同声音因素,如宫、商、角、徵、羽五声;"音"是指音乐的乐曲;"乐"则是指配有歌、舞的诗、乐、舞统一体。因此,《乐记》实际也是一部文艺理论著作,这里讲"乐",重点是讲音乐,但和"音"还是有区别的。《乐记》的音乐美学思想与文学思想是完全相通的,且直接对文学理论批评产生了影响,主要有以下几方面。

第一,音乐的本源。《乐记》认为音乐的产生在于人心感物。其云:

> 凡音之起,由人心生也。人心之动,物使之然也。感于物而动,故形于声。声相应,故生变,变成方,谓之音。比音而乐之,及干戚羽旄,谓之乐。

这里提出了"物→心→声→音→乐"的音乐本源论。人心本是静的,由于受物所感而动;感情有所激动,就要发为声音;声音组成一定的格律,就变为乐曲;乐曲排列在一起,配上歌、舞,就产生了乐。《乐记》这里涉及了艺术创作中的心物关系问题,强调了外物对内心的感发作用。那么,物又是怎样感动心的呢?《乐记》又说:"人生而静,天之性也;感于物而动,性之欲也。物至知知,然后好恶形焉。"又说:"民有血气心知之性,而无哀乐喜怒之常;应感起物而动,然后心术形焉。"这里的动静说是指人的思想感情本是天生固有的,但它平静地蕴藏于内,并无具体的喜怒哀乐之常态,由于受到外物的感触,它才由静而动,表现出一定的喜怒哀乐形式。所谓"血气心知"即是指人本身具有感情与智慧,在不接触外物时,它们是藏于内心而看不见的;由于外物的引诱,才表现出它们的好恶。故而又说:"其哀心感者,其声噍以杀;其乐心感者,其声啴以缓;其喜心感者,其声发以散;其怒心感者,其声粗以厉;其敬心感者,其声直以廉;其爱心感者,其声和以柔。六者非性也,感于物而后动。"这里的"六者"指声,即"其声噍以杀"等,是感物而后动所表现出的形态。而哀、乐、喜、怒、敬、爱则原是先天所固有的,它们本是静而无常态的,须待外物的感触才动而形之于声。《乐记》在阐述音乐本源时,比较注重外界事物对心的感发,但是在人性论上则认为七情乃是人心所固有的。这也是与它受荀学影响有关的。荀子在自然观上强调尊重事物的客观规律,但在人性问题上持性恶论。而《乐记》也有性恶论影响,它说:"夫物之感人无穷,而人之好恶无节,则是物至而人化物也。人化物也者,灭天理而穷人欲者也。于是有悖逆诈伪之心,有淫泆作乱之事。""此大乱之道也。"然而,《乐记》的"物感"说毕竟是对艺术的本源做了较为科学的解释,对后代的文艺理论批评产生了积极影响。

第二,音乐的作用。《乐记》在提出音生于人心的同时,又提出了音生人心的问题,由此引申出了文艺对社会政治的重大反作用:

> 凡音者,生人心者也。情动于中,故形于声,声成文,谓之音。是故治世之音安以乐,其政和;乱世之音怨以怒,其政乖;亡国之音哀以思,其民困。声音之道与政通矣。

这里它所提出的是"声→音→乐→心→物(社会政治)"的音乐作用论。音乐源于物,又作用于物。上述"治世之音"以下一段有三种句读法,据唐代陆德明《经典释文》说,除上述普通句读法外,尚有雷读法,即"治世之音安,以乐,其政和"(下同);崔读法,即"治世之音安,以乐其政和"(下同)。其中不为人所注意的雷读法,其实最能反映《乐记》思想,它正好是"音乐→人心→治道"公式的具体化。

《乐记》认为音乐的功用在于"治心",它可以使人欲无穷的人性得到节制,而不至于产生悖逆诈伪之心,达到改恶从善的目的。"是故先王之制礼乐也,非以极口腹耳目之欲也,将以教民平好恶而反人道之正也。""致乐以治心,则易直子谅之心油然生矣。"所以又说:"乐也者,圣人之所乐也,而可以善民心,其感人心,其移风易俗,故先王著其教也。"它可以调和人们之间的矛盾,稳定社会秩序,故云:"乐至则无怨,礼至则不争,揖让而治天下者,礼乐之谓也。"由治心而达到治道的目的,因为民心善恶关乎社会风俗,直接影响到政治的治乱。所以由音乐可以见出政治良窳,是谓"声音之道与政通矣"。"是故审声以知音,审音以知乐,审乐以知政,而治道备矣。"

为此,《乐记》认为音乐乃是王道政治的重要组成部分之一。它把王

道政治分为礼、乐、刑、政四个部分,指出:

> 礼以道其志,乐以和其声,政以一其行,刑以防其奸。礼乐刑政,其极一也,所以同民心而出治道也。
>
> ……
>
> 礼节民心,乐和民声,政以行之,刑以防之。礼乐刑政,四达而不悖,则王道备矣。

礼乐与刑政并提,这本是荀学的重要特色,《乐记》对此又做了进一步发挥,这就更加突出了文艺和社会政治的密切关系。

《乐记》还从礼乐的关系上进一步阐述了乐的作用,它发挥了荀子《乐论》中"礼以节外,乐以和内"的思想,指出:"乐由中出,礼自外作。乐由中出,故静;礼自外作,故文。""礼义立,则贵贱等矣。乐文同,则上下和矣。""乐者为同,礼者为异;同则相亲,异则相敬。"礼从外面节制人的言论行动,使之合乎封建等级的礼仪制度与相应的道德规范;乐从内心起调和感化作用,使之从心灵深处、从思想感情上自觉遵循礼义的要求。礼和乐是互相配合的,目的都是建立王道政治。《乐记》还进一步指出,礼乐不仅是社会生活中的政治伦理道德规范,而且也合乎天地万物的自然规律。它以礼乐配天地,"乐以天行,礼以地制",认为"乐者,天地之和也;礼者,天地之序也"。并且提出:"大乐与天地同和,大礼与天地同节。"不仅通过礼乐把自然与社会沟通了起来,而且也把礼乐神化了。这和董仲舒所谓"道之大,原出于天;天不变,道亦不变",是很一致的。

《乐记》还运用阴阳五行学说,以五声比附君、臣、民、事、物,来强调音乐对社会政治的重要作用。它说:"宫为君,商为臣,角为民,徵为事,羽为物。五者不乱,则无怗懘之音矣。宫乱则荒,其君骄;商乱则陂,其臣坏;角乱则忧,其民怨;徵乱则哀,其事勤;羽乱则危,其财匮。五者皆乱,迭相陵,谓之慢。如此则国之灭亡无日矣。"这种讲法先秦儒家是没有的,它也正是董仲舒时代阴阳五行学说与儒学结合而影响到文艺的结果。《乐记》从这种思想出发,还进一步认为音乐对自然界也有一种神奇玄妙的作用:

> 是故大人举礼乐,则天地将为昭焉。天地欣合,阴阳相得,煦妪覆育万物;然后草木茂,区萌达,羽翼奋,角觡生,蛰虫昭苏,羽者妪伏,毛者孕鬻,胎生者不殰,而卵生者不殈,则乐之道归焉耳。

这里显然是把音乐的作用神化了。音乐对自然事物是否有一定作用,这是一个可以深入研究的课题,但这里显然是把音乐对自然事物的作用无限地夸大了。

第三,音乐的创作。《乐记》的重点是论述音乐的本源与作用,但也涉及音乐的创作问题。《乐记》所论之"乐"是包括了诗、乐、舞三方面内容的,它们都是人内心情志的表现,然而又各有特点。《乐记》中说:"诗言其志也,歌咏其声也,舞动其容也,三者本于心,然后乐器从之。"而且诗、乐、舞之间是随着人的感情表现需要而逐步推进的:"故歌之为言也,长言之也。说之,故言之;言之不足,故长言之,长言之不足,故嗟叹之;嗟叹之不足,故不知手之舞之、足之蹈之也。"它是一个感情发展的自然过程。

《乐记》强调音乐创作必须有高度的真实性。这种真实性主要是指音乐应当是人的真实感情的自然流露:

> 是故情深而文明,气盛而化神,和顺积中而英华发外;唯乐不可以为伪。

音乐是不能作伪的,内心没有那种感情,就无法形之于音乐。只有"情深"方能"文明"。这里的"文"是指"声成文,谓之音"的"文",即是由声音组成的乐曲。能"和顺积中",方可"英华发外",强调艺术家的人格与艺术品的高度统一。这里也表现了中国古代艺术真实与西方的不同。西方论艺术真实注重于艺术作品内容与现实生活的一致,而中国古代则侧重于强调作家的思想感情与艺术作品中思想感情的一致。这种对艺术真实的要求,是中国古代文学理论中真实论的主要内容。

《乐记》对音乐创作的内容和形式也做了具体分析。其云:"乐者,心之动也;声者,乐之象也,文采节奏,声之饰也。君子动其本,乐其象,然后治其饰。"这里《乐记》把音乐作品的构成分为本、象、饰三部分。心动而生情志，这是音乐的内容，为其本；由声音构成的象亦即音乐形象是它的表现形态；而象则是由"文采节奏"，亦即音节、节奏这些具体的饰所组成的。它是和文学创作的意、象、言相类似的。

《乐记》的文艺美学思想影响极大，《毛诗大序》是它在文学方面的具体表现。

秦灭之后，汉代传授《诗经》的有齐、鲁、韩、毛四家。但是后来齐、鲁、韩三家都失传了，只有《毛诗》一直流传至今。传说荀子的诗学是由子夏传授的，毛亨则承自荀学。毛亨在西汉初期授徒讲诗，著有《毛诗故训传》，后简称《毛传》。毛亨传给赵人毛苌，毛苌献诗于朝廷，但未被立为官学。《毛诗》每篇之前均有题解，而《关雎》一篇题解前有一篇对《诗经》的总论，后人遂称各篇题解为小序，总论为大序。关于诗序的作者历来众说纷纭，莫衷一是。较有代表性的是郑玄《诗谱序》谓"《大序》是子夏作，《小序》是子夏、毛公合作"。三国吴人陆玑《毛诗草木鸟兽虫鱼疏》谓是东汉时东海卫宏所作。对这两种说法历代有很多人不同意。从《毛诗序》的内容看，《小序》恐非成于一人之手，其中不少说法在先秦可以找到根据，很可能是毛公传《诗》时已有，后人又做过修订补充，大小毛公乃至卫宏等也许都有过贡献。《大序》思想与《乐记》一致，有的文字即抄自《乐记》，很可能即是毛苌所为，不可能是东汉的产物。《大序》的思想正符合汉武帝独尊儒术的时代需要，也反映了汉代儒家文艺思想的新特点，绝不可能是子夏所作。卫宏是否又做了修订是可以研究的。《毛诗大序》所提出的一些根本理论问题，成为两千多年来封建正统的文艺纲领，影响极大。

《毛诗大序》的主要思想有以下几方面。

第一，"发乎情，止乎礼义"。《毛诗大序》明显地反映了儒家文艺思想的保守性进一步加强的特点，具体发挥了《礼记·经解》篇中的"温柔敦厚"诗教说。它突出地强调文艺必须为巩固封建统治秩序服务，提出诗歌必须起到"经夫妇，成孝敬，厚人伦，美教化，移风俗"的作用。认为诗歌创作要合乎"发乎情，止乎礼义"的原则，绝对不能超越礼义的大防，而在揭露和批评现实黑暗方面，又必须"主文而谲谏"，以十分委婉的方式，在统治者所允许的范围内做一些他们可以接受的批评。显然，这也正是董仲舒在《春秋繁露》中所一再提倡的"中和"美学观在文艺批评方面的体现。它和司马迁所说的《离骚》"盖自怨生"、所提倡的"发愤著书"形成了鲜明的对照。《大序》肯定诗歌创作要"发乎情",这是正确的,但是它要求这种情必须受礼义的规范和约束,就势必要影响诗歌创作的健康发展,而使之流为经学之附庸,封建说教的工具。这一点曾遭到后代许多进步文艺理论批评家的反对。

第二,讽谏说。《毛诗大序》也有它积极的方面,这就是它明确提出了讽谏说,"上以风化下,下以风刺上","言之者无罪,闻之者足以戒",充分肯定了文艺批评现实的意义与作用。下层百姓可以通过文艺对上层统治者进行批评,而且是言者无罪,闻者足戒,还是具有一定的民主因素的。它为后来进步的文学家运用文艺来揭露批判现实的黑暗,提供了理论根据。《毛诗大序》的讽谏说后来被郑玄发展为美刺讽谏说,《诗谱序》云:"论功颂德,所以将顺其美;刺过讥失,所以匡救其恶。各于其党,则为法者彰显,为戒者著明。"《毛诗大序》中强调诗歌的讽谏作用既是对先秦儒家文艺思想积极方面的继承,同时也反映了汉代封建制度还处于上升时期,正在发展中,对社会发展来说还是有进步作用的。因此它对文艺的要求也表现了矛盾的两重性,既有保守的方面,也有进步的方面,这种特点在汉代儒家文艺思想中表现得很清楚,它在扬雄、班固等人的文艺思想中亦有明显的反映。

《毛诗大序》讽谏说的基础建立在文艺是对现实生活的真实再现的思想上。它直接引用了《乐记》中的名言:"治世之音安以乐,其政和;乱世之音怨以怒,其政乖;亡国之音哀以思,其民困。"认为在这一点上音乐和诗歌是完全一致的。根据这种观点,它进一步具体解释了"变风""变雅"的产生:"至于王道衰,礼义废,政教失,国异政,家殊俗,而变风变雅作矣。国史明乎得失之迹,伤人伦之废,哀刑政之苛,吟咏情性,以风其上,达于事变而怀其旧俗者也。"认为"变风""变雅"正是国家衰败的现实在文艺上的反映,对文艺和现实关系做了明确的论述。

第三,"六义"说。《毛诗大序》还全面总结了《诗经》的艺术经验,把《周礼·春官·大师》中的"六诗"说发展为"六义"说,其云:"故诗有六义焉:一曰风,二曰赋,三曰比,四曰兴,五曰雅,六曰颂。"风、雅、颂是对《诗经》的分类,而赋、比、兴是对《诗经》表现方法的归纳。但为什么在排列次序上,赋、比、兴放在风之后呢?孔颖达《毛诗正义》云:"六义次第如此者,以诗之四始,以风为先,故曰风。风之所用,以赋比兴为之辞,故于风之下即次赋比兴,然后次以雅颂。雅颂亦以赋比兴为之,既见赋比兴于风之下,明雅颂亦同之。"对于赋、比、兴的表现方法特点,《毛诗大序》没有做具体分析。后来汉代的郑众和郑玄曾对之做过解释。孔颖达引郑司农(郑众)所说,谓"比者,比方于物";"兴者,托事于物"。又引郑玄注《周礼》中释"六诗"时说的:"赋之言铺,直铺陈今之政教善恶。比,见今之失,不敢斥言,取比类以言之。兴,见今之美,嫌于媚谀,取善事以喻劝之。"郑众的解释是就表现手法来说的,较为符合比兴原意。郑玄则以美刺解比兴,显然是牵强附会的。此点孔颖达已经指出其谬,他说:"其实美刺俱有比兴者也。"但是《毛诗大序》所说是否确如郑玄所解,则难以考实。因为从《小序》内容来看,确是以美刺解诗,很可能对赋、比、兴亦以政教相附会。然而其与《诗经》实际并不相符,是可以肯定的。郑玄解释赋、比、兴显然具有东汉后期儒家的特点。《毛诗大序》对风、雅、颂做了具体解释,其云:

> 是以一国之事,系一人之本,谓之风。言天下之事,形四方之风,谓之雅。雅者,正也,言王政之所由废兴也。政有小大,故有《小雅》焉,有《大雅》焉。颂者,美盛德之形容,以其成功告于神明者也。是谓四始,诗之至也。

从这段分析中可以看出,《毛诗大序》是按《诗经》作品内容地域等的特点来区别风、雅、颂的。风,从地域上讲是属于某一个诸侯国的;而雅,则是属于整个周王朝的。风,在内容上是以某个人的事来表现其所属国家的风尚;雅,则是讲整个周王朝王政废兴,不过政有小大,故有《小雅》《大雅》之别。颂,是歌颂盛德而告之神明。在分析《诗经》的类别及其意义时,可以看出《毛诗大序》也是从政教美刺角度出发的,因此只能反映汉儒的文艺观点,不完全符合《诗经》实际。然而它在解释风、雅的意义时,也接触到了文艺创作的概括性与典型性的特征,所谓"以一国之事,系一人之本","言天下之事,形四方之风"者,是说诗歌创作以具体的个别来表现一般的特点。诗人所言虽是个人之言、个人之事、个人之情,但却具有广泛的代表性,是一国乃至天下之言、事、情的集中表现。诚如孔颖达解释的:"一人者,作诗之人。其作诗者,道己一人之心耳,要所言一人心,乃是一国之心。诗人览一国之意以为己心,故一国之事系此一人使言之也。……言天下之事,亦谓一人言之。诗人总天下之心,四方风俗,以为己意,而咏歌王政,故作诗道说天下之事,发见四方之风。"这里虽有孔颖达本人发挥,但大体是符合《毛诗大序》本意的。《毛诗大序》对风、雅、颂的解释,还是比较科学的。而后来郑玄的解释,谓"风言贤圣治道之遗化","雅,正也,言今之正者,以为后世法。颂之言诵也,容也,诵今之德,广以美之",则具有更加浓厚的附庸政教色彩,与《诗经》原意的距离也就更远了。

第四,情志统一说。《毛诗大序》中进一步发展了从荀子《乐论》、《礼记·乐记》以来的情志相结合的思想,比较明确地指出了诗歌通过抒情来言志的特点。它一方面肯定"诗者,志之所之也。在心为志,发言为诗",另一方面又强调诗歌是"吟咏情性"的。它和《楚辞》中的抒情言志说之不同,就在它认为无论情或志,都必须受礼义的约束,服从于礼义的规范。《毛诗大序》引用了《乐记》中的一大段话,说明诗歌是"情动于中而形于言"的结果,而志则正是在形于言的情之中的,故孔颖达说:"在己为情,情动为志,情、志一也。"(《左传》昭公二十五年《正义》)虽然在情、志的关系上,《毛诗大序》是更重在志的,而且对志的内涵的理解也与先秦"诗言志"的"志"是接近的,但是它正确地阐明了抒情言志的特点,说明对文学本质的认识已进一步深化了。情志说的提出对后来文学批评的发展影响很大。

过去人们常把《毛诗大序》看成中国古代儒家诗论的总结,这种说法并不很确切,因为它虽然总结了先秦儒家诗论的一些主要内容,但更主要是按照汉代的需要对它进行了改造,而成为汉代儒家新文艺观的代表性著作。

《毛诗小序》可能在汉初已基本形成,但大约也经过毛苌、卫宏等人的修订与补充,它在文艺批评方法上能反映汉人的特点。《小序》所写诗篇的题解,虽然是运用孟子"以意逆志""知人论世"的方法,即不仅说明诗篇主题也涉及诗篇的背景,但是它基本上是从美刺的角度说诗,带着儒家政治教化的框框,因此穿凿附会现象极为严重。今试举数例如下:

《周南·汉广》:汉广,德广所及也。文王之道被于南国,美化行乎江汉之域,无思犯礼,求而不可得也。

《召南·摽有梅》:摽有梅,男女及时也。召南之国,被文王之化,男女得以及时也。

《卫风·氓》:氓,刺时也。宣公之时,礼义消亡,淫风大行,男女无别,遂相奔诱,华落色衰,复相弃背。或乃困而自悔,丧其妃耦,故序其事以风焉。美反正,刺淫泆也。

《齐风·南山》:南山,刺襄公也。鸟兽之行,淫乎其妹,大夫遇是恶,作诗而去之。

上述四例前两例属美,后两例属刺。前三例中虽然也有些说的对的地方(如《摽有梅》之"男女及时",《氓》之"复相弃背"等),但主要解释意思不符合诗的原意,明显属于牵强附会。第四例说的是对的,这是齐人讽刺襄公与文姜通奸、事发后又谋杀文姜之夫鲁桓公,事见《左传》。所以,孟子"以意逆志""知人论世"方法如果主观主义地运用,是不能达到好的结果的。汉人论诗实际上是按照自己的需要来解释,并不真正要求对诗的本意做客观的探求。所以他们中盛行"诗无达诂"之说。当时董仲舒的《春秋繁露·精华》曾说:"所闻《诗》无达诂,《易》无达占,《春秋》无达辞。"后来刘向《说苑》、《诗纬·泛历枢》等都说过同样的意思。接受者总是带着自己的思想、认识和感情,按照自己的愿望、要求去理解诗的,这本来是无可非议的,也是必然的。但是汉人说诗则在接受者的主观性方面走得太远了,有的竟至于和诗的本意已毫不相关了。因此,它后来遭到许多文艺家的批评,像朱熹就在方法论上完全另辟新路了。

第三节 儒家"定于一尊"与扬雄、班固的文学理论批评

从汉武帝以后,儒家思想遂确立了其"定于一尊"的统治地位,在文艺

领域中自然也就要求用儒家思想作为衡量一切的标准。西汉末年的扬雄和东汉初年的班固就是正统儒家的有代表性的重要思想家和文学家,他们的文学理论和文学批评反映了儒家对当时文学创作的要求。如果说《礼记·乐记》和《毛诗序》是体现了汉代儒家对诗乐的评论,那么,扬雄和班固更突出的理论贡献是在对《楚辞》与汉赋的评论中反映了汉代儒家的文学观。

扬雄(前53—公元18),字子云,蜀郡成都人,著有《法言》《太玄》《方言》等,他的文章后人辑为《扬子云集》。扬雄是西汉后期著名的哲学家、文学家和语言学家。扬雄文学思想的核心是倡导文学创作必须合乎儒家之道,以圣人为榜样,以六经为楷模,简言之,也即是所谓"原道""征圣""宗经"的原则。扬雄认为人们的一切言论行动都应当以圣人为标准,圣人虽然已经不在人世,但是他们的书仍然存在着,人们可以从圣人的书中懂得什么是圣人之道,而从中找到自己言论行动的标准。《法言·吾子》篇说:

> 或曰:人各是其所是,而非其所非,将谁使正之?曰:万物纷错,则悬诸天;众言淆乱,则折诸圣。或曰:恶睹乎圣而折诸?曰:在则人,亡则书,其统一也。

圣人去世了,而他的书还在。那么圣人的书能否充分体现圣人之意呢?按照庄子的观点,言是不能尽意的,因此圣人之书只不过是糟粕。但是扬雄在言意关系上是持言尽意论的,所以他说:"言不能达其心,书不能达其言;难矣哉!惟圣人得言之解,得书之体。"(《法言·问神》)圣人之书是能够充分体现其意的,所以圣与经也就是二而一的了。他认为只有儒家的五经才代表了正道,而其他诸子都是末流,是不足为训的。《法言·吾子》篇又说:

> 舍舟航而济乎渎者,末矣;舍五经而济乎道者,末矣。弃常珍而嗜乎异馔者,恶睹其识味也?委大圣而好乎诸子者,恶睹其识道也?

这正是罢黜百家、独尊儒术思想之表现。扬雄曾自比孟子,要继承孔子,发扬儒家大业,以道、圣、经作为文学创作和文学理论批评的基本原则,这种思想虽然先秦的荀子已经有所体现,但是到了扬雄才将它系统化,而且扬雄对道、圣、经的内容之理解,较荀子所理解的道、圣、经又要更符合孔子的思想。扬雄以道、圣、经为中心的文学思想,正好反映了封建统治者要求把文学完全纳入其礼教轨道的要求。故而一切文章都必须以五经为法式。《法言·吾子》篇说:"不合乎先王之法者,君子不法也。"扬雄主张一切都要模仿圣人。他的《太玄》是模仿《易经》的,他的《法言》是模仿《论语》的。他在《法言·寡见》篇中说:

> 或问:"五经有辩乎?"曰:"惟五经为辩:说天者莫辩乎《易》,说事者莫辩乎《书》,说体者莫辩乎《礼》,说志者莫辩乎《诗》,说理者莫辩乎《春秋》。舍斯,辩亦小矣。"

扬雄认为五经已经包含了一切文章的类型,而且具有最高的水平,所以人们只需要模拟五经为文就可以了。如果在内容和形式上违背五经的原则,那就是走向邪道,就要受到批评。扬雄的这种主张助长了文学创作上的复古模拟之风。

扬雄的这种文学思想和文学理论批评原则,也清楚地反映在他对屈原及其作品的批评中。汉代对屈原及其作品的评价,由前期的高度赞扬到中期的批评否定,正是文学思想发展由以道家为主转向以儒家为主的重要标志。首先对屈原及其作品提出批评并表示对传统评价不满的是扬雄。他对屈原的批评主要是认为屈原缺乏儒家明哲保身的态度,不够明智,不应该对朝廷采取弃绝态度,自沉汨罗江。班固的《汉书·扬雄传》曾说扬雄"以为君子得时则大行,不得时则龙蛇,遇不遇,命也,何必湛身哉?"这种看法在扬雄所写的《反离骚》中也表现得很清楚。扬雄针对《离骚》中"既莫足以为美政兮,吾将从彭咸之所居",责备屈原"弃由聃之所珍兮,跖彭咸之所遗"。又针对《离骚》中"众女嫉余之蛾眉兮,谣诼谓余以善淫",批评他"知众嫭之嫉妒兮,何必扬累之蛾眉"。这正是后来班固批评屈原"露才扬己"之所本。《法言·吾子》篇说屈原"如其智,如其智",据俞樾《诸子平议》考释,此即是

"未足以为智也"之意。扬雄和贾谊一样批评屈原不应自沉,但是他们的出发点和角度是不同的。贾谊从道家观点出发,认为既然当权统治者昏庸无能,不纳忠言,轻信谗佞,屈原就应与之决绝,别投他国,不必以死直谏。扬雄则从儒家君臣之道出发,认为遇不遇是命运决定的,臣下不应对君上表示不满,自持才高而以死表示抗议,否则就是跨越臣道的言行。也就是说,不符合"发乎情,止乎礼义"的原则。对屈原作品的批评主要是认为它的浪漫主义创作不符合儒家经典的特点。据《文选·宋书谢灵运传论》李善注引《法言》,扬雄认为屈原的作品"过以浮""蹈云天"。所谓"过以浮"是指屈原作品极其华丽的文辞,不像儒家经典那样质朴。所谓"蹈云天"是指屈原作品中上天入地的夸张描写,以及大量的神话、传说内容。在扬雄看来这是不符合孔子"不语怪、力、乱、神"的精神的。儒家的文艺思想本有排斥浪漫主义的倾向,这从扬雄对屈原作品的批评中也可以看得很清楚。

然而,扬雄对屈原及其作品的评价,也有肯定、赞扬的方面。他对屈原的遭遇是十分同情的。《汉书·扬雄传》中说他读屈原的作品,"悲其文,读之未尝不流涕也"。在《法言·吾子》篇中,扬雄曾说:"诗人之赋丽以则,词人之赋丽以淫。"说明他对屈原作品总的来说还是肯定的,认为它丽而有则,是文质并茂的,从基本倾向看是符合儒家的大原则的。他对屈原的人品,虽然批评他不够明智,但是充分肯定他品德的高洁,"如玉如莹,爰变丹青"(《法言·吾子》)。扬雄在《反离骚》中说:"夫圣哲之不遭兮,固时命之所有。"则仍以屈原与"圣哲"相比。扬雄对屈原评价中所表现的思想矛盾与《毛诗大序》中所表现的思想矛盾(既肯定讽谏,又要求"止乎礼义")性质是相同的,都是汉代儒家文艺思想之内在矛盾的具体表现。这种矛盾也反映在扬雄对汉赋的评价中。

扬雄是汉代大赋的极为重要的代表作家。他对汉赋的评价有一个变化过程,早年喜爱汉赋,并给予较高评价,晚年则多所批评,甚至趋于否定。这是扬雄晚年受儒家思想影响更为深入的一种表现。扬雄在《答刘歆书》中曾说自己早年"心好沉博绝丽之文",很喜欢写作辞赋。桓谭《新论》说扬雄作《甘泉赋》"思精苦,赋成遂困倦小卧,梦其五脏出在地,以手收而内之。及觉,病喘悸,大少气,病一岁"。汉代是封建帝国强盛时期,汉赋反映了其繁荣发展。扬雄早年也是颇有理想抱负的有志之士,曾自比孟子,故而自然也很热衷于辞赋创作,而且也是因为学习司马相如,辞赋写得好,才被汉成帝召入宫廷为文学侍从。故他对辞赋的讽谏作用,在年轻时也是充分肯定的。他在自己创作的辞赋序中,都说明是有具体的讽劝目的的。例如:

> 孝成帝时,羽猎,雄从。以为昔在二帝三王,宫馆台榭,沼池苑囿,林麓薮泽,财足以奉郊庙、御宾客、充庖厨而已,不夺百姓膏腴谷土桑柘之地。……故聊因校猎,赋以风之。
> ——《羽猎赋序》

> 是时农民不得收敛。雄从至射熊馆,还,上《长杨赋》,聊因笔墨之成文章,故借翰林以为主人,子墨为客卿,以风。
> ——《长杨赋序》

可见他创作辞赋的目的是明确的。但是,后来他发现辞赋这种讽谏的尾巴并不能起到应有的作用,而辞赋本身的铺张华丽描写影响反倒很大,结果是欲讽而反劝,起到了完全相反的作用。他对赋的这个认识发展过程,班固在《汉书·扬雄传》中讲得很清楚。其云:"雄以为赋者,将以风之,必推类而言,极丽靡之辞,闳侈巨衍,竞于使人不能加也。既乃归之于正,然览者已过矣。往时武帝好神仙,相如上《大人赋》欲以风,帝反缥缥有陵云之志。繇是言之,赋劝而不止,明矣。又颇似俳优淳于髡、优孟之徒,非法度所存,贤人君子诗赋之正也。于是辍不复为。"故扬雄在《法言·吾子》篇中说:"或曰:'赋可以讽乎?'曰:'讽乎?讽则已;不已,吾恐不免于劝也。'"又说:"或问:'吾子少而好赋?'曰:'然。童子雕虫篆刻。'俄而曰:'壮夫不为也。'"他在晚年对辞赋的批评很尖锐,主要是认为辞赋片面追求形式上的靡丽,而忽视了儒家传统的以内容为主导、形式应当为内容服务的原则。《法言·吾子》篇中说:"或曰:'雾縠之组丽。'曰:'女工之蠹矣。'"李轨注云:"雾縠虽丽,蠹害女工;辞赋虽巧,惑乱圣典。"而这种"丽以淫"的倾向,扬雄认为是从"景差、唐勒、宋玉、枚乘之赋"开始的。

在文学创作的内容和形式关系上,扬雄严格地坚持了儒家的传统观点。《法言·吾子》篇云:"或曰:'女有色,书亦有色乎?'曰:'有。女恶华丹之乱窈窕也,书恶淫辞之淈法度也。'"这里的"法度"即是指儒家之道,亦即儒家所尊奉的先王之法。他曾说:"断木为棋,捖革为鞠,亦皆有法焉。不合乎先王之法者,君子不法也。"扬雄要求内容和形式的统一,事与辞相称,文与质相符。《法言·吾子》篇云:"或曰:'君子尚辞乎?'曰:'君子事之为尚。事胜辞则伉,辞胜事则赋,事辞称则经。足言足容,德之藻矣。'"又云:"或曰:'有人焉,自云姓孔,而字仲尼。入其门,升其堂,伏其几,袭其裳,则可谓仲尼乎?'曰:'其文是也,其质非也。''敢问质。'曰:'羊质而虎皮,见草而说,见豺而战,忘其皮之虎矣。'"可见在文质相符的要求中,质又是占有主导地位的。

关于文学的本源问题,扬雄认为文是源于心的。《法言·问神》篇有一段重要论述,其云:

> 言不能达其心,书不能达其言,难矣哉!惟圣人得言之解,得书之体,白日以照之,江、河以涤之,灏灏乎其莫之御也!面相之,辞相适,捈中心之所欲,通诸人之嚍嚍者,莫如言。弥纶天下之事,记久明远,著古昔之㖧㖧,传千里之忞忞者,莫如书。故言,心声也;书,心画也。声画形,君子小人见矣。声画者,君子小人之所以动情乎?

扬雄认为文乃是人的心之体现,在中国文艺思想史上,这种观点当不始于扬雄。先秦的"诗言志"说,从根本上讲即是一种心为文学本源论。志,就是人心的一种表现,它形之于言,成之为诗,诗即体现人的心。故《毛诗大序》谓"在心为志,发言为诗"。然而,扬雄的"心声""心画"论则把心为文学本源的思想更加突出出来了,这种思想也与中国古代的乐论有密切关系。从荀子的《乐论》到《礼记·乐记》都强调音乐是人的感情的自然流露,"夫乐者,乐也,人情之所必不免也"。而情即是源于心的。"情动于中而形于言。"所谓"中"即指心。故"惟乐不可以为伪"。文学是人的一种精神活动,它发自人的内心,故神即心。扬雄《法言·问神》篇一开始就说:"或问'神',曰:'心。'"从创作者来说,文是心的体现;从接受者来说,文可以动读者之情,实际也就是以作者之心去感动读者之心。扬雄这里所提出的"动情"说,为文学的鉴赏提出了一个重要的原理:艺术鉴赏的过程乃是一个创作者之心与接受者之心的互相交流过程,是以情感情的过程,而文学艺术作品的美学作用、社会教育作用,正是在这个过程中实现的。

班固的文学思想和文学理论批评是对扬雄的进一步发展。

班固(32—92),字孟坚,扶风安陵(今陕西咸阳)人,是东汉前期著名的思想家、历史学家和文学家。班固是东汉前期封建帝国在思想文化界的主要代表人物。儒家思想自汉武帝之后成为官方正统思想,在董仲舒"天人感应"说和阴阳五行思想的影响下,日益向神学迷信方向发展。从西汉末年到东汉初年是谶纬神学的极盛时期,汉章帝亲自主持白虎观会议,令班固主持编纂《白虎通义》,把儒学的神学化正式肯定下来,形成一套完整思想体系。班固和扬雄都是儒家思想家,但是在对待谶纬神学的态度上是不同的。扬雄属于古文经学,比较倾向于坚持先秦儒家传统,不赞成谶纬神学。班固则属于今文经学,是汉代谶纬神学化的儒学的拥护者和宣传者。班固奉旨修《汉书》也是严格贯彻儒学的思想、原则,而且是融合了阴阳五行说的。因此,在以儒学思想衡量作家作品方面,他不仅继承了扬雄的思想,而且比扬雄更激烈,并具有神学迷信色彩。但是班固在阐述传统的儒家文艺观时,又有不少新的发展,特别是结合汉代文学创作发展的情况,做了比较深入细致的评论,进一步丰富了儒家文学理论批评的内容,做出了较大的贡献。

班固对屈原及其作品做了异常激烈的批评,明确表示对刘安、司马迁评价的不同意见。这是班固作为正统儒家思想家在文学批评方面的典型表现。班固的批评是在扬雄批评基础上的发展。他认为屈原的作品不是像孔子评《关雎》那样,"哀周道而不伤",不是"怨悱而不乱",而恰恰是超越了"不伤""不乱"的界限,也即是说屈原对上层统治者的批评违背了"发乎情,止乎礼义"的原则,表现了和他们势不两立的态度,这是不能允许、不能提倡的,因此说他不是"明智之器"。其《离骚序》云:

> 且君子道穷,命矣。故潜龙不见是而无闷,《关雎》哀周道而不伤,蘧瑗持可怀之智,宁武保如愚之性,咸以全命避害,不受世患。故

《大雅》曰:"既明且哲,以保其身。"斯为贵矣。

今若屈原,露才扬己,竞乎危国群小之间,以离谗贼。然责数怀王,怨恶椒兰,愁神苦思,强非其人,忿怼不容,沉江而死,亦贬絜狂狷景行之士。

班固这种意见归根到底是说屈原对统治阶级的怨过分了,不能从维护封建统治秩序角度出发,做适可而止的批评,又缺乏明哲保身的态度。按照三纲五常的礼教原则来看,臣对君"露才扬己"即是不敬,"责数怀王,怨恶椒兰",更不符合臣道,违背了"君为臣纲",而"忿怼不容,沉江而死",与最高统治者决裂,更是绝对不能容忍的。为此,班固说刘安评论屈原的"虽与日月争光可也","斯论似过其真"。他和刘安等的分歧,既是道家愤世嫉俗与儒家维护现状的分歧,也是汉代文艺思想发展中进步与保守之争。

班固对屈原及其作品的这种批评意见,也同样表现在他对司马迁及其《史记》的批评上。班固在《典引序》中曾引汉明帝对司马迁的批评:"司马迁著书,成一家之言,扬名后世;至以身陷刑之故,反微文刺讥,贬损当世,非谊士也。"并竭力称颂这段话道:"臣固常伏刻诵圣论,昭明好恶,不遗微细,缘事断谊,动有规矩,虽仲尼之因史见意,亦无以加。"汉明帝主要是不赞成司马迁"微文刺讥,贬损当世",而恰恰是在这一点上,司马迁和屈原是一致的。班固从正统儒家观点出发,自然是不会同意的。不仅如此,班固还在《司马迁传赞》中直接批评司马迁是非颇谬于圣人,不能采取明哲保身的处世态度。他说:"又其是非颇缪于圣人,论大道则先黄老而后六经。……以迁之博物洽闻而不能以知自全,既陷极刑,幽而发愤,书亦信矣。迹其所以自伤悼,《小雅·巷伯》之伦。夫唯《大雅》'既明且哲',能保其身,难矣哉!"由此可见,班固对屈原及其作品的批评,绝非偶然,也不仅仅对屈原是如此,它正是班固文学思想中正统的儒家文学观之体现,而且是有鲜明的时代特征的。

班固对屈原作品的艺术表现特征的批评也清楚地反映了儒家文艺思想的局限性。他说《离骚》"多称昆仑冥婚宓妃虚无之语,皆非法度之政,经义所载"。实际上就是批评《离骚》中神话传说等浪漫主义内容,既不见经传,又不合法度。这说明用儒家文艺思想衡量文学创作,已深入艺术的表现方法了。班固是倾向于现实主义的,而对浪漫主义则采取了排斥的态度。

但是,班固对屈原及其作品的评价并不全部都是否定的,也有评价较高的、肯定的方面。他在《汉书·艺文志》的《诗赋略论》中对屈原及其作品,又是十分赞扬和充分肯定的。他说:

> 春秋之后,周道浸坏,聘问歌咏,不行于列国,学诗之士,逸在布衣,而贤人失志之赋作矣。大儒孙卿及楚臣屈原,离谗忧国,皆作赋以风,咸有恻隐古诗之义。

对这段话,有的研究者认为此非班固自述,而是删引刘歆的意见。因为《汉书·艺文志》序中班固说过:"歆于是总群书而奏其《七略》。……今删其要,以备篇籍。"这种可能性不是没有。但是,刘歆《七略》已佚,《七略》中每一略前是否有论,尚难确证。而如果《七略》原有论,班固是"删其要",那么,总该是取其与自己见解一致的部分,而略去其矛盾的或不一致的部分,不会把与自己不同的见解,不加分析地引用出来。班固对屈原及其作品本不是全面否定,因此完全可以在这里着重论述肯定方面的意见。如果《诗赋略论》中这段不足为证的话,班固还有一篇《离骚赞序》,比这一段肯定得还要多。其云:

> 屈原以忠信见疑,忧愁幽思,而作《离骚》。离,犹遭也;骚,忧也,明己遭忧作辞也。是时周室已灭,七国并争。屈原痛君不明,信用群小,国将危亡,忠诚之情,怀不能已,故作《离骚》。上陈尧、舜、禹、汤、文王之法,下言羿浇、桀、纣之失,以风。……又作《九章》赋以风谏,卒不见纳。不忍浊世,自投汨罗。原死之后,秦果灭楚,其辞为众贤所悼悲,故传于后。

这里的观点和《汉书·艺文志·诗赋略论》中是完全一致的,但分析得要更为具体、深入,很充分地阐述了屈原"离谗忧国"及其作品的"恻隐古诗之义"。班固对屈原及其作品评价中的这种矛盾,乃是儒家文艺思想本身的积极方面与消极方面的矛盾之反映,同时也是汉代封建制度的进步方面与保守方面的矛盾两重性之反映。

班固是汉代辞赋的极为重要的代表作家,他对辞赋的评价与扬雄晚年不同,他给予了比较高的评价。班固和扬雄对辞赋的评论都是从儒家观点出发的,但两人的角度不同。班固着重强调汉赋在反映封建帝国大一统的繁荣昌盛,以及维护礼教、巩固封建统治秩序方面所起的作用。他在《两都赋序》中说:

> 或曰:"赋者,古诗之流也。"昔成、康没而颂声寝,王泽竭而诗不作。大汉初定,日不暇给。至于武、宣之世,乃崇礼官,考文章,内设金马石渠之署,外兴乐府协律之事,以兴废继绝,润色鸿业。是以众庶悦豫,福应尤盛。……故言语侍从之臣,若司马相如、虞丘寿王、东方朔、枚皋、王褒、刘向之属,朝夕论思,日月献纳。而公卿大臣御史大夫倪宽、太常孔臧、太中大夫董仲舒、宗正刘德、太子太傅萧望之等,时时间作。或以抒下情而通讽谕,或以宣上德而尽忠孝,雍容揄扬,著于后嗣,抑亦《雅》《颂》之亚也。故孝成之世,论而录之,盖奏御者千有余篇,而后大汉之文章,炳焉与三代同风。

班固把汉赋看作是"《雅》《颂》之亚",给予了相当高的地位,正是因为汉赋具有为汉帝国"润色鸿业"的意义,同时又具有"抒下情而通讽谕"及"宣上德而尽忠孝"的讽谏作用和教化作用,故而能"炳焉与三代同风"。班固对汉赋的形式过于淫靡华丽也有过一些批评,例如他在《汉书·艺文志·诗赋略论》中说:"汉兴,枚乘、司马相如,下及扬子云,竞为侈丽闳衍之词,没其风谕之义。"在《汉书·叙传》中批评司马相如"文艳用寡""寓言淫丽"。但是他认为和汉赋的积极意义与讽谏作用相比,这是次要的方面。所以他不同意扬雄晚年的批评,在《汉书·司马相如传赞》中他说:"相如虽多虚辞滥说,然要其归,引之于节俭。此亦诗之风谏何异?扬雄以为靡丽之赋,劝百而风一,犹骋郑卫之声,曲终而奏雅,不已戏乎!"

由于对汉赋的重视,班固对赋的性质与创作特点也做了十分重要的论述。他指出辞赋从根本上说乃是古诗的一个支流。他在《两都赋序》中说:"赋者,古诗之流也。"赋与诗的不同是诗一般是配乐的,而赋是不合乐的。所以他引用《诗经》毛传对赋的表现手法之阐述,来说明辞赋之所以称为赋的原因:"不歌而诵为之赋,登高能赋,可以为大夫。"春秋时列国大夫的赋诗是不合乐的,故后代称不合乐的辞为赋。因为"周道浸坏",赋诗言志之风也衰落,然后才有"贤人失志之赋"的产生,故其性质仍有古诗之义。他认为辞赋的创作一则是文辞华丽,二则是蕴有讽谕之义,三则还可以"多识博物,有可观采"(《汉书·叙传》),提供丰富的知识,故而司马相如遂"蔚为辞宗"。

班固对《诗经》及汉代乐府诗的评论,着重论述了文学和现实的关系,强调了现实主义的创作原则,对儒家的传统观点做了新的发展。其《汉书·艺文志》论《诗经》云:

> 《书》曰:"诗言志,哥(歌)永言。"故哀乐之心感,而哥(歌)咏之声发。诵其言,谓之诗;咏其声,谓之哥(歌)。故古有采诗之官,王者所以观风俗,知得失,自考正也。

班固发挥了《乐记》和《毛诗大序》关于文艺和现实关系的论述,指出了诗歌可以反映社会风俗之盛衰、政治之得失。在《汉书·礼乐志》中他又指出:"周道始缺,怨刺之诗起。王泽既竭,而诗不能作。"从阐述《毛诗大序》中有关"变风""变雅"产生原因的分析,说明怨刺之诗的创作源于王道之衰落。在《汉书·食货志》中,他进一步指出:"男女有不得其所者,因相与歌咏,各言其伤。"强调《诗经》中的民歌大都是下层百姓有感于现实生活的遭遇,而发生的歌唱。后来何休在《公羊传》解诂中所说"饥者歌其食,劳者歌其事",正是对班固这方面思想的发展。班固不仅看到了现实生活对诗歌创作的重要意义,还认识到各个地区不同的自然环境、民情风俗对诗歌的风格特色也有很大的影响。他在《汉书·地理志》中说:"凡民函五常之性,而其刚柔缓急,音声不同,系水土之风气。"并结合各地情况分析了其与诗歌的关系。例如:"故秦地于禹贡时跨雍梁二州,诗风兼秦豳两国。昔后稷封斄,公刘处豳,大王徙郊,文王作酆,武王治镐,其民有先王遗风,好稼穑,务本业,故豳诗言农桑衣食之本甚备。"又说齐地云:"初太公治齐,修道术,尊贤智,赏有功,故至今其土(士)多好经术,矜功名,舒缓阔达而足智。""故齐诗曰:'子之营兮,遭我乎峱之间兮。'又曰:'俟我于著乎而。'此亦其舒缓之体也。"又说郑地云:"(郑)武公与平王东迁,卒定虢会之地,右雒左泲,食溱洧焉。土狭而险,山居谷汲,男女亟聚会,故其俗淫。郑诗曰:'出其东门,有女如云。'又曰:'溱与洧方灌灌兮,士与女方秉菅兮。洵盱且乐,惟士与女,伊其相谑。'此其风也。"十五《国风》各有自己的特点,而这都是和各国的不同历史、社会风尚与自然条件有关系的。

班固这种对文艺与现实关系的认识,也清楚地反映在他对汉代乐府诗的论述中。《汉书·艺文志·诗赋略论》中说:"自孝武立乐府而采歌谣,于是有代、赵之讴,秦、楚之风,皆感于哀乐,缘事而发,亦可以观风俗,知薄厚云。"班固不仅指出汉代乐府诗都是各地的一些民歌,而且认为它们都是真实感情的流露,而这种哀乐之情则是由现实生活的感发而产生的。"感于哀乐,缘事而发",很概括地揭示了乐府诗创作的现实主义特征。为此,在文学创作上他提倡实录,主张要真实地反映现实。所以他十分赞扬司马迁《史记》写作中的实录精神,并对这种创作原则做了重要的理论概括。从这种现实主义的创作思想出发,班固十分重视文学的社会功用,认为文学创作应当"有补于世"。他在《汉书·楚元王传赞》中说:"自孔子后,缀文之士众矣,唯孟轲、孙况、董仲舒、司马迁、刘向、扬雄,此数公者,皆博物洽闻,其言有补于世。"他所提到的这几个人,都是能针对当时社会现实中存在问题,而提出自己比较系统的独立见解的。所以,班固的"有补于世"不是一般地有某种实用意义,而是指对国计民生要能起到较大的积极作用。

第四节　王充真、善、美相统一的文学观

东汉前期在儒家文艺思想发展进一步深化的同时,也出现了反传统的进步文艺思潮,它以桓谭、王充为最杰出的代表。东汉是谶纬神学的极盛时期,刘秀在建立新的封建统治秩序之后,"宣布图谶于天下",谁要反对就可能招来杀身之祸。桓谭因为"极言谶之非经",刘秀即以"非圣无

法"论处,几乎丧命(事见《后汉书·桓谭冯衍列传》)。谶纬神学的核心是强调天道主宰人事、君权神授,把封建统治者的一切言行措施,都看作是神的意志之体现,要求百姓无条件服从。谶纬神学的泛滥,必然要引起一些进步思想家的反对,对它展开激烈的批评。汉代儒家内部的今文经学与古文经学两派之分歧,实质上不仅仅是今文与古文的问题,而是包含一些重要的思想原则差别的,其中的重要问题之一是如何对待儒家传统与谶纬神学问题。古文经学主张严格遵循先秦儒家传统,不赞成也不相信谶纬神学。而今文经学家的主要特点之一便是提倡谶纬之学,把儒学神学化。比较早地从儒家古文经学立场,批评了神学迷信思想的是西汉末期的扬雄。东汉初的桓谭和王充是沿着扬雄的路子往前走的。但是,他们不像扬雄那样恪守传统,而是在批评神学迷信思想过程中,对先秦儒家传统又有许多重大突破,已经超越了古文经学家,而成为具有反传统精神的异端思想家,不过他们也确乎在许多方面和古文经学家有着思想上的联系。由于这种特点,他们成为汉代文艺思想发展上一支颇有生气的、思想新颖的异军。从文艺思想发展的渊源上看,他们较多地继承了先秦荀子的思想,重视文艺的现实作用,强调文艺的发展变化。在汉代他们较多地吸收了司马迁的文艺思想,发挥了"发愤著书"和实录精神。同时他们也较多地接受了由老庄到《淮南子》的道家文艺思想中注重自然美的方面,并且把它建立在比较科学的元气自然论的哲学思想基础之上。

王充(27—97?),字仲任,会稽上虞(今属浙江绍兴)人,出身"细门孤族",自小聪慧好学,八岁时就"谢师而专门,援笔而众奇"(《论衡·自纪》,下凡引《论衡》,只注篇名)。据《后汉书·王充传》记载,他年轻时曾"受业太学,师事扶风班彪。好博览而不守章句。家贫无书,常游洛阳市肆,阅所卖书,一见辄能诵忆,遂博通众流百家之言"。王充由学儒开始,又不守儒家,兼通"众流百家",是一位知识渊博的学者。他只做过郡功曹、治中等小官,而且不断和上司发生冲突,后遂罢官归家,专门从事著作。他"不慕高官""不贪富贵","处逸乐而欲不放,居贫苦而志不倦,淫读古文,甘闻异言,世书俗说,多所不安,幽处独居,考论实虚"(《自纪》)。他的著作是和当时思想文化领域中谶纬神学勇敢斗争的真实记录。王充的著书很多,但不少已亡佚,如《政务》《讥俗》《备乏》《禁酒》《养性》等均已失传，仅存《论衡》八十五篇，其中《招致》一篇已佚。《论衡》的中心是批判谶纬神学。他在揭露那些宣传神学迷信书籍、著作的荒诞、虚妄时，提出了如何正确地写作，以及什么样的书才是最美的和最有价值的问题，这就涉及许多美学和文学理论问题。王充认为真实是任何著作、包括文学作品的生命，只有真实的作品才有补于世用，才具有"真美"而非"虚美"，因此他在《论衡》中很突出地体现了真、善、美相结合的文艺观与美学观。王充在文学理论批评方面的主要贡献，表现在以下几个方面：

第一，提倡真实，反对虚妄。王充认为一切文章和著作的内容必须是真实的，坚决反对荒诞不经的虚妄之作。他在《对作》篇中说："是故《论衡》之造也，起众书并失实，虚妄之言胜真美也。"在《佚文》篇中说："《诗》三百，一言以蔽之，曰：思无邪。《论衡》篇以十数，亦一言也，曰：疾虚妄。"王充十分钦佩桓谭的《新论》，《超奇》篇说它"论世间事，辨昭然否，虚妄之言，伪饰之辞，莫不证定"。《对作》篇又说："众事不失实，凡论不坏乱，则桓谭之论不起。"在谶纬神学思想的笼罩下，当时各种书籍著作中，都充斥着虚妄之言，王充为之感到痛心疾首，决心要站出来明辨是非，拨乱反正。他在《对作》篇中说："世俗之性，好奇怪之语，说虚妄之文。何则？实事不能快意，而华虚惊耳动心也。是故才能之士，好谈论者，增益实事，为美盛之语；用笔墨者，造生空文，为虚妄之传。听者以为真然，说而不舍；览者以为实事，传而不绝。不绝则文载竹帛之上，不舍则误入贤者之耳。至或南面称师，赋奸伪之说；典城佩紫，读虚妄之书。明辨然否，疾心伤之，安能不论？"王充所说的书籍和文章，其含义是十分广泛的，并非专指文学作品，因此，他所说的真实，是指科学的真实而非艺术的真实。例如在《福虚》篇中王充举了这样一个例子：传说楚惠王吃酸菜时发现里面有蚂蟥，但他还是吃了，结果肚子痛得不能吃东西。令尹问他：既发现有蚂蟥，为什么还要吃下去呢？楚惠王回答说：怕说出来，要杀了厨师和监食之人；若不杀，又怕废了国法，所以只好吃了。令尹说他有福，因为他这样做，说明他是在施行仁政。当晚惠王吃进去的蚂蟥拉出来了，而且原有的淤血病也好了。王充指出，说他是有福之人是虚假的。他要赦厨师及监食人之罪是很容易的，而且还可以因行仁义而得恩天下，何必要吃了呢？至于积病之除，乃是因为蚂蟥吸了淤血，结果蚂蟥死了，病也好了。这是事出偶然,并非因施仁政而得福。王充提倡的这种真实虽然和艺术真实不同,但是因为他所说的广义的书籍和文章也包括了文学作品,因此对文学创作也要求讲究这种严格的真实性,对现实主义文艺思想的发展起了积极的促进作用。

这里我们还应当看到王充的"真美"与司马迁的实录精神之间的联系。王充认为当时书籍中的虚妄之言太多了,即使贤圣之作也不能做到严格的真实。《书虚》篇云:"世信虚妄之书,以为载于竹帛之上者,皆贤圣所传,无不然之事,故信而是之,讽而读之。"其实,"传书之言,多失其实,世俗之人,不能定也"。为此,他对司马迁的实录极为敬佩。他在《论衡》中有三十多处讲到司马迁的实录,并引用这些论述来作为自己批判虚妄之言的依据。例如,《感虚》篇中批驳传书所言燕太子丹感动上天之说时,就引《史记》为证。他说:"太史公曰:'世称太子丹之令天雨粟,马生角,大抵皆虚言也。'太史公书汉世实事之人,而云'虚言',近非实矣。"《道虚》篇批驳李少君"尸解而去"的谎言时,王充说:"太史公与李少君同世并时,少君之死,临尸者虽非太史公,足以见其实矣。如实不死,尸解而去,太史公宜纪其状,不宜言死。"王充肯定司马迁是"书汉世实事"的,因此对《史记》记载是非常信任的。他在《谈天》篇中又说:"太史公曰:'《禹本纪》言河出昆仑,其高三千五百余里,日月所于辟隐为光明也,其上有玉泉、华池。今自张骞使大夏之后,穷河源,恶睹《本纪》所谓昆仑者乎?故言九州山川,《尚书》近之矣。至《禹本纪》《山经》所有怪物,余不敢言也。'夫弗敢言者,谓之虚也。昆仑之高,玉泉、华池,世所共闻,张骞亲行无其实。案《禹贡》,九州山川,怪奇之物,金玉之珍,莫不悉载,不言昆仑山上有玉泉、华池。案太史公之言,《山经》《禹纪》,虚妄之言。"仅从上述数例,即可知王充之真实论,实与司马迁之实录有一脉相承的关系,从史学或科学著作的角度来看这无疑是正确的,它对文学创作中重视反映现实真实也有不容忽视的重大影响。然而,这种真实毕竟和文学艺术中的真实性是不同的,因此,它对文学艺术创作也有消极的不良影响。比如从这种真实论出发,浪漫主义创作、神话、传说也往往容易被看作是虚妄不实之辞,而受到否定。这里就涉及王充对文学创作中的虚构、夸张和真实关系的认识问题,比较集中地反映在《论衡》的"三增"(即《语增》《儒增》

《艺增》三篇)中。

王充对文学创作中的虚构、夸张是有认识的,也没有完全否定。他在《艺增》篇中对《诗经》中的虚构和夸张的意义与作用,曾做过正确的分析。他说:"言审莫过圣人,经艺万世不易,犹或出溢,增过其实。增过其实,皆有事为,不妄乱误,以少为多也。"他认为经艺中也有"增过其实"的似乎是虚妄之言,但"皆有事为",为了达到一定目的,"不妄乱误"。他举例说:"《诗》云:'鹤鸣九皋,声闻于天。'言鹤鸣九折之泽,声犹闻于天,比喻君子修德穷僻,名犹达朝廷也。其闻高远,可矣;言其闻于天,增之也。"但是他随即指出:"其鹤鸣于云中,人从下闻之,如鸣于九皋,人无在天上者,何以知其闻于天上也?无以知,意从准况之也。诗人或时不知,至诚以为然;或时知而欲以喻事,故增而甚之。"说明这是诗人意想中估计的状况,目的是"喻事",所以这种"增而甚之",不是虚妄之言。他又举《诗经·大雅·云汉》为例说道:"《诗》曰:'维周黎民,靡有孑遗。'是谓周宣王之时,遭大旱之灾也。诗人伤旱之甚,民被其害,言无有孑遗一人不愁痛者。夫旱甚,则有之矣;言无有孑遗一人,增之也。夫周之民,犹今之民也。使今之民也,遭大旱之灾,贫羸无蓄积,扣心思雨。若其富人谷食饶足者,廪囷不空,口腹不饥,何愁之有?天之旱也,山林之间不枯,犹地之水,丘陵之上不湛也。山林之间,富贵之人,必有遗脱者矣,而言靡有孑遗,增益之文,欲言旱甚也。"所谓"靡有孑遗",不是真的"无有孑遗一人",也不是"虚妄之言",而是为了强调说明"旱甚"。不仅对文学作品中的夸张描写有正确分析,而且对其他非文学作品的经艺中的"增益之文",王充也有实事求是的说明。例如他说:"《尚书》曰:祖伊谏纣曰:'今我民罔不欲丧。'罔,无也,我天下民无不欲王亡者。夫言欲王之亡,可也;言无不,增之也。纣虽恶,民臣蒙恩者非一,而祖伊增语,欲以惧纣也。……增其语,欲以惧之,冀其警悟也。苏秦说齐王曰:'临菑之中,车毂击,人肩磨,举袂成幕,连衽成帷,挥汗成雨。'齐虽炽盛,不能如此。苏秦增语,激齐王也。祖伊之谏纣,犹苏秦之说齐王也。"这样的分析是合情合理的,也是很透彻的。

但是,王充没有把他这种正确的理解贯穿于对所有书籍和文章的夸张描写的分析之中,而只是局限于先秦儒家的经典和其他个别著作,对大部分书籍、文章中的夸张描写都当作虚妄之言加以否定了,而且不允许后人写作中运用虚构和夸张,这就显然是错误的了,自然也就会对文学创作的健康发展起不好的作用。例如他在《语增》篇中举了这样一个例子:尧、舜因为勤于世事,忧百姓疾苦,为此消耗了很多精力,所以身体很瘦,于是传书言"尧若腊,舜若腒"。而桀、纣这些暴君只顾自己享乐,不管百姓死活,故而称他们是"垂腴尺余"。这本是一种形象比喻,即使是科学著作也未尝不可以这样写。然而,王充却认为是增而不实的虚妄之辞。王充又说儒书中说武王伐纣时,或曰"兵不血刃",或曰"血流浮杵",自相矛盾,这是对的。不过这两种说法是从不同角度赞美武王伐纣,目的是一样的。王充把"兵不血刃"和"血流浮杵"都看作是虚妄不实之辞而加以否定,显然是不合适的。像这样的夸张描写,读者不会认为是真的"兵不血刃"和"血流浮杵"。在《儒增》篇中,王充说养由基射箭能百步穿杨,百发百中,也是增而不实之词。他认为杨叶被一而再地射中,早就"败穿不可复射",至于说百发百中也是夸大的。又说荆轲以匕首刺秦王,"中铜柱,入尺"。这也是不实的。匕首不管怎么锋利,也不可能入铜柱一尺深。其实,这些都是为了形容养由基射击本事之高强,荆轲勇力过人、匕首无比锋利而已。这些夸张比喻,历史、哲学、政治等著作中亦可以用,更不用说文学创作了。王充在这些地方,实际上是否定了他自己在《艺增》篇中对经艺中的夸张描写之分析。产生这种矛盾现象的原因,一是谶纬学说之泛滥,使王充对经艺以后儒家的各种传书抱不信任态度;二是王充对学术著作和文学作品之间的区别,对文学作品的特征认识不足;三是虚构夸张有时和虚妄之言的界限颇难区分。例如《儒增》篇中曾举了这样一个例子:"儒书言卫有忠臣弘演,为卫哀公使,未还,狄人攻哀公而杀之,尽食其肉,独舍其肝。弘演使还,致命于肝。痛哀公之死,身肉尽,肝无所附,引刀自刳其腹,尽出其腹实,乃内哀公之肝而死。"王充认为这是虚妄之言。他说:"人以刃相刺,中五脏辄死。何则? 五脏,气之主也,犹头,脉之凑也。头一断,手不能取他人之头着之于颈,奈何独能先出其腹实,乃内哀公之肝? 腹实出辄死,则手不能复把矣。"从科学真实角度来说,王充的分析是对的,自然也不排斥在特殊情况下,弘演的行为有某些可能性,但是从强调弘演的忠心来说,做这样的夸张描写,也是可以被允许的。上述三方面的原因结合在一起,就使王充对虚构和夸张实际上采取了一种否定态度。

最突出地反映王充这种错误观点的,是他在《论衡》中对神话传说的批判。例如《书虚》篇中说:"传曰:'舜葬于苍梧,象为之耕;禹葬会稽,鸟为之佃。'盖以圣德所致,天使鸟兽报祐之也。世莫不然。考实之,殆虚言也。夫舜、禹之德,不能过尧;尧葬于冀州,或言葬于崇山。冀州鸟兽不耕,而鸟兽独为舜、禹耕,何天恩之偏驳也?"从王充驳斥其虚妄来看,这是很有力的,但因此而否定了这则神话,是不对的。又比如《感虚》篇中说:"儒者传书言:'尧之时,十日并出,万物燋枯。尧上射十日,九日去,一日常出。'此言虚也。夫人之射也,不过百步,矢力尽矣。日之行也,行天星度。天之去人,以万里数,尧上射之,安能得日? ……洪水之时,流滥中国,为民大害,尧何不推精诚射而除之?尧能射日,使火不为害,不能射河,使水不为害。夫射水不能却水,则知射日之语虚,非实也。"神话本是先民一种天真幼稚的想象,要驳斥它不真实,是很容易的。王充在《感虚》篇中说:"传书言:'杞梁氏之妻向城而哭,城为之崩。'此言杞梁从军不还,其妻痛之,向城而哭,至诚悲痛,精气动城,故城为之崩也。夫言向城而哭者,实也;城为之崩者,虚也。"杞梁妻哭倒长城本是民间故事,它控诉了统治者无休止的劳役使百姓家破人亡的惨状,是很有意义的。王充不赞成精诚感动上天的迷信思想,是正确的,但简单地从这点出发就否定这个故事,正表明了他对文学作品特点缺乏了解。纬书利用一些神话传说来宣传其神学迷信思想,这是应当反对的,但是这和神话传说本身的意义是两回事,不能混同为一。王充对真实与虚妄关系的偏激看法对文艺思想的发展产生过一些不好的影响,但从总的方面看他还是功大于过的。

第二,增善消恶,有补世用。王充认为有真方有美,而"真美"又是和善分不开的。只有高度真实的文章和著作才可能是有益于世的,而虚妄之作是必然毫无实用价值的。因此,王充十分强调文章和著作必须对社会发展有积极作用。《自纪》篇云:"为世用者,百篇无害;不为用者,一章无补。"他指出历史上的许多著名著作都是针对现实问题的有为之作。《对作》篇云:"是故周道不弊,则民不文薄;民不文薄,《春秋》不作。杨墨之学不乱传义,则孟子之传不造;韩国不小弱,法度不坏废,则韩非之书不为;高祖不辨得天下,马上之计未转,则陆贾之语不奏;众事不失实,凡论不坏乱,则桓谭之论不起。"这些作者不仅是为了抒发个人怨愤,而且是为了国家的繁荣与富强才写作的。他又说:"圣人作经,艺者传记,匡济薄俗,驱民使之归实诚也。案《六略》之书万三千篇,增善消恶,割截横拓,驱役游慢,期便道善,归正道焉。"他自己的《论衡》之写作,也是为了破除神学迷信,使人民有所觉醒,诚如他自己所说:"不得已,故为《论衡》。""若夫'九虚''三增'、《论死》《订鬼》,世俗所久惑,人所不能觉也。人君遭弊,改教于上;人臣愚惑,作论于下。实得,则上教从矣。冀悟迷惑之心,使知虚实之分。实虚之分定,而华伪之文灭;华伪之文灭,则纯诚之化日以孳矣。"王充注重文章的功用,没有受儒家教化的局限,而是突出地强调了要对解决当前迫切的现实问题有积极作用,而在他所处的时代,主要是批判谶纬神学。

王充一再说明文章写作不是为了炫耀文辞之美,而是要达到劝善惩恶的目的。《佚文》篇云:"文岂徒调墨弄笔为美丽之观哉?载人之行,传人之名也。善人愿载,思勉为善;邪人恶载,力自禁裁。然则文人之笔,劝善惩恶也。"王充这里所讲的"文"是广义的,"文人"也是指广义的文章之作者,对文学作品来说,当然不仅仅是为了劝善惩恶的目的而创作的,但是文学作品也都会具有这样的效果。文学作品创造的是一种艺术美,要给人以美的享受,然而它也总是体现着作家的善恶观念,并且给予人一种潜移默化的影响。因此不能由于王充强调劝善惩恶就说他轻视艺术的审美特征,更何况他本来就不是专门针对文学艺术作品说的。在美和善的关系上,王充是主张两者的统一的,不过针对当时的现实情况,他更侧重于说明文章必须有用,而不能离开实用去讲美。《别通》篇说:"古贤之遗文,竹帛之所载粲然,岂徒墙壁之画哉!空器在厨,金银涂饰,其中无物益于饥,人不顾也。肴膳甘醢,土釜之盛,入者乡之。古贤文之美善可甘,非徒器中之物也;读观有益,非徒膳食有补也。"他举出汉代董仲舒、唐子高、谷子云、丁伯玉等四人,说他们"策既中实,文说美善,博览膏腴之所生也。使四者经徒能摘,笔徒能记疏,不见古今之书,安能建美善于圣王之庭乎?"(同上)故其《佚文》篇云:"美善不空,才高知深之验也。"真正有才华的作家应当做到真、善、美的和谐统一。

所以,王充认为文章和著作的内容和形式必须统一,做到表里一致、内外相符。他对汉赋创作中片面追求形式之美的倾向,进行了严厉的批评。其《自纪》篇说:"深覆典雅,指意难睹,唯赋颂耳。"他发挥了扬雄晚年关于辞赋欲讽反劝的观点,其《谴告》篇说:"孝武皇帝好仙,司马长卿献《大人赋》,上乃仙仙有凌云之气。孝成皇帝好广宫室,扬子云上《甘泉颂》,妙称神怪,若曰非人力所能为,鬼神力乃可成;皇帝不觉,为之不止。长卿之赋,如言仙无实效,子云之颂,言奢有害,孝武岂有仙仙之气者?孝成岂有不觉之惑哉?"王充认为汉赋的主要问题是在内容和形式的不统一,华丽的形式和空洞的内容之间的矛盾。《定贤》篇说辞赋"文丽而务巨,言眇而趋深,然而不能处定是非,辨然否之实,虽文如锦绣,深如河汉,民不觉知是非之分,无益于弥为崇实之化"。所以他写作《论衡》,其目的是在"铨轻重之言,立真伪之平,非苟调文饰词,为奇伟之观也"(《对作》)。他不是不要文采的华美,而是要求在以内容为主导的前提下,使形式和内容相统一。《超奇》篇中对此有一段重要论述:

> 文由胸中而出,心以文为表。……有根株于下,有荣叶于上,有实核于内,有皮壳于外。文墨辞说,士之荣叶、皮壳也。实诚在胸臆,文墨著竹帛,外内表里,自相副称,意奋而笔纵,故文见而实露也。人之有文也,犹禽之有毛也。毛有五色,皆生于体,苟有文无实,是则五色之禽,毛妄生也。……岂徒雕文饰辞,苟为华叶之言哉?精诚由中,故其文语感动人深。

王充的"心以文为表"说显然来源于扬雄的"心声""心画"论,而他的"外内表里,自相副称"说,既是对孔子"辞达"说、"言以足志,文以足言"说的发挥,也吸收了道家的自然之美说,认为文章应是人内心思想感情的自然流露,它与《淮南子》所说"愤于中而形于外","若水之下流,烟之上寻",其思想是一致的。

第三,反对复古,提倡独创。汉代是一个经学昌盛的时代,很多文人学士以注解经书为终身职业,尤其是以谶纬为中心的今文经学,还用神学迷信去说经。经学在发展中愈来愈烦琐细碎,"一经说至百余万言,大师众至千余人"(《后汉书·儒林传赞》),只"述"而不"作",复古仿真倾向也十分严重。文学语言追求艰深古奥,严重脱离当时口语。即以王充还比较佩服的扬雄来说,也是如此。班固曾说他"实好古而乐道,其意欲求文章成名于后世,以为经莫大于《易》,故作《太玄》;传莫大于《论语》,作《法言》;史篇莫善于《仓颉》,作《训纂》;箴莫善于《虞箴》,作《州箴》;赋莫深于《离骚》,反而广之;辞莫丽于相如,作四赋:皆斟酌其本,相与放依而驰骋云"。对这种状况,王充是十分不满的,他敢于大胆突破儒家传统,鲜明地提出了反对复古、主张独创的进步文学思想。

王充指出历史是不断发展、不断进步的,不能说古一定比今好,实际情况恰恰是今比古大大地前进了。《齐世》篇说"俗儒好长古而短今","好高古而下今",而"世俗之性,贱所见、贵所闻也"。他之所以要提出"齐世",就是不同意这种世俗之见,故云:"上世治者圣人也,下世治者亦圣人也。"而且"下世"在各方面都有了巨大的进步:"上世之民,饮血茹毛,无五谷之食,后世穿地为井,耕土种谷,饮井食粟,有水火之调;又见上古岩居穴处,衣禽兽之皮,后世易以宫室,有布帛之饰。"要是认为愈古愈好,岂不是要回到"饮血茹毛""岩居穴处"的原始状态去了吗?王充认为今时人们的思想、行为、著作实际上都是超越了古时的,只是因为复古气氛笼罩了整个社会,遂都认为不如古人。《齐世》篇云:"使当今说道深于孔、墨,名不得与之同;立行崇于曾、颜,声不得与之钧。"他又指出:"有人于此,立义建节,实核其操,古无以过,为文书者,肯载于篇籍,表以为行事乎?作奇论、造新文,不损于前人,好事者肯舍久远之书,而垂意观读之乎?"王充这种强调发展进步的历史观,对后来六朝的葛洪、萧统等都有很大的影响,他们的"踵事增华"说正是在王充"齐世"观基础上的发展。

反对复古必然要提倡独创。王充最赞赏的是有独立创造性的文人。他在《超奇》篇中把文人分为好几类,他说:"夫能说一经者为儒生,博览古今者为通人,采掇传书以上书奏记者为文人,能精思著文连结篇章者为鸿儒。故儒生过俗人,通人胜儒生,文人逾通人,鸿儒超文人。故夫鸿儒,所谓超而又超者也。"儒生、通人、文人虽然在学识广博上有差异,知识运用能力上有高低,但基本上都属于"述"的范围,而只有鸿儒有独立见解,能创造性地写作文章,属于"作"的范畴,因此是最了不起的"超而又超""奇而又奇"的"世之金玉"。儒生、通人不过是"匿书主人","读诗讽术,虽千篇以上,鹦鹉能言之类也"。文人虽然能"陈得失,奏便宜,言应经传,文如星月",但"不能连结篇章",无创造性见解,也不能算"超奇"之才。即如司马迁、刘向等善能"抽列古今,纪著行事",也还是"因成纪前,无胸中之造",不像鸿儒"笔能著文,则心能谋论。文由胸中而出,心以文为表。观见其文,奇伟倜傥,可谓得论也"。他认为孔子作《春秋》之所以高,正由于他不因袭鲁国《史记》,"立义创意,褒贬赏诛","眇思自出于胸中也"。他认为思想家一般要高于史学家,所以对董仲舒的评价比司马迁高,这里自然不无偏颇之处,然其目的是强调发表系统的独立见解之重要。《佚文》篇说:"五经、六艺为文,诸子传书为文,造论著说为文,上书奏记为文,文德之操为文。立五文在世,皆当贤也。造论著说之文,尤宜劳焉。何则?发胸中之思,论世俗之事,非徒讽古经、续故文也。论发胸臆,文成手中,非说经艺之人所能为也。"显然,王充是对"作"给予了极高评价的。在当时儒学"定于一尊"的时代,要公开贬低"述",提倡"作",是要冒极大风险的。王充在《对作》篇中面对时人责难,即所谓:"圣人作,贤者述。以贤而作者,非也。《论衡》《政务》可谓作者。"他很有策略地说明,《论衡》《政务》"非曰作也,亦非述也,论也"。"论者,述之次也。""五经之兴,可谓作矣。太史公书、刘子政序、班叔皮传,可谓述矣。桓君山《新论》、邹伯奇《检论》,可谓论矣。今观《论衡》《政务》,桓、邹之二论也,非所谓作也。"其实,这不过是为避免时人以"非圣无法"来攻击自己的一种巧妙说法而已。他把桓谭《新论》列为鸿儒之作,实际上是把"论"置于"述"之上的,此点他在《对作》篇中讲得很清楚:"汉家极笔墨之林。书论之造,汉家尤多。阳城子张作《乐》,扬子云造《玄》,二经发于台下,读于阙掖,卓绝惊耳,不述而作,材疑圣人,而汉朝不讥。"可见,并非一定要圣人才能"作"。他对扬雄的赞赏也是因为扬雄虽在形式上有模拟经典之弊,而内容还是有独创性的。他又进一步明确指出:"今著《论死》及《死伪》之篇,明死无知,不能为鬼,冀观览者将一晓解,约葬更为节俭。斯盖《论衡》有益之验也。言苟有益,虽作何害?仓颉之书,世以纪事。奚仲之车,世以自载。伯余之衣,以辟寒暑。桀之瓦屋,以辟风雨。夫不论其利害,而徒讥其造作,是则仓颉之徒有非,《世本》十五家皆受责也。故夫有益也，虽作无害也。"这不但批驳了时人责难，肯定了《论衡》之"作"，而且是对人类创造精神的高度赞扬，也是对"述而不作"的传统观念之大胆挑战！这在当时无疑是需要极大的勇气的。"述而不作"不仅严重束缚思想，也窒息了文学的创造精神，王充主张独创，提倡"作"而不"述"，是对学术思想、文学创作的解放，其意义是十分深远的。

文学语言上的艰深古奥，是和崇古贱今、"述而不作"密切相联系的。王充反对复古、提倡独创，因而也反对文学语言上的艰深古奥，主张要言文一致，通俗易懂。他在《自纪》篇中说，他自己的著作之重要特点是"形露易观"，努力做到"口则务在明言，笔则务在露文"。他认为古代的书籍语言艰深，不易读懂是有历史原因的："经传之文，贤圣之语，古今言殊，四方谈异也。"语言本身是随着社会的发展而发展的，不同时代语言的差别比较大；同时，地区的不同，使方言之间的差别也很大。然而，今人的写作不应再去模仿古人，搞得深奥难晓，而应当努力做到书面语言和口头语言的统一。他说："夫文由语也，或浅露分别，或深迂优雅，孰为辩者？故口言以明志，言恐灭遗，故著之文字。文字与言同趋，何为犹当隐闭指意？"古人"当言事时，非务难知，使指闭隐也"。当然，书面的文学语言应当是对口语加以加工的语言，不能要求言文绝对一致，这一方面王充是有所忽略的，但其基本精神则是正确的。

和提倡独创相联系，王充还充分肯定了美的多样性，这对文学创作的发展也是具有积极作用的。《自纪》篇中说："饰貌以强类者失形，调辞以务似者失情。百夫之子，不同父母，殊类而生，不必相似；各以所禀，自为佳好。……美色不同面，皆佳于目；悲音不共声，皆快于耳。酒醴异气，饮之皆醉；百谷殊味，食之皆饱。谓文当与前合，是谓舜眉当复八采，禹目当复重瞳。"现实中的事物是多种多样的，各以其自然禀赋，而具备自己美的特色，因此，文学作品的艺术美，也应当是丰富多彩的，作家应当创造出自己新颖独特的风格来。

王充的文艺思想在中国古代文艺思想发展史上，曾经产生过深远的影响，特别是他强调的真实性，对中国古代现实主义文艺思想和现实主义文学创作的发展，曾经有过积极的促进作用。他的缺点和错误对文学创作，特别是浪漫主义文学的发展，也起过束缚作用。我们应当给以科学的分析和评价,恰如其分地阐明他的历史地位,而不应当任意夸大和简单贬斥。

第五节　王逸对《楚辞》的评论与东汉后期文学理论批评的发展

东汉经学的发达,对文学理论批评的影响不断深入,王逸对《楚辞》的评论和注释,便是文学批评经学化的一个突出表现。

王逸,字叔师,南郡宜城(今湖北宜城)人。据《后汉书·文苑传》记载,他在汉安帝"元初中,举上计吏,为校书郎。顺帝时,为侍中"。除著有《楚辞章句》之外,尚有赋、诔、书、论及杂文凡二十一篇,又作汉诗百二十三篇,是一位重要的文学家和文学批评家。王逸在《楚辞章句》中,不同意班固对屈原及其作品的评价,他把《楚辞》提到了"经"的地位来加以肯定,给予了高度的赞扬。从表面上看,王逸对屈原及其作品的评价是和刘安、司马迁比较一致的,但是,实际上他肯定屈原及其作品的角度,是和刘安、司马迁很不相同的,相反地,从评价《楚辞》的出发点看,倒是和扬雄、班固的文学思想完全一致的。班固从儒家文艺思想出发,对屈原及其作品进行了尖锐的批评,然而,像屈原及其《离骚》那样的作家作品,要轻易地否定是不容易的,也是难于为大家所接受的,而且《楚辞》长期以来对汉代文学创作的影响十分深远。刘勰《文心雕龙·时序》篇中说:"爰自汉室,迄至成哀,虽世渐百龄,辞人九变,而大抵所归,祖述《楚辞》,灵均余影,于是乎在。"在这种情况下,要全面地在文学理论批评领域中贯彻儒家思想,就只能对《楚辞》做符合儒家思想的解释,从这个角度来给以充分的肯定和赞扬。这也就是王逸对《楚辞》注释和评论的基本思想。

王逸按儒家称《诗》三百篇为"经"的方法,把《离骚》也称之为"经"。他从正统儒家观点出发,认为屈原的为人及其《离骚》等作品是完全符合儒家思想的,《离骚》从思想到艺术都是模仿《诗经》的。对屈原的为人,他和班固都强调臣下对君上要绝对地忠。但是怎样才算忠? 王逸和班固的看法不一致。班固认为君上虽然昏庸,臣下也不能直接显暴君过,怨刺君上,更不能因为君上不容,就"忿怼沉江",与之决绝。王逸则认为要忠于君上,就应当对其昏庸之处敢于直谏,即使"危言以存国,杀身以成仁",也毫不犹豫,"是以伍子胥不恨于浮江,比干不悔于剖心,然后忠立而行成,荣显而名著"。因此,他认为像班固那样的忠不是真正的忠。他说:"若夫怀道以迷国,详愚而不言,颠则不能扶,危则不能安,婉娩以顺上,逡巡以避患,虽保黄耇,终寿百年,盖志士之所耻,愚夫之所贱也。"(《楚辞章句序》)这种对忠的看法之不同,大概是和他们各自所处的不同社会地位有关的。班固出身世代显贵之家,又以文才得到汉明帝赏识,奉旨修汉史,为当时文坛领袖人物,代表官方正统观点。王逸虽也做过校书郎等官,但其社会地位显然是远不如班固,他的观点更多地表现了不很得志的文人之见解。

对于屈原的作品,王逸认为它并不违背"温柔敦厚"之旨,更没有越出礼义规范。他明确表示不同意班固的评价。《楚辞章句序》中说:

> 且诗人怨主刺上曰:"呜呼!小子,未知臧否,匪面命之,言提其耳。"风谏之语,于斯为切。然仲尼论之,以为大雅。引此比彼,屈原之词,优游婉顺,宁以其君不智之故,欲提携其耳乎?而论者以为"露才扬己""怨刺其上""强非其人",殆失厥中矣。

以屈原之词比附《诗经》,多少有些牵强,但是批评班固的贬斥,是正确的。至于王逸对《离骚》与儒家经典的比附,也是十分生硬的。他说:"夫《离骚》之文,依托五经以立义焉:'帝高阳之苗裔',则'厥初生民,时惟姜嫄'也;'纫秋兰以为佩',则'将翱将翔,佩玉琼琚'也;'夕揽洲之宿莽',则《易》'潜龙勿用'也;'驷玉虬而乘鹥',则'时乘六龙以御天'也;'就重华而陈词',则《尚书》咎繇之谋谟也;'登昆仑而涉流沙',则《禹贡》之敷土也。"这种分析自然是不符合《离骚》的本意的。

在对屈原作品艺术特点的论述方面,王逸也认为它与《诗经》的特点是一致的,不过是对《诗经》艺术方法的具体运用,所谓"依《诗》取兴,引类譬喻"。《楚辞》确有继承《诗经》艺术传统的方面,但在艺术表现上毫无疑问具有许多新的创造与突破,而形成了自己特殊的艺术方法与表现手法。王逸由于要从儒家观点来肯定《楚辞》,比附《诗经》,因而对《楚辞》本身的艺术特征就看不到,也不愿意去研究了。但是,王逸对屈原及其作品的艺术分析也有其积极贡献之处。他认为屈原作品中上天入地、

奇异诡谲的描写,都是有所比喻和寄托的,也就是说都是有现实生活的基础的。其《离骚经序》中说:

> 《离骚》之文,依《诗》取兴,引类譬喻。故善鸟香草,以配忠贞;恶禽臭物,以比谗佞;灵修美人,以媲于君;宓妃佚女,以譬贤臣;虬龙鸾凤,以托君子;飘风云霓,以为小人。

这里虽然是以比兴解释《离骚》,但是实际上也充分肯定了《离骚》的浪漫主义特征,不赞成像扬雄、班固那样否定屈原作品的浪漫主义艺术描写。他的《远游序》也对这种浪漫主义特征做了比较深入的分析。他说:

> 屈原履方直之行,不容于世。上为谗佞所谮毁,下为俗人所困极,章皇山泽,无所告诉。乃深惟元一,修执恬漠。思欲济世,则意中愤然,文采秀发;遂叙妙思,托配仙人,与俱游戏,周历天地,无所不到。然犹怀念楚国,思慕旧故,忠信之笃,仁义之厚也。是以君子珍重其志,而玮其辞焉。

王逸在这段论述中,着重指出了屈原那些超现实的浪漫主义描写,乃是与他在现实中的不幸遭遇、他受到诋毁与诽谤而产生的强烈愤慨与不平密切地联系着的,"意中愤然",故"文采秀发"。特别是他虽"周历天地"而仍"怀念楚国,思慕旧故",说明他并没有真正"远游",更没有放弃他的理想与抱负。

  王逸对屈原及其作品的高度评价,虽然有很多儒家思想的偏见与穿凿附会之处,但毕竟是否定了扬雄、班固等对屈原及其作品的贬斥,重新确立了屈原及其作品在中国文学史上的崇高地位,使之与《诗经》并驾齐驱,它的意义是巨大的。王逸的《楚辞章句》成为最重要的一个《楚辞》注本,后来经过宋代洪兴祖作补注,又有了新的面貌。对王逸评价《楚辞》的积极意义,应当给予足够的估价。

  东汉后期文学理论批评的发展有一些值得重视的新特点,这是和汉代文学观念的发展与东汉后期文学创作发展的新特点紧密相关的。

汉代文学观念的发展与先秦相比,有较大的变化,这就是文学的独立与自觉的逐渐形成。一般人按照鲁迅的说法,认为到魏晋方始进入文学的独立与自觉时代,其实是不确切的。文学观念发展到战国中期以后有明显的变化。这时作为文化之"文"的概念中,文章的含义比博学的含义在成分上大大增加了。由于百家争鸣的热烈展开,私家著述的繁荣发展,对言辩的高度重视,词章写作的地位显著地提高了,它在"文"的概念中之比重有了较大分量。这时出现了以下几个值得我们注意的现象。第一,从中国古代文学的发展来说,先秦时期的《诗经》和古谣谚,大部分都还属于民间诗歌,《诗经》中虽有一些作品有作者可考,但都不是专业文人的创作,诸子散文和史传散文也都不属于专业的文人创作,其性质主要还是思想史和历史著作,而只有战国后期《楚辞》中屈原和宋玉等的作品,才可以说是具有了专业文人创作的特点。当然中国古代的文学家往往也都是官场上的重要人物,我们所谓的专业文人,并不排斥他们可以是政治上的重要人物。但是他在历史上的地位,主要是由于在政治上所起的作用,还是主要由于文学创作上的成就而获得,这是不一样的。像屈原虽然也曾是楚国怀王的左徒,然而后来他被流放,在穷愁潦倒中才愤激至极而进行文学创作,他在历史上的地位主要是由他的《离骚》《天问》《九章》等文学作品的伟大成就所决定的,至于宋玉则更明显是以辞赋创作而著名的了。不过,从总的方面说,当时文学和学术还没有完全分离,各诸侯国还没有形成普遍的专业文人队伍,除楚国外还很少有专业文人的文学创作。第二,诗、乐、舞三者的分离,《楚辞》中的主要作品如《离骚》《九章》等已不再与乐、舞相配。诗歌由主要是配乐、以声为用的地位向独立创作、以义为用的方面发展,可以看出文学已经逐渐发展成为一个独立的部门。第三,散文发展中驾驭语言文字能力大大提高了,它使词章写作重要性突出出来了。这特别表现在诸子散文由语录体形式向以议论说理为主的专题论文和专著形式的发展,历史散文中论辩色彩的增强和铺张叙事的描写水平之广泛提高上。第四,意识形态和文化领域中的各个不同部门的特点及其相互之间差别,开始受到注意和重视,文史哲混同不分的状况开始发生变化。特别值得我们注意的是荀子对五经异同的论述。《荀子·儒效》篇中说:"圣人也者,道之管也。天下之道管是矣。百王之道一是矣。故《诗》《书》《礼》《乐》之(道)归是矣。《诗》言是其志也,《书》言是其事也,《礼》言是其行也,《乐》言是其和也,《春秋》言是其微也。"传统的六经中包括了哲学、政治、历史、文学、艺术等不同的学科部门,战国中期以前人们还没有注意到它们之间的区别,然而荀子在这段分析中,不仅指出了五经都是明道的共性,而且着重指出了五经在如何明道方面又是不同的,各有自己的不同内容、不同角度、不同方式,都具备自己的个性。荀子的论述虽然还不是对五经所属不同学科特征的科学概括,但是已经指出了它们各有自己特点。这个问题的提出,客观上反映了意识形态和文化领域中各部门独立性加强这一历史现状。有一些人的才能不是在学术研究方面,而是在词章写作方面。所以,吕不韦主持编撰的《吕氏春秋》,曾"布咸阳市门,悬千金其上,延诸侯游士宾客,有能增损一字者,予千金"(《史记·吕不韦列传》)。从这里我们可以看出学术与文章分离的征兆。正是在这种背景下,文学的观念开始逐渐从学术向词章转化。我认为这就表现了文学的独立和自觉的开始。

  文学的独立和自觉有一个较长的发展过程,从战国后期初露端倪,到西汉中后期才逐渐明确。汉人把文人分为"文学之士"与"文章之士",前者是指学者(儒生),后者则是指文章家,即接近今天所说的文学家。汉人所说"文章"的内涵与范围是包括各种应用文章在内的较广义的文学,但又比先秦相当于"文化"之"文"要窄得多。汉人这种"文章"的概念是与魏晋以后的"文章"概念一致的。曹丕《典论·论文》、陆机《文赋》、挚虞《文章流别论》、刘勰《文心雕龙》,基本上都是沿用汉代关于"文章"的观念。这种传统的广义文学观念,一直延续了将近两千年。它的确立是文学独立的重要标志。汉代这种文学观念是在西汉逐渐地明朗起来的,它也和文、史、哲各部门的区分愈来愈明确,有着不可分割的关系。战国以后文、史、哲的界限就逐渐清楚起来了。一些子书的文学性就比较淡薄了,如《吕氏春秋》虽然注重词章,但是已经很难作为文学散文来看了。汉代的子书大部分已经没有多少文学性,如《淮南子》《春秋繁露》《盐铁论》等,人们也不再把它们作为文学散文来看待了。西汉前期中的《史记》人物传记自然是有很高水平的传记文学,但是到《汉书》文学性已经大大减弱了,此后的史书就没有人再把它们当作文学作品来读了。所以到了刘向校书的时候,文、史、哲的界限已经分别得很清楚了。各个不同学术部门的分别独立,它们各自的特点和相互之间区别之被认识,也清楚地表现在当时的图书分类上。刘向的《别录》就将图书分为经传、诸子、诗赋、兵书、术数、方技等不同类别。刘歆的《七略》则加以修订而为辑略、六艺略、诸子略、诗赋略、兵书略、术数略、方技略。他们都把诗赋独立为一类,而与经传、诸子等相并列,说明他们已经明确肯定了文学不同于政治、哲学、历史等的独立地位。这就是文学自觉和独立的基本标志。东汉前期的班固在《汉书·艺文志》中对图书的分类,即是依据刘歆《七略》而"删其要"。汉人在图书分类上所列的诗赋一项是指除《诗经》以外的所有诗歌和辞赋。刘向等人之所以把传统的六经专门列"经传"或"六艺"一类,并非不知道六经中包括了哲学、政治、历史、文学、艺术等不同门类,而是为了尊重六经在当时的重要地位,特别是汉武帝排斥百家、独尊儒术之后,六经更被看作是高于一切的圣典,例如扬雄就把它看作是其他所有文章、著作之源,而且研究、注释六经著作之众多,也造成了六经和其他书籍很不相同的特殊性,自然不可能把它们分别列入各个不同门类之中。但既把包括《楚辞》在内的诗赋单列为一类,说明他们在文学观念上和先秦相比已经有很大的发展,认识到了文学(主要是诗赋)有其不同于其他学术和文章的特点。

中国传统的这种文学观念的产生,又是和专业文人创作的扩大、专业文人队伍的形成分不开的,这是文学的独立和自觉的重要条件。到了汉代,专业文人创作和专业文人队伍都有了很大的发展。西汉时期不仅文章和学术相分离,而且有了不少专门以文章写作为主的文人,特别是辞赋的创作有了很大的发展。我们可以说战国时在楚国首先发展起来的专业文人创作,在汉代扩大到了全国,并形成了一支专业文人队伍。如果说贾谊、陆贾还不明显的话,那么,到枚乘、司马相如等就非常清楚地是以文章(主要是辞赋)著名的了,而后又有刘向、扬雄等一大批人。唐代姚思廉在《梁书·文学传》中曾非常精辟地指出:"昔司马迁、班固书并为司马相如传,相如不预汉廷大事,盖取其文章尤著也。固又为贾、邹、枚、路传,亦取其能文传焉。范氏《后汉书》有《文苑传》,所载之人,其详已甚。"此处姚思廉所说"贾、邹、枚、路",即指西汉前期著名文人贾山、邹阳、枚乘、路温舒,这些人都是因为"能文"而被班固载入《汉书》列传的。其实在《汉书》中因"能文"而立传的还远不止姚思廉所举出的这些,像王褒、扬雄等也都是以"能文"著名的。到了东汉,这种以文章写作为主的文人就更多了,所以,范晔《后汉书》就在《儒林传》外又专门增加了《文苑传》。实际上除《文苑传》以外,别的列传中也有不少是著名的文学家,如桓谭、班固、张衡、蔡邕等。汉代一大批辞赋作家,多数不是学者,亦非以官出名,而是以文学创作之声名流传于后世的。

　　汉代所形成和发展的专业文人创作队伍,是以辞赋创作为主体而兼及诗歌、散文的。最著名的文人大多数是辞赋作家,而汉代辞赋在艺术形式上,已在《楚辞》的基础上有了很大的发展,由《楚辞》的"缘情"而向"体物"的方向发展,而且按刘歆的说法,还有"屈原赋""陆贾赋""孙卿赋""客主赋"等不同类型。不管是西汉铺陈的大赋还是东汉抒情的小赋,大都属于专业文人的创作。从战国后期到东汉后期,辞赋实际上是这一历史阶段的主要文学形式,这一阶段是中国文学史上辞赋的最繁盛时期。班固在《两都赋序》中所说"言语侍从之臣",实际上就是当时专业文人。他说:"故言语侍从之臣,若司马相如、虞丘寿王、东方朔、枚皋、王褒、刘向之属,朝夕论思,日月献纳。而公卿大臣御史大夫倪宽、太常孔臧、太中大夫董仲舒、宗正刘德、太子太傅萧望之等,时时间作。或以抒下情而通讽谕,或以宣上德而尽忠孝,雍容揄扬,著于后嗣,抑亦《雅》《颂》之亚也。故孝成之世,论而录之,盖奏御者千有余篇,而后大汉之文章,炳焉与三代同风。"辞赋创作之多、作家之众,对汉帝国起了"润色鸿业"的重要作用。从中国文学史的发展来看,在不同的历史阶段都有一两种文学形式处于主导地位,如汉赋、唐诗、宋词、元曲、明清小说等,如果我们不是有意贬低汉代辞赋的话,怎么能说已经有了这么多辞赋作品和辞赋作家的汉代,而文学居然还没有独立和自觉,这岂不是很可笑的事吗?

　　不仅如此,汉代还是各种文学体裁成熟和定型的时期,这说明文学创作本身的发展已经达到很高的水平,这正是文学独立和自觉的基础。诗歌在汉代正处于由《诗经》的四言形式向五、七言形式发展、过渡的阶段。汉代乐府民歌在艺术形式上,大多数是杂言诗,句子有三言、四言、五言、六言、七言、八言等,相当自由,但是五言句已经比较多,有很多是相当完整的五言诗,如《十五从军征》《江南》等。特别是到东汉后期,像《陌上桑》《孔雀东南飞》等则是相当成熟的五言诗了。毫无疑问,它对五言、七言诗的产生和发展是起了重大作用的。这是中国古代诗歌发展过程中必然要经过的阶段。同时,乐府民歌大部分是叙事诗,有的有复杂情节,构成一个有头有尾的故事,并塑造了很多生动的、个性鲜明的人物形象,这也是它的重大贡献。因为中国古代诗歌从《诗经》《楚辞》开始,就是以抒情为主的,《诗经》中虽然也有一些有叙事成分的诗,但都不是以叙事为主的,所以到汉代乐府的民歌,诗歌在抒情和叙事方面,都已经达到很高的水平。西汉的文人五言诗很少,只有班婕妤《怨歌行》有可能是真的,其他如西汉李陵、苏武之作及《古诗十九首》中所谓枚乘作的几首,都已经学者考证为伪托。汉代诗歌流传下来的虽然不多,但是据班固《汉书·艺文志·诗赋略》记载还是很多的:"凡歌诗二十八家,三百一十四篇。"这是根据刘向校书时收集到的作品而说的,其中主要是宗庙歌诗和民间歌诗,如刘勰所说:"朝章国采,亦云周备。"(《文心雕龙·明诗》)从当时汉武帝设立乐府采集民歌和刘向等将诗与赋合为一类的情况来看,诗歌实已成为仅次于辞赋的一种重要文学形式,所以上自朝廷君臣,下至黎民百姓,都有诗歌创作:刘邦有《大风歌》,韦孟有《讽谏诗》,各地"有赵、代、秦、楚之讴"。

除辞赋、歌诗之外,其他许多文学体裁在汉代也有很大的发展。汉代的文章概念如上所说比较宽广,其中所包括的各种文体形式,有相当一部分是非文学的一般应用文章,但诗赋仍是最主要的形式。刘勰在《文心雕龙》中自《明诗》至《书记》二十篇文体论中,共论述了三十四种文体,而有些种类里还包含了很多的小类,如《杂文》中就有对问、七、连珠三小类。《书记》篇中则包括各种政务方面的杂文六类二十四种。所以实际论到的有六七十种之多。在刘勰所论到的这些文体中,大部分是在汉代发展成熟的,例如颂、赞、铭、诔、祝、书、论、说、诏、策、檄、移、章、表、奏、启、议、七、连珠等。颂、赞虽可追溯到先秦,然而主要是在西汉定型的。扬雄的《赵充国颂》、班固的《安丰戴侯颂》、傅毅的《显宗颂》等,以及司马相如的赞荆轲,司马迁、班固的史书中人物赞,则是颂赞这类文体的代表作,汉以后的颂赞都是由此延续下去的。所以刘勰《文心雕龙·颂赞》:"若夫子云之表充国,孟坚之序戴侯,武仲之美显宗,史岑之述熹后,或拟《清庙》,或范《驷》《那》,虽浅深不同,详略各异,其褒德显容,典章一也。""故汉置鸿胪,以唱拜为赞,即古之遗语也。至相如属笔,始赞荆轲。及迁史固书,托赞褒贬。约文以总录,颂体以论辞;又纪傅后评,亦同其名。"又比如《文心雕龙·杂文》篇中的对问体虽始自宋玉,实发达于汉代:"东方朔效而广之,名为《客难》,托古慰志,疏而有辨。"其后,有扬雄之《解嘲》、班固之《答宾戏》、崔骃之《达旨》、张衡之《应间》、蔡邕之《释诲》等,皆是问答式的宋玉《对楚王问》之发展。七体是首先由枚乘创造的,他的《七发》,李善《文选》注说:"七发者,说七事以起发太子也,犹《楚词·七谏》之流。"从内容上说,《七发》是接近《七谏》的,从形式上说,也是一种对问体,可以说是对宋玉《对楚王问》的一种发展,故刘勰将之与对问并列在《杂文》篇,置于对问之后。继《七发》之后,傅毅有《七激》,崔骃有《七依》,张衡有《七辨》,崔瑗有《七厉》,曹植有《七启》,王粲有《七释》,七体也是汉代成熟的。连珠这种文体是扬雄首创的,据《文心雕龙》所云,汉代杜笃、贾逵、刘珍、潘勖等皆有此体之作。但杜、贾、刘之作已佚,《全后汉文》辑有杜、贾《连珠》各两句。魏晋以后如陆机等都有《连珠》之作,此种文体也成熟于汉代。

此外,上述所说这些文体中有些虽其源在先秦,而其内容和形式实际都是在汉代才有了重大发展,并奠定基础的。比如铭是一种记叙功德的文体,先秦已有,但最著名的是班固的《封燕然山铭》。汉代铭文大都用韵,也有少数不用韵的,有骚体、有四言体、有五言体,而后逐渐向四言有韵的方向发展。箴是一种讥刺过失、以示警戒的文体,源于先秦《虞箴》,战国时期"箴文委绝","至扬雄稽古,始范《虞箴》,作卿尹州牧二十五篇"(《文心雕龙·铭箴》)。按:扬雄作有州箴十二篇,官箴二十五篇,现存二十一篇,其中五篇有残缺。于是为箴体发展立下规模,东汉崔骃又仿扬雄补作七篇,其子崔瑗又补作九篇,胡广补作三篇,箴体遂得到充分的发展。诔是一种在达官贵人死后记叙功德、赞扬忠烈的文体,先秦已有,然其繁盛亦在两汉。比较著名的,如扬雄之《元后诔》,杜笃的《吴汉诔》,傅毅的《明帝诔》,苏顺、崔瑗的《和帝诔》等。特别是杜笃在写此诔时正在牢中,因为其"辞最高","帝美之,赐帛免刑"。碑在先秦原是帝王封禅祭天竖石称碑,后世遂为刻石纪功。像后代以碑文记叙死者功德者,据张华《博物志》记载,西汉就有了,"自后汉以来,碑碣云起,才锋所断,莫高蔡邕"。最著名的是蔡邕为杨赐写的《司空文烈侯杨公碑》、为郭泰写的《郭有道碑》、为陈寔写的《陈太丘碑文》等。哀辞是哀悼死者的,吊文原为慰问生者遭凶祸的,到汉代也发展为悼念死者之文,如贾谊的《吊屈原文》,而后司马相如、扬雄、桓谭、班彪、胡广等也都有这一类文章。上面说到的其他的文体,也都是在汉代得到极大的发展,而为后代此种文体的写作立下了楷模。难道我们能说在这么多种文体繁荣发展的汉代,文学还没有独立和自觉吗?

文学理论批评发展到汉代也呈现出愈来愈自觉的特点。先秦还没有自觉的专门的文学批评,我们现在所讲的先秦时代诸子百家的文学思想,大都是从他们学说的理论体系中分析出来的。《诗经》虽然是一部纯文学的诗歌总集,但它在春秋战国时代不是作为审美的艺术品而存在的,而是人们形象地学习礼仪、学习如何立身行事的百科全书,孔子、孟子等对它的批评,主要是一种政治的、伦理的、道德的批评。这种情况到汉代发生了很大的变化。以汉赋为主的汉代文学不再是政治、伦理、道德的教科书,它虽然还有一点讽谕意义,但主要是以审美娱乐为目的的艺术品。这一点在《汉书·王褒传》所引汉宣帝有关辞赋性质、作用的一段话中,可以看得很清楚:"上(汉宣帝)曰:'不有博弈者乎,为之犹贤乎已!'辞赋大者与古诗同义,小者辩丽可喜。辟如女工有绮縠,音乐有郑卫,今世俗犹皆以此虞说耳目,辞赋比之,尚有仁义风谕,鸟兽草木多闻之观,贤于倡优博弈远矣。"可见,辞赋在当时不过是"贤于倡优博弈",可供"虞说耳目"之外,再加一点"仁义风谕,鸟兽草木多闻之观"罢了。汉赋是以"能文"为本所创作的词章之典范。汉人对辞赋评价也是有争议的:扬雄后期对它的评价较低,认为是"童子雕虫篆刻","壮夫不为",并提出"诗人之赋丽以则,辞人之赋丽以淫"的问题;班固对辞赋的评价则比较高,认为它充分体现了汉帝国繁荣兴旺的盛况,并且使"大汉之文章,炳焉与三代同风"。对辞赋的批评显然已是一种自觉的文学批评。汉赋是在《楚辞》的基础上发展起来的,所以对《楚辞》的评论是汉代文学批评的重要方面。《楚辞》从一开始就是"发愤以抒情"的诗歌,是纯艺术的"楚声"。

汉代的帝王很喜欢《楚辞》，汉武帝命刘安作《离骚传》，汉宣帝"征能为《楚辞》九江被公"，但都是作为可以"虞说耳目"的文学作品来看待的，它不过是辞赋之"大者"！如前所述，汉代对《楚辞》的评价也是褒贬不一，有很大争议的。然而，对《楚辞》的批评不也是一种自觉的文学批评吗！

汉代在对汉赋和《楚辞》与《诗经》的比较中，我们可以看出他们对《诗经》的看法，已经和先秦不一样了。他们已不再把《诗经》当作立身处世的百科全书了，而是把它看作为"古诗"，是和《楚辞》、汉赋一样的文学作品，只不过认为它的政治教化意义和社会作用要比《楚辞》大得多。所以《毛诗大序》对《诗经》的论述，主要是总结它的艺术经验，论诗歌的本质在肯定言志的同时，强调了诗歌的抒情特点，指出它是"吟咏情性"，"情动于中而形于言"的产物。在解释风、雅、颂的不同时，突出了《风》诗的"主文而谲谏"的特点，指出了《雅》诗所具有的广阔的典型概括意义。这样，就把先秦那种对《诗经》纯粹的政治的、伦理的、道德的批评转换为比较单纯的文学批评，这里也可以看出潜在的文学观念的变化。汉代的乐府民歌也是为配乐而采集的，其性质是和《诗经》一样的，但没有人会把它当作"经"来看，正如班固《汉书·艺文志》所说，是"感于哀乐，缘事而发"之作。

自觉的文学批评之形成与发展，是和文学之成为一个独立的部门直接相关的。当诗赋这种地位被人们明确地承认后，文学批评也必然会对它有较为全面的论述。从《礼记·乐记》到《毛诗大序》，已经对文学的外部规律做了系统的阐述，同时，汉代的文学批评家也对文学创作内部规律的一系列基本问题做了比较深入的探讨，例如研究了文学的抒情本质，除了前面所说《毛诗序》进一步突出了"吟咏情性"的意义外，还有《诗纬·含神雾》所说的"诗者，持也"，此"持"按刘勰《文心雕龙·明诗》篇解释，就是"持人情性"之意。翼奉说过："诗之为学，情性而已。"（《汉书·翼奉传》）刘向在《说苑》中说诗歌是思积于中、满而后发的产物，认为诗歌是"抒其胸而发其情"的产物。这些直接启发了陆机"诗缘情而绮靡"的提出。汉代文学批评家研究了文学创作过程中主体和客体关系，也就是内心和外物的关系，提出了著名的"物感"说（《礼记·乐记》），后来刘勰《文心雕龙》有关心物、情物关系的论述就是对它的发展;研究了创作中的心手关系问题,提出了"游乎心手众虚之间"的思想(《淮南子·齐俗训》),直接影响了陆机《文赋》"意不称物,文不逮意"和刘勰《文心雕龙·神思》"意授于思,言授于意"的提出;司马相如的"赋心"说强调了创作构思中艺术想象的超时空特点,也就是后来陆机《文赋》"精骛八极,心游万仞"和刘勰《文心雕龙·神思》篇所说"神思"的"思接千载""视通万里"的内容;关于文学创作的表现方法,诗歌方面的"赋比兴"说,散文方面的实录方法,都对后来文学创作产生了不可估量的巨大影响;关于文学的批评鉴赏,董仲舒在《春秋繁露·精华》中提出了著名的"诗无达诂"说。此外,《乐记》中所说"是故情深而文明,气盛而化神,和顺积中而英华发外:唯乐不可以为伪",强调音乐创作必须有高度的真实性,应当是人的真实感情的自然流露。它直接影响到文学创作,成为后来论文学真实性的思想基础。王充在《论衡·超奇》篇中对能进行创造性写作的"鸿儒"的高度评价,对"述而不作"的传统的突破,对"作"的赞美,都表现了对文学创作中独创性的充分肯定,对陆机《文赋》强调"谢朝华于已披,启夕秀于未振"也有很深刻的启示。此外关于文体的辨析,关于风格美以及文学的内容和形式、文学的体裁和语言等方面,汉代也都有不少重要的论述,对魏晋以后文学批评的发展都产生过积极作用。我们可以说,魏晋以后文学理论批评中许多重要问题,都可以在汉代找到它的历史发展轨迹。汉代自觉的文学理论批评的发展,是和文学的独立与自觉紧密联系在一起的。从东汉末年到魏晋之交,文学思想和文学创作确实发生了很大的变化。主要在于使文学由重视和强调文学作品的思想内容和社会教育作用,向重视和强调文学作品艺术形式方面转化。这和文学的独立与自觉是两回事,不应该把它们混为一谈。

第六章　魏晋玄学与文学理论批评的新发展

第一节　玄学的兴起与文学观念的变迁

从曹魏篡汉到刘宋代晋,其间经历了二百年(220—420),这是中国古代文学创作和文学思想发生重大变化的时期。这个时期的变化是从汉末开始的,它的标志是儒教的衰落。汉末农民大起义沉重地打击了豪强地主势力,摧垮了汉代封建帝国,在农民起义被地主武装镇压下去后,全国陷入了动乱、分裂、割据的局面,作为大一统思想支柱的儒家学说也丧失了其统治地位,而开始衰落了。中小地主阶层力量发展起来,要求实现国家在政治上的统一、经济上的稳定与繁荣,因此也要求有合乎他们需要的思想学说。曹操掌权之后,注重刑名法术思想,提倡"唯才是举",认为只要有真才实学,即使"盗嫂偷金",道德上有缺点也没有关系。儒家的伦理道德观念发生了动摇,儒家思想一统天下的局面被打破了。思想的解放带来了文学的解放,文学创作开始从儒家经学的桎梏中挣脱出来,获得了较为自由的发展,文学观念也开始有了新的变化。这种状况具体表现在以下几方面。

首先,文学创作主题的变化。汉代由于受经学的影响,文学成为宣传儒家礼教的工具,文学创作的主题大都是以政治教化和美刺讽谏为中心的,而到了汉末魏初,逐渐转变为以写个人悲欢遭际为主了,着重抒发个人喜怒哀乐之情,描写个人的曲折经历,以及对动乱现实的深沉感慨。从表现社会政治主题到刻画个人内心世界,这是一个重大的变化。这种变化在汉末的《古诗十九首》及建安文学中有相当突出的反映。《古诗十九首》的基调充满了岁月流驰、人生易逝的浓厚感伤情绪,以及希望及时行乐、珍惜光阴的强烈愿望,表现了对生活的热情追求和社会现实给他们造成的悲剧结局的尖锐矛盾。例如:"盛衰各有时,立身苦不早。人生非金石,岂能长寿考?"(其十一)"生年不满百,常怀千岁忧。昼短苦夜长,何不秉烛游?为乐当及时,何能待来兹。"(其十五)"服食求神仙,多为药所误,不如饮美酒,被服纨与素。"(其十三)等等。人们的思想从儒家经学的束缚下解放出来之后,开始觉察到独立的人的意义与价值,他们为生命短促、人生无常感到悲哀,希望在有生之年享受到作为独立的人的生活与幸福。因此,他们的作品不再是封建礼教的传声筒,而变成对个人悲欢离合、兴衰际遇的歌唱,真实而自然的诗人内心的独白。建安时代三曹七子的诗篇就正是如此,在"怜风月,狎池苑,述恩荣,叙酣宴"(《文心雕龙·明诗》)的过程中,体现了这个动乱、衰败的时代中深深的悲伤与感慨。诚如曹操所写:"对酒当歌,人生几何,譬如朝露,去日苦多。""慨当以慷,忧思难忘。何以解忧,唯有杜康!"建安时代成就最大的诗人曹植,主要就是写个人遭遇之不幸,以及由此而产生的无穷感慨。或是写感叹人生:"转蓬离本根,飘飖随长风。"或是写朋友离别:"之子在万里,江湖迥且深。"或是写壮志不遂:"愿欲一轻济,惜哉无方舟。"或是写知己同心:"弹冠俟知己,知己谁不然!"或是写世态炎凉:"利剑不在掌,结交何须多!"均以抒个人之情为主,将诗人心灵呈现于读者之前。当然这种感情亦非纯粹个人的东西,都具有深刻的社会意义,但是和写政教美刺为内容的作品相比,毕竟是大不相同了。

创作上的这种变化,反映在文学思想上就是从言志到缘情的变化。言志的"志"在汉代虽然也包含着"吟咏情性"的因素,在理论上认识到文学创作是在抒情中言志的特点,但是,这种"情"只能是符合礼义之情,而这种"志"亦不出儒家政教怀抱的范围。而魏晋之际的缘情说,其目的在突破儒家礼义之束缚,要求自由地抒发自己的感情,不再囿于儒家政教怀抱的"志",而自由地表现自己的愿望与要求。文学思想上的这种变化首先是从文学创作中体现出来的,而后陆机在《文赋》中才做了"诗缘情而绮靡"的概括。文学思想上的这种变化,正是在儒学衰落的基础上出现的。

其次,和上述文学创作主题与文学思想变化相适应,这一时期在文学创作和文学理论批评中,特别重视体现作家特殊的创作个性。从文学创作状况来看,汉末魏初作家作品中的个性都十分鲜明。这是汉赋和乐府民歌中都很少见的。即以曹氏父子而论，就很不相同。曹操的诗歌古直、悲凉，曹丕的诗歌缠绵悱恻，曹植的诗歌慷慨多气。七子的个性也在各自的创作中体现得很清楚。在儒家思想占统治地位的经学时代，人们的个性往往是受到压抑的。文学要为封建礼教服务，达到"经夫妇，成孝敬，厚人伦，美教化，移风俗"的目的，只能表现所谓"天理"，而不允许自由地描写"人欲"。《乐记》中讲得很明白，必须以礼义去节制"人欲"。人们只把自己当作礼教的工具而存在，不懂得自己是一个活生生的人，他还有许多非礼教的思想、感情、愿望。可是当儒学一统天下的局面被打破之后，人们就逐渐意识到自己作为独立的人的存在价值，反对用共性来扼杀个性，要求充分表现自己的个性。文学创作中对创作个性的高度重视，正是这种社会思潮的反映，同时，它也和随之兴起的玄学家重自然、轻名教的思想相吻合。魏晋名士，不受名教束缚，放浪形骸，率性而为，任其自然，实际上起着一种强调个性自由发展的作用，它极大地促进了当时文学创作和文学思想的新变化。

最后，重视文学创作本身的特点与规律之研究。儒家在对待文艺的内容和形式关系上，强调以内容为主导，形式为内容服务，这个基本思想并不错，但是由于片面强调为政治教化服务，对形式本身的独立性重视不够，常常忽略了艺术本身的特点与规律，严重者甚至只讲内容不讲形式，以思想代替艺术。像郑玄以美刺释比兴，就是比较典型的例子。魏晋之际，这种状况有了根本的变化，鲁迅先生说当时是一个"为艺术而艺术"的时代(《魏晋风度及文章与药及酒之关系》)，这样讲也许有点过分，因为魏晋虽重艺术，但和不问内容唯求形式之美的倾向还是不同的。然而，重视对艺术本身创作规律的探讨，确是一大特点。这和文学创作主题的转化，重视自由抒发个人感情，强调要有独特创作个性等是不可分割的。因为把文学看作是个人精神上的安慰，心情苦闷的一种解脱，自然也就会追求美的享受，对创作的审美特征提出比较高的要求。这些从曹丕的《典论·论文》到陆机的《文赋》，都反映得非常突出。

魏晋之际在儒教衰落的同时，玄学思想开始蓬勃发展起来，并且在魏晋南北朝的三四百年间得到广泛流行，其地位甚至超过了儒家。玄学思想是以老庄的面貌出现的，但又不等于先秦老庄思想，而是它的变种，是在不完全"背弃儒家封建伦理的基本观念的条件下,吸收了汉以来名家、法家的学说,以老庄思想为标志的哲学思想"(汤用彤、任继愈《魏晋玄学中的社会政治思想略论》)。它偏重对抽象的本体论的研究,具有思辨哲学的色彩,以"无"为体,以"有"为用,从思想史的发展来说,是援道入儒,以道为本,以儒为末,提倡名教即自然,以自然为体,以名教为用。这是符合中国文化传统中各派思想互相融合吸收的特点的。魏晋玄学的雏形是汉末的才性之争。才性论实质是研究如何使人才选用能更好地为当时政治斗争服务,它是曹操用人唯才政策之理论根据。才性论和汉代以孝廉为标准的察举征辟人才是有原则性不同的,它由考核人才的名实,进而研究人才的普遍特性,从人物之性情的根本推溯到天地万物之根本,于是就有了以"无"为体、以"有"为用的玄学之发展。才性论本身对文学理论批评就有直接的重要的影响。

以无有体用为中心的玄学思想在认识论上以"寄言出意""得意忘言"为基本方法。玄学家认为"无"是体,而"有"是用,"有"并非"无",但可以"有"来象征"无",体会到了"无"之后,又必须舍弃"有",而不能拘泥于"有"。这种认识方法就具体表现在玄学家关于言、象、意关系的论述中。王弼《周易略例·明象》篇中说:

> 夫象者,出意者也;言者,明象者也。尽意莫若象,尽象莫若言。言生于象,故可寻言以观象;象生于意,故可寻象以观意。意以象尽,象以言著。
>
> 故言者,所以明象,得象而忘言;象者,所以存意,得意而忘象。犹蹄者所以在兔,得兔而忘蹄;筌者所以在鱼,得鱼而忘筌也。
>
> 然则,言者,象之蹄也;象者,意之筌也。是故存言者,非得象者也;存象者,非得意者也。象生于意,而存象焉,则所存者,乃非其象也。言生于象,而存言焉,则所存者,乃非其言也。
>
> 然则,忘象者,乃得意者也;忘言者,乃得象者也。得意在忘象;得象在忘言。故立象以尽意,而象可忘也;重画以尽情,而画可忘也。

这段极其重要的论述,是玄学认识论的纲领,也是玄学的美学和文艺思想的基本原则与出发点,许多重要的文艺理论问题正是由此而申发出来的。一方面"尽意莫若象,尽象莫若言",可以"寻言以观象""寻象以观意";另一方面言不等于象,象不等于意,"故存言者,非得象者也;存象者,非得意者也"。所以,"得意在忘象,得象在忘言"。言象不过是得意之筌蹄,必忘象方能得意,忘言方能得象。言象都是有形的、有限的,而意则是无形的、无限的,言象并非意,而只是得意之工具,然无此种工具,又无以得意。这种"得意忘言"论显然是源于《庄子·外物》篇的。但是《外物》篇当系庄子后学所作,与庄子在《秋水》《天道》篇中所论是有一点距离的,《外物》篇中对言之不可废表现得较为清楚。尔后《淮南子》论形神虚实又发挥了此种思想,而到王弼则大畅厥旨矣!

　　这种"寄言出意""得意忘言"的方法,与汉人烦琐的经院哲学相比,实是方法论上之一大革新,汤用彤先生说:"王弼依此方法,乃将汉易象数之学一举而扩清之。"(《魏晋玄学论稿·言意之辨》)此种方法既可用以说明如何去领会至妙的玄理,又可指导人们的人生处世态度,亦可作为文艺创作的指导思想。"寄言出意""得意忘言"是有无、本末、体用思想的具体化。玄学家把获得超现实的、与自然同体的玄远精神境界作为人生理想,而这种理想的精神境界又可以借现实之自然与社会来象征,而无须从虚无缥缈中去寻找。"神虽世表,终日域中","名教中自有乐地"。他们可以借自然与社会的某种景象来象征超尘拔俗的理想境界。故陶渊明《饮酒》诗云:"结庐在人境,而无车马喧。问君何能尔,心远地自偏。"田园山水都可以成为他们理想精神境界的一种象征与寄托。所以在文艺创作中,有形的物质手段所构成之形象,不过是情意借以寄托的工具,它本身并非情意。欲求作家之情意,须从言象之外得之,如果执着于具体的言象,则不能获得无限之情意。但情意虽不在言象,却又必须借言象方能获得,故而追求言外之意、文外之旨,遂成为文艺家所欲达到的最终目的。所以嵇康的"目送归鸿,手挥五弦",成为传世之绝唱,原因即在其超绝言象之外。像后来刘勰的"隐秀",钟嵘的"言有尽而意无穷"等,都是在这种思想基础上提出来的,它也成为中国古代艺术意境之最基本特征。

　　魏晋时期绘画创作上的形神关系,即是由言意关系而引申出来的,顾恺之著名的"以形写神"论即建立在"寄言出意""得意忘言"论的基础之上。神须借一定的形来体现,而形又不是神,若拘泥于形,则不能得神,所谓"四体妍蚩,本无关于妙处,传神写照正在阿堵之中"。眼睛也是形,但传神却正须借它以显。这种绘画上的形神论,又直接影响到了文学创作中的形神论。文学创作上的虚实关系也正是由此而派生出来的。由言意到形神到虚实,遂形成中国古代艺术表现上的独特民族传统,其影响之巨大是难以估量的。此外,言意关系上这种言为象蹄、象为意筌的思想与方法又直接影响到嵇康"声无哀乐"说的提出,而"声无哀乐"说则又对文学思想的新发展产生了巨大影响。

在玄学的文艺和美学思想影响下,魏晋南北朝时期的文学创作和文学理论批评有了空前的大发展,并且为后来文学创作和文学理论批评的发展奠定了基础。

第二节　曹丕《典论·论文》的时代意义

汉魏之交文学思想的变化,集中反映在曹氏父子身上。鲁迅曾说曹操"也是一个改造文章的祖师"。汉末豪门世族崇尚"清议",文风虚伪浮夸,内容都是千篇一律的儒家教义。鲁迅说曹氏父子提倡"清峻""通脱"的文风便是针对时俗弊病而来的。"清峻"便是简约严明,讲究实际,"通脱"便是想说什么就说什么,不受儒家礼义束缚。这种变化不能不归功于曹操。据沈约《宋书·礼志》记载,曹操曾下令"禁立碑",这是针对豪门世族虚伪浮夸的立碑风气而来的。《文心雕龙·章表》篇说:"曹公称为表不必三让,又勿得浮华。所以魏初表章,指事造实,求其靡丽,则未足美矣。"同时,曹操也是很懂得文学创作之甘苦的。据《文心雕龙》的《事类》《养气》篇所引,曹操主张作家应当博学,并认识到构思的艰苦,"惧为文之伤命"。这些虽是片言只语,但可以看出曹操在汉魏之际文风转变过程中的重要作用。代表这一时期文学思想新特点的是曹丕及其《典论·论文》。

曹丕(187—226),字子桓,是曹操的次子。他著名的《典论·论文》从分析七子的创作特征出发,论述了对许多重要文学理论问题的看法,具有鲜明的时代色彩。《典论》是曹丕的一部重要的政治、学术著作,《论文》是其中的一篇,其他已散佚。《典论》的写作时间在曹丕当太子以后不久,大约在建安二十二年至曹丕即王位的延康元年之间(217—220),此时建安七子均已去世。因此《典论·论文》的产生是有它的政治、思想背景和文学创作实践基础的。《典论·论文》的中心在论述作家才性与文体特征之间的关系,这是和汉魏之际政治学术思想的变迁直接联系着的。东汉后期,统治阶级选拔人才,授予官职,注重孝廉,乡里评议,地方官吏察举,故品评人物的"清议"之风极为盛行。曹操掌政之后,鄙弃儒学而提倡名法,在选拔人才上不再以儒家仁义道德为标准,主张"唯才是举",强调实际才能。当时的才性之争,即研究人的才能与禀性关系的理论,是直接为政治上的这种需要服务的。品评人物、考核名实的目的,是研究人君在设官分职时如何使官职与爵位相适应,才能与官职相符合。爵位大小与任职的重要与否能不能一致,官吏的才能与任职的要求是否合适,这是人君能否无为而治的关键所在。为此就要研究人物的才能个性特点与所任职事的特点和需要。于是就有刘劭的《人物志》等著作出现。据《群书治要》辑陆景《典语》中说:"夫料才核能,治世之要也。凡人之才,用有所周,能有偏达,自非圣人,谁能兼资百行,备贯众理乎?故明君圣主,裁而用焉。……若任得其才,才堪其任,而国不治者,未之有也。"汤用彤先生《魏晋玄学论稿·读〈人物志〉》一文中论及刘劭《人物志》之"大义"有八,论其二云:

> 二曰分别才性而详其所宜。凡人禀气生,性分所殊,自非圣人,材能有偏。就其禀分各有名目。陈群立九品,评人高下,各为辈目。傅玄品才有九。《人物志》言人流之业十有二焉。有清节家,师氏之任也。有法家,司寇之任也。有术家,三孤之任也。有国体,三公之任也。有器能,冢宰之任也。有臧否,师氏之佐也。有智意,冢宰之佐也。有伎俩,司空之佐也。有儒学,安民之任也。有文章,国史之任也。有辩给,行人之任也。有雄杰,将帅之任也。夫圣王体天设位,序列官司,各有攸宜,谓之名分。人材禀体不同,所能亦异,则有名目。以名目之所宜,应名分之所需。……盖适性任官,治道之本。欲求其适宜,乃不能不辨小大与同异。

这里特别值得我们注意的是十二种"人流之业"中专门有文章家一类,说明研究作家才能之所长与辨析文体之性质,正是其中一个重要的组成部分。而曹丕《典论》中之《论文》一篇的要害正是在这里。

《典论·论文》首先提出的重要问题,是作家的才能与文体的性质特点之关系。曹丕以七子为代表,指出作家的才能各有所偏,而通才是极少的。从文章的方面来看,不同文体有不同的创作特点。因此,对一个作家来说,往往只能擅长某一种文体的写作,很难做到各种体裁的文章都写得很好,即所谓"文非一体,鲜能备善"。所以对文人来说,不应"暗于自见",不要"各以所长,相轻所短",而"文人相轻"实是"不自见之患也"。然而当时的建安七子却因"于学无所遗,于辞无所假",而"咸以自骋骥骤于千里,仰齐足而并驰",互相不服气,不能"审己以度人"。曹丕批评了这种状况,指出他们的才能实际上是各有所偏的。其云:

> 王粲长于辞赋,徐幹时有齐气,然粲之匹也。如粲之《初征》《登楼》《槐赋》《征思》,幹之《玄猿》《漏卮》《圆扇》《橘赋》,虽张、蔡不过也。然于他文,未能称是。琳、瑀之章表书记,今之隽也。应玚和而不壮,刘桢壮而不密。孔融体气高妙,有过人者,然不能持论,理不胜辞,以至乎杂以嘲戏。及其所善,扬、班俦也。

曹丕对七子的这段评论,我们还可以联系他的《与吴质书》中的有关论述来研究。王粲、徐幹以辞赋为主,但亦各有特点。《与吴质书》云:"仲宣独自善于辞赋,惜其体弱,不足起其文,至于所善,古人无以远过。"这也就是后来钟嵘所说的"发愀怆之词,文秀而质羸"。徐幹则风格舒缓,"怀文抱质,恬淡寡欲,有箕山之志",其《中论》则"辞义典雅""成一家言"。陈琳、阮瑀擅长章表书记,故云:"孔璋章表殊健,微为繁富。""元瑜书记翩翩,致足乐也。"则可见他们两人在应用文章的写作上也还有具体差别。论刘桢说:"公幹有逸气,但未遒耳。"这就是指"壮而不密",也就是后来钟嵘所说的"气过其文,雕润恨少"之意。论应玚云:"德琏常斐然有述作之意,其才学足以著书,美志不遂,良可痛惜。"则可见他之所长是在论著,不在诗赋,故与"和而不壮"可相参证。一个作家只有当他的才能特点和文学体裁特点相统一时,才能发挥其所长,真正有所成就。

在分析作家才能有偏的同时,曹丕也研究了不同类型文体的特点,他说:

> 夫文本同而末异,盖奏议宜雅,书论宜理,铭诔尚实,诗赋欲丽。此四科不同,故能之者偏也;唯通才能备其体。

曹丕所说的"本"和"末"指的是什么,是值得进一步研究的。"本"当是指文章的本质,即指用语言文字来表现一定的思想或感情内容,而"末"则是指文章的具体表现形态,这种表现形态包含有内容特点和形式特点两方面的意义。曹丕分文章为四科八种,而这四科的"末异",以"雅""理""实""丽"来区别,这是一种风格上的不同,而决定这种风格差异的,有的是从内容上说的,有的则是从形式上说的,不是从一个标准出发来分的。曹丕对文体分类的辨析,虽然比较简略,但是具有比较高的理论概括性,从全面把握文体发展状况上,归纳出了几种主要类型及其特征,使文体分类及特征的研究从汉代班固、蔡邕等的零星个别研究,发展到了一个全面综合研究的新阶段。从曹丕《典论·论文》中对"文"的概念的理解来看,其范围还是比较广的,大体上和汉代关于"文章"的概念是一致的。它既包括了诗赋这样的纯文学,也包括了章表奏议这样的非文学的应用文章。值得注意的是他把诗赋合为一类而同其他各类相区别,这当然是与刘向《别录》、刘歆《七略》、班固《汉书·艺文志》一致的,然而曹丕指出诗赋的特点是"丽",说明他是看到了文学作为艺术的美学特征的。同时他所论述的八种文体中没有史传和诸子这样的学术著作,应该说也是一种进步。

其次,《典论·论文》从研究作家的才能与文体特征关系出发,特别强调了作家个性对文学创作的重要意义,提出了"文以气为主"的著名论断。作家的才能为什么各不相同呢?为什么有人擅长写这种文体,有人则擅长写那种文体呢?为什么写的是同一类文章而风格又各不相同呢?曹丕认为这是由于人的个性不同的缘故,亦即由各人禀气之差别而造成的。对才能与禀性之间的关系,当时人们有很多研究,有所谓异、同、合、离等不同说法。《世说新语·文学》篇刘孝标注云:"四本者,言才性同,才性异,才性合,才性离也。尚书傅嘏论同,中书令李丰论异,侍郎钟会论合,屯骑校尉王广论离。"这些论述虽在曹丕写《典论》之后,但曹丕所处之时才性问题研究成为时髦风尚,是没有疑问的。从曹丕的思想来看,他是主张才性一致的,是性决定其才。他在《典论·论文》中说:

> 文以气为主,气之清浊有体,不可力强而致。譬诸音乐,曲度虽均,节奏同检,至于引气不齐,巧拙有素,虽在父兄,不能以移子弟。

这里讲的是文章中的气,它是由作家不同的个性所形成的,是指作家在禀性、气度、感情等方面的特点所构成的一种特殊精神状态在文章中的体现。刘劭《人物志》中说:"人禀阴阳以立性,体五行而著形。"认为人的性情乃是天赋阴阳二气凝聚而成的。不同的人所禀赋的阴阳二气之状况不同,也就形成为不同的个性,他们的才能高低、特长所在也各不相同。因而他们的文章也就有不同的特点和风格。曹丕强调文气的不同是因人天赋禀性不同,故而无法以人力改变,"不可力强而致"。这种看法有很明显的片面性,实际上人的个性形成虽有天赋的因素,也有后天人为的因素。但就文章的风格与个性特征之间的关系来讲,则确是有不可力强而致的必然性的。从这个角度讲,曹丕的论述是符合客观事实的,正如音乐之巧拙,"虽在父兄,不能以移子弟"。提倡"文以气为主",强调作品应当体现作家特殊的个性,这是反映了汉魏之交文学创作和文学思想发展实际的,也是对这一时期创作特征和新文学思潮的理论概括,表现了和经学时代完全不同的文学批评标准。曹丕所提倡的气,和孟子所说的气,具有完全不同的性质。孟子的"气"是指道德品质修养达到崇高境界时的一种精神状态,是通过长期学习礼义而具有的"配义与道"的"浩然之气";曹丕的"气"则是先天赋予的、没有伦理道德色彩的自然禀性,是属于生理和心理方面的气。"文以气为主",即要求文章必须有鲜明的创作个性。

曹丕把文章的气从大的方面分为清气与浊气两类,这并不意味着所有的文章仅有这两种特征。就一个作家的作品来说,可能是以清气或浊气为主,也可能是清浊兼有;而就其清气或浊气的成分来说也可以或多或少,或轻或重,不可能有两个作家是完全一致的。甚至就一个作家来说,他的不同类型的作品也往往侧重体现其创作个性中的某一方面,并不完全相同。清浊只是最广义的一种划分,它是就人是禀阴阳二气所生来说的。所谓清浊,实即阴阳,阳气上升为清,阴气下沉为浊。曹丕在这里实开后世以阳刚之美、阴柔之美论文学之先河。曹丕本人在论具体作家时,也没有用清浊的概念,他论各个作家的文气也是具体的。《典论·论文》中说"徐幹时有齐气","孔融体气高妙",《与吴质书》中说"公幹有逸气"等等,其中有些从清浊角度来看,可以有所归属,如"逸气"当属清气范畴,"齐气"当属浊气范畴,而有些则很难说,如孔融之"体气高妙"。但从曹丕口气来看,对"逸气"是赞赏的、肯定的,对"齐气"则显然有贬意。"齐气"是指齐国人那种舒缓的习性在文章中之体现。班固在《汉书·地理志》中说齐国文士"多好经术,矜功名,舒缓阔达而足智"。王充《论衡·率性》篇说楚越之人处齐国日久,"变为舒缓,风俗移也"。《文选》李善注说:"言齐俗文体舒缓,而徐幹亦有斯累。"这是正确的。曹丕在论气时很清楚地反映了建安时代文学创作的基本倾向与美学要求。当时三曹七子的作品都以追求慷慨悲壮、清晰昭明为主要特征,刘勰所指出的"梗概多气"是建安文学的时代风貌。曹丕所说的"逸气"是指刘桢作品中"真骨凌霜"的壮伟风貌,是符合这种时代特点的;而徐幹的"齐气",则与时代风貌不大一致,曹丕是不喜欢的。所以,曹丕的文学理论乃是对建安文学创作特征的总结与概括。

再次,曹丕对文章的价值给予了从未有过的崇高评价。他说:

> 盖文章,经国之大业,不朽之盛事。年寿有时而尽,荣乐止乎其身,二者必至之常期,未若文章之无穷。是以古之作者,寄身于翰墨,见意于篇籍,不假良史之辞,不托飞驰之势,而声名自传于后。

曹丕这里所说的文章价值,其观念和传统儒家的文章价值观是完全不同的。按照儒家立德、立功、立言三不朽的原则,立言是次于立德、立功而居于最末的地位。但是,曹丕则把它提到了比立德、立功更重要的地位,认为只有文章才是真正不朽的事业,可以使作者声名传之无穷,而其他一切都是有限的。这种文章价值观是对传统思想的重大突破,它对文学创作和文学理论批评发展的意义是巨大的。他不再把文学看作是政治教化之工具,所谓"经国之大业"的具体内容也并非指儒家之礼义,而是指实际的治国之理论与见解。他强调文章写作对个人扬名后世的意义与作用,鼓励文人把全部精力用于文章写作。这样,由于文章地位的空前提高,必然也就会对文章写作进行专门的深入的研究,从而使文学理论批评的重心由探讨文学的社会教育作用,而转入研究文学本身的创作规律与各类文体的特征,促进了文学理论批评的深入,出现了一个繁荣发展的高潮时期。

复次,曹丕在《典论·论文》中还对文学批评的态度提出了一些很有价值的意见。他发挥了王充反对好古贱今的思想,批评了当时文学批评中存在的"贵远贱近,向声背实"的不良倾向,以及"文人相轻""暗于自见"的错误态度,要求持一种比较客观的、实事求是的科学态度去批评文学。他认为文人应当有自知之明,不要"各以所长,相轻所短"。既要看到别人的长处,又要看到自己的短处,对别人不应该求全责备,过分苛求。这对于文学批评的健康发展,无疑是很有益处的。

综上所述,我们可以看到曹丕的《典论·论文》乃是由经学时代转向玄学时代,在文艺思想发展和文学理论批评方面,具有重大转折意义的一篇纲领性文献。它宣告了以儒家思想为指导的经学时代文学理论批评的暂时告终,与以玄学思想为主导的新的文学理论批评时期的开始。文学理论批评开始由侧重研究文学的外部规律,转向侧重研究文学的内部规律。老庄的文艺观和美学观经过玄学的改造与发展,在魏晋南北朝的文学创作与文学理论批评中占有十分突出的地位,甚至超过了儒家。

与曹丕的文学思想有关系并值得我们注意的,还有曹植的文学思想。曹植在著名的《与杨德祖书》中对文章的价值发表了和曹丕不一样的看法,他说:"辞赋小道,固未足以揄扬大义,彰示来世也。昔扬子云,先朝执戟之臣耳,犹称壮夫不为也。吾虽德薄,位为蕃侯,犹庶几戮力上国,流惠下民,建永世之业,流金石之功,岂徒以翰墨为勋绩,辞赋为君子哉!"他说即使政治上抱负不能实现,也"将采庶官之实录,辩时俗之得失,定仁义之衷,成一家之言"。他和曹丕的不同,鲁迅先生曾说是因为曹植在政治上受压抑,争太子之位失败,所以有此一番愤激之论(见《魏晋风度及文章与药及酒之关系》))。这是有道理的,故他的好友杨修在《答临淄侯笺》中则表示了不同意见,认为"今之赋颂,古诗之流,不更孔公,风雅无别耳"。又说"修家子云,老不晓事,强著一书,悔其少作"。他说立德立功"斯自雅量,素所畜也,岂与文章相妨害哉"。实际上曹植不一定真的轻视文章的价值,而且他和曹丕也有一致的地方,不讲什么政治教化,而是从个人成名后世来谈的,与儒家的人生处世态度完全不同。

曹植在文学批评方面也有一些很重要的见解。他特别强调批评者本人必须有很高的文学修养和创作能力,认为没有这个条件就没有批评别人的资格。他说:"盖有南威之容,乃可以论于淑媛;有龙渊之利,乃可以议于断割。"他批评"刘季绪才不能逮于作者,而好诋呵文章,掎摭利病"。曹植重视批评者本身水平的提高,指出批评者必须是内行,要懂得文学,有创作能力;但是他的意见中也有较为片面之处,似乎批评者也一定要达到作者的水平或更高,才能有批评的资格,这就未免过于苛求了。曹植对批评者和欣赏者各人有不同审美标准和审美趣味,也有清楚的认识。他说:"人各有好尚:兰茝荪蕙之芳,众人所好,而海畔有逐臭之夫;《咸池》《六茎》之发,众人所共乐,而墨翟有非之之论;岂可同哉?"关于文学批评的态度,曹植也主张要客观地看待自己和别人,批评了那种只看重自己创作而看不起别人的人。他在《与吴季重书》中说:"夫文章之难,非独今也。古之君子,犹亦病诸。家有千里骥而不珍焉;人怀盈尺,和氏无贵矣。"此外,他还很重视民间文艺,认为"夫街谈巷说,必有可采;击辕之歌,有应风雅。匹夫之思,未易轻弃也"。这显然也是和儒家传统观点不同的。

第三节 嵇康的《声无哀乐论》及其在六朝文论发展中的意义

嵇康(223—263),字叔夜,是正始时期一位著名的文学家,也是一位重要的思想家。他的《声无哀乐论》是一篇杰出的音乐美学论著,也是玄学的文艺美学思想方面的代表性著作,对魏晋南北朝文学思想与文学批评有极为重要的影响。

嵇康的《声无哀乐论》是采用辩难的形式来写的,分析细密,论述透彻,有一定的思辨色彩。文中假设秦客对"声无哀乐"提出质问,而由东野主人来回答,并加以辩驳。文章共分八个部分,一问一答,使论辩一层层深入,作者以东野主人身份,对"声无哀乐"问题做了系统的阐述。嵇康提出"声无哀乐"的论点是针对《礼记·乐记》的基本思想而发的。所以,文中秦客质问时所依据的即是《乐记》,而嵇康以东野主人身份所做的反驳,也就是对《乐记》的一种批评。因此,我们可以说《声无哀乐论》中秦客和东野主人的这场辩论,正是儒道两家在音乐美学和文艺思想方面的一场大辩论。

《声无哀乐论》的中心思想是要阐明音乐与人的感情不能混为一谈,两者之间并无必然的联系。"心之与声,明为二物","声之与心,殊涂异轨,不相经纬"。嵇康认为音乐由一定的声音排比组合成为乐曲,表现声音的自然和谐之美,它本身并不存在有哀乐之情。他说:"音声之作,其犹臭味在于天地之间。其善与不善,虽遭遇浊乱,其体自若而不变也。岂以爱憎易操、哀乐改度哉!"哀乐之情是人所具有的,它蕴藏于人的心中,在一定的条件下,遇声音而假托以显。音乐和人情哀乐之间没有直接关系,因此,不能把声音和人的哀乐之情看成是同一物。

嵇康指出,音乐的"善与不善",是乐曲的声音和谐不和谐的问题,人们在欣赏音乐时所产生的美或不美的感觉,是对乐曲和谐不和谐的一种反应,它们都与爱憎哀乐无涉。音乐艺术美有其自身的价值和标准,并不随人情哀乐变化。同样的声音之美可以引起不同的哀乐之情。"夫会宾盈堂,酒酣奏琴,或欣然而欢,或惨尔而泣;非进哀于彼,导乐于此也。其音无变于昔,而欢戚并用,斯非'吹万不同'耶?"嵇康在这里用庄子关于天籁的论述来说明他的观点。庄子在解释什么是天籁时曾说:"夫吹万不同,而使其自己也。咸其自取,怒者其谁耶?"(《齐物论》)自然之风吹过自然界各种形状不同的众窍,就会发出各种不同的优美声音。音乐就像这种自然之风,形态各异的众窍就像心情不同的各个欣赏音乐的人,由于他们心态各异,于是产生了不同的哀乐之情。故而音乐和哀乐之情,也像自然之风与众窍的不同自鸣一样,不能等同为一。这种思想,嵇康在他的《琴赋》中也有过同样的表述,《琴赋》中云:"是故怀戚者闻之,莫不憯懔惨凄,愀怆伤心,含哀懊咿,不能自禁。其康乐者闻之,则欨愉欢释,抃舞踊溢,留连澜漫,嗢噱终日。若和平者听之,则怡养悦愉,淑穆玄真,恬虚乐古,弃事遗身。是以伯夷以之廉,颜回以之仁,比干以之忠,尾生以之信,惠施以之辩给,万石以之讷慎,其余触类而长,所致非一,同归殊途。"同样的琴声对不同的人,产生了完全不同的效果。对"怀戚者",琴声使之悲哀不能自禁;对"康乐者",琴声使之欢愉雀跃而不可止;对"和平者",则因琴声而更加虚静恬淡、置身物外。同样的琴声在伯夷是"廉",在颜回是"仁",在比干是"忠",在尾生是"信",这些不正说明了音乐的声音之美和人情之喜怒哀乐不是一回事吗?再从不同的地区来看,声音和哀乐的对应状况更不一样。"夫殊方异俗,歌哭不同,使错而用之,或闻哭而欢,或听歌而戚;然其哀乐之情钧也。今用均同之情,而发万殊之声,斯非音声之无常哉?"由于各地风俗人情的差异,"均同之情"发之于音,则有"万殊之声",可见音乐之美和感情之状是不能等同为一的。嵇康还进一步用口与味的关系来说明情与声的关系,他说:"夫曲用每殊,而情之处变,犹滋味异美,而口辄识之也。五味万殊,而大同于美;曲变虽众,亦大同于和。美有甘,和有乐,然随曲之情,尽乎和域;应美之口,绝于甘境,安得哀乐于其间哉!"食物有各种各样不同滋味,人们也有各自不同爱好,这是因为五味虽有万殊,而都有甘美的特性,人们对味的嗜好虽有差别,而都愿品尝甘美,它和人情之喜怒哀乐无关。音乐亦同此理,"曲用每殊",犹"滋味异美",其"大同于和",犹味之"大同于美",人情虽随曲而变,然其终皆在于对"和"之爱好,音乐本身并无哀乐的不同。

  嵇康认为音乐的和谐之美,是音乐的一种自然属性,是不依赖人情之哀乐而存在的。他说:"夫天地合德,万物资生;寒暑代往,五行以成,章为五色,发为五音。"又说:"夫五色有好丑,五声有善恶,此物之自然也。"按照中国古代一般认为的宇宙发生论,原始的浑沌之气在其运转过程中,清气上升,浊气下沉,是为天地,阴阳二气之和合乃产生了万物。声音也是一种气之流动的结果,故而声音之美即在其"自然之和"。这里,嵇康实际上也是吸收了《乐记》中"大乐与天地同和"的思想的。不过他认为音乐只是表现和谐与否,由此决定其善恶,而无关于人之喜怒哀乐。这正像人有贤愚之别,它也是人的自然属性,并不因人的爱憎之情而存在。"今以甲贤而心爱,以乙愚而情憎,则爱憎宜属我,而贤愚宜属彼也。可以我爱而谓之爱人,我憎而谓之憎人,所喜则谓之喜味,所怒则谓之怒味哉!由此言之,则外内殊用,彼我异名,声音自当以善恶为主,则无关于哀乐;哀乐自当以情感,则无系于声音。""至于爱与不爱,人情之变,统物之理,唯止于此,然皆无豫于内,待物而成耳。"

那么,人的感情又是怎样与音乐发生某种联系的呢?嵇康认为人的哀乐之情是先因某种具体事情的影响而蕴藏于内心,它不过是借音声之和的形式而呈现出来罢了。故而说:"至夫哀乐,自以事会,先遘于心,但因和声以自显发。"可见,哀乐之情是假借"和声"以呈现,所以它可以借其发哀情(或乐情),亦可以借与其不同的和声来表现。对人的哀乐之情来说,声音是"无常"的。他又说:"夫哀心藏于苦心内,遇和声而后发,和声无象,而哀心有主;夫以有主之哀心,因乎无象之和声,其所觉悟,唯哀而已。岂复知'吹万不同,而使其自己'哉!"由于强调声之传情是"无常"的,所以社会人事、自然事物都不能用声音来直接模仿与表现。"文王之功德与风俗之盛衰",当然也是无法"象之于声音"的,儒家传统所说的"季子听声,以知众国之风;师襄奏操,而仲尼睹文王之容","此皆俗儒妄记,欲神其事而追为之耳"。在嵇康看来,音乐只是人的感情的一个载体,它本身并不就是感情,这和传统的儒家观点是鲜明地对立的。

嵇康承认声音对人确实是有感发作用的,而且这种作用还非常之大,但它不是直接引起人的哀乐之情,而是像酒一样可以使人兴奋激动,或喜或怒,但究竟是喜还是怒,则又因人而异,没有绝对标准。他指出音乐之和,有单、复、高、埤、善、恶之不同,它对人性来说,可以有使之躁、静、专、散等不同效应,然而不是能决定人情哀乐之要素。他说声音"以单、复、高、埤、善、恶为体,而人情以躁、静、专、散为应"。但"声音之体,尽于舒疾,情之应声,亦止于躁静耳"。各种不同的乐器,其声动人之情状也不一,例如:"琵琶、筝、笛,间促而声高,变众而节数,以高声御数节,故使形躁而志越。""琴瑟之体,闻辽而音埤,变希而声清,以埤音御希变,不虚心静听,则不尽清和之极,是以听静而心闲也。"所以说"声音有大小,故动人有猛静也"。嵇康肯定音乐对人的心理、生理会产生感应作用,但认为这种感应作用并不涉及人的感情的具体倾向,也不会产生某种观念的和理性的具体认识,因为音乐有不同于其他艺术的特点,它不可能充分地、全面地模仿自然现象和社会生活内容。他说:"躁静者,声之功也;哀乐者,情之主也,不可见声有躁静之应,因谓哀乐皆由声音也。"可见,嵇康对音乐和人心之间关系的考察是比较细致而深入的,与《乐记》对这个问题的考察相比,是大大地前进了一步,是音乐美学史上对音乐特点研究的新发展。

在对心与声关系的论述中,嵇康的说法有合理的方面,但也有不太合理的方面。他认为音乐和人心的联系,是在于音乐不论"猛"或"静",均有其和谐的特点,而这种音声之和能引导和感发人们藏于内心的哀乐之情,使之显露出来。"声音虽有猛静,各有一和;和之所感,莫不自发。"又云:"声音以平和为体,而感物无当;心志以所俟为主,应感而发。"这种状况和喝酒能使人的喜怒被诱发出来一样。他说:"然和声之感人心,亦犹酒醴之发人情也。酒以甘苦为主,而醉者以喜怒为用。其见欢戚为声发,而谓声有哀乐,不可见喜怒为酒使,而谓酒有喜怒之理也。"但酒的酿造与音乐的创作,毕竟还是很不相同的。各人酿的酒虽然有所不同,而都有醉人的属性,但确实不会带上酿酒者的喜怒感情;可是人所创造的音乐,却和自然之声音不同,当音乐家作曲之时,在音声的和谐配合过程中,是这样配合还是那样配合,用高音还是低音,是急促还是缓慢,往往是和作曲家的情感表达有一定关系的,因而欣赏音乐的人就会因作曲家的感情之传达而受到影响。当然,作曲家用什么样的音声来传达欢乐的感情,用什么样的音声来传达哀伤的感情,也是因人而异的,然而,欣赏者在听音乐的时候并不只是欣赏其"自然之和",也会受到作曲家的感情之传染,这是不可否认的事实。所以,音乐之感人和酒之醉人又不能相提并论。

儒家从强调音乐是人的感情之直接表现、肯定声有哀乐的角度出发,把音乐的社会功用提得很高,认为音乐可以产生移风易俗的巨大效果。嵇康也不否定音乐可以有移风易俗的作用,但是他在解释为什么可以移风易俗和怎样达到移风易俗方面,则和以《乐记》为代表的儒家看法,是完全不同的。《乐记》认为音乐本身具有哀乐之情,是"生于人心"的,因此也可以引起和感化人的感情,然后影响到社会政治、民情风俗。而嵇康则认为音乐之美在"自然之和",这种"和声"是一种至高的美。圣人假借它来显发自己的平和之心。他说:"古之王者承天理物,必崇简易之教,御无为之治,君静于上,臣顺于下。玄化潜通,天人交泰。枯槁之类,浸育灵液;六合之内,沐浴鸿流。荡涤尘垢,群生安逸;自求多福,默然从道;怀忠抱义,而不觉其所以然也。和心足于内,和气见于外,故歌以叙志,舞以宣情,然后文之以采章,照之以《风》《雅》,播之以八音,感之以太和。导其神气,养而就之;迎其情性,致而明之;使心与理相顺,和与声相应,合乎会通,以济其美。故凯乐之情,见于金石;含弘光大,显于声音也。若以往则万国同风,芳荣齐茂,馥如秋兰,不期而信,不谋而诚,穆然相爱,犹舒锦彩而粲炳可观也。大道之隆,莫盛于兹;太平之业,莫显于此。故曰:'移风易俗,莫善于乐。'乐之为体,以心为主,故无声之乐,民之父母也。至八音会谐,人之所悦,亦总谓之乐,然风俗移易不在此也。"由此可见,嵇康在政治上的理想是道家的"无为之治"。君主清静无为,臣民顺乎自然而不争,天人安泰,万物化育,一切都合于自然之道。在这样的社会里,人有和谐的精神充实于内,以平和的气貌现之于外,用歌唱来表达自己怡然自得的心意,以舞蹈来体现自己安乐恬淡的情感,然后用经过文采修饰的语言文字,写成《风》《雅》,借助于音乐来传播,导引人的精神,涵养人的情性,使"人与理相顺,气与声相应",做到内心与物理、气貌与声音的谐和统一,达到移风易俗的目的。所以,移风易俗乃是心的作用,而非声的作用。

嵇康既提倡"无为之治",又肯定移风易俗,这也可看出他思想中以道为主,又融合儒道的特点。他还指出音乐的和谐之美是人们所竭力追求的,"人情所不能已者也"。古人懂得"情不可放""欲不可绝",因此就要有一定控制,使之合中适度,故要做到礼、乐、言、行的互相统一。"使丝竹与俎豆并存,羽毛与揖让俱用,正言与和声同发;将使听是声也,必闻此言;将观是容也,必崇此礼。"于是,"言语之节,声音之度,揖让之仪,动止之数,进退相须,共为一体"。这里既是说明言行、礼仪只是借声音以传播,声音又受言行、礼仪之节制;同时也可看出嵇康在重视人性自然之外,也要求人性应受礼仪、道德之规范,而不可放纵,这也是将儒道糅合为一的一种表现。特别是他对郑声的看法更可说明这一点。儒家对郑声从内容到形式都加以否定,是把它作为雅乐的对立面来看的。但是,嵇康则不然,他提出"若夫郑声是音声之至妙"的观点。他认为郑声从音乐本身来说,是音乐发展过程中音声和谐配合的新发展,是一种新的最美的乐曲,它也不体现某种感情或观念。但正因为是一种"妙音",而"妙音感人,犹美色惑志,耽乐荒酒,易以丧业,自非圣人,孰能御之"。人对音乐美的无限制追求,可能导致人的感情的放纵而失去控制,"先王恐天下流而不反,故具其八音,不渎其声;绝其大和,不穷其变;捐窈窕之声,使乐而不淫,犹大羹不和,不极芍药之味也"。圣人区分雅乐和郑声,是为了使人心志平和,以达到虚静无为,而合乎自然之道。"然所名之声,无中于淫邪也。淫之与正同乎心,雅郑之体亦足观矣。"声音无淫正,而人心有淫正,所以嵇康既肯定郑声的和音之美,又不反对儒家对雅乐与郑声的区分及其意义。这也是当时文艺美学思想上以道为主,又援儒入道之重要表现。

嵇康的《声无哀乐论》是中国古代音乐美学思想发展中一篇划时代的重要文献,它对整个中国文艺思想的发展,有十分深远的重大意义。这主要表现在以下几个方面。

首先,他的"声无哀乐"说从对音乐本身理论的阐述出发,否定了儒家以《乐记》为代表的基本文艺思想。诚如文章开篇秦客质难时所说:"闻之前论曰:'治世之音安以乐,亡国之音哀以思。'夫治乱在政,而音声应之,故哀思之情表于金石,安乐之象形于管弦也。又仲尼闻《韶》,识虞舜之德;季札听弦,知众国之风。斯已然之事,先贤所不疑也。今子独以为声无哀乐,其理何居?"如果"声无哀乐",则《乐记》所谓"治世之音安以乐"等皆不能成立。儒家正是从声音有哀乐出发,强调音乐可以感化人心,而直接决定政治的良窳。嵇康则正是从"声无哀乐"出发,尖锐而直接地批评了儒家"音乐—人心—治道"的文艺思想模式,并指出了音乐可以直接对自然现象、社会政治产生作用的荒谬,不赞成儒家夸大音乐的社会作用甚至将其神秘化的各种论述。例如他在驳斥秦客所说"葛卢闻牛鸣,知其三子为牺;师旷吹律,知南风不竞,楚师必败;羊舌母听闻儿啼而审其丧家"时,都曾非常清楚地表明了音乐不能直接起社会政治作用的思想。

葛卢之事见《左传》僖公二十九年:"介葛卢闻牛鸣,曰:'是生三牺,皆用之矣,其音云.'问之而信。"嵇康不相信这种说法,他说:按这种说法,鲁国的牛是知道了它的三个牛犊都成了祭品而死去,所以悲哀地向葛卢哭诉。可是,"牛非人类,无道相通",怎么能使人知道其情意呢?"若谓鸣兽皆能有言,葛卢受性独晓之,此为称其语而论其事,犹译传异言耳,不为考声音而知其情。"声音和人感情之间并无必然联系,所以不能从声音中直接了解社会人事方面的内容。师旷吹律事也是如此。此事见《左传》襄公十八年:"晋人闻有楚师,师旷曰:'不害,吾骤歌北风,又歌南风;南风不竞,多死声,楚必无功。'"嵇康对此也不信,他指出:"师旷吹律之时,楚国之风耶,则相去千里,声不足达;若正识楚国来入律中耶,则楚南有吴越,北有梁宋,苟不见其原,奚以识之哉?"而且风是阴阳二气相激而成,随地而发,为什么一定要自楚至晋呢?更何况乐律是一定的,定音高低有一定标准,不会因为吹的风不同而变化。如果师旷真能预测"楚必无功",那可能是他"多识博物,自有以知胜败之形,欲固众心,而托以神微"之故,而并非"吹律"所知。至于《左传》昭公二十八年记载羊舌叔向之子杨食我被晋国所杀之事,据《左传》所述,杨食我刚生之时,叔向之母听其号哭,曾说:"其声豺狼之声,终灭羊舌氏之宗者,必是子也。"后来,杨食我参与祁盈之叛乱,遂全家遭害。嵇康以为羊舌母听声之说也不可靠。他指出,如果说这是因为羊舌母"神心独悟暗语而当",那么"虽曰听啼,无取验于儿声矣"。如果说这是因为羊舌母"尝闻儿啼若此,其大而恶;今之啼声似昔之啼声,故知其丧家",则是"以甲声为度,以校乙之啼也",当亦非啼声本身有什么意义。他又说:"圣人齐心等德,而形状不同也。苟心同而形异,则何言乎观形而知心哉?""啼声之善恶,不由儿口吉凶,犹琴瑟之清浊,不在操者之工拙也。"故而"求情者不留观于形貌,揆心者不借听于声音也。察者欲因声以知心,不亦外乎?"由此可见,以《乐记》为代表的儒家文艺思想中之基本观念:"治世之音安以乐,其政和;乱世之音怨以怒,其政乖;亡国之音哀以思,其民困。"从"声无哀乐"的角度看,就完全站不住脚了。因此,《声无哀乐论》正是对《乐记》的全面否定,是中国文艺思想发展由经学时代向玄学时代转变的重要标志。

其次,"声无哀乐"论的提出与当时玄学思想有十分密切的联系。在对声与心关系的认识上,和玄学家对言与象、象与意关系的认识是一致的。玄学家认为言与象、象与意之间不是一种等同的关系,而只是一种寄托的关系。言象只是得意之筌蹄,如王弼在《周易略例·明象》篇中所说:"言者,象之蹄也;象者,意之筌也。是故存言者,非得象者也;存象者,非得意者也。……然则,忘象者,乃得意者也;忘言者,乃得象者也。"因此,非言即象、象即意。这原理运用于声及心、音乐与人情,则声与心、音乐与人情,亦非为一物,而不过是心假声以显,情假音而现,声为心之蹄,音为情之筌。嵇康在《声无哀乐论》中曾经明确指出:"心不系于所言,言或不足以证心也。""夫言非自然一定之物,五方殊俗,同事异号,举一名以为标识耳。"语言本身只是一种符号,它与事物本身并无必然的联系。人们可以用这个符号来指这种事物,也可以用这个符号来指另一种事物;反之,同一事物在不同民族、不同地区,所用的语言符号就可以完全不同。这和声与心、音乐与人情之间的关系是一致的。言象与心意之间是有联系的,但又是十分复杂的,不能简单地把言象看作就是意,认为有了言象就有了意。音乐与人情之间也是有联系而又十分复杂的,因此也不能认为有了音乐就有了人情。当然,音乐和语言也有不同,语言可以表达理性概念,而音乐则不行。但从语言是象征、暗示意的符号来说,则和音乐有类似之处。正像玄学家把言象仅仅看成是得意之工具,片面强调它们之间的区别,而看不到它们之间在特定条件下还是有联系的一样,嵇康完全否认音乐与人情在一定条件下有重要联系,也是错误的。语言作为人们约定俗成的产物,它在一定的民族、地区、人群中,是有明确的意义的。音乐虽然本身是一种"自然之和"的表现,但在长期的社会生活发展过程中,某种乐曲表示哀伤、某种乐曲表示欢乐,也同样具有约定俗成的特征,这是不可否认的。

从玄学本体论的角度说,玄学家把道与物、无与有的关系,看作是一种体用关系。嵇康在论述声音与哀乐关系时,实际上也体现了这种观念。他认为音乐本身乃是一种"自然之和",亦即是自然之道的表现,人的哀乐之情亦借之以为用。故云:"和声之感人心,亦犹酒醴之发人情也。酒以甘苦为主,而醉者以喜怒为用。"音乐以"和声"为主,而人情则以哀乐为用。声音为体,哀乐为用,故声与哀乐之关系,也就是一种体用关系。因此,我们可以说,"声无哀乐"论正是建立在玄学本体论与方法论(言为象蹄、象为意筌是玄学认识方法论的核心)基础上的一种音乐美学思想。

再次,"声无哀乐"论的提出,强调了对音乐艺术形式美的研究,同时也推动和促进了当时整个文艺领域对艺术本身特征的探讨。按照《乐记》的思想,虽强调音乐是人情感的表现,但感情变成决定一切的主要内容,因而也就忽视了音乐艺术自身形式美的重要性。音乐艺术绝不是简单的感情传声筒,它之所以有独立存在的价值,是和它自身的形式美分不开的。嵇康"声无哀乐"论的提出,强调了音乐的美在于"自然之和",人的哀乐之情只是借"和声"以显发,声与心是二物而不是一物,实际上也就是要求人们重视艺术的审美客体和审美主体的差别性,不能把它们混同为一。按照这种看法,对音乐艺术美的探讨,应当侧重于研究如何才能使之达到最高水平的"自然之和",亦即音乐艺术的形式美规律问题。毫无疑问,这对六朝文艺创作和文艺理论批评的重心转向如何提高文艺的形式美,是有十分重大的影响的。

"声无哀乐"论也涉及音乐不同于其他艺术的问题。嵇康认为音乐如不配合诗、舞等,亦即纯音乐,是不能直接表现道德内容、伦理内容、政治内容的,和人的思想观念、感情倾向也没有必然的联系。纯音乐是否只有音声和谐的问题,这是一个值得深入研究的课题,它实际上也是一个如何认识音乐艺术特点的问题。嵇康看到了音乐是不能具体表现各种复杂的现实事物形象的,所以他不相信"师襄奉操,而仲尼睹文王之容;师涓进曲,而子野识亡国之音"之类的说法。但是,他没有看到声音也是组成宇宙间自然现象和社会现象的重要内容之一,音乐可以模拟自然界和社会生活中的声音现象,按照音乐家的需要把它们组织起来,创造出新的乐曲。这种乐曲和自然之音就会有根本性质的不同。然而尽管嵇康的结论有许多不科学、不确切的地方,但是他能提出这样一个重要的理论问题,这本身就是音乐美学思想发展的一大进步,也是对音乐艺术特点研究进一步深化的表现。

最后,更值得我们重视的是,嵇康提出"心之与声,明为二物"时,只是强调声音本身没有哀乐,而没有根本否定音乐与感情之间的联系,没有否定音乐对人的情绪有作用。他指出音乐能使人的情绪起"躁"或"静"的变化,能使人的精神进入"专"或"散"的状态。他认为这才是音乐的功能。那么,这种心理和生理上的反应和人的感情又有什么样的关系,就很值得研究。嵇康对此没有再做更深入的探讨,他只是指出在音声和人情之间还有这样一个中介,因此音声本身并无哀乐之常态。但在他那个时代能对音乐的特点进行这样深入的研究,已经是非常不容易的了。

第四节　陆机《文赋》论文学的构思与创作

陆机的《文赋》是中国文学理论批评史上的一篇名作。它沿着《典论·论文》的方向,着重探讨文学的内部规律,第一次全面系统地研究了文学创作的基本理论,后来两晋南北朝的文学理论批评是按《文赋》的路子继续发展的。刘勰《文心雕龙》的写作受《文赋》的影响就很大,故章学诚《文史通义》中说:"刘勰氏出,本陆机氏说而昌论文心。"在中国文学理论批评发展史上,《文赋》具有十分重要的地位。

陆机(261—303),字士衡,吴郡吴县华亭(今属上海)人,出身东吴显贵家庭,祖父陆逊为丞相,父亲陆抗为大司马,均系东吴名将。陆逊的从伯父陆绩则是汉末著名的经学大师。《晋书·陆机传》说他"少有异才,文章冠世,伏膺儒术,非礼不动"。但他的遭遇很不幸,二十岁时,吴国灭亡,他的几个哥哥均被杀,陆机与弟陆云乃"退居旧里,闭门勤学",约有十年之久。晋武帝太康末年,他们兄弟奔赴洛阳寻求功名,拜谒了地位显赫的张华。张华很欣赏他们的才华,介绍他们交结名流。后陆机曾先后做过太子洗马、著作郎、尚书中兵郎、殿中郎等职。八王之乱,天下动荡,陆机的朋友曾劝他引退,但他不从,投奔成都王颖,为参大将军军事,又为平原内史。太安二年(281)为成都王颖后将军、河北大都督,与长沙王乂战于鹿苑,兵败被诬遇害,弟弟陆云及其二子均同时被杀。这时陆机才四十三岁。

《文赋》的写作年代,目前尚无定论。杜甫《醉歌行》云:"陆机二十作《文赋》。"后人颇多怀疑,清人何焯以为这是杜甫误看李善《文赋》注所引臧荣绪《晋书》所致。近人逯钦立根据陆云《与兄平原书》第八书提到《文赋》,乃考定《文赋》作于公元301年,但也有人不同意,如姜亮夫认为此"文赋"二字乃指文与赋。近年来一些研究者多认为《文赋》作于陆机入洛之后,然迄今仍无确证。而且陆机入洛后政务繁杂,尤其是死前几年,正值动乱时代,恐亦无心作《文赋》。故《文赋》很可能写于他与弟弟在故乡读书的后期。当时他们遍读古今文章,总结其经验而作《文赋》,是很自然的事。

从陆机的诗文来看,他在政治上是以儒家思想为指导的,他出身将门,欲继承父祖之业,能有所作为。其《遂志赋》中历数尧舜文武的功业,并说:"仰前踪之绵邈,岂孤人之能胄。匪世禄之敢怀,伤兹堂之不构。"然而由于他的处境和遭遇,只能"要信心而委命,援前修以自呈","任穷达以逮止,亦进仕而退耕"。对前途亦并不乐观,因此他也有受道家思想影响的一面,《幽人赋》中羡慕"超尘冥"、游"物外",《列仙赋》中赞美仙人"因自然以为基,仰造化而闻道",等等。他的《文赋》在涉及文学社会作用时仍持儒家观点,而论创作则主要以老庄道家思想为指导。这也是和时代的思潮一致的。《文赋》的中心是论述以构思为主的创作过程。陆机在《文赋》的小序中对《文赋》的写作目的及其所要解决的主要问题曾做了明确的叙述。其云:

> 余每观才士之所作,窃有以得其用心。夫放言遣辞,良多变矣。妍蚩好恶,可得而言。每自属文,尤见其情。恒患意不称物,文不逮意。盖非知之难,能之难也。故作《文赋》,以述先士之盛藻,因论作文之利害所由,佗日殆可谓曲尽其妙。至于操斧伐柯,虽取则不远;若夫随手之变,良难以辞逮。盖所能言者,具于此云。

陆机在这里提出了"意不称物,文不逮意"的问题,并指出《文赋》写作就是要通过总结前人经验来解决这个问题。因此,正确理解"意不称物,文不逮意"问题,是理解《文赋》全篇的关键。陆机这里所说的"意"是指构思过程中的意,亦即构思中所形成的具体内容,而不是指文章中已经表达出来的意。"物"指人的思维活动对象,"文"是指用语言文字写成的文章。"意不称物"指构思内容不能正确反映思维活动对象,"文不逮意"指文章不能充分表现思维过程中所构成的具体内容。它们分别指创作过程中的两个重要问题,不能混为一谈。那么,如何才能解决"意不称物,文不逮意"的问题呢?陆机说:"非知之难,能之难也。"这里实际上讲的是作家的知与能的关系,也就是认识和实践的关系问题。他认为要认识"意不称物,文不逮意"的问题是不困难的,困难在于从实践中如何去解决它。对这一点明代徐祯卿在《谈艺录》中曾经有过"夫既知行之难,又安得云知之非难"的责备。陆机对"知"的重要性确有所忽视,但有时实践确比认识要更困难也是事实。由于重在解决"能"的问题,故《文赋》侧重于讲文学创作的构思和技巧问题。

如何进行艺术构思,是《文赋》探讨的重点问题。首先,陆机论述了作家在构思前应当具备一些什么条件,才能使艺术构思得以顺利进行。他着重强调了玄览、虚静的精神境界和知识学问的丰富积累两方面内容。《文赋》开篇就提出要"伫中区以玄览,颐情志于典坟"。"玄览",出自《老子》,河上公注云:"心居玄冥之处,览知万物,故谓之玄览。"这就是指老庄那种虚静的精神状态,它可以使人不受外物和各种杂念干扰,统观全局,烛照万物,思虑清明,心神专一。这是针对"意不称物"而提出来的。"颐情志于典坟",则是要求作家广泛学习前人文章和著作,汲取其丰富的创作经验。这里的"典坟"是借儒家传统的"三坟五典"来泛指各种有价值的优秀文章与著作,和下文"游文章之林府,嘉丽藻之彬彬"是一个意思。陆机这里着重讲的是书本知识,而没有涉及从现实生活中丰富知识学问的问题,但是书本知识和前人创作经验,确是提高自己写作能力的极重要方面。这正是针对"文不逮意"而提出来的。有了这两方面的准备之后,构思活动就能够顺利地展开。

《文赋》十分生动地描绘了构思活动的情状。其云:

> 其始也,皆收视反听,耽思傍讯,精骛八极,心游万仞。其致也,情瞳昽而弥鲜,物昭晰而互进。倾群言之沥液,漱六艺之芳润。浮天渊以安流,濯下泉而潜浸。于是沉辞怫悦,若游鱼衔钩而出重渊之深;浮藻联翩,若翰鸟缨缴而坠曾云之峻。收百世之阙文,采千载之遗韵。谢朝华于已披,启夕秀于未振。观古今于须臾,抚四海于一瞬。

这里涉及从想象活动的开始到艺术形象的构成及其用语言文字物质化的

全过程。当作家进入了玄览虚静的精神境界后,就能"收视反听,耽思傍讯",一心一意开始构思活动。构思活动一展开,首先要进行丰富的艺术想象,它具有超越时空局限的无限丰富性和广阔性,能"精骛八极,心游万仞"。而在艺术想象的过程中,作家的思维活动始终是与现实中的客观物象紧密结合在一起的,感情的逐渐鲜明与艺术形象的逐渐构成,是同步进行的。"情曈昽而弥鲜,物昭晰而互进。"情与物在想象过程中的结合是艺术构思的必然结果。当艺术意象在作家的思维过程中形成之后,就需要用语言文字作为物质手段,使它具体地呈现出来。这是一个非常艰苦的脑力劳动过程。为了寻找最精彩的、能最充分地表现构思中艺术意象的语言文字,就要"倾群言之沥液,漱六艺之芳润",上天入地,无所不至。它应当具有独特的创造性,即所谓"谢朝华于已披,启夕秀于未振"。

在论艺术构思的过程中,陆机十分强调灵感的作用,他称之为"应感之会"。他认为文思之通或塞决定于灵感之有无。当灵感涌现时,则"思风发于胸臆,言泉流于唇齿","文徽徽以溢目,音泠泠而盈耳"。而当灵感枯竭时,则"六情底滞,志往神留,兀若枯木,豁若涸流","理翳翳而愈伏,思乙乙其若抽"。然而,陆机感到灵感的来去是非常之微妙的,"来不可遏,去不可止。藏若景灭,行犹响起"。不是作家自己所能控制,不可能要它来它就来,故云"虽兹物之在我,非余力之所勠"。在陆机那个时代,要求他对灵感现象做出科学的解释是不实际的。他重视灵感现象,对它做了如实的描绘,而深感难以把握,这已经是对文学理论的一大贡献。陆机把灵感归之于"天机",他说:"方天机之骏利,夫何纷而不理?""天机"的意思即是自然,此点李善《文选》注做了很好的解释,他说:"《庄子》:'蚿曰:今予动吾天机。'司马彪曰:'天机,自然也。'又《大宗师》曰:'其耆欲深者,其天机浅也。'刘障曰:'言天机者,言万物转动,各有天性,任之自然,不知所由然也。'"可见,陆机认为灵感之获得非人力所能左右,而应当顺乎自然。这里不仅可以进一步看到老庄思想对陆机构思论之影响,而且还可以看到它对后来刘勰的"率志委和"说的影响。

《文赋》中提出的另一个重要问题,是各类文体的特征及其艺术风格。陆机在《典论·论文》提出文体分八体四类的基础上,把文体分为十类并具体概括了其风格特征。他说:

诗缘情而绮靡,赋体物而浏亮。碑披文以相质,诔缠绵而凄怆。铭博约而温润,箴顿挫而清壮。颂优游以彬蔚,论精微而朗畅。奏平彻以闲雅,说炜晔而谲诳。

对这十种文体风格特征的论述,既有内容方面的特点,也有形式方面的特点,但不是每一种文体风格特点都涉及这两方面,这和曹丕是一致的,但比曹丕要深入细致得多。这里特别值得研究的是他对诗和赋的特征的论述,因为这是当时最主要的纯文学体裁。陆机对诗和赋的不同做了区分,但是我们应当看到这只是就其主要倾向来说的,实际上诗也有体物的方面,赋也有缘情的方面,并非绝对不同的。不过诗的抒情性更为突出,赋的描绘具体物象更为突出而已。陆机提出的"诗缘情而绮靡"主张,具有开一代风气的重大意义。他只讲缘情而不讲言志,不管他主观上是否意识到,实际上是起到了使诗歌的抒情不受"止乎礼义"束缚的巨大作用。后来清人对此有许多论述。沈德潜在《说诗晬语》中就说他提出这个主张使"言志章教,惟资涂泽,先失诗人之旨"。纪昀《云林诗钞序》中说:"知'发乎情'而不必'止乎礼义',自陆平原'缘情'一语,引入歧途。"汪师韩《诗学纂闻》也记载道:"以'绮丽'说诗,后之君子所斥为不知义理之归也。"清人站在传统儒家立场上的这种批评,正可以使我们从反面了解到《文赋》的缘情论在突破经学对诗歌控制方面所做的积极贡献。"绮靡"说虽然指的是诗歌语言形式方面的问题,其含义与曹丕之"诗赋欲丽"亦无不同,但从儒家传统角度看也是一种背叛。儒家历来只讲文辞形式要为内容服务,所谓"文以足言","情欲信,辞欲巧",都是指如何更好体现内容,从来没有专门讲文辞华丽的说法。一般说儒家是提倡质朴而反对华丽的。而陆机则在曹丕基础上明确提出"绮靡"主张,故也多曾遭到迂腐儒生之斥责。其实,"绮靡"之含义并非像明清人所说是"淫艳""侈丽"之意,而是像李善所说是指"精妙之言",是没有贬义的。刘勰在《文心雕龙》中讲"《九歌》《九辩》,绮靡以伤情",以及西晋文学"结藻清英,流韵绮靡"等,均无贬斥含义。同时,重视诗歌的语言艺术美,正是六朝的一大特点,陆机首创是有很大功绩的。从陆机对诗赋创作中缘情、体物的论述中,可以看出他对文学艺术的两个重要特征,即感情与形象,有了极为深刻的认识,说明他对文学的艺术特征的了解已经大大地深入了一步。

陆机不仅研究了各种文体的风格特色,还从理论上总结了风格的多样化及其形成原因。第一,他指出文学体裁与风格的多样化是因为作为文学作品描写对象的"物"本身是纷繁复杂,各有各的形状,没有完全相同的。他说:"体有万殊,物无一量,纷纭挥霍,形难为状。"又说:"其为物也多姿,其为体也屡迁。"这里的"体"即是指体裁与风格,中国古代文论中的"体"一般包含这两方面内容,具体行文中所指有时侧重点不同,此处重在风格。体的多变是由物的多姿所决定的。第二,风格的多样化又是和作家的个性、爱好密切联系着的。《文赋》中说:"夸目者尚奢,惬心者贵当,言穷者无隘,论达者唯旷。"作家的不同创作个性,必然要反映到作品的内容和形式特点上,从而形成为各不相同的风格。第三,风格的不同又和文体的特点有关系。各种不同的文体在内容和形式上都有特定的要求,因此表现在风格上也就有明显的差异。《典论·论文》讲四科特色就接触到这一点,陆机《文赋》分为十体,各有自己的特征,就更为清晰了。从陆机的上述论述来看,一、三属于风格的客观性,二属于风格的主观性,相比较而言,陆机对风格的客观性讲得更多一些,而对风格与作家个性的关系讲得比较简略,后来刘勰在这方面就集中做了发挥。

《文赋》对创作过程中的具体表现技巧问题也做了很多分析。在结构和布局方面,他强调必须恰如其分地安排好意和辞,即所谓"选义按部,考辞就班"。务必使意和辞都能充分发挥其作用,使"抱景者咸叩,怀响者毕弹"。结构应按照表达内容的需要,采取多种多样的不同形式:"或因枝以振叶,或沿波而讨源。或本隐以之显,或求易而得难。或虎变而兽扰,或龙见而鸟澜。"在部署意和辞的过程中,陆机十分重视意的主导作用,"理扶质以立干,文垂条而结繁",以内容为主干,以文辞为枝叶。但是没有华丽丰满的枝叶,也就没有生气,只有枯树干也不能成为一棵活的树。陆机是主张内容和形式统一,情貌一致的。在艺术技巧方面陆机还特别提出了几个重要的原则,这就是:"其会意也尚巧,其遣言也贵妍。暨音声之迭代,若五色之相宣。""会意"指具体构思,"遣言"指词藻问题,"音声之迭代"指语言音乐美。这主要是指诗赋等纯文学而言的。构思巧妙、词藻华美、抑扬顿挫的音乐美,这是六朝文学创作上非常讲究的三个问题,它既是时代特征在理论上的表现,又促进了六朝文学创作在艺术上的发展。这和后来沈约、刘勰、钟嵘等的主张是一致的。同时陆机又提出这三个方面都要符合"达变而识次"的原则,能适合表现对象的特点。此外,陆机还提出了定去留、立警策、戒雷同、济庸音等具体写作方法,要求在剪裁上做到"在有无而僶俛,当浅深而不让";使文章中心突出,"立片言而居要,乃一篇之警策";反对模拟、抄袭,主张创新,"苟伤廉而衍义,亦虽爱而必捐";要使精彩处和一般处互相协调,"石韫玉而山辉,水怀珠而川媚"。

对于文学作品的艺术美,陆机提出了五条标准,这就是应、和、悲、雅、艳。对这五方面,陆机都用音乐来比喻。"应",是指音乐上相同的声音、曲调之间相互呼应构成的音乐美,借此比喻文学创作上的丰赡之美,认为文学作品应如众弦成曲、众色成彩,做到枝叶繁茂,色彩交辉,而不是偏弦孤唱、独帛单彩。"和",指音乐上不同的声音、曲调之间相互配合而构成的和谐音乐美,借此比喻文学创作上丰赡之美要和刚健的骨气相配合,不能"寄辞于瘁音,徒靡言而弗华"。"悲",是以音乐上的悲音来比喻文学创作要能充分体现鲜明强烈的爱憎感情,能真正感动人,反对"言寡情而鲜爱,辞浮漂而不归"。"雅",本是儒家传统的美学标准,从音乐来说,是和新声、郑声相对立的,但陆机这里所说的"雅",虽有和《防露》、"桑间"相对之含义,但主要是指比较广泛意义上的纯正格调之意,而不赞成那种"或奔放以谐合,务嘈囋而妖冶"的轻浮格调,并不像儒家那样以雅乐来反对新声。而陆机本人对新声是十分重视,而且积极提倡的。陆云《与兄平原书》中曾说:"古今之能为新声绝曲者,无又过兄。""张公昔亦云兄新声多之不同也。"创作中追求新奇是陆机之一大特色。"艳",这是陆机文艺思想中反映时代特点的重要表现,也是他突破儒家传统美学思想的重要表现。他对儒家所提倡的"朱弦疏越"之古乐和"大羹不和"之淡味,是很不满意的。他提倡艳是和提倡诗歌的"绮靡"一样,要求文学作品有很高的艺术美。这种艳是在重视内容的前提下,对形式提出的要求。这和刘勰在《文心雕龙》中赞扬《楚辞》之艳是一样的。讲究艳,不能认为这就是形式主义。事实上,陆机提倡的艳,在文学发展上是起了积极作用的,它为促进六朝文学在艺术上的发展做出了贡献。

从《文赋》所体现的文艺美学思想来看,虽然它也受若干儒家思想的影响,例如最后关于文学的社会功用的论述,以及内容与形式关系等,但主要还是受以老庄为代表的道家思想影响比较深,同时也受到当时玄学思想的影响。这不仅表现在他对儒家文艺美学思想传统的大胆突破方面,而且更为主要的是他在创作思想方面直接反映了道家的观点。他强调玄览虚静的重要作用,把灵感的获得归之于"天机",同时也在言意关系上受到"言不尽意"论的影响,认为文章之妙处,"是盖轮扁所不得言,故亦非华说之所能精"。创作过程中的"随手之变""良难以辞逮"。从总体上说,开始体现了论创作以道家为主、论功用以儒家为主的儒道结合之文艺思想特征。《文赋》对六朝文学理论批评发展影响极大,不仅《文心雕龙》是对它的全面继承和发展,而且挚虞、李充的文体论、沈约等人的声律论、萧统《文选》中的文学观念等,都是在陆机思想影响下,在某一方面的进一步发展。因此,我们应当给《文赋》以较高的历史地位。

西晋的文学理论批评除陆机之外,张华、陆云、左思、皇甫谧、挚虞等也都有一些值得重视的见解。张华(232—300),是西晋文坛的领袖,他评论当时作家作品的意见没有完整地保存下来,只是在陆云《与兄平原书》中有若干引述。他非常推重当时的陆机、成公绥等人的诗赋,提倡新声。陆云说自己"往日论文,先辞而后情,尚势而不取悦泽",后来听取了张华意见,遂有所改进。刘勰《文心雕龙·定势》篇为此而赞扬陆云道:"夫情固辞先,势实须泽,可谓先迷能从善矣。"可见,张华在文学思想上也和陆机一样是反映了时代新思潮的。陆云(262—303),是陆机弟弟,他的《与兄平原书》据《太平御览》《北堂书钞》等辑录,尚有三十五封,其中论述到不少文学创作问题,对陆机的诗赋文章做了许多具体评论。陆云文学思想中比较重要的一个特点是以"清"作为文学评论的美学标准。他赞扬陆机的作品"清新相接""清妙不可言",又说"云今意视文,乃好清省,欲无以尚,意之至此,乃出自然"。提倡"高远绝异""深情远旨"的"清美"之作,实是当时名士盛行清谈之风在美学思想上的反映,并为后来"芙蓉出水""清新自然"的审美观开了先河。

左思(约250—305)和皇甫谧(215—282)的赋论也都具有时代特征。

左思在为自己所作的《三都赋》写的序中,强调要以王充所提倡的那种严格的科学的真实性来要求辞赋的创作,仍持经学时代的传统文艺观。其云:

> 盖诗有六义焉,其二曰赋。扬雄曰:"诗人之赋丽以则。"班固曰:"赋者,古诗之流也。"……然相如赋《上林》而引"卢橘夏熟",扬雄赋《甘泉》而陈"玉树青葱",班固赋《西都》而叹以"出比目",张衡赋《西京》而述以"游海若",假称珍怪,以为润色。若斯之类,匪啻于兹,考之果木,则生非其壤,校之神物,则出非其所,于辞则易为藻饰,于义则虚而无征。且夫玉卮无当,虽宝非用;侈言无验,虽丽非经。……余既思摹《二京》而赋《三都》,其山川城邑,则稽之地图;其鸟兽草木,则验之方志;风谣歌舞,各附其俗;魁梧长者,莫非其旧。

这里他把王充那种否定文学的虚构、夸张的思想具体运用到了辞赋创作上,主张严格崇实,所谓"美物者,贵依其本;赞事者,宜本其实。匪本匪实,览者奚信"。这是一种相当狭隘的写实主义创作思想,不仅否定了浪漫主义,也抹煞了文学的特征,把文学创作和地图、方志等量齐观。这种思想对文学创作的健康发展自然是不利的。皇甫谧为左思《三都赋》作的序,则体现了和左思很不相同的文学思想。虽然他也受到左思的影响,说司马相如等的辞赋"虚张异类,托有于无",但他认为他们这些作品"初极宏侈之辞,终以约简之制,焕乎其文,蔚尔鳞集,皆近代辞赋之伟也"。而且还进一步强调辞赋的特点就在华丽之描写,"赋也者,所以因物造端,敷宏体理,欲人不能加也。引而申之,故文必极美;触类而长之,故辞必尽丽。然则美丽之文,赋之作也"。这就和曹丕、陆机的见解完全一致了。从左思和皇甫谧赋论的异同中,我们可以看到新旧两种文艺思想交叉错综的复杂情状。

从西晋到东晋初期,文体论也有了很大的发展。挚虞(生年不详,卒于311年),字仲洽,西晋泰始年间举贤良,拜中郎,官至太常卿。他曾编撰古代文章,类聚区分为三十卷,名《文章流别集》,而《隋书·经籍志》所载则为四十一卷,另有《文章流别志论》二卷。二书均佚,仅存《志论》的十余条。《志论》系对各类文体的特征及其发展状况的论述。现存《志论》涉及的文体有颂、赋、诗、七、箴、铭、诔、哀辞、对问、碑铭等,可以大体知道其《流别集》的分类大概是很细的,在陆机十体基础上又有了新的发展。挚虞的文学观点仍属两汉儒家经学的传统思想,强调为政教服务,要"发乎情,止乎礼义"。对诗赋的基本看法,大体依据扬雄、班固之论。只是对诗人之赋与辞人之赋的区别做了进一步研究,指出:"古诗之赋,以情义为主,以事类为佐;今之赋,以事形为本,以义正为助。"他批评辞赋之有"害政教"有"四过":"假象过大,则与类相远;逸辞过壮,则与事相违;辩言过理,则与义相失;丽靡过美,则与情相悖。"在创作思想上也明显地反映了儒家的观点。挚虞在文体论方面比较有价值的是他在文体辨析与研究的方法上有了新的进展。他除了研究每一种文体的特点及创作要领之外,还分析了各类文体发展的过程,指出其中不同的流派以及主要的代表作家与作品。不仅继承了汉末以来蔡邕、桓范、傅玄等人文体研究的成果,而且对刘勰《文心雕龙》中研究文体的方法论产生了直接的影响。对文体的论述,自挚虞之后,东晋初有李充(生年不详)的《翰林论》。李充字弘度,或作弘范,曾为王导府掾,后官至中书侍郎。其书亦已亡佚,严可均《全晋文》曾辑录其残存片断。他在文学思想上与挚虞不同,对魏晋作家评价较高,也注重文采,黄侃《文心雕龙札记》中说他以"沉思翰藻为贵"是有道理的,说明他是合乎当时的文艺思想潮流的。在文体研究的方法上,能简要阐明各类文体特点,并举代表性例子为主,侧重于"褒贬古今,斟酌利病"(《文镜秘府论》)。例如:"或问:'何如斯可谓之文?'答曰:'孔文举之书,陆士衡之议,斯可谓成文矣。'"又云:"潘安仁之为文也,犹翔禽之羽毛,衣被之绡縠。"他的文体论对《文心雕龙》亦有一定影响。

第五节　葛洪倡导繁富奥博的文学观与美学观

西晋末年到东晋初年,进一步发展了曹丕、陆机文学思想,比较典型地反映了时代文艺思潮特点的是葛洪。

葛洪(283—363),字稚川,丹阳句容(今江苏句容)人,是当时著名的道教领袖,也是一位重要的思想家和文学理论批评家。晋元帝封他为关内侯,成帝时曾为咨议参军等。葛洪的思想兼有儒道两家,大体说来,前期儒家思想较多,后期则以道为主。他的主要著作是《抱朴子》内外篇,据他在《自叙》中说,外篇以儒为主,内篇以道为主,但实际上并不是这么严格的。他有关文艺的见解主要见于外篇,但在主要观点上大都和儒家观点不同。他在许多问题上都突破了儒家的传统观念,反映了时代文艺发展的要求,表现了儒道结合的明显特征,其中心在提倡繁富奥博之文,讲究华艳雕饰,对曹丕之"丽"、陆机之"艳"从理论上做了进一步发展。

葛洪竭力提高文章的地位和价值,明确主张德行与文章并重,把曹丕的文章价值观提到了一个新的高度。《论语·宪问》中记载孔子曾说:"有德者必有言,有言者不必有德。"《左传》里讲"三不朽",立言在最末。儒家认为德行高于文章是天经地义的事,故《论语·学而》讲孔子认为"行有余力,则以学文",以文章为余事。葛洪对此明确表示了不同意见,他在《尚博》篇中说:"文章之于德行,犹十尺之与一丈,谓之余事,未之前闻。"认为文章与德行具有同等重要的地位。有人说:"德行者本也,文章者末也。"他回答说:"本不必皆珍,末不必悉薄。"他还指出:德行好坏是易于论定的,而文章之优劣则不易评价,故论定德行为"粗",而识鉴文章为"精","吾故舍易见之粗,而论难识之精,不亦可乎?"可见,实际上他是把文章看得比德行更重的。他说:"筌可以弃,而鱼未获则不得无筌;文可废,而道未行则不得无文。""文章虽为德行之弟,未可呼为余事也。"既不同意儒家把德行凌驾于文章之上,也不赞成道家过于废弃言筌的偏向,他在文章价值观上明显地反映了儒道结合的倾向。然而,他的积极方面即在于大胆对儒家传统提出异议,高度赞扬了文章写作的重要性。特别是对文章写作的艺术技巧给予了充分的注意,认为这是一门很大的学问,其间优劣高下是很有讲究的。他在《尚博》篇中还说:

> 若夫翰迹韵略之宏促,属辞比事之疏密,源流至到之修短,蕴藉汲引之深浅。其悬绝也,虽天外毫内,不足以喻其辽邈;其相倾也,虽三光熠耀,不足以方其巨细;龙渊铅铤,未足譬其锐钝;鸿羽积金,未足比其轻重。清浊参差,所禀有主,朗昧不同科,强弱各殊气。而俗士唯见能染毫画纸者,便概之一例。斯伯牙所以永思钟子,郢人所以格斤不运也。盖刻削者比肩,而班、狄擅绝手之称;援琴者至众,而

夔、襄专知音之难。厩马千驷,而骐骥有逸群之价,美人万计,而威、施有超世之容;盖有远过众者也。

葛洪在这里对艺术高手的技巧给予了高度的赞扬,指出同样的创作,其艺术水准之高下可以有天地之别。他要求人们重视艺术技巧,提高艺术水平,这对六朝文学的发展是起了积极作用的。而这种观点的提出,显然只有在儒教衰落、思想比较自由的条件下才有可能。

与提高文章价值、重视艺术技巧相联系,葛洪对贵古贱今的传统观念进行了尖锐批评,鲜明地提出了今胜于古的主张。他在新的历史条件下发展了王充、曹丕的有关论述,从整个学术文化领域一直到文学创作,对贵古贱今、今不如古的复古保守思想,给予了激烈的抨击。他在《钧世》篇中说:

> 然守株之徒,喽喽所玩,有耳无目,何肯谓尔!其于古人所作为神,今世所著为浅,贵远贱近,有自来矣。故新剑以诈刻加价,弊方以伪题见宝也。是以古书虽质朴,而俗儒谓之堕于天也;今文虽金玉,而常人同之于瓦砾也。

盲目崇古,而不从实际优劣去评价,是俗儒识见浅陋之表现,其结果只能废弃当世有益之作,扼杀了新生力量,埋没了当世英才。其《尚博》篇中又说:

> (今人)虽有追风之骏,犹谓之不及造父之所御也;虽有连城之珍,犹谓之不及楚人之所泣也;虽有拟断之剑,犹谓之不及欧冶之所铸也;虽有起死之药,犹谓之不及和、鹊之所合也;虽有超群之人,犹谓之不及竹帛之所载也;虽有益世之书,犹谓之不及前代之遗文也。是以仲尼不见重于当时,《太玄》见蚩薄于比肩。俗士多云今山不及古山之高,今海不及古海之广,今日不及古日之热,今月不及古月之朗。……重所闻,轻所见,非一世之所患矣。

葛洪把复古迷的愚蠢与可笑,描写得淋漓尽致。儒家"述而不作,信而好古"的传统有长远的历史、广泛的影响,葛洪的批判是相当尖锐有力的。他认为在历史发展过程中,今必然要胜古,事物总是不断地发展进步,愈来愈丰富和完善的。文学创作也离不开这个共同的规律。他在《钧世》篇中说:

> 古者事事醇素,今则莫不雕饰,时移世改,理自然也。至于屬锦丽而且坚,未可谓之减于蓑衣;辒辌妍而又牢,未可谓之不及椎车也。……若舟车之代步涉,文墨之改结绳,诸后作而善于前事,其功业相次千万者,不可复缕举也。世人皆知之快于曩矣,何以独文章不及古耶?

他用发展变化的观点来看待一切事物,看待文学创作,这对中国古代文艺思想的发展影响是很大的,也成为葛洪提倡宏博富丽的文学之重要理论根据。

葛洪认为文学的发展也是从质朴到华丽逐渐演进的,因此讲究艳丽、雕饰也是一种进步的表现。他提出汉赋对《诗经》来说是一种进步,而不是倒退,从文学发展由质朴到华丽的角度来说,《诗经》是不如汉赋的。认为汉赋高于《诗经》,这是从来都没有人敢说的。《钧世》篇中说:"《毛诗》者,华彩之辞也,然不及《上林》《羽猎》《二京》《三都》之汪濊博富也。"这种观点自然也有其片面之处,但从华艳的角度说,汉赋确是高过于《诗经》的。《诗经》中《小雅》部分有六篇仅存篇名的佚诗《南陔》《白华》《华黍》《由庚》《崇丘》《由仪》,夏侯湛、潘岳曾为之补作。葛洪认为他们的补亡诗实际上远远超过了《诗经》的水平。他说:"夏侯湛、潘安仁并作补亡诗——《白华》《由庚》《南陔》《华黍》之属,诸硕儒高才之赏文者,咸以古诗三百,未有足以偶二贤之所作也。"显然,这是过于夸大之辞,但是葛洪的目的是强调今胜于古,宏博富丽比简易质朴要好得多。他认为今人之诗与古人之诗相比,内容上都表现了一定义理,但是在艺术水平上则是有很大差异的,今人之诗要比古人之诗高得多,为此,应当看到这种差别,肯定今人的贡献。他在《钧世》篇中说:"今诗与古诗,俱有义理,而盈于差美。方之于士,并有德行,而一人偏长艺文,不可谓一例也。比之于女,俱体国色,而一人独闲百伎,不可混为无异也。"故而,葛洪认为汉赋不仅远过《诗经》,而且是"万家无一"。他对陆机的创作评价极高。据《晋书·陆机传》引,他曾说陆机之文:"犹玄圃之积玉,无非夜光焉,五河之吐流,泉源如一焉。其弘丽妍赡,英锐漂逸,亦一代之绝乎!"后来钟嵘称陆机为"太康之英"(《诗品序》),说明陆机在六朝一直被认为是西晋最有才华、成就最高的作家,而他之所以为当时所重,即在于葛洪所指出的"宏丽妍赡,英锐漂逸"。这里我们应当看到的是,葛洪虽然提倡宏富华丽的雕饰之文,却并非离开内容而专讲形式。他也是在重视内容的前提下注重形式之美的。他在《应嘲》篇中曾说:"著书者徒饰弄华藻,张磔迂阔,属难验无益之辞,治靡丽虚言之美……适足示巧表奇以迋俗,何异乎画敖仓以救饥,仰天汉以解渴。"在《辞义》篇中,他也指出过"古诗刺过失,故有益而贵;今诗纯虚誉,故有损而贱"的问题。葛洪对艺术形式的重视,对辞藻华艳的提倡,不仅合乎当时文坛的潮流,而且对中国古代文学的发展也是有积极贡献的。

在对待文学语言的看法上,葛洪有和王充相同的地方,即认为"书犹言也",而"古书之多隐,未必昔人故欲难晓,或世异语变,或方言不同,经荒历乱,埋藏积久,简编朽绝,亡失者多,或杂续残缺,或脱去章句,是以难知,似若至深耳"(《钧世》篇)。但是,葛洪不主张像王充提倡的那样,要求言文一致,"形露易观",他认为应当以雕饰华丽之文来统一文学语言,弃去方言土语。这自然是和他提倡繁富奥博的文章之美直接相联系的。

葛洪的文学思想是有他的美学思想基础的。他认为美是一种客观存在,它有自己质的规定性。人们审美观点的差异是因审美主体的主观爱好不同所致,客体的美和主体的美感是不应当混同为一的。《抱朴子·塞难》篇说:"妍媸有定矣,而憎爱异情,故两目不相为视焉;雅郑有素矣,而好恶不同,故两耳不相为听焉;真伪有质矣,而趋舍舛仵,故两心不相为谋焉。以丑为美者有矣,以浊为清者有矣,以失为得者有矣。此三者,乖殊炳然,可知如此其易也,而彼此终不可得而一焉。"客观的美之形成在于多样的统一,各种不同因素构成了和谐之美,所谓"群色会而衮藻丽,众音杂而韶濩和"(《尚博》),"五色聚而锦绣丽,八音谐而萧韶美"(《喻蔽》)。故而说:"非和弗美。"(《勖学》)但是,这种多样统一的和谐之美,必须经过人为的加工才能达到。他说:"梓豫山积,非班匠不能成机巧。"(《辞义》)"南威、青琴,姣冶之极,而必俟盛饰以增丽。"(《博喻》)"故瑶华不琢,则耀夜之景不发;丹青不治,则纯钧之劲不就。火则不钻不生,不扇不炽;水则不决不流,不积不深。故质虽在我,而成之由彼也。"(《勖学》)所以,"摛锐藻以立言,辞炳蔚而清允者,文人也"(《行品》)。真正美的文学作品必有待于文人之加工,华丽的辞藻正是为了使有美质之文章更加生辉。

  葛洪不仅看到了审美主体的美感差异性,而且分析了造成这种美感差异性的主观和客观原因。从客观原因方面看,有的是因为时代之不同:"爱憎好恶,古今不均,时移俗易,物同价异。譬之夏后之璜,曩直连城,鬻之于今,贱于铜铁。"(《擢才》)有的是因为环境和习俗之差别:"衮藻之粲焕,不能悦裸乡之目。""采菱之清音,不能快楚隶之耳。"(《广譬》)从主观原因方面看,或由于思想、精神境界的不同,山林隐士认为粗劣的饭菜比山珍海味好吃("藜藿嘉于八珍"),清泉比美酒甘("寒泉旨于醴醑");或是由于人们的个性爱好有差别,或"以丑为美",或"以浊为清"。因此,就不能要求文学创作都遵循一个模式去创造,也更不能以古非今,以雅废俗。葛洪对文学创作上贵古贱今的批评,正是和这种美学观点有着不可分割的关系的。

  葛洪这种具有鲜明时代特色的反传统的文学观与美学观,进一步拓宽了曹丕、陆机所开辟的道路,对南北朝时期文学创作和文学理论批评的繁荣发展,产生了重大的影响。

第七章　玄佛合流与南朝文学理论批评的繁荣

第一节　佛教的流行及其对文学理论批评的影响

佛教传入中国是比较早的,究竟始于何时,历来说法不一。汉代已有佛教的传布,但是佛教广泛流行并对社会生活、文化思想产生重大影响,则是在魏晋以后。到南北朝时期,佛教已十分兴盛。佛教作为一种外来文化要在中国生根,必然要与中国本土的文化相结合。魏晋时期玄佛合流,许多玄学家精通佛学,而佛教徒亦大都深明玄理。从哲学本体论来看,玄学与佛教都主张空无,而从认识论的方法上看,都持"言不尽意"论,而以语言文字为得意之筌蹄,故佛学与玄学互相牵引附合,也互相补充发展。

佛教与玄学的合流及其繁荣发展,对文艺创作和文艺思想的影响是十分深远的。首先,从言意关系上进一步深化了玄学的"言不尽意"论。许多佛教徒也强调对佛道的认识和理解,是不能用语言来表达的。僧肇在《涅槃无名论》中说:"夫涅槃之为道也,寂寥虚旷,不可以形名得;微妙无相,不可以有心知。……所以释迦掩室于摩竭,净名杜口于毗耶。须菩提唱无说以显道,释梵乃绝听而雨花。斯皆理为神御,故口为之缄默。岂曰无辩,辩所不能言也。……经曰:真解脱者,离于言数。论曰:涅槃非有,亦复非无。言语路绝,心行处灭。"梁代慧皎《高僧传·竺道生传》中记载竺道生曾说:"夫象以尽意,得意则象忘。言以诠理,入理则言息。自经典东流,译人重阻,多守滞文,鲜见圆义,若忘筌取鱼,始可与言道矣。"故慧皎说他"潜思日久,彻悟言外"。因为按僧肇的说法,"无相之体"是"言所不能及,意所不能思"的,必须寻求"言外之旨"(《维摩经注》)。他在《答刘遗民书》中说:"是以善言言者,求言所不能言;善迹迹者,寻迹所不能迹。至理虚玄,拟心已差,况乃有言?恐所示转远,庶通心君子有以相期于文外耳。"其《般若无知论》中又说:"斯则穷神尽智,极象外之谈也。即之明文,圣心可知。"然而这种"言外""文外""象外"之旨,也不能完全离开语言,他说:"言虽不能言,然非言无以传。"仍然需要借语言来起到一种象征与暗示的作用。这种观点虽与王弼之言意关系论基本一致,但更加明确地提出了要寻求"言外之旨""象外之趣""期于文外"的思想,它对文艺理论批评产生了很直接的影响。例如宗炳在《画山水序》中说"旨微于言象之外者,可心取于书策之内"。谢赫评陆探微画云:"穷理尽性,事绝言象。"又评张墨云:"若取其意外,则方厌膏腴。""取其意外"或作"取之象外"。而在文学方面则刘勰《文心雕龙·隐秀》篇谓"隐"之特点即是有"文外之重旨",具备"义生文外"之妙。而钟嵘《诗品序》中论"兴"则谓"文已尽而意有余"。在书法方面梁武帝萧衍即提出要有"字外之奇"(《观钟繇书法十二篇》)。这种追求艺术的"言外之旨""象外之趣"的特点在隋唐之后有了更为普遍的发展。

其次,佛教的形神观之广泛流行,对艺术创作上的形神论也有十分深刻的影响。佛教在形神关系上的基本思想是形灭神不灭。从庄学到玄学本来有重神轻形的传统,而佛教的形神观不仅与庄学玄学的形神观相结合,而且更进一步发展了重神轻形的思想。形体是不能永存的,但精神则可以长驻,它是永生不灭的。齐梁之际范缜提出神随形灭的神灭论观点,曾引起了一场大争论。佛教徒对范缜群起而攻之,梁武帝还要求臣下逐个表态,批判神灭论,支持神不灭论。僧祐的《弘明集》保存了这场争论的许多资料。佛教虽主张神不灭论,但认为神必须借形以显。这一点在佛像雕塑中表现得极为突出。佛像是一种形,但创造这种形的目的是让神寄寓于其中。神佛要借佛像而显灵。庐山高僧慧远在《万佛影铭序》中说:"神道无方,触象而寄。"没有像,神就没有寄寓之处,也就无从显示其灵验。形本身并不是神,但神须借之得以体现。所以佛教徒并不因为重神轻形,主张形灭神不灭,而对形采取废弃或轻视的态度,相反地,在佛教艺术中对形的创造和雕饰是非常重视的。因为形乃是神之所寓。故而佛像雕塑艺术中,对形的描绘和刻画都是极为精细的。从这一点来看,佛教艺术的形神观与庄学玄学是有所不同的。庄学是否定形的作用的,玄学以形为象征神的工具,比庄学稍为重视形的作用,认为它虽并非神,而神却需要借特定的形来传达。而佛教则是在重神的前提下又非常重视形的描写。慧远在《襄阳丈六金象颂序》中曾说他之所以要徒弟铸造一丈六尺高的巨大佛像,并且要镀金,雕塑得非常之精致,色彩也非常之讲究,正是为了使佛的神光再观,表现佛的威严,使人对之产生高度崇敬之情。他说:"每希想光晷,仿佛容仪,寤寐兴怀,若形心目。……遂命门人,铸而像焉。夫形理虽殊,阶涂有渐;精粗诚异,悟亦有因。是故拟状灵范,启殊津之心;仪形神模,辟百虑之会。"神"触象"而寄寓于其中,因此对像的塑造决不能马马虎虎,而必须十分细致认真。由于南朝佛教的兴盛,佛寺林立,如杜牧所说:"南朝四百八十寺,多少楼台烟雨中。"佛像到处都是,它不能不对艺术创作产生重大的影响。我们研究六朝的文艺,常常会发现这样一个矛盾:一方面玄学和佛学的形神观深入人心,重神轻形的思想极为普遍,另一方面在艺术创作中又十分重视形似描写,讲究对形的精细刻画。比如钟嵘在《诗品》中评论许多诗人的艺术特色时,都讲到"尚巧似"和"善制形状写物"之辞的问题。刘勰《文心雕龙·物色》篇中也讲:"自近代以来,文贵形似。窥情风景之上,钻貌草木之中;吟咏所发,志惟深远;体物为妙,功在密附。"简单地把它归之于追求形式主义的倾向,是不全面也是不确切的。一则重形似本身也是艺术表现、艺术描写上的重要方面,它是有利于艺术发展的;二则重形似描写与以传神写照为主是不矛盾的。既然要以形写神,形自然也应当重视,否则就不能传神。而这种注重形似刻画的倾向,其更深刻的原因是受佛教的佛像塑造艺术之影响,与"触象而寄"的思想有着十分密切的关系。《文心雕龙》中提出的"神用象通"的命题,正是从佛像雕塑艺术中神"触象而寄"的思想发展而来,并成为文学创作中作家的神借象而体现的一种理论性概括。佛教艺术虽然很注意形的描写,但其根本目的仍是为了传神。金碧辉煌的佛像是为了使神佛得到更好的寄寓躯壳,从而更好地显示其威严与灵验。从这个角度上说,形的描写毕竟只是为了载神,使神得以畅达。这种思想在宗炳的《画山水序》中就得到了很好的体现。他提出的山水画之目的是借山水以"畅神",正是受佛教艺术思想影响的结果。佛教的形神论及其在佛像雕塑艺术中的表现,对六朝艺术创作中的形神关系之影响,是比玄学的形神论要更为直接也更为深刻的。

佛学上的形神关系实质上也是一种心物关系,或者说是神物关系。慧远的《沙门不敬王者论》中说:"神也者,圆应无生,妙尽无名,感物而动,假数而行。感物而非物,故物化而不灭;假数而非数,故数尽而不穷。有情则可以物感,有识则可以数求。数有精粗,故其性各异;智有明暗,故其照不同。推此而论,则知化以情感,神以化传;情为化之母,神为情之根。情有会物之道,神有冥移之功。但悟彻者反本,惑理者逐物耳。""夫情数相感,其化无端,因缘密构,潜相传写,自非达观,孰识其变?自非达观,孰识其会?请为论者验之以实。火之传于薪,犹神之传于形;火之传异薪,犹神之传异形。前薪非后薪,则知指穷之术妙;前形非后形,则悟情数之感深。惑者见形朽于一生,便以谓神情俱丧,犹睹火穷于一木,谓终期都尽耳。"在慧远看来,物与形是一致的,有物即有形,有形即有物。而神与形,亦即神与物之间还有一层情与物的关系。情是神之具体体现,故曰"神为情之根"。人的情感、情欲能与物产生交感作用,正是在情与物的交感之中,神才借物而现。情物交感,变化无端,而这种变化是由情的复杂状况所致,所以说"化以情感,神以化传"。神以形为寓,亦即情会物以感之结果。神与形、情与物,恰如火之与薪。薪易而火不变,物异而情仍可与之相感。故而物只是情之载体,形也只是神之借寓之躯壳。这种思想反映在文艺创作上,就强调了物只是心之所传的工具而已,关键在于善能寄心。故谢灵运《佛影铭序》中说:"摹拟遗量,寄托青彩,岂唯像形也笃,故亦传心者极矣。"把物象只看作是心或情的一种载体,强调心或情对物的主宰作用,这是佛教影响文艺思想的一个十分重要的方面。在心物关系上,儒家传统的讲法是人心感物,强调物对心(情)的感触作用。而佛教则更重在心对物的主宰作用。因此,南朝文艺思想发展中更多的是强调文艺作品借对外物的描写来体现作家主观的精神与感情。而刘勰《文心雕龙》中提出"情以物兴""物以情观",则正是吸收了儒家和玄佛对心物关系的论述,而加以融合的一种表现。

佛学对文学理论批评的影响是多方面的,除了上述文艺思想方面的几个主要之点以外,在其他方面影响也很大。例如佛经的大量翻译提出了译文的文与质、繁与约的问题;佛经中为了通俗地阐明佛理,曾运用了大量生动形象的比喻,叙述了许多想象丰富的故事,佛经中的偈语也是一种哲理性很强的诗歌,这对文学创作的艺术构思与艺术技巧的发展也有影响;佛经的转读对汉语音韵的认识与四声之发现,起了十分重要的促进作用;佛经的翻译还使印度的因明学传入中国,对文学理论批评著作写作上讲究严密的逻辑、完整的体系,也有直接影响;佛教哲学在研究方法上讲究不落一边的思维原则,也和文学研究的方法论有很密切的关系。这些我们在下面具体分析南朝文学理论批评时,还将要做具体论述。

第二节　沈约与声律论的历史地位

南朝文学思想发展中有一个十分重大的问题,即是文学创作中的语言音乐美,亦即声律问题。声律之所以在当时受到特别的注意,是与南朝文学创作重视文学的艺术美特征研究和深入探讨文学本身的规律有密切关系的。声律理论的形成和系统化对中国古代文学创作和文学思想的发展影响甚大,因此,需要对它做较为全面的论述。

对文学作品的语言音乐美的注意,并不始于南朝,而早在魏晋之际已经开始。刘勰在《文心雕龙·章句》篇中曾说:"魏武论赋,嫌于积韵,而善于贸代。"曹操所论,原文已不存。又《晋书·律历志》云:"魏武时,河南杜夔精识音韵,为雅乐郎中令。"可见,曹操确很重视音韵,他认为文学作品的语言在音韵上应当富于变化。又据释慧皎《高僧传》记载:"始有魏陈思王曹植深爱声律,属意经音,既通般遮之瑞响,又感渔山之神制;于是删治《瑞应本起》,以为学者之宗,传声则三千有余,在契则四十有二。"从这里又可以知道,重视声律也是和佛学传播与佛经翻译有很大关系的。从魏晋开始,对汉语音韵学的研究也有了很大的发展。魏代李登著《声类》即以宫、商、角、徵、羽区别字音,孙炎有《尔雅音注》以反切注音,晋吕静仿李登《声类》作《韵集》,这些都为声律说的产生与发展提供了语言学方面的基础。陆机《文赋》已经注意到了要运用语言声音上的抑扬顿挫来构成文学作品语言的和谐音乐美。《西京杂记》中说司马相如论赋的创作,十分重视"一宫一商"。《西京杂记》究竟是否葛洪所作,目前不能断定。这个记载是否司马相如所说,也不能定。但是魏晋之际已注意到这一问题却是事实。不过,这时四声并未被发现,因此,多少还是比较盲目地去要求做到音韵流畅,而不能自觉地运用声韵的规律去创作。

南朝刘宋初年的范晔曾提出了文学创作的语言声音美问题。其《狱中与诸甥侄书》中说:

> 性别宫商,识清浊,特能适轻重,济艰难,斯自然也。观古今文人,多不全了此处,纵有会此者,不必从根本中来。言之皆有实证,非为空谈。

范晔所谓的"别宫商"主要指音阶高低,"识清浊"当是指清音、浊音差别,"适轻重",可能已隐约感觉到构成语言声音美有各种因素(如声调、音阶、节奏等)的不同。从声调的角度说,平声轻而仄声重。语言的音韵美,如果只讲押韵,不注意声调差别,虽然也能形成一定的声音美,总是比较不够的,例如平声和仄声押韵肯定是不怎么协调的。当时声律说的代表人物如沈约、谢朓、王融等发现了四声,这无论如何是一个重大的贡献。它不仅从文学创作上来说是重要的,而且对汉语音韵学的发展来说,更是一个了不起的发现。这就使诗文创作的声律之美建立在一个更加科学的基础之上。《南史·陆厥传》云:

> 时盛为文章。吴兴沈约、陈郡谢朓、琅邪王融以气类相推毂。汝南周颙善识声韵,约等文皆用宫商;将平上去入四声,以此制韵,有平头、上尾、蜂腰、鹤膝;五字之中,音韵悉异,两句之内,角徵不同,不可增减,世呼为永明体。

提出四声差别,并运用四声于文学创作之中,是南朝声律派文学批评的主要内容。当时沈约"以为在昔词人,累千载而不悟,而独得胸襟,穷其妙旨,自谓入神之作"(《南史·沈约传》)。这也不能说没有一定道理。《南史·庾肩吾传》云:"齐永明中,王融、谢朓、沈约文章,始用四声,以为新变。至是转拘声韵,弥为丽靡,复逾往时。"《文镜秘府论》在论及当时声律在文学创作中的流行状况时,曾说文人"盛谈四声,争吐病犯,黄卷盈篋,缃帙满车"。由此可知当时以四声为中心的声律理论在文学创作中的重要地位。

关于语言声音美在文学创作上的具体运用,沈约在《宋书·谢灵运传论》中曾有详细的论述。他说:

> 夫五色相宣,八音协畅,由乎玄黄律吕,各适物宜,欲使宫羽相变,低昂互节,若前有浮声,则后须切响。一简之内,音韵尽殊;两句之中,轻重悉异。妙达此旨,始可言文。至于先士茂制,讽高历赏,子建"函京"之作,仲言"霸岸"之篇,子荆"零雨"之章,正长"朔风"之句,并直举胸情,非傍诗史,正以音律调韵,取高前式,自骚人以来,此秘未睹。至于高言妙句,音韵天成,皆暗与合理,匪由思至。张、蔡、曹、王,曾无先觉;潘、陆、谢、颜,去之弥远。世之知音者,有以得之,知此言之非谬。如曰不然,请待来哲。

沈约这里所说的"宫羽相变,低昂互节",虽以四声为主,但也包括其他构成语言声音美的因素,不同声音高低抑扬各异,方可形成音声之美。他所说"前有浮声,则后须切响",这里的"浮声""切响"除声调的平仄差别外,实际也包含了音阶、节奏、清浊乃至发音部位的不同,所以沈约并不说前有平声、后有仄声。"浮声""切响"和刘勰在《声律》篇中说的"声有飞沈(沉)"是比较接近的。刘勰解释"飞沈"是"沈则响发而断,飞则声扬不还"。"飞沈"和"浮声""切响"不能简单地等同于平仄,故而刘勰在《声律》篇中也不提四声。不过以沈约为代表的声律派对四声声调差别特别重视,认为五言诗创作不论是五字一句,还是一联两句,必须要做到平仄相间而有所不同,方能具备声律上的完美要求。在这种情况下,沈约等人还提出了"八病"的问题,这是说的几种需要防止的声病。平头——在一联之中,上一句开头两字不得与下一句开头两字平仄相同。上尾——在一联之中,上一句的末一字,不得与下一句的末一字平仄相同。蜂腰——此种病犯内容有两种说法:一是指浊夹清,即一句之中,前两字与后两字为仄声,中间一字为平声,见北宋《蔡宽夫诗话》所说,清人仇兆鳌《杜诗详注》同其说;一是指一句之中,第二字与第五字不得同平仄,见《文镜秘府论·西卷》论"文二十八种病","言两头粗,中间细,似蜂腰也"。鹤膝——此种病犯内容也有两种说法：一是指清夹浊，即是一句之中前两字与后两字为平声，中间一字为仄声，出处同上浊夹清；一是指一句的第五字不得与第三句的第五字同平仄，见《文镜秘府论》。郭绍虞认为蜂腰、鹤膝均为一句之中的平仄问题，故当以第一种解释为是，这是有道理的。其说见《照隅室古典文学论集》中《永明声病说》及《蜂腰鹤膝解》两文。蜂腰、鹤膝是指两种相对的情况而言，故《文镜秘府论》引刘善经引沈氏(当是指沈约)说："人或谓鹤膝为蜂腰，蜂腰为鹤膝，疑未辨。"大韵——指一句之中，前四字不得与最后一字同韵、同声调，亦即刘勰所谓"叠韵杂句而必睽"(见《文心雕龙·声律》)。《文镜秘府论》则认为是前九字不得与第十字同韵、同声调。小韵——指一句之中除最后一字外，其他四字也不得同韵、同声调，《文镜秘府论》则认为是前九字之内也不得有同韵、同声调的字。旁纽——亦称小纽，指一句之中不得有隔字双声现象出现，此即刘勰所谓"双声隔字而每舛"(《文心雕龙·声律》)，此病亦有谓指两句之中不得有隔字双声而言。正纽——亦称大纽，指一句中不得用同纽中之二字。按四声一纽的说法，声母、韵母相同而声调为平、上、去、入的四字为一纽，如溪、起、憩、迄即为一纽。一句之中用其中两字，即为犯正纽之病。此病亦有谓指两句之中而言。"八病"之中，对前四病要求较严，后四病可以不看作病。《文镜秘府论》云："但须知之，不必须避。"前四病中，亦以平头、上尾为最重要，绝不能犯此病，蜂腰、鹤膝则比较容易防范。故钟嵘《诗品序》中说："蜂腰、鹤膝，闾里已具。"

　　当时声律说的平仄规则很严，其实，它的根本音乐美学原则，乃是为了使构成语言声音各种因素的交叉组合，形成"同声相应""异音相从"之艺术美。此点刘勰从理论上做了归纳。《文心雕龙·声律》篇说道："异音相从谓之和，同声相应谓之韵。"刘勰这里所论的"和"与"韵"，正是语言声音美的基本美学原则，也是对中国古代有关"和""同"的美学思想的继承和发展，它也是以四声为中心的声律说的基本美学原理。声调差别显示不同意义是汉语的特点，后来依此而形成的诗歌格律，是体现了中国古代文学的民族传统的。但是对运用平仄格律的规定过于细密，使文学创作受到很大的束缚，反而达不到真正的目的，这就是后来钟嵘等人所以要严厉批评的缘由了。

沈约等人的另一问题是把四声的重要性提得超过了一切,所谓"妙达此旨,始可言文"。这就太过分了,甚至认为前人于此完全不懂,这也是不符合实际的。如果说前人没有发现平仄,那是有道理的。但说他们对声律之美的美学原则毫无知觉,则是不正确的。此点陆厥在《与沈约书》中讲得很清楚,他说前代文人很多是由于"急在情物",故"缓于章句",只是前贤虽"早已识宫徵,但未屈曲指的"。这是正确的。他说:"意者亦质文时异,古今好殊,将急在情物,而缓于章句。情物,文之所急,美恶犹且过半;章句,意之所缓,故合少而谬多。义兼于斯,必非不知,明矣。"陆厥所谓章句,实际上即是指语言声音美而言。不过,沈约所自心欣赏之处,实是在于四声。故其《答陆厥书》云:"自古辞人岂不知宫羽之殊,商徵之别?虽知五音之异,而其中参差变动,所昧实多。故鄙意所谓'此秘未睹'者也。"

对声律派的理论,我们应当看到他们的重要历史贡献,不仅在于他们发现了四声之别,更重要的是他们将此原理运用于文学创作,使中国古代诗歌具有了自己特殊的格律,为唐代近体诗的繁荣发展奠定了基础。从研究声律本身的音乐美来说,声律论也是比较深入的,有较高的科学性,在中国古代文学理论批评史上是一个了不起的发明与创造。声律派的弱点是把声律看得高于一切,这就颠倒了文学创造上内容与形式之间的关系,成为当时片面追求形式美文风的重要表现之一。同时,他们把声律规则搞得过于烦琐,结果反而影响了自然的音韵之美和内容的表达。唐代皎然的《诗式》中说:"沈休文酷裁八病,碎用四声。"这对文学创作的健康发展显然是不利的,所以后来曾遭到许多人的批评。

第三节　对文学特征的探讨与文笔之争

南朝文学思想承继魏晋,对文学的特征,特别是文学与非文学的区别进行了更为广泛而深入的探讨和研究。文学和非文学的区别究竟是什么?这是中国古代一直没有解决的问题。它比较突出地表现在关于"文"的概念的理解上。魏晋时期,曹丕、陆机等对"文"的概念的理解,是继承东汉的,和先秦两汉宽泛的文学观念相比,已经比较窄了。但是,他们所说的"文",实际上仍然包含着性质完全不同的两类文章。一类是以形象思维为主,具有想象和虚构特点的艺术文学,一类是以抽象的理论思维为主的说理和纪实的非艺术文章。这两类文章从构思和写作特点上看,是不一样的,因此,不能混为一谈。在研究这个问题时,需要对长期以来的一种流行看法做一点分析。学术界有不少人认为,中国古代这种宽泛的文学观念,正是中国古代传统的特点,因而是应当充分肯定的。如果我们说中国古代"文"的概念从文学观念上说,有不科学的地方,它所包含的并不都是文学,他们就认为这是用西方的文学观念来套中国。其实,这种看法是不正确的。对文学特征的认识,西方也有一个过程,也不是一开始就以感情因素、审美特征、形象思维、想象虚构等来区别文学和非文学的。人们对科学的认识,总是逐步深入的,对文学的特征及其与非文学的区别的认识也是如此。先秦时期文、史、哲不分,学术和文章不分,可是后来就分开了。这正说明了人们对各门不同学科的本质和特点的认识在不断深化。难道我们能说文、史、哲不分,学术和文章不分,是中国的民族传统特点吗?文学与非文学在散文这个领域中的区别,是比较复杂的,可以说至今还难于把它们分得很清楚。但是我们总不能把政治、学术论文和日常应用文称为文学。其实,南北朝时期人们就已经在考虑像《典论·论文》《文赋》中所说的"文",其中有两类不同性质、创作特征各异的作品的问题。至于这种区别的标准研究得清楚不清楚、正确不正确,则又是一回事。研究得不深入,标准不科学,则仍然分不清这两类作品的不同特点。但是,这种探讨毕竟是可贵的,对逐步正确认识其不同特征是有启发的。正好像任何科学研究都要经过多方面的探讨,才能得出比较科学的结论一样。

南朝时为大家所热衷的文笔之争,其实质正是在此。提出区分文笔,正是为了要进一步分清文学与非文学,然而以什么标准来区别文与笔呢?这是一个关键问题,它需要科学地研究文学与非文学的文章的各自不同特征来加以说明,但这是很不容易的。不能正确说明文学和非文学的文章的不同特征,不仅不能把两者区别开来,而且还会造成理论上的混乱。文笔之争之所以众说纷纭,莫衷一是,其原因正在于此。当时的一个普遍流行观点是以有韵无韵来区分。如《文心雕龙·总术》篇所说:"今之常言,有文有笔,以为无韵者笔也,有韵者文也。"这个标准的提出,有的学者认为是受当时声律说的影响,例如黄侃《文心雕龙札记》云:"文笔以有韵无韵为分,盖始于声律既兴之后,滥觞于范晔、谢庄。"他又说:"而王融、谢朓、沈约扬其波,以公家之言不须安排声韵,而当时又通谓公家之言为笔,因立无韵为笔之说,其实笔之名非从无韵得也。然则属辞为笔,自汉以来之通言;无韵为笔,自宋以后之新说。要之,声律之说不起,文笔之别不明。故梁元帝谓'古之文笔,今之文笔,其源又异'也。"黄说有一定道理,但把有韵无韵区别文笔完全归之于声律论的影响,是不确切的,因为声律说的主要内容在区别四声,而押韵是在声律说提出之前早就有了的,而且以有韵无韵区别文笔产生在声律论的四声提出之前。所以,只能说声律论的兴起,对以有韵无韵区别文笔起了促进作用。提出以有韵无韵区别文笔,是适应当时研究文学特征的需要,而和当时文学创作的主要体裁是诗、赋有关的。因为诗、赋都是押韵的,以有韵无韵来区分,确实可以大体分清当时的文学与非文学,所以有许多人是赞成用它做标准的。刘勰虽然没有明确肯定,但是他在《文心雕龙》中论述各种文体时,仍把有韵之文放在前面,而把无韵之笔放在后面。在他的二十篇文体论中,自《明诗》至《哀吊》都是有韵之文,下面《杂文》《谐谶》两篇是兼有有韵之文和无韵之笔,而自《史传》以至《书记》则均为无韵之笔。然而,这毕竟是一个不够科学的标准。有韵的其实不一定是文学,无韵的也不一定不是文学。文艺散文可以不押韵,但不能说不是文学,而一些押韵的骈文其实并不是文学,只是叙事的理论文章。甚至诗赋也可以是语录之押韵者。所以,押韵与否不是一个科学的标准,也不能真正分清文学与非文学。但是当时人们提出这个问题的目的和意图,我们是可以理解的,正是为了区别文学和非文学。当时,在对文笔的理解上,刘勰和颜延之的观点颇不相同。颜延之提出:"笔之为体,言之文也。经典则言而非笔,传记则笔而非言。"(颜语未知出处,此系《文心雕龙·总术》篇所引)这是因为他强调了学术著作中经典和史传在写作上的区别,而他所说的"经典"当是指《尚书》一类著作,传记当是指《左传》一类著作。后者更注重于写作技巧和文辞修饰。因此他把它们分为言和笔,而刘勰则认为言和笔是一回事,他说:"经传之体,出言入笔。笔为言使,可强可弱。"(《文心雕龙·总术》)其实,他们两人的看法都有一定的道理。经典和传记都属于学术著作,都是以理论思维和记载实事为主的,都不是以形象思维和虚构想象为主的。但相对地说,传记更注重文采,如《左传》《史记》等,还都有很浓厚的文学色彩。由于当时在文笔的区分上,文亦可兼指文笔,容易和文笔之文相混淆,所以又有"诗笔""辞笔"等说,其实都是从文笔之说派生出来的。从理论上看,提出文笔区别的一个重要原因是许多人看到了文人中有的善于为文,有的善于为笔,往往不能兼美。而这实际上正是反映了有人长于理论思维,有人长于形象思维,这两者是显然有别的。例如《南史·颜延之传》云:

> (宋文)帝尝问以诸子才能,延之曰:"竣得臣笔,测得臣文,㚟得臣义,跃得臣酒。"

刘勰在《文心雕龙》中也多处表现了这一思想,《才略》篇中说:"孔融气盛于为笔,祢衡思锐于为文。"又在《时序》中说:"庾(亮)以笔才逾亲,温(峤)以文思益厚。"梁元帝萧绎在《金楼子·立言》篇中说:"至如不便为诗如阎纂,善为章奏如伯松(张竦),若此之流,泛谓之笔。"可见当时人们已经清楚地认识到了人的才能是各不相同的,文笔常常不能兼美。

以有韵无韵区分文笔,显然在当时已被人们感到是不够确切的了,因此,像萧统、萧绎等已不用它来区别文笔,而对文学的特征和文笔的区别提出了新的看法和标准。萧统在《文选序》中提出的选文标准是"事出于沉思,义归乎翰藻",开始接触到了文学创作的形象思维问题。所谓"沉思""翰藻",实际上涉及艺术思维的特点及艺术创作的形象特征问题。"沉思"指的是文学家在创作过程中的艺术想象活动,应该说,"沉思"与刘勰所说的"神思",在本质上是没有什么差别的。"翰藻"指的是文学作品的华美辞藻。文学是语言的艺术,文学作品的语言和一般理论文章、应用文章的语言是有差别的。但是,萧统的这种认识毕竟还是一些初步的朦胧的体会,只局限于感性认识,当他要从理论上加以概括的时候,还不能正确地表达出这种艺术思维的特点,说"沉思"类乎深思,不能有效地区别开理论思维与形象思维的不同,说"翰藻"偏于外表形式之美,也不能分清艺术形象与一般文章的华丽辞藻之间的差别。因此不能科学地说明文学的特征。所以他的《文选》之"文"的概念基本上和曹丕、陆机的"文"的概念是差不多的。但是,他在《文选序》中明确提出不选经、史、子方面的著作,认为"姬公之籍,孔父之书",是"孝敬之准式,人伦之师友,岂可重以芟夷,加以剪截"。这当然是一种恭维话,实际上是认为这些著作并非文学。他说"《老》《庄》之作,《管》《孟》之流,盖以立意为宗,不以能文为本",所以不选。又说先秦的说辞"虽传之简牍,而事异篇章",故亦不选。至于"记事之史,系年之书,所以褒贬是非,纪别同异,方之篇翰,亦已不同",因此也不选。这说明他认为经、史、子都不是文学,从理论上把有关政治、哲学、历史等学术著作从文学中划分了出去,不过,他没有看到"经"中的《诗经》也是文学,而由于先秦文、史、哲还没有明确的界限,像《庄子》《左传》(包括汉初的《史记》)等都有很强的文学性,因此,这种划分也有不科学之处。然而,他毕竟是对文学的特征做了可贵的探讨,这是应当充分肯定的。

梁元帝萧绎也不以有韵、无韵来区分文笔,他在《金楼子·立言》篇中说:

> 古之学者有二,今之学者有四。夫子门徒,转相师受,通圣人之经者,谓之儒。屈原、宋玉、枚乘、长卿之徒,止于辞赋,则谓之文。今之儒,博穷子史,但能识其事,不能通其理者,谓之学。至如不便为诗如阎纂,善为章奏如伯松,若此之流,泛谓之笔。吟咏风谣,流连哀思者,谓之文。而学者率多不便属辞,守其章句,迟于通变,质于心用。学者不能定礼乐之是非,辩经教之宗旨,徒能扬榷前言,抵掌多识,然而抱源知流,亦足可贵。笔退则非谓成篇,进则不云取义,神其巧惠,笔端而已。至如文者,维须绮縠纷披,宫徵靡曼,唇吻遒会,情灵摇荡。而古之文笔,今之文笔,其源又异。

萧绎在这里既强调了文学与学术的不同,又提出以感情充沛、音韵流畅、词采华美作为文的标志,这比萧统更进了一步。这个标准的提出,是和诗、赋是当时主要文学体裁的实际情况分不开的。不过,它也有不科学的地方,因为音韵流畅和词采华美亦不能作为文学的基本特征来看待。然而,总的来说,萧统、萧绎的论述,对文学的特征及其与非文学的区别,在认识上确是大大向前发展了。所以"文"的概念从先秦到六朝的发展,可以从下图中清楚地看出其线索:

$$
\text{文学(包括文章与博学)}\begin{cases}\text{文章(文)}——\text{文学}\begin{cases}\text{文}——\text{近纯文学}\\ \text{笔}——\text{近杂文学}\end{cases}\\ \text{文学(学)}——\text{学术}\begin{cases}\text{儒}——\text{通其理}\\ \text{学}——\text{识其事}\end{cases}\end{cases}
$$

图1 "文"的概念从先秦到六朝的发展

对"文笔"的提法,当时也有不同,或称"诗笔",或称"辞笔",或称"诗文",或称"文史",或称"文记"等,实质都一样,是为了区别文学与非文学。到唐代中期,由于儒学复古主义思潮的影响,没有把这种探讨深入下去,反而在对"文"的概念的理解上又有倒退的现象。不过,唐代的文学批评一般是把诗、文分开来论述的,文论的内容以文章学为主,而涉及艺术理论的比较少,诗论则开拓了一个研究诗的特征的新局面。

第四节 "芙蓉出水"与"错采镂金"

南北朝时期出现了两种对立的美学观,对当时文学理论批评产生了重大影响,而且对后来整个文学理论批评的发展,影响也十分深远。钟嵘在《诗品》中曾引了南朝诗人汤惠休对颜延之诗歌与谢灵运诗歌不同美学特色的评价,他说:"谢诗如芙蓉出水,颜如错采镂金。颜终身病之。"《南史·颜延之传》也有类似的记载:"延之尝问鲍照,己与灵运优劣。照曰:'谢五言如初发芙蓉,自然可爱,君诗若铺锦列绣,亦雕缋满眼。'"诗歌艺术上这两种不同的美学观,在南朝是有代表性的。它实质上讲的是,一种为自然之美,一种为雕饰之美。前者崇尚合乎天然造化,后者则推崇人为加工。在南朝文艺思想的发展中,显然是重视自然之美,而轻视雕饰之美的,但从创作上看,这两种艺术美都有比较突出的表现。

这两种对立的艺术美看法之产生,不是偶然的,大体上说是和儒道两家思想的影响有十分密切的关系。一般说,儒家是比较推崇雕饰之美,重视人为加工的。因为儒家提倡入世,重视人的主观努力。孔子的文学思想就明显地表现了这种特点,他说:"言之无文,行而不远。"(见《左传》襄公二十五年所引)《论语·宪问》中说:"为命,裨谌草创之,世叔讨论之,行人子羽修饰之,东里子产润色之。"所以历来受儒家影响较深的文艺家,大都偏重雕饰之美。汉代经学昌盛,汉赋的创作比较典型地反映了这种雕饰之美,讲究铺张的描写,华丽辞藻的堆砌。六朝时期的诗歌创作中也有不少诗人的创作具有这种艺术美特点。钟嵘《诗品》中评陆机诗:"才高辞赡,举体华美。""尚规矩,不贵绮错,有伤直致之奇。然其咀嚼英华,厌飫膏泽,文章之渊泉也。"又评潘岳诗说:"《翰林》叹其'翩翩然如翔禽之有羽毛,衣服之有绡縠'。"又评张华诗说:"其体华艳,兴托不奇。巧用文字,务为妍冶。"

以老庄为代表的道家思想以及由此发展出来的魏晋玄学,是主张天然、反对人为的,因此在艺术上自然也就提倡自然天成之美,而不喜欢人为修饰之美。魏晋以后,由于儒家思想一统天下局面被打破,玄学老庄思想占了主要地位,这种崇尚自然之美的思想遂得到极大的发展。建安文学在艺术上的重要特色之一正在这里。诚如刘勰所说:"造怀指事,不求纤密之巧;驱辞逐貌,唯取昭晰之能。"(《文心雕龙·明诗》)钟嵘在《诗品》中曾举徐干《室思》中"思君如流水"及曹植《杂诗》中"高台多悲风"之句,认为均是抒写"即目""所见"之物,具有"自然英旨",而绝无雕饰之弊。这种自然之美在六朝文学艺术的各个领域中也都有明显的表现。例如陶渊明、谢灵运的诗,王羲之的书法,顾恺之的绘画等,都表现了一种自然天成如化工造物般的艺术美。顾恺之提倡绘画要有"天趣""天骨",庾肩吾《书品》中提出要有"天骨""风彩",都是竭力提倡自然之美的意思。刘勰在《文心雕龙》中也以自然美为最高原则,《原道》篇说:"云霞雕色,有逾画工之妙;草木贲华,无待锦匠之奇。夫岂外饰,盖自然耳。"《明诗》篇说:"人禀七情,应物斯感,感物吟志,莫非自然。"《体性》篇说:"触类以推,表里必符,岂非自然之恒姿,才气之大略哉!"《定势》篇说:"势者,乘利而为制也。如机发矢直,涧曲湍回,自然之趣也。"钟嵘反对排比典故,批评由此而造成的"文多拘忌,伤其真美"状况,提倡"自然英旨",要求以"直寻"为原则,也都是主张自然之美的突出表现。当然,我们应当看到这个时代雕饰之美也有突出的表现。但是从整个文艺思潮的基本倾向来看,提倡自然之美占有着主要地位。对各个文艺家来说,由于受儒道两家思想影响的具体情况不同,在对待自然之美和雕饰之美的态度上也是有所区别的。比如刘勰虽主张以自然美为最高标准,但并不否定人工雕饰之美,对两者持调和态度,认为可以通过雕饰而达到自然。钟嵘则明显地反对雕饰之美而竭力倡导自然美。不过,他也不把雕饰之美排斥于创作之外,认为可以作为一种辅助手段。这些都反映了当时儒道结合思想对文艺思想的影响。

  重在"芙蓉出水"般的自然之美,很自然地就要倾向于传神,重神似而不重形似。因为人工痕迹明显,缺少自然之美,就很难做到传神。"错采镂金"式的雕饰之美,一般来说主要还是表现了一种形似之美,重在对事物的外形刻画。从文学作品中的风骨之美与辞采之美的关系来说,前者是一种传神的自然之美,而后者主要是一种形似的雕饰之美。从文学作品艺术表现上的虚实关系看,自然之美重在发挥虚的方面的作用,而雕饰之美则重在实的描绘方面。从文学创作中的言意关系说,自然之美是和主张"言不尽意"的文学创作思想相联系的,而雕饰之美则是和主张言尽意的创作思想相联系的。在中国古代文学艺术的发展中,这两派始终是两个基本的美学思想潮流。绘画上有工笔画和写意画的区别,文学上有以用典、辞藻取胜的一派,也有以自然清新取胜的一派。后来王国维在《人间词话》中提出"隔"与"不隔"的问题,也正是这两种美学思潮之不同的反映。雕饰之美就"隔",自然之美才能"不隔"。在中国古代文艺思想发展上,这两派又不是水火不兼容的,而且有一些文艺家还特别主张两者的结合,由雕饰而至于自然,以及在自然的前提下肯定雕饰的作用。不过,从总的趋向来看,提倡自然之美有着更为突出的地位。

第八章　刘勰及其不朽巨著《文心雕龙》

第一节　刘勰的生平思想与《文心雕龙》的写作

刘勰的《文心雕龙》是中国古代文学理论批评史上一部最杰出的重要著作。公元五六世纪，当欧洲的文艺理论和美学发展进入黑暗、停滞的中世纪时，在东方出现了《文心雕龙》是一件有世界意义的大事。鲁迅先生在《论诗题记》一文中曾说："篇章既富，评骘遂生。东则有刘彦和之《文心》，西则有亚里士多德之《诗学》，解析神质，包举洪纤，开源发流，为世楷式。"（《鲁迅全集》第八卷）鲁迅把《文心雕龙》和《诗学》作为东西方两部文艺和美学的最有影响的代表作，是很有道理的。《文心雕龙》和《诗学》相比，显然有更为严密的理论体系，有更加丰富的具体内容。它既是一部文学理论著作，也是一部文章学著作，又是一部文学史、各类文体的发展史，而且还是一部古典美学著作。大家把对《文心雕龙》的研究称为"龙学"，它当之无愧。

刘勰（约466—约532），字彦和，祖籍东莞莒县（今山东日照莒县），其祖先永嘉之乱后移居江南，一直居京口（今江苏镇江）。刘勰的生卒年，难以确考（这里据拙作《有关刘勰身世几个问题的考辨》所列生平简表，原文载香港城市大学中国文化中心《九州学林》创刊号）。关于刘勰的身世，《梁书·刘勰传》有简略的记载，说刘勰"祖灵真，宋司空秀之弟也，父尚，越骑校尉。勰早孤，笃志好学。家贫不婚娶，依沙门僧祐，与之居处，积十余年，遂博通经论，因区别部类，录而序之。今定林寺经藏，勰所定也。天监初，起家奉朝请。中军临川王宏引兼记室，迁车骑仓曹参军。出为太末令，政有清绩。除仁威南康王记室，兼东宫通事舍人。……迁步兵校尉，兼舍人如故。昭明太子好文学，深爱接之。……然勰为文长于佛理，京师寺塔及名僧碑志，必请勰制文。有敕与慧震沙门于定林寺撰经。证功毕，遂启求出家,先燔鬓发以自誓,敕许之。乃于寺变服,改名慧地。未期而卒"。由此,我们可以知道,刘勰出身贫寒,他的家族中虽然也有过像刘穆之、刘秀之这样的大官,但刘勰一系与之关系不大。刘勰的祖辈大概已经开始没落,他父亲刘尚虽做过越骑校尉(四品),但早死,那时刘勰只有五六岁,此后其家也就更加衰败。刘勰之所以不婚娶,可能和这种变化有关。南朝不仅士庶之间不通婚,而且士族中不同层次之间一般也是不通婚的。刘勰到应该成家的年龄,家境状况已远非昔比,四品官吏的门第和实际衰落的现状,形成了很大的矛盾,婚姻上已处于高不成低不就的矛盾之中。从这个意义上也可以说"不婚娶"是因为"家贫",但并非无钱婚娶。

不过,刘勰在这样的家庭环境里长大,从政治上追求仕进,很自然地成为他青年时代思想的主流。他在《文心雕龙·程器》篇中说:"盖士之登庸,以成务为用。……安有丈夫学文,而不达于政事哉。"又说:"是以君子藏器,待时而动,发挥事业,固宜蓄素以弸中,散采以彪外,楩楠其质,豫章其干,摛文必在纬军国,负重必在任栋梁,穷则独善以垂文,达则奉时以骋绩,若此文人,应梓材之士矣。"这就是他所奉为圭臬的儒家积极进取态度。然而,在当时"上品无寒门,下品无世族"的门阀社会里,像刘勰这样的"寒士",要想在仕途上有所发展,是很困难的。为此,刘勰有许多牢骚和不满。《文心雕龙·程器》篇中说:"盖人禀五材,修短殊用,自非上哲,难以求备。然将相以位隆特达,文士以职卑多诮:此江河所以腾踊,涓流所以寸折者也。名之抑扬,既其然矣;位之通塞,亦有以焉。"刘勰在青年时代就进入定林寺依沙门僧祐,正是要借助和僧祐的关系,利用僧祐在当时的地位,以便结交上层名流、权贵,为自己仕进寻找出路。齐梁之际,佛法隆盛。南齐的当权者竟陵文宣王萧子良和梁武帝萧衍都是崇尚佛教的,而僧祐正是齐梁之际的名僧,曾受到萧子良、萧衍的器重,在齐梁两代享受政治上的特殊待遇。萧子良曾请他在京师公开讲经,听众常达七八百人。梁武帝萧衍对他"深相礼遇,凡僧事硕疑,皆敕就审决。年衰脚疾,敕听乘舆入内殿,为六宫受戒,其见重如此"(《高僧传·僧祐传》)。萧衍异母弟弟萧宏、萧伟之母陈太妃及萧统之母丁贵嫔皆曾拜僧祐为师。刘勰正是因为与僧祐的关系,而受到梁武帝一家青睐。梁武帝即帝位,刘勰即"起家奉朝请",并被临川王萧宏引为记室,又为南平王萧伟记室,兼萧统太子的东宫通事舍人。正因为刘勰是以儒家经世致用作为自己人生处世原则的,所以他年青时代虽入定林寺十年之久,却并未出家,而当梁代初建不久,即出仕为官,一直到萧统死后,东宫易人,在晚年方启求出家。

刘勰长时间从事佛经整理,精通佛理,又曾为许多名僧写碑文,他自己的佛学著作现存尚有两篇,即《灭惑论》与《梁建安王造剡山石城寺石像碑》,佛教思想对他的影响毫无疑问也是很大的。但这和他人生处世态度上以儒家思想为主,是并不矛盾的。中国古代的文人儒佛并用者是不少的。"外儒家而内释老",从政出仕以儒家思想为准则,而修身养性则以佛老为标的,这是中国古代文人中一个很普遍的现象。魏晋南北朝时期,玄学与佛学合流,佛教徒也都精通玄学,老庄道家思想也十分流行。刘勰的《文心雕龙》中推崇自然之道,以自然为最高美学原则,说明他也是深受老庄玄学思想影响的。因此,我们可以说刘勰的思想以儒家为主而兼有佛道思想。他的《灭惑论》中就清楚地表现了儒、释、道三教合一的思想,他说:"孔释教殊而道契。""梵言菩提,汉语曰道。""梵汉语隔而化通。"他对老庄玄学也很肯定,认为在以虚无为本方面,释老是一致的:"至道宗极,理归乎一;妙法真境,本固无二。"这和当时梁武帝所提倡的"三教同源"思想,如出一辙。他的《文心雕龙》虽然儒家思想比较突出,但在创作思想上则受老庄道家思想影响很深,而在论述方法和全书严密的逻辑体系方面则又表现了佛学思想的明显影响,重在"圆通",并受龙树"中道观"的影响,论文讲究全面稳妥,不走极端。

《文心雕龙》的写作当在南齐末年,这点清代刘毓崧《通义堂文集·书文心雕龙后》一文中有很精到的考证与分析,他说:

> 《文心雕龙》一书,自来皆题梁刘勰著,而其著于何年,则多弗深考。予谓勰虽梁人,而此书之成,则不在梁时,而在南齐之末也。观于《时序》篇云"暨皇齐驭宝,运集休明,太祖以圣武膺箓,世祖以睿文纂业。文帝以贰离含章,高宗以上哲兴运,并文明自天,缉遐(原注:'遐,疑当作熙。')景祚。今圣历方兴,文思光被"云云。此篇所述,自唐虞以至刘宋,皆但举其代名,而特于齐上加一"皇"字,其证

一也。魏晋之主,称谥号而不称庙号,至齐之四主,惟文帝以身后追尊,止称为帝,余并称祖称宗,其证二也。历朝君臣之文,有褒有贬,独于齐则竭力颂美,绝无规过之词,其证三也。东昏上高宗之庙号,系永泰元年八月事,据"高宗兴运"之语,则成书必在是月以后,梁武帝受和帝之禅位,系中兴二年四月事,据"皇齐驭宝"之语,则成书必在是月以前。

按永泰元年为公元498年,中兴二年为公元502年,其间相距约为四年。刘毓崧又说:"所谓'今圣历方兴'者,虽未尝明有所指,然以史传核之,当是指和帝而非指东昏也。"刘氏的理由是《梁书·刘勰传》说刘勰《文心雕龙》成书之后,曾欲取定于沈约,沈约时正值"贵盛"之际;而沈约的"贵盛",实自和帝时始。由此推定《文心雕龙》成书当在齐末,大约公元501—502年间。刘毓崧这个说法,是可信的。

《文心雕龙》一共五十篇,是一部"体大思精",有完整科学体系和严密组织结构的文学理论巨著,刘勰在全书最后一篇《序志》中曾对全书的体系做过概括的说明。他说:

> 盖《文心》之作也,本乎道,师乎圣,体乎经,酌乎纬,变乎骚,文之枢纽,亦云极矣。若乃论文叙笔,则囿别区分,原始以表末,释名以章义,选文以定篇,敷理以举统,上篇以上,纲领明矣。至于割情析采,笼圈条贯,摛神性,图风势,苞会通,阅声字,崇替于《时序》,褒贬于《才略》,怊怅于《知音》,耿介于《程器》,长怀《序志》,以驭群篇,下篇以下,毛目显矣。位理定名,彰乎《大易》之数,其为文用,四十九篇而已。

由此可见,《文心雕龙》从总体来说可以分为上篇及下篇两部分,上篇包括五篇总论及二十篇文体论,对文学的基本问题及各种不同文体的历史发展状况,做了详细的论述;下篇则是有关文学创作、文学批评、文学的历史发展、作家的才能与修养等综合性理论问题的论述。

第二节 《文心雕龙》的文学思想体系

《文心雕龙》的文学思想体系,可以从下列七个方面来加以论述:

一、论文学的本质与起源。刘勰对文学本质的看法,集中表现在《文心雕龙》的第一篇《原道》中。刘勰认为文学的本质是,道是其内容,文是其表现形式。《原道》篇开宗明义的第一句话便是:"文之为德也大矣,与天地并生者何哉?"这就是对"文"的实质的说明。对"德"字的理解,研究者有不同解释,范文澜《文心雕龙注》引《易·小畜·大象》所说"君子以懿文德",认为"德"即是指儒家德教。周振甫《文心雕龙注释》说:"德,指功用或属性,如就礼乐教化说,德指功用;就形文、声文说,德指属性。"但就刘勰所说文与天地并生的角度来看,似均不妥。从《原道》的基本思想来看,"德"就是"得道"之意。文作为道的体现,其意义是很大的,所以是和天地并生的,因为天地也都是道的体现。此"德"和《老子》讲德即是得道,是一样的。刘勰在《原道》篇中所说的文的概念,有广义和狭义两方面的含义。广义的文即指宇宙万物的表现形式。如日月叠璧为天文,山川焕绮为地文,"龙凤以藻绘呈瑞,虎豹以炳蔚凝姿","云霞雕色","草木贲华",则是万物之文。任何事物都有它的一定外在表现形式,这便是广义的文;而任何事物又都有它内在的本质和规律,这便是道。道对不同事物来说,有它不同的表现形式,故而文也就千差万别。文是道的一种外化。作为万物之灵的"人",乃是"五行之秀""天地之心",自然也就有内在的道与外在的文。人的文即是"人文",用语言文字来表达的文章。天地万物的道和广义的文,在人身上的体现即为心和文(人文)。《文心雕龙》中所说的是人文,但作为道的体现这一点是和广义的天地万物之文一致的。《原道》篇正是从广义的文和道的关系来说明狭义的人文之本质。故而刘勰说:天地之文,"此盖道之文也"。动植之文,"夫岂外饰,盖自然耳"。而人文呢?"心生而言立,言立而文明,自然之道也。"人和天地动植等物的区别,就在于天地动植等物是"无识之物",而人则是"有心之器"。"夫以无识之物,郁然有彩,有心之器,其无文欤!"

在《原道》篇中,刘勰还对人文的起源与发展做了论述,以进一步阐明人文的本质及其特点。他说:"人文之元,肇自太极,幽赞神明,易象惟先。"这里的"太极"实际就是指八卦,亦即易象。这几句话的意思是说:人文的起源,始自八卦,它乃是神明意志的体现。而易象则是"庖牺画其始,仲尼翼其终"。伏羲作八卦,而孔子作十翼,使其含义更加分明了。刘勰的这种看法是当时一种流行的观点。这种观点最早见于《周易·系辞》。与刘勰时代差不多的萧统在《文选序》中曾说:"逮乎伏羲氏之王天下也,始画八卦,造书契,以代结绳之政,由是文籍生焉。"刘勰着重强调的是从伏羲画八卦到孔子作十翼,作为事物普遍规律的道,才得到了充分的文字说明,其后六经中的其他各篇,都从不同角度对道的内容及其在现实生活中的运用,做了经典性的具体发挥。这样,道也就为大家所懂得和掌握,而孔子由于"熔钧六经",起到了"写天地之辉光,晓生民之耳目"的伟大作用。"道沿圣以垂文,圣因文而明道。"对道、圣、文之间关系的这个论述,进一步阐明了人文的本质,同时也确立了圣人和六经的重要地位。

刘勰《原道》篇中所说的"道"的内容,从广义的文所体现的道来说,是指宇宙万物内在的普遍自然规律,是接近老庄所说的哲理性的自然之道的。但从狭义的人文所体现的道来说,则是指具体的儒家的社会政治之道。刘勰认为儒家的社会政治之道,乃是对作为普遍的自然规律的哲理之道的具体运用和发挥。这样,他就把老庄那种哲理性的自然之道具体化为儒家的社会政治之道,又把儒家的社会政治之道上升为普遍的自然规律之道的体现,使老庄之道和儒家之道熔为一炉。刘勰这种对道的认识,从历史渊源上看,主要是继承和发展了荀子和《易传》的思想而来的。荀子对道的解释,有普遍的自然规律之意义,如《解蔽》篇中说:"夫道者,体常而尽变,一隅不足以举之。"《哀公》篇说:"大道者,所以变化遂成万物也。"《天论》篇说:"天有常道矣。"梁启雄《荀子简释》中解释后二句云:"二道字指天行或天演。"但荀子在《儒效》篇中说:"圣人也者,道之管也。天下之道管是矣。百王之道一是矣。"说明在圣人那里这道又是社会政治之道。他正是把哲理之道与社会政治之道统一起来的一位重要思想家。《系辞》大约成书于战国后期,它对道的论述和荀子一样,也是把儒家之道上升为哲理之道,同时阐明了儒家如何运用这种哲理之道来阐明社会政治问题,又把哲理之道具体化为社会政治之道,使自然天道和社会人道结合在一起,并且已经具有了刘勰所说的道、圣、文三者关系思想的萌芽。

刘勰在论述文与道的关系时,常常把"道心"和"神理"并提,所谓"道心惟微,神理设教"。"神理"当时主要是佛教中的术语,它和道的含义是一致的。因为刘勰认为道最早是由神明启示的,然后圣人才将之运用于解释社会政治问题。《文心雕龙》在《原道》《正纬》《明诗》《情采》《丽辞》中曾七次用到"神理"的概念,其含义是一样的,都是指神明所启示的客观真理,亦即道。他在《灭惑论》和《石像碑》中三次讲到"神理",则均指佛道。由此可见,刘勰所说的道,具有儒、道、佛三教合流的含义,他认为在道的方面,三家是可以相通的,这正是当时三教合流思想的体现。

正是从人文本于道,而其源为易象八卦的思想出发,刘勰提出了"征圣""宗经"的思想。既然人文是体现道的,而圣人之文又是阐明道的最集中最典型的代表,六经又是圣人之文的经典,因此,人文的写作自然必须效法圣人,以六经为楷式。刘勰在《征圣》篇中指出圣人文章在内容和形式两方面都为后人文章写作提供了以资学习的典范。从内容方面说,圣人文章是以"政化"(政治教化)、"事迹"(礼仪事功)、"修身"(修身养性)为基本内容的;从形式方面说,圣人文章具有"或简言以达旨,或博文以该情,或明理以立体,或隐义以藏用"这样四种略、繁、显、隐的基本写作方法。圣人文章"衔华而佩实",达到了内容和形式的高度统一。刘勰又在《宗经》篇中指出,后代各种类型的文体,其实它们的最早源头都是六经,其中《乐经》早佚,故后代文章均是从五经中派生出来的。他说:

> 故论说辞序,则《易》统其首;诏策章奏,则《书》发其源;赋颂歌赞,则《诗》立其本;铭诔箴祝,则《礼》总其端;纪传铭檄,则《春秋》为根;并穷高以树表,极远以启疆,所以百家腾跃,终入环内者也。

刘勰这种"原道""征圣""宗经"的思想,是对荀子、扬雄思想的继承与发展。荀子在《正论》篇中曾说:"故凡言议期命,是非以圣王为师。"又《非相》篇中说:"凡言不合先王,不顺礼义,谓之奸言。"荀子认为五经则是圣王之道的集中表现。扬雄在《法言·吾子》篇中说:"好书而不要诸仲尼,书肆也;好说而不要诸仲尼,说铃也。"其《问神》篇又说:"书不经,非书也;言不经,非言也。言书不经,多多赘矣。"但是,荀子、扬雄均持比较正统的儒家观点,而刘勰的"原道""征圣""宗经"虽和荀子、扬雄有一脉相承的关系,但刘勰所处的时代是儒家思想衰落时期,他同时也深受佛学、老庄、玄学思想影响,所以他在论文学发展、文学创作、文学批评及评价作家作品时,并没有很严格地贯彻他的"征圣""宗经"思想,而表现了更多的道家、玄学和佛学思想的特点。

二、论文学的构思与创作。刘勰关于文学的构思和创作的论述,集中表现在《文心雕龙》的《神思》《物色》《隐秀》等篇中。

"神思"是刘勰在《文心雕龙》中提出的一个十分重要的美学概念。它指的是文学艺术创作过程中,作家的思维活动特点。在刘勰以前,从文艺创作方面最早提到"神思"问题的是东晋的玄言诗人孙绰。他在《游天台山赋序》中说到他写天台山赋时的"驰神运思"状况。而后是南朝刘宋时代著名的佛学家、画家和画论家宗炳,他在《画山水序》中比较明确地提出了"神思"的概念。刘勰在《神思》篇中首先指出了"神思"亦即艺术思维活动过程中生动丰富的艺术想象活动情状:

> 文之思也,其神远矣。故寂然凝虑,思接千载;悄焉动容,视通万里;吟咏之间,吐纳珠玉之声;眉睫之前,卷舒风云之色;其思理之致乎?故思理为妙,神与物游。

神思活动无远不到,无高不至,可以不受形骸之束缚,超越时间、空间的限制,具有无比广阔的范围和幅度,而且在整个神思活动过程中,文学家的思维活动始终都是和客观物象紧密地结合在一起的。同时,这种神思活动又是和作家的感情之波澜起伏联系在一起的。当"神思方运"之际,"登山则情满于山,观海则意溢于海","谈欢则字与笑并,论戚则声共泣偕"(《夸饰》)。刘勰对艺术想象活动的特点做了非常形象的描绘和相当深刻的概括,这就是"神与物游"。作为创作主体的心(即神)与作为创作客体的物的融合统一,正是艺术构思活动的基本美学原则。这是对宗炳在《画山水序》中提出的"万趣融其神思"(即艺术家的"神思"和山水的"万趣"的融合统一)的继承和发展。

对文学创作过程中的心物关系,也就是主体和客体的关系,刘勰还在《物色》篇中做了专门的论述。《物色》篇中讲的是人和自然的关系,但实际上《文心雕龙》中所说的"物",不仅仅指自然事物,也是包括了社会生活内容的,例如《明诗》篇中说:"人禀七情,应物斯感,感物吟志,莫非自然。"这个"感物"的内容,从他对建安文学的创作分析来看,即是指"怜风月,狎池苑,述恩荣,叙酣宴",显然除自然风物外,又有社会生活的内容。刘勰没有停留在对一般心物交感现象的论述上,而是对心物交感过程的特点做了相当深入的研究。他说:

> 是以诗人感物,联类不穷;流连万象之际,沉吟视听之区;写气图貌,既随物以宛转;属采附声,亦与心而徘徊。

所谓"随物以宛转",是指创作过程中作为主体的心之宛转附物。"宛转"两字源于《庄子·天下》篇之"椎拍輐断,与物宛转"。是说明人的主观作为必须符合事物内在的"势",亦即客观事物内在的规律性。从文学创作来说,是强调作家在创作中以描写客观现实来体现自己主观思想感情时,不能因主观愿望而改变客观事物的内在规律性。只有在艺术表现中充分尊重客观的物的内在之势,才能恰到好处地符合描写对象之特点,从而使内心与外境相适应,防止创作中的主观随意性。由此可见,"随物以宛转"是与庄子的"物化"思想有一定联系的。"与心而徘徊",是指创作过程中客体的描写必须符合表达主体情意的需要,也就是说,要以心去驾驭客观事物。"徘徊"当是与"宛转"同义的词语。因此,文学作品中的物,乃是经过了作家主观的心的改造的。但是,这不是一种主观随意的改造,而是在"随物以宛转"的前提下的改造。所以,客体虽是服从于主体的,却又不丧失它本身的自然本性。当文艺创作进入了"物化"阶段,主体与客体两者是完全融合为一了,既是"随物以宛转",又是"与心而徘徊"。这种思想在《诠赋》篇中也有明确的表述。他说:"原夫登高之旨,盖睹物兴情。情以物兴,故义必明雅;物以情观,故词必巧丽。"文学创作在"睹物兴情"的过程中,包含了两个相反相成的过程,这就是"情以物兴"(亦即心之"随物以宛转")和"物以情观"(亦即物之"与心而徘徊")。情与物的关系也就是心与物的关系。按照这种心物关系的原理,刘勰在《神思》篇的赞语中说:"神用象通,情变所孕。物以貌求,心以理应。"指出在艺术构思过程中孕育文情的时候,心与物之间有一种互相呼应的重要表现。"物以貌求",是说客体以其多种多样的姿态摆在作家面前,让艺术家来选择所需要的部分,与之相契合;"心以理应",则是指主体按照其内含之理来与之相呼应,和物中最能体现其心之理者融合为一。物之貌与心之理互相默契,则此理既是心之理,亦是隐藏于貌中之物之理。理应貌之呼求而入于其中,貌则恰好能容理入乎其中而使自己成为主体之理的体现者。

刘勰这种对心物交融、主客观统一的创作特征之分析与论述,乃是接受了中国古代论心物关系的传统思想影响,经过对创作实际经验的总结而加以创造性发展的结果。《礼记·乐记》中曾提出了重要的"物感"说:"凡音之起,由人心生也。人心之动,物使之然也。感于物而动,故形于声。"陆机在《文赋》中把此种音乐思想运用于文学创作,他说:"遵四时以叹逝,瞻万物而思纷。悲落叶于劲秋,喜柔条于芳春。"但是从《乐记》到《文赋》主要还只是论述了刘勰所说的"情以物兴"的方面,而没有进一步涉及"物以情观"的方面。对于创作过程中主客关系的全面认识,是由刘勰从理论上加以发展而完成的。而刘勰之所以能有这种理论上的发挥,又是和当时玄学清谈风气影响下山水诗之勃兴有密切关系。山水诗中非常突出地体现了心对物的支配作用。玄学家把山水诗看作是一种悟道的方式,山水只是他们体现悟道之心的一种外物而已。《庄子·知北游》中曾经说过:"山林与?皋壤与?使我欣欣然而乐与!"这是因为从山林皋壤这样的大自然中可以虚静悟道。《世说新语·言语》篇说:"王右军与谢太傅共登冶城,谢悠然远想,有高世之志。"又说:"简文入华林园,顾谓左右曰:'会心处不必在远,翳然林水,便自有濠濮间想也。觉鸟兽禽鱼,自来亲人。'"这里,自然山水,鸟兽禽鱼,都成了诗人主观的心之"外化",主体对客体起着一种完全的支配作用。《宋书·宗炳传》说宗炳"好山水,爱远游,西陟荆巫,南登衡岳,因而结宇衡山,欲怀尚平之志。有疾还江陵,叹曰:'老疾俱至,名山恐难遍睹,唯当澄怀观道,卧以游之。'凡所游履,皆图之于室"。这种"澄怀观道"的思想也就是他在《画山水序》中所说的"圣人含道应物","圣人以神法道而贤者通,山水以形媚道而仁者乐"。圣人心目中的山水,乃是道的一种体现而已,物只是诗人"畅神"之工具!

因为文学创作乃是主客观相结合的产物,所以体现在艺术形象上就有"隐秀"的特征。《隐秀》篇虽已残缺,但是"隐秀"的基本含义在残留部分已经说得相当清楚了。刘勰指出"隐秀"乃是作家神思活动的必然结果,他说:"夫心术之动远矣,文情之变深矣。源奥而派生,根盛而颖峻。是以文之英蕤,有秀有隐。"所谓"心术之动",即是说神思的活动。作家的艺术构思引起了"文情之变",而"心术之动远",则"文情之变深",这是有内在因果关系的。艺术构思的结果,形成了艺术形象;而艺术构思活动内容的生动、丰富、深刻以及其审美的特性,又决定了艺术形象必然具备"有秀有隐"的特点。对"隐秀"的含义,刘勰曾说:

> 隐也者,文外之重旨者也;秀也者,篇中之独拔者也。隐以复意为工,秀以卓绝为巧,斯乃旧章之懿绩,才情之嘉会也。夫隐之为体,义生文外,秘响傍通,伏采潜发,譬爻象之变互体,川渎之韫珠玉也。

这段话下面有关于"秀"的论述,然已残缺。根据南宋张戒《岁寒堂诗话》所引,刘勰曾说过:"情在词外曰隐,状溢目前曰秀。"但不见于今本《文心雕龙》,可能即是缺文中的内容。从上述内容来看,"隐秀"的含义是清楚的。"秀",是指艺术意象中的象而言的,它是具体的、外露的,是针对客观物象的描绘而言的,故要"以卓绝为巧";"隐",是指意象的意而言的,它是内在的、隐蔽的,是寄寓于客观物象中的作家的心意情志,故要"以复意为工"。文学作品中作家的思想感情是寄寓于客观物象的描写之中的,这是艺术创造的一个基本原则。刘勰所说的"隐秀",其含义还要更深一层。他说的"隐",是要求文学作品的形象不仅要有从形象本身可以直接体会到的意义,而且要有从形象间接地联想出的意义,亦即是借助于形象的暗示、象征等作用而体现出来的意义。所以说隐有"文外之重旨",有两重意义。前一重意义是艺术形象本身自然流露出来的,后一重意义则是和不同的读者的不同体会相联系的,所以也常常是不确定的,而且有它的丰富性与灵活性。对于"秀"来说,它也不是一般地描绘客观事物,而是要使客观事物的面貌非常逼真地呈现在读者的面前,如亲眼看到一样,并且应当对现实物象做艺术加工,使之比生活原型更加"卓绝"。"隐"和"秀"是不可分割的统一体,"隐"必须借"秀"方能体现出来,而"秀"亦必须有"隐"藏于其中。诚如刘永济先生《文心雕龙校释》中说的:"盖隐处即秀处也。例如《九歌·湘君》篇中,'心不同兮媒劳,恩不甚兮轻绝'及'交不忠兮怨长,期不信兮告予以不闲',言外流露党人与己异趣,信己不深,故生离间。而此四句即篇中秀处。又如《少司命》篇中,'悲莫悲兮生别离,乐莫乐兮新相知'二句,为千古情语之祖,亦篇中秀处也。而屈子痛心于子兰与己异趣,致再合无望之意,亦即于此得之。""隐"和"秀"是对艺术形象从不同侧面加以分析的结果,而两者本身则是统一于艺术形象之中的。"隐"是指艺术形象中主体的特征,而"秀"则是指艺术形象中客体的特征。

"隐秀"也是刘勰对文学创作的一种美学要求,他说:

或有晦塞为深,虽奥非隐;雕削取巧,虽美非秀矣。故自然会妙,譬卉木之耀英华;润色取美,譬缯帛之染朱绿。朱绿染缯,深而繁鲜;英华曜树,浅而炜烨;秀句所以照文苑,盖以此也。

这段话十分重要,它清楚地表现了刘勰以自然为美又不废弃人为加工的基本美学思想原则。所谓"隐",不是要使文学作品写得语言深奥、晦涩难明,而应当是十分明白晓畅的,能给人以丰富的联想余地,使读者味之不尽,余意无穷。所谓"秀",不是要作家堆砌辞藻、雕章琢句,而是要善于把一些难以描写的景象,十分生动、十分逼真、十分自然地再现出来,使人有如耳闻目睹、亲临其境一般。故刘熙载《艺概》中说:"其云晦塞非隐,雕削非秀,更为善防流弊。"北宋的梅尧臣曾发挥刘勰的"隐秀"说,提出诗歌创作必须做到"状难写之景,如在目前;含不尽之意,见于言外",方为佳作(见欧阳修《六一诗话》所引)。它后来在宋代诗话中产生了极为深远的影响。

刘勰对文学创作的艺术构思所提出的另一个重要思想,是强调神思活动的展开需要有虚静的精神状态。他说:"陶钧文思,贵在虚静,疏瀹五藏,澡雪精神。"虚静的目的在于保证艺术想象活动开展的时候,能够专心致志、不受任何主观或客观因素的干扰,以便集中精力使艺术构思顺利进行,并向深度和广度扩展。刘勰的虚静论主要还是受庄子思想的影响,上述"疏瀹五藏"两句即引自《庄子·知北游》。他在《养气》篇中指出虚静状态的保持需要"养气",并在赞中以"水停以鉴,火静而朗"做比喻,说明虚静而后可以洞察宇宙、妙观万物的道理,这也是运用了《庄子》中的典故。庄子在《天道》篇中曾说:"水静则明烛须眉,平中准,大匠取法焉。"其《天地》篇又说:"视乎冥冥,听乎无声。冥冥之中,独见晓焉;无声之中,独闻和焉。"从认识论的角度说,庄子的虚静说正是为了使人对外界的认识由虚静而进入"大明"的境界。这和荀子《解蔽》篇中提出的由"虚一而静"而致"大清明"境界是一致的。但是庄子认为要达到虚静的状态,必须排斥视听等感性认识和知识学问,这和荀子的思想不一致,荀子是重视知识学问的。然而,庄子在论技艺神化故事时,如庖丁解牛、梓庆削木为镰、轮扁斫轮、佝偻者承蜩、津人操舟等,都突出地强调了虚静的作用,但这些故事本身则又充分地体现了要使技艺达到神化水平,必须经过长期艰苦的锻炼与实践的积累,实际又肯定了知识学问和具体感性知识的重要性。而庄子虚静论对后代文艺创作思想的影响又正是通过这些技艺故事而产生作用的。因此刘勰在强调虚静时,特别指出了知识学问、经验阅历等的重要性,把"积学以储宝,酌理以富才,研阅以穷照,驯致以绎辞"与虚静精神状态,同时列为"驭文之首术,谋篇之大端"。

  对言意关系的理解也是刘勰艺术构思论中的一个重要问题。进入了虚静的精神状态之后,作家就能自由地展开想象的翅膀,在整个宇宙中遨游。然而,作家的这种丰富多彩的艺术想象活动内容,能不能用语言文字把它全部形象地描绘出来呢?这就涉及言能否尽意的问题。陆机在《文赋》序中就曾提出了"意不称物,文不逮意"的问题,认为这是一个非常困难的问题。即以他自己写作《文赋》来说,本想把创作中的具体问题详尽精确地叙述出来,但是,"若夫随手之变,良难以辞逮","是盖轮扁之所不得言,故亦非华说之所能精"。刘勰的认识和陆机是完全一致的。他在《神思》篇中说:

> 方其搦翰,气倍辞前,暨乎篇成,半折心始。何则?意翻空而易奇,言征实而难巧也。是以意授于思,言授于意,密则无际,疏则千里。或理在方寸而求之域表,或义在咫尺而思隔山河。

艺术构思过程中,想象的内容是绚丽多姿的,但要把它具体化为语言形象,就不那么容易了。刘勰这里所说的思、意、言的关系,和陆机所说的物、意、文的关系,实质上是一致的。他们所说的意,都是指构思过程中与物象相联系的具体的意,就诗赋等纯文学来说,即是指构思中形成的意象。刘勰所说的"言"即是陆机所说的"文",指语言文字。陆机所说的"物",是指构思中形成的"意"的客观内容;而刘勰所说的"思",即指神思,亦即"神与物游"之思,是就构思过程中意的主观内容而说的。实际上陆机的"物"是与主观的情相结合的物,而刘勰的"思"也是与客观的物相结合的思,不过所强调的侧重点不同而已。刘勰和陆机都看到了创作过程中两个比较困难的问题:一是构思中形成的意(或意象),能否正确反映客观物象,能否正确体现作家的主观意图;二是能不能用语言文字把构思中形成的意(或意象)确切地表达出来。刘勰认为前一方面还不是很困难,而后一方面则常常不能如意。要解决这个问题,刘勰认为有两个重要的关键。一是作家的才能问题,也包括作家的学识是否广博,经验是否丰富等。一个作家如果能具备丰富的学识,又有很高的分析概括能力,做到"博而能一",则一定有助于克服"意翻空而易奇,言征实而难巧"的问题。二是必须认识到语言在表达人的思维活动内容时还是有缺点的。刘勰说:"至于思表纤旨,文外曲致,言所不追,笔固知止。至精而后阐其妙,至变而后通其数,伊挚不能言鼎,轮扁不能语斤,其微矣乎!"可见,刘勰是肯定"言不尽意"论的。为了尽可能缩小言意之间的差距,就要注重"文外"之义,利用语言所能够表达、可以直接描绘出来的部分,去暗示和象征语言所不能表达、难以直接描绘出来的部分,尽可能扩大艺术表现的范围,并且充分利用读者的联想能力。正是从这个角度,刘勰提出并强调了"隐秀"的问题。

三、论文学的风格与体裁。刘勰在《文心雕龙》的《体性》《定势》《才略》等篇中对文学的风格问题做了比较集中的探讨。刘勰提出的"体性"

概念,讲的是文学作品的体裁风格与作家才性之间的关系。中国古代文学理论中的"体"的概念,包含有两层意思:一是指文学作品的不同体裁形式,如诗、赋、赞、颂、檄、移、铭、诔等;二是指文学作品的风格特点。每一篇文学作品都有自己特定的体裁和风格,因此也就有自己的"体"。"性",是指作家的才能和个性。不同的作家才能有高低优劣,个性特点也不一样。文学作品的创作过程,如刘勰在《体性》篇中所说:"夫情动而言形,理发而文见,盖沿隐以至显,因内而符外者也。"所以文学作品的体与性之间就有必然的内在联系。

刘勰在认真考察了文学作品风格和作家才性关系之后,提出了作家个性形成有四个方面的因素:才、气、学、习。而这四个因素又可分为先天和后天两类。才和气是先天的,各人因禀赋不同而各异;学和习则是后天的,是和作家的努力与他所生活环境的影响不可分割地联系着的。才,指作家才能;气,指作家的气质个性。刘勰认为作家的才和气,虽有先天条件好坏的差别,但又可以受后天学和习的状况影响而有所发展,并逐渐定型的。他说:"才有天资,学慎始习。斫梓染丝,功在初化,器成彩定,难可翻移。"他既认为"才力居中,肇自血气",又强调"功以学成"。比如木材和生丝,虽然质地有高下之别,但是,能工巧妇仍可以把质量较差的木材做成漂亮实用的器具,把质量较差的生丝织成美丽而精致的绸缎。反之,木材和生丝的质量虽然很好,如果放到笨工拙妇手里,就只能做出劣等的器具和绸缎。因此,刘勰实际上是把后天的学和习放在比先天的才和气更重要的地位上。他在《体性》篇赞语中说:"习亦凝真,功沿渐靡。"范文澜注说:"上文云:'陶染所凝',此云'习亦凝真',真者才气之谓,言陶染学习之功,亦可凝积而补成才气也。"这个看法是符合刘勰本意的。从根本上说,作家的才性虽有"情性所铄"的一面,然亦是"陶染所凝"的结果。刘勰对作家才性分析之重视后天作用的思想,是和他重视社会生活实践对作家及作品影响这一点一致的。这一方面,刘勰比曹丕之只强调先天作用,认为"气之清浊有体,不可力强而致",要大大前进了一步。刘勰这种对才性的看法和荀子的思想有一定的联系。荀子认为人性的形成过程中有两方面的因素,一是"性",即先天本性,一是"伪",即后天人为的加工。他在《礼论》中说:"性者,本始材朴也;伪者,文理隆盛也。无性则伪之无所加;无伪则性不能自美。"人性的基本素质是先天禀赋的,没有这一基础,则后天的学习就没有对象了。但是先天之性必须经过后天人为的加工,方能达到"美"的程度,才是最完善的。荀子很重视"性"与"伪"的不同特点,更强调两者相辅相成的关系。他在《性恶》篇中说:"凡性者,天之就也,不可学,不可事。礼义者,圣人之所生也,人之所学而能,所事而成者也。不可学、不可事而在人者,谓之性。可学而能、可事而成之在人者,谓之伪:是性伪之分也。"所以,荀子认为人性之由恶变善,关键在学习礼义,故《荀子》一书开宗明义第一篇即是《劝学》。刘勰对作家才性之分析,正是对荀子这种人性论的具体运用与发挥。

刘勰在《体性》篇中明确指出文学作品的风格是直接体现作家的才性,也就是才、气、学、习的特点的。他说:"故辞理庸俊,莫能翻其才;风趣刚柔,宁或改其气;事义浅深,未闻乖其学;体式雅郑,鲜有反其习:各师成心,其异如面。"不仅如此,刘勰还举出十二位作家的例子,具体说明这种"文如其人"的特点。他说:"是以贾生俊发,故文洁而体清;长卿傲诞,故理侈而辞溢;子云沉寂,故志隐而味深;子政简易,故趣昭而事博,孟坚雅懿,故裁密而思靡;平子淹通,故虑周而藻密,仲宣躁锐,故颖出而才果;公幹气褊,故言壮而情骇;嗣宗傲傥,故响逸而调远;叔夜俊侠,故兴高而采烈;安仁轻敏,故锋发而韵流;士衡矜重,故情繁而辞隐。触类以推,表里必符。"文学作品风格的多样化,正是作家个性各不相同所形成的必然结果。刘勰在《才略》篇中则从分析历代作家的才性特征出发,进一步阐述了这种思想。他指出有的作家才能是比较全面的,其作品风格也不单一;有的作家则往往是擅长一种文体,才能有偏,然而各人侧重的那一方面也是不同的。他们是"竹柏异心而同贞,金玉殊质而皆宝"。有些作家才性风格比较接近,例如阮籍和嵇康,但也是"殊声而合响,异翮而同飞"。

刘勰在《体性》篇中还把纷繁复杂的文学风格归纳为八种基本类型,并对每一种类型的基本特点做了概括。他说:

> 典雅者,熔式经诰,方轨儒门者也。远奥者,馥采典文,经理玄宗者也。精约者,核字省句,剖析毫厘者也。显附者,辞直义畅,切理厌心者也。繁缛者,博喻酿采,炜烨枝派者也。壮丽者,高论宏裁,卓烁

异采者也。新奇者,摈古竞今,危侧趣诡者也。轻靡者,浮文弱植,缥缈附俗者也。

刘勰所归纳的这八种基本文学风格,不是简单地任意举例,而是在研究了大量文学作品风格的基础上提出来的。刘勰认为文学的风格虽然千变万化,但还是有几种基本类型,所谓"若总其归途,则数穷八体"。提出八种基本类型和文学风格的多样化是不矛盾的,这并不意味着对具体作家作品风格就可以简单地纳入某一类,而只是几种构成风格的基本因素而已。这就好像无数色彩各异的绘画,必有几种基本色彩一样。把这些基本因素调配起来,就有无穷无尽的各种不同风格,即所谓"八体屡迁,功以学成"。所以他在列举许多主要作家作品风格时,都没有把它们简单地归入那一类。刘勰还把这八种基本风格分为两两相对的四类:"雅与奇反,奥与显殊,繁与约舛,壮与轻乖。"刘勰对文学风格的这种归纳与分类,是否科学,是否反映了文学风格的内在必然规律,这是值得研究的。但他毕竟是把对风格的研究进一步推向深入了。

刘勰之所以把文学风格分为八种四对,是与他受《易经》思想影响有关的,是从《易经》得到启发的。《易经》认为宇宙万物尽管有千千万万,但基本物质有八种:天、地、山、泽、水、火、风、雷。其他一切事物,均是由这八种事物交错作用而成的。《易经》的八卦正是象征这八种基本事物的符号。八卦的相互配合,又形成为六十四卦,三百八十四爻。而每一卦、每一爻都是象征一类事物的。宇宙间的事物无穷无尽,八卦之变化及其所象征的事物也是无穷无尽的。八卦所象征的八种事物以及八卦本身,也都是两两相对的。例如:

天☰——地☷　　　水☵——火☲
风☴——雷☳　　　山☶——泽☱

刘勰认为文学作品也是以宇宙万物作为自己描写对象的,因此也和卦象之象征宇宙万物一样可以分为八种四对。

刘勰对文学风格理论的另一个重要贡献是深入地探讨了文学风格形成过程中的主观因素和客观因素之间的关系。《体性》篇主要是论述文学风格形成的主观因素,而《定势》篇中则着重论述了文学风格形成的客观

因素,研究了不同的文学体裁由于其内容和形式的不同特点,从而决定了其不同的风格特色。他说:

> 是以括囊杂体,功在铨别,宫商朱紫,随势各配。章表奏议,则准的乎典雅;赋颂歌诗,则羽仪乎清丽;符檄书移,则楷式于明断;史论序注,则师范于核要;箴铭碑诔,则体制于弘深;连珠七辞,则从事于巧艳:此循体而成势,随变而立功者也。

文学作品不同的"体"有不同的"势"。"势"本是指事物内在的一种客观的规律性,刘勰说:"势者,乘利而为制也。如机发矢直,涧曲湍回,自然之趣也。圆者规体,其势也自转;方者矩形,其势也自安:文章体势,如斯而已。"但是刘勰在这里是指一定的文体有与之相适应的一定的风格特点,这是文学作品的体裁本身具有的必然性。"是以模经为式者,自入典雅之懿;效《骚》命篇者,必归艳逸之华;综意浅切者,类乏酝藉;断辞辨约者,率乖繁缛:譬激水不漪,槁木无阴,自然之势也。"因为文学作品的体式有自己的"自然之势",所以在创作中就有一个客观的"自然之势"和作家的主观才性特征如何统一的问题。也就是说文学风格中的主观因素与客观因素应当统一成为完整的整体,而不使两者发生矛盾冲突,刘勰认为一个作家在创作过程中,很难做到每一类文体都写得很好,一般都只擅长某一类或特点相近的几类文体。为此,作家就要善于选择与自己的思想性格、习惯爱好、才能智慧相适应的文体形式来写作,这样才能充分发挥自己的特长,使文学作品风格的主观因素和客观因素和谐一致,从而收到事半功倍的效果,这就叫"因性以练才"。

  刘勰对文学风格的时代特征也有很深刻的认识。他在《才略》篇中指出,作家的才能风格是和时代有密切关系的,不能不受时代风尚的影响。他说:"观夫后汉才林,可参西京;晋世文范,足俪邺都。然而魏时话言,必以元封为称首;宋来美谈,亦以建安为口实。何也?岂非崇文之盛世,招才之嘉会哉。嗟夫,此古人所以贵乎时也!"一个崇尚文学的时代,会招来有才能之文士,使他们得以充分展示自己的才华,形成独特的风格,而时代的风气和特征也必然会给文学风貌印上时代色彩。《才略》篇中论到西汉和东汉文学风貌之不同时,曾说:"然自卿、渊已前,多俊才而不课学,雄、向已后,颇引书以助文;此取与之大际,其分不可乱者也。"这是因为西汉前期黄老思想盛行,文学创作重自然之才情,而自汉武帝罢黜百家、独尊儒术以后,经学隆盛,影响到文学创作,就重在书本学问。刘勰在《时序》篇中则对历代文学风格的时代特征做了相当深入而系统的分析。除了大家熟悉的建安文学时代风貌的论述外,对其他时代文学风格的时代特色的论述也相当精彩。例如他论战国时文学的时代风貌说:

> 春秋以后,角战英雄;六经泥蟠,百家飙骇。方是时也,韩、魏力政,燕、赵任权;五蠹、六虱,严于秦令。唯齐、楚两国,颇有文学:齐开庄衢之第,楚广兰台之宫。孟轲宾馆,荀卿宰邑;故稷下扇其清风,兰陵郁其茂俗,邹子以谈天飞誉,驺奭以雕龙驰响;屈平联藻于日月,宋玉交彩于风云。观其艳说,则笼罩《雅》《颂》;故知炜烨之奇意,出乎纵横之诡俗也。

他指出了战国风靡一时的纵横家游说,对文学风格产生了重大的影响,不论是散文还是诗赋,都具有能言善辩、辞采华艳的特色。但是它在孟子、荀子的散文,邹子、驺奭的说辞和屈原、宋玉的辞赋中的具体表现又不完全相同,因为他们的才性各异,而又都渗透有时代的风格特色。

对于文学作品的体裁,刘勰在《文心雕龙》中有十分详细的论述。从第六篇《明诗》起到第二十五篇《书记》为止,刘勰用了全书五分之二的篇幅,分别论述了诗、乐府、赋、颂、赞、祝、盟、铭、箴、诔、碑、哀、吊、杂文、谐、䜩、史、传、诸子、论、说、诏、策、檄、移、封禅、章、表、奏、启、议、对、书、记共三十四种不同文体,实际上其中还附带论到许多有关文体,例如杂文中包含了对问、七、连珠三类,《诏策》一篇中包括了先秦的誓、诰、令,汉代的策书、制书、诏书、戒敕等,以及由官方诏策影响到民间的戒、教、令等。《奏启》一篇附带论及谠言、封事、便宜三种文体。《书记》一篇论及书信、记笺,篇末又论及书记之各种支流,如谱、籍、簿、录、方、术、占、式、律、令、法、制、符、契、券、疏、关、刺、解、牒、状、列、辞、谚共二十四种,所以实际上刘勰论到的文体有六七十种之多。他的文体分类,有大有小,主次分明,诗赋是当时最主要文学形式,故放在最前面。自《明诗》至《哀吊》为有韵之文,《杂文》《谐讔》兼有有韵之文与无韵之笔,而自《史传》以至《书记》均为无韵之笔。

刘勰对每种文体的源流演变及创作特征,都从下述四个方面加以论述,即:"原始以表末,释名以章义,选文以定篇,敷理以举统。"对每一种文体的起源及历史发展状况、文体的名称之含义与特点、此种文体的代表作品、创作的要领和方法,都做了深刻的全面的精到的论述。深刻是说他对每种文体的论述,善于抓住要点,有详有略,而不是平铺直叙,泛泛而论。他特别注重文体发展过程中起过重要作用或有过新的创造发展的作家作品,能够把它们突出出来做深入的分析和论述。例如论及赋的发展状况时,提出十家代表作家与作品,说明它们各有自己特点,对赋的发展做出了重要贡献。他说:"观夫荀结隐语,事数自环;宋发巧谈,实始淫丽;枚乘《兔园》,举要以会新;相如《上林》,繁类以成艳;贾谊《鵩鸟》,致辨于情理;子渊《洞箫》,穷变于声貌;孟坚《两都》,明绚以雅赡;张衡《二京》,迅发以宏富;子云《甘泉》,构深玮之风;延寿《灵光》,含飞动之势:凡此十家,并辞赋之英杰也。"全面是说他对每一种文体发展状况都掌握得十分全面,从起源到流变以及当时的现状,叙述得清清楚楚,极为周全。如《明诗》篇中论及诗歌起源,一直追溯到上古葛天氏乐曲的歌辞和传说中皇帝《云门》乐舞的歌辞,把古籍中的谣谚寻找出来,说明诗歌的发展是有悠久历史的。论及五言诗的产生,他说:"按《召南·行露》,始肇半章;孺子《沧浪》,亦有全曲;《暇豫》优歌,远见春秋;《邪径》童谣,近在成世;阅时取证,则五言久矣。"刘勰钩深索隐,把许多零星资料收集起来,加以分析,提出了非常有价值的见解。精到是说刘勰在论述文体发展过程中对具体作家作品的评论,不管是赞美还是批评,都能一针见血,击中要害。对一个时代文风特点的概括也是十分精练准确的。例如评南朝刘宋时期诗风云:"宋初文咏,体有因革;庄老告退,而山水方滋。俪采百字之偶,争价一句之奇,情必极貌以写物,辞必穷力而追新,此近世之所竞也。"刘勰在论述各类文体发展时,采用了一种历史的、比较的方法。不仅善于从各类文体的历史发展过程来分析其创作特征,而且善于通过各种文体(特别是相近的文体)之间的比较来阐明其创作特征。例如他论述颂这种文体时指出,从颂体的"美盛德而述形容"的方面来说,和诗是接近的,《诗经》中就有颂一体,最初都是从"容告神明"发展起来的,后来屈原创作《橘颂》,把颂体的写作范围扩大了。到秦汉之际又有了进一步发展,从歌功颂德来说,又有接近铭的地方。所以刘勰归纳颂的特征是:"原夫颂惟典雅,辞必清铄,敷写似赋,而不入华侈之区;敬慎如铭,而异乎规戒之域;揄扬以发藻,汪洋以树义,唯纤曲巧致,与情而变,其大体所底,如斯而已。"这就把颂怎样从诗中分离出来,逐渐形成自己独特特征,通过和赋、铭做比较,将其创作特征的历史发展叙述得清清楚楚。他在《明诗》篇中说:"故铺观列代,而情变之数可监;撮举同异,而纲领之要可明矣。"这正是对他的历史的比较的方法所做的理论概括。"铺观列代",就是强调要从历史发展过程中高屋建瓴地去研究;"撮举同异",是要对各种文体之间的相同之处与不同之处加以比较分析,然后才能准确地揭示这一类文体的独有的特征。既能讲清楚文体发展的"情变之数",又可对其创作的"纲领之要"做出概括。这种科学的方法,是刘勰文体论研究之所以取得重大成就的重要原因。

四、论文学作品的"风骨"。"风骨",是刘勰对文学作品提出的一个十分重要的美学要求。"风骨"的含义,研究者们众说纷纭,莫衷一是。我们认为风清骨峻和辞采华美是刘勰对文学作品的精神风貌美与物质形式美的美学要求。刘勰在《风骨》篇中说:

> 是以怊怅述情,必始乎风;沉吟铺辞,莫先于骨。故辞之待骨,如体之树骸;情之含风,犹形之包气。结言端直,则文骨成焉;意气骏爽,则文风清焉。……故练于骨者,析辞必精;深乎风者,述情必显。……若瘠义肥辞,繁杂失统,则无骨之征也;思不环周,索莫乏气,则无风之验也。

这段话中有五次分论"风"与"骨",论"风"均与"情"或"气"相连,论"骨"均与"辞"相连,因此,许多研究者认为"风"指文情(或文意),"骨"指文辞。这是一种最流行的说法,最早持此说者为黄侃,其《文心雕龙札记》中说:"必知风即文意,骨即文辞,然后不蹈空虚之弊。"范文澜《文心雕龙注》同意黄说,其云:"风即文意,骨即文辞,黄先生论之详矣。"但是这种说法其实是不确切的。《风骨》篇的中心是讲文学创作中风骨与辞采的关系,应以风骨为主,辞采为辅。风与情、气关系密切,但不等于就是文意(或文情);骨与辞、言关系密切,但不等于就是文辞。

"风",是指作家的思想感情、精神气质在作品中所体现出来的一种气度风貌特征。《宗经》篇云:"文能宗经,体有六义:一则情深而不诡,二则风清而不杂。"此"风清"当与《风骨》篇之"风清骨峻"之"风清"同义,其与"情深"各列一条,可见风并不等于情。《诔碑》篇云:"标序盛德,必见清风之华;昭纪鸿懿,必见峻伟之烈。"说明"清风"与"盛德"有关,是体现具有"盛德"精神的一种纯正的思想感情所具有的气度风貌。《铭箴》篇中说崔骃、胡广等的《百官箴》有周代辛甲之遗风,善于针砭天子过失,体现了纯正的思想感情,故有一种"清风"。《时序》篇说"稷下扇其清风",是指孟子学派提倡"浩然之气",也是指符合儒家道德的思想感情所表现的精神气貌特征。《体性》篇中说:"风趣刚柔,宁或改其气。"风趣即是指作家的风神气质,《征圣》篇所云:"夫子风采,溢于格言。"风采亦指孔子的风神气质。这些可以充分说明刘勰说的风要清,即是指具有儒家纯正思想感情、精神气质的作家在其作品中所体现的气度风貌特征。

"骨",是指作品的思想内容所显示出来的义理充足、正气凛然的力量。《宗经》篇说:"经也者,恒久之至道,不刊之鸿教也。故象天地、效鬼神、参物序、制人纪,洞性灵之奥区,极文章之骨髓者也。"这里所说"文章之骨髓"是指五经所表现的"恒久之至道"而言的。又《辨骚》篇中说:"观其骨鲠所树,肌肤所附,虽取熔经意,亦自铸伟辞。"此处之"骨鲠"显然是指"取熔经意"而具有的思想力量而言的。所谓"骨鲠所树,肌肤所附",亦即《风骨》篇所说的"辞之待骨,如体之树骸"的意思。《诠赋》篇说:"然逐末之俦,蔑弃其本,虽读千赋,愈惑体要,遂使繁华损枝,膏腴害骨。"这里的"害骨"即指"愈惑体要"之意。"体要"说的是作品的内容。《诔碑》篇说:"观杨赐之碑,骨鲠训典。"这里的"骨鲠"与《辨骚》篇同,指蔡邕所写碑文内容符合经意。《檄移》篇中说:"陈琳之《檄豫州》,壮有骨鲠,虽奸阉携养,章密太甚,发丘摸金,诬过其虐;然抗辞书衅,皦然露骨矣。"此处之"骨鲠"及"露骨",均指陈琳檄文中揭发曹操罪恶的内容之有力及义正词严的气势。《封禅》篇说："构位之始,宜明大体。树骨于训典之区,选言于宏富之路,使意古而不晦于深,文今而不坠于浅。义吐光芒,辞成廉锷,则为伟矣。"这里更为清楚了,"树骨"与下"选言"相对,指文章之思想内容与文辞形式。能"树骨于训典之区",则就能做到"意古而不晦于深",即可使"义吐光芒";能"选言于宏富之路",则就能做到"文今而不坠于浅",即可使"辞成廉锷"。可见,这里的"骨"即"意""义",而"言"即"文""辞"。《议对》篇说："及陆机《断议》,亦有锋颖,而腴辞弗剪,颇累文骨。"此处之"文骨"是指陆机断议有"锋颖"之处,惜其文辞过繁,反而有损内容之表达,颇累文骨。由此可见,"骨"实指内容之特点,但是文辞不精练,就会影响内容的表达,是有害于骨的。故而《风骨》篇云："练于骨者,析辞必精。"《附会》篇云："必以情志为神明,事义为骨髓,辞采为肌肤,宫商为声气。"这里的"神明"实即风,情与志不可分,而重点在情。"事义"之重点在义,两者都是指作品的内容所体现之主观情志与客观事义而言。

  联系上述《文心雕龙》各篇有关风与骨的论述,就比较容易确切地来解释《风骨》篇中的有关论述了。由于风是指作家感情、气质在作品中的一种特有表现,所以"怊怅述情,必始乎风","情之含风,犹形之包气",而"意气骏爽,则文风清焉"。感情愈强烈,气质愈鲜明,作品中的风也就更加突出。故云："深乎风者,述情必显。"而"思不环周,索莫乏气,则无风之验也"。司马相如作《大人赋》,如《史记》所说："飘飘有凌云之气,似游天地之间意。"感情充沛,神情毕露,所以刘勰说它"风力遒也"。由于骨是指作品中客观内容所表现的一种思想力量,是语言文辞所依附的枝干,所以说"沉吟铺辞,莫先于骨",而"辞之待骨,如体之树骸","故练于骨者,析辞必精","若瘠义肥辞,繁杂失统,则无骨之征也"。文学作品的内容是要由语言文辞来表现的,所以骨与辞关系十分密切。而风作为作家感情、气质在作品中的体现,也是要由语言文辞来表达的,故刘勰说："捶字坚而难移,结响凝而不滞,此风骨之力也。"刘勰提出风骨是他对文学作品精神风貌美的一种要求,而他肯定辞采华丽则是对文学作品物质形式美的一种要求,但在这两者中,他认为风骨居于主导地位,而辞采是起辅助作用的。这一主次关系不能颠倒。所以他说："若丰藻克赡,风骨不飞,则振采失鲜,负声无力。是以缀虑裁篇,务盈守气,刚健既实,辉光乃新,其为文用,譬征鸟之使翼也。"又说:"若风骨乏采,则鸷集翰林;采乏风骨,则雉窜文囿:唯藻耀而高翔,固文笔之鸣凤也。"刘勰以风骨为主、以辞采为辅的思想是十分明确的,这正是他对文学作品中精神风貌美与物质形式美关系的基本看法。这种思想不仅与当时其他的文学批评理论家如钟嵘等的看法一致,而且与其他艺术领域中提倡风骨的精神也是一致的。钟嵘在《诗品》中提出诗歌创作要"干之以风力,润之以丹彩",认为曹植作品的超群拔俗,正是由于他不但"骨气奇高",而且"辞采华茂"。南朝的画论主张以风骨为主,精彩为辅;书论主张以骨力为主,媚趣为辅,也都是这种思想的表现。不过刘勰对风骨这种精神风貌美的看法,比较偏重在表现儒家的纯正感情和具有"经意"的内容之思想力量,这又是和其他文艺家不同的,说明对风骨这种精神风貌美的具体内容,各家的看法是并不完全相同的。刘勰之特别强调风骨也有对当时偏重艺术形式、讲究辞采华美而不注意作品内容充实的不良文风的批评之意。故而他在《风骨》篇中指责当时"习华随侈,流遁忘反"的倾向,指出:"若骨采未圆,风辞未练,而跨略旧规,驰骛新作,虽获巧意,危败亦多。"所以,风骨的提出是有其现实的积极意义的。

然而,刘勰提倡"风清骨峻"审美理想,还有更深层的意义,它和中国文化传统所表现的主要精神有十分密切的关系。中国古代知识分子在精神品格上有非常可贵的一面,这就是建立在仁政、民本思想上的,追求实现先进社会理想的奋斗精神和在受压抑而理想得不到实现时的抗争精神,它体现了我们中华民族坚毅不屈、顽强斗争的性格和先进分子的高风亮节、铮铮铁骨。风骨正是这种奋斗精神和抗争精神在文学审美理想上的体现。中国古代文论特别讲究人品和文品的一致,刘勰在《情采》篇中曾严厉地批评了"志深轩冕,而泛咏皋壤,心缠几务,而虚述人外"的人品和文品不统一的创作倾向。刘勰提出的"风清骨峻"不只是一种艺术美,更主要是一种理想的人格美在文学作品中的体现,它和中国古代文人崇尚高洁的精神情操、刚正不阿的骨气是分不开的。文学批评中的"风骨"本是源于人物品评的,在六朝人物品评中"风骨"是一个常用的概念。如《宋书·孔觊传》中说:"少骨梗有风力,以是非为己任。"《世说新语·

赏誉》说:"王右军目陈玄伯,垒块有正骨。"又其注中引《晋安帝纪》说:"羲之风骨清举也。"这些"风骨"都是指一种高尚的人品。《论语·子罕》中记载孔子说:"岁寒,然后知松柏之后凋也。"这是从松柏之不畏严寒来比喻人应有不怕强暴的坚毅品格,所以刘勰赞扬孔子是:"夫子风采,溢于格言。"(《征圣》)孟子说:"富贵不能淫,贫贱不能移,威武不能屈;此之谓大丈夫。"(《滕文公下》)能成为这样的"大丈夫",才会具有"配义与道"的"浩然之气",故刘勰赞美"稷下扇其清风"(《时序》)。屈原之所以"发愤以抒情",正是出于对腐朽黑暗现实的不满,"长太息以掩涕兮,哀民生之多艰",为了实现仁政的理想,他"虽九死其犹未悔",宁"从彭咸之所居",而不与恶浊小人同流合污。他这种高洁品质在汉代曾受到刘安、司马迁等人的高度评价,赞扬他"虽与日月争光可也"。刘勰说屈原的作品,"观其骨鲠所树,肌肤所附,虽取熔经意,亦自铸伟辞","故能气往轹古,辞来切今,惊采绝艳,难与并能矣"(《辨骚》)。正是说明它有《风骨》篇所强调的以风骨为主、辞采为辅的艺术美。司马迁遭受残酷宫刑折磨,能"就极刑而无愠色","虽万被戮,岂有悔哉"(《报任安书》)。为的就是把自己的理想寄托于《史记》的写作。他提出了著名的"发愤著书"说,充分体现了不屈服的奋斗精神。刘勰称其《报任安书》"志气槃桓"而有"殊采"(《文心雕龙·书记》),也是赞扬他作为一个有正义感的知识分子的情操骨气。所谓"建安风力"就是建安诗人对动乱现实的悲忧和对壮志抱负的歌颂在艺术风貌上的表现。以三曹和七子为代表的建安诗人在汉魏之交都是有理想、有抱负的政治家和文学家。曹操是建安文学的创始者,他在几首著名的诗中,非常鲜明地表现了他对这个动乱时代的深沉感慨,以及实现统一、振兴国家的理想愿望。他对民生凋敝的现状十分关切:"白骨露于野,千里无鸡鸣。生民百遗一,念之断人肠。"(《蒿里行》)为此感到深深的忧虑:"慨当以慷,忧思难忘。何以解忧?唯有杜康。"同时也表现了"山不厌高,水不厌深。周公吐哺,天下归心"(《短歌行》)的雄心壮志。钟嵘说:"曹公古直,甚有悲凉之句。"这种慷慨悲凉的特色也就是"建安风力"的主要内容。曹植被钟嵘称为五言诗人最杰出的代表,也是体现"建安风力"的典范。曹植是一个有远大理想抱负的诗人,由于受到曹丕的排挤和迫害,他郁郁不得志,心情十分凄苦,所以在诗中充满了强烈的愤激之情、悲壮之气。他感慨世态的炎凉:"高树多悲风,海水扬其波。利剑不在掌,结友何须多?"(《野田黄雀行》)他苦于壮志不遂:"江介多悲风,淮泗驰急流。愿欲一轻济,惜哉无方舟。"(《杂诗》之五)他满怀豪情然而又不得施展:"抚剑而雷音,猛气纵横浮。泛泊徒嗷嗷,谁知壮士忧!"(《鰕䱇篇》)他内心积压着深深不平:"鸱枭鸣衡轭,豺狼当路衢。苍蝇间白黑,谗巧令亲疏。"(《赠白马王彪》)"不见鲁孔丘,穷困陈蔡间。周公下白屋,天下称其贤。"(《豫章行》)从曹植的诗中可以看出他为实现进步理想而与命运拼搏的坚毅性格,这就是他的"骨气奇高"之所在。故刘勰说:"观其时文,雅好慷慨,良由世积乱离,风衰俗怨,并志深而笔长,故梗概而多气也。"(《时序》)建安之后,以阮籍、嵇康为代表的正始文学,虽然艺术风貌和建安文学有所不同,但基本上是承继了"建安风力"的精神的,阮籍和嵇康同为竹林七贤的代表人物,他们都是胸怀大志,醉酒佯狂,啸傲山林,不拘礼法,品格高尚,而不满于污浊、黑暗现实的有骨气的知识分子。钟嵘所说陶渊明"又协左思风力",也是针对陶渊明的崇高人格的赞美。陶渊明也有济世安民的雄心壮志,他在《杂诗》之五中说:"忆我少壮时,无乐自欣豫。猛志逸四海,骞翮思远翥。"他也曾投身仕途,但他深刻地认识到当时政治的腐败,不愿与黑暗的现实同流合污,遂辞官隐居躬耕田园,以保持自己高洁的情操,而决"不为五斗米折腰"。他在《和郭主簿二首》之二中说:"芳菊开林耀,青松冠岩列。怀此贞秀姿,卓为霜下杰。"这不仅是对大自然的赞美,也是对自己理论人格的歌颂。虽然他也为自己的"猛志"不得实现感到悲哀,"日月掷人去,有志不获骋;念此怀悲凄,终晓不能静"(《杂诗》之二)。但是他更为自己能摆脱世俗羁绊,远离污浊的社会,回到纯朴的大自然中去获得心灵的净化和解脱,感到无比的高兴。他说:"久在樊笼里,复得返自然。"(《归园田居》)"静念园林好,人间良可辞。"(《庚子岁五月中从都还阻风于规林》)他的诗突出地体现了他作为深受儒、道两家思想影响的士大夫的骨气。从阮籍、嵇康到陶渊明,都比较鲜明地表现了魏晋名士的风流旷达。这种名士风流与建安时代的豪情壮志,表现在文学风貌上是颇有不同的,但是它们都是在不同的社会政治环境下知识分子的人格美理想的体现。我们对风骨的文化背景有真正深刻的了解后,自然也就不难理解它的丰富美学含义了。

五、论文学作品的写作技巧。刘勰在《文心雕龙》中对文学作品的写作技巧,曾花了很多篇幅加以论述,这说明他对具体写作技巧也是相当重视的。从组织材料、篇章结构、段落剪裁,一直到比喻、夸张、声律、对偶、用典,以及具体的章法、句法、字法,都做了详细的分析。这些大致可以包括在《总术》《附会》《熔裁》《声律》《章句》《丽辞》《比兴》《夸饰》《事类》《练字》《指瑕》等篇中,占了全书的将近四分之一。他在《总术》篇中对熟练掌握写作技巧做了相当深入的、有见地的分析。他说:"是以执术驭篇,似善弈之穷数;弃术任心,如博塞之邀遇。"说明"执术"(有很高写作技巧)和"弃术"(不重视写作技巧)是很不相同的。他深刻地指出,作家必须在统观全局的指导思想下来考虑具体的写作技巧,他说:"文场笔苑,有术有门。务先大体,鉴必穷源。乘一总万,举要治繁。"必须先识"大体",然后各种具体写作技巧的运用,方能恰如其分地把握好。必须"圆鉴区域,大判条例",才能"控引情源,制胜文苑"。因此他主张首先要讲究文学作品的整体美。他在《附会》篇中说:"何谓附会?谓总文理,统首尾,定与夺,合涯际,弥纶一篇,使杂而不越者也。若筑室之须基构,裁衣之待缝缉矣。"进入具体写作之前,先要有一个整体的布局,然后可以知道每一部分应放在什么位置才合适,而每一部分的取去、详略,也就有了剪裁的标准。所谓"杂而不越"即是指的整体与部分的关系。为此就要做到"弃偏善之巧,学具美之绩",这是"命篇之经略"。

在具体写作的时候,首先必须对内容和形式的关系有正确的认识。刘勰在《情采》篇中对此曾有系统的论述。刘勰认为文学作品的内容是起主导作用的,而形式是为内容服务的,但是形式本身也决不能轻视。他说:"夫铅黛所以饰容,而盼倩生于淑姿;文采所以饰言,而辩丽本于情性。故情者,文之经;辞者,理之纬。经正而后纬成,理定而后辞畅:此立文之本源也。"刘勰反对"为文而造情",主张"为情而造文","故为情者要约而写真,为文者淫丽而烦滥"。他很重视文学作品的真实性问题,但是他所说的真实性是指作家的思想、感情与作品中所表现的思想、感情的一致,而不是像西方的文学真实论那样,重在作品内容与现实生活之间的一致。这也是中国和西方真实论的不同之所在。

在具体的写作技巧上,刘勰认为总体布局确定之后,就要善于剪裁。

他在《熔裁》篇中说:"规范本体谓之熔,剪截浮词谓之裁。"所谓"规范本体",即是在文意的安排上要删去烦琐、重复,以及与全篇无紧要关系的那些部分。所谓"剪截浮词",是要注意文辞修饰,使之精练明白、生动流畅。在剪裁的方面,刘勰提出了著名的"三准论"。他说:"凡思绪初发,辞采苦杂,心非权衡,势必轻重。是以草创鸿笔,先标三准:履端于始,则设情以位体;举正于中,则酌事以取类;归余于终,则撮辞以举要。"提出"三准论"的目的,是要使情、事、辞三者达到和谐统一。"设情以位体",是指文体结构安排应当符合表达思想感情的需要。"酌事以取类",是说要选择适合于表达这种思想感情的具体生活内容,使题材与主题思想互相契合。"撮辞以举要",是说情和事确定后,要用确切的文辞来加以表现。三准既定,则可使作品"芜秽不生","纲领昭畅"。在文辞表达方面,具体方法很多,其中比较重要的是艺术描写中的比喻和夸张。刘勰对传统比兴方法的论述,有他自己独特的贡献,这就是他提出的"比显而兴隐"的问题。严格地说,"比"与"兴"都有比喻的意思,但是前者明显而后者隐蔽。刘勰又说:"故比者,附也;兴者,起也。附理者,切类以指事;起情者,依微以拟议。"这就把比兴这两种艺术方法的同异分析得十分清楚明白。刘勰在解释比兴的特征中,还进一步突出了"兴"的作用,他指出:"毛公述传,独标兴体。""兴"是更符合艺术美学特征的一种方法,所以刘勰对辞赋中"日用乎比,月忘乎兴"的状况十分不满,认为是一种"习小而弃大"的现象。他认为比兴的方法从文学的艺术特征角度来说,都是"拟容取心"的方法,是从对现实生活状况的描写来寄托作家思想感情的。"拟容取心"是刘勰有关文学的美学特征所提出的重要命题。与比兴方法有密切关系的是艺术的夸张描写,这也往往是运用比兴来表现的。刘勰对艺术的夸张描写是充分肯定的,并给予了高度的赞扬。他在《夸饰》篇中说:"神道难摹,精言不能追其极;形器易写,壮辞可得喻其真;才非短长,理自难易耳。故自天地以降,豫入声貌,文辞所被,夸饰恒存。"他指出"夸饰"是为了能更加真实,而文学艺术是不能离开夸张描写的。这也是对王充和左思否定文学夸张的一种否定。但是刘勰也指出夸张描写必须符合事理,恰到好处,不能漫无边际地任意夸张,夸张过分也会失实。他说:"然饰穷其要,则心声锋起;夸过其理,则名实两乖。"因而就要做到"夸而有节,饰而不诬"。这样才能收到好的艺术效果。"至如气貌山海,体势宫殿,嵯峨揭业,熠耀焜煌之状,光采炜炜而欲然,声貌岌岌其将动矣。莫不因夸以成状,沿饰而得奇也。"

有关声律、对偶、用典等问题,是六朝文学创作上十分流行又为大家所普遍重视的问题。刘勰根据当时文学创作的经验,对这些问题都做了认真的理论总结。对于声律,刘勰既不陷入烦琐的声病规范之中,也不简单否定声律派的理论,而是深入地探讨了声律说的美学原理。刘勰认为文学创作上追求声律之美的本质,和音乐一样是为了求得和谐之美,所以他认为声律的关键是在于如何做到"和"与"韵"。他说:"凡声有飞沈(沉),响有双叠。双声隔字而每舛,叠韵杂句而必睽;沉则响发而断,飞则声扬不还,并辘轳交往,逆鳞相比,迕其际会,则往蹇来连,其为疾病,亦文家之吃也。"这里讲的实际上即是当时声律派的主要理论内容。"声有飞沈",即指平声和仄声。平声飞而"声扬不还",仄声沉且"响发而断"。"双声隔字而每舛",即八病中之旁纽,"叠韵杂句而必睽",即八病中之大韵。刘勰提出的"辘轳交往,逆鳞相比",正是声律派所要求的"低昂互节","若前有浮声,则后须切响"。刘勰又说:"是以声画妍蚩,寄在吟咏,吟咏滋味,流于字句,气力穷于和、韵。异音相从谓之和,同声相应谓之韵。韵气一定,故余声易遣;和体抑扬,故遗响难契。属笔易巧,选和至难;缀文难精,而作韵甚易。"诗歌语言音韵相同的声韵互相呼应,称为"同声相应",比如押韵、双声、叠韵,都可以看作是一种"同声相应",然而这毕竟还是比较单调的。语言的音韵美,主要还是在于不同声音之间的和谐配合,亦即刘勰所说"异音相从"之"和"。和韵之美可以构成抑扬顿挫的节奏,形成摇曳多姿的声律之美。但是,"和"与"韵"相比,要达到"和"是比较困难、不容易的,因而也是讲究声律美的主要内容。从这一点说,刘勰对声律理论的研究有比声律派更为深入的地方。

关于对偶问题,刘勰也做了理论总结。他指出文辞之对偶与客观事物本身是自然成对的现象是分不开的。他说:"造化赋形,支体必双;神理为用,事不孤立。夫心生文辞,运裁百虑,高下相须,自然成对。"为此,刘勰认为对偶的运用,不可勉强,应当任其自然。关于对偶的种类,刘勰提出有四种基本类型:言对、事对、正对、反对。言对的特点,刘勰说是"双比空辞者也"。即是指文辞句法、格式、词类方面的对偶。如《上林赋》:"修容乎《礼》园,翱翔乎《书》圃。"事对的特点,刘勰说是"并举人验者也"。即是不仅文辞格式、词类上对偶,而且还有运用典故意义上的对偶。如宋玉《神女赋》:"毛嫱鄣袂,不足程式;西施掩面,比之无色。"反对的特点,刘勰说是"理殊趣合"。即事情的义理是相反的,但说明的问题则是一致的,如王粲《登楼赋》中:"钟仪幽而楚奏,庄舄显而越吟。"正对的特点,刘勰说是"事异义同"。即具体事情虽异,但内容性质是一样的,如张载《七哀诗》中:"汉祖想枌榆,光武思白水。"四对之中,还有互相交叉的关系,言对中既有正对,亦有反对,事对中亦可有正对、反对。反之,正对、反对中也都可以有言对、事对。此外,还有隔句相对等等。刘勰认为关键是在内容的深刻,如果内容平庸,对得再好也没有意义。所以他说:"若气无奇类,文乏异彩,碌碌丽辞,则昏睡耳目。必使理圆事密,联璧其章;迭用奇偶,节以杂佩,乃其贵耳。"

用典也是六朝文学的一个大问题。典故用得好,可以使作品思想内容进一步深化,并能使文辞具有丰赡之美。但用典过僻、过多也会使作品艰涩,而丧失自然之美。所以钟嵘在《诗品》中曾反对用典,但刘勰的观点与钟嵘不同,他是充分肯定用典的意义与作用的,并指出这是中国文学的一个传统特点。他说:"事类者,盖文章之外,据事以类义,援古以证今者也。""明理引乎成辞,征义举乎人事,乃圣贤之鸿谟,经籍之通矩也。"刘勰认为用典用得好,和自己发自内心的创作一样,不会因此而使作品失去自然流畅之美。他说:"凡用旧合机,不啻自其口出;引事乖谬,虽千载而为瑕。"他要求用典用得合适,既发挥其所长,又避免其容易造成的弊端,这就没有钟嵘简单地反对用典的片面性。

此外,刘勰还对语言修饰等问题提出了不少有益的见解。他对写作技巧的重视和对一些重要写作技巧的理论总结,对文学发展无疑是有积极的促进作用的。

六、论文学的批评与欣赏。《文心雕龙》的《知音》篇是专门讨论文学的批评、鉴赏问题的。刘勰首先指出文学的欣赏与批评,和文学的创作有很不同的特点。他说:"夫缀文者情动而辞发,观文者披文以入情。"创作是一个由情到辞的过程,而欣赏则是一个由辞到情的过程。文学的欣赏和批评,是由读者先受到艺术形象的感染,然后再深入一步去体会作家主观的情志。刘勰认为要正确开展文学批评,是一件困难的事情,《知音》篇中一开始就说:"知音其难哉!音实难知,知实难逢;逢其知音,千载其一乎!"文学作品门类众多,品种复杂,万紫千红,各有千秋,要欣赏其优点,鉴别其好坏,是不容易的。同时,批评者欣赏者的状况也很不相同,各人水平高低不一。所以,"知音"实在是很难的。刘勰指出由于批评者的主观和无知,往往会埋没许多优秀的作品,同时批评者常常因为自己的好恶而不能对文学作品做出客观的实事求是的评价,对此,刘勰是很不满意的。他说:

> 夫麟凤与麏雉悬绝,珠玉与砾石超殊,白日垂其照,青眸写其形。然鲁臣以麟为麏,楚人以雉为凤,魏氏以夜光为怪石,宋客以燕砾为宝珠。形器易征,谬乃若是,文情难鉴,谁曰易分?夫篇章杂沓,质文交加;知多偏好,人莫圆该。慷慨者逆声而击节,酝藉者见密而高蹈,浮慧者观绮而跃心,爱奇者闻诡而惊听。会己则嗟讽,异我则沮弃;各执一隅之解,欲拟万端之变;所谓"东向而望,不见西墙"也。

批评者不从作品客观实际出发,必然要出现片面性,结果只能是"各执一隅之解,欲拟万端之变"。他在《序志》篇中曾说曹丕《典论·论文》、曹植《与杨德祖书》、应玚《文论》、陆机《文赋》、挚虞《文章流别论》、李充《翰林论》等都有这种缺点,"各照隅隙,鲜观衢路","并未能振叶以寻根,观澜而索源"。他认为这种主观、片面的文学批评,其主要产生原因有三:一是"贵古贱今",二是"崇己抑人",三是"信伪迷真"。他提出正确的批评应当"无私于轻重,不偏于憎爱"。

那么,怎样才能做到客观地、公正地、科学地进行文学批评活动呢?刘勰认为首先批评者本人必须加强修养,提高自己水平。他说:"凡操千曲而后晓声,观千剑而后识器;故圆照之象,务先博观。"只有大量地阅读和研究各种文学作品,认识和掌握文学创作的规律和特点,认真地加以比较和鉴别,才能给作品以正确的评价。有了"博观"的基础,就能够"阅乔岳以形培塿,酌沧波以喻畎浍",综观全局,给作品以确切的历史评价,真正做到"平理若衡,照辞如镜"。

刘勰还进一步指出,批评者除了要加强自己的修养外,还必须懂得欣赏和批评文学作品的具体方法,知道怎样去判断文学作品的优劣。为此,刘勰提出了"六观"的问题。他说:

> 是以将阅文情,先标六观:一观位体,二观置辞,三观通变,四观奇正,五观事义,六观宫商。斯术既形,则优劣见矣。

这六观也就是"披文以入情"的途径与方法。六观都是指文(文辞)的特点而说的,然而又与情密切相关,它要求批评者以"文"的六个关键方面来观其情,否则就无法"入情"。"六观"是分析文学作品优劣的方法,而不是批评标准。"一观位体",是要考察文学作品的体裁风格与它所包含的情理是否互相契合。《定势》篇中说:"夫情致异区,文变殊术,莫不因情立体,即体成势也。"体是因情而立的,"位体"实质是在考察作品是否充分体现了情理,并和文体特点和谐统一。"二观置辞",是要考察文辞运用是否能充分表达内容。《情采》篇中说:"是以联辞结采,将欲明理;采滥辞诡,则心理愈翳。""置辞"的妥帖与否,是和内容联系着的,而不能只看它是否华丽。"附辞会义",由辞而明义,辞和义不能分开。"三观通变",是要考察文学作品在继承和革新方面,是否做到了在通的基础上有变,能否"望今制奇,参古定法"。"四观奇正",是要考察作品内容是否纯正,形式是否华美,以及两者的关系安排得是否妥当,能否做到《辨骚》篇所说的"酌奇而不失其真,玩华而不坠其实"(按:唐写本"真"作"贞",即正也),是"执正以驭奇",还是"逐奇而失正"。"五观事义",是要考察文学作品中所描写的客观内容与作家主观情志是否协调统一。《附会》篇中说文学作品"必以情志为神明,事义为骨髓,辞采为肌肤,宫商为声气"。事义要能体现情志,而不能和情志相乖戾。事义还有是否真实可信的问题。《宗经》篇就提出了"事信而不诞","义直而不回"的问题。"六观宫商",是要考察文学作品的声律,是否做到了有和、韵之美。

"六观"还只是一般的考察文学作品优劣的几个方面,要真正有精到深刻的识别能力,善于一针见血地指出作品的要害所在,关键是要能够

"见异"。刘勰说:"昔屈平有言:'文质疏内,众不知余之异采。'见异唯知音耳。"一部优秀的作品必然会有自己的独特特点,有不同于一般作品的"异采"。唯有善于发现"异采",方是有"识深鉴奥"能力的表现,才算得上真正的"知音"。"见异",是要能掌握作家作品在思想和艺术上的独创性特点,以及它不同于其他作家作品的特征。我们从《文心雕龙》来看,刘勰本人正是这样一位善于"见异"的知音。

七、论文学的历史发展及其与时代的关系。刘勰在《文心雕龙》中还深入地探讨了文学的历史发展中继承与创新的问题,以及文学发展和时代的关系问题。

关于继承和创新的问题,刘勰提出了"通变"的重要思想。"通",是指文学发展过程中有一些基本的创作原则是历代都必须继承的;"变",是指文学创作必须随着时代和文学的发展而有新的发展与创造,逐渐丰富文学创作的基本原则和方法。从《文心雕龙》的前五篇总论来说,《原道》《征圣》《宗经》讲的就是"通"的问题,而《正纬》《辨骚》则是讲的"变"的问题。变,有一个怎样变才是正确的问题,像纬书那样的变是走上邪道了,而像《楚辞》那样的变才是正确的变。当然,刘勰以"原道""征圣""宗经"作为通的内容,是反映了他的保守思想和局限性的,但是他提出要有通有变的基本原则是正确的。

刘勰在《通变》篇中对文学创作上的通与变曾做了具体的论述,他说:"夫设文之体有常,变文之数无方。何以明其然耶?凡诗赋书记,名理相因,此有常之体也;文辞气力,通变则久,此无方之数也。名理有常,体必资于故实;通变无方,数必酌于新声;故能骋无穷之路,饮不竭之源。"这里说的"设文之体有常",是指每一种文学作品的体裁,都有自己一定的特点,有一定的写作要求,否则就不成其为这种文学形式了。但是,每一种文学体裁的作品又可以有千千万万,它们的具体面貌是完全不相同的,所以说是"变文之数无方"。"名理相因",是说诗、赋、书、记这些不同的文体各有自己特点,也是以此来互相区别的,在文学的历史发展过程中,形成了一些基本的创作原则与方法。"文辞气力,通变则久",是说每个作家的作品各有其风貌气质,各篇作品都有特殊艺术表现方法,这是因人因事而异的。没有这种变化,文学也就没有生命力了。刘勰对"通变"的思想曾做了一个十分生动形象的比喻,他说:"故论文之方,譬诸草木:根干丽土而同性,臭味晞阳而异品矣。"所以他提出对文学创作的继承和创新,应当"凭情以会通,负气以适变"。

"通变"的思想是贯穿《文心雕龙》全书的基本思想,刘勰对文学发展与时代关系的论述也是建立在"通变"的思想基础上的。对文学发展与时代变迁的关系,他在《时序》篇中提出了一个著名论断:"文变染乎世情,兴废系乎时序。"他认为文学是随着时代的变化发展而变化发展的。他说:"故知歌谣文理,与世推移,风动于上,而波震于下者。"现实的世情有了新的面貌,文学发展也就有新的姿态。刘勰指出,文学发展是依赖时代发展的,并受其制约。时代对文学的影响,不仅关系到文学发展是萧条还是繁荣,而且直接影响到文学创作的思想内容和艺术风貌特征。《时序》篇中论西汉文学发展的状况道:

> 爰至有汉,运接燔书,高祖尚武,戏儒简学,虽礼律草创,《诗》《书》未遑,然《大风》《鸿鹄》之歌,亦天纵之英作也。施及孝惠,迄于文景,经术颇兴,而辞人勿用;贾谊抑而邹、枚沉,亦可知已。逮孝武崇儒,润色鸿业,礼乐争辉,辞藻竞骛。柏梁展朝宴之诗,金堤制恤民之咏,征枚乘以蒲轮,申主父以鼎食,擢公孙之《对策》,叹倪宽之拟奏;买臣负薪而衣锦,相如涤器而被绣。于是史迁、寿王之徒,严终、枚皋之属,应对固无方,篇章亦不匮,遗风余采,莫与比盛。

刘勰从对时代政治思想状况分析出发,说明西汉文学由萧条而繁荣的过程及其社会原因。刘邦以武力取天下,故对文学并不重视,文景之世虽设经学博士,但对贾谊、枚乘并不重用。到汉武帝时,封建帝国繁荣发展,需要文学来"润色鸿业",文学遂得到极大的繁荣发展。在论及建安文学与时代关系时,刘勰说:"观其时文,雅好慷慨,良由世积乱离,风衰俗怨,并志深而笔长,故梗概而多气也。"指出建安文学之慷慨悲壮风貌特点是受战乱频繁、社会经济遭到严重破坏、民不聊生的时代状况影响之结果。论及东晋文学发展时,刘勰着重强调了玄学的兴起和发展对文学创作的影响。他说:"自中朝贵玄,江左称盛,因谈余气,流成文体。是以世极迍遵,而辞意夷泰,诗必柱下之旨归,赋乃漆园之义疏。"玄学清谈风气对文学的影响是很复杂的,玄学对文学思想、文学理论的发展也有好的影响,刘勰这里主要是指玄学在创作上所造成的流弊。因为玄言诗侈谈玄理,忽略了文学的审美特性,显得枯燥干巴。故《明诗》篇中刘勰又说:"江左篇制,溺乎玄风,嗤笑徇务之志,崇盛亡机之谈。袁、孙已下,虽各有雕采,而辞趣一揆,莫与争雄。"刘勰还认为帝王的提倡与否,与文学发展关系也甚大。例如建安文学的发展便是和曹氏父子喜爱文学、热心提倡分不开的。他说:"自献帝播迁,文学蓬转。建安之末,区宇方辑。魏武以相王之尊,雅爱诗章;文帝以副君之重,妙善辞赋;陈思以公子之豪,下笔琳琅;并体貌英逸,故俊才云蒸。仲宣委质于汉南,孔璋归命于河北,伟长从宦于青土,公幹徇质于海隅,德琏综其斐然之思,元瑜展其翩翩之乐,文蔚、休伯之俦,子叔、德祖之侣,傲雅觞豆之前,雍容衽席之上,洒笔以成酣歌,和墨以藉谈笑。"真可以说是盛况空前! 曹氏父子十分尊重文才,也爱惜文才。像陈琳那样原先在袁绍处曾痛骂过曹操的人,归附曹魏之后,曹操亦未进行报复,只是和他开了个玩笑,说:"卿昔为本初(袁绍字)移书,但可罪状孤而已。恶恶止其身,何乃上及父祖邪?"(《三国志·陈琳传》)对他仍十分重用。此外,刘勰还指出了每一个时代文学的发展,都受前代文学遗产的影响。论汉赋时说:"爰自汉室,迄至成、哀,虽世渐百龄,辞人九变,而大抵所归,祖述《楚辞》,灵均余影,于是乎在。"这些说明刘勰在论述时代对文学的影响时,看到了时代的各个方面因素(如政治、经济、文化思想、文学艺术等)对文学发展都有极为深刻的影响。

第三节 《文心雕龙》在中国文学理论批评发展史上的地位与作用

上面我们比较具体地分析了《文心雕龙》的文学思想体系以及文学理论批评的具体内容,可以看出,《文心雕龙》是在儒、道、佛三家哲学、美学和文学思想熏陶下产生的一部伟大的文学理论巨著,它吸收了前代的文学理论批评发展成果,集其大成,取其精华,融会贯通,不落一边,富有独创,自成体系。它比较全面地反映了中国古代文学理论的民族传统,对后来文学理论批评发展具有奠基作用,因此在中国古代美学和文学理论批评发展史上有极为重要的地位和作用。

《文心雕龙》不仅对齐梁以前文学创作的经验和文学理论批评发展中的成果,做了全面系统的总结,而且提出了一个完整的文学理论体系,对文学的本质与特征、文学的构思与创作、文学的风格与体裁、文学的艺术美标准、文学的艺术表现技巧、文学的欣赏与批评、文学发展的继承与创新、文学发展与时代的关系、作家的才能与修养等,都做了相当深入具体的论述。在这个过程中,刘勰创造性地提出了一系列重要的美学范畴与文学理论概念,例如神思、虚静、意象、隐秀、风骨、通变、奇正、体势等,这对中国古代美学和文学理论的发展都有十分深远的影响。

我们纵观文学理论批评发展的历史,可以发现,后来许多文学理论发展中的重要问题,都可以在《文心雕龙》中找到它们的雏形,而在有一些问题上,可以说始终没有能达到《文心雕龙》中有关论述的高度。唐代以白居易为代表的、以提倡写实为主的诗歌理论,强调文艺是现实的反映,主张形式必须为内容服务,反对内容贫乏而一味追求形式美的创作倾向,提倡实录精神,重视文艺的真实性。这种基本思想在《文心雕龙》的《情采》《时序》《明诗》等篇中都可以找到其思想渊源。白居易《与元九书》中提出的诗歌"根情、苗言、华声、实义"与刘勰所说"以情志为神明,事义为骨髓,辞采为肌肤,宫商为声气",是很接近的。唐宋以后盛极一时的以创造意境为中心的司空图、严羽一派诗歌理论,也与《文心雕龙》有密切关系。刘勰重在"义生文外"、要求有"文外之重旨"的"隐秀"说,实际上正是讲的意境之基本特点。北宋梅尧臣、南宋张戒等对"隐秀"说的发挥,在宋人诗话中曾产生了极大的影响,使他们比较普遍地主张诗歌要有言外之意。"意在言外"之成为中国古代诗歌的基本传统,应该说最早是由刘勰首先提出来的。中国古代浪漫主义文学理论的一个核心内容,是十分注重浪漫主义文学的现实基础,提倡"幻中有真","夸不失实",而这种思想最早见于刘勰《文心雕龙》的《辨骚》篇。如果说明清之交是中国古代文学理论批评发展的一个带有总结性的高潮时期的话,那么,我们也可以清楚地看到这时期的许多重要文学理论观点和《文心雕龙》之间有着内在的紧密联系。比如公安派所主张的"性灵",其实最早也是出自《文心雕龙》。刘勰在《文心雕龙·原道》篇中提出:"仰观吐曜,俯察含章,高卑定位,故两仪既生矣。惟人参之,性灵所钟,是谓三才。"人文就是性灵的表现。故

《宗经》篇说圣人之经书"洞性灵之奥区"。《情采》篇论文学创作是"综述性灵,敷写器象"。可见,文学表现人的性灵之思想,刘勰早已讲得很清楚了。公安派反复古的主要武器是强调文学是变化发展的,这也正是在刘勰通变思想基础上的进一步发展。刘勰所说的"文律运周,日新其业。变则其久,通则不乏"的思想,是袁宏道在《雪涛阁集序》中提出的著名的"时变"说的理论基础,后来叶燮在《原诗》中的"正变"说也是在这个基础上发展出来的。明末清初著名的诗歌理论批评家王夫之,他的情景交融说,和《文心雕龙》中有关心物与情物关系的论述,也有明显的内在联系。他的"情中景"和"景中情"说,也是从刘勰的"情以物兴""物以情观"和"随物宛转""与心徘徊"说中脱胎而出。至于刘勰的神思、虚静说,更为历代许多文艺家所崇奉,并做过许多具体的发挥。刘勰对文学风格的一系列论述,不仅成为后来各种艺术风格理论发展的基础,而且从理论的系统性和周密性来说,后来的风格理论很少能赶得上它。清代姚鼐提出的阳刚之美和阴柔之美,虽是受《周易》特别是《系辞》的影响,但从文学理论上看,最早也是从刘勰开始提出的。《体性》篇中说的"气有刚柔""风趣刚柔,宁或改其气",实际上已接触到阳刚之美和阴柔之美的问题。上述所说,只是略举一点例子,至于《文心雕龙》对后代文学理论批评的实际影响,远比这些要大得多,也深得多。

在中国古代文学理论批评史上,没有一部著作可以和《文心雕龙》相比。《文心雕龙》是中国古代文学理论批评发展史上最有代表性的权威著作,它的丰富理论内容有许多至今还闪耀着光辉。它为中国古代文学理论批评赢得了具有世界历史意义的重要地位。

第九章 钟嵘的诗论专著《诗品》

第一节 钟嵘的生平思想及《诗品》的写作

钟嵘的《诗品》是继刘勰《文心雕龙》之后,中国文学理论批评史上的又一部重要著作,它和《文心雕龙》被后世学者誉为文论史上的"双星"。清代章学诚在《文史通义》中称赞《文心雕龙》是"体大而虑周",褒美《诗品》是"思深而意远"。《诗品》的出现还有它特殊的意义,钟嵘以前的文论著作如《文赋》《文心雕龙》等,所论都是广义的文学,而《诗品》所论则是狭义的纯文学——诗歌。中国是一个诗的国家,唐宋以后千余年的文学理论批评史上,曾出现大量的诗话、词话,钟嵘《诗品》可说是它们的开山鼻祖。

钟嵘,字仲伟,颍川长社(今河南长葛)人。钟嵘的生年根据王达津(《钟嵘生卒年代考》,《光明日报》1957年8月18日)、张伯伟(《钟嵘诗品研究》,1993年南京大学出版社出版)等先生的考证,大约在公元466年到471年之间,因为《南史·钟嵘传》说"齐永明中为国子生",而按当时规定,国子生的入学年龄应在十五岁至二十岁之间,南齐国学几度兴废,钟嵘之入学当在永明三年(485)。由此上推十五至二十年即为钟嵘所生年代,但究竟是在哪一年,学者们的意见颇为分歧,也无很确切的材料可以说明,所以,我个人同意王达津先生的说法,定为约468年比较妥善。钟嵘卒于为晋安王、西中郎将萧纲记室任内。萧纲于天监十七年(518)为西中郎将,钟嵘任职不到一年,故其卒年当为公元518年。

钟嵘在政治上颇想有所作为,但他在那个时代是受人轻视的,无法实现其抱负。据本传记载,齐明帝萧鸾对各种政务管得很细,十分繁忙。钟嵘遂上书说,古代明君善用贤才,各种政务均由臣下办好,君王"可恭己南面而已",不须事必躬亲。萧鸾看到钟嵘的上书后,很不高兴,曾对太中大夫顾暠说:"钟嵘何人,欲断朕机务,卿识之不?"顾暠回答说:"嵘虽位末名卑,而所言或有可采。"但萧鸾不加理睬。可见,钟嵘在当时的门阀社会里,地位是很低下的。虽然他出身于名门望族颍川钟氏,他的祖先在魏晋时期有较高的名位,但到齐梁之际已逐渐败落。钟嵘尽管以出身高贵士族自傲,于梁天监初年上书梁武帝主张严格划清士族与素族的界限,提出:"若吏姓寒人,听极其门品,不当因军遂滥清级。"然而,由于他的实际社会地位和寒门素族已经没有多大区别,因此,对士族豪门的腐朽有比较清醒的认识,在文学观点上和当时"王公搢绅之士"颇有不同,对他们有很多批评。钟嵘于建武初(约494—496)为南康王侍郎,永元末(约500—501)除司徒行参军。梁天监三年(504)衡阳王萧元简出任会稽太守,引钟嵘为宁朔记室,后于天监十七年(518)为晋安王、西中郎将萧纲记室。他一生只做过几次小官,多为王室幕僚,也是很不得志的。据本传说他曾"求誉于沈约",但沈约很看不起他,加以拒绝。他对当时政治的腐败很看不惯,曾上书梁武帝反对卖官鬻爵之弊。

钟嵘的思想受儒家影响较少,而较多地倾向于老庄玄学思想。《南史》本传中说他"好学,有思理","齐永明中为国子生,明《周易》"。《周易》本是儒家经典,但自从魏晋玄学兴起,王弼注《周易》之后,《周易》遂成为玄学的主要经典。于是,易学就有代表儒家的郑(玄)注与代表玄学的王(弼)注两种。齐梁之际虽然在国学中是郑、王两注并置的,但在那个时代王注的影响显然要大得多,因为那是最时髦的。现在我们虽然无法断定钟嵘所明的是何种注本的《周易》,然而在那个玄学思想泛滥的时代,他不习王注《周易》是根本不可能的,诚如张伯伟先生所指出的,钟嵘习《易》可能是和他的家学传统有关的,颍川钟氏中的钟繇、钟会在魏晋时都是精通《周易》的,而钟会的《易》学思想与王弼比较接近,两人交厚,在当时齐名,《三国志》中《王弼传》即附于《钟会传》后。同时,从《南史》钟嵘本传的记载和《诗品》的内容与方法来看,钟嵘显然也是比较倾向于王弼的易学思想的。他给齐明帝萧鸾上书的内容,很明显地表现了君王应当无为而治,把一切政务都交给臣下去办的思想。这就是魏晋以来玄学家所主张的援儒入道,"以道为本,以儒为用"在政治上的具体表现。王弼注《易》一扫汉代复杂的象数之学,而易之以简驭繁的体用、本末之学;从研究方法上来说,舍弃汉人的烦琐考证,而易之以"得意忘言"之论,也是一种很大的改革。王弼这种"举本统末""执一统众"的研究方法,与钟嵘《诗品》中追本溯源的研究方法,也可以看出明显的内在联系。钟嵘在《诗品》中虽然也表现出受很多儒家文学观念的影响,但是他并不恪守儒家传统,而是在许多方面有所突破,如对"怨"的强调、对"赋比兴"的解释等,都有创新的独到之见。

《诗品》是他晚年之作,大约成书于公元 514—516 年之间,因为《诗品》所评论的 122 位诗人,其原则是"不录存者"。《诗品》中列有沈约,沈约死于天监十二年(513);而当时诗人柳恽、何逊死于天监十六年(517),《诗品》中则未列入,故《诗品》之作又当在是年以前。《诗品》之作,正值中国文学艺术理论批评的一个空前活跃时期,对文艺家进行品评,也是一种时行的社会风气。钟嵘对当时的文艺批评的现状相当不满,针对那些错误的文艺思想和创作上的种种歪风邪气,他深深感到应当提倡一种正确的文艺批评。故而他说:

> 今之士俗,斯风炽矣。才能胜衣,甫就小学,必甘心而驰骛焉。于是庸音杂体,人各为容。至使膏腴子弟,耻文不逮,终朝点缀,分夜呻吟,独观谓为警策,众睹终沦平钝。次有轻薄之徒,笑曹刘为古拙,谓鲍照羲皇上人,谢朓今古独步。而师鲍照,终不及"日中市朝满",学谢朓,劣得"黄鸟度青枝"。徒自弃于高明,无涉于文流矣。观王公搢绅之士,每博论之余,何尝不以诗为口实。随其嗜欲,商榷不同,淄渑并泛,朱紫相夺,喧议竞起,准的无依。近彭城刘士章,俊赏之士,疾其淆乱,欲为当世诗品,口陈标榜,其文未遂,感而作焉。

从这一段自述中,可以看出,钟嵘对当时创作上那种好坏不分、以劣为优的情况是十分不满的,而文学批评方面亦以豪门世族口味为标准,没有一个正确的原则。所以钟嵘在《诗品序》中尖锐地批评了当时滥用典故、排比声律之弊。因此,对当时文学创作和文学批评的健康发展,是有进步意义的。

钟嵘对前代的一些文学批评著作也有所不满,他在中品序中说:

> 陆机《文赋》,通而无贬;李充《翰林》,疏而不切;王微《鸿宝》,密而无裁;颜延论文,精而难晓;挚虞《文志》,详而博赡,颇曰知言:观斯数家,皆就谈文体,而不显优劣。至于谢客集诗,逢诗辄取;张骘《文士》,逢文即书:诸英志录,并义在文,曾无品第。嵘今所录,止乎五言。虽然,网罗今古,词文殆集。轻欲辨彰清浊,掎摭病利,凡百二十人。预此宗流者,便称才子。至斯三品升降,差非定制,方申变裁,请寄知者尔。

钟嵘对晋宋以来文学批评著作的评价是颇值得我们研究的,他既肯定了它们的成就,也批评了它们的不足,总的来说是不太满意的。他说陆机《文赋》"通而无贬",此"贬"字,有的学者据清人朱骏声《说文通训定声》认为通"辨",即"明"之意,我认为不妥。当如许文雨、郭绍虞等释为褒贬之贬为好。与钟嵘同时的刘勰在《文心雕龙》中有九处用到"贬"字,均为此意。此处所说"通",即指《文赋》全面地论述了文学创作过程中的理论问题,而"无贬"即是指未举作家作品为例做出褒贬评价,此与下文"观斯数家,皆就谈文体,而不显优劣"正好相应。此所谓"不显优劣"并非如许文雨所说《文赋》中"虽应而不和""虽和而不雅"一类褒贬,而是指此数家只论文体而不显作家作品优劣。他说李充的《翰林论》"疏而不切",即是刘勰所说"浅而寡要"之意(参见《文心雕龙·序志》篇)。王微《鸿宝》今已不存,《隋书·经籍志》载《鸿宝》十卷,未署撰人。《文镜秘府论》所载王微《鸿宝》可能即据《诗品》。"颜延论文"有可能是指现存《庭诰》,也可能是现已散佚的文章,难以确考。钟嵘对"挚虞《文志》"评价比较高,称赞它"详而博赡,颇曰知言",是因为挚虞著有《文章志》(四卷)、《文章流别集》(《晋书》谓三十卷,《隋志》谓四十一卷,注又引阮孝绪《七录》谓为六十卷),前者乃系作家传记,后者则为总集,按文体之不同各选其有代表性的作品,以显其历史发展过程中的流别变化,并对每一种体裁的创作特征有专论,这种既追溯源流又显示作家作品优劣的研究体制和结构,是和钟嵘《诗品》比较接近的。至于谢灵运的《诗集》《诗英》等及张骘的《文士传》只是收录诗文,而不分品级高下。故钟嵘的《诗品》虽只限五言诗,然而网罗了古今所有五言诗人,不但明辨其源流清浊,而且还评析其优劣得失。对于三品等第的划分,钟嵘自己也认为并非定论,只是他自己的一点看法而已。

《诗品》的出现和魏晋以来的人物品评与当时书、画、乐论的发展有十分密切的关系。钟嵘在其上品序中说:"昔九品论人,《七略》裁士,校以宾实,诚多未值。至若诗之为技,较尔可知,以类推之,殆均博弈。"可见,他分五言诗人为三品,分别加以论述,是受汉魏的人物品评分为九等以区别贤愚、刘歆的《七略》分七类以论作家影响的结果。同时,他认为诗歌创作和下围棋也是比较类似的,都要讲究技巧,而六朝时品第围棋水平高下的风气很盛,例如《隋书·经籍志》所载,范汪有《围棋九品序录》五卷、袁遵有《棋后九品序》一卷、梁武帝有《围棋品》一卷、陆云有《棋品序》一卷等。日本学者兴膳宏先生在其《〈诗品〉和书画理论》一文中曾指出:南朝宋虞龢《论书表》中说他整理王羲之、王献之等墨迹时分为"好者""中者""下者"三类,实际上就是上、中、下三品,对钟嵘以三品论诗有明显的影响。兴膳宏先生还指出:在钟嵘以前以书法家为中心品评优劣的著作还有宋羊欣的《古来能书人名》和齐王僧虔的《论书》,而羊欣书中引张芝与朱宽书自叙曾说"上比崔、杜不足,下方罗、赵有余",这与钟嵘《诗品》中评王粲时所说:"方陈思不足,比魏文有余。"在文义和句法上都很相似。中国古代文人常常是琴棋书画都很精通的,所以钟嵘以诗歌和博弈、书法相比也是不足为怪的。而从艺术领域来看,当时的书画也很讲究品级评定。在钟嵘之前,绘画理论批评上有刘宋时代著名的谢赫《古画品录》,它以画家为中心分为六品,明"众画之优劣",这和《诗品》是基本一致的。谢赫在书序中说:"虽画有六法,罕能尽该;而自古及今,各善一节。"所以有的学者认为六品是和谢赫所提倡的"六法"相应的,但是,这个说法不够全面,谢赫在书序中又说:"唯陆探微、卫协,备该之矣。"并列陆探微、曹不兴、卫协三人为第一品,他还是从体现"六法"整体水平高低来分品的,不过,"六法"中"气韵生动"是最重要的,而"传移模写"则是讲的学习绘画、练基本功的方法,自然是比较不重要的。然而,谢赫在每一品中对画家的排列次序是按艺术水平高低,而不是按时代先后,这是与《诗品》不同的。《古画品录》不但在批评形式上对《诗品》有影响,而且在美学思想上也有很大影响,这后一方面我们将在下文再分析。《诗品》

是受书、画论影响而产生的,但它反过来又深刻地影响了书画理论批评的发展。如梁庾肩吾的《书品》分上、中、下三品评论了123位书法家,不过他在每一品中又分上、中、下三等,实际为九品,并在每一品所列人名后有"论",评述各人的书法特色与优劣。所不同者,有些等第是综论,而不是像钟嵘那样基本上是逐个评论。袁昂的《古今书评》分论了25位重要书法家,也是逐个品评其优劣的。绘画方面,陈代姚最的《续画品》是补《古画品录》之不足的,并对谢赫的分等有所不满,评了20位画家的绘画特色,因为是补充,故不再分等。这也许看不出多少《诗品》的影响,但是在美学思想上提倡"心师造化",则可看作是对钟嵘提倡"自然英旨"的继承和发展。

钟嵘《诗品》,本名《诗评》,主要是诗歌评论。《诗品》的体例和《文心雕龙》不同,它不是像《文心雕龙》一样按文体分类和理论问题的主次来分别论述,而是着重在对五言诗人分等逐个进行评述。全书把自汉迄梁122位诗人(《古诗十九首》的作者不明,钟嵘单列为"古诗"一家,不在此122位诗人之内,实际为123家)分为上、中、下三品。上品除"古诗"外,列了11位诗人,中品39位诗人,下品72位诗人。他对这些诗人及其作品的成就高下、艺术风貌特征均进行了总体性的评论,并且区分流派,追寻各自的渊源关系。《诗品》的较早版本都是上、中、下三品之前各有序的,清人何文焕编《历代诗话》,始将三篇序合在一起置于书前为总序,后来不少《诗品》即按此结构刊行。清代后期张锡瑜以及韩国的车柱环等学者则认为上品序是全书总序,而中品序批评用典段是上品评谢灵运条的附论,下品序批评声律派一段是中品评沈约条的附论。那么《诗品》结构原貌究竟是什么样的呢?我以为《诗品》本身是一部完整的诗论著作,历代版本大都分上、中、下三品为三卷,每卷前各有序,这应当是符合原貌的。何文焕将三篇序合为一篇放在前面,诚如很多学者指出的,并无什么根据,只是"一己之意",而原来的三篇序各有自己的结构,强编在一起,不伦不类,是很不合适的。至于说中、下品序只是谢灵运和沈约两条的附论,也是很勉强的。中品序提倡"自然英旨"固然与谢灵运有关,但其实更主要的是批评用典过度,当时因堆砌典故而损害了自然之美的代表诗人实为颜延之,而颜延之正是在中品。同时,作为一种不良的创作倾向,并非只在一个诗人身上存在,因此钟嵘之论也不宜仅置于一个诗人之后。提倡"自然英旨"也是一个总的审美原则,它对所有的诗人都是适用的。更值得我们注意的是,在中品序里钟嵘还专门对自陆机《文赋》以来的文学批评论著进行了评论,这部分也绝不可能是上品后的跋语了。下品序也包含了两方面的内容,一方面是对永明声律说的批评,这在当时也是一个普遍的创作倾向,并非仅仅沈约一个人的问题,他说:"王元长创其首,谢朓、沈约扬其波。"他并未把沈约看作是最主要的,而王融正好列在下品,而且他认为追求琐碎声律的弊病更主要还是在王、谢、沈"三贤"的后学,是那些追随他们的水平不高的诗人。至于他在下品序中所列举的五言诗之典范,并非如张锡瑜所说"以见不待讲求声韵而自臻佳妙也",而是就五言诗之总体,从他提倡的风骨、词采等各个审美标准的综合考虑上,所举出的最优秀代表作。因此,他的三篇序如上文所说,是各有自己的完整内容的,都适合于所有的诗人,不必也不应当把它们看成只是对某一品而说的。这不妨也可以看作是钟嵘《诗品》的一种有创造性的结构。

第二节　钟嵘以"直寻"为核心的文学思想

钟嵘在《诗品》全书特别是三篇序言中,提出了较为系统的关于诗歌的本质、特征以及诗歌创作与鉴赏批评的理论,概言之就是:感情论、自然论、风骨论、比兴论、滋味论。

一、诗歌的本质是表现人的感情。钟嵘在《诗品序》中,首先提出了他对文学本质的认识,他说:

> 气之动物,物之感人,故摇荡性情,形诸舞咏。

在这段论述中,包含着两层理论内容:一是诗歌乃至整个文艺与作者主体心灵的关系。钟嵘明确指出:文艺作品都是作者主体心灵也就是作者感情活动的外在表现。这里的"性情"是指以感情活动为主的全部心灵活动,它和"性灵"的概念是一致的。所以,钟嵘在论及诗歌的作用时又说诗可以"陶性灵,发幽思"。这里我们可以看到钟嵘关于诗歌和人的以感情为中心的心灵活动之间双重密切关系的论述:诗歌既是人的"性情摇荡"的产物,又可以反作用于人的"性灵",使之受到陶冶感化。文学是人的性灵之表现的思想并非始于钟嵘,前面说过,刘勰在《文心雕龙》中已经提出,不过,刘勰是就广义的文说的,钟嵘则着重强调诗歌是体现人的性灵的,是以抒发感情为主要内容的。从这个角度说,他和后来明清性灵说之联系更为密切,故袁枚有"抄到钟嵘《诗品》日,该他知道性灵时"(《仿元遗山论诗》)之说。二是这段论述指出了造成诗人性情摇荡的原因,是外界事物对诗人的感发触动,即"物之感人"。这种"感物起情"的说法,最早是由汉代的《乐记》提出的:"凡音之起,由人心生也。人心之动,物使之然也。""乐者,音之所由生也。其本在人心之感于物也。"但是,《乐记》对物的内容没有做具体说明,其后,陆机在《文赋》中所说的"物"主要是指四时变化之类自然事物。刘勰在《文心雕龙》中对"人心感物"的"物"的理解则比陆机要宽,他所说的"物"不仅是指自然事物,也包含了社会事物。《时序》篇中说:"文变染乎世情,兴废系乎时序。""世情"即是指社会生活内容。钟嵘则说得更明确,他在《诗品序》中对物的内容,有一段非常重要的分析,他说:

> 若乃春风春鸟,秋月秋蝉,夏云暑雨,冬月祁寒,斯四候之感诸诗者也。嘉会寄诗以亲,离群托诗以怨,至于楚臣去境,汉妾辞宫,或骨横朔野,魂逐飞蓬;或负戈外戍,杀气雄边,塞客衣单,孀闺泪尽;或士有解佩出朝,一去忘返;女有扬蛾入宠,再盼倾国。凡斯种种,感荡心灵,非陈诗何以展其义,非长歌何以骋其情?

这里讲的就是"物之感人"的"物"的内容,它既包括了自然事物,也包括了社会生活内容。钟嵘从分析中国古代诗歌(《楚辞》《汉乐府》《古诗十九首》、建安文学等)的具体内容中,阐明了诗歌的产生根源,乃在于外界事物(包括自然事物和社会事物)对人的感情所起的作用和影响,对文艺和现实的关系做了正确的解释。

诗歌是人的感情的表现,这个思想在钟嵘以前就已经提出来了。中国古代的"诗言志"说,这个"志"的内容实际上也是包括了情的,不过,当时主要强调志是一种政治抱负,而且是体现儒家政教内容的抱负。到荀子才注意其中的感情因素,他在《乐论》中说音乐是人的感情之自然流露:"乐者,乐也。人情之所必不免也。"其后,《毛诗大序》才明确指出:"诗者,志之所之也。在心为志,发言为诗。情动于中而形于言。"但是,从荀子到《毛诗大序》所讲的情都是具有严格的儒家政治道德规范的,必须"发乎情,止乎礼义"。西晋陆机在《文赋》中提出"诗缘情而绮靡",缘情说是和言志说相对立的,其主要意义是使诗歌表现人的感情时,能摆脱儒家礼义的束缚,让诗人自由地抒发自己的感情。但是,六朝在强调缘情的同时,由于没有对感情的积极社会内容提出要求,因此有些作品中就出现了某种放纵情欲的不健康感情,例如萧纲、萧绎、徐陵、庾信等的"宫体诗",就有这种表现(宫体诗在艺术上是有价值的,不能全部否定)。但是,钟嵘的感情论则没有这种不健康的内容,他在上述引文中所列举的各种社会生活所激发的人的感情,都是具有进步的积极的社会内容的。他在《诗品》中特别强调要抒发"怨"情。如说:

(曹植)情兼雅怨,体被文质。

(古诗)多哀怨。

(李陵)文多凄怆,怨者之流。

(班婕妤)词旨清捷,怨深文绮。

(王粲)其源出于李陵,发愀怆之词。

(左思)文典以怨,颇为精切。

(秦嘉)文亦凄怨。

(刘琨)善为凄戾之词。多感恨之词。

钟嵘所强调的"怨",是中国古代文艺思想发展史上的一个进步传统,主张对现实的黑暗和政治的腐朽表示不满和愤激,对社会的不良现象进行讽刺和批评。孔子就提出过"诗可以怨"的思想,汉代司马迁继承和发展了孔子的思想,他在《史记·屈原列传》中说屈原的《离骚》"盖自怨生",并由此引申出了"发愤著书"说。钟嵘进一步发扬了这个传统,他说的"怨",多是封建社会中遭受迫害,或理想抱负不得实现,因而激发出来的对黑暗现实之不满。钟嵘还指出,诗歌不仅是人们内在感情的宣泄,而且也是医治人的精神苦闷、抚慰人的心灵创伤的良药。他说:"使穷贱易安,幽居靡闷,莫尚于诗矣。"由此可见,钟嵘的感情论既摆脱了儒家经学框框的束缚,又没有泛情主义的弊病,这实在是难能可贵的。

二、诗歌的创作以自然为最高美学原则。以自然为最高美学原则,是钟嵘《诗品》中贯穿始终的另一个重要思想。这一思想是和他的感情论密切相关的。在诗歌内容上主张自由抒情,在诗歌的表现上必然会要求有清新、流畅的自然之美,而反对种种妨碍感情表达的创作方法和表现技巧,重视艺术表现上的自然本色,反对刻意雕琢的藻饰之美。钟嵘在《诗品》中评颜延之时曾引汤惠休的话说:"谢诗如芙蓉出水,颜如错采镂金。"而钟嵘显然是主张"芙蓉出水"之美,不喜欢"错采镂金"之美的,这从他对历代诗人的评论和《诗品序》的论述中,可以看得很清楚。

他对许多诗人受时代风气的影响,追求文辞藻饰之美,而忽视自然之美,是很不满意的。他评张华诗云:"其体华艳,兴托不奇。巧用文字,务为妍冶。"又评陆机诗云:"尚规矩,不贵绮错,有伤直致之奇。"他还批评潘岳的诗:"如翔禽之有羽毛,衣服之有绡縠,犹浅于陆机。"即使对谢灵运、谢朓这样具有自然清新特点的诗歌创作,钟嵘在肯定他们优点的同时,也批评了他们过于繁富、细密,不够自然的缺点。谢灵运诗中有许多清新自然的生动描写,如"池塘生春草,园柳变鸣禽"(《登池上楼》),"明月照积雪,朔风劲且哀"(《岁暮》),"野旷沙岸净,天高秋月明"(《初去郡》),"林壑敛暝色,云霞收夕霏。芰荷叠映蔚,蒲稗相因依"(《石壁精舍还湖中作》)等。所以钟嵘说他的诗作"名章迥句,处处间起,丽典新声,络绎奔会,譬犹青松之拔灌木,白玉之映尘沙,未足贬其高洁也"。但是又批评他诗作中刻意雕琢、堆砌辞藻的方面:"尚巧似,而逸荡过之,颇以繁芜为累。"谢朓的诗歌既有不少清新、秀丽、自然的作品,又有过分讲究对仗、格律细密的毛病,故钟嵘评云:"微伤细密,颇在不伦。一章之中,自有玉石。然奇章秀句,往往警遒。足使叔源失步,明远变色。"钟嵘主张自然,但又不否定人为的努力,对"巧似"也不是全部否定的,不过他认为"巧似"不应该影响自然,而要把"巧似"和自然统一起来,经过人为的努力而达到出神入化、天衣无缝的高度艺术美,把自然作为衡量艺术美的基本原则。

钟嵘这种强调自然之美的思想,还突出地表现在《诗品》的中品和下品序中对当时创作中追求堆砌典故和讲究苛繁声律的弊病的批评上。诗歌创作中大量堆砌典故会破坏自然之美,使诗歌诘屈聱牙,难以卒读,文意晦涩,深隐难晓。但这种倾向在当时非常严重,萧子显在《南齐书·文学传论》中说:"次则缉事比类,非对不发,博物可嘉,职成拘制。或全借古语,用申今情,崎岖牵引,直为偶说。唯睹事例,顿失精彩。"产生这种现象的原因是不懂得文学创作是一种艺术思维,以创造形象为特征,不是光凭学问就可以写出好诗来的。钟嵘对此有十分清醒的认识,他说:

> 夫属词比事,乃为通谈。若乃经国文符,应资博古,撰德驳奏,宜穷往烈。至于吟咏情性,亦何贵于用事?"思君如流水",既是即目;"高台多悲风",亦惟所见;"清晨登陇首",羌无故实;"明月照积雪",讵出经史?观古今胜语,多非补假,皆由直寻。颜延、谢庄,尤为繁密,于时化之。故大明、泰始中,文章殆同书抄。近任昉、王元长等,词不贵奇,竞须新事。尔来作者,浸以成俗。遂乃句无虚语,语无虚字,拘挛补衲,蠹文已甚。但自然英旨,罕值其人。词既失高,则宜加事义,虽谢天才,且表学问,亦一理乎!

钟嵘指出,产生堆砌典故之弊的原因,是混淆了文学艺术和一般非艺术文章之间的区别。那些"经国文符"和"撰德驳奏",当然可以而且应该旁征博引,多用典故,但是,对于诗歌这样的文学作品,则忌讳大量堆砌典故。诗歌是以"吟咏情性"为天职的,只要即景会心,直接描绘出激起诗情的景物或事情,就完成了它的使命。钟嵘说的"直寻"是指用直接可感的形象来描绘诗人有感于外界事物所激起的感情,它并不排斥创作中理性的参与,但必须以直接可感的形象为主体,使之作用于接受者的感官,进而感染、震撼其心灵。钟嵘对形象直觉性的重视,说明他很懂得文艺的特征,并且对后代诗论家产生了深远的影响。明代王夫之的"即景会心"论和近代王国维的"不隔"论,都是受到他的"直寻"说启发的产物。这种形象的直觉性,可以使诗歌具有"自然英旨",即没有雕琢痕迹的自然真美。以"直寻"为中心的"自然英旨"论,是钟嵘对诗歌创作艺术美的基本要求。缺少诗人的天才,而以卖弄学问为高,是不符合文学创作规律的。

钟嵘在下品序中,从提倡自然美出发,尖锐地批评了当时以沈约为代表的永明声律派理论,他说:

> 齐有王元长者,尝谓余云:"宫、商与二仪俱生,自古词人不知之,惟颜宪子乃云'律吕音调'。而其实大谬。惟见范晔、谢庄颇识之耳。尝欲进《知音论》,未就。"王元长创其首,谢朓、沈约扬其波。三贤咸贵公子孙,幼有文辩。于是士流景慕,务为精密,襞积细微,专相凌架,故使文多拘忌,伤其真美。余谓文制本须讽读,不可蹇碍。但令清浊通流,口吻调利,斯为足矣。至平上去入,则余病未能;蜂腰、鹤膝,间里已具。

可见,钟嵘是主张一种自然的声律美,反对人为的过分琐碎的声律,以至于影响到感情的自由表达。所谓"襞积细微,专相凌架,故使文多拘忌,伤其真美",正是声律派弊病的要害所在。钟嵘提出这种主张的理论根据有两点。一是过去的著名诗人并不讲究烦琐的声律,但是他们的诗写得很好,而且还成为后人学习的楷模。"昔曹、刘殆文章之圣,陆、谢为体贰之才,锐精研思,千百年中,而不闻宫、商之辨,四声之论。或谓前达偶然不见,岂其然乎?"二是他认为古人诗篇中虽然有的也已注意到声律,但那主要是歌辞,是为了配乐的需要。他说:"尝试言之,古曰诗颂,皆被之金竹,故非调五音,无以谐会。若'置酒高堂上','明月照高楼',为韵之首。故三祖之词,文或不工,而韵入歌唱。此重音韵之义也,与世之言宫商异矣。今既不被管弦,亦何取于声律耶?"这种观点有一定的道理,因为语言的音乐美应当合乎自然,诗人不懂四声,也不是不能做到这一点。但是,不能因此就否定利用四声掌握声律的规律,科学地构成语言的音乐美。钟嵘对声律派的批评显然有过分之处,不如刘勰论述得全面。

钟嵘以自然、真实为最高的美学原则,但他所主张的自然,又不像庄子那样完全否定人为的努力,而是认为应当经过人为的努力而达到出神入化、天衣无缝的水平。

三、以怨愤为主要内容的风骨论。钟嵘论五言诗是以建安文学为最高典范的。他把"建安风力"作为五言诗应该达到的艺术标准。他在论述五言诗发展过程时,批评玄言诗说理太多,过于枯燥,"建安风力尽矣"。他强调诗歌创作必须以"风力"为主干,同时"润之以丹彩",只有"风力"和"丹彩"均备,才是最好的作品。他评曹植的诗歌"骨气奇高,词彩华茂",这"骨气"也就是"风力"。又评刘桢的诗是"仗气爱奇,动多振绝。真骨凌霜,高风跨俗",也是指他的诗有风骨,"但气过其文,雕润恨少",是说他的诗词彩不够华茂。他评刘琨的诗有"清拔之气",说陶渊明的诗"又协左思风力",也都是指他们的诗有风骨。钟嵘所讲的风骨和当时诗、文、书、画等领域中讲的风骨,有共同之处又有不同之处。他说的"建安风力"实际正是建安文学的特征,它主要有以下四方面的内容。

第一,具有慷慨悲壮的怨愤之情,而且在艺术表现上有十分鲜明的特色。刘勰在《文心雕龙·明诗》中曾经说过,建安诗人们的共同特点是"慷慨以任气,磊落以使才",他们重气、多气,正是在动乱时代满怀怨愤尽情倾泻所形成的。三曹、七子的诗作既有对残破现实的悲忧,又有对壮志抱负的歌颂。钟嵘以曹植为建安诗人的代表,曹植由于受魏文帝曹丕的猜忌和迫害,虽有远大的理想和抱负,但是无法实现,故而满怀愤激之情、不平之气。他的《野田黄雀行》《杂诗》《白马篇》等,都抒发了对自己不幸遭遇的深深感慨,洋溢着强烈的慷慨悲壮之情。建安七子的主要代表之一刘桢,在《赠从弟》中所表现的对坚持崇高理想、刚正不阿的节操之歌颂,获得了钟嵘"真骨凌霜,高风跨俗"的高度评价。建安文学中这种慷慨悲壮之情的产生具有深刻的社会原因,诚如刘勰在《文心雕龙·时序》篇中所说:"良由世积乱离,风衰俗怨,并志深而笔长,故梗概而多气也。"因此,建安文学在感情表达上都有鲜明强烈的特点。这是钟嵘所说"建安风力"的主要内容。

第二,建安文学中的许多著名诗篇都是直接抒写即目所见,真实自然,而无矫揉造作之弊。沈约在《宋书·谢灵运传论》中曾说:"子建函京之作(按:指曹植《赠丁仪王粲诗》,其中有'从军渡函谷'之句),仲宣灞岸之篇(按:指王粲《七哀诗》,其中有'南登灞陵岸'之句)……并直举胸情,非傍诗史。"这和钟嵘所说"直寻"而合乎"自然英旨"是一致的。建安文学这种崇尚自然之美的特点,是和它抒发鲜明强烈的慷慨悲壮之情的内容相符合的。

第三,建安文学的另一个重要艺术特色是重神似而不重形似。沈约在《宋书·谢灵运传论》中说:"自汉至魏四百余年,辞人才子文体三变。相如巧为形似之言,班固长于情理之说,子建仲宣以气质为体,并标能擅美,独映当时。"所谓"以气质为体"即是指重在描写栩栩如生的气貌神情而不重在精细的形似刻画。钟嵘提倡"建安风力",而对"巧构形似"表示不满,正是重神似而不重形似的表现。

第四,建安文学在艺术形象的塑造方面有十分明朗简洁的风格,而没有纤巧雕饰的弊病。这种风格使建安诗歌艺术形象生动,语言刚劲有力,文质并茂,骨采兼备。恰如沈约《宋书·谢灵运传论》中所说:"以情纬文,以文被质。"刘勰在《文心雕龙·明诗》篇中说,建安文学"造怀指事,不求纤密之巧;驱辞逐貌,唯取昭晰之能"。这也正是建安文学和西晋以后文学在形象塑造上的不同之处。

从上述分析中,我们不仅可以看出钟嵘所提倡的"建安风力"的内容,而且也可以看到钟嵘对诗歌艺术所具有的美学理想。

四、从文学艺术特征角度对"赋比兴"的重新解释。"赋比兴"本是前人对《诗经》的种类和艺术表现方法的一种归纳和总结,按照历来传统都是"赋"在前、"兴"在后,然而,钟嵘在《诗品序》中则是按"兴"在前,"赋"在后排列的。这不是一种偶然现象,而是有他不同于一般的认识和看法在内的,也就是说,他认为"兴"在三者之中的地位最重要。由于《诗经》在中国古代有崇高的地位,而赋、比、兴的次序又是早在《周礼》中已经确定了的,自汉以来的儒家在解释六经时也都遵循赋、比、兴这个次序,因此,钟嵘对这个次序的变更便显得很突出,并具有反传统的革新意义。

对赋、比、兴这三者在诗歌创作中的地位和作用的不同看法,是和对这三者的具体含义的解释分不开的。汉代儒家对赋、比、兴的解释,可以郑玄为代表。《毛诗》郑笺释赋、比、兴云:"赋之言铺,直铺陈今之政教善恶。比,见今之失,不敢斥言,取比类以言之。兴,见今之美,嫌于媚谀,取善事以喻劝之。"郑玄的这个解释是与汉儒的诗教思想有密切关系的,他把赋、比、兴和美刺善恶紧紧地联系在一起,认为"赋"是指直接铺陈现实的政教善恶,而"比""兴"则是指对政教的善恶进行赞美或讽刺的不同方法。其实,美刺和比兴之间本来并不存在这种必然性联系,唐代孔颖达曾很明确地指出:"其实美刺俱有比兴者也。"但是,由于汉儒强调以政教言诗,在解诗过程中用政教善恶来比附,甚至把许多主观臆测强加于诗,所以在解释赋、比、兴时,混淆了文学创作中思想和艺术的界线,机械地把美和兴、刺和比合而为一。这种对赋、比、兴的解释,曾经在中国古代成为一种经典性的看法,对后代的影响是很大的。刘勰在《文心雕龙·比兴》篇中的解释虽然已经看到了郑笺的某些缺点,但还没有完全摆脱其影响。钟嵘对"赋比兴"的解释,就比刘勰大大地进了一步。他摆脱了儒家传统的束缚,放眼于整个中国古代诗歌的历史发展,特别是结合五言诗的创作实际,给予了"赋比兴"以新的解释。他在《诗品》的上品序中说:"诗有三义焉:一曰兴,二曰比,三曰赋。文已尽而意有余,兴也;因物喻志,比也;直书其事,寓言写物,赋也。"而这又是和他对诗歌艺术特征的认识分不开的,因为他看到五言诗是"指事造形,穷情写物,最为详切者"。这"指事造形,穷情写物"八个字,就是对诗歌艺术形象特征的深刻的理论概括。文学创作的内容无非是抒情叙事,但是它的抒情叙事都是在塑造形象和描写物象的过程中体现出来的。钟嵘对"赋比兴"的解释,是和诗歌的"指事造形,穷情写物"紧密地联系在一起的,是其不同的表现方法。他对"兴"的解释是很特殊的,所谓"文已尽而意有余",是因为诗人把自己的思想感情隐蔽地寄寓于形象的描写之中,需要读者去联想、去体会,并用自己的生活经验去丰富它、补充它,从而感到有无穷的余味。"文已尽而意有余"正是在当时玄学的"言不尽意"论影响下,对诗歌审美特征的概括,也是对刘勰所提出的"隐秀"论的一种发挥。"言不尽意"论要求作者充分发挥言的象征、暗示作用,而读者在理解和体会意的时候,不要受言的局限,而要能联想到言外的无穷之意,从而尽可能地减少语言在表达思维内容时的不足。文学创作运用语言所描写的具体景象总是有限的,而怎样能使这有限的景象体现出作家无穷的深意,才是作家应当努力追求的目标,也正是文学艺术的美学特征之体现。因为在文学创作中,语言实际上也只是一种塑造形象的工具。"兴"是一种象征性的表现方法,例如《诗经》第一首《关雎》中写道:"关关雎鸠,在河之洲。窈窕淑女,君子好逑。"这就是"兴",用雎鸠和鸣来起兴,引起读者的联想,它象征着下文所写的"窈窕淑女,君子好逑",但两者又不是直接的明显的比喻,正是在这似是而非、似非而是中间,使读者感到有无穷的言外之意、味外之味。又如《孔雀东南飞》的头两句:"孔雀东南飞,五里一徘徊。"这也是"兴",它象征着刘兰芝被婆母遗弃,不得不走,又极不愿意离开和她情意深笃的焦仲卿,一步一回首的情状,但又不是以孔雀来直接比喻刘兰芝,而只是一种起兴,诚如刘勰所说的"依微以拟议"。但是它和"比""赋"相比较,更为明显地体现了文学艺术那种寓无限的情意于有限的形象之中的审美特征。"比"和"赋"在一般的非文学的应用文章中也是常用的,不容易体现文学艺术特有的美学特征,而"兴"则一般只在文学创作中才运用。钟嵘对"比"和"赋"的论述,也从文学创作是"指事造形,穷情写物"的角度给了新的解释。他说"比"是"因物喻志",也就是借助于具体物象来比喻诗人的心志,也是从文学创作是寓心意情志于生动的艺术形象中,来解释这种"比"的表现方法的。他对"赋"的解释是"直书其事,寓言写物",也和汉儒解释不同,突出了其"寓言写物"的特点,这也是和他从诗歌创作"指事造形,穷情写物"角度来理解"赋"的方法分不开的。

  钟嵘对"赋比兴"的解释和汉儒的解释在基本出发点上是很不相同的,汉儒是生硬地把它和诗人的美刺倾向机械地联系在一起,而即使像郑众的解释那样,没有做这种牵强的比附,也只是把它当作一种任何类型文章都适用的普通修辞方法来看待的。而钟嵘则摆脱了汉儒传统思想的束缚,能从文学艺术的美学特征方面来认识"赋比兴",不仅对它们做了符合文学创作特征的解释,而且看到了"兴"在三者之中有更为突出的重要地位,因此,把这三者的次序也做了更动,按兴、比、赋的先后来排列。从而在中国古代对"赋比兴"的解释上开辟了一条新路。自钟嵘之后,历代对"赋比兴"的解释就有了两种不同的类型:一种是经生家的解释,另一种是文学家的解释。前者虽也常有和以郑玄为代表的汉儒不同的说法,并不都和美刺相联系,但一般只局限于修辞技巧。后者则沿着钟嵘的思路,从对文学艺术特征的认识出发,不断深化了对"兴"的意义的认识,并且对"兴"义的阐述有了进一步的发展。比如盛唐人讲的"诗兴",即是指诗人的创作灵感。王昌龄在《诗格》中说:"意欲作文,乘兴便作。"杜甫说过:"草书何太古,诗兴不无神。"(《寄张十二山人彪三十韵》)后皎然在《诗式》中说:"取象曰比,取义曰兴,兴即象下之义。"正因为是"象下之义",所以才会有"言有尽而意无穷"的特点。许多诗论家讲诗歌的"兴",就不再沿袭汉儒和后代经生家的比兴之说,而是从钟嵘"文已尽而意有余"的角度,涉及诗歌的创作特征、审美趣味、艺术鉴赏等各个重要方面。比如严羽论诗歌创作就讲究要有"兴致""兴趣",重在"意兴"(《沧浪诗话·诗辨》)。明末清初的王夫之则更直接把可不可以"兴"作为诗与非诗的区别界线(见《唐诗评选》中评孟浩然《鹦鹉洲送王九之江左》一诗评语)。

五、诗歌必须有使人产生美感的滋味。钟嵘是中国古代文学批评中最早明确提出以"滋味"论诗的诗歌评论家。文学批评中有关"味"的论述,有较为悠久的历史。《左传》昭公九年讲"味以行气,气以实志,志以定言",就把味和言联系起来了,但还不是讲言中之味。《左传》昭公二十年齐国晏子论"和"与"同"时,说到"先王之济五味和五声",曾提出了"声亦如味"的问题,用味来比喻声,这就涉及音乐艺术的味了。《乐记》中说:"清庙之瑟,朱弦而疏越,一唱而三叹,有遗音者矣。大飨之礼,尚玄酒而俎腥鱼,大羹不和,有遗味者矣。"这里讲的"味",也是指音乐的艺术美。后来,西晋的陆机在《文赋》中不满意于"阙大羹之遗味,同朱弦之清泛"的质朴无文,以音乐来比喻文学,开始把味引入文学。刘勰《文心雕龙》中讲到味的地方有十几处,有的指内容,有的指形式,但更多的是指内容和形式相统一的艺术形象特征。例如《体性》篇说:"子云沉寂,故志隐而味深。"《隐秀》篇说:"深文隐蔚,余味曲包。"然而,刘勰并没有把味作为一个专门的文学批评标准。钟嵘则把味的地位提得很高。他认为只有"使味之者无极,闻之者动心"的作品,才是"诗之至也"。最好的诗,必然是滋味浓厚、深远之作。钟嵘把滋味作为衡量作品的重要尺度,使之成为一个古代文论中的基本审美范畴。钟嵘说:"五言居文辞之要,是众作之有滋味者也。"它之所以有"滋味",正是由于"指事造形,穷情写物,最为详切"。诗歌创作中,"指事"是经过"造形"来达到的,"穷情"是借助"写物"来实现的,它愈是"详切",就愈有"滋味"。这说明"滋味"的来源在于诗歌的艺术思维特征。他在《诗品序》中批评玄言诗说:"永嘉时,贵黄老,稍尚虚谈,于时篇什,理过其辞,淡乎寡味。"玄言诗侈谈玄理,缺少感情,没有审美形象,因此也就没有滋味。

那么,怎样才能使诗歌产生令人品味无穷的滋味呢?钟嵘认为这和如何运用赋、比、兴的方法来写作有关。他说:"宏斯三义(按:指兴、比、赋),酌而用之,干之以风力,润之以丹彩,使味之者无极,闻之者动心,是诗之至也。若专用比兴,患在意深,意深则词踬。若专用赋体,患在意浮,意浮则文散。嬉成流移,文无止泊,有芜漫之累矣。"从上面这段论述中可以看出,钟嵘认为必须综合运用兴、比、赋三种创作方法,而不能只偏于一种。如果只用赋体,那就会使作品浅露直白,"患在意浮";如果只用比兴,作品又会过于深奥隐晦,"患在意深"。钟嵘的滋味论,既可以看出他对艺术特征的认识,也是他对诗歌艺术的美学要求。有没有滋味、滋味浓不浓,也是和他的整个文学思想联系着的。诗歌是不是"吟咏情性",能不能起到"感荡心灵"的作用,有没有"自然英旨"之美,是否"风力"和"丹采"均备,也都是滋味浓不浓的重要条件。

第三节 钟嵘对历代五言诗人的评价

钟嵘的《诗品》共评论了 122 位诗人,也可以说是一部五言诗的发展史。钟嵘对历代五言诗人的评价,值得我们注意的有以下两个问题:

第一,按照创作的特点及其渊源,他把五言诗人分为两个大的系统,以《诗经》和《楚辞》分别为其源头。风、骚并提,而作为中国古代诗歌发展的两种不同风貌之起点,这是一个很有见地的看法,并对后来诗歌发展产生了深远的影响。《诗品》中关于诗人源流发展关系的论述,可以列表如下:

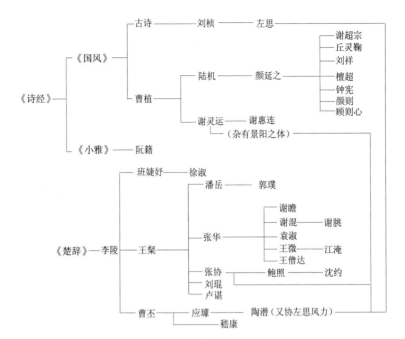

表 1　《诗品》中的诗人源流发展关系

钟嵘的这种看法主要是从艺术风格上着眼的,这里既有思想内容方面的因素,也有艺术形式方面的因素。他认为《诗经》的系统,又可以分为《小雅》和《国风》两系。受《小雅》影响的诗人比较少,主要有阮籍,其特点是怨雅而温柔,他的《咏怀》之作"可以陶性灵,发幽思。言在耳目之内,情寄八荒之表。洋洋乎会于风雅,使人忘其鄙近,自致远大。颇多感慨之词。厥旨渊放,归趣难求"。受《国风》影响的诗人比较多,其特点是怨雅而悲壮。这一部分又可分为古诗和曹植两个不同分支,他说刘桢诗"其源出于古诗"。此点皎然《诗式》中曾做过这样的解释:"刘桢辞气偏;王(粲)得其中。不拘对属,偶或有之。语与兴驱,势逐情起,不由作意,气格自高,与《十九首》其流一也。"此一分支尚有左思,他说左思"其源出于公幹。文典以怨,颇为精切,得讽谕之致。虽野于陆机,而深于潘岳"。可见,古诗一系典怨,重气,文辞较为质朴,故陈延杰注云:"桢之《公宴》《赠从弟》《杂诗》等篇,皆所谓情高会采,而质朴颇类古诗。"曹植这一分支在怨雅悲壮的同时,文辞较为华丽,故钟嵘评曹植诗云:"骨气奇高,词采华茂。情兼雅怨,体被文质。粲溢今古,卓尔不群。"受曹植影响的诗人,又可以分为陆机和谢灵运两个不同分支。陆机主要是在词采华茂方面和曹植比较接近。钟嵘说他"其源出于陈思。才高词赡,举体华美"。又说他"咀嚼英华,厌饫膏泽,文章之渊泉也"。陆机之后有颜延之,钟嵘说他"其源出于陆机。尚巧似,体裁绮密,情喻渊深,动无虚散,一字一句,皆致意焉"。受颜延之影响的有齐代谢超宗、丘灵鞠、刘祥、檀超、钟宪、颜则、顾则心等七人。他说:"檀、谢七君,并祖袭颜延,欣欣不倦,得士大夫之雅致乎。"

钟嵘《诗品》中认为受《楚辞》这个系统影响的五言诗人更多。这个系统的诗人的创作特点是怨而愤,悲而少壮。直接继承《楚辞》的是李陵,钟嵘说他"其源出于《楚辞》。文多凄怆,怨者之流"。李陵的诗,许多学者认为是后人假托之作,古直《诗品笺》引《太平御览》卷五百八十六颜延之《庭诰》说:"李陵众作,总杂不类,元是假托,非尽陵制。至其善篇,有足悲者。"《楚辞》一系作品在怨愤凄苦的同时,具有缠绵悱恻的特点。李陵诗歌的"文多凄怆",正是受《楚辞》影响的表现。钟嵘在《诗品》中指出,受《楚辞》和李陵影响的诗歌创作又有三个分支:一是班婕妤,"其源出于李陵。《团扇》短章,词旨清捷,怨深文绮,得匹妇之致";二是王粲,"其源出于李陵。发愀怆之词,文秀而质羸";三是曹丕,"其源出于李陵,颇有仲宣之体则",他的《燕歌行》一类作品,正具有忧怨缠绵之特点。《诗品》中属王粲一系的诗人甚多,钟嵘说刘琨的诗"善为凄戾之词,自有清拔之气"。"凄戾"正与"愀怆"一致。钟嵘又说谢混曾说潘岳之诗是"烂若舒锦",李充《翰林论》说"翩翩然如翔禽之有羽毛,衣服之有绡縠"。这是说潘岳之诗有文秀的特点。郭璞的诗也是在这一方面和潘岳接近,故钟嵘说他"宪章潘岳,文体相辉,彪炳可玩"。张华的诗"其源出于王粲。其体华艳,兴托不寄","儿女情多,风云气少"。张协的诗"其源出于王粲。文体华净,少病累"。"风流调达,实旷代之高手。词彩葱蒨,音韵铿锵,使人味之,亹亹不倦"。钟嵘认为鲍照的诗"其源出于二张,善制形状写物之词。得景阳之诙诡,含茂先之靡嫚"。而沈约的诗则"详其文体,察其余论,固知宪章鲍明远也。所以不闲于经纶,而长于清怨"。受张华影响的还有谢瞻、谢混、袁淑、王微、王僧达,钟嵘说他们"其源出于张华。才力苦弱,故务其清浅,殊得风流媚趣"。钟嵘说谢朓的诗

"其源出于谢混",大约是指他"绮丽"的特点。杜甫曾有"绮丽玄晖拥"之诗句。江淹的诗"善于摹拟","筋力于王微,成就于谢朓"。关于五色笔的故事也说明他"绮丽"方面与谢朓、王微一致。曹丕这一分支主要有嵇康、应璩、陶潜三人。钟嵘说嵇康的诗"颇似魏文。过为峻切,讦直露才,伤渊雅之致。然托喻清远,良有鉴裁,亦未失高流矣"。可见《楚辞》一系和《诗经》一系的不同,很重要的一点是在有无雅的特点。至于应璩的诗兼有两系的特点,"祖袭魏文",则是在"善为古语",有质直的特征,与魏文之"鄙直"较为相似。而其"雅意深笃,得诗人激刺之旨",则是和《诗经》一系的特点相同的。钟嵘说陶潜"其源出于应璩,又协左思风力",前者当指"世叹其质直",后者大约是指其"笃意真古,辞兴婉惬"而言。钟嵘对陶潜的评价,后人颇多非议。这是因为钟嵘列他在中品,评价不高,又说他"源出于应璩",这大概是指陶诗"真古""质直",但从陶诗总的方面来看,说"源出于应璩",不很确切。不过,对这一点我们需要联系当时文坛的文学思想和创作实际来看。齐梁时代重在词采华丽,音韵铿锵,讲究人工雕饰,故陶潜颇不入流,未受到应有重视。对钟嵘列陶潜为中品,有人不以为然,古直《诗品笺》引《太平御览》钟嵘《诗评》云:"古诗、李陵、班婕妤、曹植、王粲、阮籍、陆机、潘岳、张协、左思、谢灵运、陶潜十二人诗,皆上品。"又说:"据此则陶公在上品。"韩国车柱环《钟嵘诗品校证》谓《四部丛刊》影宋本无陶潜:"清鲍刻本《御览》灵运下双行注'陶潜'二字,乃不知所云十二人包括古诗之无名氏,而因尊陶观念妄以陶潜充数,得影宋本《御览》之铁证,则陶潜本在中品之疑案可得定论矣。"刘勰《文心雕龙》对陶潜评价也不高,《明诗》《时序》《才略》等篇,论历代诗歌和诗人,都没有提到陶潜。他们从高雅的文学观念出发,对陶诗近乎"田家语"的平易、通俗很看不起。

第二,钟嵘对历代五言诗人的评论,在分析诗人的创作特色方面,是很精到的。既深入地阐明了他们的优点、长处,也指出了他们的缺点和不足。他既赞扬刘桢诗的气骨,又指出他"气过其文,雕润恨少",在词采华丽方面略显不足。他充分肯定王粲的"愀怆""文秀",又批评他过于柔弱、"质羸"的缺点。他给陆机以较高的评价,列为上品,但也尖锐地指出他"气少于公干"和"有伤直致之奇"的弱点。他十分推崇谢灵运诗的清新秀丽,然而也批评他"颇以繁芜为累"的毛病。他肯定张华诗的"华艳"、妍巧,又不满意他"兴托不奇""风云气少"。他指出颜延之虽有"体裁绮密,情喻渊深"的长处,但"又喜用古事,弥见拘束。虽乖秀逸,是经纶文雅才"。谢朓的诗既"奇章秀句,往往警遒",又"微伤细密,颇在不伦","善自发诗端,而末篇多踬"。从以上论述中,可以看出钟嵘能很准确地把握历代诗人创作的特点,做出全面的公允的评价。

　　清代章学诚在《文史通义·诗话》篇中,对钟嵘《诗品》深入研究五言诗人的渊源流派,给予了很高的评价。他说:"盖《文心》笼罩群言,而《诗品》深从六艺溯流别也。论诗论文而知溯流别,则可以探源经籍,而进窥天地之纯、古人之大体矣。此意非后世诗话家流所能喻也。"这是合乎实际的。后人论诗话产生,常以为源于钟嵘《诗品》,这也不能说没有一点道理,但是,钟嵘《诗品》有严密的体系,无论从理论深度,还是从分析透辟来说,都要远远超过后来的诗话。他的一些基本文学观点对后来整个文学理论批评的发展,曾经产生了极其深远的影响。

第十章　颜之推与北朝的文学理论批评

第一节　尚质与尚文两种对立的不同思潮

南北朝时期,由于南北两方在经济、政治、文化发展上的特点不同,文学思想也各有明显的差异。过去,刘师培曾经写过《南北文学不同论》,他从先秦一直说到清代,着重强调地理条件和自然环境的不同对文学发展的影响,其论颇似泰纳《艺术哲学》中的看法。地理条件和自然环境对文学的特点是有影响的,但是更重要的还是人的因素的作用,特别是经济、政治状况和文化传统影响的作用。

魏徵在《隋书·文学传序》中曾概括地论述过南北文学思想鲜明对立的情况。他说:

> 江左宫商发越,贵于清绮;河朔词义贞刚,重乎气质。气质则理胜其词,清绮则文过其意。理深者便于时用,文华者宜于咏歌。此其南北词人得失之大较也。若能掇彼清音,简兹累句,各去所短,合其两长,则文质斌斌,尽善尽美矣。

一般说,南朝重文,而北朝重质,造成这种情况的原因,主要是文化中心的南迁,北方的贵族和文人都移居到南方,所谓"过江名士多于鲫"。《颜氏家训·音辞》中曾说:"冠冕君子,南方为优;闾里小人,北方为愈。"从文化思想方面说,南朝以老庄玄学思想为主导,占有统治地位;而北方则主要依赖两汉时期文化的老底子,所以儒家思想仍占主导地位,经世致用的文学观影响很深。由于这种分野,故南方文学思想重在缘情,而北方文学思想则重在"宗经"。南方词采华艳的抒情诗较多,而北方则文辞质朴的说理文较多。南朝文学发展倾向于新变,而北方文学则倾向于崇古。

与南朝文学发展的繁荣兴旺相比,北朝的文学发展则是比较萧条的,可以说远远落后于南朝。李延寿《北史·文苑传序》中说:"既而中州板荡,戎狄交侵,僭伪相属,生灵涂炭,故文章黜焉。其能潜思于战争之间,挥翰于锋镝之下,亦有时而间出矣。若乃鲁徽、杜广、徐光、尹弼之俦,知名于二赵;宋该、封弈、朱彤、梁谠之属,见重于燕、秦。然皆迫于仓卒,牵于战阵。章奏符檄,则粲然可观;体物缘情,则寂寥于世。非其才有优劣,时运然也。"北魏时期,北方文人也羡慕南方文学,稍稍注意到文词华美,但仍以质实为主。如许谦、崔宏、崔浩、高允、高闾、游雅等,"声实俱茂,词义典正"。太和年间,"锐情文学,固以颉颃汉彻,跨蹑曹丕,气韵高远,艳藻独构,衣冠仰止,咸慕新风,律调颇殊,曲度遂改,辞罕泉源,言多胸臆,润古雕今,有所未遇。是故雅言丽则之奇,绮合绣联之美,眇历岁年,未闻独得"。北齐时期较重文学,"开四门以宾之,顿八纮以掩之,邺都之下,烟霏雾集"。如邢子才、魏伯起、祖鸿勋等均为当时有名文士。天保年间,李广、樊逊、卢思道等均"以文章著名"。但大都以写官诰诏策之类应用文章为主。魏收即以善写"军国文翰"出名。李广长于章奏,"修国史,南台文奏,多其辞也"(《北史·文苑传》)。樊逊之碑文与魏收齐名。齐后主高纬喜欢艳诗,武平年间文学颇盛。颜之推到北朝后,更促进了北朝文学的发展。"周氏创业,运属陵夷,纂遗文于既丧,聘奇士如弗及。是以苏亮、苏绰、卢柔、唐瑾、元伟、李昶之徒,咸奋鳞翼,自致青紫。然绰之建言,务存质朴,遂糠秕魏晋,宪章虞夏,虽属辞有师古之美,矫枉非适时之用。"由此可见北朝的文学思潮以尊古崇经、尚理贵质为主,与南朝的以缘情为主的华丽文风,形成鲜明的对照。

北朝文人及其创作虽以尚质为主,但是多数人对南朝的华丽词藻和优美音律十分羡慕,并把南朝著名文学家作为自己学习的楷模。《北史·文苑传·温子昇传》记载说:"济阴王晖业尝云:'江左文人,宋有颜延之、谢灵运,梁有沈约、任昉,我子昇足以陵颜轹谢,含任吐沈。'"又据《北史·祖莹传》记载,北魏孝文帝曾对元勰说:"萧赜(齐武帝)以王元长(王融)为(萧)子良法曹,今为汝用祖莹,岂非伦匹也?"对王融的《曲水诗序》,北方文人极为欣赏,据《南齐书·王融传》记载,太和十七年(493)北魏派到南方的使者房景高、宋弁在被王融接待时,宋弁曾说:"在朝闻主客作《曲水诗序》。"房景高说:"在北闻主客此制,胜于颜延年,实愿一见。"

王融遂拿给他们观看。北方文人也经常模仿南朝文人的创作。《北齐书·魏收传》曾记载，邢邵说："江南任昉，文体本疏，魏收非直模拟，亦大偷窃。"魏收听说后说："伊常于沈约集中作贼，何意道我偷任昉。"《玉台新咏》的编者徐陵，是当时南朝宫体诗的代表作家，与庾信齐名，并称徐庾。北朝文人对徐陵的作品也十分喜欢。据北周李昶《答徐陵书》说，徐陵作品在北朝曾被普遍传诵，"久以京师纸贵，天下家藏。调移齐右之音，韵改西河之俗"。特别是由南朝到北朝的王褒、庾信、颜之推等著名南朝文人，更受到北朝隆重礼遇。据《周书·王褒传》记载，江陵兵败，"元帝出降，褒遂与众俱出，见柱国于谨，谨甚礼之。褒曾作《燕歌行》，妙尽关塞寒苦之状。元帝及诸文士并和之，而竞为凄切之词，至此方验焉。褒与王克、刘珏、宗懔、殷不害等数十人俱至长安，太祖喜曰：'昔平吴之利，二陆而已；今定楚之功，群贤毕至，可谓过之矣。'又谓褒及王克曰：'吾即王氏甥也，卿等并吾之舅氏，当以亲戚为情，勿以去乡介意。'于是授褒及克、殷不害等车骑大将军，仪同三司，常从容上席，资饩甚厚。褒等亦并荷恩眄，忘其羁旅焉"。明帝宇文毓即位后，"笃好文学，时褒与庾信才名最高，特加亲待。帝每游宴，命褒等赋诗谈论，常在左右"。武帝宇文邕时，与南朝陈氏通好，"南北流寓之士，各许还其旧国。陈氏乃请王褒及信等十数人。高祖（武帝）唯放王克、殷不害等，信及褒并留而不遣"（《周书·庾信传》）。这些情况说明南北文风虽然不同，但不是互相排斥的，而是互相吸收的，对北朝的有才华之人，南朝人也是很推崇的。例如《北史·文苑传·温子昇传》记载："梁使张皋写子昇文笔传于江外，梁武称之曰：'曹植、陆机复生于北土。恨我辞人，数穷百六。'"又据《北史·魏收传》记载，王昕聘梁，因"风流文辩，收辞藻富逸，梁主及其群臣咸加敬异"。《北史·邢邵传》记载，由于邢邵未被朝廷派遣使梁，梁人曾问："邢子才故应是北间第一才士，何为不作聘使？"北朝贵理尚质文风的形成，主要是其特殊的社会条件所决定的。同时，北朝文人于诗赋的创作，成就都不高，他们主要成就在应用性散文方面，因而自然也就重视说理，讲究实效。王运熙、杨明先生《魏晋南北朝文学批评史》对当时南北文学交流做了很好分析，收集了丰富材料，本段所论，颇多参照。

第二节　北朝的文学理论批评

北朝的文学理论批评和南朝相比,是很不发达的。北朝没有系统的文学理论批评著作,只有散见于史书传记中的零星记载。影响北朝文风比较大的是北魏末年宇文泰的一些主张和见解。苏绰的一些论述则正是对宇文泰的发挥。

宇文泰(507—556),是鲜卑族人,他是西魏的主要执政者,为北周王朝的建立奠定了基础。其子宇文觉建立北周后,追尊他为文皇帝。据《北史·苏绰传》记载,他曾提出要革除晋代文风华艳之弊,提倡学习经典的质朴文风。《周书·苏绰传》云:"自有晋之季,文章竞为浮华,遂以成俗。周文欲革其弊,因魏帝(按:当指西魏文帝元宝炬)祭庙,群臣毕至,乃命绰为《大诰》。奏行之。"自此以后,文笔也都仿此。唐代刘知幾《史通·杂说》篇曾记载此事说:"寻宇文初习华风,事由苏绰。至于军国词令,皆准《尚书》。太祖(宇文泰)敕朝廷他文,悉准于此。盖史臣所记,皆禀其规。柳虬之徒,从风而靡。"《周书·柳虬传》记载道:"时人论文体者,有古今之异;虬又以为时有今古,非文有今古,乃为《文质论》。"柳虬的《文质论》今已不传,但其内容从上述记载看,显然是倡导复古的。北朝的著名文人魏收在《魏书·文苑传》中曾说:"夫文之为用,其来日久。自昔圣达之作,贤哲之书,莫不统理成章,蕴气标致。其流广变,诸非一贯,文质推移,与时俱化。"宇文泰虽然没有很多具体论述,但他"崇尚儒术,明达政事","性好朴素,不尚虚饰,恒以反风俗复古始为心"(《北史·文帝纪》),重用苏绰等提倡质朴文风的文人,实际上对北朝文风的形成发展起着重要的作用。

苏绰(498—546),字令绰,是北朝文人中明确反对南朝艳丽文风、提倡质朴尚理的重要代表人物,他关于革除南方"华靡""轻薄"文风的见解,从《周书·柳庆传》的记载中可以看得很清楚。大统十年(544),柳庆任尚书都兵郎中,并领记室。当时北雍州献白鹿,群臣欲贺。苏绰曾对柳庆说:"近代以来,文章华靡。逮于江左,弥复轻薄。洛阳后进,祖述不已。相公(宇文泰)柄民轨物,君职典文房,宜制此表,以革前弊。"柳庆"操笔立成,辞兼文质"。苏绰读后,倍加赞赏,并说:"枳橘犹自可移,况才子也!"由此可见不仅苏绰的主张是秉承宇文泰的,而且他对北朝一些文人崇拜、学习、模仿南朝文学是十分不满的。他在《六条诏书》中曾提倡"朴素"的"淳风",在《大诰》中要求做到"损厥华,即厥实,背厥伪,崇厥诚",指出北魏"承乎周之末流,接秦汉遗弊,袭魏晋之华诞,五代浇风,因而未革",所以主张复古,模仿经典。

北方文学由于重乎气质,因此也很重视风骨。《北史·祖莹传》说:"莹以文学见重,常语人云:'文章须自出机杼,成一家风骨,何能共人同生活也。'盖讥世人好窃他文以为己用。"这时讲的虽然是要求文学有独创性,有自己独特风格,但也说明祖莹重风骨。这也是和北朝文学的特色相一致的。据《北史·祖莹传》记载:

> 尚书令王肃曾于省中咏《悲平城诗》云:"悲平城,驱马入云中。阴山常晦雪,荒松无罢风。"彭城王勰甚嗟其美,欲使肃更咏,乃失语云:"公可更为诵《悲彭城诗》。"肃因戏勰云:"何意呼《悲平城》为《悲彭城》也?"勰有惭色。莹在座,即云:"《悲彭城》,王公自未见。"肃云:"可为诵之。"莹应声云:"悲彭城,楚歌四面起,尸积石梁亭,血流睢水里。"肃甚嗟赏之,勰亦大悦。

这里,无论是《悲平城》还是《悲彭城》,都可以看出和南朝文学迥然不同的风格,具有风骨凛然的刚劲特色。而祖莹所说的"成一家风骨",于此亦可见其含意所在。

从北朝文人的观点看,他们认为由于南北地理环境的不同,应当有和南朝不同的文学风格。邢邵《萧仁祖集序》中说:"昔潘陆齐轨,不袭建安之风;颜谢同声,遂革太元之气。自汉逮晋,情赏犹自不谐;河北江南,意制本应相诡。"这正说明北朝文人也是在自觉地创造与南朝不同的文学风貌,只是由于北朝文人才华不及南朝,文学创作的成就不高而已。北朝虽有不少人羡慕南朝华艳文学,学习南朝文人在声律、对偶、用典方面的技巧,但是许多有代表性的北朝文人仍有不同于南朝的审美趣味与艺术追求。比如在用典方面主张要用得使人看不出,好像自己"胸臆语"一般。《颜氏家训·文章》篇中曾记载:"邢子才常曰:'沈侯(沈约)文章,用事不使人觉,若胸臆语也。'深以此服之。祖孝徵亦尝谓吾曰:'沈诗云"崖倾护石髓",此岂似用事邪?'"又说:"王籍《入若耶溪》诗云:'蝉噪林逾静,鸟鸣山更幽。'江南以为文外断绝,物无异议。……范阳卢询祖,邺下才俊。乃言:'此不成语,何事于能?'魏收亦然其论。"又说:"兰陵萧悫,梁室上黄侯之子,工于篇什。尝有《秋诗》云:'芙蓉露下落,杨柳月中疏。'时人未之赏也。吾爱其萧散,宛然在目。颍川荀仲举、琅邪诸葛汉,亦以为尔。而卢思道之徒,雅所不惬。"这些足可说明北朝一些有代表性的文人对南朝纤巧秀丽的文学并不十分喜欢。

第三节 颜之推调和南北的文学思想

颜之推(约531—590),字介,青年时随父亲在江陵。西魏攻陷江陵,颜之推被俘,以后一直在北朝,在北齐官至黄门侍郎,齐亡后归北周,后又入隋。他的《颜氏家训》虽是隋灭陈后之作,但主要论述南北朝时期作家作品。他自20岁前后入北朝,主要生活在北方,是北朝最为重要的文学理论批评家。由于他本是南朝人,从小受南朝的文化思想影响,故其文学思想具有以北朝为主而兼有南朝色彩的特点。颜之推的文学思想和文学批评,集中表现在他的《颜氏家训·文章》篇中。

颜之推认为文学作品应以"理致""气调"为中心,而辞采、用典等只是一种辅助。他说:

> 文章当以理致为心肾,气调为筋骨,事义为皮肤,华丽为冠冕。

这种以人体来比喻文章的说法,和刘勰的论述颇为相似。《文心雕龙·附会》篇云:"情志为神明,事义为骨髓,辞采为肌肤,宫商为声气。"但颜之推的思想与刘勰相比又不相同,他以"理致""气调"为主的提法,更重理而不重情,是和北朝的尚理崇实、贵乎气质相一致的。他对南朝"浮艳"文风颇为不满,又说:"今世相承,趋末弃本,率多浮艳。辞与理竞,辞胜而理伏;事与才争,事繁而才损。放逸者流宕而忘归,穿凿者补缀而不足。时俗如此,安能独违?但务去泰去甚耳。必有盛才重誉,改革体裁者,实吾所希。"这里也可看出他对南朝文风虽有批评,但还是采取一种妥协态度,只是要求"去泰去甚"罢了,因而与苏绰等的看法并不完全相同,明显地表现了调和南北的倾向。

颜之推对文学本质的上述看法是与他关于文章源出五经的思想密切相关的。《文章》篇一开始就说:"夫文章者,原出五经:诏命策檄,生于《书》者也;序述论议,生于《易》者也;歌咏赋颂,生于《诗》者也;祭祀哀诔,生于《礼》者也;书奏箴铭,生于《春秋》者也。朝廷宪章,军旅誓诰,敷显仁义,发明功德,牧民建国,施用多途。至于陶冶性灵,从容讽谏,入其滋味,亦乐事也。"此种论述,与刘勰《文心雕龙·宗经》篇所说,亦颇相似。颜之推也是从儒家传统观点来论述文学的。这和北朝的崇经复古思想有共同之处。但是,他又从南朝流行的思想出发,强调了文学可以陶冶性灵、富有滋味的特点,所以"行有余力,则可习之",并非只有实际政教功用。他实际上是把广义的文章分为两类:一类是以"笔"为主的应用散文,如章表奏议之类,主要是为阐明政教、经世致用而写作的;另一类则是抒写性灵、陶冶情志的韵文,如诗赋之类,即指纯艺术文学。但在他心目中,前一类的地位更高、更重要,后一类则是次要的,地位比较低,这种观点是受北朝文学思想影响的结果。

值得我们注意的是,颜之推对文学创作中作家的天才十分重视。他说:

> 学问有利钝,文章有巧拙。钝学累功,不妨精熟;拙文研思,终归蚩鄙。但成学士,自足为人。必乏天才,勿强操笔。吾见世人,至于才思,自谓清华,流布丑拙,亦以众矣。

他认为学问与文章是不同的,学问渊博可以做著名的学者,但文章写作则要依靠天才。这里他所说的"天才",实际上正是指作家的艺术才能,而这种艺术创作才能并非每一个文人都有,而且也不可能靠精学研思去获得,此种思想实际已开严羽"诗有别材,非关书也;诗有别趣,非关理也"说之先河。南朝时期,萧纲《与湘东王书》中批评裴子野"乃是良史之才,了无篇什之美",讲的也正是这个问题。颜之推强调天才的另一个意思是指文学创作必须依靠作家的灵感,如无创作灵感,则虽苦思苦想亦不能成篇,所以说"必乏天才,勿强操笔"。此点刘勰在《文心雕龙》的《神思》《养气》两篇中均曾谈到,所谓:"秉心养术,无务苦虑,含章司契,不必劳情。"(《神思》)"故宜从容率情,优柔适会。""意得则舒怀以命笔,理伏则投笔以卷怀。""率志委和,则理融而情畅;钻砺过分,则神疲而气衰。"(《养气》)都是讲的同样的问题。梁代萧子显《南齐书·文学传论》中也说过:"若夫委自天机,参之史传,应思悱来,勿先构聚。"其《自序》中又说:"每有制作,特寡思功,须其自来,不以力构。"颜之推提出文章是"标举兴会,发引性灵"的产物,即是指灵感,也是对他"天才"论的一个补充。所以,他的"天才""兴会"论,实是受南朝文学创作思想影响的一个突出表现。

颜之推论文学极重作家的人品,讲究道德修养。他在《文章》篇中对历代文人的操行品德曾做了极为严厉的批评。他说:

> 然而自古文人,多陷轻薄:屈原露才扬己,显暴君过;宋玉体貌容冶,见遇俳优;东方曼倩,滑稽不雅;司马长卿,窃赀无操;王褒过章《僮约》;扬雄德败《美新》;李陵降辱夷虏;刘歆反覆莽世;傅毅党附权门;班固盗窃父史;赵元叔抗竦过度;冯敬通浮华摈压;马季长佞媚获诮;蔡伯喈同恶受诛;吴质诋忤乡里;曹植悖慢犯法;杜笃乞假无厌;路粹隘狭已甚;陈琳实号粗疏;繁钦性无检格;刘桢屈强输作;王粲率躁见嫌;孔融、祢衡,诞傲致殒;杨修、丁廙,扇动取毙;阮籍无礼败俗;嵇康凌物凶终;傅玄忿斗免官;孙楚矜夸凌上;陆机犯顺履险;潘岳乾没取危;颜延年负气摧黜;谢灵运空疏乱纪;王元长凶贼自治;谢玄晖侮慢见及。凡此诸人,皆其翘秀者,不能悉记,大较如此。

这一大段论述中,颜之推对从屈原到谢朓的历代文人逐个做了尖锐指责,这可以说是文学批评史少有的对文人的品行之全面否定。从中可以看出颜之推要求文人必须有符合儒家道德品质的性格,具有温柔敦厚、温良恭俭让的风度气质,而其创作也要有与这种人品相一致的文品。这可能与颜之推的家学传统有关。他曾说:"吾家世文章,甚为典正,不从流俗;梁孝元在蕃邸时,撰《西府新文》,讫无一篇见录者,亦以不偶于世,无郑、卫之音故也。"萧淑的《西府新文》大约是梁元帝叫他编辑的,选的都是合乎当时时俗的作品。

颜之推虽然以儒家传统文学观来衡量历代作家作品,但毕竟和迂腐的经学家不同,他对文学的特征有比较清醒的认识,对艺术形式的华美也还是相当重视的。所以他对扬雄的否定辞赋之论甚为不满。他说:

> 或问扬雄曰:"吾子少而好赋?"雄曰:"然,童子雕虫篆刻,壮夫不为也。"余窃非之曰:虞舜歌《南风》之诗,周公作《鸱鸮》之咏,吉甫、史克《雅》《颂》之美者,未闻皆在幼年累德也。孔子曰:"不学《诗》,无以言。""自卫返鲁,乐正,《雅》《颂》各得其所。"大明孝道,引《诗》证之。扬雄安敢忽之也?若论"诗人之赋丽以则,辞人之赋丽以淫",但知变之而已,又未知雄自为壮夫何如也?

他不同意扬雄晚年对辞赋的简单否定,并以辞赋和《诗经》相比,认为都是同样的文学作品,给以充分的肯定。他还说:"古人之文,宏材逸气,体度风格,去今实远;但缉缀疏朴,未为密致耳。今世音律谐靡,章句偶对,讳避精详,贤于往昔多矣。宜以古之制裁为本,今之辞调为末,并须两存,不可偏弃也。"这种以古为本、调和今古和以实为主、华实并茂的思想,也正是调和南北文风熔为一炉的一种重要表现。他不仅对南朝声律、对偶、用典等文学创作技巧给以充分的肯定、较高的评价,而且对南朝一些清新秀丽的诗歌也十分欣赏。他赞扬何逊的诗"实为清巧,多形似之言",也很佩服谢朓的诗作,曾说:"刘孝绰当时既有重名,无所与让;唯服谢朓,常以谢诗置几案间,动静辄讽味。"虽是说刘孝绰,实际也表现了他自己对谢朓的赞赏。

颜之推调和南北的文学思想,不仅对隋代文学创作与文学思想的发展产生了重要影响,而且也对唐初史学家的文学思想有很大的启发,为唐代文学创作和文学思想的发展提供了理论依据。

第三编
中国文学理论批评的深化和扩展
——唐宋金元时期

概　说

　　唐宋金元时期中国文学理论批评发展的基本特点,是在汉魏六朝时期文学理论批评基础上的深化和扩展。从社会发展阶段来看,唐宋金元时期处于封建社会发展的中期,也是封建社会最为繁荣鼎盛的时期。与此相应的是,这个时期在文学创作上也是中国古代正统诗文成就最高的黄金时代,出现了像王维、李白、杜甫、白居易、苏轼、陆游等著名诗人,散文方面则有韩愈、柳宗元、欧阳修、苏轼等唐宋八大家。词曲的发展也在这一时期达到了高峰,宋词、元曲是中国古代词曲发展的代表,小说创作也开始兴盛起来了。由于文学创作的空前繁荣发展,以及多种文学形式的并行,文学理论批评不仅在理论内容上进一步深化了,而且在批评的方法和批评的范围方面也有了很大的扩展。

　　从这一时期文学理论批评总的面貌来看,唐代文学理论批评的发展和文学创作发展相比,则显得薄弱了一些,也不如六朝那么繁荣,但是它在一些重要的、带有根本性的文学理论问题上,又有比六朝更为深入的地方。例如意境的问题是唐朝才正式提出来的,从殷璠、王昌龄、皎然、刘禹锡到司空图,对意境的美学特征已经做了相当充分的论述,这是他们认真总结唐诗所创造的大量深远、优美诗歌意境的结果,同时也是和唐朝禅宗思想的产生、形成和发展分不开的。以王维为代表的一些山水田园隐逸诗人把禅境融入诗境,出现了许多诗禅合一、韵味无穷的诗歌意境,客观上为研究意境的美学特征奠定了基础。从而把对诗歌艺术的研究更加推向深入了。从盛唐到中唐,随着封建社会由繁荣鼎盛走向衰落凋敝,白居易为民请命的诗学理论和韩愈"不平则鸣"的创作原则,把中国古代具有朴素的民主主义精神的文学思想发展到了一个最高峰。我们可以看到唐代的文学理论批评,无论在文学的内部规律上还是在文学的外部规律上,都发展到了一个新的阶段。宋代文学理论批评在唐代的基础上有了更为广泛深入的发展。大量诗话的出现是这一时期文学理论批评兴旺发达的标志,而词学理论批评的发展、小说戏剧理论批评的萌芽,显示出了文学理论批评多元化、多角度的展开。由于受理学和禅学思想的影响,以及文学创作中新的创作倾向,特别是宋代"以文为诗"的影响,在文学理论批评领域内结合创作实践出现了一些重大的理论问题的争论,如诗学思想上的诗与禅的关系,诗歌创作中情与理的关系,艺术表现上的神与形的关系、情与景的关系等等,虽然有些不免持论偏激,但对促使理论研究的深化还是起了很有益的推进作用。特别值得提出的是,宋金元时期在文学的审美特征的研究上有了很大的发展,对以意境和韵味为中心的文学创作和文学鉴赏理论,从各方面做了相当深入的探讨,除了诗话中有很丰富的论述外,还出现了像苏轼、严羽那样的重要诗歌理论批评家,而南宋严羽的《沧浪诗话》则是对元明清产生了深远影响的著作。

这一时期在文学批评的方式上也比汉魏六朝时期有了较大的发展。例如以诗论诗的批评方式,从杜甫的《戏为六绝句》开始到元好问的《论诗绝句三十首》,已发展得相当完善。诗格、诗法和诗话的大量产生,虽然不免有简单粗糙、沙多于金之憾,但毕竟为文学批评带来了一种更为自由、活泼、生动的新气象。评点的批评方法之产生,为后来明清文学理论批评的发展提供了一种新的形式。因此,唐宋金元时期是中国古代文学理论批评发展承上启下的重要转折时期。

第十一章　初盛唐的文学理论批评

第一节　反齐梁文风中的两种不同倾向

唐代是中国古代封建社会中最为繁荣昌盛的时代。唐王朝是在隋末农民大起义和彻底摧毁六朝门阀世族统治的基础上建立起来的。"旧时王谢堂前燕,飞入寻常百姓家。"特别是唐太宗李世民的"贞观之治",政治上比较清明,经济上发展很快。从文化思想上说,初盛唐的基本特点是扫除齐梁遗风,建立与唐王朝的经济、政治发展相适应的新的文化思想。唐初的文学思想与文学理论批评,正是这种新文化思想的重要组成部分。但是,简单地说唐初新文学思想及其影响下的文学创作,是在反齐梁文风中发展起来的,是不确切的。唐初新文学思想不仅是在充分继承齐梁文学的优秀成果、批评齐梁文学的错误倾向中发展起来的,而且是在反对对齐梁文学全盘否定的错误文艺思潮中逐渐形成的。

唐初文学思想的发展,面临的一个主要问题是如何正确对待齐梁文学。从隋代到唐初的许多思想家和文学家,对齐梁文学的评价是很不相同的。为了科学地评价唐初对齐梁文学的各种不同态度,首先要对齐梁文学的功过做出一个合乎实际的历史评价。过去对唐初文学思想发展之所以不能给以正确的分析,其原因即在于对齐梁文学的简单否定,把它归结为一种形式主义的淫靡华艳文学。其实,六朝文学是中国古代文学发展中的重要阶段,齐梁文学总结了自魏晋以来将近四百年文学艺术发展中的新成果和新经验,初步形成了近体诗的格式和雏形,使中国古代文学的许多艺术表现技巧渐趋成熟。齐梁文学重视文学的缘情本质,讲究艺术形式的华丽,注意运用多样化的表现方法,细致地探讨诗歌的格律,这些毫无疑问对文学发展是起了积极促进作用的。因此,可以说,没有齐梁文学的发展,也就不会有唐诗的繁荣。齐梁文学的不良倾向,主要有两个方面:一是在相当一部分作家中有片面追求形式美,而不注意内容充实的缺点,有些作品内容贫乏,情调低下,风格柔靡;二是艺术上偏重词藻、典故、声律等具体技巧,而对审美意象的整体塑造方面较为忽视。南宋严羽在《沧浪诗话》中曾说:"诗有词理意兴。南朝人尚词而病于理;本朝人尚理而病于意兴;唐人尚意兴而理在其中。汉魏之诗,词理意兴,无迹可求。"这里所说的"意兴"正是指诗的审美意象特点,唐诗之所以不可企及,正是由于它"尚意兴而理在其中",这是符合艺术审美规律的。严羽批评"南朝人尚词而病于理",很确切地指出了齐梁文学上述两方面的缺点。然而不少研究者往往只重视上述第一方面的弊病,而很少重视上述第二方面的问题。其实,齐梁时代的刘勰和钟嵘,就曾对这两方面做过尖锐的批评。他们所提倡的"风骨"或"风力",正是为了克服这两方面的弊端。他们既讲究文学作品的深刻社会内容,要求它表现真挚而强烈的感情,又十分重视艺术意象的生动形象,要求塑造出鲜明完整的审美意象。所以他们都主张文学创作中要正确摆好风骨与辞采的关系,以风骨为主,辞采为辅,只有"藻耀而高翔",方是"文笔之鸣凤"(《文心雕龙·风骨》)。

从隋到唐初反齐梁文风的过程中,实际上存在着两种很不相同的倾向。一种是对齐梁乃至整个六朝文学持根本否定的态度,甚至把产生华靡淫丽文风的根源一直追溯到以屈原作品为主的《楚辞》,这一派可以李谔、王通、王勃等为代表;另一种是在批评齐梁文风过于追求形式华艳的同时,充分肯定其成就与积极影响,主张对齐梁文学采取具体分析的态度,这一派可以唐初史学家魏徵、令狐德棻等为代表。从隋到唐初,虽然创作上还是以沿袭齐梁旧路为主,刚健清新、内容充实的作品不多,但从文学思想上看,齐梁文风已处于被否定的地位,而对李谔、王通、王勃等人的错误观点与片面性却还没有足够的认识。他们对齐梁乃至整个六朝文学的简单否定,只能使文学发展由反齐梁文风而走上另一个极端,重新成为经学的附庸。有的文学批评史著作,不仅没有看到李谔、王通等人和唐初史学家在文学思想上的原则区别,而且笼统地把他们都看作是唐代文学思想发展的先驱,这是不妥当的。对这种混淆历史真相的状况,我们应予以澄清。

隋代统一中国之后,比较侧重在继承和发扬北方的文化思想,从儒家的政教观点出发,提倡质朴崇实,大力反对南方的淫丽浮华。隋文帝十分强调要"屏出轻浮,遏止华伪",开皇四年(584)下诏曰:"公私文翰,并宜实录。"(见《隋书·李谔传》)在这种思想影响下,遂有李谔《上隋高祖革文华书》的提出。李谔主张一切文章(包括文学在内的广义文章),都要以教化为本,认为诗、书、礼、乐乃"道义之门",学习六经以为文,可以实现"家复孝慈,人知礼让"的目的。为此,他提出:"上书献赋,制诔镌铭,皆以褒德序贤,明勋证理,苟非惩劝,义不徒然。"他把文学作品和一般的应用文章、政论文、公文等同起来,取消了文学作品不同于这些一般文章的特点,否定了文学的审美特性,因而对魏晋以后讲究艺术美的文学大加指责。他在上书中说:

> 降及后代,风教渐落。魏之三祖,更尚文词,忽君人之大道,好雕虫之小艺,下之从上,有同影响;竞骋文华,遂成风俗。江左齐梁,其弊弥甚,贵贱贤愚,唯务吟咏。遂复遗理存异,寻虚逐微,竞一韵之奇,争一字之巧。连篇累牍,不出月露之形;积案盈箱,唯是风云之状。

李谔在这段论述中,虽然也指出了六朝文学中片面追求形式美、忽视文学作品思想内容的缺点,但是,从总的方面来看,他的持论极端偏激,不能正确反映六朝文学发展的实际。第一,他以儒家教化为正道,不仅无视建安、正始等时期文学创作的进步社会内容,而且置陶渊明、谢灵运、鲍照等许多优秀诗人于不顾,对六朝文学做了全面的否定评价,这显然是极不公允的。六朝文学从曹氏父子到嵇康、阮籍、左思、刘琨,到陶渊明、谢灵运、鲍照、谢朓、沈约、庾信等著名诗人,他们在文学创作上的重要特点之一,正是对儒家"风教"的突破,从而自由地、不受拘束地唱出了自己的心声,表达了真实的感情,使文学创作得到健康的发展。否定了他们,也就是否定了文学发展的历史。第二,李谔在这段论述中严重地混淆了文学与非文学的界限,否定了文学作品的审美特性,因而也就否定了文学本身。在他看来,注重艺术美的文学,都不过是雕虫小技,根本没有写作的必要。六朝文人重视文学审美特性,注意区别文学与非文学界限,从文学观念发展上说是一大进步,李谔的主张则正好是对这种进步文学观念的反动。第三,李谔从上述错误思想出发,也就不能正确区分重视艺术的形式技巧和片面追求形式美、忽视作品内容的形式主义倾向之不同,完全抹杀了六朝文学在艺术形式技巧方面的重大成就与不朽的贡献。他批评六朝文学是:"以傲诞为清虚,以缘情为勋绩,指儒素为古拙,用词赋为君子。故文笔日繁,其政日乱。"他所指责的六朝文学之重缘情、重艺术,其实恰恰是六朝文学发展中的优点和有价值的贡献。所以真正颠倒是非黑白的,不是六朝文人,而正是李谔自己。李谔这种儒家复古主义文学观,在六朝时期也是存在着的,但不占主要地位,例如裴子野的《雕虫论》即是李谔上书之先声,但没有产生多少影响。到了隋代,这种文学思潮才借助于隋代在政治上对六朝的批判而占据文坛统治地位,它直接影响到隋末唐初的王通,并对中唐以后的文艺思想发展有较大影响。

王通的文学思想是对李谔的进一步发挥。王通(584—618),字仲淹,是隋末大儒,他现存的著作《中说》,体例模仿《论语》,大约是他弟子辑录编成的。他死后,其门人私谥"文中子",故其书又称《文中子》。王通在文学观念上承袭先秦较为宽泛的广义文学观念,他所说的"文"大体相当于文化的概念,否定文学与非文学之间差别,模糊和取消了文学特点。王通强调文必须"贯乎道","济乎义"(《中说·天地》篇),合于雅而"及理"(《中说·王道》篇)。诗歌也必须"上明三纲,下达五常"(《中说·天地》篇),和汉儒一样,把文学当作经学的附庸。从这个标准出发,他对南朝的诗人从人品到创作,都给予了否定的评价。其《中说·事君》篇说:

> 子谓文士之行可见:谢灵运小人哉!其文傲,君子则谨。沈休文小人哉!其文冶,君子则典。鲍照、江淹,古之狷者也,其文急以怨;吴筠、孔圭(按:吴筠当为吴均或王筠之误,孔圭即孔稚圭),古之狂者也,其文怪以怒;谢庄、王融,古之纤人也,其文碎;徐陵、庾信,古之夸人也,其文诞。或问孝绰兄弟。子曰:鄙人也,其文淫。或问湘东王兄弟。子曰:贪人也,其文繁。谢朓,浅人也,其文捷;江总,诡人也,其文虚。皆古之不利人也。子谓颜延之、王俭、任昉,有君子之心焉,其文约以则。

王通在这里对南朝许多著名诗人的贬斥，都是从儒家的伦理道德标准和"温柔敦厚"的诗教观点出发的，他对他们的人品和文品做了全面否定。他所批评的这些南朝诗人中，确实也有一些人的创作中有不良倾向，但是，即使对这些人，王通也没有击中要害。更主要的是，这种片面的武断的批评，完全抹杀了像谢灵运、沈约、鲍照、谢朓、庾信等重要诗人对文学发展所做出的杰出贡献，而且对其他诗人的评价也是极不公允的。对谢灵运、谢朓、鲍照、江淹、庾信等，唐代最伟大的诗人李白、杜甫都是十分崇敬与钦佩的。而王通所肯定的颜延之、王俭、任昉等，都只擅长于非艺术文学的一般文章之写作，而在诗歌等艺术文学创作方面则成就一般或无所成就。钟嵘《诗品》中说颜延之"虽乖秀逸，是经纶文雅才"。王俭在《诗品》中被列入下品，钟嵘说他"既经国图远，或忽是雕虫"。又说任昉"为诗不工，故世称沈诗任笔"。他们都只是应用文写作者，而与诗歌无缘。他们的文章都合乎儒家政教要求，具有典雅的特点。对六朝文学发展中在艺术形式技巧格律方面的重大贡献，王通也视为末流而加以否定。《中说·天地》篇记载道："李百药见子而论诗，子不答。百药退，谓薛收曰：'吾上陈应、刘，下述沈、谢，分四声八病，刚柔清浊，各有端序，音若埙篪，而夫子不应，我其未达欤？'薛收曰：'吾尝闻夫子之论诗矣，上明三纲，下达五常，于是征存亡、辩得失，故小人歌之以贡其俗，君子赋之以见其志，圣人采之以观其变。今子营营，驰骋乎末流，是夫子之所痛也，不答，则有由矣。'"由此可见，王通对建安诗人与沈约、谢灵运等的诗歌创作及齐梁诗人对诗歌格律的贡献，均持否定态度，而且十分痛恨。这与李谔上书中所说"忽君人之大道，好雕虫之小艺"是完全一致的。

王勃（649—676），字子安，是王通的孙子。作为初唐四杰之一，王勃在诗歌创作上曾经为唐诗的发展做出过重要贡献。他的名诗《送杜少府之任蜀川》等，已初步体现了后来盛唐诗人创作中所具有的感情真挚热烈、风格自然流畅的特点，诚如闻一多先生所说："五律到王、杨的时代是从台阁移至江山与塞漠。"（《唐诗杂论·四杰》）但是正像许多文学家的文学理论与创作实践有明显矛盾一样，王勃在文艺思想上承继了其祖父王通的观点，是相当保守的。在《平台秘略论·艺文》中，他虽也肯定"文章经国之大业，不朽之能事"，但实际上所指与曹丕《典论·论文》中所说的含义不同,主要是指的一般非艺术的政论文、应用文,而对缘情体物的诗赋作品,则斥之为雕虫小技。特别是他的《上吏部裴侍郎启》一文中对六朝文学曾进行了猛烈的攻击。他说:

> 自微言既绝,斯文不振。屈宋导浇源于前,枚马张淫风于后,谈人主者以宫室苑囿为雄,叙名流者以沉酗骄奢为达。故魏文用之而中国衰,宋武贵之而江东乱。虽沈谢争骛,适先兆齐梁之危;徐庾并驰,不能免周陈之祸。

王勃从儒家正统文学观出发,把淫靡文风的渊源一直追溯到屈原与宋玉,这和梁代裴子野《雕虫论》中的观点是一致的。他把崇尚词章、文采看作是导致国家动乱、败亡的根源,和李谔上书中所说"文笔日繁,其政日乱"的观点也是相同的。其实,王勃在创作中并没有完全摆脱齐梁文风的影响,同时也吸收和继承了齐梁文学的艺术成就,并在此基础上又有了新的发展,使秀丽与壮大相结合。例如他的《滕王阁序》中"落霞与孤鹜齐飞,秋水共长天一色",成为脍炙人口的名句,即是明证。王勃这种对六朝文学激烈否定的主张,可能与他对当时文学创作状况的不满有关。杨炯《王勃集序》中曾说:"尝以龙朔初载,文场变体,争构纤微,竞为雕刻。糅之金玉龙凤,乱之朱紫青黄,影带以徇其功,假对以称其美,骨气都尽,刚健不闻。(王勃)思革其弊,用光志业。"但是,王勃对六朝文学这种全盘否定,无论如何对文学发展是不利的,尤其对唐代新文学的建设有不好的影响。

从李谔到王通、王勃这一派,对揭露批评齐梁文学的缺点,虽有一定积极意义,可是由于他们对齐梁文学重要贡献一笔抹杀,又提倡复古,主张回到汉儒经学文艺观的立场上去,显然只能是一种历史的倒退。概括起来,这一派在理论上的失误,至少有以下三点:第一,他们以"言志彰教"来反对缘情体物,是违背文学本身特点与规律的,其结果是使文学丧失自己的独立性,而成为儒家礼义的说教工具;第二,他们以"质木无文"来反对华美艳丽,否认文学形式与技巧的重要意义与作用,看不到也不懂得文学的审美特性;第三,他们违背了文学发展基本事实,粗暴简单地否定了屈原、宋玉、三曹七子、陶谢、江鲍等一大批对文学发展做出了重大贡献的诗人与作家，拒绝接受自《楚辞》以来文学发展中丰富的艺术经验。因此，他们所代表的文艺思潮，不是健康的进步的文艺思潮，而是以批评六朝文学缺点为名的一股陈腐的复古主义暗流。

反齐梁文风中以唐初的史学家为代表的这一派的观点，与李谔、王通、王勃这一派很不相同。唐初修史风气很盛，正是为了总结历史经验，探讨建设繁荣昌盛的大唐帝国之新路。房玄龄(578—648)等编了《晋书》，李百药(565—648)编了《北齐书》，令狐德棻(583—666)等编了《周书》，姚思廉(557—637)编了《梁书》《陈书》，魏徵等编了《隋书》，李延寿编了《南史》《北史》。他们编著史书的过程中，必然要涉及对南朝（包括整个六朝）文学的评价问题，因为文化建设也是大唐帝国的一个重要方面。他们中间有一些人是辅助李世民的重要政治家，思想比较开明，具有远见卓识。他们看问题比较全面，所以虽然也批评六朝文风，但是极有分寸，而不过激。他们的基本思想是要兼取南北之长，而避其所短，主张文学作品既要有充实的社会内容，又应当有华美的文采。从文学发展的角度来看，他们认为屈宋之辞赋、建安之诗歌，都是那个时代文学的骄傲，是应当充分肯定的。而西晋之陆机、张华、左思，晋宋之交的陶渊明，以及稍后的谢灵运、颜延之、鲍照，也都是继承了这个优秀传统的。他们认为六朝文学之出现倾斜、发生偏差，主要是在梁大同(535—546)以后，梁简文帝萧纲和梁元帝萧绎提倡宫体，而徐陵、庾信等又大力加以发展。但是，他们对萧氏兄弟、徐陵、庾信等也不简单地全部否定，尤其对庾信在入北朝后的作品还给了很高的评价。

魏徵是唐初史学家中政治上威望最高，对大唐帝国的建立起过重大历史作用的著名人物。魏徵在《隋书》的《经籍志》和《文学传序》中对文学的历史发展曾经做了全面的论述与评价。首先，他指出文学的功用是很大的："上所以敷德教于下，下所以达情志于上，大则经纬天地，作训垂范；次则风谣歌颂，匡主和民。"他在强调文学的社会教育作用的同时，又充分注意到了文学的畅达情志、风谣歌颂的特点，不像李谔等人那样，把文学与非文学的文章完全等同起来，斥责缘情体物为末流、歪风。魏徵十分重视文学缘情体物、表现人的心灵世界之特点。他在《隋书·经籍志》中解释"别集"之名时说："自灵均已降,属文之士众矣。然其志尚不同,风流殊别,后之君子欲观其体势而见其心灵,故别聚焉,名之为集。"在集部总论中又说："文者,所以明言也。古者登高能赋,山川能祭,师旅能誓,丧纪能诔,作器能铭,则可以为大夫。言其因物骋辞,情灵无拥者也。"这些论述,我们可以看作是对六朝研究文学特点成就的继承与发展。更为可贵的是,他对发愤著作的传统给予了充分肯定与高度评价。《文学传序》中说："或离谗放逐之臣,涂穷后门之士,道轗轲而未遇,志郁抑而不申,愤激委约之中,飞文魏阙之下,奋迅泥滓,自致青云,振沉溺于一朝,流风声于千载,往往而有。"这对唐代文学的健康发展,影响极为深远。

其次,魏徵在论述文学发展的历史过程时,也表现了和李谔、王通等人完全不同的观点。他对被王勃视为淫靡文风之源的屈原和宋玉以及极大地发展了"淫风"的枚乘、司马相如等,都给了很高的评价。他在《隋书·经籍志》中说:

> 楚辞者,屈原之所作也。自周室衰乱,诗人寝息,谄佞之道兴,讽刺之辞废。楚有贤臣屈原,被谗放逐,乃著《离骚》八篇。言己离别愁思,申抒其心,自明无罪,因以讽谏,冀君觉悟,卒不省察,遂赴汨罗死焉。弟子宋玉,痛惜其师,伤而和之。其后,贾谊、东方朔、刘向、扬雄,嘉其文彩,拟之而作。盖以原楚人也,谓之《楚辞》。然其气质高丽,雅致清远,后之文人,咸不能逮。

其集部总论中又说:

> 宋玉、屈原,激清风于南楚,严、邹、枚、马,陈盛藻于西京,平子艳发于东都,王粲独步于漳滏。

可见,魏徵对《楚辞》与汉赋都是给予了充分肯定的,对它们在中国文学发展中的地位和作用也给予了足够的估价。尤其对屈原的《离骚》等篇更是十分赞赏。

不仅如此,魏徵对六朝文学发展的论述与李谔、王通更不相同,给予了很高的评价。《隋书·经籍志》集部总论中说：

> 爰逮晋氏，见称潘陆，并黼藻相辉，宫商间起。清辞润乎金石，精义薄乎云天。永嘉已后，玄风既扇，辞多平淡，文寡风力。降及江东，不胜其弊。宋齐之世，下逮梁初，灵运高致之奇，延年错综之美，谢玄晖之藻丽，沈休文之富溢，辉焕斌蔚，辞义可观。

魏徵对文学发展历史的评述，可能是参考了沈约的《宋书·谢灵运传论》及钟嵘《诗品》的见解的。沈约在论及《楚辞》及汉赋时曾说："周室既衰，风流弥著。屈平、宋玉导清源于前，贾谊、相如振芳尘于后，英辞润金石，高义薄云天。"又说："若夫平子艳发，文以情变，绝唱高踪，久无嗣响。"又论西晋文学说："降及元康，潘、陆特秀，律异班贾，体变曹王，缛旨星稠，繁文绮合，缀平台之逸响，采南皮之高韵。""爰逮宋氏，颜谢腾声，灵运之兴会标举，延年之体裁明密，并方轨前秀，垂范后昆。"钟嵘在《诗品序》中也曾说："陆机为太康之英，安仁、景阳为辅；谢客为元嘉之雄，颜延年为辅。"魏徵对齐梁文学的评价，可以说是沈约《宋书·谢灵运传论》之继续。他在《文学传序》中说：

> 暨永明、天监之际，太和、天保之间，洛阳江左，文雅尤盛。于时作者，济阳江淹、吴郡沈约、乐安任昉、济阴温子昇、河间邢子才、钜鹿魏伯起等，并学穷书圃，思极人文。缛彩郁于云霞，逸响振于金石，英华秀发，波澜浩荡，笔有余力，词无竭源。方诸张、蔡、曹、王，亦各一时之选也。闻其风者，声驰景慕。

这里，魏徵在用词方面也是与沈约相近的。他对齐梁时代许多重要诗人和文学家都是充分肯定的，这就和李谔、王通等的观点相去甚远了。他对六朝在艺术形式技巧方面的成就，包括声律等在内，也是充分肯定的。

当然，魏徵对齐梁文学也有很尖锐的批评，他在《文学传序》中说：

> 梁自大同之后，雅道沦缺，渐乖典则，争驰新巧。简文、湘东，启

> 其淫放,徐陵、庾信,分路扬镳。其意浅而繁,其文匿而彩,词尚轻险,情多哀思。格以延陵之听,盖亦亡国之音乎!

他把对齐梁文学的批评严格地限制在梁大同之后以萧纲、萧绎、徐陵、庾信为代表的宫体诗一类创作范围之内,是很有见地的,也是符合齐梁文学发展实际的。当然,宫体诗一类作品虽有"淫放""轻险"之弊,在艺术上也不是没有值得肯定的地方,特别是对中国古代咏物诗的发展、艺术描写的细腻等,也都有重要贡献。然而,总的说是有不健康的倾向的。他在《隋书·经籍志》的集部总论中说:"梁简文之在东宫,亦好篇什。清辞巧制,止乎衽席之间;雕琢蔓藻,思极闺闱之内。"这说明他对简文帝的"清辞""雕琢"也是肯定的,只是批评其内容格调之低下而已。他提倡南北融合、"气质"与"清绮"并重的"文质斌斌"的主张,实际上成了唐代文学发展的重要指导思想。取南朝之华美清丽,加之以北朝的意理气质,在一个更高的层次上统一起来,使内容与形式完美地统一,刚健清新,形象鲜明,从而创造出一种与唐代政治、经济发展状况相适应的、前所未有的新文学。

与魏徵观点一致的还有令狐德棻,他也是唐初的重要政治家。早在武德四年(621)他就建议修梁、陈、北齐、北周、隋史。他在《周书·王褒庾信传论》中也阐述了文学的历史发展状况与如何创造唐代新文学的问题,可与魏徵在《隋书》中的有关论述互相发明。他认为屈原"宏才艳发,有恻隐之美",宋玉继他之后,"追逸辔而亚其迹",荀况"含章郁起,有讽论之义",贾谊是"洛阳才子",能"继清景而奋其晖"。他们都善于"陶铸性灵,组织风雅,词赋之作,实为其冠"。他对汉赋作家评价也很高:"孝武之后,雅尚斯文。扬葩振藻者如林,而二马(司马迁、司马相如)、王(褒)、杨(雄)为之杰。东京之朝,兹道愈扇,咀徵含商者成市,而班(固)、傅(毅)、张(衡)、蔡(邕)为之雄。"他对魏晋文学评价更高。他说:"曹(植)、王(粲)、陈(琳)、阮(瑀)负宏衍之思,挺栋干于邓林;潘(岳)、陆(机)、张(华)、左(思)擅侈丽之才,饰羽仪于凤穴。斯并高视当世,连衡孔门。"这样的评价与李谔、王通之论也是显然鲜明地对立的。令狐德棻认为屈宋以来这些作家都是孔子以后的佼佼者,而从根本上说是与"孔门"一致的,可见唐初史学家对儒家政教的理解,其内容和范围都很广,更多是指现实的社会政治,而与李谔、王通等把儒家政教看作是狭隘的复古主义教条,是很不相同的。

令狐德棻还明确指出了北朝文学不发达的状况及其原因,认为体物缘情之所以"寂寥于世",乃是"时运然也",是北朝特殊的思想文化与政治状况所决定的。他肯定北朝文学发展中一些刚健、俊逸的作品,批评北朝以苏绰为代表的复古、保守文学观,认为他们"务存质朴,遂糠秕魏晋,宪章虞夏"这种主张,"虽属词有师古之美,矫枉非适时之用"。他指出由南朝进入北朝的王褒、庾信是"奇才秀出,牢笼于一代",为北朝最为出类拔萃的人物。这也是主张南北融合之意。他指出文学创作的正确途径应当是"以意为主,以文传意",这是和曹丕、陆机的主张一致的。他又进一步提出,在此基础上要做到:"其调也尚远,其旨也在深,其理也贵当,其辞也欲巧。"这调远、旨深的主张正是后来盛唐文学的重要特点。殷璠在《河岳英灵集叙》中论唐诗发展时,曾说:"景云中,颇通远调。"其"和而能壮,丽而能典"的主张也和魏徵所说"文质斌斌,尽善尽美"相一致。

唐初其他史学家的观点,也大都和魏徵、令狐德棻相同。如李百药在《北齐书·文苑传》中也充分肯定了屈原、宋玉、司马相如、扬雄等辞赋作家。他认为文学乃是人内心真实感情之流露,"文之所起,情发于中","斯固感英灵以特达,非劳心所能致也"。只是对齐梁的宫体诗才给予了批评。此外,姚思廉在《梁书·文学传》中也指出:"夫文者,妙发性灵,独拔怀抱。"强调文学是人心灵的真实表露,十分重视文学的抒情本质,这和李谔等人之斥责缘情也是相对立的。他特别赞扬梁武帝爱好文学、重视文才,对齐梁的沈约、江淹、任昉等都给予了很高评价,说他们"并以文采妙绝当时"。

唐初史学家的文学主张以及他们对文学发展历史所做的总结、对新文学创作的要求,为唐代文学的繁荣发展指明了方向与道路,同时也可以看出唐初史学家在思想上并不恪守儒家旧传统,重视吸收魏晋以来文学发展尤其是艺术技巧方面的新成果,是富有开创精神的。因此,他们的文学思想之重要特点,是反对对齐梁文学的全盘否定,反对李谔、王通等人的复古、保守文学思想,所以是比较活泼、自由而具有新的蓬勃生气的文学思想。这种积极、进取的文学思想,后来在陈子昂、李白、杜甫等的诗论中得到了继承与发展,并在唐诗的繁荣发展过程中起了重大促进作用。

第二节 刘知幾《史通》对文学理论批评发展的影响

刘知幾(661—721),字子玄,彭城(今江苏徐州市)人,是中国古代最有名的一位史学理论家。他的《史通》是一部全面、系统、深刻的史学理论专著,与刘勰《文心雕龙》在文学理论上地位一样,它是中国史学史上的不巧巨作。他在《史通·自叙》中曾明确地说,他是参照刘勰《文心雕龙》而写的史学理论著作,不是文学理论批评著作。因此,把《史通》中的某些理论简单地作为文学理论来论述,是不妥当的。但是,《史通》中确也涉及文学观念问题,刘知幾对史学著作写作的某些理论也对文学理论批评产生了影响。这些归纳起来,主要有以下几点。

第一,文、史的异同。刘知幾认为文学和历史是两个不同的部门,文才和史才各有所长,很难得兼,随着历史的发展,文史的区别也愈来愈明显了。其《史通·核才》篇中说:"昔尼父有言:'文胜质则史。'盖史者当时之文也,然朴散淳销,时移世异,文之与史,皎然异辙。故以张衡之文,而不娴于史;以陈寿之史,而不习于文。"虽然从东汉以来文史界限已逐渐分明,但从理论上这样明确地提出"文之与史,皎然异辙",刘知幾还是第一个,这对于澄清长期以来文史不分的错误观念是很有意义的。他指出史才有自己特长,不是有了文才就能写好史学著作,这是很正确的。不过,刘知幾认为文人就一定写不好史学著作的看法,也是过于偏激的,历史上有不少文学家同时也是史学家,如沈约、欧阳修等。然而,刘知幾不否定史家也需要有一定文才,他在《叙事》篇中说:"昔夫子有云:'文胜质则史。'故知史之为务,必借于文。自五经已降,三史而往,以文叙事,可得言焉。"他只是强调不能用文学创作的虚构、夸张之类方法去写作史学著作。他在《载言》篇中还指出,君臣之间的公牍文章,"若人主之制、册、诰、令,群臣之章、表、移、檄",宜在史书中另立一"书部",收入其中。而"诗人之什,自成一家。故风、雅、比、兴,非三传(按:指《左传》《公羊》《穀梁》)所取。自六义不作,文章生焉。若韦孟讽谏之诗,扬雄出师之颂,马卿之书封禅,贾谊之论过秦,诸如此文,皆施纪传。窃谓宜从古诗例,断入书中。亦犹舜典列《元首之歌》,夏书包《五子之咏》者也"。由此可见,刘知幾不仅对文学和历史做了严格的区分,而且正确地把章表奏议之类公牍文都划在文学范围之外,文学则以诗颂和文学散文(包括杂文、政论)为主,这说明他对文学和非文学的不同是认识得比较清楚的。他指出文学和历史在社会作用方面有共同之处,这就是它们都有对社会现实起褒善贬恶作用的功能。其《载文》篇说:"若乃宣、僖善政,其美载于周诗;怀、襄不道,其恶存乎楚赋。读者不以吉甫、奚斯为谄,屈平、宋玉为谤者,何也?盖不虚美、不隐恶故也。是则文之将史,其流一焉!固可以方驾南、董,俱称良直者矣。"在"惩恶劝善,观风察俗"方面,文学和历史确是有共同性的。这种对文学和历史异同的分析,对后来文学批评,特别是历史演义小说理论有很深远的影响。

第二,实录精神。《史通》作为一部史学理论著作,主张史书写作的基本原则应当是实录。刘知幾认为历史著作必须有十分严格的历史真实性,"不虚美,不隐恶",这正是对司马迁写作《史记》基本精神的继承和发扬。他之所以强调不能以文学创作的方法来写历史,就是因为文学作品大都是虚构的产物,经常运用艺术的夸张描写,这是历史著作所不允许的。他在《载文》篇中对先秦经典、史书中所载诗歌是肯定的,认为"其理说而切,其文简而要"。但对汉以后史书中所载文学作品则持否定态度,他说:"若马卿之《子虚》《上林》,扬雄之《甘泉》《羽猎》,班固《两都》,马融《广成》,喻过其体,词没其义,繁华而失实,流宕而忘返,无裨奖劝,有长奸诈,而前后《史》《汉》,皆书诸列传,不其谬乎!且汉代词赋,虽云虚矫,自余他文,大抵犹实。至于魏晋已下,则伪缪雷同。"许多史书受此影响,大量选载具有"虚设""厚颜""假手""自戾""一概"各种弊病的章表移檄之类不实之文,从而损害了历史真实。从史学理论的角度来看,重视科学的真实性是对的,但由此而贬低甚至否定这些汉赋的代表作,以及史书中所载的其他文学作品,则是错误的。这些文学作品既不能用史学的真实性标准去衡量,史书选载它们也不是要人将之当作真人真事的记录来看,只是为了说明传主的文学才能。以实录精神去要求文学创作,有积极的方面,也有消极的方面。从积极方面说,是重视文学创作的真实性,要求文学作品能真实地反映现实生活,特别是要敢于大胆地揭露现实的黑暗,而不是去掩盖它和粉饰它。"直书其事,不掩其瑕。""如董狐之书法不隐,赵盾之为法受屈,彼我无忤,行之不疑,然后能成其良直,擅名今古。"(《直书》)在这方面史学家和文学家是一样的,都要有一种客观态度,严格尊重现实,而不应当以个人爱憎好恶去歪曲生活的真实。"进不惮于公宪,退无愧于私室。"(《曲笔》)历史上以"直笔见诛"者不少,而以"曲词获罪"者则从未听说过,足可说明要真正做到实录,是极不容易的。从消极方面说,以史学的实录要求文学创作,就必然会否定文学创作所不可或缺的虚构和夸张,从文学本身的特征说,这反而会束缚作家的手足,使文学创作局限于真人真事,不能概括更广阔的社会生活内容,达到更高的艺术真实性。这种消极作用在后来历史演义小说中严格讲究符合历史真实一派的作品中可以看得很清楚,这类作品艺术性都不高,只是历史故事的通俗介绍而已。刘知幾提倡的实录精神曾对白居易的诗歌理论产生了很深刻的影响。

第三,对小说创作和小说理论的启发。刘知幾在《史通》中关于史书写作方法的论述,对中国古代小说创作特征和理论批评的形成有较大的影响。刘知幾强调史书的写作应当寓褒贬于实录之中,在科学地正确地记载历史事实中体现出作者对历史人物、历史事件的评价,这本来也是中国古代的史学传统。受这种史学传统的影响,中国古代小说,特别是倾向于写实的作品,总是在客观地真实地描写现实生活的过程中,通过人物的具体行为、动作、言论等来表现人物思想性格,作家的倾向、褒贬态度也不是以直接叙述的方式来表达的,而是寄寓于这种客观描写之中。所以,中国古代小说很少作家的大段评说、景物描写,也很少对人物作长篇的心理描写。刘知幾对史学著作写作方法的论述,比较集中在如何记载历史事件、如何为人物立传以及语言表达三个方面。这和小说创作中的情节、人物、语言三个要素,都是有一定关系的,也产生过影响。中国古代小说创作特别重视故事情节的安排与描述,从人物形象的立身行事来刻画其性格,语言的凝练和人物语言的个性化,这都与史书写作有不可分割的密切联系。刘知幾在《叙事》篇中指出叙事是史书写作的基本内容,"夫史之称美者,以叙事为先"。而叙事之优劣,关键在内容的选择、评价的正确,如果"善恶不均,精粗非类",是不可能写出有价值的著作的。这就要求作者必须对历史能全面把握,有深刻认识,在大量的史实中选出重要的有代表性的人物和事件,并且要恰当地处理好记叙过程中的详略关系,以便做到"意复深奥,训诰成义,微显阐幽,婉而成章"。这些原则对小说创作中题材选择、情节安排以及作家认识生活、熟悉生活的重要性,都是很有参考价值的。他所说的叙事之三个要点,"文约而事丰"的"简要","言近而旨远,词浅而义深"的"用晦",反对"虚加练饰,轻事雕彩"的"妄饰",也都是文学创作特别是小说创作可以引为借鉴的。在《人物》篇中他提出史书给人物立传应选那些"干纪乱常,存灭兴亡所系"而"有关时政"的人,也就是要选择对历史发展起过一定作用、"其恶可以诫世,其善可以示后"的人。《品藻》篇中他指出对历史人物的记载,除事迹要符合历史真实以外,还必须给予正确的评价,使"善与恶,昭然可见","小人君子臭味得明,上智中庸等差有叙","则惩恶劝善,永肃将来"。中国古代史书中的人物传记本来就有很强的文学性,有许多生动具体的性格描写,其中不少材料是采自野史杂记(包括神话故事),刘知幾对此并不反对,他认为"偏记小说"虽然自成一家,不同于正史,但亦可"与正史参行"。因此,他有关撰写历史人物传记的这些原则,对小说创作,尤其是历史小说创作的人物塑造,是有较为深远的影响的。在史学著作的语言方面,刘知幾讲究要有一定的修饰,所谓"饰词专对,古之所重也",但又反对"华而失实",应当做到"言必近真",要能从语言上看出人物的身份、思想和性格特征。特别是他主张书面语言和口头语言的统一,提倡言、文一致,这对文学语言的发展是有积极意义的。他在《言语》篇中指出随着历史发展、时代变迁,语言也在不断发生变化,因此不能一味模仿古人语言,而应当"记其当世口语",同时各民族各地区语言也有不同,不能"谓彼夷音,变成华语"。这对促进文学创作语言的平易通俗、生动形象,是有积极作用的,对韩愈的古文理论和后世白话小说的发展也有一定影响。

刘知幾的《史通》虽然和后来文学理论批评发展中的某些方面有较为密切的关系,但它毕竟不是文学理论批评著作,因此对初盛唐文学思想和文学理论批评的发展没有多少直接影响。

第三节　陈子昂的兴寄论与风骨论

唐初反齐梁文风是从广义的文着眼的,还没有专门论述到诗歌创作的革新问题,因此,主要还是讲一般的内容与形式关系问题,而没有涉及整体审美形象创造与词藻、格律、对偶等具体技巧的关系。而陈子昂则是在继承唐初史学家文艺思想的基础上,从诗歌创作方面把反齐梁文风问题进一步深化了。他的诗歌主张正是针对齐梁文风中忽视作品社会内容、不注意整体审美形象这两方面问题提出来的。

陈子昂(659—700),字伯玉,梓州射洪(今四川射洪)人,是一位在唐代诗歌发展史上地位十分重要的诗人。他的文艺思想和创作实践,对唐代许多重要诗人都有深刻的影响。李白在《赠僧行融》中曾称鲍照和陈子昂为"凤与麟"。杜甫在《冬到金华山观因得故拾遗陈公学堂遗迹》中则称陈子昂为"雄才",其《陈拾遗故宅》说:"有才继骚雅,哲匠不比肩。公生扬马后,名与日月悬。"韩愈在《荐士》中则说:"国朝盛文章,子昂始高蹈。勃兴得李杜,万类困陵暴。"可见,陈子昂的文学思想与创作实践,实是上继《诗经》《楚辞》,而下开李白、杜甫的。他在李白、杜甫、韩愈等的心目中都有崇高的地位。与陈子昂同时的卢藏用在《右拾遗陈子昂文集序》中论到文学发展,其观点与唐初史学家是接近的。他认为自《诗经》《楚辞》后,"汉兴二百年,贾谊、马迁为之杰",至司马相如、扬雄之赋,虽"瑰诡万变,亦奇特之士也,惜其王公大人之言,溺于流辞而不顾"。此后,则班(固)、张(衡)、崔(骃)、蔡(邕)、曹(植)、刘(桢)、潘(岳)、陆(机),"随波而作,虽大雅不足,然其遗风余烈,尚有典型"。可见,他对屈原及其作品是充分肯定的,而对两汉魏晋主要作家,基本上也是肯定的。他认为问题是"宋齐之末,盖憔悴矣。逶迤陵颓,流靡忘返,至于徐庾,天之将丧斯文也"。这些观点和魏徵、令狐德棻是基本一致的。唐初上官仪之流承徐庾之遗风,"于是风雅之道,扫地尽矣"。陈子昂正是在这样的情况下,"崛起江汉,虎视函夏,卓立千古,横制颓波,天下翕然,质文一变"。这当然是就其创作成就来说的,不过,他的诗文正是其文学思想的具体实践。陈子昂在文艺思想发展史上的主要贡献,是他针对六朝文学内容不够充实、不注意整体审美形象塑造两个弊病,从正面提出了兴寄论与风骨论的文学创作主张,这也正是唐代前朝文艺思想发展中的核心思想。

首先,陈子昂在《与东方左史虬修竹篇序》一文中说:"观齐梁间诗,彩丽竞繁,而兴寄都绝。"这是专门针对诗歌创作提出来的,其中包含着我们前面已经说过的齐梁文风中存在的两个主要问题。兴寄既是强调作品要有充实的社会内容,同时,也是重视诗歌整体审美形象的表现。"兴",指感兴、意兴,是诗人浮想联翩,形象思维十分活跃时的一种状态,作为诗歌的本体来说,兴是指其审美意象对人所产生的感发作用。"寄",指寄托,指诗人隐含于诗歌审美意象中的现实寓意,也就是诗歌中流露的思想感情所具有的社会内容。他反对诗歌创作只有"彩丽竞繁",而忽视兴寄。兴寄不同于一般的重视作品的社会内容,而是充分体现了诗歌艺术的本身特点的。它要求诗歌创作以审美形象来感动读者,并从中体会到积极的思想意义。这比一般的提倡以理为主或以意为主,要高明得多,要更符合文学的本身规律。陈子昂的兴寄论不能和儒家传统的美刺比兴说等同起来。汉儒讲美刺比兴有很多不科学的地方,例如把比兴和美刺等同起来,实际上就是很不恰当的,混淆了思想与艺术的差别。至于说美就是兴,刺就是比,就更加错误了。唐代的孔颖达在《毛诗正义》中就指出美刺都有比兴。兴寄说要求诗歌创作在审美意象内隐含有深刻的思想,这正好切中了齐梁文学的弊病。

陈子昂之提倡兴寄,是与他整个思想与为人都有密切关系的。他是一个有政治抱负、有远见卓识的进步思想家和文学家。他的思想既有儒家的影响,也有释老的影响,反映了唐代三教并重的特征。儒家的仁政和民本思想在他身上有很突出的表现。他非常关心人民的疾苦,当他还是布衣的时候,就曾上书提请统治者注意百姓"妻子流离""白骨纵横"的状况(见其《谏灵驾入京书》),为官之后,又多次要求当权者重视"历岁枯旱,人有流亡"的现象(见《谏雅州讨生羌书》)。他反对贪官污吏对百姓的勒索盘剥,在《上蜀川安危事三条》中,他指出"官人贪暴,不奉国法",使"剥夺既深,人不堪命",认为这是造成百姓造反的重要根源。他一再反对武则天的严酷刑罚,反对穷兵黩武,后来因为当权者不采纳他的有益政见,遂挂冠归隐,不和他们合作。但后来仍遭到武则天手下官吏迫害,冤死狱中。因此,他要求诗歌所寄寓的不是陈腐的封建说教,而是有进步意义的现实社会内容。

其次,在提出兴寄的同时,陈子昂还特别强调要继承"汉魏风骨"的传统。他说:"文章道弊,五百年矣,汉魏风骨,晋宋莫传。"为此,他赞扬东方虬的《咏孤桐篇》是"骨气端翔,音情顿挫,光英朗练,有金石声"。这可与他倡导的"汉魏风骨"互相发明。陈子昂所说的"风骨"与六朝的风骨论既有历史继承关系,含义又不完全相同。他称颂的"汉魏风骨",与钟嵘提倡的"建安风力"是比较接近的,但又不像钟嵘那样突出地强调"怨愤",而是更注重于刘勰所指出的那种豪迈悲壮、"梗概多气"的情调,然而又没有刘勰强调风骨必须合乎经意的含义。陈子昂的风骨论从形象塑造的角度看,要求有生动传神的整体形象,所谓"光英朗练",也就是刘勰论建安文学时所说的"造怀指事,不求纤密之巧;驱辞逐貌,唯取昭晰之能"(《文心雕龙·明诗》)。同时,又很注意要有抑扬顿挫的声律之美,能够有"金石声"。因此,可以说陈子昂的风骨论是吸收了六朝在诗歌格律上的成就的,因而也就体现出了唐代风骨论的特点,它直接启发了殷璠关于盛唐诗"声律风骨均备"说的提出。陈子昂这种风骨论显然是针对齐梁文学的弊病以及它在唐初的影响而发的,它包含着两方面的内容:一是反对齐梁文学大量描写宫廷艳情,要求文学作品应以表现政治理想抱负、抒发豪情壮志为主,要具有济世安民的广阔社会内容;二是反对齐梁文学仅在词藻堆砌、典故排比、碎用声律这些"小技"上追求纤巧,要求创造鲜明、生动、自然、传神的艺术形象。在风骨与辞采的关系上,必须以风骨为主,以辞采为辅。这一点和刘勰《文心雕龙·风骨》篇中的主张也是一致的。严羽在《沧浪诗话》中说:"诗有词、理、意兴。南朝人尚词而病于理。""唐人尚意兴而理在其中。""尚意兴",即是重视审美意象的创造。陈子昂以"汉魏风骨"来矫正"彩丽竞繁",正是"尚意兴"而不"尚词"的一种表现。如果说兴寄是一种艺术表现方法的话,那么风骨即是与这种艺术表现方法相联系的一种诗歌的审美理想。

陈子昂这种以兴寄、风骨为核心的文艺思想,在他的诗歌创作实践中也有突出的体现。他的《感遇诗三十八首》,尖锐地揭露了当时的许多弊政,批评了武则天的穷兵黩武,讽刺了当权统治者的荒淫佚乐,鞭挞了武氏集团的残暴杀戮,表现了对人民所遭受苦难的同情,以及因理想不能实现而产生的悲愤激情与深深的感慨。既有"感时思报国,拔剑起蒿莱"的豪壮情怀,又有"岁华尽摇落,芳意竟何成"的忧伤悲叹,特别是他的《登幽州台歌》:"前不见古人,后不见来者。念天地之悠悠,独怆然而涕下!"确实可以说是兴寄、风骨均备之作,他为唐代文艺思想和诗歌创作的发展开辟了一条新路,影响是很大的。正是在陈子昂的倡导和影响下,盛唐的诗人大都以"汉魏风骨"作为自己的审美理想。比如李白在《宣州谢朓楼饯别校书叔云》中说:"蓬莱文章建安骨,中间小谢又清发。"高适《宋中别周梁李三子》中说:"周子负高价,梁生多逸词。周旋梁宋间,感激建安时。"此所谓"逸词",即是指有风骨的作品。又其《淇上酬薛三据兼寄郭少府微》云:"故交负灵奇,逸气抱謇谔。隐轸经济具,纵横建安作。"学习建安作品之"逸气",也即是指风骨。杜确《岑嘉州集序》中评开元间诗云:"其时作者凡十数辈,颇能以雅参丽,以古杂今,彬彬焉,粲粲焉,近建安之遗范矣。"不过,陈子昂的文艺思想也有其弱点,这主要是他对南朝文学在艺术的形式和技巧上的成就重视不够,对南朝文学创作中词藻之华美、典故之深刻、对偶之工整、音律之严密这些表现了中国古代诗歌艺术美特征的有益因素,还没有充分吸收,因而他自己的创作也显得过分古朴,文采不足。这说明他在批评齐梁文学时,对其所提供的艺术经验的积极方面估计不足。对此,皎然在《诗式》中曾提出过批评,他指出陈子昂是"复多而变少",也就是复汉魏传统多,而吸收齐梁新变的成果少。后来,李白、杜甫在这方面就对陈子昂的不足有所克服,尤其是杜甫更为明显。

第四节 李白崇尚自然清新的诗歌理论

在诗歌理论方面继承发扬了陈子昂的主张,并对唐诗发展产生了重大影响的是李白。李白一方面和陈子昂一样提倡兴寄与风骨,另一方面又十分重视六朝文学创作所取得的积极成果,认真地从中吸取营养,这样就弥补了陈子昂的不足。孟棨在《本事诗》中说李白曾经讲过:"梁陈以来,艳薄斯极,沈休文又尚以声律。将复古道,非我而谁欤?"又说李白尝言:"兴寄深微,五言不如四言,七言又其靡也,况使束于声调俳优哉!"孟棨的记载是否可靠是值得怀疑的,但至少是不全面的,它只反映了李白对南朝文学的批评,而没有同时反映出李白对南朝文学肯定的方面。这当然是和孟棨本人的观点有关系的。从李白的思想和创作实际来看,他确实是注重寄兴的,也不喜欢梁陈的"艳薄",对《诗经》(四言代表作)也是十分推崇的。但李白绝非复古主义者,更不排斥五、七言诗,他的佳作恰恰是以七言为多。如果说他是主张恢复"古道"的话,那也是指中国诗歌创作的优良传统,而且是以创新去继承这个传统的。

李白在《古风》之一中说:

> 大雅久不作,吾衰竟谁陈?王风委蔓草,战国多荆榛。龙虎相啖食,兵戈逮狂秦。正声何微茫,哀怨起骚人。扬马激颓波,开流荡无垠。废兴虽万变,宪章亦已沦。自从建安来,绮丽不足珍。圣代复元古,垂衣贵清真。群才属休明,乘运共跃鳞。文质相炳焕,众星罗秋旻。我志在删述,垂辉映千春,希圣如有立,绝笔于获麟。

这是李白对诗歌发展的历史评述,同时也反映了他的一些基本文艺思想。首先,李白在这里表明了他是充分肯定风骚传统的,并且要以自己的创作来继承和发扬这个传统。他在《古风》第三十五首中曾说:"大雅思文王,颂声久崩沦。"李白之肯定雅颂,并非从传统儒生迂腐的教化说出发,而是着重在强调"大雅"之"颂声"是歌颂开明政治的,这正是李白"济苍生""安黎元""安社稷"的理想抱负所要达到的目的,"大雅"的"颂声"中李白寄托了自己的开明政治理想。李白并不像李谔、王通、王勃一派那样肯定《诗经》而否定《楚辞》,他非常喜欢《楚辞》,并且给予了崇高评价。他所说的"正声何微茫,哀怨起骚人"者,主要是说明"骚人"起于乱世,正是因为政治的腐败、黑暗,才有"骚人"起来抒发哀怨不平的愤激之情。这正是李白所赞赏的,他自己的不少创作也是这样的产物。他在《江上吟》中说:"屈平词赋悬日月,楚王台榭空山丘。"他并不像李谔等人那样把侈艳文风归咎于《楚辞》,《楚辞》仍是他所深深羡慕的典范作品。他说:"扬马激颓波,开流荡无垠。"非常明确地指出侈艳文风是从汉赋才开始的。

其次,李白所说的"自从建安来,绮丽不足珍",是说从建安以后,"绮丽"已极为普遍,并不珍贵了,并不是要否定"绮丽",认为它不好。实际

上他对六朝文学绮丽的方面是充分肯定的,对许多作家都表示了倾心和赞赏。例如对谢朓就非常佩服,他说:

> 解道"澄江净如练",令人长忆谢玄晖。
> ——《金陵城西楼月下吟》
> 我吟谢朓诗上语,朔风飒飒吹飞雨。
> ——《酬殷佐明见赠五云裘歌》
> 蓬莱文章建安骨,中间小谢又清发。
> ——《宣州谢朓楼饯别校书叔云》
> 诺谓楚人重,诗传谢朓清。
> ——《送储邕之武昌》

谢朓诗以绮丽、清新著称,他的"余霞散成绮,澄江净如练"两句正是以李白之赞赏而传颂千古。对谢灵运、谢惠连,李白也很喜欢,他说:

> 他日相思一梦君,应得"池塘生春草"。
> ——《送舍弟》
> 昨梦见惠连,朝吟谢公诗。东风引碧草,不觉生华池。
> ——《书情寄从弟邠州长史昭》

谢灵运的诗作,钟嵘在《诗品》中曾说:"名章迥句,处处间起;丽典新声,络绎奔会。譬犹青松之拔灌木,白玉之映尘沙,未足贬其高洁也。"谢惠连的诗,钟嵘评曰:"工为绮丽歌谣,风人第一。"李白对江淹、鲍照的作品评价也很高。他说:

> 览君荆山作,江鲍堪动色。清水出芙蓉,天然去雕饰。
> ——《赠江夏韦太守良宰》

李白自己的诗作也从鲍照等六朝诗人中得益不少,故杜甫说:"李侯有佳句,往往似阴铿。"(《与李十二白同寻范十隐居》)又说:"白也诗无敌,飘然思不群。清新庾开府,俊逸鲍参军。"(《春日忆李白》)江淹诗学谢朓,亦有绮丽清峻之风,《诗品》记载有他梦见郭璞讨还五色笔而才尽之说,可见其诗风一斑。钟嵘评鲍照是:"得景阳之俶诡,含茂先之靡嫚,骨节强于谢混,驱迈疾于颜延。总四家而擅美,跨两代而孤出。"至于阴铿之作,陈祚明《采菽堂古诗选》中曾评说:"诗声调既亮,无齐梁晦涩之习,而琢句抽思,务极新隽;寻常景物,亦必摇曳出之,务使穷态极妍,不肯直率。"而其写景诗则如"春风披扇,时花弄色,好鸟斗声,娟秀鲜柔,一景百媚"。由此可以看出,李白对六朝文学在艺术上获得的成就曾经做了极为广泛的学习,并且对六朝诗人的才华一再表示衷心的敬佩。所以,他虽然对六朝文学的弊病有所批评,甚至是很尖锐的,实际上对其有价值的成就则从不贬斥,而是给予了极高评价的,这也正是他比陈子昂更进一步的地方。

再次,李白的艺术美理想是"清真"。清,即是清新秀丽;真,即是自然天真。"清真"也就是他所说的"清水出芙蓉,天然去雕饰"之意。他在《古风》之三十五中说:"一曲斐然子,雕虫丧天真。"他对自汉赋起至六朝创作中的弊病之批评,很重要的一点即是在雕琢而不自然。清丽之特色是六朝诗歌的优点,但是往往也有虽清丽而不免于人工斧凿痕迹、缺少自然天真之弱点。李白要求清丽与自然的高度统一,正是盛唐人诗歌艺术美理想的体现。刘勰在《文心雕龙·明诗》篇中说:"五言流调,则清丽居宗。"他指出了在六朝繁荣发展起来的五言诗之基本风貌是清丽,但是刘勰受传统儒家观念影响,更重视以"雅润为本"的"四言正体",而把以清丽为特色的五言诗视为"流调"。然而到唐人则极为推崇清丽的风格与境界。杜甫在《解闷十二首》中赞扬孟浩然的诗是"清诗句句尽堪传"。王士源在《孟浩然集序》中则称其"荷风送香气,竹露滴清响"两句诗为"清绝"之作。杜甫《解闷十二首》中又称王维之诗是"最传秀句寰区满"。又在《哭李尚书》中赞扬李之芳说:"史阁行人在,诗家秀句传。"所谓"秀"即是指"秀丽"。杜甫《戏为六绝句》中又提出"清词丽句必为邻"。李白之所以欣赏"池塘生春草",正为其清新也;之所以吟咏"澄江净如练",正为其秀丽也。李白这种"清真"的审美观,在他的题画赞中也有不少表现。如《江宁杨利物画赞》中说:"笔鼓元化,形分自然。"《金陵名僧頵公粉图慈亲赞》中说:"粉为造化,笔写天真。"这种清新自然的审美理想也是对南朝"芙蓉出水"一派美学观的继承与发展,从中也可以看出李白文艺思想中不仅有儒家民本思想文艺观的影响,而且在艺术上更多地受到道家美学思想的影响。

第五节　殷璠的兴象论和王昌龄的诗境论

与李白同时,盛唐的诗歌理论还有侧重于艺术的一派,他们注意探讨诗歌的审美特征,从反对齐梁尚词而不尚意兴的偏向出发,特别强调创造诗歌的整体审美意象,对诗歌艺术理论做出了重要的新贡献,在总结盛唐诗歌艺术经验的基础上,提出了极为重要的兴象论与诗境论。

殷璠,丹阳(今江苏丹阳)人,生卒年不详,大致生活在唐玄宗开元、天宝年间。他评选的《河岳英灵集》是一本很有特色的盛唐诗歌选本。殷璠和《文选》编者萧统一样,也是通过选本来体现自己的文艺观点,进行文学批评的。但是,《河岳英灵集》比《文选》更严格地按照自己的审美观来选作品,并对入选的诗人创作有扼要的评论,观点非常鲜明。集中入选作品起自开元二年(714),终于天宝十二年(753)。殷璠的文艺思想以提倡"兴象"为中心,深入地论述了诗歌的风骨、声律及神、气、情等问题,同时也涉及诗歌的境界问题。殷璠也是从反齐梁的角度提出自己的诗歌创作主张的,但其出发点和陈子昂、李白又显然不完全相同。他从诗歌艺术形象塑造的角度,指出六朝人过于偏重在词藻、声律等具体形式、技巧方面,而对审美意象的创造反而注意不够,因此提出了诗歌创作应以创造"兴象"即艺术意象为主的思想。他在《河岳英灵集》的叙和集论中批评了"挈瓶肤受之流"责备"古人不辨宫商,词句质素",正是指的南朝的声律派及其后来的追随者。他指出他们"专事拘忌,弥损厥道",所以才出现了"都无兴象,但贵轻艳"的错误倾向。故而,标举"兴象",反对"轻艳",正是殷璠诗歌理论的基本特征。这里的"兴象"二字,《文苑英华》及《全唐文》所引均作"比兴",实是大误。今考《文镜秘府论》南卷所引正作"兴象",明刻本亦为"兴象",这是正确的。改作"比兴",显然是受儒家思想影响的结果。隋唐以来强调复古的一派在批评齐梁文风时,都强调要恢复儒家传统,特别是汉儒所主张的那种《诗经》传统,由于受这种思想影响,遂误以为此处乃指"比兴"。他们不了解殷璠的文艺思想特点与唐代前期各家不同,又对诗歌的审美特征不加重视,故出现这种版本上的讹误。殷璠在《河岳英灵集》中评论唐代诗人及其作品时,曾多次讲到"兴象"的概念,而从未讲过比兴的问题,即是明证。他论陶翰诗云:"既多兴象,复备风骨。"又论孟浩然诗云:"无论兴象,兼复故实。""兴象"是殷璠首先提出的重要文艺美学概念,它是指诗歌中完整的审美意象,不过,这种审美意象偏重指主体比较隐蔽的客体形象,然而它又可以极大地感发人的性灵,产生浓厚的审美兴趣,启发人们丰富的想象。"兴象"也可以说是"可以兴"的审美形象。这种审美形象所具有的"兴"的特点,不是传统儒家所说的"美刺比兴"的"兴",而是像钟嵘《诗品序》中所说的"文已尽而意有余"的"兴"。这和殷璠论诗重在有言外之意是密切相关的。盛唐诗注重兴象创造的特点,后人也有过许多论述,如清代翁方纲在《石洲诗话》中就说过:"盖唐人之诗,但取兴象超妙。"又说:"盛唐诸公之妙,自在气体醇厚,兴象超远。"殷璠的兴象论正是从总结盛唐诗歌艺术成就中提出来的。兴象的超妙是构成诗歌意境的基础。因此,殷璠在评论所选盛唐人诗歌时,所强调的具有言外之意的诗境,实质上正是对兴象论的深化与发展。注重兴象的描绘,正是为了使诗歌的审美意象构成一种耐人寻味、含蓄不尽的境界。这种诗境可以引导读者发挥想象能力,在欣赏过程中实现再创造。殷璠评王维的诗道:"在泉为珠,着壁成绘,一字一句,皆出常境。"所谓"常境",是指一般能够用语言文字来描写的境界,而所谓"出常境",则是指诗歌中所体现的那种无法用语言文字来表达的境界。例如殷璠所指出的"落日山水好,漾舟信归风","涧芳袭人衣,山月映石壁","天寒远山净,日暮长河急",等等。其中所蕴含的隐居田园的心境与禅机,只能由读者去体会。这种兴象所体现的境界,是无法具体说清楚的,只能让读者自己去领悟,同时它也是读者再创造的结果。他评常建的诗说:"其旨远,其兴僻,佳句辄来,唯论意表。"所谓"意表",即是指诗歌审美意象所蕴含的超乎象外、难以言喻的微妙之处。殷璠所举常建诗中的警策之语,如"松际露微月,清光犹为君","山光悦鸟性,潭影空人心"等,都曾被清代的王士禛称为有禅悟之妙的作品(参见《带经堂诗话》)。此外,他说到刘眘虚之诗"情幽兴远",是"方外之言",更可说明他之提倡兴象是与言外之意紧密不可分的。他说张谓的诗"并在物情之外",说王季友的诗"远出常情之外",说綦毋潜的诗"善写方外之情",说储光羲的诗"趣远情深,削尽常言",等等,也都可以看出他的这种基本思想,从而使我们对他提倡兴象的特殊含义有非常清楚的认识。殷璠由兴象论到诗境,不仅直接和王昌龄的诗境说有异曲同工之妙,而且对唐代诗歌意境理论的发展,产生了深刻的影响,后来刘禹锡的"境生于象外"说和司空图的"象外之象""景外之景"说,都可以说是脱胎于此的。

那么,怎样才能创作出有言外之意的兴象的诗歌呢?殷璠提出了许多重要的见解。首先,他认为应当有风骨。殷璠所讲的风骨,既有和陈子昂、李白一致的方面,又有自己新的发展,即含义更为广阔的方面。他评高适的诗说:"多胸臆语,兼有气骨。"所谓"气骨"实即风骨。他说最喜欢高适的《邯郸少年行》中"未知肝胆向谁是,令人却忆平原君",又说他的《燕歌行》"甚有奇句",可见其"气骨"正是指高适诗中英雄豪迈的壮志抱负和慷慨悲壮的气魄情调。他又说崔颢的诗:"晚节忽变常体,风骨凛然。"指出他"一窥塞垣,说尽戎旅"。并称颂他的《古游侠呈军中诸将》中"杀人辽水上,走马渔阳归。错落金锁甲,蒙茸貂鼠衣",以及《赠王威古》中"春风吹浅草,猎骑何翩翩。插羽两相顾,鸣弓上新弦"。这一类边塞游侠诗,"可与鲍照并驱也"。说明崔颢诗中的"风骨"含义亦与高适之"气骨"相同。他论陶翰的诗"既多兴象,复备风骨",而所选之诗亦以边塞诗游侠诗为主,如《古塞下曲》《燕歌行》《经杀子谷》等。至于说薛据的诗:"为人骨鲠有气魄,其文亦尔。"正是指他的《古兴》之类作品"怨愤颇深"之故。这些对于风骨的理解,大体和钟嵘所说的"建安风力",以及刘勰论建安诗的"梗概多气"是一致的,也就是陈子昂所谓"汉魏风骨",李白所谓"建安骨"。但是,殷璠对风骨的理解还有另一方面的含义,即是指超然物外、避世隐居的那种仙风道骨般的飘逸之气。例如他评李白的诗云:"白性嗜酒,志不拘检,常林栖十数载,故其为文章,率皆纵逸。"又评储光羲诗云:"格高调逸,趣远情深,削尽常言,挟风雅之迹,浩然之气。"他又在评王昌龄诗时说:"元嘉以还,四百年内,曹(植)、刘(桢)、陆(机)、谢(灵运)风骨顿尽。"显然,陆谢的"风骨"与曹刘的"风骨"是不太一致的,而李白之"纵逸"、储光羲之高逸,当亦是风骨之体现,但亦不同于"建安风骨"。可见,殷璠的风骨论设格较宽,着重于体现描写对象的风貌神态,具有"离形得似""传神写照"之妙。"风骨"是"兴象"必须具备的基本内容之一。

其次,殷璠认为兴象超远的作品,应当具有"神来,气来,情来"之妙。这和风骨也是分不开的,因为风骨本身就具有自然传神、气势通畅、感情鲜明的特征。所谓"神来",是要求兴象塑造必须以神似为主,而达到形神并重之妙。殷璠对诗歌创作,重在传神写照,但对形似方面要求也是比较高的,这从他的具体诗评中可以看得很清楚。例如他赞扬常建文词的"警绝"、王维的"词秀调雅"、刘眘虚的"思苦语奇"、王季友的"爱奇务险"、李颀的"修辞亦秀"、祖咏的"剪刻省静"等等,特别注意文词描写的生动与正确。所谓"气来",是要求兴象具有生气盎然的特点,表现描写对象内在的生命活力、昂扬的精神状态。兴象既是现实形象的真实描写,又是诗人思想感情、人格精神之体现,而这两方面都不应是僵死的、呆板的描写,应当是给人以栩栩如生、神气四射之感。所谓"情来",则是强调兴象中应寄寓有作者充沛的、强烈的感情,能够感染读者,它是幽远深厚的,又是非常自然真实的。

再次,兴象的构思要新颖、奇特、巧妙,并且具有自然的声律之美。殷璠论李白的诗,说他的《蜀道难》等篇"奇之又奇",又说高适的《燕歌行》等篇"甚有奇句",岑参的诗则"语奇体峻,意亦造奇",王维的诗则是"意新理惬",等等,说明殷璠对诗歌审美意象的塑造要求是很高的,也相当重视具体的艺术技巧。他反对过分讲究细碎的声律,但不反对声律,而且把它作为创造完美的整体艺术形象所不可缺少的重要方面。他说:"气因律而生,节假律而明,才得律而清焉。"为此,一个诗人"不可不知音律"。然而过于烦琐,反而会妨害兴象的超妙,影响整体艺术形象的创造。故而他说:"词有刚柔,调有高下,但令词与调合,首末相称,中间不败,便是知音。"他认为理想的作品应当是风骨与声律均备之作。

殷璠对自汉魏以来诗歌的评价是以兴象作为基本标准的。他说:"曹刘诗多直语,少切对,或五字并侧,或十字俱平,而逸驾终存。"正是从曹刘诗的兴象高妙角度说的。他之重视和肯定声律,也是为了和谐、流畅、抑扬顿挫的声律可以使兴象具备更加格高调远的艺术美。如果拘泥于烦琐声律,就会"弥损厥道"。他说唐诗的发展,"贞观末,标格渐高;景云中,颇通远调。开元十五年后,声律风骨始备矣"。这也是从唐诗兴象的逐渐完善来说的。

王昌龄是殷璠在《河岳英灵集》中十分推崇的盛唐诗人,其诗入选十六首,是集中选诗最多的一位诗人,殷璠在评语中引用他的诗句也最多,认为其诗"惊耳骇目",是"中兴高作"。王昌龄(698—757),字少伯,长安人,他的诗兴象超诣,意境弘深,在盛唐堪称典范。王昌龄有《诗格》一书,其真伪历来颇多争议。现存《诗格》见于宋代陈应行的《吟窗杂录》,此外,《格致丛书》也收录了《诗格》。很多研究者认为此《诗格》系伪托或经窜改。我们认为王昌龄曾经有过《诗格》著作,应当是没有疑问的,但今本《诗格》则恐非王著原貌,而是经过后人整理改写的。日本学者兴膳宏先生在翻译、注释、研究空海《文镜秘府论》过程中得出了这样的结论:"空海确实只是《文镜秘府论》的编者,绝不是它的著者。他把从六朝到唐代的各种文学理论著作加以裁剪、组织,也就是完全引用原文,编成这六卷书,只有开头的总序及东、西两卷的小序才是他自己所著。"(见兴膳宏《王昌龄的创作论》一文,此据王新民译文,载《日本学者中国文学研究译丛》第五辑)而空海在《文镜秘府论》中曾多次引用了王昌龄《诗格》中的论述,有的在《文镜秘府论》最早版本宫内厅藏平安朝抄本中,引文前曾冠以"王氏论文云"五字。而空海在其《性灵集》卷四《书刘希夷集献纳表》一文中曾说:"王昌龄《诗格》一卷,此是在唐之日于作者边偶得此书。古诗格等虽有数家,近代才子,切爱此格。"空海在唐近两年,804 年到中国,806 年回日本,王昌龄死于 757 年,可见空海得到《诗格》一书距王昌龄死约五十年时间。因此,我们可以说《文镜秘府论》中所引王昌龄《诗格》中的文字,应当说是比较可靠的。所以,我们这里探讨王昌龄有关诗歌创作的理论,也以《文镜秘府论》中所引为准。兴膳宏先生指出《文镜秘府论》引用王昌龄《诗格》主要有四处:一是地卷中的"十七势";二是南卷中论文意开头部分;三是天卷"调声"中前一部分到"七言尖头律"为止一小节,内容与"论文意"有重合之处。四是地卷"六义"中所引的"王云"部分。我们认为这是比较确切的。

王昌龄诗论最有价值的是关于诗歌意境的论述。他说:

> 夫作文章,但多立意。令左穿右穴,苦心竭智,必须忘身,不可拘束。思若不来,即须放情却宽之,令境生。然后以境照之,思则便来,来即作文。如其境思不来,不可作也。

这里王昌龄强调了文学创作尤其是诗歌创作必须在意与境密切结合的情况下进行构思。创作中首先要立意,但诗歌创作中的意必须与外境融为一体,方能驰骋神思,使艺术想象飞腾起来,然后才能产生有艺术价值的好作品,如"境思不来,不可作也"。

意与境的融合,也就是心与物的结合,这样方能创造生动的艺术形象。他又说:

> 夫置意作诗,即须凝心,目击其物,便以心击之,深穿其境。如登高山绝顶,下临万象,如在掌中。以此见象,心中了见,当此即用。

以心击物,"深穿其境",即是要求心与物能水乳交融,不分彼此。恰如刘勰《文心雕龙·物色》篇所说的心需"随物以宛转",物需"与心而徘徊"。王昌龄又说:"取用之意,用之时,必须安神净虑。目睹其物,即入于心;心通其物,物通即言。言其状,须似其景。语须天海之内,皆入纳于方寸。"强调这种心与物的结合又必须在创作主体"安神净虑"亦即虚静的条件下方能顺利实现。这种思想与刘勰《文心雕龙·神思》篇论述的基本精神是一致的。只有使"景物与意惬",才能使诗歌具有无穷的意味。只有虚静方能做到"语须天海之内,皆入纳于方寸"。这也就是陆机《文赋》中所说的"观古今于须臾,抚四海于一瞬"。

意与境的和谐,必须任其自然,由感兴而生成,绝不是人为强制所能达到的。他说:"自古文章,起于无作,兴于自然,感激而成,都无饰练,发言以当,应物便是。"也就是说"皆须任思自起"。"意欲作文,乘兴便作,若似烦即止,无令心倦。常如此运之,即兴无休歇,神终不疲。"这种主张与刘勰在《文心雕龙·神思》篇中所说"秉心养术,无务苦虑;含章司契,不必劳情",如出一辙。

王昌龄关于诗境的论述,一般研究者常以《吟窗杂录》本《诗格》中的

"三境""三格"说作为主要依据。《吟窗杂录》本《诗格》中的"三境""三格"说,对诗境的论述确是相当精辟的,其基本思想亦与《文镜秘府论》中有关论述一致。但它究竟是不是王昌龄《诗格》中原文,目前尚无法确证。现将这两段引述如下,以供参考:

> 诗有三境:一曰物境,欲为山水诗,则张泉石云峰之境,极丽绝秀者,神之于心,处身于境,视境于心,莹然掌中,然后用思,了然境象,故得形似;二曰情境,娱乐愁怨,皆张于意,而处于身,然后驰思,深得其情;三曰意境,亦张之于意,而思之于心,则得其真矣。
> 诗有三格:一曰生思,久用精思,未契意象,力疲智竭,放安神思,心偶照境,率然而生;二曰感思,寻味前言,吟讽古制,感而生思;三曰取思,搜求于象,心入于境,神会于物,因心而得。

这两段文字中,对意境的构成、特征、种类及不同的构思特点都做了相当深刻的分析。有不少学者把他这里说的"三境"中的"意境"看成是和我们平常所说的"意境"一样的意思,其实,这是错误的。这里是把意境从构成上分成三种不同类型:以写物构成的意境,以写情构成的意境,以写意念构成的意境。其实,三种都是意境,而他所说的第三种"意境",只是一般说的意境中之一类。这里说的"三格"是指意境产生的三种构思特点:"生思"是灵感涌现时自然出现的意境;"感思"则是从研读前人作品中得到启发,而获得一种新的诗歌意境;"取思"是从观察客观物象中形成的意境。如果这些是王昌龄《诗格》原文的话,我们想空海是不会不引用于《文镜秘府论》之中的。不过我们至少可以看作是对王昌龄诗境论的进一步发挥,它最迟也不会晚于晚唐五代,所以仍然是很有价值的。

王昌龄关于诗歌创作"十七势"的论述,是对诗歌具体艺术表现技巧的总结。"势",是指诗歌创作内在的一种自然规律。中国古代讲究立意和定势,即是指诗歌创作者首先要确立主题,然后按照所表达的意的需要,来选择与之相适应的表现方法与技巧。例如第十五"理入景势":

> 理入景势者,诗不可一向把理,皆须入景,语始清味;理欲入景

势,皆须引理语入一地及居处,所在便论之,其景与理不相惬,理通无味。昌龄诗云:"时与醉林壑,因之堕农桑,槐烟渐含夜,楼月深苍茫。"

这是讲诗歌创作中如何以理入景。其第十六"景入理势":

> 景入理势者,诗一向言意,则不清及无味;一向言景,亦无味。事须景与意相兼始好。凡景语入理语,皆须相惬,当收意紧,不可正言。景语势收之便论理语,无相管摄。方今人皆不作意,慎之。昌龄诗云:"桑叶下墟落,鹍鸡鸣渚田,物情每衰极,吾道方渊然。"

这是讲诗歌中如何以景入理,与第十五势正好相反,实际上王昌龄是从理与景两个角度论述了理语与景语如何融合为一体的问题,这也是为了使意与境"相兼""相惬",创造诗歌意境,使之含蓄、自然、耐人寻味。

王昌龄关于诗境的论述,把诗歌意境创造提到了一个非常突出的地位,它不仅是对盛唐诗歌艺术经验的一个总结,而且为意境理论的深化与扩展奠定了基础。中唐以皎然、刘禹锡为代表的诗歌意境理论及晚唐司空图对诗歌意境理论的开拓,都可以看作是对殷璠、王昌龄诗境论的进一步发展。

第六节 杜甫的《戏为六绝句》及其论诗歌创作之"神"

杜甫的文学思想是在陈子昂、李白诗论基础上的进一步发展。但是由于杜甫所处的时代已经到了唐代社会发展由盛到衰的转折期,因此,杜甫的文学思想要求文学表现民生疾苦,为民请命的方面体现得较为突出。

首先,他很重视提倡《诗经》的传统,主张文学创作要描写现实的社会内容,使之与安定乾坤、拯救黎元的政治理想相结合。这种思想在他的后期尤为突出。比如他在赞扬元结的《舂陵行》和《贼退示官吏》时所写的《同元使君舂陵行》一诗中说:

> 粲粲元道州,前圣畏后生。观乎《舂陵》作,欻见俊哲情;复览

《贼退》篇,结也实国桢。贾谊昔流恸,匡衡常引经。道州忧黎庶,词气浩纵横。两章对秋月,一字偕华星。

唐代宗广德二年(764),元结在任道州刺史时,看到战乱之后百姓家破人亡,饥寒交迫,"大乡无十家,大族命单羸","朝餐是草根,暮食乃木皮"。他的《舂陵行》末尾提出:"何人采国风,吾欲献此辞。"正是以诗歌作为为民请命的工具。其《贼退示官吏》则尖锐地指出了贪官污吏盘剥人民,比盗贼还要凶狠。元结表示自己决不为了官职去"绝人命"。为此,杜甫给予了高度的赞扬,并且在其诗序中说,元结等能"知民疾苦",坚持正义,"天下少安可待矣"。还说元结这两首诗的创作使自己感到"不意复见比兴体制,微婉顿挫之词,感而有诗"。杜甫所创作的乐府诗,都能以新题写时事,开创新乐府之先声。他的许多优秀诗作,是他这种文学思想的具体实践。他的诗歌创作就已经鲜明地反映出了文学应当揭露当权统治者的弊政,描写百姓的疾苦,以达到为民请命的目的。虽然他在理论上没有明确提出这一点,但在创作实践中已经可以看得非常清楚。这也正是他对《毛诗大序》中"发乎情,止乎礼义","温柔敦厚"之旨的突破。而这一点,毫无疑义,直接启发和影响了白居易诗歌理论的提出。杜甫是有忠君思想的,但他的目的是希望君主能减轻和消除人民群众的痛苦与灾难。因此,他的忠并不是"愚忠",他对唐代的玄宗和肃宗都没有迷信。杜甫是在唐代的现实情况下,大大地发展了儒家民本思想的积极方面,继承了"诗可以怨"的传统。他对黑暗现实的愤怒批判,他对人民的深厚同情,正是对这个进步传统的重大发展。白居易的诗歌理论正是在此基础上发展起来的。

杜甫对前代文学遗产采取了正确的态度。特别是在反齐梁文风、反唐初承续的齐梁文风中,他顶住了全盘否定齐梁文学的形而上学的片面性歪风,坚持了正确的原则,这是很不容易的。李白虽然并不全盘否定六朝文学,但在理论上坚持正确原则的旗帜还不够鲜明。而杜甫则明确提出了文学发展中这一重要问题,并表示了鲜明的态度。这在他的《戏为六绝句》中论述得最为充分。他说:

> 不薄今人爱古人,清词丽句必为邻。窃攀屈宋宜方驾,恐与齐梁作后尘。

这里,他指出了齐梁文学有它的缺点,故不愿作其"后尘",但是,又认为齐梁文学不应当全盘否定,要充分吸取其"清词丽句",接受其有价值的艺术经验,而舍弃其卑下、轻艳的一面。对庾信的评价,尤其可以看出他这方面的文学思想特点。他充分肯定了庾信在诗歌创作上的成就,对当时一些后进之辈对庾信的简单否定,很不满意。他说:

> 庾信文章老更成,凌云健笔意纵横。今人嗤点流传赋,不觉前贤畏后生。

庾信在南朝时期曾是萧纲的得宠文人,他与徐陵一起创作宫体诗,名为"徐庾体",但是,他到北朝后,被敌国扣留,虽在北周也做过大官,但是他心怀南国,诗文创作上也有很大变化,写过许多怀念故国的著名诗篇。对他后期的诗歌,杜甫是给予了很高评价的。杜甫在《咏怀古迹》五首中曾说;"庾信平生最萧瑟,暮年诗赋动江关。"而对他早年诗歌创作中的"清新"一面,杜甫也是十分肯定的,曾说"清新庾开府"。对六朝特别是齐梁的一些著名诗人,杜甫也都赞扬过他们在艺术上的成就,《解闷》中说"颇学阴何苦用心"。他对陶渊明、鲍照的诗作也十分钦佩,《江上值水如海势聊短述》中说:"安得思如陶谢手,令渠述作与同游。"他还称颂过李白的诗作有鲍照、谢朓的特点。

初唐四杰的诗作有开创唐诗新特色的方面,但也有继续受齐梁淫丽柔靡文风影响的方面,这后一方面也受到当时人的非议,当时人甚至轻蔑地否定他们的成就。对此,杜甫曾坚决表示反对,他对初唐四杰的诗歌创作给予了很高的评价。《戏为六绝句》中说:

> 王杨卢骆当时体,轻薄为文哂未休。尔曹身与名俱灭,不废江河万古流。
>
> 纵使卢王操翰墨,劣于汉魏近风骚。龙文虎脊皆君驭,历块过都

见尔曹。

杜甫很看不起当时那些"轻薄为文"的文人,他们自以为很了不起,而实际上远远赶不上初唐四杰的成就。他指出四杰的作品虽然劣于汉魏之近风骚,但也具有自己独特的风格,形成为有特色的"当时体",故而是"龙文虎脊","不废江河万古流"。

杜甫对前代文学的态度是:"未及前贤更勿疑,递相祖述复先谁?别裁伪体亲《风》《雅》,转益多师是汝师。"既要继承《风》《雅》的传统,"别裁伪体",又要"转益多师",这才是对待文学遗产的正确态度。这种思想也表现在他对历代诗歌发展的评价上。其《偶题》中说:"后贤兼旧制,历代各清规。"这是他的全面主张。后世的文学家总是要继承前代的文学传统,但又不是重复、模仿,而总是有自己新的创造,从而形成新的特点,各有自己的"清规"。杜甫对诗歌艺术美的理想,是在赞扬清丽自然的同时,又要壮阔豪迈。他在《戏为六绝句》中说:"才力应难跨数公,凡今谁是出群雄?或看翡翠兰苕上,未掣鲸鱼碧海中。""翡翠兰苕"是清丽之美,"鲸鱼碧海"是俊逸之美。他不仅主张要有清丽之美,而且更重视俊逸之美。清丽之美以阴柔之美、优美为主,俊逸之美则以阳刚之美、壮美为主。杜甫和李白在审美理想方面有些不同。李白以清丽为主,兼有俊逸;杜甫以俊逸为主,而兼有清丽,侧重点是不一样的。故严羽在《沧浪诗话》中说:"子美不能为太白之飘逸,太白不能为子美之沉郁。"以飘逸和沉郁来区别李杜,是有一定道理的。这种艺术风貌的不同,固然与他们个人的艺术素养、创作个性不同有关,但也有时代和环境条件不同的影响。李白虽然也有许多作品写在安史之乱后,但他的文学创作活动主要是在安史之乱前。755年安史之乱爆发,李白已经55岁,安史之乱后他只活了7年。而杜甫的大量诗歌创作则都写于安史之乱以后,他比李白小12岁,正好赶上唐帝国由盛至衰的转折关头,主要生活在转折之后。因此浪漫特色较少,而对现实的苦难看得较多,了解得更详细,故写实性比较强。

杜甫的诗歌创作思想核心是讲究传神。从文学创作思想的发展上看,重在传神是由六朝文学发展到唐代文学的一个重要变化。六朝虽然提出了传神的问题,并且在创作中也有不少实践,但总的来说,多数作家还是偏重在形似的方面。这从钟嵘《诗品》中对各五言诗人的评论中可以看得很清楚。到了唐代,在创作实践中更重传神,当然对形似也不废弃。它在理论上的代表性观点就是诗人张九龄在《宋使君写真图赞》中说的:"意得神传,笔精形似。"杜甫论诗论画都重在一个"神"字。他论创作之神,其内容有以下几个方面。

第一,认为文学艺术创作必须写出风骨,方能传神。其《李潮八分小篆歌》说:"书贵瘦硬方通神。"这是说书法创作必须有风骨、骨力,方能传神,瘦硬便是有风骨之意。其《房兵曹胡马》云:"胡马大宛名,锋棱瘦骨成。竹批双耳峻,风入四蹄轻。所向无空阔,真堪托死生。骁腾有如此,万里可横行。"所谓"锋棱瘦骨",亦即"瘦硬"之意。他在《画鹘行》中说:"高堂见生鹘,飒爽动秋骨。""写此神俊姿,充君眼中物。"这也是说画鹘有风骨,而神态毕露。其《丹青引》记曹霸之画先帝御马玉花骢云:"诏谓将军拂绢素,意匠惨淡经营中。斯须九重真龙出,一洗万古凡马空。……弟子韩干早入室,亦能画马穷殊相。干惟画肉不画骨,忍使骅骝气凋丧。将军画善盖有神,偶逢佳士亦写真。"说明只有能画出马的风骨气势,方能传神。他的《寄薛三郎中》一诗中称当时诗人薛据:"赋诗宾客间,挥洒动八垠。乃知盖代手,才力老益神。"这个"老"不仅指年老,它与"才力"相连,也有"老成"之意。如讲"庾信文章老更成,凌云健笔意纵横",又在《解闷》中说:"庾信平生最萧瑟,暮年诗赋动江关。"又在《敬赠郑谏议》一诗中说:"思飘云物外,律中鬼神惊。毫发无遗憾,波澜独老成。"老成与清新相对,指劲健而老练的描写。老成是与风骨密切地联系着的。庾信之作,晚年多"激楚之音,悲凉之调"(见明代陈祚明《采菽堂古诗选》),而"早岁靡靡之南音,已烬于冥冥之劫火"(陈沆《诗比兴笺》),如沈德潜所说:"于琢句中,复饶清气,故能拔出于流俗中,所谓轩鹤立鸡群者耶。"(《古诗源》)明代杨慎在《升庵诗话》中说,庾信的"老成"即在有"质"、有"骨"。以其《哀江南赋》来说,如他自己说的"不无危苦之辞,唯以悲哀为主"(《哀江南赋序》)。因此,讲老成而有神,亦指以风骨为主而能传神之意。

第二,杜甫论传神的另一个重要内容,是说创作构思之时,若能进入灵感萌发、难以遏止的状态,即可写出传神之作。也就是说,传神之作常常是产生于诗兴浓厚之际。其《寄张十二山人彪三十韵》一诗中说:"静者心多妙,先生艺绝伦。草书何太古,诗兴不无神。曹植休前辈,张芝更后身。"心静神旺,诗兴勃涌,这时写出来的必定是传神之作。他的《游修觉寺》一诗云:"野寺江天豁,山扉花竹幽。诗应有神助,吾得及春游。"仇兆鳌注云:"诗有神助,非自夸能诗,是云胜境能发诗兴耳。"这正是讲修觉寺的幽美风景激发了诗人创作的灵感,从而使诗人写出了传神之作。其《上韦左相二十韵》云:"感激时将晚,苍茫兴有神。为公歌此曲,涕泪在衣巾。"王嗣奭《杜臆》说:"苍茫,意兴勃发之貌。"这首诗的末段,杜甫自己叙述穷困之遭遇,怀才不遇,而期望韦见素能加以提拔。仇注说:"多病索居,寥落已甚,且驱逐生涯,资身无策,至此则天意难问,而吾道莫容矣。故不禁感怀赋诗,而声泪交流。此条一步敲紧一步,乃陈情之最悲切者。"说明杜甫感情激动,心意难平,故诗兴勃发,若有神助。其《独酌成诗》又云:"醉里从为客,诗成觉有神。"仇注云:"诗觉有神,喜动诗兴也。"杜甫晚年曾追忆早年在安史之乱前后的创作情况说:"忆在潼关诗兴多。"(《峡中览物》)这正是他那些传神写照最生动的诗歌产生的时期。

第三,杜甫认为真实、自然仍是艺术作品传神之关键。其《韦讽录事宅观曹将军画马图》一诗中说:"国初已来画鞍马,神妙独数江都王。将军得名三十载,人间又见真乘黄。"只有逼真才能使人感到神妙。其《通泉县署屋壁后薛少保画鹤》一诗中说:"薛公十一鹤,皆写青田真。画色久欲尽,苍然犹出尘。"又《姜楚公画角鹰歌》中说:"此鹰写真在左绵,却嗟真骨遂虚传。"艺术的生命在真实,真实而后方能栩栩如生,达到传神的目的。真实的作品必然具有合乎造化的自然之美。杜甫在《画鹘行》中曾说:"乃知画师妙,功刮造化窟。"真实、自然的作品,方能有潇洒自如、生动传神的特点。杜甫在《画马赞》中说:"韩幹画马,毫端有神。""逸态萧疏,高骧纵恣。"

第四,杜甫还指出,能否达到神化的水平,与作家知识学问的深浅有密切的关系。因为文学是语言的艺术,如果不能掌握大量的知识,不学习前人的创作,吸收其宝贵艺术经验,那么,虽然有许多诗意,也还是无法充分表达出来的。所以他说:"读书破万卷,下笔如有神。"(《奉赠韦左丞丈二十二韵》)没有万卷书存于胸中,也就不可能产生神来之笔。他在《宗武生日》一诗中说:"诗是吾家事,人传世上情。熟精《文选》理,休觅彩衣轻。"只有知识广博、学识丰富的人,才能使自己的作品达到神化的境界。

第五,这种神化的艺术水平是作家长期创作经验的积累与对创作技巧精心钻研的结果。杜甫在《江上值水如海势聊短述》一诗中说:"为人性僻耽佳句,语不惊人死不休。"他对自己的诗歌创作要求十分严格,每字每句都是花了大量心血的。他在《解闷》中说:"陶冶性灵存底物,新诗改罢自长吟。孰知二谢将能事,颇学阴何苦用心。"杜甫对艺术的追求是十分刻苦的,他的目标并非求雕琢之功,而在于达到神化境界。他懂得要获得这种艺术境界,是一个"惨淡经营"的过程。他在《题李尊师松树障子歌》中说,玄都道士李尊师画的青松障十分真切传神,"障子松林静杳冥,凭轩忽若无丹青"。但这种逼真的传神佳作,得来并非容易:"已知仙客意相亲,更觉良工心独苦。"

综上所述,我们可以看到杜甫以传神为中心的创作思想,其内容是十分丰富的。而这种创作思想相当一部分是体现在他的题画诗中的,虽然是论画,但其理可通于诗,并且只有把他的论画(也包括论书)的思想和论诗的思想结合起来研究,才能对他的创作思想有一个全面的更符合实际的了解。

第十二章　皎然、白居易与中唐诗歌理论的发展

第一节　皎然《诗式》与中唐对诗歌意境特征的探讨

唐代诗歌创作的发展，从杜甫以后到白居易、韩愈等成为文坛主将以前，即自大历中到贞元中的二十余年间，是大历十才子和韦应物、刘长卿等十分活跃的时期。诗歌创作以山水田园为主要内容，以清静淡泊风格为其主要特色，而在诗歌理论批评方面则可以皎然的诗论为其代表。

皎然是诗僧，姓谢，于頔《吴兴昼上人集序》说他"字清昼"，其《郡斋卧疾赠昼上人》诗自注称："上人早名皎然，晚字昼。"刘禹锡曾说："皎然字昼，时以字行。"(《澈上人文集纪》)湖州长城(今浙江长兴)人。据北宋赞宁《高僧传》卷二十九《唐湖州杼山皎然传》说，皎然是"康乐侯十世孙"。皎然在《述祖德赠湖上诸沈》中尊谢灵运为"我祖"。皎然的生卒年也难以确考，大约生于开元前期，卒于贞元后期。宋赞宁《高僧传》说他"幼负异才，性与道合"，不以名利为重，于杭州灵隐山天竺寺受戒，后来移居湖州，并与灵澈、陆羽等同居乌程杼山妙喜寺。皎然诗文俊秀，为当时著名诗僧，刘禹锡在《澈上人文集纪》中说："世之言诗僧多出江左……独吴兴昼公能备众体。"他与儒林文人交往甚密，"凡所游历，京师则公相敦重，诸郡则邦伯所钦"。他是颜真卿、于頔等郡公座上客，与韦应物、卢幼平、梁肃、皇甫冉、皇甫曾、李华、权德舆等人往来酬唱，享有很高声誉。

《诗式》的写作年代，难以确切考定。然据《诗式·中序》，贞元初皎然居东溪草堂，"欲屏息诗道"，"世事喧喧，非禅者之意"，"所著《诗式》及诸文笔，并寝而不纪"。则《诗式》当写于贞元以前。又据《诗式》中"齐梁诗"条说："大历末年，诸公改辙，盖知前非也。"可知《诗式》之作当在大历末年之后。由此可以确定《诗式》写作约在公元 779 年至 785 年之间。《中序》又说贞元五年(789)原御史中丞李洪改迁湖州长史，十分赞赏《诗

式》,皎然在诗人吴季德帮助下重新编定其《诗式》,并经李洪审阅,"有不当者,公乃点而窜之,不使琅玕与碱砆参列,勒成五卷,粲然可观矣"。可见,《诗式》之最后增补编定当在贞元五年,共有五卷。但是,现存《诗式》的版本较为混乱,从历代著录情况看,除《诗式》外,尚有《诗议》《诗评》,且三者互有交叉,卷数亦有各种不同记载。《崇文总目》《新唐书·艺文志》《直斋书录解题》《通志·艺文略·诗评类》《宋史·艺文志》《唐才子传》等所载皎然《诗式》均为五卷。据皎然本人所说及上述著录,《诗式》应为五卷,这是没有问题的。《诗议》和《诗评》,皎然本人没有提及。《诗议》首见日本空海《文镜秘府论》,其《地卷》《东卷》《南卷》中均有引述。其中有的与《吟窗杂录》卷七《诗议》同,有的与《诗评》同。可见,《诗议》是确实有的。《诗式》"诗有五格"条中"不用事第一"下自注:"已见评中。""作用事第二"下自注:"亦见评中。"这是说另一部著作《诗评》,还是《诗式》中的评诗部分,皎然没有说。现存《诗式》各种版本均未包括《文镜秘府论》所引《诗议》中的内容(也未包括《吟窗杂录》评论部分前三条,此三条《文镜秘府论》列入《诗议》)。可是,《吟窗杂录》系统外各本《诗式》在"用事"条及其后各条论述前基本上都有"评曰"二字,而且都是和《吟窗杂录》中《评论》部分内容一致的。因此,如何看待这三部著作的交叉,也是一个值得研究的问题。

从《诗式》目前流传的本子来看,主要有三种不同类型。一是《吟窗杂录》本(简称吟窗本),《诗法统宗》(即《格致丛书》本)、《诗学指南》本均出于此。《吟窗杂录》卷七目录中有《诗议》《中序》,然本文中为《诗议》和《评论》,《中序》只是《评论》中一条,实际收《诗议》及《评论》两部分。卷八至卷十为《诗式》,而其中"诗有五格"所包括的诗例占了绝大部分篇幅。或谓此为三卷本,其实此卷数为丛书统编号,《诗式》本身并不分卷。《诗法统宗》本将《诗议》和《评论》合为《诗议》。《诗学指南》本则仍将两者分开,改《中序》为《评论》。二是一卷本,如《续百川学海》本、《唐宋丛书》本、《说郛》陶珽本。《谈艺珠丛》本、《历代诗话》所收即此本。它实是五卷本的简本,收入五卷本中卷一《中序》以前理论部分内容,但删去所有诗例以及卷首总序。三是五卷本,流行的是《十万卷楼丛书》本。《十万卷楼丛书》是清人陆心源所编,《诗式》载丛书第三编。据陆氏《皕宋楼藏书志》所说,此系旧钞本,为卢文弨旧藏,并说卢氏有手跋,写于乾隆四十二年(1777)八月,认为此是与一般流传本不同的"完本",但未言明卢氏所藏从何而来。然而陆心源皕宋楼藏书则是专门收藏宋元珍本的,显然陆心源是把五卷本《诗式》作为宋元珍本来看待的,而且历代著录也都为五卷,其内容、编录特点也与皎然本人所说一致。五卷本《诗式》虽然是在《十万卷楼丛书》三编刊行后,才得到较为广泛的流传,但它是有充分可靠性的。北京图书馆善本室存有明清三种《诗式》五卷本抄本,内容、编排次序和文字与卢氏所藏抄本基本是一致的。明代毛晋校的抄本《诗式》五卷本与卢本完全一致,只有个别文字上的抄写错误,卢本抄漏两条诗例(卷二沈佺期《赦到不得归题江上石》,吟窗本作《欢州作》。卷三谢灵运《经湖中》,《文选》作《于南山往北山经湖中瞻眺》)。毛校明抄本五卷末有缺页,少最后九条诗例及《立意总评》中前三十六字和后四十一字。两个清抄本,一本末有"补遗",为《诗议》一条,文字与吟窗本同。后有明嘉靖六年(1527)东吴阊门柳佥的跋和崇祯三年(1630)吴县叶奕的跋。据柳跋可知柳得五卷本比卢文弨写手跋要早二百五十余年,据叶跋可知柳本后归钱谦益,《绛云楼书目》载:"皎然《诗式》五卷,又《诗议》一卷。"毛晋为常熟人,少曾游钱氏门下,其所校明抄本与钱藏柳本相比,仅有个别传抄误字,当系同一本子。北图另一清抄本系嘉庆、道光间常熟瞿氏铁琴铜剑楼藏书,首尾均盖有铁琴铜剑楼图章。据瞿镛《铁琴铜剑楼藏书目录》云,为"邑人顾文宁藏本","卷首有'臣荣之印''文宁'二朱记"。北图藏本正有此二印。顾士荣,名文宁,常熟人,生于康熙二十八年(1689),死于乾隆十六年(1751)。此本末无柳、叶跋,但与柳、叶本仅有个别诗例次序不同及少数传抄之误,是否系从柳、叶本转抄,不可知。据傅增湘《藏园群书经眼录》,其五卷本《诗式》有柳、叶和钱嘉锡跋。钱跋写于雍正元年(1723),谓系从太仓顾湄(字伊人)所藏转抄。可见,北图所藏三个抄本均出于苏州府,为同一系统不同抄本,都在卢文弨之前,说明陆心源《十万卷楼丛书》所刻卢文弨藏本是有根据的,即是自明嘉靖以来在苏州府传抄之本。既然明代已有五卷传抄本,由此更可确证《说郛》系统的一卷本为五卷本之简本。所以现存《诗式》实际只有两种不同的本子,即吟窗本和五卷本。那么,这两个本子,哪一个更接近皎然

《诗式》原貌呢？研究者或谓吟窗本乃是皎然《诗式》原本之删节本,如果五卷本是和皎然原本一致的话,《吟窗杂录》为什么会把这完整、系统的五卷本删改成现在这个样子呢？我们认为要弄清楚吟窗本和五卷本的不同,需要从研究《诗式》的成书过程来加以考察。《诗式》有一个由"草本"到"勒成五卷"的成书过程,这常常是被《诗式》版本的研究者所忽略的。据皎然在《中序》中说,草本系贞元以前所写,而五卷定本则在贞元五年,从草本到五卷定本,做了什么补充和修订,对正确了解五卷定本原貌是很重要的。

据《中序》所说,李洪在看贞元前草本时,说它比沈约《品藻》、汤惠休《翰林》、庾信《诗箴》都好,这三种著作均已亡佚,但据书名来看,大概都是品藻、赏析诗文之作,其中必举很多作品为例,《诗式》体例当是和它们相似的。但《诗式》宗旨在"洎西汉以来,文体四变,将恐风雅浸泯,辄欲商较以正其源"(《诗式》首序)。草本《诗式》是不分卷的,皎然在几次说到它时都不提卷数,而重新编录后方说"勒成五卷,粲然可观",说明分为五卷是重新编录后的结果。而其编著重心亦稍有变化,分为五卷实际是在草本的基础上突出品级等第,将原"不用事"等五格各扩为一卷,按优劣高下分为五等。这可以由五卷本第五卷序得到证明:"今所撰《诗式》,列为等第,五门互显,风韵铿锵,使偏嗜者归于正气,功浅者企而可及,则天下无遗才矣。"重新编录分五等品第扩为五卷,自然会对诗例和评论有不少补充、修订。

根据上述重新编录情况,再来考察吟窗本《诗式》与《十万卷楼丛书》本(下简称五卷本)《诗式》的差别,就可以发现吟窗本《诗式》部分所依据的可能是贞元前《诗式》的草本,而五卷本所依据的则可能是贞元五年后重新编录的五卷本。这两个本子之间的差异不是属于传抄讹误,也不是吟窗本做了删节,而是体现了《诗式》成书过程中草本与定本的不同。这可以从以下几点得到证明。

第一,五卷本总的来说是比较完整、比较系统的。它按五等品级分为五卷,将有关诗歌创作基本法式的论述置于第一卷的第一格前面,这与钟嵘《诗品》在上卷之前的序中总论五言诗的历史发展与创作原则,体例是一样的。置《中序》于第二卷首说明成书过程,在第二格首条说明品第问题,又在第五卷(末卷)首总叙编录《诗式》之意图,也和钟嵘之在中品序说明品等、下品序中列举五言警策之作相类似。以等级品第为中心,这和皎然自己所说重新编录《诗式》的情况完全相符。然而,吟窗本《诗式》则是在论述诗歌创作基本法式之后列举"诗有五格"的每格诗例,亦无评论。虽然诗例不少,但是给人的印象,还是以诗歌创作法式为主,诗例只是一种附录。可是诗例所占篇幅又大大超过创作法式的论述,所以从体例结构上说,也不如五卷本安排妥善、条理清楚。

第二,从吟窗本到五卷本所引诗例变化,可以清楚地看出增订、补充、修改痕迹。这种差别不能用吟窗本是删节本的说法来解释。五卷本引用诗例比吟窗本要丰富、充实得多。从所引诗例内容的完整性方面看,五卷本比吟窗本要好得多。吟窗本除极少数几例(共八例)引四句、一例引三句外,其余全部都只引两句,常有诗歌含义不明白或不充分的毛病,而五卷本则对许多诗例都增加了引文,以增加两句为最多,增加四句以上的也不少,甚至有引全诗者。每一例所引诗句是否增加、增加多少,均以能否相对完整地、清楚明白地表达诗意为标准。

再从吟窗本和五卷本诗例差异的全貌来看,其间增订、补充、修改的痕迹就更加清楚了。首先,诗例保留原来两句面貌的共 84 例,基本上都属于本身意义相对比较完整的。其次,由两句扩为四句者最多,共 162 例,这是因为古代诗歌绝大部分以四句构成一个相对完整的意义。扩为四句以上的共 84 例,这是因为有些诗扩为四句尚不足以充分说明原引两句的深远意义。再次,从增加诗例的情况来看,五卷本共增加了 162 例,数量是很大的。值得我们注意的是,五等品级中的一二等增加诗例甚少,只有 4 例。这说明皎然《诗式》草本对一二等水平较高的,选择诗例花的功夫很大,取录甚精,而对三四五等诗例,选录比较随便,所以重新编录时增加颇多。从所增诗例的时代看,隋唐部分占三分之二左右,这也说明重新编录时对本朝作品尤为重视。

第三,《诗式》一卷本所收内容虽然绝大部分也见于吟窗本的《评论》和《诗式》,但在文字上和五卷本相同,而与吟窗本不同。它收入吟窗本《评论》部分《中序》前各条时,和五卷本一样增加了"对句不对句"一条,也在"三不同:语、意、势"条前。在一些关键之处,均与五卷本相同。

《说郛》本只选五卷本第一卷中论诗歌创作基本法式的内容,突出其理论部分的意义与价值,和五卷本之强调品级等第不同。由此可以知道五卷本之所以较少流传,是因为五卷本的精华是在第一卷"不用事第一格"前面的理论论述部分,其五等分类及举例价值不大,且很烦琐,而《说郛》本所选正是其精华部分,故而影响最大的也是这个本子。它的广泛流传,必然使五卷本逐渐不为人所知。

第四,五卷本论述诗歌理论批评的各条,与吟窗本相比,内容要多得多,这绝非吟窗本做了删节,而是五卷本做了增补、修订。首先,从大段文字差异来看,吟窗本如果是删节,不应把一些重要部分删去。其次,更为明显的是,吟窗本如是删节不可能把"诗有六至"反变为"诗有七至",并在此条与"诗有七德"条的每一句上加"一曰""二曰"等字,在"诗有五格"条每句加"为""格"两字。再次,"重意诗例"条,吟窗本有"一重意""二重意""三重意""四重意"四种诗例,而五卷本则无"一重意",而将吟窗本"一重意"诗例(宋玉"晰兮如姣姬,扬袂鄣日而望所思")并入"二重意"诗例。这是最明显不过的修改,因为"重意"是说诗有"文外之旨"、言外之意,即至少有两重意。所谓"重意""一重意"实际就是"两重意"。故五卷本将吟窗本"评曰:重意已上"改为"评曰:两重意已上"。此外,在个别文字差别上也可看出修改意图。

关于《诗式》及其与《诗议》《诗评》的关系,从《文镜秘府论》所引《诗议》部分看,不仅与各种版本《诗式》无重复之处,而且内容也与《诗式》不同。罗根泽先生曾说:"《诗议》偏于评议格律,《诗式》偏于提示品式。"(《中国文学批评史》第二册)从前引明以前著录看,除李肇《唐国史补》只言《诗评》三卷外,都说皎然有《诗式》五卷,另有《诗评》(或《诗议》)一卷或三卷。可见,皎然于《诗式》外确有其他论诗著作。各种著录或谓《诗评》,或谓《诗议》,而未有同时言既有《诗评》又有《诗议》者,故罗根泽先生说:"评议义近,盖即一书。"(同上)这是很有道理的。《诗议》虽以评议格律为主,但也涉及创作理论,此点《文镜秘府论》南卷引文可证,故在流传过程中与《诗式》中评论互窜,可能因此又称《诗评》。吟窗本《评论》部分既有《诗议》中的内容,又有《诗式》中的内容,正好可以说明这一点。《诗法统宗》将《诗评》并入《诗议》,也许并不是毫无根据的。因此,吟窗本第七卷所收可能是当时流传的、经过窜改的《诗议》或《诗评》,而第八至十卷所收《诗式》则可能是皎然写于贞元前的《诗式》草本。应该说,陈振孙《直斋书录解题》所说皎然有《诗式》五卷,《诗议》一卷,是比较确切而符合实际的。

根据上面对皎然诗论著作种类和版本的研究,可以知道皎然主要有《诗式》和《诗议》两种著作,前者以提示品式为主,后者以评议格律为主,侧重于研究诗歌的艺术形式,故清初王夫之有"有皎然《诗式》而后无诗"之讥(参见《夕堂永日绪论外编》)。这是就皎然《诗式》中"四不""四深""二要""二废""四离""六迷""六至""七德""五格"之类,规定太死、有碍自然而言的。不过,《诗式》中这些都还是比较原则性的要求,并不是琐碎的具体形式规定。皎然诗论的中心、它最有价值的部分,实际上是在诗歌的意境创造和已经透露出诗境和禅境合一端倪的诗歌美学理想方面。皎然已清醒地认识到诗歌的情与境是不可分离的,境中含情,情由境发。故他在"辨体有一十九字"条中解释"情"字云:"缘境不尽曰情。"这个"情"是指诗中之情,而非一般之情。他强调诗中之情是蕴藏于境中的,是由诗人所创造的诗境来体现的。故其《秋日遥和卢使君游何山寺宿扬上人房论涅槃经义》一诗中说:"诗情缘境发,法性寄筌空。"佛法借筌蹄来寄托,诗情缘意境而发挥。他最理想的诗歌审美境界,是创造一个清新秀丽、真思杳冥的诗歌艺术境界,来展现禅家寂静空灵的内心世界。这在他所写的《答俞校书冬夜》一诗中有很清楚的表述:

> 夜闲禅用精,空界亦清回。子真仙曹吏,好我如宗炳。一宿觌幽胜,形清烦虑屏。新声殊激楚,丽句同歌郢。遗此感予怀,沉吟忘夕永。月彩散瑶碧,示君禅中境。真思在杳冥,浮念寄形影。遥得四明心,何须蹈岑岭。诗情聊作用,空性惟寂静。若许林下期,看君辞簿领。

清新幽胜之境使人形神俊爽,屏却一切世俗烦虑。诗情既"殊激楚",丽词实"同郢歌",夜月当空,蓝天澄碧,空性寂静,思绪杳冥。此既为诗境,亦为禅境,正是皎然最欣赏的诗歌审美境界。其《送清凉上人》一诗说:"何意欲归山,道高由境胜。花空觉性了,月静知心证。永夜出禅吟,清猿自相应。"山花静月,永夜猿声,亦是寄托道心禅意的最好筌蹄。在皎然看来,"市隐何妨道,禅栖不废诗"(《酬崔侍御见赠》),诗与禅本是可以互相促进、和谐统一的。禅境对诗境的含蓄深远起着十分重要的作用,"境静万象真"(《苕溪草堂》);而亦惟诗境最能体现禅境,"偶来中峰宿,闲坐见真境。寂寂孤月心,亭亭圆泉影"(《杂言宿山寺寄李中丞洪》)。皎然这种诗禅结合的审美理想,从创作上看有其实践基础,这就是以王维为首的盛唐山水田园诗的丰硕业绩,特别是王维已经创作了许多诗境与禅境融合为一的优秀作品。从理论上看,则是接受了殷璠等的文学思想的影响而逐渐发展起来,它对后代文学理论批评的影响是很深远的。

皎然诗论中最重要的是他对这种诗禅合一的诗歌意境的创造及其特征的论述。他所说的"取境"实际就是指诗歌意境的创造。意境的创造是决定诗歌艺术水平高下的关键。《诗式·辨体有一十九字》中说:"夫诗人之思初发,取境偏高,则一首举体便高;取境偏逸,则一首举体便逸。"这"高"和"逸"也是皎然对诗境的一种要求,它是诗境和禅境合一的审美理想在意境创造上的体现。皎然以前论诗境者已经涉及精虑苦思与自然天成的关系,如殷璠既肯定刘眘虚的"思苦语奇",更欣赏王维的"一字一句,皆出常境"。王昌龄认为诗人既要"左穿右穴,苦心竭智","专心苦思",又要"起于无作,兴于自然","思若不来,即须放情却宽之","乘兴便作","无令心倦"。皎然则进一步发展了此种思想,他认为诗境的创造应当是由人工之至极而达到天工之至妙,经苦思而臻自然。其《诗式·取境》条云:

> 或云:"诗不假修饰,任其丑朴,但风韵正,天真全,即名上等。"予曰:"不然。无盐阙容而有德,曷若文王太姒有容而有德乎?"又云:"不要苦思,苦思则丧自然之质。"此亦不然。夫不入虎穴,焉得虎子?取境之时,须至难至险,始见奇句;成篇之后,观其气貌,有似等闲,不思而得。此高手也。有时意静神王,佳句纵横,若不可遏,宛如神助。不然,盖由先积精思,因神王而得乎?

皎然在这里对意境创造的原则阐述得非常清楚。诗歌意境构思过程中常常要依靠诗人的灵感,出现"意静神王,佳句纵横"的状况,乍一看来这似乎是神助一般,然而实际上这是平素积累在神思兴旺时的一种爆发。意境形成之后,看起来有如自然天成,不思而得,但它实是诗人历经苦思,至难至险,方始获得的一种成果。由此可见,皎然是力求把人工修饰与天工自然熔为一炉,很重视人工修饰在意境创造中的作用的。《文镜秘府论·南卷》引皎然《诗议》说:"诗不要苦思,苦思则丧于天真。此甚不然。固须绎虑于险中,采奇于象外,状飞动之句,写冥奥之思。夫希世之珠,必出骊龙之颔,况通幽含变之文哉?但贵成章以后,有其易貌,若不思而得也。"这和"取境"一段可互为补充。但此处更可看出,皎然对诗境审美理想的追求,仍是在天真自然,有象外之奇,有飞动之貌,写冥奥之思,若不思而得。然而这种境界的获得,若无人工之努力,是不会自己到来的。皎然这种思想显然和刘勰在《文心雕龙》中的思想比较接近。刘勰一方面以自然为最高美学原则,但又非常重视人工修饰的作用,他在《文心雕龙》下半部中总结了许多具体的创作经验,归纳出了不少文学创作应当遵循的规则法式,并把它们作为达到自然之美的手段。皎然虽无直接受刘勰思想影响之痕迹,但和刘勰一样明显地有调和儒道思想的表现。

对于诗歌意境的美学特征,皎然在《诗式》《诗议》中也有一系列重要论述,归纳起来主要有以下几点。第一,具有象外之奇,言外之意。从盛唐到中唐,人们从大量意境深远的诗作中,很自然地会感觉到诗歌意境的基本美学特征,是具有生动丰富的象外之景和含蓄不尽的言外之意。盛唐殷璠《河岳英灵集》中已有所流露,到中唐就有不少诗人说得非常明确了,皎然即是其一。他说诗境要"采奇于象外",正是强调诗歌意境于具体生动的景物描写之外,必须使人联想起许多更为丰富的象外之奇景。这也就是后来司空图在《与极浦书》中所说的"象外之象,景外之景"。特别值得我们注意的是,皎然在评谢灵运名句"池塘生春草""明月照积雪"时提到了"隐秀"的问题。他说:"客有问予谢公此二句优劣奚若,予因引梁征远将军评为隐秀之语,且钟生既非诗人,安可辄议?徒欲聋瞽后来耳目。且如'池塘生春草',情在词外;'明月照积雪',旨冥句中,风力虽齐,取兴各别。"北图藏毛晋校明抄本,于"梁征远将军"下有"记室钟嵘"

四字。皎然在这段话中有记忆上的错误,征远将军系为萧纲称帝前之封号,萧纲为晋安王时,钟嵘曾为其记室。"隐秀"之说为刘勰所提出,非为钟嵘。刘勰"隐秀"之说实为对文学意境美学特征阐述之最早滥觞。皎然此处所言"情在词外""旨冥句中"正是"隐秀"之义。南宋张戒在《岁寒堂诗话》中曾引刘勰《文心雕龙·隐秀》篇佚文云:"情在词外曰隐,状溢目前曰秀。"此为皎然"情在词外"之来源。又南朝刘宋时的宗炳曾在其《画山水序》中言"旨微于言象之外者,可心取于书策之内",此当是皎然"旨冥句中"之来源。又皎然在"重意诗例"条中说:"两重意已上,皆文外之旨。"这"文外之旨"也就是刘勰所说的"隐",《文心雕龙·隐秀》篇说:"重旨也。""隐以复意为工。"皎然最佩服他的祖先谢灵运的诗作,评价极高,认为谢诗最富有"文外之旨"这种审美特征。他说:"若遇高手,如康乐公览而察之,但见情性,不睹文字,盖诣道之极也。"他还指出,谢灵运诗作所具有的"文外之旨"特征,是他受佛学影响所致。因为佛家以言意为筌蹄,主张不要拘泥文字。他在"文章宗旨"条中说:"康乐公早岁能文,性颖神彻,及通内典,心地更精,故所作诗,发皆造极,得非空王之道助邪?"而注重"文外重旨""意在言外"在六朝是玄佛相通的,如谢灵运、宗炳既是玄学家也是佛学家,刘勰不仅受道家玄学思想影响,也是精通佛学的。

第二,气腾势飞,具有动态之美。皎然论诗首重一个"势"字,《诗式》开宗明义第一条即是"明势"。势,本是指宇宙间各种事物的独特内在规律及其所呈现的态势。皎然要求诗歌意境具有一种飞动之势,给人以神气腾踊、栩栩如生之感,也正是南齐谢赫《古画品录》中说的"气韵生动"的动态之美。其"明势"云:

> 高手述作,如登荆、巫,觌三湘、鄢、郢山川之盛,萦回盘礴,千变万态。(文体开阖作用之势。)或极天高峙,崒焉不群,气腾势飞,合沓相属。(奇势在工。)或修江耿耿,万里无波,欻出高深重复之状。(奇势雅发。)古今逸格,皆造其极矣。

皎然在这里用变化无穷、气腾势飞的山川形态比喻诗歌意境应当有的动态美、传神美，认为能达到这样流转自如、生气勃勃的境界，方为造极逸格。他在《诗议》中说要"状飞动之句"，"诗有四离"条说"虽欲飞动而离轻浮"。这"飞动"之说在唐初李峤《评诗格》中已经提出，但皎然这里是作为诗歌意境的一个重要美学特征来看待的。飞动之美本是中国古代艺术美的重要传统之一。中国古代的园林建筑都很注意这种飞动的美。《昭明文选》所收东汉王延寿的《鲁灵光殿赋》，写鲁灵光殿内部装饰雕刻有许多飞动的动物形象，如其云：

飞禽走兽，因木生姿：奔虎攫拏以梁倚，仡奋舋而轩鬐；虬龙腾骧以蜿蟺，颔若动而躨跜；朱鸟舒翼以峙横，腾蛇蟉虯而绕榱，白鹿孑蜺于欂栌，蟠螭宛转而承楣，狡兔跧伏于柎侧，猿狖攀椽而相追。玄熊䫌䫣以龂龂，却负载而蹲跠，齐首目以瞪眒，徒眽眽以狋狋。

此外，殿中雕刻的胡人、玉女、神仙等也都生动逼真，脉脉含神。故刘勰《文心雕龙·诠赋》篇中说："延寿《灵光》，含飞动之势。"中国古代建筑讲究有飞檐，其美学含义亦正在此。这种艺术美传统在诗歌意境中也有明显的表现，所以皎然论诗境而重飞动之势，绝非偶然。

第三，真率自然，天生化成，无人为造作痕迹。如前所述，皎然认为诗歌意境的创造过程是不能忽视人工之作用的，但是诗歌意境形成之后，则决不能有人工斧凿痕迹，必须与造化争衡，有天真挺拔之妙。所以他在《诗式》前总序中特别指出："放意须险，定句须难，虽取由我衷，而得若神表。至如天真挺拔之句，与造化争衡，可以意冥，难以言状，非作者不能知也。"皎然对谢灵运诗评价高，固然有崇敬祖先之意，但也确实是欣赏其诗作"出水芙蓉"的自然之美。他在"文章宗旨"条说："曩者尝与诸公论康乐为文，直于情性，尚于作用，不顾词彩，而风流自然。"因称他《登池上楼》等作为"诗中之日月"。他在"李少卿并《古诗十九首》"条中赞扬李陵、苏武之诗是"天与其性，发言自高"。他在"诗有六至"中说要"至丽而自然，至苦而无迹"，都可以看出他崇尚真实自然、不落痕迹的审美观点，也是他对诗歌意境美学特征十分重要的论述。为此，他对诗歌艺术的声律、用典、对偶这些具体技巧，也竭力反对过分细碎。他在"明四声"条批评沈约说:"沈休文酷裁八病,碎用四声,故风雅殆尽。"他品第诗之品级,以"不用事"为第一格。其"语似用事,义非用事"条中说,谢灵运《初去郡》一诗中"彭薛才知耻"四句是"欲借此成我诗意,非用事也"。又说:"魏武呼杜康为酒仙,盖作者存其毛粉,不欲委曲伤乎天真,并非用事也。"这都是强调诗歌意境之形成必须以天真自然为美,堆砌典故只能破坏诗歌意境。在"对句不对句"条中,他说:"对者如天尊地卑,君臣父子,盖天地自然之数,若斤斧迹存,不合自然,则非作者之意。"据《文镜秘府论·南卷》所引《诗议》,皎然认为古人亦有对偶,"但古人后于语,先于意,因成语,语不使意,偶对则对,偶散则散。若力为之,则见斤斧之迹。故有对不失浑成,纵散不关造作,此古手也"。又说:"律家之流,拘而多忌,失于自然,吾尝所病也。"当然,提倡自然天真之美,是远远超出了诗歌意境范围的,没有意境或意境一般的诗作也可以有自然之美,但是,自然天成确是意境美学特征中极为重要的因素之一。

皎然的诗论给人以比较零散的感觉,涉及很多方面,似乎找不到一个中心,而实际上则是围绕诗境而展开的,所以他论诗的风格也与刘勰《文心雕龙》的论述不同。皎然论诗的风格有十九字,也就是说他把诗的风格分为十九类,每类用一个字来概括。从对这十九字的解释来看,他的分类标准是不统一的。有些是从诗的思想内容和它所体现的诗人品质来分的,如"忠"(临危不变)、"节"(持操不改)、"志"(立性不改)等。有些则是从文词风格特色来分的,如"贞"(放词正直)、"德"(词温而正)、"怨"(词理凄切)等。有些是从诗中所表现的诗人个性风貌来分的,如"闲"(情性疏野)、"达"(心迹旷诞)、"气"(风情耿耿)等。最值得注意的是,有些是从诗歌的意境特征上来分的,如"静"(非如松风不动、林狖未鸣,乃谓意中之静)、"远"(非如渺渺望水、杳杳看山,乃谓意中之远)、"高"(风韵朗畅)、"逸"(体格闲放)等。前一类以诗人个性风貌来分的,也有意境特征意味,但不如这一类更为明显。以不同的意境特征来区别诗歌风格特色,是中国古代文学风格论的一个十分重要的发展。皎然提出以十九字区分诗体,其所以标准不一,是因为他并不是说某一首诗只属其中一类,而是同时可以包括许多类的。他说:"其一十九字,括文章德、体、风、味尽矣。"十九字包括了德、体、风、味等不同方面,然而就某一首来说,往往是有一个主导方面,而同时又吸收其他方面的。故他又说:"体有所长,故各功归一字,偏高偏逸之例。直于诗体篇目风貌,不妨一字之下,风律外彰,体德内蕴,如车之有毂,众美归焉。"

皎然论诗虽也受某些儒家思想影响,如《诗式》总序说诗是"六经之菁英",又说因"风雅浸泯",欲"以正其源","庶几有益于诗教"等,但是,从《诗式》的主要内容,特别是皎然有关诗歌创作思想的论述来看,主要还是受佛学和庄学的影响。所以他的审美理想重在诗境和禅境的统一,以真率自然为最高标准。他在《诗式》中说:"夫诗人造极之旨,必在神诣,得之者妙无二门,失之者邈若千里,岂名言之所知乎?"此所谓"神诣",是指诗人要善于妙悟诗歌艺术的奥秘,这样创造出来的作品,自能使读者感到有无穷的意味,而这一切又不是语言所能表达的,必有"天机"方能领会。故《诗式》中对诗人素质的评论,极重"天机"。他在"重意诗例"条中批评吴兢(疑为元兢之讹)、元鉴"天机素少",其《诗式》总序中又说《诗式》之作可使诗人"无天机者坐致天机",而"天机"之说本源于《庄子》。《庄子·大宗师》:"其耆欲深者,其天机浅也。"天机,即谓自然也。皎然的诗歌评论在方法上持"中道"论,但不是儒家的"中道",而是佛家的"中道"。《文镜秘府论·南卷·论文意》引皎然《诗议》云:

> 且文章关其本性,识高才劣者,理周而文窒;才多识微者,句佳而味少。是知溺情废语,则语朴情暗;事语轻情,则情阙语淡。巧拙清浊,有以见贤人之志矣。抵而论,属于至解,其犹空门证性有中道乎!何者?或虽有态而语嫩,虽有力而意薄,虽正而质,虽直而鄙,可以神会,不可言得,此所谓诗家之中道也。

佛家的"中道"是一种方法论,它要求人们重视事物两个相反的极端,而采用一种不偏不倚的观点来说明之。这种方法运用到文学评论中,即是要求对诗的批评不能走极端,要做到适度,恰到好处。《诗式》中的"诗有四不""诗有二要""诗有四离""诗有六至"等条,都非常鲜明地体现了诗家的中道观,如"气高而不怒""力劲而不露""力全而不苦涩""气足而不怒张""虽用经史而离书生""虽尚高逸而离迂远""至险而不僻""至近而意远"等等。此外,在对待人工和天工关系上也体现了这种中道观。

对历代诗歌发展的评论,皎然很不赞成陈子昂、卢藏用的看法。陈子昂提出"文章道弊五百年",卢藏用《右拾遗陈子昂文集序》中说"道丧五百岁而得陈君"。皎然力驳此说,他在"论卢藏用《陈子昂集序》"条中说:"若论笔语,则东汉有班、张、崔、蔡;若但论诗,则魏有曹、刘、三傅,晋有潘岳、陆机、阮籍、卢谌,宋有谢康乐、陶渊明、鲍明远,齐有谢吏部,梁有柳文畅、吴叔庠,作者纷纭,继在青史,如何五百之数,独归于陈君乎?"这个批评是非常有力的,因为"道弊"或"道丧"五百年之说显然是不正确的,它轻易地否定了这期间许多杰出文学家。他还指出:"子昂《感寓》三十首,出自阮公《咏怀》,《咏怀》之作,难以为俦。子昂诗曰:'荒哉穆天子,好与白云期。宫女多怨旷,层城蔽蛾眉。'曷若阮公'三楚多秀士,朝云进荒淫。朱华振芬芳,高蔡相追寻。一为黄雀哀,涕下谁能禁?'"说陈子昂《感遇》出自阮籍《咏怀》是很有道理的,《感遇》在唐代诗歌发展史上有其重要意义和历史地位,这是不容置疑的,不过它在艺术成就上也确不如阮籍《咏怀》,过去人们由于推崇陈子昂,很少人从这个角度去比较,其实皎然所说是符合实际的。皎然对诗歌发展历史的评价,不囿于儒家诗教的传统,不以狭隘的经世致用、美刺讽谏作为褒贬的依据,重视诗歌艺术的审美特征,能按照艺术本身的规律比较客观地去评价,所以他对齐梁诗也给予了充分的肯定。在"齐梁诗"条中,他说:

> 夫五言之道,惟工惟精,论者虽欲降杀齐梁,未知其旨。若据时代道丧几之矣,诗人不用此论。何也?如谢吏部(按:即谢朓)诗:"大江流日夜,客心悲未央。"柳文畅(按:即柳恽)诗:"太液沧波起,长杨高树秋。"王元长(按:即王融)诗:"霜气下孟津,秋风度函谷。"亦何减于建安?若建安不用事,齐梁用事,以定优劣,亦请论之。如王筠诗:"王生临广陌,潘子赴黄河。"庾肩吾诗:"秦王观大海,魏帝逐飘风。"沈约诗:"高楼切思妇,西园游上才。"格虽弱,气犹正,远比建安,可言体变,不可言道丧。

皎然这一番议论也是很有说服力的。齐梁诗正是以"惟工惟精"见长,而对诗歌艺术的发展起了重要的促进作用，与建安相比，齐梁诗也有接近建安的上乘之作，虽然总的来说体格较弱，仍有正气。诗歌发展由古体向近体演变，是前进而不是倒退，故而说是"体变"而不是"道丧"。他比杜甫更进了一步，对齐梁诗的艺术成就给予了极为明确的理论概括，并从诗歌的历史发展上肯定了它的意义与价值。这在复古思潮已经勃兴的中唐，也是难能可贵的。与此相关的是皎然还进一步提出了文学发展上的"复"与"变"，也就是"通变"的问题。他在"复古通变体"一条中说："作者须知复、变之道。反古曰复，不滞曰变。""复"，指返回古代，也就是继承传统，亦即"通"；"变"，指变革传统，寻求创新。这两者都是很重要的，不可偏于某一方面，应当做到既有"复"又有"变"。皎然认为"复忌太过"，太过就会有模拟因袭之弊；而"变若造微，不忌太过，苟不失正，亦何咎哉？"皎然显然是更重视变的，只要"不失正"，变得愈多愈好。他批评陈子昂"复多而变少"，而沈、宋则"复少而变多"，这也是符合他们诗歌创作实际情况的。皎然是非常强调创新精神的，但也并不否定传统，而以变为主也是总结唐诗发展经验的结果。

综上所述，我们可以看到皎然诗论上承殷璠、王昌龄，而下开司空图，是唐代诗论中比较重视艺术审美特征一派的重要代表人物，也是中唐时期很有代表性的重要诗论家之一。他的《诗式》《诗议》是唐代探讨诗歌创作法式、艺术技巧和诗歌格律这一类著作中最有成就的代表作。

中唐时期对诗歌意境的探讨，除皎然外还有一些诗人和文学家也发表过很重要的见解。例如皎然的朋友、诗僧灵澈上人在《送道虔上人游方》一诗中说："律仪通外学，诗思入玄关。烟景随缘到，风姿与道闲。"也是注重诗境与禅境融为一体的。诗人权德舆在《送灵澈上人庐山回归沃州序》一文中说："上人心冥空无而迹寄文字，故语甚夷易，如不出常境，而诸生思虑，终不可至。""故睹其容览其词者，知其心不待境静而静。"说明灵澈上人空静的心境对其诗境的形成有十分重要的作用。权德舆在《左武卫胄曹许君集序》中曾赞扬许经邦"凡所赋诗，皆意与境会，疏导情性，含写飞动，得之于静，故所趣皆远"。进一步说明了意境的特征。特别值得重视的是诗人刘禹锡的论述，他在《董氏武陵集纪》一文中说："诗者，其文章之蕴耶！义得而言丧，故微而难能；境生于象外，故精而寡和。"

刘禹锡认识到诗歌创作和一般文章写作是不同的。一般的应用文章大都不属于艺术文学范围,所以诗歌和一般文章相比,更为含蓄蕴藉,富有韵味。他在《唐故尚书主客员外郎卢公集纪》一文中也说:"心之精微,发而为文;文之神妙,咏而为诗。"从研究诗歌艺术的审美特征出发,刘禹锡对诗歌意境的美学特征做了非常深刻、非常确切的理论概括。他所说的"义得而言丧",是说诗歌具有"得意忘言"之妙,需从言外得其真义,故其意境创造应该具有"境生于象外"的美学特征。所谓"境生于象外",是指诗歌的意境比诗歌中具体描写的实的景象要广阔得多,他要求诗人善于从实的景象之逼真描写中,激起读者的丰富联想,通过暗示和象征的方法,使读者能在实的景象描写之外构成一个虚的、更加广阔的艺术境界,并体会其无穷的言外之意、象外之境,这样方能具有"片言可以明百意,坐驰可以役万景"的功效。此种诗歌意境的创造需要诗人有虚静的精神境界,排除一切内心世俗欲念,摆脱所有外界干扰,所以许多具备空静心态的诗僧常常善于创造含蓄深远的诗歌意境。刘禹锡在《秋日过鸿举法师寺院便送归江陵引》中说:"梵言沙门,犹华言去欲也。能离欲,则方寸地虚;虚而万景入;入必有所泄,乃形乎词;词妙而深者,必依于声律。故自近古而降,释子以诗名闻于世者相踵焉。因定而得境,故翛然以清;由慧而遣词,故粹然以丽。信禅林之花萼,而诚河之珠玑耳。"所谓"定"者,即指禅定,进入禅定故离欲,此时内心虚空,而万景入。定而得境,则清新自然,含蓄不尽;因定生慧,则文词秀丽,生动精粹。这就把禅境和诗境的结合,从意境的创造过程做了理论上的深入阐述。这是对皎然、灵澈、权德舆等人诗禅合一思想的进一步发展。"境生于象外"的提出,把对诗歌意境美学特征的研究推进到了一个新阶段,并且直接启发了司空图"象外之象,景外之景"说的提出,它在意境理论的研究上贡献是很大的。

第二节 白居易的诗歌理论

白居易(772—846),字乐天,晚年居香山,因号香山居士,曾官太子少傅,后人或称白太傅。祖籍太原,后迁下邽(今陕西渭南)。白居易是继李白、杜甫之后唐代的又一位伟大诗人,同时又是一位十分重要的诗歌理论批评家。他代表了中唐时期和皎然不同的另一派文艺思想,其核心是强调文艺要真实地反映现实,揭露政治的黑暗,表现人民的疾苦。与他这种文艺思想一致的还有元稹、张籍、王建、李绅等人。

以白居易为代表的这一派文艺思想的产生,是有其社会历史根源的。从盛唐到中唐是中国封建社会由盛到衰的转变时期,也是唐帝国由盛到衰的转折时期。安史之乱以后,唐朝经济已一蹶不振,外族入侵,藩镇割据,战乱频繁,民生凋敝。统治集团内部矛盾加深,党争不休,政治腐败,剥削惨重,广大人民群众陷入了水深火热的灾难之中。各种社会矛盾的激化,使整个社会动荡不安。面对这种现实,许多关心国家兴衰的有识之士,特别是一些以天下为己任的进步文人,都在怀念着前朝的贞观之治和"开天盛世",并且从各方面总结历史经验,研究如何改革时弊的方法。他们从儒家的民本思想出发,以唐虞三代的开明政治为最高理想。儒家思想的复兴,便是顺应这种时代的潮流而出现的。唐代是思想控制不太严、比较自由解放的时代,这在盛唐时期尤为明显,也可以说是儒、道、佛三家并重的时代。不过,一般说,盛唐时期的文学创作受佛老思想影响比较突出,这和当时那种乐观、开朗的浪漫主义文艺思潮是相适应的。而中唐时期相当一部分作家比较明显地受到儒家思想的重大影响,而且具有排斥佛老的倾向。儒家思想在中唐的兴盛和发展,主要是为了振兴唐王朝。许多人认为唐王朝之所以衰落,就是因为先王之道不行。例如元结在《二风诗论》中说要"极帝王理乱之道,系古人规讽之流"。他所说的"至理之道",也就是儒家传统所讲的尧、舜、禹、汤、文王、周公之道;他所说的"至乱之道",就是太康、夏桀、殷纣、周幽之荒淫失政。从元结到白居易、韩愈、柳宗元等所倡导的文艺上的儒学复古主义思潮,有着非常明显的现实政治目的,这就是改变中唐的动乱状况,恢复盛唐时代的繁荣局面。陈鸿在其《长恨歌传》末尾就非常清楚地表达了这种目的,所谓"意者,不但感其事,亦欲惩尤物,窒乱阶,垂于将来者也"。无论是白居易的《长恨歌》,还是陈鸿的《长恨歌传》,都表现着一种对"开天盛世"的无限眷恋,以及对失去它的无限感伤。白居易写《新乐府》《秦中吟》,通过文学来为民请命;韩愈、柳宗元主张恢复古道、提倡写作古文,也都是在这一潮流下的产物。与这种儒学复古主义思潮相联系的,是文学创作上主题的变化。中唐文学创作的主题逐渐由边塞、田园、山水转向以揭露现实矛盾为中心的社会、政治主题。中唐仍有田园、山水、边塞这一类诗,但是它的重心转向了表现人民群众的疾苦和揭露时政的弊端,其实从杜甫的诗歌创作中已开始了这种变化,元结、顾况继之。虽然元结、顾况这一类的作品并不多,但都有开中唐风气的意义。而以白居易为首,元稹、张籍、王建、李绅等为主要成员,形成一个重要流派,以乐府诗的形式写现实的时事,而且不再沿袭乐府古题。所谓"即事名篇,无复倚傍",这就是新乐府诗的主要特点。明代公安派代表人物袁宏道在《雪涛阁集序》中说,盛唐诗的艺术风貌特点是"阔大",中唐诗的艺术风貌特点是"情实",主要就是讲的上面这个变化。新乐府诗创作与以韩、柳为代表的古文创作之繁荣,都是中唐儒学复古思潮的产物。由于社会状况、思想状况、文学创作状况的发展与变化,必然要引起文学思想的变化,其主要特点就是现实主义文学思想的兴盛与发展。

由盛唐到中唐的文学思想转变过程中,对白居易这一派诗歌理论有直接影响的是杜甫和元结。杜甫的文学思想主要是反映了盛唐时期特点的,但是他重视诗歌要表现民生疾苦的思想,实开中唐白居易一派诗歌理论之先河。元结(719—772)和杜甫是同时代人,只比杜甫小七岁,但是他的文学创作和文学思想则主要是反映中唐时期特点的。从提倡儒学复古主义出发,他主张诗歌要表现民生疾苦,在艺术上采用古朴、质实的形式,既继承了儒家传统文学思想中的积极方面,也明显地表现了其保守的、轻视艺术形式的缺点。元结在乾元三年(760)编选的《箧中集》,共选沈千运等七人的诗二十四首,都是质朴的古体诗。他在《箧中集序》中说:"风雅不兴,几及千岁。溺于时者,世无人哉。呜呼,有名位不显,年寿不将,独无知音,不见称显,死而已矣,谁云无之!近世作者,更相沿袭,拘限声病,喜尚形似,且以流易为词,不知丧于雅正,然哉!彼则指咏时物,会谐丝竹,与歌儿舞女,生污惑之声于私室可矣。若令方直之士,大雅君子,听而诵之,则未见其可矣。"元结的文学主张是非常偏激的,他所理解的风雅传统也是非常狭隘的,实际上也否定了汉魏以来一直到盛唐诗歌发展的巨大成就。他在永泰元年(765)写的《刘侍御月夜宴会序》一文中进一步提出"文章道丧"之说,其云:"於戏!文章道丧盖久矣。时之作者,烦杂过多,歌儿舞女,且相喜爱,系之风雅,谁道是邪?"说明他们几个志同道合的人决心要"变时俗之淫靡,为后生之规范"。为此,他在大历二年(767)写的《文编序》中提出了文章写作必须达到"救时劝俗"的目的,这是对他在天宝六年(747)所写的《二风诗论》中思想的继承与发展,显然它对白居易"救济人病,裨补时阙"的主张是有启发的。比元结稍晚的顾况,也有类似的主张。他在《悲歌序》中说:"情思发动,圣贤所不免也。故师乙陈其宜,延陵审其音。理乱之所经,王化之所兴,信无逃于声教。岂徒文彩之丽耶?"元结和顾况等人把盛唐兴象超诣、"指咏时物"的抒情诗看作是"污惑之声",是徒求"文彩之丽"之作;把近体律诗看作是"拘限声病,喜尚形似"而"丧于雅正"之作,其结果只能是使诗歌成为儒家经学的附庸,宣扬教化的工具。对文学创作和文学批评的发展来说,实际上是过大于功的。

  白居易的文学思想不像有些研究者所说的那么单纯,也是很复杂的。正如他的诗歌创作有讽谕诗、感伤诗、闲适诗等的不同一样,他的文学思想既有强调干预现实、为民请命的一面,也有提倡修身养性、抒写闲情逸趣的一面。这与他的"达则兼济天下,穷则独善其身"的处世哲学是一致的。白居易前期思想激进,希望能为中兴唐室贡献自己才华,干一番事业,后因屡遭挫折,渐渐消磨了锐气,而他政治上被迫变得消极后,仕途上反而比较顺利了。所以他前后期文学思想的侧重点不同。前期以"兼济天下"为主,积极主张文学必须为改革政治弊端、反映民生疾苦起到促进作用;后期因党争频起、仕途险恶,不得不在政治上采取引退、消沉的态度;而且官做大了,生活安逸,故以"独善其身"为主,文学主张上也不再强调为民请命,而以抒写闲情逸趣为乐。他在63岁(公元834年)时编集在洛阳所作诗的序中说:"自三年春至八年夏,在洛凡五周岁,作诗四百三十二首。除丧朋、哭子十数篇外,其他皆寄怀于酒,或取意于琴。闲适有余,酣乐不暇。苦词无一字,忧叹无一声。岂牵强所能致耶!盖亦发中而形外耳。斯乐也,实本之于省分知足,济之以家给身闲,文之以觞咏弦歌,饰之以山水风月。此而不适,何往而适哉?兹又以重吾乐也。予尝云:治世之音安以乐,闲居之诗泰以适。"然而,白居易后期也没有完全忘记国家兴衰和人民疾苦,写这种闲适之诗,多少也是因为无力回天,寻求某种精神上的安慰,在他的内心对现实社会是很不满意的。所以他紧接上文又写道："苟非理世,安得闲居?故集洛诗,别为序引,不独记东都履道里有闲居泰适之叟,亦欲知皇唐大和岁有理世安乐之音。集而序之,以俟夫采诗者。"这实际上是一种反话,多少有些讽刺意味。白居易的文艺思想虽然前期和后期有很大的变化,但是,具有代表性的、在文艺思想史上产生过重大影响的,还是他前期的主张。

白居易的诗歌理论有两个基本内容:一是强调诗歌创作要起到"救济人病,裨补时阙"的积极社会作用;二是创作方法上要体现"直书其事"的实录精神。"救济人病,裨补时阙",或者叫作"泄导人情""补察时政",这是他《与元九书》中的主导思想。《与元九书》作于元和十年(815)冬,当时白居易44岁,这年八月被贬为江州司马,冬初到江州,腊月自编诗集十五卷,与元稹书,畅论诗歌创作之旨。元稹元和五年(810)贬为江陵士曹参军,元和十年召还长安,三月出为通州司马,时正在通州。《与元九书》是白居易对他前期所写作的讽谕诗的一个理论总结。白居易自贞元十六年(800)中进士,贞元十九年(803)与元稹同以书判拔萃科登第,同授秘书省校书郎以后,两人成了好朋友,文艺观点也很一致。元和元年(806)罢校书郎,与元稹在华阳观闭户累月,研究当时政治状况,写出《策林》75篇,提出了进步的政治改革主张。同年四月应制举登科,白居易被任命为盩厔县尉。此后十余年,是白居易为"兼济天下"努力奋斗的时期,尤其是元和三年(808)至五年任左拾遗的三年中,上了许多奏章,要求革除弊政,虽然受到宦官和以李吉甫为首的旧官僚集团的痛恨,并不屈服。在这十年中他写了大量为民请命的讽谕诗,著名的《秦中吟》《新乐府》等都是在这一时期创作的。《与元九书》所阐述的正是这积极奋进十年的文艺思想状况。"救济人病",是要求诗歌能反映人民疾苦,使百姓的病痛"稍稍递进闻于上",让最高统治者有所了解。"裨补时阙",是要求诗歌能揭露时政的弊端,引起统治者的注意,促使他们进行必要的改革。《与元九书》中最著名的两句话:"文章合为时而著,歌诗合为事而作。"其落脚点正是在这里。许多人论白居易的诗歌理论,只讲他重视诗的内容,"为时而著","为事而作",反对形式主义,反对只写风花雪月,反对为文作文。这也不错,但是这些前人也都讲过,不是他的发明创造。白居易诗歌理论的核心是在"救济人病,裨补时阙",它突出地强调了文学与人民之间的密切关系,强烈地表明了他要求文学创作必须起到为民请命的作用。它鲜明地指出了文学应当积极地干预现实,为实现进步的政治理想,为改善百姓的生活状况,发挥其应有的功效。恰如他在《新乐府序》中所说:"为君、为臣、为民、为物、为事而作,不为文而作也。"这为君、为臣、为民、为物、为事,都不是泛泛之论,而是和"救济人病,裨补时阙"紧紧地连在一起的。联系唐代诗歌的发展来看,这是对以杜甫为代表的关心国计民生、表现社会政治内容的诗歌的创作经验之总结,也是他和其他新乐府诗作者诗歌创作的指导原则。在中国封建社会前期,这是一种相当进步的文学主张,也是具有民主性的文学创作思想发展的一个高峰,对这一点应当给以充分的肯定和足够的估价。

"救济人病,裨补时阙"主张是建立在儒家民本思想基础上的。以民为本思想的直接倡导者是孟子:"民为贵,社稷次之,君为轻。"但是,孔子的思想中也已包含了这样的因素:"仁者,爱人。""节用而爱人,使民以时。"诗"可以怨"。都体现着以民为本的思想。白居易的民本思想很集中地反映在他的《策林》75篇里。他在《策林》里对当时的政治、经济、文化、思想等各个方面的弊端进行了尖锐的批评,提出了自己的革新主张。他指出,三皇五帝之所以贤明,是因为"三皇之为君也无常心,以天下心为心;五帝之为君也无常欲,以百姓欲为欲。顺其心以出令,则不严而理;因其欲以设教,则不劳而成"。而后来帝王之所以不及三皇五帝,则正是由于他们"以己心为心,抑天下以奉一人之心也;以己欲为欲,咈百姓以从一人之欲也"。贞观之治为什么那样英明?为什么使后人如此羡慕思念?这是因为唐太宗曾说:"朕虽不及古,然以百姓心为心。"白居易认为"致贞观之理者,由斯一言始矣"。他提出要"念今思古",即思唐虞三代之古,念贞观之治之今,这才是太平之道的根本。帝王必须以百姓为重,"己欲逸,则念人之惮劳也。己欲富,则念人之恶贫也。己欲温饱,则念人之冻馁也"。而百姓之穷困,正是由于君主之奢欲;君主奢欲,则官吏纵欲,而民不聊生矣。所谓"上开一源,下生百端者也"。故"君之躁静为人劳逸之本,君之奢俭为人富贫之源。故一节其情,而下有以获其福;一肆其欲,而下有以罹其殃"。因此,白居易认为最根本的是要使帝王了解百姓的病痛,去奢欲、重节俭,懂得帝王的一切作为和政治措施,都必须以百姓的安居乐业和国家的繁荣富强为目的,而不是为满足自己的奢欲享乐。《策林》75篇都是按照民本思想所提出的具体的、积极的建议。其中第六十八篇《议文章(碑碣词赋)》和六十九篇《采诗(以补察时政)》,就是从民本思想出发,对文化发展和文学创作所提出的革新主张。他在《议文章》中指出,唐兴"二百余载,文章焕焉。然则述作之间,久而生弊。书事者罕闻于直笔,褒美者多睹其虚辞","歌咏诗赋碑碣赞咏之制,往往有虚美者矣,有愧辞者矣。若行于时,则诬善恶而惑当代;若传于后,则混真伪而疑将来"。因此,就要"去伪抑淫,芟芜铲秽。黜华于枝叶,反实于根源"。文章只有具有高度真实性,才能起到积极的政治作用。因为"惩劝善恶之柄,执于文士褒贬之际焉;补察得失之端,操于诗人美刺之间焉。今褒贬之文无核实,则惩劝之道缺矣;美刺之诗不稽政,则补察之义废矣。虽雕章镂句,将焉用之"。他提出了尚质弃华的主张,认为"辞赋合炯戒讽谕者,虽质虽野,采而奖之;碑诔有虚美愧辞者,虽华虽丽,禁而绝之"。如果说《议文章》主要是讲"补察时政"的话,那么,《采诗》着重在说明要通过采诗而"泄导人情"。他说:"圣人之致理也,在乎酌人言,察人情,而后行为政,顺为教者也。然则一人之耳安得遍闻天下之言乎?一人之心安得尽知天下之情乎?今欲立采诗之官,开讽刺之道,察其得失之政,通其上下之情。"白居易要求恢复先秦时代的采诗制度,是因为从《诗经》的传统来看,"大凡人之感于事,则必动于情。然后兴于嗟叹,发于吟咏,而形于歌诗矣"。按儒家的传统观点,特别是汉儒对《毛诗》的解释,《诗经》各篇都是反映政治良窳和风俗盛衰的。白居易对《诗经》也是遵循《毛诗序》看法的。所以,他说:"故闻《蓼萧》之篇,则知泽及四海也。闻《禾黍》之咏,则知时和岁丰也。闻《北风》之言,则知威虐及人也。闻《硕鼠》之刺,则知重敛于下也。闻'广袖高髻'之谣,则知风俗之奢荡也。闻'谁其获者妇与姑'之言,则知征役之废业也。故国风之盛衰,由斯而见也;王政之得失,由斯而闻也;人情之哀乐,由斯而知也。"他要求恢复采诗制度,是为了使下情上达,让帝王了解百姓的疾苦。白居易认为最高统治者应当广开言路,允许臣下百姓评议时政、揭发弊端,因为"善防川者决之使导,善理人者宣之使言。故政有毫发之善,下必知也;教有锱铢之失,上必闻也"。由此可见,"救济人病,裨补时阙",乃是白居易从民本思想出发,对文化思想方面革新所提出的基本要求。

白居易在他的创作实践中,非常清楚地体现了这一文学思想。他在《伤唐衢》一诗中曾说到著名的《秦中吟》之创作缘由:"是时兵革后,生民正憔悴。但伤民病痛,不识时忌讳。遂作《秦中吟》,一吟悲一事。"在《寄唐生》一诗中他说《新乐府》的创作动机是:"不能发声哭,转作乐府诗。""惟歌生民病,愿得天子知。"他坚决反对掩盖现实矛盾、粉饰太平的歌功颂德之作。他在《采诗官》一诗中批评这种状况说:"郊庙登歌赞君美,乐府艳词悦君意。若求兴谕规刺言,万句千章无一字。""夕郎所贺皆德音,春官每奏唯祥瑞。"于是,"君耳唯闻堂上言,君眼不见门前事。贪吏害民无所忌,奸臣蔽君无所畏"。所以,"欲开壅蔽达人情",必须"先向歌诗求讽刺"。白居易的讽谕诗都是在"泄导人情""补察时政"的思想指导下创作的。他的"有为而作","为君、为臣、为民、为物、为事而作,不为文而作",他之所以反对齐梁"嘲风雪、弄花草"的无病呻吟之作,他所提出的"根情、苗言、华声、实义"主张,都是不能离开"救济人病,裨补时阙"这一中心的。要达到这样一个目的,必然要触怒当时的一些权豪贵戚,特别是那些"执政柄者"和"握军要者"。事实也正是如此,白居易自元和三年授左拾遗后,曾屡次上奏章要求革除弊政,反对贪官污吏,为此得罪了腐朽的宦官和旧官僚集团,终于在元和十年以所谓越职言事罪被贬为江州司马。但是,白居易认为一个真正的诗人应当敢于面对现实,大胆揭露矛盾,而不应慑于当权者的淫威,畏缩不前。因此,他明确提出要"不惧权豪怒,亦任亲朋讥","未得天子知,甘受时人嗤",一定要使"下人之病苦闻于上"。白居易在《与元九书》中说,他创作了这些讽谕诗后,"言未闻而谤已成矣","凡闻仆《贺雨》诗,而众口籍籍,已谓非宜矣。闻仆《哭孔戡》诗,众面脉脉,尽不悦矣。闻《秦中吟》,则权豪贵近者相目而变色矣。闻《乐游园》寄足下诗,则执政柄者扼腕矣。闻《宿紫阁村》诗,则握军要者切齿矣。大率如此,不可遍举。不相与者,号为沽名,号为诋讦,号为讪谤。苟相与者,则如牛僧儒之戒焉。乃至骨肉妻孥皆以我为非也"。然而,当时的白居易没有被这些来自各方面的压力所屈服,他的这种精神是很可贵的。

白居易"救济人病,裨补时阙"的诗歌创作主张和"不惧权豪怒,亦任亲朋讥"的创作态度,既是对儒家民本思想的继承和发扬,同时也是对儒家文学思想中保守方面的重大突破。白居易的诗歌理论讲"六义"、讲讽谏,都可说明他受到《毛诗大序》非常深刻的影响,接受了它的许多积极的、进步的内容,并给予了重大的发展,但是,他又没有受它的"发乎情,止乎礼义""主文而谲谏"等的局限,他的诗歌理论是不符合儒家"温柔敦厚"的诗教原则的。对这一点我们必须有充分认识,是不应该忽视的。按照儒家的诗教和《毛诗大序》的精神,批评"上政"只能限于封建统治者所能够允许的范围之内,决不允许越出封建礼教的规范,必须温厚平和,不能过分激烈。然而白居易的创作态度和创作实践,显然已经超出了这个范围,而和传统的儒家诗教相违背。他所强调的"意激"和"言切"的创作原则,是直接和"温柔敦厚""主文而谲谏"的主张相冲突的。他在《与元九书》中说:"至于讽谕者,意激而言质。"又其《新乐府序》中说:"其言直而切,欲闻之者深诫也。"意激、言切是为了能真正实现"救济人病,裨补时阙"。因此,白居易所提倡的"风雅比兴",他所理解的"六义",和儒家传统、《毛诗大序》已经有所不同,不是为了维护封建礼义,而是为了"救济人病,裨补时阙"。白居易的诗歌创作和诗歌理论最有价值的地方,正是在于他能够为民请命,勇敢地揭发现实的黑暗,"意激""言切"而不囿于"温柔敦厚"的诗教传统,这对后世诗歌创作和诗歌理论批评的影响是十分深远的。

白居易的诗歌理论是非常重视文学的社会功能的,他继承了儒家文学思想的传统,特别强调文学和政治的密切联系,要求文学能对政治的革新起到促进作用。但是,他对文学和政治关系的认识,也与儒家传统文学思想一样,存在着极为简单化和绝对化的错误看法。他把文学的社会功能局限在直接地干预政治的狭小范围,而忽略了文学社会功能的广阔性、多面性,同时,他也忽略了文学的教育作用是要通过审美的方式来实现的,因而对诗歌的艺术美十分轻视,不重视艺术形式的相对独立性。这是白居易诗歌理论的致命弱点,它突出地表现在《与元九书》中对历代诗歌发展的评论上。白居易对诗歌发展历史上凡不能直接起到"救济人病,裨补时阙"作用的,都持否定和贬斥态度。他说:

洎周衰秦兴,采诗官废,上不以诗补察时政,下不以歌泄导人情。乃至于谄成之风动,救失之道缺。于时六义始刓矣。《国风》变为骚辞,五言始于苏、李。苏、李骚人,皆不遇者,各系其志,发而为文。故河梁之句,止于伤别;泽畔之吟,归于怨思。彷徨抑郁,不暇及他耳。然去《诗》未远,梗概尚存。故兴离别,则引双凫一雁为喻;讽君子小人,则引香草恶鸟为比。虽义类不具,犹得风人之什二三焉。于时六义始缺矣。晋、宋已还,得者盖寡。以康乐之奥博,多溺于山水。以渊明之高古,偏放于田园。江、鲍之流,又狭于此。如梁鸿《五噫》之例者,百无一二焉。于时六义浸微矣。陵夷至于梁、陈间,率不过嘲风雪、弄花草而已。噫!风雪花草之物,三百篇中岂舍之乎?顾所用何如耳。设如"北风其凉",假风以刺威虐也。"雨雪霏霏",因雪以愍征役也。"棠棣之华",感华以讽兄弟也。"采采芣苢",美草以乐有子也。皆兴发于此而义归于彼。反是者,可乎哉?然则"余霞散成绮,澄江净如练","离花先委露,别叶乍辞风"之什,丽则丽矣,吾不知其所讽焉。故仆所谓嘲风雪、弄花草而已。于时六义尽去矣。唐兴二百年,其间诗人不可胜数。所可举者,陈子昂有《感遇诗》二十首,鲍防有《感兴诗》十五首。又诗之豪者,世称李、杜,李之作,才矣奇矣,人不逮矣。索其风雅比兴,十无一焉。杜诗最多,可传者千余篇,至于贯穿今古,觇缕格律,尽工尽善,又过于李。然撮其《新安吏》《石壕吏》《潼关吏》《塞芦子》《留花门》之章,"朱门酒肉臭,路有冻死骨"之句,亦不过三四十首。杜尚如此,况不逮杜者乎?

上面这一大段对诗歌发展的历史评述显然是十分偏激的。首先,他对《楚辞》的评价,虽然也还是肯定的,但是认为它只得"风人之什二三",则是很不公正的。不仅抹杀了《楚辞》在艺术上的伟大创造,而且对它的思想意义也认识得很肤浅。其次,汉魏诗歌除苏、李赠答外,一字不提。特别是为盛唐诗人所心折的建安诗歌,在他看来也不合于"风雅比兴"的精神,而被排除在外。再次,他对六朝诗歌几乎全部否定,说谢灵运"溺于山水",陶渊明"偏放于田园",而抬出梁鸿《五噫》树为典范,也是很可笑的。最后,他对唐代诗歌的评价也是十分片面的。他只肯定陈子昂《感遇》、鲍防《感兴》和李白、杜甫的少数篇章,这就更清楚地表现了白居易诗论的狭隘性以及不重视艺术美的缺点。白居易不是一个没有艺术才华的诗人,他的《长恨歌》《琵琶行》以及许多律诗、绝句,都有很高的艺术水平,成为脍炙人口的名作,但是在他的诗歌理论中却往往把作品的政治性和艺术性放在对立的地位,而没有把两者完美地统一起来。于是就造成了《与元九书》中所说的:"今仆之诗,人所爱者,悉不过杂律诗与《长恨歌》已下耳。时之所重,仆之所轻。至于讽谕者,意激而言质,闲适者,思淡而词迂。以质合迂,宜人之不爱也。"因此,他的诗歌,特别是讽谕诗,在艺术上有过于直露的毛病,诚如南宋张戒在《岁寒堂诗话》中所说,其诗能"道得人心中事"是其所长,而"略无余蕴"则是其所短。

白居易诗歌理论在创作方法上的一个重要特点是提倡直笔、实录。直笔实际上就是实录,白居易在《策林》六十八《议文章》中说:"书事者罕闻于直笔,褒美者多睹其虚辞。"又说:"今褒贬之文无核实,则惩劝之道缺矣。""直笔"者必要求"书事""核实"。实录是就方法而言的,直笔则更侧重作者的写作态度。白居易和元稹等之所以不再沿袭乐府古题,而创作新题乐府,正是为了直截了当地实录时事,更加真实地反映现实状况。元稹在《乐府古题序》中说:"况自《风》《雅》,至于乐流,莫非讽兴当时之事,以贻后代之人。沿袭古题,唱和重复,于文或有短长,于义咸为赘剩。尚不如寓意古题,刺美见事,犹有诗人引古以讽之义焉。曹、刘、沈、鲍之徒,时得如此,亦复稀少。近代唯诗人杜甫《悲陈陶》《哀江头》《兵车》《丽人》等,凡所歌行,率皆即事名篇,无复倚傍。予少时与友人乐天、李公垂辈,谓是为当,遂不复拟赋古题。"是为新乐府,李绅首作《乐府新题》二十篇,元稹和作十五篇,白居易则扩充为五十篇,无论从思想性还是艺术性来看,李、元之作都远远比不上白居易,故新乐府创作之代表诗人当为白居易。这种直笔、实录的创作思想和创作方法,是与白居易早年对自己为官人品的要求一致的。他在《贺雨》诗中说:"君以明为圣,臣以直为忠。"《哭孔戡》诗中赞扬孔戡为人:"平生刚肠内,直气归其间。""拂衣向西来,其道直如弦。"其《云居寺孤桐》以孤桐为喻:"寄言立身者,孤直当如此!"《李都尉古剑》欲借古剑来实现"愿快直士心,将断佞臣头"。特别是他在写给樊宗师的《赠樊著作》一诗中说:"阳城为谏议,以正事其君。"

"元稹为御史,以直立其身。""君为著作郎,职废志空存。虽有良史才,直笔无所申。何不自著书,实录彼善人?编为一家言,以备史阙文。"所以,直笔、实录成为白居易早期诗歌创作的基本原则,同时也是中国古代现实主义诗歌的主要特征。白居易这种直笔、实录的创作原则从理论上看有以下几个特点。

第一,要求有严格的真实性。白居易在《新乐府序》中说他的作品"其事核而实,使采之者传信也"。又在《秦中吟序》中说:"贞元、元和之际,予在长安,闻见之间,有足悲者,因直歌其事,命为《秦中吟》。"他的《新乐府》《秦中吟》写的都是现实生活中的真实事件,而且有许多都是他自己亲身经历过的,尤其是《秦中吟》写的都是他在长安的见闻,"直歌其事",而并无虚构夸张之处,是文学创作中严格遵循史家实录精神的产物。

第二,有很强的政治性。白居易的讽谕诗,特别是《新乐府》和《秦中吟》,都是针对当时弊政及其给人民带来的灾难,进行揭发批评的"有为之作"。他在《寄唐生》一诗中说他的乐府诗是"篇篇无空文,句句必尽规。功高《虞人箴》,痛甚骚人辞",他"非求宫律高,不务文字奇。惟歌生民病,愿得天子知"。因此,每一篇都有鲜明的政治目的,对现实真实做了非常细致的具体描写。白居易在给元稹的《和答诗十首序》中曾说他送给元稹的诗"凡二十章,率有兴比,淫文艳韵,无一字焉",而且还可以帮助他"张直气而扶壮心也"。那么自觉而直接地把诗歌作为政治斗争的工具和手段,这在中国文学史上是很少有的。

第三,有一定的典型性。白居易要求诗歌所描写的具体生活内容,应当有某种普遍的社会意义。其《读张籍古乐府》中说:"读君《学仙诗》,可讽放佚君。读君《董公诗》,可诲贪暴臣。读君《商女诗》,可感悍妇仁。读君《勤齐诗》,可劝薄夫淳。"诗中所写虽是某一具体的事件,但是它却包含了相当广泛的普遍意义。这一方面我们也可以从白居易《与元九书》中说他的《秦中吟》《登乐游园望》《宿紫阁山北村》等诗所产生的社会影响看出来。这是对《毛诗大序》中"一国之事,系一人之本"思想的发挥。关于《毛诗大序》中这两句话,孔颖达《毛诗正义》中的解释已经很明显地表现了对文艺作品典型概括意义的认识,他说:"诗人览一国之意以为己心,故一国之事系此一人使言之也。"白居易的阐述也是对孔颖达思想的继承和发展。同时也可看到唐代对文学的典型性已有相当的认识,懂得文学作品要以个别来表现一般。白居易在《与元九书》中说他专门选择"可以救济人病,裨补时阙,而难于指言者,辄咏歌之"。在《秦中吟序》中说所写都是"有足悲者"。这"难于指言者"和"有足悲者",正是要求描写现实生活中最有代表性、最尖端的事件,其目的则是为了使之有更加深刻而广泛的典型概括意义。

第四,有明白晓畅、通俗易懂的艺术形式。在《新乐府序》中,他说自己的作品"其辞质而径,欲见之者易谕也","其体顺而肆,可以播于乐章歌曲也"。这当然是和"其言直而切""其事核而实"的内容相配合的,而且也只限于讽谕诗的写作。至于像《长恨歌》一类作品,艺术上的要求就不一样了。他在《编集拙诗成一十五卷因题卷末戏赠元九李二十》中说:"一篇《长恨》有风情,十首《秦吟》近正声。"上述对艺术形式的要求,是指"正声"之作而言的。白居易诗歌艺术形式上的"质而径""直而切",有它平易通俗的一面,但也有过于直露辞繁的缺点。对此,白居易自己是有所认识的。他给元稹的《和答诗十首序》中说:"顷者在科试间,常与足下同笔砚,每下笔时辄相顾,共患其意太切而理太周。故理太周则辞繁,意太切则言激。然与足下为文,所长在于此,所病亦在于此。"他说以后和元稹见面时,要"各引所作,稍删其烦而晦其义焉"。

白居易提倡直笔、实录,当然是由司马迁《史记》写作中的实录精神而来,但其直接思想来源则是唐代刘知幾的《史通》。刘知幾在《史通》中专有《直书》一篇,从人品讲到史书的写作。他说:"夫人禀五常,士兼百行,邪正有别,曲直不同。若邪曲者,人之所贱,而小人之道也;正直者,人之所贵,而君子之德也。"作为史官来说,应当有正直的人品,能秉笔直书,使善恶分明。他说:"况史之为务,申以劝诫,树之风声。其有贼臣逆子,淫君乱主,苟直书其事,不掩其瑕,则秽迹彰于一朝,恶名被于千载。言之若是,吁可畏乎!"他十分憎恨那些沽名钓誉、阿谀权贵的史学家曲笔奉迎、诡言媚主的可耻行径,感叹"古来唯闻以直笔见诛,不闻以曲词获罪"(见《曲笔》篇)。所以,"欲求实录,不亦难乎?"(见《因习下》篇)考察史学发展历史,则"足以验世途之多隘,知实录之难遇耳"。他强调史家应学习古代正直史官,"宁为兰摧玉折,不作瓦砾长存。若南、董之仗气直书,不避强御;韦、崔之肆情奋笔,无所阿容"。这种写作态度和写作方法,对白居易有极其深刻的影响。同时,直笔、实录也成为中国古代现实主义文学创作的重要特点。但是,史学著作的写作和文学创作还是有根本性质不同的,史学的真实性也不同于文学的真实性。史学著作要求有严格的科学的真实,不允许虚构和夸张;文学创作则不能离开虚构和夸张,要求的是"情真""理真",而不是具体事实的真实。因此,用史学的实录方法来进行文学创作,虽然重视了文学的真实性,却又有忽视和排斥虚构的缺点,就会受真人真事的局限,难于在更大的范围内发挥文学的典型概括作用。白居易的诗歌创作在某种程度上就有这种毛病。这也说明白居易的现实主义还是初步的、不成熟的。

第三节　元稹的诗论与"元和体"的文学思想

元稹(779—831),字微之,河南人(《新唐书》本传作"河南河内人",河内,即今河南沁阳)。元稹是白居易的好朋友,他比白居易小几岁,但比白居易早死十几年,相互之间唱和诗作极多,"始以诗交,终以诗诀"(《唐诗纪事》引白居易于元稹死时哭词)。他们于贞元十九年同以书判拔萃登科,同授秘书省校书郎。元和元年,他和白居易一起退居华阳观"闭户累月,揣摩当代之事"(白居易《策林序》),主张革除弊政,中兴唐室。他写新题乐府诗比白居易要早,在诗歌理论上和白居易的观点是一致的。在《和李校书新题乐府十二首序》中,他说:"予友李公垂贶予《乐府新题》二十首,雅有所谓,不虚为文。予取其病时之尤急者,列而和之,盖十二而已。"元稹无论在新乐府的创作,还是在新乐府的理论上,都没有白居易的成就大,是远不如白居易的。这大约和他在政治观和文学观上都不如白居易激进有关,不过也正因为这样,元稹对历代诗歌发展的评价,也不像白居易那样片面,反而比较公正一些。他在著名的《唐故工部员外郎杜君墓系铭序》一文中说:

> 始尧舜时,君臣以赓歌相和。是后,诗人继作,历夏、殷、周千余年,仲尼缉拾选练,取其干预教化之尤者三百篇,其余无闻焉。骚人作而怨愤之态繁,然犹去风雅日近,尚相比拟。秦汉以还,采诗之官

既废,天下妖谣民讴、歌颂讽赋、曲度嬉戏之词,亦随时间作。逮至汉武赋《柏梁》而七言之体具,苏子卿、李少卿之徒,尤工为五言。虽句读文律各异,雅郑之音亦杂,而词意简远,指事言情,自非有为而为,则文不妄作。建安之后,天下文士遭罹兵战,曹氏父子鞍马间为文,往往横槊赋诗,故其抑扬冤哀悲离之作,尤极于古。晋世风概稍存,宋、齐之间,教失根本,士以简慢、歙习、舒徐相尚,文章以风容、色泽、放旷、精清为高,盖吟写性灵、流连光景之文也。意义格力,无取焉。陵迟至于梁、陈,淫艳、刻饰、佻巧、小碎之词剧,又宋、齐之所不取也。唐兴,官学大振,历世之文,能者互出,而又沈、宋之流,研练精切,稳顺声势,谓之为律诗。由是而后,文变之体极焉。然而莫不好古者遗近,务华者去实;效齐、梁则不逮于魏、晋,工乐府则力屈于五言;律切则骨格不存;闲暇则纤秾莫备。至于子美,盖所谓上薄风、骚,下该沈、宋,古傍苏、李,气夺曹、刘,掩颜、谢之孤高,杂徐、庾之流丽,尽得古今之体势,而兼人人之所独专矣。

这段历史的评述和白居易《与元九书》中论历代诗歌相仿,而评价标准、褒贬尺度则有较明显差别。第一,元稹对秦汉至魏晋诗歌做了较多肯定,对"歌颂讽赋、曲度嬉戏"之作也没有否定,对汉武《柏梁》、苏李五言都强调它们是"有为而为"之作,特别是对建安诗歌的意义与作用,做了合乎实际的较高评价。第二,元稹对两晋文学基本上还是肯定的,认为它还保存了不少古代的"风概"。他虽然批评宋齐间诗歌"教失根本",只是"吟写性灵、流连光景"之作,但对其"风容、色泽、放旷、精清"不无赞美之意。第三,在唐代诗歌的评论方面,对沈、宋在律诗创作上的贡献与影响,给予了充分的肯定和足够的估价。尤其是对杜甫诗歌的艺术成就做了十分全面、深刻的概括,认为他是集历代诗歌艺术大成的伟大诗人。而且从元稹对杜甫的评价中,还可以看出他对南朝"颜、谢之孤高""徐、庾之流丽"也是很欣赏的。他肯定李白主要是"壮浪纵恣,摆去拘束,摹写物象"这些浪漫主义特色,而认为李不如杜,也是在"铺陈终始,排比声韵,大或千言,次犹数百,词气豪迈而风调清深,属对律切而脱弃凡近"这些艺术方面,其角度和白居易是很不同的。而且说明元稹对诗歌的近体格律、艺术技巧等还是相当重视的。元稹此文写于元和八年(813),比白居易《与元九书》的写作早两年,当时他虽被贬为江陵士曹参军,尚属政治上敢于和权贵做斗争的前期,但在诗歌理论批评上则和白居易虽大同而有小异。从诗歌创作上看,他虽然也写了不少乐府诗,可是艺术成就并不高,思想内容也不如白居易的乐府诗深刻,元稹诗歌创作上的主要成就是在元和体诗方面。

"元和体"是当时人们对元稹、白居易诗歌创作中和新乐府不同的另一部分诗歌的称呼。目前我们的文学史、批评史,对元和体诗歌及其所反映的文学思想似乎注意得不够。其实,认真研究元和体诗歌及其文学思想,不仅可以对元、白的文学思想有更全面的认识,而且可以了解中晚唐文学思想发展的一个很重要的方面。陈寅恪先生在《元白诗笺证稿》一书的附论中,曾对元和体诗的特征做了很好的分析。他指出,元和体诗的定义应以元稹《上令狐相公诗启》中所说为准,这是正确的。白居易于长庆三年(823)为杭州刺史时所写《余思未尽加为六韵重寄微之》一诗中说:"制从长庆辞高古,诗到元和体变新。"这是一个很重要的问题,说明元和、长庆时期诗文创作都有新的变化,同时也反映出文学思想的变化和文学批评的发展。为说明这种变化特点,白居易并于前句下注曰:"微之长庆初知制诰,文格高古,始变俗体,继者效之也。"又于后一句下注曰:"众称元白为千字律诗,或号元和格。"白居易对元和体的解释和元稹所说是一致的,不过,元稹说得更详细,其云:

> 稹自御史府谪官,于今十余年矣,闲诞无事,遂专力于诗章。日益月滋,有诗向千余首。其间感物寓意,可备蒙瞽之讽者有之,词直气粗,罪尤是惧,固不敢陈露于人。唯杯酒光景间,屡为小碎篇章,以自吟畅。然以为律体卑下,格力不扬,苟无姿态,则陷流俗。常欲得思深语近,韵律调新,属对无差,而风情宛然,而病未能也。江湖间多新进小生,不知天下文有宗主,妄相仿效,而又从而失之,遂至于支离褊浅之词,皆目为元和诗体。稹与同门生白居易友善,居易雅能为诗,就中爱驱驾文字,穷极声韵,或为千言,或为五百言律诗,以相投寄。小生自审不能以过之,往往戏排旧韵,别创新词,名为次韵相酬,盖欲以难相挑

耳。江湖间为诗者，复相仿效，力或不足，则至于颠倒语言，重复首尾，韵同意等，不异前篇，亦自谓为元和诗体。

由此可知，所谓元和体诗并不是"词直气粗，罪尤是惧"的乐府诗，而是指：一、"杯酒光景间，屡为小碎篇章"之作，其艺术上的特点是"韵律调新，属对无差，而风情宛然"。至于元稹说他自己欲得而未能，则是一种谦词。二、元、白之间"驱驾文字，穷极声韵，或为千言，或为五百言律诗"的"次韵相酬"的长篇律诗。是"小碎篇章"还是长篇排律，主要是篇幅大小，这并非元和诗体的主要方面，元和诗体的基本特征是在其内容和形式上不同于前代诗歌的新特点。

从元、白的论述及时人的喜爱、仿效来看，这种新特点主要是"别创新词"，"风情宛然"。元和诗体的形成与白居易《长恨歌》的影响有密切关系。《长恨歌》写于元和元年。"一篇《长恨》有风情"，这是白居易自己十分得意的杰作。虽然他在《与元九书》中说："今仆之诗，人所爱者，悉不过杂律诗与《长恨歌》已下耳。时之所重，仆之所轻。"但这是因为时人不重视其讽谕诗而说的愤激之语，其实他对《长恨歌》是非常喜爱并引以为自豪的。《与元九书》中说："及再来长安，又闻有军使高霞寓者，欲娉倡妓。妓大夸曰：'我诵得白学士《长恨歌》，岂同他妓哉！'由是增价。又足下书云：到通州日，见江馆柱间，有题仆诗者，复何人哉？又昨过汉南日，适遇主人集众乐，娱他宾。诸妓见仆来，指而相顾曰：'此是《秦中吟》《长恨歌》主耳。'自长安抵江西，三四千里，凡乡校、佛寺、逆旅、行舟之中往往有题仆诗者。士庶、僧徒、孀妇、处女之口每每有咏仆诗者。此诚雕虫之戏，不足为多。然今时俗所重，正在此耳。虽前贤如渊、云者，前辈如李、杜者，亦未能忘情于其间哉。"正如陈寅恪先生《元白诗笺证稿》中《长恨歌》一章所说："若夫乐天之《长恨歌》，则据其自述之语，实系自许以为压卷之杰构，而亦为当时之人所极欣赏，且流传最广之作品。"《长恨歌》与陈鸿的《长恨歌传》是互相配合的，陈鸿传末云："歌既成，使鸿传焉。"陈寅恪先生指出，《长恨歌》及《长恨歌传》的创作，是受贞元后期元稹写《莺莺传》（即《会真记》）及李绅《莺莺歌》、元稹《会真诗》的影响而产生的。其后，元稹之《连昌宫词》则又是在《长恨歌》的影响下写的。《莺莺歌》《会真诗》《长恨歌》等与以古文所写小说相配的诗歌,在语言艺术形式上受当时兴盛的古文影响,而具有新的特点。故陈寅恪先生说此"实为贞元、元和间新兴之文体"。所谓"风情"者,指当时文人的风流情怀,如白居易之详写李杨爱情、"燕昵之私",元稹之写莺莺与张生的花间幽会,这在传统文人诗作中都是没有过的。所以宋人魏泰在《临汉隐居诗话》中斥《长恨歌》作者"不晓文章体裁""造语蠢拙"。张戒在《岁寒堂诗话》中说《长恨歌》"皆秽亵之语"。其实,这都是宋人囿于儒家正统诗教的一种保守观点。贞元、元和之际诗体之新变正是指这一类被人们争相传诵的风情诗。元稹有《梦游春七十韵》写他与早年情人及后来妻子之间爱情的艳体诗,而白居易则有《和梦游春诗一百韵》,元诗原序已佚,白诗序中曾转述其言云:"斯言也,不可使不知吾者知,知吾者亦不可使不知。乐天知吾也,吾不敢不使吾子知。"而白居易则说:"微之微之,予斯文也,尤不可使不知吾者知,幸藏之云尔。"可见,此类"风情宛然"之艳诗,对道貌岸然的正统文人来说,仍是不会被认可的。可是恰恰是这类作品流传极广,被人们争相仿效。陈寅恪先生说:"元白梦游春诗,实非寻常游戏之偶作,乃心仪浣花草堂之巨制,而为元和体之上乘,且可视作此类诗最佳之代表者也。"(《元白诗笺证稿》)

诗歌的"风情",扩而言之,是指与社会政治较远的文人个人生活情怀。元稹在《叙诗寄乐天书》中说:"不数年,与诗人杨巨源友善,日课为诗,性复僻懒,人事常有闲暇,间则有作,识足下时有诗数百篇矣。习惯性灵,遂成病蔽。每公私感愤,道义激扬,朋友切磨,古今成败,日月迁逝,光景惨舒,山川胜势,风云景色,当花对酒,乐罢哀余,通滞屈伸,悲欢合散,至于疾恙躬身,悼怀惜逝,凡所对遇异于常者,则欲赋诗。"以诗歌的形式来具体地描写平凡而普通的日常生活和感受,甚至以诗代书,这在中唐以前的诗歌创作中也是很少见的。《旧唐书·元稹传》说:"稹聪警绝人,年少有才名,与太原白居易友善。工为诗,善状咏风态物色,当时言诗者称元、白焉。自衣冠士子,至闾阎下俚,悉传讽之,号为'元和体'。"这里所说的"善状咏风态物色",当亦是指"风情"之一个方面。元白诗歌在当时之所以广泛流传,为人们争相仿效,其主要原因还在于他们为诗歌创作开辟了描写花前酒后、"风情宛然"、韵律调新、雅俗共赏的新路,而这种内容又是适应中唐时期城市繁荣,商品经济发达,士人生活放荡,歌楼妓院林立的社会状况的。元稹所写的那些悼亡诗、艳体诗以及描写风态物色的杂律诗,不论是长篇排律还是小碎篇章,性质上和《长恨歌》《会真诗》等是一类的。在诗歌中以坦然自若的态度描写按照正统观点不应入诗的私生活,描写一般文人不愿公之于世的隐蔽的感情角落,这毫无疑问是诗歌发展的一个新变化。且不说《长恨歌》《会真诗》《连昌宫词》等,就元、白之间相互次韵酬答,如白居易《代书诗一百韵寄微之》,元稹《酬翰林白学士代书一百韵》,这类千字律诗除详细地回忆他们自己过去生活的具体情状和互相之间的友谊外,其间也不乏对他们风流、放浪生活情景的描写,如:"山岫当街翠,墙花拂面枝。莺声爱娇小,燕翼玩逶迤。嚳为逢车缓,鞭缘趁伴施。密携长上乐,偷宿静坊姬。"(元稹诗)"幄幕侵堤布,盘筵占地施。征伶皆绝艺,选妓悉名姬。粉黛凝春态,金钿耀水嬉。风流夸坠髻,时世斗啼眉。密坐随欢促,华樽逐胜移。香飘歌袂动,翠落舞钗遗。"(白居易诗)等等。

就"别创新辞"方面来说,元和诗体的长篇诗作、千言排律在语言运用上叙述性很强,接近诗体散文。所以元、白说他们这种千字排律是以诗代书。由于以诗代书,采用平铺直叙的方法,用典不多,叙说详尽,使读者感到清楚明白,一览无余。这和一般精粹跳跃的诗歌语言很不相同,相对地说是比较晓畅通俗的。元和体诗歌语言上的这种新特点,确是与古文运动的影响有密切关系的。诗歌的散文化特点,并不只是韩愈的功绩,元、白也是起了很大作用的。元和体诗在艺术形式上的另一个特点是所谓"驱驾文字,穷极声韵","韵律调新,属对无差"。元白这些"风情宛然"的元和体诗,均为近体格律诗,而非古体诗,因此在文字、声律上都是很讲究的。所以元稹在《唐故工部员外郎杜君墓系铭序》中说就"铺陈终始,排比声韵","属对律切","风调清深"来说,李白远不如杜甫:"不能历其藩翰,况堂奥乎?"元和体诗在格律对偶方面是学习杜甫而又有所发展的。

元和体诗的影响是非常大的,元稹在《白氏长庆集序》中曾说:"予始与乐天同校秘书之名,多以诗章相赠答。会予遣掾江陵,乐天犹在翰林,寄予百韵律诗及杂体,前后数十章。是后,各佐江、通,复相酬寄。巴、蜀、江、楚间洎长安中少年,递相仿效,竞作新词,自谓为'元和诗'。而乐天《秦中吟》《贺雨》讽谕等篇,时人罕能知者。然而二十年间,禁省、观寺、邮候墙壁之上无不书,王公妾妇、牛童马走之口无不道。至于缮写模勒,衒卖于市井,或持之以交酒茗者,处处皆是。其甚者,有至于盗窃名姓,苟求自售,杂乱间侧,无可奈何!予于平水市中,见村校诸童竞习诗,召而问之,皆对曰:'先生教我乐天、微之诗。'固亦不知予之为微之也。又云鸡林贾人求市颇切,自云:'本国宰相每以百金换一篇。其甚伪者,宰相辄能辨别之。'自篇章以来,未有如是流传之广者。"元和体诗的流传主要还是在社会的中下层,尤其是市民阶层,所以司空图说元、白是"都市豪估"(《与王驾评诗书》),这是元和体诗的本身特点所决定的。它以写个人的悲欢离合、喜乐哀怨、爱情波折、婚恋遭遇、朋友交往、游宴酬酢等为主,又穷极声韵,属对精切,文词流畅,格调清新,叙述细腻,层次明晰,兼有散文之特长,诚如陈寅恪先生所谓"便于创造""备具众体"也。概括地说,元和体是以近体写风情,这对晚唐五代及以后的诗歌创作和诗歌理论影响是很大的。杜牧在《感怀诗》中说:"至于贞元末,风流恣绮靡。"这实际上就是说的元和体诗。风流绮靡正是晚唐诗歌中很重要的一方面,像杜牧的《赠别》《遣怀》,李商隐的《无题》,以及温庭筠《瑶瑟怨》这一类作品,都不能说和元和体的风情艳诗没有关系。元和体诗以光明正大的态度,书写性灵,歌颂爱情,感情真实,格调清新,从文学思想上说,多少是对儒家诗教传统的一个重大突破,所以曾遭到一些正统文人的攻击。例如杜牧《唐故平卢军节度巡官陇西李府君墓志铭》中说李戡曾痛斥元、白的元和体诗,并引其言云:"尝痛自元和以来有元、白诗者,纤艳不逞,非庄士雅人,多为其所破坏。流于民间,疏于屏壁,子父女母,交口教授,淫言媟语,冬寒夏热,入人肌骨,不可除去。吾无位,不得用法以治之。"杜牧虽似同意李戡看法,实际他自己在创作中就明显受到元和体诗影响。此外,李肇《唐国史补》中亦云:"元和以后,诗章……学浅切于白居易,学淫靡于元稹,俱名为元和体。"可是以浅近语言写真切情爱,在当时实是一种新风尚,有冲决礼教藩篱的积极意义。由于元和体诗的广泛流传,使近体格律诗向通俗化的方向发展,由上层士大夫的专利品,扩大到了一般市民阶层,并且使诗歌与散文在语言表达方法上逐渐靠近。因此,我们应当充分估计元和体所反映的文学思想在文学理论批评史上的地位和作用。

第十三章　唐代古文理论与韩愈、柳宗元的文学思想

第一节　唐代古文理论的产生与发展

唐代古文理论和古文写作的兴起和发展是针对六朝唐初骈文的泛滥而发的，以古文替代骈文，其性质属于语体改革，但又包含着文风的革新，因此，对文学思想和文学理论批评的发展影响十分深远。古文和骈文是中国古代文章写作的两种基本语言表达方式，古文的名词是后起的，是针对骈文而提出来的，指骈文产生以前先秦两汉文章写作的语言表达方式，即是自由的、不受任何限制的语言表达方式。骈文萌芽于两汉，兴起于魏晋，盛行于南北朝及唐初，它是一种讲究骈俪、对偶的语言表达方式。

骈文有两个主要特点。一是句式的两两相对，以四字句和六字句为主，或四四相对，或六六相对，由此扩展出上四下四与上四下四相对，上四下六与上四下六相对，上六下四与上六下四相对等多种形式。其间也往往杂有三字句、五字句、七字句的两两相对。二是句式结构和词语性质的对偶，对称的句子中主语、谓语、宾语、补语等两两相对，位置也相同，同时对称句中对应词语的词性（如名词、动词、虚词、形容词等）也要相同。汉赋是一种兼有诗、文特色的文学体裁，汉赋中大量运用的排比、对偶这些艺术技巧和修辞手法，实际上已为骈文的产生奠定了基础，因此也可以说是骈文的萌芽时期。魏晋时代的初期骈文是在一般散体文章中比较多地运用骈俪、对偶的语言表达方式，后来逐渐发展为以骈俪、对偶为主来写文章，并成为文章写作的主要语言表达方式。从南北朝开始，骈文的写作还特别讲究用典，几乎是每句都有典故，并且要求在典故的含义上形成对偶，如正对（即《文心雕龙·丽辞》所说的"事异义同者"）、反对（即《文心雕龙·丽辞》所说的"理殊趣合者"）之类。自永明声律说兴起后，骈文也开始注意声律之美，研究平仄相间，到唐代前期，随着近体诗格律的定

型,骈文也逐渐形成较为严密的平仄格律。一般说,骈文比较重视词藻的华艳、色彩的浓郁。对偶、用典、声律、词彩是南北朝时期文学创作追求艺术形式美的几个主要方面,在诗歌创作中尤为突出,骈文这些特征说明它和诗赋之间有很多共同之处,彼此距离在靠近。

因此,我们可以说,骈文的产生是以诗赋为主体的文学创作中的语言艺术技巧运用于一般文章写作的结果,也可以说是一般文章写作也讲究文学的语言艺术技巧的结果。它说明六朝时期由于文学创作的繁荣,以及对艺术形式美的追求,不仅大大促进了纯文学创作的发展,而且也影响到非文学的一般文章(如公牍文、应用文等)的语言表达方式。而骈文这种语言表达方式又是和中国文字的特点分不开的,只有以单音词和双音词为主的方块汉字才能构成这种特殊的语言表达方式。骈文作为一种语体形式,特别是作为一种文学体裁,是应当给以充分肯定的,中国古代运用骈文形式写的许多文艺散文都有很高的艺术水平,如孔稚圭《北山移文》、丘迟《与陈伯之书》、庾信《哀江南赋序》、王勃《滕王阁序》等,都是为历代所传诵的佳作。中国古代最杰出的文学理论专著《文心雕龙》,就是用精美的骈文写成的。骈文不仅是中国古代文化发展中的一个伟大的创造,而且是一种体现中华民族文化传统特征的语言表达方式。但是,把骈文的形式绝对化,把骈文作为唯一的一种语言表达方式,并且过多地堆砌大量典故,过分地讲究严密的平仄格律,片面追求词藻的华艳,就会束缚人的思想,妨碍自由地流畅地表达思想感情,形成专门注重形式美的华而不实文风。尤其是对一般的公牍文、政论文、应用文等来说,都要用骈文来写,不仅很不方便,而且常常还会"以辞害意",影响内容的清楚明白的表述。从这个意义上说,提倡散体古文,反对以骈文作为唯一的语言表达方式,不仅是正确的,也是十分必要的。对非文学的一般文章写作来说,更应当以自由流畅的散体古文为主。

古文的概念产生很早,汉人所说古文指先秦文献典籍,亦指先秦古文字,如司马迁《史记·太史公自序》中说"年十岁则诵古文",唐司马贞《索隐》云:"案:迁及事伏生,是学诵《古文尚书》。刘氏以为《左传》《国语》《系本》等书,是亦名古文也。"故汉代有今文经学与古文经学之分。许慎《说文解字叙》中说:"至孔子书六经,左丘明述《春秋传》,皆以古文。"则明显是指先秦古文字。在六朝也曾有人提及古文,如梁简文帝萧纲在《与湘东王书》中说:"若以今文为是,则古文为非;若昔贤可称,则今体宜弃;俱为盍各,则未之敢许。"这里,萧纲所说的"昔贤"之"古文",并非后来唐代古文运动所说的古文,而是指"远则扬、马、曹、王,近则潘、陆、颜、谢"之文;至于他所说的"今文""今体",也并非如有的研究者所说是指骈文,而是说的当时"既殊比兴,正背风骚","懦钝殊常"的"京师文体"。萧纲在这里是肯定"古文"、反对"今文"的,如果说"今文"即是骈文,那他就是反对骈文的了,这显然不符合事实。他这篇《与湘东王书》就是用骈文写的,而他所说"昔贤"的"古文",主要还是指诗赋,从文章方面说,也是包括了骈文在内的,乃是泛指前代的文章。上述有关古文的概念,其含义均与唐人所说古文不同。唐代古文提倡者所说的古文,是指先秦两汉时期文章那种与六朝骈文不同的、不讲骈俪对偶的单行散体的语言表达方式。古文并不绝对排斥骈文,也可以夹杂少量骈偶句,但以自由的单行散体为主。古文和骈文作为两种语言表达方式应当是并行共存的,彼此也可以相互吸收掺杂运用,事实上它们各自的发展都没有中断过,不过在不同的历史时期各有侧重而已。骈文侧重于格式整齐的语言形式美,而且是一种绚丽铿锵、和谐对称的雕饰美;古文侧重于语言的自由流畅表达,讲究的是一种清新自然、生动简洁的本色美。从骈文和古文的语言表达方式特点来看,一般说,骈文比较适合于注重艺术美的文学创作,古文比较适合于注重功利实效的应用文章。不过,骈文也可以写出很好的应用文章,古文更可以创作优美生动的文艺散文,而古文的盛行也是和用古文形式写作大量文艺散文的成功分不开的。骈文和古文这两种语体形式在中国古代的此起彼落的发展,主要是受不同历史时期的社会状况、文化思潮、文学观念影响的结果。

从汉末建安起将近四百年中,除西晋前几十年外,中国社会都处于分裂状态,争战不息,民生凋敝。儒家思想衰落,道家玄学思想在文化思想上占有主导地位,随着佛教的流行,玄佛合流。文学由于摆脱了儒家经学附庸的地位,又受到老释重视文艺内部规律的影响,因此特别注意探讨文学与非文学的区别,研究文学的特征和艺术形式美。骈文这种语体形式正是在这种背景下迅速发展起来的。但是在魏晋南北朝时期,先秦两汉那种单行散体的古文也没有中断,尤其在北朝还出现过一些很优秀的作品,如郦道元的《水经注》、杨衒之的《洛阳伽蓝记》等。不过,这些作品中也都掺杂了不少骈俪句式。南北朝时期也有人反对骈文而提倡先秦两汉那种单行散体古文,这是与他们提倡儒学复古主义相联系的,在文学观念上也有否定文学特征,把它与学术著作、一般应用文章混同为一的缺点,所以在南朝很少有赞同者,并且受到批评否定。如《梁书·裴子野传》说:"子野为文典而速,不尚丽靡之词;其制作多法古,与今文体异。"他的《雕虫论》就不被重视,萧纲曾嘲笑他说:"裴氏乃是良史之才,了无篇什之美。""裴亦质不宜慕。"(《与湘东王书》)从文学创作的角度说,萧纲的批评是对的,文学不应当再回到经学附庸的地位。北朝比较尊经崇儒,据《北史·苏绰传》记载,公元545年,西魏文帝元宝炬祭庙,宇文泰命苏绰仿《尚书》作《大诰》,并且命令此后"文笔皆依此体"。但是这种模仿先秦经典的质朴古奥文体,并不见得优于骈文,甚至还不如骈文,如果说朝廷公文还可勉强运用的话,对文学创作来说就完全不合适了。所以,后来虽有隋文帝提倡,李谔上书,隋末大儒王通的鼓吹与实践,却没有产生多少实际效果,骈文在唐初反而得到了更大的发展。唐代古文的兴起和发展,并不是从简单模仿先秦两汉文章而来,而是在政治革新的背景下,为了自由流畅地表达思想感情,继承和发扬先秦两汉文章单行散体的语言表达方式,经过长期创作实践,积累了丰富经验,创造出了一种生动、简洁、明朗、自然的文学语言和灵活自由、不受任何拘束、更符合当时人思维特征和思想习惯的语言表达方式后,才确立了其重要历史地位的。

唐代古文理论的提倡者和古文创作的实践者,如陈子昂、萧颖士、李华、独孤及、元结、韩愈、柳宗元等,都是政治上颇有理想抱负,关心社会现实和民生疾苦,具有不同程度改革思想的文人。陈子昂的散文比他的诗歌更明显地表现了他主张开明政治、改革现实弊端的思想。他写了不少政论奏议对武则天的统治进行诤谏,为了充分地、有力地阐述他的观点,他突破了骈文的束缚,采用骈散结合的方式写作,用典也很少,文风质朴。因此,后来唐代的古文家对他都很推崇,把他看作是唐代古文创作的前驱。独孤及说:"陈子昂以雅易郑,学者浸而向方。"(《检校尚书吏部员外郎赵郡李公中集序》)梁肃论唐代文章三变,首先是说"陈子昂以风雅革浮侈"(见《补阙李君前集序》)。韩愈《荐士》诗中则说:"国朝盛文章,子昂始高蹈。"但陈子昂主要还是在文风上变淫靡为古朴,句式上恢复魏晋的骈散结合,不少文章基本上还是用骈文写的,并没有创造出一种新的切合当时实用的更好的文学语言。从总的方面看,陈子昂的诗文改革在文学语言形式上,复古比较多,而创新比较少。因此,在古文的发展过程中,实际起的作用并不很大。唐代古文理论和创作的真正兴起是在盛唐中后期,也就是安史之乱前后,像萧颖士、李华、贾至、元结、独孤及、梁肃等,不仅有理论而且有创作实践,他们才是唐代以韩、柳为代表的古文繁荣发展的先导。

萧颖士(708—759),字茂挺,南朝梁鄱阳忠烈王萧恢七世孙,兰陵(今山东临沂兰陵)人。他自幼聪明,"观书一览即诵,通百家谱系、书籀学"(《新唐书·萧颖士传》)。开元二十三年(735)进士,天宝初为秘书正字,以才名播天下,号萧夫子。萧颖士在《赠韦司业书》中曾阐述了自己的抱负:"丈夫生遇升平时,自为文儒士,纵不能公卿坐取,助人主视听,致俗雍熙,遗名竹帛,尚应优游道术,以名教为己任,著一家之言,垂沮劝之益,此其道也。岂直以辞场策试,一第声名,为知己相期之分耶?"当时李林甫专权,萧颖士不肯屈从李林甫,并作《伐樱桃树赋》相讥,因而被排斥免官,林甫死后,调河南府参军事。安禄山得宠,颖士知乱不可免,遂托疾游少室山。乾元初授扬州功曹参军。萧颖士有文集十卷,已散佚,《全唐文》收有二十多篇。他的文章潇洒流畅,用典极少,简练明晰,达意透彻,如上引《赠韦司业书》洋洋数千言,很有气势,颇有后来韩、柳古文之风。他论文以经为宗,虽以为楚汉文章失经之正,并不全部否定,仍能兼采辞赋瑰丽、魏晋风范,李华《扬州功曹萧颖士文集序》曾转述其意:"君以为六经之后,有屈原、宋玉,文甚雄壮,而不能经。厥后有贾谊,文词最正,近于理体。枚乘、司马相如亦瑰丽才士,然而不近《风》《雅》。扬雄用意颇深,班彪识理,张衡宏旷,曹植丰赡,王粲超逸,嵇康标举,此外皆金相玉质。所尚或殊,不能备举。左思诗赋有《雅》《颂》遗风,干宝著论近王化根源,此后复绝无闻焉。近日陈拾遗子昂文体最正。以此而言,见君之述作矣。"萧颖士说他自己"有识以来,寡于嗜好,经术之外,略不婴心","平生属文,格不近俗,凡所拟议,必希古人,魏晋以来,未尝留意"(见《赠韦司业书》)。他的文章正是吸收了先秦两汉单行散体文章的长处,而不因袭其词,同时又掺入少量骈俪句式,运用了一种比较接近唐人习惯的书面语言来写作。他还曾仿孔子作《春秋》而写作史传百篇,依《春秋》义类,起汉元年讫隋义宁,为编年体史学著作。又兄事元德秀,而与殷寅、颜真卿、陆据、李华等为友,并提拔后进数十人,故影响甚大。

李华,字遐叔,赵州赞皇(今河北石家庄赞皇)人。生年不详,开元二十三年进士,《新唐书·李华传》说:"大历初,卒。"但据李华《太子少师崔公墓志铭》说"大历四年,龟筮从吉,嗣子圆,尚书右仆射赵国公"云云,说明他当死于769年以后。天宝十一年(752)任监察御史,清廉严明,为权奸所不容,迁右补阙。安禄山叛乱,李华因母在邺,未随玄宗入蜀,为叛军所获,任伪职凤阁舍人。乱平后,于乾元元年(758)贬为杭州司户参军,不久,其母亦死。李华自伤不能完节,又不能安亲,遂屏居江南。上元中,复诏授左补阙、司封员外郎,李华称病不拜。后宰相李岘领选江南,以李华为幕府从事,加检校吏部员外郎,不久又因病辞官,隐居山阳,从事农耕,生活贫困。其《卧疾舟中相里范二侍御先行赠别序》中说:"华也潦倒龙钟,百疾丛体,衣无完帛,器无兼蔬,以妻子为童仆,以笠屦为车服,并穀无由,呻吟舟中。"其情状颇为凄凉,如《新唐书》本传所说,"惟天下士大夫家传、墓版及州县碑颂,时时赍金帛往请,乃强为应",也借此补生活上之不足。李华很有才华,当时与萧颖士齐名,世称"萧、李"。《旧唐书·李华传》说:"华善属文,与兰陵萧颖士友善。华进士时著《含元殿赋》万余言,颖士见而赏之曰:'《景福》之上,《灵光》之下。'"其《吊古战场文》尤为人所称道。他在古文写作上比萧颖士成就大,著有前集十卷,中集二十卷,但均已散佚,现存辑本《李遐叔文集》四卷,《全唐文》编为八卷,约百余篇。独孤及在《检校尚书吏部员外郎赵郡李公中集序》中曾对他的古文创作内容与成就做过如下的概括:"天宝中,公与兰陵萧茂挺、长乐贾幼几勃焉复起,振中古之风,以宏文德。公之作本乎王道,大抵以五经为泉源,抒情性以托讽,然后有歌咏;美教化,献箴谏,然后有赋颂;悬权衡以辩天下公是非,然后有论议;至若记序编录,铭鼎刻石之作,必采其行事以正褒贬,非夫子之旨不书。故风雅之指归,刑政之本根,忠孝之大伦,皆见于词。于时文士驰骛,飙扇波委,二十间,学者稍厌《折杨》《皇华》而窥《咸池》之音者什五六,识者谓之文章中兴,公实启之。"李华不仅论说文、应用文写得好,如《质文论》《三贤论》等,而且杂文、文艺散文等也写得很好,有的可与韩、柳媲美,如《登头陀寺东楼诗序》《江州卧疾送李侍御诗序》《吊古战场文》《贺遂员外药园小山池记》等,因而大大开拓了古文的表现范围,从创作实践中证明了单行散体的古文也可以抒情言志,进行生动形象的描写,创造优美含蓄的意境,并且比骈文具有更加自然清新、凝练简洁的特点。

李华在古文理论上比较明确地提出了明道宗经的思想,强调作家要把道德修养放在第一位,重视文与行的统一。他在《赠礼部尚书清河孝公崔沔集序》中说:

> 文章本乎作者,而哀乐系乎时。本乎作者,六经之志也;系乎时者,乐文武而哀幽厉也。立身扬名,有国有家,化人成俗,安危存亡,于是乎观之。宣于志者曰言,饰而成之曰文。有德之文信,无德之文诈。皋陶之歌,史克之颂,信也。子朝之告,宰嚭之词,诈也,而士君子耻之。夫子之文章,偃、商传焉,偃、商殁而孔伋、孟轲作,盖六经之遗也。屈平、宋玉哀而伤,靡而不返,六经之道遁矣。论及后世,力足者不能知之,知之者力或不足,则文义浸以微矣。文顾行,行顾文,此其与于古欤!

李华在这里所提出的文章要本乎六经之志,不是单纯的复古,而是要密切结合当时社会现实的治乱,所谓"乐文武而哀幽厉",能"化人成俗"而观乎"安危存亡"。从作者来说,则必须有德,然后才能有文,文行一致,方为君子。其《与外孙崔氏二孩书》中说:"汝等当学读《诗》《礼》《论语》《孝经》,此最为要也。"从学习经书来培养德行,才是为文之本,这正是后来韩愈《答李翊书》之先声。李华很明确地表现了以恢复儒家传统来改革现实弊端的思想,而提倡古文、写作古文,正是为这一目的服务的。因此,继承儒家道统的思想,在李华身上已有所萌芽。他说"夫子之文章"传到孟子,"盖六经之遗也",自屈原、宋玉起,则"靡而不返",这虽然说的是文,实际上也是指道。后来韩愈的道统自孟子后而中断说,显然也是受到李华启发的。对开元天宝时期的文风,李华也有所批评,其《杨骑曹集序》说:"开元天宝之间,海内和平,君子得从容于学,以是词人材硕者众。然将相屡非其人,化流于苟进成俗,故体道者寡矣。"认为当时文人虽然文学才能出众,而于明道宗经则甚为不足,故他强调要"行修言道以文",并和萧颖士一样主张文章要崇尚简易,萧颖士在《为陈正卿进续尚书表》中纵论三代以来文章发展,提出"圣人存易简之旨,尽芟夷之义"说,李华发挥其义,于《质文论》中提出:"天地之道易简。易则易知,简则易从。""烦溃日亡,而易简日用矣。"因此他对文章形式美较为忽视。这里表现出了李华在文学观念上的偏颇,即对作为具有审美特性的艺术文学和一般应用性的非文学的文章之间差别认识不足,而往往将两者混同为一,用对后者的要求来要求前者。这样就会重复李谔、王通等人的错误,忽视艺术文学的特点,他对屈、宋及汉以后文学的贬斥,包括对盛唐文学的批评,都是很好的证明。这种文学观念上的复古,是唐代绝大多数古文提倡者的通病,它对文学思想发展和文学创作带来的某些不良后果,影响也是很深远的。

其实,盛唐时期不少著名诗人如王维、李白等也写过古文,只是他们以诗闻名,文章就不太被人注意了。与李华同时的还有贾至(718—772),字幼幾,洛阳人。曾任中书舍人、尚书左丞、礼部侍郎等,工诗,有"俊逸之气"(《唐才子传》),与王维、李白、杜甫等皆有唱和。他也擅长古文,当时与李华齐名,观点也较一致。他在《工部侍郎李公集序》中说:"三代文章,炳然可观。洎骚人怨靡,扬、马诡丽,班、张、崔、蔡、曹、王、潘、陆,扬波扇飙,大变风雅,宋、齐、梁、隋,荡而不返。"这种对骚人以后历代文风的贬斥批评,比萧颖士、李华讲得更为具体明确,说明他们只从儒家宣扬教化的角度去要求文章,并以此来衡量缘情、体物的诗赋创作,对以审美为特征的艺术文学,持一种十分褊狭的态度。贾至在《议杨绾条奏贡举疏》中也强调文与行的一致,并批评当时文风说:"考文者以声病为是非,而惟择浮艳,岂能知移风易俗化天下之事乎?是以上失其源,而下袭其流,乘流波荡,不知所止,先王之道,莫能行也。"其论似乎比萧、李更为激烈。元结比贾至小一岁,而同年去世。他也是古文提倡者,观点和贾至一样,也很激烈。但元结推崇古道写作古文,其意在"救时劝俗",现实目的非常明确。其《文编序》中说:"故所为之文,多退让者,多激发者,多嗟恨者,多伤闵者。其意必欲劝之忠孝,诱以仁惠,急于公直,守其节分,如此非救时劝俗之所须者欤?"不过,他的影响主要在诗歌方面,已见前述,不赘。

比李华晚一些,在古文理论和古文写作方面影响较大的是独孤及和梁肃。独孤及(725—777),字至之,洛阳人。曾为左拾遗、礼部员外郎、濠舒二州刺史、检校司封郎中等,以文章得到李华、贾至的提携,《新唐书》本传说他"为文彰明善恶,长于论议"。从现存《毗陵集》二十卷来看,独孤及的表、议、书、序、记、铭、志、祭等各类文章都写得不错,他的主要成就在公牍文、应用文方面,但也创作了不少文艺性散文,特别是许多序、记,写得生动简练、清新感人。《旧唐书·韩愈传》说:"大历、贞元之间,文字多尚古学,效扬雄、董仲舒之述作,而独孤及、梁肃最称渊奥,儒林推重。"清人赵翼在《廿二史札记》卷二十中说:"是愈之先,早有以古文名家者,今独孤及文集尚行于世,已变骈体为散文,其胜处,有先秦西汉之遗风。"独孤及对骈文做了严厉的批评,他在《检校尚书吏部员外郎赵郡李公中集序》中说:"自典谟缺,《雅》《颂》寝,世道陵夷,文亦下衰。故作者往往先文字后比兴,其风流荡而不返。乃至有饰其词而遗其意者,则润色愈工,其实愈丧。及其大坏也,俪偶章句,使枝对叶比,以八病四声为桎拳,拳拳守之,如奉法令。闻皋繇、史克之作,则呷然笑之。天下雷同,风驱云趋。文不足言,言不足志,亦犹木兰为舟,翠羽为楫,玩之于陆而无涉川之用。痛乎流俗之惑人也旧矣!"他指出骈文片面追求形式美,而忽视内容充实,不能起积极的社会作用,这是切中时弊的,但是他认为自《雅》《颂》以后"世道陵夷,文亦下衰",对声律、对偶等文章技巧全盘加以否定,只从功利的角度去评价,就未免有点过分了。然而他在文学观念上却不像李华、贾至那样偏颇,他在主张文章要宏道立业,有补于世的同时,也要求在形式上有相应的修饰,适当注意文词的华美,做到"丽而不艳",以合乎孔子"文质彬彬"的原则。其《唐故殿中侍御史赠考功郎中萧府君文章集录序》说:"足志者言,足言者文。情动于中,而形于声,文之微也。粲于歌颂,畅于事业,文之著也。君子修其词,立其诚,生以比兴宏道,殁以述作垂裕,此之谓不朽。"他赞美孔子的文章"深其致,婉其旨,直而不野,丽而不艳"。所以他对两汉的文章是很肯定的,他自己的文章也有"两汉之遗风"(梁肃语)。独孤及也和萧、李等一样,主张文章应当宗经,以道德为根本,但不排斥形式华美,要求做到华实相符。据梁肃《祭独孤常州文》,独孤及曾对梁肃说:"为学在勤,为文在经;勤则能深,经则可行。"又说:"文章可以假道,道德可以长保,华而不实,君子所丑。"梁肃在《常州刺史独孤及集后序》中也说他"操道德为根本,总礼乐为冠带","每申之话言,必先道德而后文学"。又说他的文章,"宽而简,直而婉,辩而不华,博厚而高明。论人无虚美,比事为实录"。特别是他对五言诗的评价,显然是比较公允的,他充分肯定了从建安到盛唐诗歌发展的成就,高度评价了沈、宋在律诗发展上的贡献,明确提出"缘情绮靡"是功而不是过。他在《唐故左补阙安定皇甫公集序》中说:"五言诗之源,生于《国风》,广于《离骚》,著于李、苏,盛于曹、刘,其所自远矣。当汉、魏之间,虽以朴散为器,作者犹质有余而文不足。以今揆昔,则有朱弦疏越、太羹遗味之叹。历千余岁至沈詹事、宋考功,始裁成六律,彰施五色,使言之而中伦,歌之而成声,缘情绮靡之功,至是乃备。虽去雅浸远,其丽有过于古者,亦犹路鼗出于土鼓,篆籀生于鸟迹也。沈、宋既殁,而崔司勋颢、王右丞维复崛起于开元、天宝之间,得其门而入者,当代不过数人,补阙(皇甫冉)其人也。"在韩、柳以前的古文家中,独孤及的文学观是比较全面、客观的。由此也可见,独孤及对诗歌发展的历史评价与对文章发展的历史评价是不同的,他认识到作为艺术的文学和一般非文学文章是有所不同的。

　　梁肃(753—793),字宽中,又字敬之,祖籍安定(今甘肃平凉泾川),隋刑部尚书梁毗五世孙,世居陆浑(今河南洛阳嵩县)。曾为太子校书郎、监察御史、右补阙、翰林学士。因其文章得李华、独孤及的赏识而闻名天下(参见崔元翰《右补阙翰林学士梁君墓志》)。梁肃在古文理论观点上和独孤及是基本一致的,他在古文理论上的新贡献主要有三。第一,他提出了唐代"文章三变"说,其《补阙李君前集序》中说:"唐有天下几二百载,而文章三变。初则广汉陈子昂以风雅革浮侈,次则燕国公张说以宏茂广波澜。天宝已还,则李员外、萧功曹、贾常侍、独孤常州比肩而出,故其道益炽。"由此可以看出唐代古文的发展历程,之所以"天宝已还""其道益炽",是与唐代社会矛盾加剧、改革呼声愈来愈高密切相关的。第二,他把汉代文章分为王道、霸道两类,"贾生、马迁、刘向、班固,其文博厚,出于王风者也;枚叔、相如、扬雄、张衡,其文雄富,出于霸涂者也"(《补阙李君前集序》)。无论是"博厚"之文还是"雄富"之文,他都是充分肯定的。梁肃对王道之文与霸道之文并重的思想,和他不仅推崇儒道、同时也推崇道家与佛教有不可分割的关系,故其论文设格较宽。这方面与独孤及也比较一致。第三,他论文重气,把道、气、辞联系起来,这对韩愈文气说有明显影响。其《送张三十昆季西上序》中赞扬"季属文以气为主,以经为师"。《补阙李君前集序》中说:"故文本于道,失道则博之以气,气不足则饰之以辞。盖道能兼气,气能兼辞,辞不当则文斯败矣。"他还赞美李翰"其气全,其辞辨,驰骛古今之际,高步天地之间"。其《为常州独孤使君祭李员外文》中又说:"粹气积中,畅于四肢,发为斯文,郁郁耀辉。"他所说的"气",是指道在人的精神气貌上的一种体现,所以"道能兼气",其源当自孟子所谓"配义与道"的"浩然之气"而出,而非老庄的先天自然之气。但梁肃这个能兼气的"道"虽主要是儒家之道,然而是包括王道、霸道在内的儒家之道,有时似亦可兼包释老之道。这是孟子和后来韩愈所论之气不完全相同的。同时,他虽重道,而实际还是落实在文章上,"以气为主"而具体表现为辞。这正是古文家最终在文与道的关系上,还是以文为主的特点之明显表现,这与韩愈的古文理论是比较接近的。

与梁肃同时的古文家柳冕,字敬叔,蒲州河东(今山西永济)人,生卒年不详,贞元中为御史中丞。柳冕现存文章很少,只有十几篇,但其中论文之作不少,其中心是强调文章必须与儒家教化相结合,文章写作之目的在恢复儒家古道,这一点比他以前的古文家要鲜明突出得多。他说:"夫君子之儒,必有其道。有其道必有其文,道不及文则德胜,文不知道则气衰。文多道寡,斯为艺矣。"(《答荆南裴尚书论文书》)对历代文学发展的评价,其观点也十分偏激,认为:"屈宋哀而以思,流而不反,皆亡国之音也。""两汉扇之,魏晋江左,随波而不返矣。""故文章之道,不根教化,别是一枝耳。""经术尊则教化美,教化美则文章盛,文章盛则王道兴。"(《谢杜相公论房杜二相书》)又说:"王泽竭而诗不作,骚人起而淫丽兴,文与教分而为二。"所以他的目的是复古道而学其文,不过,他"志虽复古,力不足也;言虽近道,辞则不文。虽欲拯其将坠,末由也已"(《答荆南裴尚书论文书》)。他对两汉的文章没有完全否定,"夫子没五百年,而子长修《史记》。迁虽不得圣人之道,而继圣人之志;不得圣人之才,而得圣人之旨",然而还是责备他"不本于儒教以一王法"(《答孟判官论宇文生评史官书》)。他从"文章本于教化,形于治乱"出发,认为"扬、马形似,曹、刘骨气,潘、陆藻丽,文多用寡,则是一技,君子不为也"。"文有余而质不足则流,才有余而雅不足则荡。流荡不返,使人有淫丽之心,此文之病也。"(《与徐给事论文书》)他虽然也重视情,说"天生人,人生情","圣人不忘情",但是,"发于情而为礼,由于礼而为教",是合乎礼教的情(《答荆南裴尚书论文书》)。它是和政教治乱分不开的,"夫文生于情,情生于哀乐,哀乐生于治乱。故君子感哀乐而为文章,以知治乱之本"(《与滑州卢大夫论文书》)。柳冕的古文理论以恢复儒道、扶树政教为本,以经为宗,排斥各家,在文学观念上也是比较狭隘的,把屈、宋以来文学均斥为不合雅正的"亡国哀思之音",显然是过于偏激的。然而,柳冕之论是和当时儒学复古思潮的兴起紧密联系在一起的,是中唐社会现实环境恶化所使然,所以,他的目的是在改革当时的社会政治、风俗人情,在《谢杜相公论房杜二相书》中说:"相公如变其文,即先变其俗,文章风俗,其弊一也。"柳冕很重视文气,他认为文章之气是教化风俗和作者儒道修养的具体体现:"天地养才而万物生焉,圣人养才而文章生焉,风俗养才而志气生焉。故才多而养之,可以鼓天下之气;天下之气生,则君子之风盛。"(《答杨中丞论文书》)以儒道教化为文者为"君子之儒",而"善为文者,发而为声,鼓而为气,真则气雄,精则气生","精与气,天地感而变化生焉,圣人感而仁义生焉"(《答衢州郑使君论文书》)。这与梁肃之文气论是相近的。

  从韩愈以前古文理论的产生和发展过程来看,唐代古文理论中的一些基本问题,虽然不少人已有所涉及,但都还是比较初步的,不成熟的,而且各人有所侧重,缺少全面、系统、深入的阐述,特别是有些重大的关键问题还没有接触到。在古文创作方面前期古文家也有一定的成就,但是,总的说,在古文创作水平上还是比较一般的,其中佳作也远逊于骈文中的名篇,几乎没有出现什么影响深远、能为后代传诵的名篇,在创作实绩上自然还无法与骈文相抗衡,因此,古文代替骈文的地位而成为文章写作的主要语体形式,并且在文风上发生重大转折的这场历史性变化,是由韩愈和柳宗元来完成的。

第二节 韩愈的文学思想

韩愈是中国古代的伟大文学家之一,他在散文和诗歌创作上成就都非常高,特别是他的古文理论和古文创作受到历代文人的崇高评价。宋代著名的文学家苏轼曾说他是"文起八代之衰,而道济天下之溺"(《潮州韩文公庙碑》)。并在《书吴道子画后》一文中说:"诗至于杜子美,文至于韩退之,书至于颜鲁公,画至于吴道子。而古今之变,天下之能事毕矣。"韩愈的古文理论和创作实践,不仅集前人之大成,而且有自己独创性,使古文发展到成熟的高峰,从而完成了中国古代由以骈文为主到以古文为主的语体改革,这是中国文化史和文学语言史上的一件大事,它对中国古代散文发展和文学思想发展的影响也是十分深远的。与此相关的是,韩愈"不平则鸣"和"以文为诗"的文学创作思想和雄奇怪伟的诗歌艺术审美观,极大地丰富了中国古代文学理论的宝库,是一份相当珍贵的遗产,在文学理论批评史上有很重要的地位。

韩愈(768—824),字退之,河南河阳(今河南孟州)人,其郡望是昌黎,故又称韩昌黎。唐德宗贞元八年(792)进士,贞元十九年为监察御史,时关中大旱,韩愈上疏,请宽民徭,结果被贬为连州阳山令。顺宗即位,大赦天下,韩愈改为江陵法曹参军。宪宗时韩愈逐渐受到重视,任河南令,元和九年(814)为考功郎中,明年迁中书舍人,后因参与平淮西有功,升为刑部侍郎。元和十四年(819)唐宪宗因迎佛骨,铺张奢侈,劳民伤财,韩愈上《论佛骨表》进行诤谏,措辞激烈,认为历代皇帝凡崇佛者大都短命夭折,为此,唐宪宗大怒,要杀他,因群臣劝谏,贬韩愈为潮州刺史。韩愈在《左迁至蓝关示侄孙湘》一诗中说:"一封朝奏九重天,夕贬潮阳路八千。欲为圣明除弊事,肯将衰朽惜残年。"他在潮州关心民生疾苦,传说潮州百姓苦恶溪鳄鱼之患,韩愈令投一羊一豚,并写祝辞《鳄鱼文》,自此而患除。后又为袁州刺史,得知豪门贵族欺压百姓,违背唐律规定,"典帖良人男女作奴婢驱使",查出七百三十一人,"一律放免"。穆宗即位后,召拜韩愈为国子祭酒,随即又升为兵部侍郎。长庆元年(821),镇州藩镇发生动乱,杀田弘正而拥立王廷凑,朝廷派韩愈前往宣抚,大家都为韩愈担心,穆宗亦有悔意,但韩愈说服了王廷凑,并使前去讨伐被围的深州刺史牛元翼得以解围返回,韩愈遂转为吏部侍郎。从韩愈的生平事迹来看,他是一个关心国计民生,敢于直言诤谏,也颇有政绩的人。在中唐,他和白居易、元稹、柳宗元、刘禹锡等一样,都是竭力主张改革弊端,振兴朝政,具有济世安民理想抱负,希望拯救百姓于水火之中的进步文人。韩愈在《争臣论》一文中曾说:"自古圣人贤士皆非有求于闻用也。闵其时之不平,人之不乂,得其道,不敢独善其身,而必以兼济天下也。孜孜矻矻,死而后已。"这其实也是韩愈自己奉行的宗旨。当然,韩愈也有阿谀权臣,吹捧皇帝,为仕途荣升而表现出的较为庸俗的一面。不过,这在当时具体历史条件下,也是可以理解的,更何况在封建时代的文人中,这并不是很稀罕的事。如果我们对一个历史人物不过分求全责备的话,应当更着重看到他们比前人做出了什么新的成绩,韩愈对中华民族文化发展所做出的贡献,毫无疑问,是会永垂史册的。

韩愈是唐代古文理论和创作实践最有权威性的代表人物。韩愈的古文理论是非常全面、系统、深刻而又富有独创性的。韩愈的古文理论之所以在当时有如此广泛的影响并产生巨大的作用,主要是他把古文写作和提倡儒学复古主义思潮紧密地结合到了一起。他在《答陈生书》中明确地说:"愈之志在古道,又甚好其言辞。""古之学者惟义之问,诚将学于太学,愈犹守是说而俟见焉。"他在《送陈秀才彤序》中又说:"读书以为学,缵言以为文,非以夸多而斗靡也。盖学所以为道,文所以为理耳。"这个"理"也就是儒家之道的具体体现。他在《答李秀才书》中说:"子之言以愈所为不违孔子,不以琢雕为工,将相从于此,愈敢自爱其道而以辞让为事乎?然愈之所志于古者,不惟其辞之好,好其道焉尔。"韩愈一再声明他之喜爱古文,不是在文而是在于其中所包含之古道,是为了提倡古道才写作古文。韩愈在《题哀辞后》一文中说:"愈之为古文,岂独取其句读不类于今者邪?思古人而不得见,学古道则欲兼通其辞,通其辞者,本志乎古道者也。"所以他的门生李汉在《唐吏部侍郎昌黎先生韩愈文集序》中说:"文者,贯道之器也,不深于斯道,有至焉者不也!"

韩愈所说的"古道"指的是正统的儒家之道,而不是佛老之道,也不是其他诸子百家之道。他在《原道》一文中非常清楚地说明:"斯道也,何道也?曰:斯吾所谓道也,非向所谓老与佛之道也。尧以是传之舜,舜以是传之禹,禹以是传之汤,汤以是传之文武周公,文武周公传之孔子,孔子传之孟轲,轲之死,不得其传焉。"这就是所谓道统,韩愈认为道统到孟子以后就中断了,因为荀子与扬雄就已经不纯了,"荀与扬也,择焉而不精,语焉而不详"。他在《读荀》中又说:"于是又知有荀氏者也,考其辞时若不粹,要其归,与孔子异者鲜矣,抑犹在轲、雄之间乎!""余欲削荀氏之不合者,附于圣人之籍,亦孔子之志欤!孟氏醇乎醇者也,荀与扬,大醇而小疵。"因此,韩愈自己是以继孟子之后的道统继承者自居的。他在《与孟尚书书》中曾说:"孟子云:今天下不之杨则之墨,杨墨交乱,而圣贤之道不明。"而韩愈所处的时代,"释老之害过于杨墨,韩愈之贤不及孟子。孟子不能救之于未亡之前,而韩愈乃欲全之于已坏之后。呜呼!其亦不量其力,且见其身之危,莫之救以死也。虽然使其道由愈而粗传,虽灭死万万无恨"。这说明韩愈要恢复道统的决心是很大的,务必要"障百川而东之,回狂澜于既倒"(《进学解》)。韩愈认为"孔子之道大而能博,门弟子不能遍观而尽识","自孔子没,群弟子莫不有书,独孟轲氏之传得其宗,故吾少而乐观焉"(《送王秀才序》)。他为什么对孟子特别崇敬呢?这是因为孟子发挥了孔子的仁的思想,主张帝王要"与民同乐",提出了系统的仁政学说,强调"民为贵,社稷次之,君为轻",而这正是中唐儒学复古主义思潮的核心所在,白居易写作《新乐府》的主导思想也是如此。韩愈竭力主张恢复古道,其主要目的也正在这里。他在《原道》中说:"凡吾所谓道德云者,合仁与义言之也,天下之公言也。"他反对老庄之学,是因为"老子之所谓道德云者,去仁与义言之也,一人之私言也"。他认为古代圣人之所以为圣人,就是因为他们能为民去害。他说:"古之时,人之害多矣。有圣人者立,然后教之以相生养之道,为之君,为之师。驱其虫蛇禽兽而处之中土。寒然后为之衣,饥然后为之食。木处而颠,土处而病也,然后为之宫室。为之工,以赡其器用。为之贾,以通其有无。为之医药,以济其夭死。"虽然他也要求民众"出粟米麻丝,作器皿,通货财,以事其上",但首先还是要求君主能让百姓安居乐业,无温饱之忧,这正是对孟子仁政、民本思想的具体发挥。韩愈力排佛老,并不是因为他完全不相信佛老思想,其实,他也受到佛老思想的不少影响,他主要是从提倡儒家仁义、改革政治弊端出发来反对佛老的,他认为当时从上到下崇奉佛老,是使儒家仁义不行、社会动荡不安的主要原因。他说:"于是时也,而唱释老于其间,鼓天下之众而从之,呜呼,其亦不仁甚矣!"(《与孟尚书书》)所以韩愈之提倡儒家古道,推行仁义,继承孟子以来中断的道统,不是简单的复古,而是有非常现实的社会政治目的。他二十八岁时写的《上宰相书》中说他自己"读书著文歌颂尧舜之道,鸡鸣而起,孜孜焉亦不为利","所著皆约六经之旨而成文,抑邪与正,辨时俗之所惑","妖淫谀佞诪张之说,无所出于其中",并且"时有感激怨怼奇怪之辞"。可以见出他对当时政治的衰败、社会的黑暗是很不满意的,他的"不平则鸣"也是由此而提出来的。紧接上文所写的《后十九日复上书》中他"大其声而疾呼",要求当权者实行开明的举贤措施,以改革弊政。然后在《后廿九日复上书》中以周公的贤政与当时做比较,激烈地批评了当时的朝政,他说:"天下之贤才岂尽举用,奸邪谗佞欺负之徒岂尽除去,四海岂尽无虞,九夷八蛮之在荒服之外者岂尽宾贡,天灾时变、昆虫草木之妖岂尽销息,天下之所谓礼乐刑政教化之具岂尽修理,风俗岂尽敦厚,动植之物、风雨霜露之所沾被者岂尽得宜,休征嘉瑞、麟凤龟龙之属岂尽备至。"他这几篇上书虽然是为寻求仕进,但他在这里用一连串排句,气势逼人,措辞尖锐,直言无讳,也确实表明了他对朝政弊端痛心疾首,希望当权者能任用自己,以便尽己所能去实行改革、中兴唐室的心情。由于韩愈提倡的古道是以儒家仁政为主,以除弊救时为宗旨,具有鲜明的现实针对性,所以他为阐明古道而写的古文,就产生了极为广泛深刻的社会影响。这是韩愈以前的古文家萧颖士、李华、独孤及、梁肃等人所不及的,因为萧、李等人所处的盛唐后期社会矛盾还不像中唐那样尖锐,而他们所说的儒道也缺乏韩愈那种鲜明的现实针对性。

韩愈非常明确地提出了文以明道、注重实用的思想。他在《争臣论》中说:"君子居其位,则思死其官。未得位,则思修其辞以明其道。"在《答尉迟生书》中他说:"愈又敢有爱于言乎,抑所能言者,皆古之道。"文章写作的目的是明道,而不是为文而文,所以必须有充实的内容,"夫所谓文者,必有诸其中,是故君子慎其实"。这种内容不应当是泛泛空论,而必须是密切结合现实,有实用价值的。他在《答窦秀才书》中说他少年时因"不通时事",虽"发愤笃专于文学",但是"学不得其术",故其所著"皆符于空言,而不适于实用,又重以自废"。由于写作文章的目的是明道、切合实用,所以韩愈特别重视人品与文品的一致,认为作家要写好文章,关键是要有高尚的道德品质修养。在《答李翊书》中,韩愈曾赞扬李翊说:"生之书辞甚高,而其问何下而恭也,能如是,谁不欲告生以其道?道德之归也有日矣,况其外之文乎!"如果一个人能够"行之乎仁义之途,游之乎诗书之源,无迷其途,无绝其源",那么一定能写出好文章。所以,韩愈说如果李翊要学习"古之立言者","则无望其速成,无诱于势利,养其根而俟其实,加其膏而希其光。根之茂者其实遂,膏之沃者其光晔。仁义之人,其言蔼如也"。讲究人品与文品的统一,本是中国传统的重要文学批评原则,韩愈在这里做了集中的、全面而深入的论述,其意义是很深远的。

韩愈重视文章内容的充实,但并没有因此而轻视文章写作的技巧,他提倡古文并不是要人们机械地模仿先秦两汉文章的语言,他希望创造一种吸收唐代语言发展中的新成果甚至某些口语因素,并对先秦两汉文学语言加以改造的新的书面语言,或者说,一种适合于唐人习惯、具有唐朝时代特点的新的文学语言。他和提倡古文的先驱者的重要区别是,韩愈特别重视学习古文、写作古文时要做到在语言上有自己的独创性,而决不能因袭拟古。他在《答刘正夫书》中说:"或问为文宜何师,必谨对曰:'宜师古圣贤人。'曰:'古圣贤人所为书具存,辞皆不同,宜何师?'必谨对曰:'师其意,不师其辞。'"他非常深刻地指出,只有具有独创性的语言,文章才能流传后世,有如"家中百物皆赖而用,然其所珍爱者,必非常物"。汉代的司马相如、司马迁、刘向、扬雄的文章之所以为千古传诵,正是由于他们能用自己的语言来表达思想,在文学语言上有自己的创造性。他说:"若圣人之道不用文则已,用则必尚其能者。能者非他,能自树立,不因循者是也。有文字来,谁不为文,然其存于今者,必其能者也。"然而要在古文语言上做到对古人文章"师其意,不师其辞",是很不容易的,既要深入领会古圣贤人文章的精神实质,同时又要在语言表达上琢磨锤炼。韩愈在《答李翊书》中曾经叙述了自己古文写作逐渐达到"惟陈言之务去"的过程:

> 始者,非三代两汉之书不敢观,非圣人之志不敢存,处若忘,行若

遗,俨乎其若思,茫乎其若迷,当其取于心而注于手也,惟陈言之务去,戛戛乎其难哉! 其观于人也,不知其非笑之为非笑。如是者亦有年,犹不改,然后识古书之正伪,与虽正而不至焉者,昭昭然白黑分矣。而务去之,乃徐有得也。当其取于心而注于手也,汩汩然来矣。其观于人也,笑之则以为喜,誉之则以为忧,以其犹有人之说者存也。如是者亦有年,然后浩乎其沛然矣。

韩愈在这里讲的是作者的儒家道德品质修养水平愈高,则愈能从精神实质上领会前代圣贤著作之意,从而在自己的文章中就能用自己的语言来论述古道,而不会去袭用前人的"陈言"。当然,韩愈古文的语言和当时口语的差别还是相当大的,但和先秦两汉文章的语言相比,已有了明显的不同。他在《南阳樊绍述墓志铭》中说文章应当"必出于己,不袭蹈前人一言一句",而这"又何其难也"。要做到这样,就"必出入仁义,其富若生蓄万物,必具海含地负,放姿横从,无所统纪,然而不烦于绳削而自合也"。对仁义的内容理解得又深又透,具有广博的知识,善于灵活地应用,这样就能用自己的语言来阐述。他认为不仅今人应当如此,而且古人也是如此的。"惟古于词必己出,降而不能乃剽贼。"从文学语言的改革来看,以单行散体的古文来代替偶俪的骈文,如果只是单纯模仿先秦两汉的文学语言,而不能加以革新,不吸收文学语言发展中的新词汇、语法上的新变化,创造一种适合于当时需要的新的书面文学语言,那么,这种语体改革是不可能真正实现的。韩愈的古文理论之所以能高出前人,并获得巨大成功,正是在于他能在道与文两方面都提出新的见解,并且是适合于当时现实需要的。同时,他还以出色的古文创作实践,为他的理论做了最有力的证明。韩愈的古文成就是很高的,他的议论文、应用文都很少用典故,思路明晰,逻辑性强,有说服力,叙述清楚,生动流畅,真正做到了他自己所说的"文从字顺各识职"(《南阳樊绍述墓志铭》)。他还创作了多种多样的文艺散文,比如:有叙事性的传记文学《张中丞传后叙》,有接近传奇小说的《毛颖传》,有讽刺、谐谑性的杂文《送穷文》,有议论、抒情相结合的《送孟东野序》《送李愿归盘谷序》,有见解新颖、独到,比喻生动、形象的《杂说》伯乐与千里马,有感人肺腑、情真意切的《祭十二郎文》等等,以及《师说》《进学解》之类说理精辟、透彻,语言简练、明畅的文艺性论说文。韩愈的许多散文不仅有很高的艺术水平,而且能以敏锐的思想发人所未发或人所不能发之新见,这是他以前的唐代古文家所难以企及的。因此,唐代以古文代替骈文这场语体改革的成功,主要应当归功于韩愈。

古文理论是文章学理论,而不是文学理论;古文代替骈文是语体改革,而不是纯粹文学体裁的改革。对这一点我们必须有清醒的认识,而不应该把它们混淆起来。但是古文理论也包含着不少重要的文学理论问题,古文代替骈文也包含着文学体裁的改革问题,我们应当认真地研究它们两者的联系和区别,并且着重探讨古文理论和古文创作对文学思想和文学理论批评发展的影响。而这正是许多文学批评史的研究者所忽略了的重要问题。以古文代替骈文作为语体改革,其范围是很广阔的,它包括了一切用语言文字写作的文章和著作,不只对文学创作有影响,而且对中国整个文化发展都有很大的影响。这个问题的提出,并不是专门针对文学创作而言的。它对文学思想和文学理论批评的意义,从积极方面说主要有以下几点。第一,古文理论中强调的文以明道思想,对克服某些文学创作中内容贫乏、片面追求形式美的错误倾向,是很有意义的。第二,古文家注重人品与文品一致,要求作家把提高道德修养水平作为创作的前提,进一步发展了道德文章并重的传统。第三,古文创作的成功为文学创作的语言表达形式开辟了更广阔的前景,充分说明了用单行散体的语体形式和对偶骈俪的四六骈文一样,都可以创作出艺术水平很高的作品。这种文学语言的改革,不仅促进了散文的发展,而且对小说特别是文言小说的发展起了重大的促进作用,中唐时期传奇小说的繁荣就是很好的证明。第四,韩愈发展了孟子的文气说,提出了"气盛言宜"论,这对文学创作中重视表现作家鲜明的个性特征,有很重要的意义。韩愈所说的气与言的关系,就是仁义道德修养和文章之间的关系。他在《答李翊书》中说:"气,水也;言,浮物也。水大而物之浮者大小毕浮。气之与言犹是也,气盛则言之短长与声之高下者皆宜。"他说的"气",是指儒家的仁义道德修养达到很高水平后在精神气质上的一种体现。这种气不是老庄所说的自然之气,不是曹丕所说的先天禀赋、"不可力强而致"的气,而是像孟子所说的"配义与道"的后天修养而成的"浩然之气"。但不论是何种性质的气,它都是人的一种活跃的生命力,一种独特的精神风貌,一种与众不同的个性特征之体现。韩愈认为"气盛"然后"言之短长与声之高下者皆宜",也正说明了文学创作首先要充分体现作家的创作个性,然后其语言艺术技巧方能运用得当。但是,韩愈的古文理论(也包括他以前古文家的理论)对文学思想发展也有它的不良影响,这主要是他没有分清文艺散文和一般非文学文章(如公牍文、应用文等)有本质不同,没有认识到对这两者应当有不同要求,从而在文学观念上又回到南朝文笔之争以前的状态。刘师培《论文杂记》中说唐代"以笔为文","与古代文字之训相背",是有道理的,因为"笔"的内容是以许多非文学的文章、著作为主的。古文家由于提倡儒学复古主义,不区分文学与非文学的界限,确是造成了文学观念上的混乱。韩愈的诗歌有"以文为诗"的特点,它曾经对宋诗产生了很深远的影响。而这种特点的形成和他提倡古文有十分密切的关系。对"以文为诗"应当给以科学的分析与解释,如果只是以写文艺散文的方法来写诗,这自然是无可非议的。但如果是用写非文学的文章的方法来写诗,这就要加以辨析了。从理论上说似乎也可以允许,因为文学创作的途径和方法是多种多样的,今天自然科学和社会科学的距离也在缩小,更何况是人文科学之间的相互渗透呢!但是在实际上又往往会使诗歌丧失其审美特性,而流于概念化。因此,对"以文为诗"应当从实际创作效果来衡量其得失。"以文为诗"的成功方面是扩大了诗歌艺术的表现方法,独辟蹊径,开拓了新路。例如韩愈的名作《山石》《八月十五夜赠张功曹》等,具有散文的韵味和风格,确与他以前的唐人诗歌不同。然而,他有些诗,如《南山诗》之类,就不能说是"以文为诗"的成功之作。究其差别,主要是不能把"以文为诗"变成"以文代诗",如果取消了诗歌作为艺术的特点,变成押韵的文章,也就失去了诗味。后来宋代江西诗派的某些诗作出现严羽所批评的"以文字为诗,以才学为诗,以议论为诗"的不良倾向,就是和"以文为诗"中"文"的概念过分宽泛,混淆了文学和非文学的界限有很大关系的。

韩愈文学思想中非常有价值的一点是他提出了文学创作(也包括非文学的文章和著作)是"不平则鸣"的产物。这是中国古代封建社会中一个富有民主精神和反抗精神的重要命题。它既是对中国古代诗"可以怨"的传统的继承,同时又是在新的历史条件下的发展。韩愈在《送孟东野序》中指出,"不平则鸣"是一个宇宙间的普遍现象,不论在自然界还是在社会生活中,不管是人还是物,只要遇到"不平"就都要"鸣"。他说:

> 大凡物不得其平则鸣。草木之无声,风挠之鸣;水之无声,风荡之鸣。其跃也,或激之;其趋也,或梗之;其沸也,或炙之。金石之无声,或击之鸣。人之于言也亦然。有不得已者而后言,其歌也有思,其哭也有怀。凡出乎口而为声者,其皆有弗平者乎! 乐也者,郁于中而泄于外者也,择其善鸣者而假之鸣。金、石、丝、竹、匏、土、革、木八者,物之善鸣者也。维天之于时也亦然,择其善鸣者而假之鸣。是故以鸟鸣春,以雷鸣夏,以虫鸣秋,以风鸣冬。四时之相推敚(古"夺"字),其必有不得其平者乎! 其于人也亦然。人声之精者为言,文辞之于言又其精也,尤择其善鸣者而假之鸣。

韩愈认为,作为物来说,当它受到外来的冲击,打破了它自身的平衡与稳定,它就会"鸣"。作为人来说,由于某种环境或人为的因素之影响,他的正常的思想与感情得不到自由的发挥,他的正常的行动受到不应有的障碍,那么,他也必然要"鸣"。人之所以"其歌也有思,其哭也有怀",都不是无根由的。人们的理想和愿望无法顺利地实现,必然要形之于言、发之于歌。这不仅仅是文学创作,而且许多学术著作的产生也是如此。诚如司马迁所说:"此人皆意有所郁结,不得通其道也,故述往事,思来者。"(《史记·太史公自序》)显然,在韩愈看来,文学并不是对现实生活的单纯的客观描写,而主要是表现作家的思想、感情和愿望的。"鸣",不是一种遭到不平后的消极的自然反应,而是一种积极的对现实的干预,对不合理现象的愤怒抗争,为受"郁结"的"意"找到一条能够疏通的道路。因此,"不平则鸣"是封建时代受压抑的人们所表现出来的强烈不满和反抗。这种坚毅不屈的顽强斗争精神,正是中华民族性格中极其可贵的优秀品质之体现。

韩愈虽然是儒学复古主义的积极提倡者,并以尧舜文武周公孔孟之道的道统继承者自居,但是他所肯定和赞扬的"不平则鸣"者,并不局限于儒家，而是相当广泛的，甚至包括他所反对的杨墨老庄等。他在《送孟东野序》中曾说到皋陶、大禹、夔、五子、伊尹、周公、孔子、孟子、庄子、屈原、臧孙辰、荀子、杨朱、墨翟、管子、晏子、老子、申不害、韩非、慎到、田骈、邹衍、尸佼、孙武、苏秦、张仪、李斯、司马迁、司马相如、扬雄等等，均为"善鸣"者。也就是说，韩愈认为从上古圣贤到诸子百家都是有"不平"才"鸣"的。在唐朝，他认为像陈子昂、苏源明、李白、杜甫、元结、李观、孟郊、张籍、李翱等，也都是"善鸣"者。由此，我们可以看出韩愈的"不平则鸣"设格甚宽，肯定历史上的各种不同的思想家、文学家都是有"大志"的，因为道之不行，才假之于语言文字之鸣，以表明其心迹。

不过，在韩愈所肯定的这些"善鸣者"中，他在肯定的程度上还是有所区别的。这主要表现在以下两个方面。第一，他把"善鸣者"分为不同类型，上古三代之"善鸣者"，虽其假鸣方式不同，有以"韶"鸣，有以"歌"鸣，有以"诗书六艺"鸣，但"皆鸣之善者也"。周衰，孔子之徒鸣，"其声大而远"，"其末也，庄周以其荒唐之辞鸣"。后来孟子、荀子等是以"道鸣"，而杨、墨、管、老、申、韩、苏、张等则是以"术鸣"。这里还是明显地表现了韩愈尊儒崇孔的基本思想倾向的。第二，韩愈认为"鸣"也有"善鸣"与"不善鸣"的区别。这是由于"不平则鸣"者的思想、道德水平和文章表达能力有差距。就前者来说，是指其道的内容之纯正、思想学说之深度、为人品格的高下；就后者来说，是指其掌握语言文字的熟练程度，文章的艺术技巧优劣，能否做到"文从字顺各识职"，等等。在对"善鸣""不善鸣"标准的衡量上，自然也有韩愈主张儒学复古主义的影响。所以，他认为自魏晋以下，"鸣者不及于古，然亦未尝绝也"。但是，即使"就其善者"来说，也是"其声清以浮，其节数以急，其辞淫以哀，其志弛以肆。其为言也，乱杂而无章。将天丑其德莫之顾邪？何为乎不鸣其善鸣者也"。其实，这个说法是有片面性的、不公允的。魏晋南北朝时期的许多重要的思想家、文学家，如三曹七子、嵇康、阮籍、何晏、王弼、陆机、左思、葛洪、陶潜、鲍照、谢灵运、刘勰、钟嵘、庾信等，乃至许多重要的佛教僧人，也应该说都是"善鸣者"。不过，韩愈对有些重要诗人，如阮籍、陶潜，还是评价较高的，而且也看出了他们在隐居出世的背后，对现实的黑暗不平充满了愤激之情。他在《送王秀才序》中说："及读阮籍陶潜诗，乃知彼虽偃蹇不欲与世接,然犹未能平其心,或为事物是非相感发,于是有托而逃焉者也。"可见,韩愈也并没有因为道之不同而故意贬斥之。

从《送孟东野序》中来看,韩愈所说的"不平则鸣"的"不平",并非都是作者遭到压抑、排挤、打击、迫害之类的不平,而是比较广义的,指其道之不行、意之不通。韩愈对"不平则鸣"的论述更为可贵的,是他特别指出了真正有"不平"而"善鸣"者,不是志满气得的王公贵人,而是"羁旅草野"之士。他在《荆潭唱和诗序》中说:

> 夫和平之音淡薄,而愁思之声要妙。欢愉之辞难工,而穷苦之言易好也。是故文章之作恒发于羁旅草野,至若王公贵人气满志得,非性能而好之,则不暇以为。

韩愈在这里把"不平则鸣"的普遍现象,联系封建社会的现实状况做了进一步发挥。"和平之音""欢愉之辞"之所以"淡薄""难工",是由于作者没有多少"不平",故而也"鸣"不起来;而"愁思之声""穷苦之言"之所以"要妙""易好",正是因为作者遭遇"不平",所以才会"鸣",也"善鸣"。"王公贵人"权高势大,生活优裕,既没有什么"不平",也没有什么济世安民的理想抱负,自然就没有"鸣"的要求,即使要"鸣"也是肯定"鸣"不好的。然而,"羁旅草野"之士,大都是仕途不得意,虽有豪情壮志,满腹经纶,却只能穷愁潦倒,无法施展,不得不假语言文字来"鸣",在文学创作或学术著作中寄托自己的理想和愿望。同时,他们也往往因为遭际不幸,官场失败,才把时间和精力集中到钻研学问和文章写作上去,发展了自己的艺术创作才能。韩愈本人就是一个很好的例证。他在《上兵部李侍郎书》中曾说过他自己的经历:"愈少鄙钝,于时事都不通晓,家贫不足以自活,应举觅官,凡二十年矣。薄命不幸,动遭谗谤,进寸退尺,卒无所成。性本好文学,因困厄悲愁无所告语,遂得究穷于经传史记百家之说,沉潜乎训义,反复乎句读,砻磨乎事业,而奋发乎文章。"韩愈在《荆潭唱和诗序》中揭示了封建社会里文学艺术发展的一个带有普遍性的现象:人们学术文化事业上的成就往往是和政治仕途上的发展成反比的。除韩愈以外,唐代的许多著名诗人也都有这样的经历。李白、杜甫都是一生潦倒的,柳宗元、孟郊等也无不如此,而白居易的主要成就也在不得志、遭贬官的前期。从某种意义上说,逆境可磨炼人的意志,考验人的毅力,激起人的奋发精神,促使人的智慧、才能得到更加充分的发展。

韩愈的"不平则鸣"思想不仅是对孔子诗"可以怨"和司马迁"发愤著书"说的继承和发挥,而且对宋以后的许多文学理论批评家产生了很大影响,使之成为中国古代的一个重要文学思想传统。例如北宋欧阳修在《梅圣俞诗集序》中说"诗人少达而多穷","非诗之能穷人,殆穷者而后工",并且是"愈穷则愈工"。苏轼在诗中也经常强调这一点,如:"诗人例穷蹇,秀句出寒饿。"(《病中大雪数日,未尝起观,虢令赵荐以诗相属,戏用其韵答之》)"秀语出寒饿,身穷诗乃亨。"(《次韵仲殊雪中游西湖二首》)"恶衣恶食诗愈好,恰是霜松畔春鸟。"(《次韵徐仲车》)不过,苏轼所说"穷"的角度在"寒饿",即生活上的"穷",欧阳修则和韩愈一样,指政治仕途上的"穷达",当然两者也是有联系的,政治上"达"了,生活上自然也不会穷;政治上"穷"了,生活上也就会变得贫寒。但是这两者角度不完全相同。后来明代王世贞在《艺苑卮言》中把诗人穷愁的情况分为九类:贫困、嫌忌、玷缺、偃蹇、流窜、刑辱、夭折、无终、无后。李贽在《忠义水浒传序》中说:"《水浒传》者,发愤之所作也。"清初金圣叹也说《水浒传》是"怨毒著书,史迁不免,于稗官又奚责焉。"(见《水浒》第十八回评语)所以,韩愈对"不平则鸣"的分析和论述,对发展中国古代"发愤著书""穷而后工"的传统,是起了很重要作用的。

韩愈对历代诗歌发展的批评,比较集中地表现在《荐士》和《调张籍》两首诗中。他的基本思想也重在儒家的"风雅比兴",和他在古文理论上主张文以明道是接近的。他对六朝诗歌也颇多批评,但是不像白居易那么偏激。其《荐士》诗云:

> 周诗三百篇,雅丽理训诰。曾经圣人手,议论安敢到?五言出汉时,苏李首更号。东都渐弥漫,派别百川导。建安能者七,卓荦变风操。逶迤抵晋宋,气象日凋耗。中间数鲍谢,比近最清奥。齐梁及陈隋,众作等蝉噪。搜春摘花卉,沿袭伤剽盗。国朝盛文章,子昂始高蹈。勃兴得李杜,万类困陵暴。后来相继生,亦各臻阃奥。

韩愈在这段有关历代诗歌发展的论述中,对《诗经》给以极高的评价,"雅丽""训诰"是和刘勰在《文心雕龙》中对"圣文"的评价相同的,刘勰在《征圣》篇中曾说:"然则圣文之雅丽,固衔华而佩实者也。"其《序志》篇中说:"不述先哲之诰,无益后生之虑。"《辨骚》篇中说《离骚》"陈尧舜之耿介,称汤武之祗敬,典诰之体也"。韩愈赞扬张籍"名秩后千品,诗文齐六经"(《题张十八所居》)。也可看出他宗经明道的文学观。为此,韩愈对《诗经》只有崇敬,是不敢随便发议论的。《楚辞》属辞赋,故未论及,但他对《楚辞》也是很赞赏的。他同情屈原的遭遇,痛恨谗佞的小人,"静思屈原沉,远忆贾谊贬。椒兰争妒忌,绛灌共谗诌"(《陪杜侍御游湘西两寺独宿有题一首因献杨常侍》)。在《感春四首》之二中,他说:"屈原《离骚》二十五,不肯餔啜糟与醨。"他充分肯定了建安文学,所谓"卓荦变风操"实际正是指建安风骨。韩愈是注重文学作品的风骨之美的,他在《赠张籍》中曾说:"吾爱其风骨,粹美无可拣。"晋宋以后虽然"气象日凋耗",但他还是肯定了鲍照、谢灵运等,这是因为鲍、谢在政治上都有愤激不满,并且借诗歌来抒发其抑郁之情,和韩愈有相似之处。前面说到他对阮籍、陶潜的肯定也与此相同。韩愈对南朝齐梁以后文学的评价否定得多了一些,但是,总的说来,没有像白居易《与元九书》中的评述那么偏激。对唐代诗歌的评价,他和白居易不太一样,虽然他也以赞扬陈子昂、李白、杜甫为主,但评价比白居易高得多。他在《调张籍》一诗中说:"李杜文章在,光焰万丈长。不知群儿愚,那用故谤伤?蚍蜉撼大树,可笑不自量。"李、杜在诗歌史上的重要地位,是韩愈首先明确提出的。至于韩愈所说当时人的"谤伤",清人方世举以为是指元、白,因白居易在《与元九书》中对李、杜的评价和元稹在《唐故工部员外郎杜君墓系铭序》中对李白的评价都有些不公平之处(见《昌黎诗集编年笺注》引)。不过,韩愈此处所批评的"群儿愚"恐非指元、白,元、白对李、杜的总体评价还是很高的。此外韩愈还指出其他诗人虽没有李、杜的全才,也都各有自己的特长,是别人所难以企及的。这些都可说明韩愈对历代诗歌发展的评价是比较公允的。

从文学创作的艺术美特征方面来说,韩愈的审美理想既不同于道家的任乎自然的"天籁""天乐"之美,也不同于儒家的"温柔敦厚"、中正平和的人工雕饰之美。韩愈要求诗歌创造一个集人工与天然于一体的雄奇怪伟的艺术世界,来寄托自己的理想愿望,体现其"不平则鸣"的思想感情。韩愈认为这个雄奇怪伟的诗歌艺术境界的创造,关键是在发挥作家能动的创造才能,只要作家这种才能被充分地调动起来了,那么,人工的力量完全可以达到甚至超越天工之美的境界。从创作思想上看,韩愈是糅合儒道,而又以儒为主的,但他也把天工自然看作是文学作品艺术美的很高境界,他说:"至宝不雕琢,神工谢锄耘。"(《醉赠张秘书》)然而更重要的在于,他所追求的是创造一种能超乎儒道的审美理想,具有独创性的新的雄奇怪伟的审美境界。他很赞赏孟郊的诗,认为孟郊的诗体现了他所理想的艺术美,他在《贞曜先生墓志铭》中称孟郊云:"及其为诗,刿目鉥心,刃迎缕解,钩章棘句,掐擢胃肾,神施鬼设,间见层出。"孟郊诗中这种怪奇的特色,韩愈认为正是人工巧夺天工的结果。他在《答孟郊》一诗中又说:"规模背时利,文字觑天巧。"《醉赠张秘书》亦云:"东野动惊俗,天葩吐奇芬。"《荐士》诗中评孟郊的诗是:"荣华肖天秀,捷疾逾响报。"孟郊诗的这种奇文异彩既可与天工自然相比美,又确实是艰苦的人工创造之积极成果。

然而,韩愈所赞赏的孟郊诗歌这种"天葩""天秀""天巧"之美,并非老庄朴素平淡的天工自然之美,而是要在雄奇怪伟的审美创造中见出近乎自然之天工。其《荐士》诗中说:"有穷者孟郊,受材实雄骜。冥观洞古今,象外逐幽好。横空盘硬语,妥帖力排奡。敷柔肆纡余,奋猛卷海潦。"宋代胡仔《苕溪渔隐丛话》中说:"荆公云:诗人各有所得。'清水出芙蓉,天然去雕饰。'此李白所得也。'或看翡翠兰苕上,未掣鲸鱼碧海中。'此老杜所得也。'横空盘硬语,妥帖力排奡。'此韩愈所得也。"这里讲的正是李、杜、韩各自不同的诗歌艺术美理想。韩愈评孟郊诗的这两句话,确是非常形象地体现了他所喜欢的雄奇怪伟的审美境界之特点。至于他在《送无本师归范阳》一诗中对贾岛诗歌艺术风貌的描写,更可以看出他要求在雄奇怪伟中见出平淡自然的审美观点。他说:"蛟龙弄角牙,造次欲手揽。众鬼囚大幽,下觑袭玄窞。天阳熙四海,注视首不领。鲸鹏相摩窣,两举快一啖。夫岂能必然,固已谢黯黮。狂词肆滂葩,低昂见舒惨。奸穷怪变得,往往造平淡。"孟郊、贾岛均为苦吟诗人,颇尚怪奇,然而能从怪奇之极而造平淡,是其艺术独创性成熟之标志。当然,韩愈对孟郊、贾岛诗歌艺术美的论述,从孟郊、贾岛本身来看,只是其中一个方面,更多地还是反映了韩愈自己的审美观点。他在《病中赠张十八》中说张籍:"文章自娱戏,金石日击撞,龙文百斛鼎,笔力可独扛。"应该说也是借张籍诗的某一方面来表述他自己对雄奇诗境的向往。在韩愈看来,一个诗人应当充分施展自己的才能,去创造一个有自己特色的艺术世界。他认为李白和杜甫正是这方面的典范,他们那些杰出的诗作,"想当施手时,巨刃磨天扬。垠崖划崩豁,乾坤摆雷硠",这是多么壮观的艺术创造场景啊!韩愈在对李白、杜甫的赞美中,也非常明显地表现了他自己的诗歌美学理想。他很愿意继李白、杜甫之后也成为像他们一样的伟大诗人,但是他并不想去模仿李、杜,而是要从诗歌艺术美方面创造一个新的天地:"我愿生两翅,捕逐出八荒。精神忽交通,百怪入我肠。刺手拔鲸牙,举瓢酌天浆。"(《调张籍》)韩愈在诗歌创作方面比较喜欢追求雄奇险怪的艺术风格,就其所体现的浪漫精神来说,是和李白有共同之处的,故程学恂《韩诗臆说》中说:"此诗李杜并重,然其意旨,却着李一边。"不过,李白的浪漫精神是通过清新、自然、豪迈、奔放的特点体现出来的,而韩愈的浪漫精神则是通过雄奇、险怪的特点体现出来的。韩愈和杜甫一样注重人工之巧,但是韩愈不像杜甫那样凝练庄重,而偏重奇险怪僻,所谓"险语破鬼胆,高词媲皇坟"(《醉赠张秘书》)。实际上韩愈心目中的李、杜,是已经经过他审美观点改造了的李、杜。

  韩愈是从"不平则鸣"的角度和注重人工作用的方面来论述艺术构思的,因此,他不像佛老那样强调虚静精神境界的培养,而是认为文学创作只有在内心激情翻腾的状况下,才能写出好作品,虚静淡泊反而会造成创作激情的消解,无法写出好作品。他的《送高闲上人序》一文虽然是论书法创作的,但其创作思想则是与文学相通的。韩愈指出:唐代著名的书法家张旭的草书之所以有那么强烈的艺术魅力,正是因为他内心的丰富感情,与外界事物相触发,产生了不得不书的强烈激动,故而借助于龙飞凤舞的草书呈现了出来。他说:

  往时张旭善草书,不治他伎。喜怒、窘穷、忧悲、愉佚、怨恨、思慕、酣醉、无聊、不平,有动于心,必于草书焉发之。观于物,见山水崖谷,鸟兽虫鱼,草木之花实,日月列星,风雨水火,雷霆霹雳,歌舞战斗,天地事物之变,可喜可愕,一寓于书。故旭之书,变动犹鬼神,不可端倪,以此终其身,而名后世。

这正是韩愈把"不平则鸣"的思想运用来论书法创作的表现,在充分肯定张旭的同时,韩愈又指出高闲上人的草书虽有张旭之心,而"不得其心而逐其迹,未见其能旭也",其原因就在于"为旭有道,利害必明,无遗锱铢,情炎于中,利欲斗进,有得有丧,勃然不释,然后一决于书,而后旭可几也"。也就是说,张旭创作过程中内心有极其强烈的激情,"情炎于中"要"一决于书",如骨鲠在喉,不吐不快。可是高闲上人则恰好相反,他持一种虚静恬淡、超然物外的人生态度:"一死生,解外胶,是其为心,必泊然无所起,其于世,必淡然无所嗜。泊与淡相遭,颓堕委靡,溃败不可收拾,则其于书得无象之然乎!"高闲上人内心既然毫无激情,于外物又无所感触,那又怎么能创作出使人激奋、引起共鸣的优秀书法作品呢!对韩愈的这种观点,宋代苏轼曾提出不同看法,他在《送参寥师》一诗中说:"退之论草书,万事未尝屏。忧愁不平气,一寓笔所骋。颇怪浮屠人,视身如丘井。颓然寄淡泊,谁与发豪猛。细思乃不然,真巧非幻影。"苏轼以诗歌创作为例说明诗人必须有"空且静"的精神境界,方能"令诗语妙"。苏轼在创作上是崇尚佛老的,自然与韩愈的看法不同。但是从文学创作的实际来说,这两者并不矛盾。作家在创作中必须有激情,没有激情也就不会有真正的文学,可是在进行创作构思的时候,又必须排除各种与创作无关的主客观因素之干扰,"空且静"方能专心一致,使想象的翅膀飞腾,从而构成优美的艺术意象。由此也可以看出儒家和释老在创作思想上的侧重点是不同的。

韩愈在《送高闲上人序》中涉及的另一个重要的创作思想,是他也认为作家艺术家要注重精神修养,做到"神完"、气畅,使外物"不胶于心",但和老庄的养气保神、不为物役又是完全不同的。老庄认为艺术创造过程中,艺术家要达到内心虚静、神气自然,必须弃绝智、巧,使"机心"不存于心,"机事"不缠于身;而韩愈则认为"苟可以寓其巧智,使机应于心,不挫于气,则神完而守固,虽外物至,不胶于心",强调人的智慧、机巧之工与神气自然、不为外物所役是可以统一的,应当使艺术家做到既内蕴巧智、"机应于心",又能使之"不挫于气"而达到"神完而守固"。也就是说,要充分发挥人为的独创功能,使人工技巧纯熟完美,而让人感到也有天造地设之美,为此,艺术家不能清静无为,而应当努力提高主体的自觉意识,运用人工去创造奇迹。所以他肯定的庖丁解牛也是和庄子原意不同的,他认为庖丁治牛和张旭善草书一样,都是"不治他伎"而集中全力发挥人工之巧的结果。由此可见,韩愈对儒家文学思想是有重大发展的,他突出了儒家在创作上注重人工雕饰的特色,并与道家创作思想相融合,在唐诗已经取得巨大艺术成就的基础上,独辟蹊径,别出心裁,以雄奇险怪的新审美观开创了一条诗歌创作的新路,使中国古代诗歌风貌更加丰富多彩,同时也使中国古代文学理论批评有了新的发展。

第三节 柳宗元的文学思想

柳宗元是与韩愈并称的唐代重要古文理论提倡者和古文创作实践成绩卓著的著名散文家。柳宗元和韩愈在政治思想上有共同之处,也有许多不同的地方。他们都是中唐时期儒学复古主义的提倡者,也是主张改革时弊的进步政治家,但是,柳宗元是以儒学为主而兼取诸子百家,他并不排斥佛老,而是精通佛学的,也重视吸收老庄思想的某些方面。在政治上比韩愈激进,曾参加王叔文的改革派,为其中重要成员。他在古文理论上的基本思想和韩愈是一致的,但由于他们在思想、政治方面的差异,在古文理论上也和韩愈有些不同,并且有许多重要发展和新的创见。在古文创作实践方面,柳宗元的成就很高,特别是在文艺散文如山水游记等方面,比韩愈的成就要更为突出。

柳宗元(773—819),字子厚,其祖先为河东解县(今山西永济)人,他出生于长安。其父柳镇在安史之乱后曾擢左卫率府兵曹参军,并"佐郭子仪朔方府,三迁殿中侍御史"。柳宗元从小就"精敏绝伦"(《新唐书》本传),为贞元九年(793)进士,十四年(798)中博学宏词科,授校书郎,调蓝田尉。贞元十九年入为监察御史里行,受到王叔文、韦执谊赏识,在顺宗朝王叔文当权时升为礼部员外郎。但不久王叔文集团被保守势力排挤,他们所推行的政治改革失败,均被贬官,这就是历史上著名的"八司马事件"。柳宗元受到牵连,永贞元年(805)被贬为邵州刺史,然而还未到任,又再次被贬为永州司马。永州在今湖南西南,在当时是蛮荒瘴疠之地。柳宗元到任不久,他母亲染病,因"诊视无所问,药石无所求"而去世(参见《先太夫人河东县太君归祔志》)。柳宗元才华出众,颇具济世安民壮志,希望在政治上有所作为。韩愈说他"俊杰廉悍","踔厉风发","议论证据今古,出入经史百子",但连遭挫折,"材不为世用,道不行于时也"(参见《柳子厚墓志铭》),不得不穷处僻壤,隐身山林,"与囚徒为朋"(《答周君巢饵药久寿书》),这自然是他所极不愿意的。他曾说:"念终泯没蛮夷,不闻于时,独不为也;苟一明大道,施于人世,死无所憾,用是自决。"(《贞符序》)但在永州的现实环境中,他确是无可奈何。他闲时和许多僧人交往,也颇受佛教思想影响。他刚到永州时曾居龙兴寺,其《永州龙兴寺西轩记》中说:"至则无以为居,居龙兴寺西序之下。余知释氏之道且久,固所愿也。……因悟夫佛之道,可以转惑见为真智,即群迷为正觉,舍大暗为光明。"他在这偏僻的地方生活了十余年,境况是很凄凉的。《新唐书》本传中说他"因自放山泽间,其堙厄感郁,一寓诸文"。而永州的山水是很美的,所以柳宗元被贬后反倒在文学创作上获得了丰硕的成果,《永州八记》就是这方面的代表作。故清代袁守定在《占毕丛谈》中说:"史称张说至岳州诗益进,得江山助(见《新唐书·张说传》)。王文恪(鏊)谓柳子厚至永州文益工,得永州山水之助(见《震泽长语》)。"元和十年,改为柳州刺史,官是升了,地点却更加僻远了。在柳州他和韩愈一样,关心百姓疾苦。"柳人以男女质钱,过期不赎,子本均则没为奴婢。宗元设方计,悉赎归之。尤贫者,令书庸,视直足相当,还其质。已没者,出己钱助赎。"(《新唐书·柳宗元传》,事亦见韩愈《柳子厚墓志铭》)后死于柳州,年仅四十七岁。

柳宗元在古文理论上没有韩愈全面、系统,但在有些方面比韩愈更深入,如对文以明道的总纲领,柳宗元比韩愈讲得更明确、更清楚。他在《寄许京兆孟容书》中说:"宗元早岁与负罪者亲善,始奇其能,谓可以共立仁义,裨教化,过不自料,勤勤勉励,唯以忠正信义为志,以兴尧舜孔子之道,利安元元为务。"他写文章正是为了阐明这样的道,它也是以仁政、民本思想为核心的。他在《答韦中立论师道书》中说:

> 始吾幼且少,为文章,以辞为工。及长,乃知文者以明道,是固不苟为炳炳烺烺,务采色、夸声音而以为能也。凡吾所陈,皆自谓近道,而不知道之果近乎,远乎?吾子好道而可吾文,或者其于道不远矣。

为"明道"而作文,不为文而文,而这个"道"的本原就是儒家之道,就是五经:"本之《书》以求其质,本之《诗》以求其恒,本之《礼》以求其宜,本之《春秋》以求其断,本之《易》以求其动,此吾所以取道之原也。"这一点是和韩愈一致的。但是他也有很明显和韩愈不同的地方。第一,柳宗元所说的"道",不像韩愈那样是严格的纯粹的儒家之道,因为他是从"利安元元"出发的,所以是以儒为主又要博取诸子百家之道。如他所说的,要"参之穀梁氏以厉其气,参之孟、荀以畅其支,参之庄、老以肆其端,参之《国语》以博其趣,参之《离骚》以致其幽,参之太史公以著其洁,此吾所以旁推交通而以为之文也"。因此柳宗元之道比韩愈之道的范围要广阔得多,内容也丰富得多。柳宗元说学习古人文章,"当先读六经,次《论语》、孟轲书皆经言。左氏、《国语》、庄周、屈原之辞,稍采取之。穀梁子、太史公甚峻洁,可以出入,余书俟文成,异日讨也"(《报袁君陈秀才避师名书》)。所以,以经为主,兼取各家,是柳宗元文以明道说的基本内容。第二,柳宗元的道虽然本之五经以为"原",但并不只是强调其义理,而在有利于改革现实政治,故重在其内容特点、表现形式、逻辑方法,主要是学习《书经》的质朴,《诗经》的永恒,《礼经》的得宜,《春秋》的明断,《易经》的变动,而不是重复其中的典诰古训、仁义礼乐。

更值得我们注意的是,柳宗元比韩愈更重视道的现实性,他明确指出:文章所要明的道,必须"及乎物"。他在《报崔黯秀才论为文书》中说:

> 然圣人之言,期以明道,学者务求诸道而遗其辞。辞之传于世者,必由于书。道假辞而明,辞假书而传,要之之道而已耳。道之及,及乎物而已耳。斯取道之内者也。今世因贵辞而矜书,粉泽以为工,遒密以为能,不亦外乎?吾子之所言道,匪辞而书,其所望于仆,亦匪辞而书,是不亦去及物之道愈以远乎?

文辞是"明道"的工具和手段,"明道"的要害是在"及物",而不是单纯对古圣贤论述做阐述。由"明道"而"及物",就是要运用古代圣贤所阐明的道理,针对现实中存在的问题,提出解决的办法。他在《答吴武陵论非国语书》中说:"仆之为文久矣,然心少之,不务也,以为是特博弈之雄耳。故在长安时,不以是取名誉,意欲施之事实,以辅时及物为道。"这种"辅时及物之道,不可陈于今,则宜垂于后"。它与白居易主张诗歌要起到"救济人病,裨补时阙"作用是一样的。柳宗元认为古文的写作应当对现实社会起褒贬和讽谕的积极作用。他在《杨评事文集后序》中说:

> 文之用,辞令褒贬,导扬讽谕而已。虽其言鄙野,足以备于用。然而阙其文采,固不足以竦动时听,夸示后学。立言而朽,君子不由也。故作者抱其根源,而必由是假道焉。

这是一段非常重要的论述,柳宗元认为文学创作必须和现实社会生活紧密地联系起来,歌颂、赞扬美好的事物,讽刺批评丑恶的事物。同时,柳宗元并没有为此而否定文辞形式的重要性,认为缺少了文采就"不足以竦时动听","立言"而会朽,那还有什么用?他不仅特别重视道的现实意义,而且非常强调文本身的重要性,要求把两者完美地统一起来,这都是论述得比韩愈更为全面深刻、也更加具体明确的地方,也是他的文论有独创性的方面。

柳宗元在这篇文章里还表现出了把诗歌和非文学文章加以明确区别的重要思想。他说:"作于圣,故曰经;述于才,故曰文。文有二道:辞令褒贬,本乎著述者也;导扬讽谕,本乎比兴者也。著述者流,盖出于《书》之《谟》《训》,《易》之《象》《系》,《春秋》之笔削。其要在于高壮广厚,词正而理备,谓宜藏于简册也。比兴者流,盖出于虞、夏之咏歌,殷、周之《风》《雅》,其要在于丽则清越,言畅而意美,谓宜流于谣诵也。"他看到了"文有二道",这里的"文"是广义的,它包括了非文学的"著述"之类和属于艺术文学的"比兴"之作。前者以"辞令褒贬"为主,着重于阐发某种思想学说、政治主张,故以"高壮广厚""词正而理备"为特征;后者则以"导扬讽谕"为主,从审美的角度创造艺术形象,寄托作者的理想、愿望,抒发自己的思想感情,故以"丽则清越""言畅而意美"为特征。所以,他把传统的五经分为两类:一是《书经》《易经》《春秋》等著述,一是《诗经》这样的诗歌创作。这说明他对文学和非文学的区别有比较清醒的认识,并且看到了两者在写作上有很大的不同,其意义与作用也不一样。从作者的才能来说,也是各有所长而很难兼善的。他说:"兹二者,考其旨义,乖离不合。故秉笔之士,恒偏胜独得,而罕有兼者焉。厥有能而专美,命之曰艺成。虽古文雅之盛世,不能并肩而生。"这就是说,因为文学和学术有不同的特征,学者和诗人属于不同类型,才能所长各不相同,一般说是不易兼美的。柳宗元还举唐代作者的例子来证明这一道理,他说:"唐兴以来,称是选而不作者,梓潼陈拾遗。其后燕文贞以著述之余,攻比兴而莫能极;张曲江以比兴之隙,穷著述而不克备。其余各探一隅,相与背驰于道者,其去弥远。文之难兼,斯亦甚矣。"陈子昂的诗和文章都还不错,故云"称是选而不作"。燕文贞即燕国公张说(谥文贞),以古文著称,故梁肃论唐文三变,陈子昂后即为张说,柳宗元说他的才能在文章写作,而诗歌创作则虽力攻而"莫能极"。他只是在贬官岳州后才有些进步,说明其所擅长不在诗歌。而张九龄则是以诗著名,虽力攻文章仍"穷著述而不克备"。可见,柳宗元和唐代包括韩愈在内的大部分古文家不同,他在文学观念上对文学和非文学的差别看得很清楚,并努力去探求其各自不同特点。韩愈和唐代大部分古文家文学观念上有明显的复古倾向,如刘师培在《论文杂记》中所说的"唐人以笔为文",把文学和非文学文章(甚至学术著作)都包括在广义的文的概念内,往往混淆了文学和非文学的界限。但是,柳宗元和刘禹锡对诗和非文学文章的区别,还是认识得比较清楚的(刘禹锡之论详下文)。刘师培没有看到柳、刘和韩愈等人在文学观念上的差别,是错误的。但是,如果简单地把诗歌和文章的不同,视作文学和非文学的区别,那也是不对的。因为文章中就包含着文学与非文学。柳宗元所说的"文有二道",其一是指学术著作、非文学文章,其二是指诗歌,强调两者不同,是完全正确的。但是他没有进一步把文艺散文和非文学文章区别清楚,没有强调文艺散文和诗歌在本质上的共同性,这样又容易给人造成诗文分途的印象,在客观上产生把许多文学散文也归入非文学文章的错误。然而,从中唐以后开始的对诗歌和非文学文章区别的研究,是六朝区分文笔、研究文学和非文学不同的继续。所以后来诗论和文论分开，文论大都偏向于文章学理论，是与此有关的。

柳宗元也和韩愈一样很重视文学创作中人品和文品的统一，他在《报袁君陈秀才避师名书》中说："大都文以行为本，在先诚其中。"因此，他非常强调作家的自身修养，特别提倡要有一种严肃的创作态度。在《答韦中立论师道书》一文中，他详细叙述了自己文章写作过程的状况："故吾每为文章，未尝敢以轻心掉之，惧其剽而不留也；未尝敢以怠心易之，惧其弛而不严也；未尝敢以昏气出之，惧其昧没而杂也；未尝敢以矜气作之，惧其偃蹇而骄也。抑之欲其奥，扬之欲其明，疏之欲其通，廉之欲其节，激而发之欲其清，固而存之欲其重，此吾所以羽翼夫道也。"不可有"轻心""怠心"，是指作者写作态度应当认真、细致、谨慎、小心，不能掉以轻心、马马虎虎；不可有"昏气""矜气"，是指作者应当有清醒的思维和谦虚的精神，切不可糊里糊涂、骄傲自大。务必使文章既深刻而又明朗，既通达又有节制，既文风清新又内容厚重。韩愈在《答李翊书》中讲人品和文品的统一，主要是强调作者的仁义道德修养，而柳宗元则大大扩展了韩愈的思想，对作者的创作态度提出了十分严格的、全面的要求，这是他在作家修养方面所提出的很有价值的重要思想。

柳宗元特别重视文学作品的内容和形式、思想性与艺术性的完美统一。他在《送豆卢膺秀才南游序》中说："君子病无乎内而饰乎外，有乎内而不饰乎外者。无乎内而饰乎外，则是设覆为阱也，祸孰大焉；有乎内而不饰乎外，则是焚梓毁璞也，诟孰甚焉！于是有切磋琢磨，镞砺栝羽之道，圣人以为重。"他在这里所说的"有乎内"和"饰乎外"，从作者来说，是指文章作者的内在思想修养和道德品质；从文章来说，则是指作品的内容和形式，思想性和艺术性。他批评了两种不良的倾向：一种是没有充实的内容，单纯追求艺术形式美，这也就是所谓不以明道为目的，而只是"炳炳烺烺，务采色、夸声音"；另一种是有正确、充实的内容，而缺乏相应完美的艺术形式，不能自由、流畅、透彻地表达内容，也不能给人以美感。前者犹如设陷阱来坑害读者，对社会危害很大；后者则如"焚梓毁璞"一样，不能使有益的内容充分发挥其作用。柳宗元写过非常有名的一部著作《非国语》，共六十七篇。《国语》是先秦一部重要史籍，素有"春秋外传"之称,对柳宗元写《非国语》如何评价,不是我们研究文学理论批评史所要讨论的问题,但是从柳宗元撰写《非国语》的指导思想中也反映了他的一些重要文学思想,特别是对内容和形式关系的看法,于文学创作至关重要。《国语》虽是一部史学著作,但是因为先秦时期文史哲还没有明确的界限,《国语》的文学性很强,也可以作为历史散文来读。所以柳宗元对《国语》的内容和形式关系的看法,也就是他对文学作品内容和形式关系的基本思想。他在《非国语序》中说:"左氏《国语》,其文深闳杰异,固世之所耽嗜而不已也。而其说多诬淫,不概于圣。余惧世之学者溺其文采而沦于是非,是不得由中庸以入尧舜之道,本诸理,作《非国语》。"他认为《国语》这部书很有文采,也并非"无乎内",可是它在内容上有许多错误的"诬淫"之处,不合乎尧舜之道,如果读者因为喜欢它的文采而相信其内容,就无法正确理解尧舜之道。这就说明柳宗元不但要求作品有内容,而且要求其内容具有真实性、科学性、正确性。这个思想他在许多文章中都反复论述过,例如在《答吴武陵论非国语书》中说:"夫为一书,务富文采,不顾事实,而益之以诬怪,张之以阔诞,以炳然诱后生,而终之以僻,是犹用文锦覆陷阱也。不明而出之,则颠者众矣。"《与吕道州温论非国语书》中又说:"尝读《国语》,病其文胜而言庬,好诡以反伦,其道舛逆。而学者以其文也,咸嗜悦焉,伏膺呻吟者,至比六经,则溺其文必信其实,是圣人之道翳也。"总之,柳宗元认为《国语》这部作品以其文采掩盖了内容上的错误,"背理去道,以务富其语"(《非国语后序》),对后人学习古道和写作古文都是有害的。他对《国语》的批评主要是揭露它内容上的很多不真实、不科学、不正确之处,尤其对书中的灾异、卜筮、祥瑞、命相之类特别不满。可是这些内容在《春秋》经传和其他经典中也是不少的,但因为是"经",在当时历史条件下,自然是难以对它进行非议的。所以他选择了非"经"又类似"经"的《春秋》外传《国语》来议其"非"。柳宗元"非《国语》",实际上表明了他对"经"中的许多类似内容也是不满的,由此可见,他对传统儒学中从"天人感应"等思想出发的许多论述、记载,是很不以为然的,是抱有怀疑态度的。对文学创作来说,柳宗元的《非国语》强调了评价作品不能只看它文词形式的富丽华美,而首先要考察它的内容是否正确,有没有价值。他在《非国语》后序中特别提醒读者,评价一部作品决不能被其外表形式所迷惑,他说:"吾乃今知文之可以行于远也。以彼庸蔽奇怪之语,而靧靉之,金石之,用震曜后世之耳目,而读者莫之或非,反谓之近经,则知文者可不慎耶?"柳宗元在《非国语》中所涉及的有关文学内容和形式关系的思想显然比一般人要更深入一层。

柳宗元文学思想中很值得注意的一点是,他虽然提倡古文,但并不认为古人的文章,特别是先秦两汉的文章是不可超越的,他反对那种"荣古陋今"的错误倾向,认为今人文章是可以超出古人文章的,而且事实上也超过了古人,只是受崇古复古思想影响,往往不被当世人承认而已。这种反对盲目崇拜古人的思想,是韩愈和其他古文家所不及之处,也正是柳宗元难能可贵的地方。他在《与友人论文书》中指出:文章不仅"得之为难",而"知之愈难"。社会上"荣古陋今者,比肩叠迹"。所以"生则不遇,死而垂声者众焉","扬雄没而《法言》大兴,马迁生而《史记》未振。彼之二才,且犹若是,况乎未甚闻著者哉!固有文不传于后祀,声遂绝于天下者矣"。韩愈和他以前的古文家从崇儒尊经的观点出发,对汉代文章评价不太高,大都以为两汉文章不及先秦,而柳宗元则从事物总是不断发展、进步的观点出发,对汉代文章尤其是西汉文章评价很高。他在《柳宗直西汉文类序》中说:"文之近古而尤壮丽,莫若汉之西京。""殷、周之前,其文简而野,魏晋以降,则荡而靡。得其中者汉氏。"而贾谊、公孙弘、董仲舒、司马迁、司马相如等"风雅益盛,敷施天下",或宣于诏策,或达于奏议,或讽于辞赋,或传于歌谣,"四方之文章盖烂然矣"。以文而言,各种文体,无不毕具;以治而言,"成败兴坏之说大备"。这是他反对"荣古陋今"的具体表现。同时也可以看出他并不认为儒家经典是绝对不可超越的。他在《与杨京兆凭书》中说:"凡人可以言古,不可以言今。桓谭亦云:亲见扬子云,容貌不能动人,安肯传其书?诚使博如庄周,哀如屈原,奥如孟轲,壮如李斯,峻如马迁,富如相如,明如贾谊,专如扬雄,犹为今之人笑,则世之高者至少矣。由此观之,古之人未始不薄于当世,而荣于后世也。"这种"薄于当世,而荣于后世"的现象,在古代是相当普遍的,文学理论批评史上像王充、葛洪等都对此进行过尖锐的批评,柳宗元从理论上并没有提出多少新观点,但是他能在当时儒学复古思潮中独树一帜,提出今人文章未必不如古人,则确实是不容易的。其实,韩愈也并不绝对地认为今人文章不如古人,他要求"务去陈言""词必己出",继承道统,就体现了要超越古人的精神,但是柳宗元则从理论上提得更为鲜明和尖锐,这是和他思想上不囿于儒家传统有关的。所以柳宗元对韩愈的文章评价很高,他在《答韦珩示韩愈相推以文墨事书》一文中,曾对韩愈的文章和扬雄的文章加以比较,认为"若雄者,如《太玄》《法言》及《四愁赋》,退之独未作耳,使作之,加恢奇,至他文过扬雄远甚。雄之遣言措意,颇短局滞涩,不若退之猖狂恣睢,肆意有所作"。同时他还非常赞赏韩愈的《毛颖传》,说读这篇作品,"若捕龙蛇,搏虎豹,急与之角而力不敢暇,信韩子之怪于文也"。在柳宗元心目中,韩愈的文章在许多方面是超过了古人的。因此,他在古文写作上也和韩愈一样,反对在语言上因袭模仿前人,而要求有自己的独创性。他很严厉地批评过当时那些模拟复古的人,在《与友人论文书》中说:"而为文之士,亦多渔猎前作,戕贼文史,抉其意,抽其华,置齿牙间,遇事蜂起,金声玉耀,诳聋瞽之人,侥一时之声。虽终沦弃,而其夺朱乱雅,为害已甚。"而柳宗元自己的文章则可以说是韩愈所赞扬的"务去陈言""词必己出"的最好典范。

柳宗元的文学散文种类比较多,而且艺术成就也很高。他的山水游记、传记散文、讽刺性的寓言等,一直为历代所传诵。他的诗歌以山水田园为主,风格清新、高洁,情致委婉,颇有骚体风貌。他的文艺散文和诗歌都寄托着一种哀怨、深沉的情绪,这是他一生不幸遭遇的必然产物。为此,柳宗元特别强调文学作品的兴寄、比兴,他在《答贡士沈起书》中说:"仆常病兴寄之作,堙郁于世,辞有枝叶,荡而成风。"感谢沈起给他送来的文章"志气盈牍,博我以风赋比兴之旨"。他虽然在穷愁潦倒之中,虔诚地信奉佛教,以排遣心中苦闷,寄情山水,隐迹蛮荒,但是他不可能做到佛教徒的空寂虚静,在他的作品中总有一股愤激不平之气。正像他在《娄二十四秀才花下对酒唱和诗序》中说的:"君子遭世之理,则呻呼踊跃以求知于世,而遁隐之志息焉。于是感激愤悱,思奋其志略以效于当世,必形于文字,伸于歌咏。"虽然他"身编夷人,名列囚籍"(《与吕道州温论非国语书》),仍不能消磨其"利安元元"的壮志,而借助于散文和诗歌来寄托其情怀,抒发其忧念。虽然苏轼曾说他的诗和韦应物的诗一样,"发纤秾于简古,寄至味于淡泊"(《书黄子思诗集后》)。但是,他不可能像韦应物那样恬静冲淡,仍然深深地隐含着哀怨不平,带着很明显的骚体影响。

韩愈和柳宗元是中唐时期两位最重要的古文理论家,同时也是很好的朋友,互相尊重,并都对对方的古文成就给予了很高的评价。但是由于他们在经历与处境上的不同,在政治上、思想上、古文理论和文学思想上也不完全相同,所以聚集在他们周围的朋友和后学并不相同,他们分别在古文理论和文学思想方面做出过一些贡献,有一些和韩、柳不完全相同的观点。韩愈周围的朋友和弟子,主要有李翱和皇甫湜等。柳宗元周围的朋友主要是刘禹锡和吕温等。李翱(772—836),字习之,陇西(今甘肃陇西)人。曾为谏议大夫、中书舍人等,后官至山南东道节度使。他是韩愈门人,其古文理论和韩愈是基本一致的,但在对文和道关系的阐述上,更偏重文。韩愈、柳宗元虽然强调文以明道,实际上他们的主要成就不在学术方面,而是以文章出名的。李翱则明确提出:"义虽深,理虽当,词不工者不成文,宜不能传也。"为此他又说:"文、理、义三者兼并,乃能独立于一时,而不泯灭于后代。"(《答朱载言书》)可见,他的侧重点在文,文不工则虽义深理当也不能传于后世。他还提出了对文与仁义孰先孰后的看法,他说:"由仁义而后文者,性也;由文而后仁义者,习也。"(《寄从弟正辞书》)性,是先天禀赋的;习,则是后天修养而成的。人的努力自然也在"由文而后仁义"了。"有文而能到者,吾未见其不力于仁义也。"只要文章写好了,仁义自然也就在其中了。在文章写作上,他主张"创意造言,皆不相师",在强调独创性方面比韩愈还有所发展,他在《答朱载言书》中说:"故其读《春秋》也,如未尝有《诗》也;其读《诗》也,如未尝有《易》也;其读《易》也,如未尝有《书》也;其读屈原、庄周也,如未尝有六经也。"不过,他说的"创意造言,皆不相师"和韩愈的"师其意,不师其辞",在师不师意的问题上并不是对立的。韩愈的"师其意"是指学古圣贤之道,"意"指文章中比较广义的抽象的道理,而李翱的"创意"之"意"是指文章中具体的意。文章或著作中所体现的抽象道理是一样的,都应当是儒家仁义之道,但它在每篇文章、每部著作中的具体表现是不一样的,也就是说,具体的意在不同文章、著作中则是不同的。因此,李翱的说法是对韩愈的补充和发展,而不是一种对立的观点。所谓"创意"之不相师,他说:"如山有恒、华、嵩、衡焉,其同者高也,其草木之荣,不必均也。如渎有淮、济、河、江焉,其同者出源到海也,其曲直浅深、色黄白,不必均也。如百品之杂焉,其同者饱于腹也,其味咸酸苦辛,不必均也。此因学而知者也。此创意之大归也。"韩愈说的"师其意"指其同者也;李翱说的"创意"不相师,指其不同者也。在"造言"方面,他说:"陆机曰:'怵他人之我先。'韩退之曰:'唯陈言之务去。'假令述笑哂之状,曰'莞尔',则《论语》言之矣;曰'哑哑',则《易》言之矣;曰'粲然',则穀梁子言之矣;曰'攸尔',则班固言之矣;曰'辴然',则左思言之矣。吾复言之,与前文何以异也?此造言之大归也。"为此,李翱认为文章优劣的标准是能否做到"极于工",而不是难或易、奇险或平易,对偶或不对偶。但"尚异""好理""溺时""病时""爱难""爱易"等,虽属"情有所偏,滞而不流",但也都是文之一体。对李翱的重文倾向,裴度曾提出过不同意见。裴度(765—839),字中立,因平淮西有功,封晋国公,多次为节度使、宰相,系朝廷重臣,甚有文才,与当时白居易、韩愈等文人颇多唱和。他在《寄李翱书》中说:"观弟近日制作大旨,常以时世之文多偶对俪句,属缀风云,羁束声韵,为文之病甚矣。故以雄词远志,一以矫之,则是以文字为意也。且文者,圣人假之以达其心,达则已,理穷则已,非故高之、下之、详之、略之也。""故文人之异,在气格之高下,思致之浅深,不在其磔裂章句,鬐废声韵也。"他对先秦两汉文章除认为司马相如、扬雄是"谲谏之文也,别为一家,不是正气"外,评价都很高。认为古圣贤之文,"皆不诡其词而词自丽,不异其理而理自新"。而经圣人笔削之《诗》《书》等经典,"则又至易也,至直也,虽大弥天地,细入无间,而奇言怪语,未之或有"。所以,他对李翱之重文轻道颇有看法,同时对古文家绝对排斥骈文的见解也并不完全赞同。而对韩愈等讲究文字技巧,乃至"以文为戏"(大约指韩愈的《毛颖传》之类),对有的古文家追求怪奇,甚为不满。这对古文提倡者在文章写作方面的某些片面性,确有补弊纠偏的作用。

皇甫湜,字持正,生卒年不详,与李翱为同时人,同为韩愈弟子,曾为工部郎中。皇甫湜论文强调怪奇,其《答李生第一书》云:"夫意新则异于常,异于常则怪矣;词高则出众,出众则奇矣。"有如"虎豹之文,不得不炳于犬羊;鸾凤之音,不得不锵于乌鹊"。他认为文章之怪奇并不会有伤于正,其《答李生第二书》中说:"夫谓之奇则非正矣,然亦无伤于正也。谓之奇即非常矣,非常者谓不如常者。谓不如常,乃出常也。无伤于正而出于常,虽尚之亦可也。""夫文者非他,言之华者也。其用在通理而已,固不务奇,然亦无伤于奇也。使文奇而理正,是尤难也。"皇甫湜不但提倡怪奇,而且他自己的古文创作也是以怪奇为特点的。清代章学诚在《皇甫持正文集书后》中说:"湜与李翱,俱称韩门高第。世称学于韩者,翱得其正,湜得其奇。今观其文,句镵字削,笔力生健,如挽危弓,臂尽力竭,而强不可制。"但是,章学诚又认为皇甫湜"真气不足",故"袭于形貌以为瑰奇,不免外强中干,不及李翱氏文远矣"。中唐时期崇尚怪奇是一种风气,韩愈之文并不怪奇,而是平易流畅的,他在《答刘正夫书》中说文"无难易,惟其是尔"。但是他并不反对怪奇,甚至还欣赏别人的怪奇,他在诗歌创作中则追求怪奇,所以他的学生在古文写作中就有追求怪奇的一派。章学诚于此也有一种说法,其云:"中唐文字,竞为奇碎。韩公目击其弊,力挽颓风。其所撰著,一出之于布帛菽粟,务裨实用;不为矫饰雕镂,徒侈美观。惟其才雄学富,有时溢为奇怪,而矫时励俗,务去陈言。学者不察,辄妄诩为奇耳。"这种说法有一定道理,但并不完全符合实际,因为韩愈在怪奇的问题上,对一般非文学文章和诗歌(包括某些文艺散文)的要求是不同的。从文学创作的角度来说,怪奇也是一种风格,不妨与其他风格并存。

刘禹锡(772—842),字梦得,洛阳人,曾为监察御史,是王叔文集团重要成员,王叔文失败后他被贬为朗州司马,十余年改连州刺史、苏州刺史,后为太子宾客分司东都。刘禹锡主要是诗人,其诗论要旨已见前述。在古文方面,他和柳宗元的观点比较一致,其"八音与政通,而文章与时高下"之说(参见《唐故尚书礼部员外郎柳君集纪》),则与柳宗元文章要"辅时及物"论相通。特别是他的诗、文分论思想与柳宗元是很一致的,可以很清楚地看出他对文学与非文学区别的认识。在《唐故相国赠司空令狐公集序》中说令狐楚擅长于非文学的公牍文章,"导畎浍于章奏,鼓洪澜于训诰,笔端肤寸,膏润天下,文章之用,极其至矣"。但又能努力于诗歌创作,以"余力工于篇什,古文士所难兼焉"。此处"篇什"是指诗、赋等文学作品,说明一般非文学文章和诗、赋等文学作品,历来在文人中往往是难以兼善的。其《唐故中书侍郎平章事韦公集序》中说韦处厚"未为近臣已前,所著词、赋、赞、论、记、述、铭、志,皆文士之词也,以才丽为主。自入为学士至宰相以往,所执笔皆经纶制置财成润色之词也,以识度为宗"。他这里所说的"以才丽为主"的"文士之词"正是说的文学创作,而"以识度为宗"的"经纶制置财成润色之词"则是指非文学的文章。刘禹锡对文学和非文学文章的区分法比柳宗元更进了一步,以"才丽"和"识度"来说明其不同特点,"文士之词"中既有词赋也有散文。同时,他提出了一个很重要的思想,即诗的创作比文要难,因为"诗者,其文章之蕴耶!"(《董氏武陵集纪》)诗比文章更为含蓄,蕴意深远。他说:"心之精微,发而为文;文之神妙,咏而为诗。"(《唐故尚书主客员外郎卢公集纪》)这说明唐代对文学特征的研究已有了更加深入的发展。刘禹锡和柳宗元在文学观念上没有受复古思潮影响,而且使文学观念向着更科学的方向发展,这在唐代古文家中确是难能可贵的。

第十四章　司空图与晚唐五代的文学理论批评

第一节　晚唐五代文学理论批评的几个主要流派

中唐文学思想是以提倡儒学复古主义为中心的,其核心在企图中兴唐室,恢复"开天盛世"的繁荣局面,所以,无论诗歌理论和散文理论都以儒家民本、仁政作为思想基础,具有明显的社会功利目的。但是它在贞元、元和之际热闹了一阵之后,没有多久就由于朝政腐朽,宦官专权,藩镇割据,党争激烈,改革派失败,纷纷被贬,连遭迫害,许多抱有济世安民、建功立业理想的文人对变革现实丧失了信心,对复兴唐室感到绝望,这股文艺思潮也就逐渐低落下去了。元、白由提倡美刺、讽谕而转向感伤、艳情,韩、孟由呼吁明道、救时而转向怪奇、险僻,不少诗人浪迹江湖,寄情山水。总的来看,文学思潮在由注重社会功用、表现民生疾苦,而向偏于个人抒情、追求艺术之美发展,到了晚唐五代这种倾向就更为明显了。

晚唐五代文学思潮和文学理论批评的发展,大体有以下几个主要流派:一是主张缘情绮丽文学,寓感伤于风情之中,寄性灵于华艳之间,这可以杜牧、李商隐为代表;二是提倡隐逸冲淡文学,系忧愤于山水田园之作,含怒骂于江湖隐逸之篇,这可以皮日休、陆龟蒙等为代表;三是追求超逸的诗味诗美,潜心艺术意境的创造,这可以司空图为代表;四是宣扬纵情声色的闺阁香艳文学,这可以韩偓、欧阳炯等为代表。这些不同流派之间有许多交叉的地方,每一流派之内各人也互有差异,甚至有比较大的差异,这里是就几个主要倾向来说的。下面,我们对这几个主要流派(司空图将在下节专论)逐一做扼要的分析。

杜牧和李商隐是晚唐两个成就最高的诗人,他们的文学思想和文学理论批评影响也比较大。他们都是有理想、有抱负、关心国计民生、希望有所作为的文人。但是,在唐王朝江河日下、面临覆亡的时代,他们都清醒地认识到颓败之势已不可逆转,在无可奈何之中,只好感慨"夕阳无限好,只是近黄昏"(《登乐游原》)。对文学创作来说,他们知道"刺世""救时"早已起不了作用,也没有任何意义,所以在诗歌创作上以较为绮丽的文词来抒写性灵,在怀古咏史和缠绵爱情中,寄托自己无限感伤的心情。因此,他们主张文学应以缘情达意为主,而不再强调明道宗经、补阙时政。不过,杜牧和李商隐在文学思想上是同中有异,并不完全一致,杜牧比李商隐要更为正统一些。

杜牧(803—853),字牧之,京兆万年(今陕西西安)人,大和二年(828)中进士,举贤良方正科,曾为沈传师、牛僧孺等幕僚多年,入朝为监察御史、左补阙,又出为黄州、池州、睦州等地刺史。大中初,为司勋员外郎,复出为湖州刺史,后又入朝为中书舍人。杜牧的文学思想比较突出地表现在他对诗人李贺的评论中,在《李贺集序》中对李贺诗歌的评价非常之高,他说:

> 云烟绵联,不足为其态也;水之迢迢,不足为其情也;春之盎盎,不足为其和也;秋之明洁,不足为其格也;风樯阵马,不足为其勇也;瓦棺篆鼎,不足为其古也;时花美女,不足为其色也;荒国陊殿,梗莽丘垄,不足为其恨怨悲愁也;鲸呿鳌掷,牛鬼蛇神,不足为其虚荒诞幻也。盖《骚》之苗裔,理虽不及,辞或过之。《骚》有感怨刺怼,言及君臣理乱,时有以激发人意。乃贺所为,无得有是!贺能探寻前事,所以深叹恨今古未尝经道者,如《金铜仙人辞汉歌》《补梁庾肩吾宫体谣》,求取情状,离绝远去笔墨畦径间,亦殊不能知之。贺生二十七年死矣。世皆曰:"使贺且未死,少加以理,奴仆命《骚》可也。"

杜牧在对李贺诗的这段评论中,通过一连串生动形象的比喻,不仅对李贺诗的艺术特色做了全面深刻的概括分析,而且字里行间流露出深深的赞赏与极大的兴趣,并可看出杜牧对屈原《离骚》社会意义的充分肯定,指出它"有感怨刺怼,言及君臣理乱,时有以激发人意"。同时他也很羡慕《楚辞》的华艳辞藻,其《冬至日寄小侄阿宜诗》中教其小侄"高摘屈宋艳,浓薰班马香"。他认为在李贺诗歌奇特的想象、瑰丽的文词中也蕴藏着骚人的怨刺哀伤,所以是"《骚》之苗裔,理虽不及,辞或过之",如果"少加以理,奴仆命《骚》可也"。这其实也是杜牧自己文学思想的一种表现,他许多清丽、明艳的咏史、怀古诗作,在浓厚的感伤情调中都蕴寓着强烈的讽刺怨怼,如《泊秦淮》《过华清宫三绝句》等。他对李贺诗歌以象征方法为主的浪漫主义艺术特别欣赏,认为他的诗在艺术上不在《楚辞》之下,甚至已超过《楚辞》,但在思想性方面则不及《楚辞》,如果思想性再提高一些,则就可以"奴仆命《骚》"了。这里所说的理与辞的关系,即是指文学作品的思想性与艺术性的关系,杜牧对两者都很重视,要求在理的主导下做到理与辞完美的统一。这种观点也鲜明地表现在《答庄充书》一文中,他说:

> 凡为文以意为主,气为辅,以辞彩章句为之兵卫,未有主强盛而辅不飘逸者,兵卫不华赫而庄整者。四者高下圆折,步骤随主所指,如鸟随凤,鱼随龙,师众随汤、武,腾天潜泉,横裂天下,无不如意。苟意不先立,止以文彩辞句,绕前捧后,是言愈多而理愈乱,如入阛阓,纷纷然莫知其谁,暮散而已。是以意全胜者,辞愈朴而文愈高;意不胜者,辞愈华而文愈鄙。是意能遣辞,辞不能成意,大抵为文之旨如此。

这里的意与辞的关系也就是《李贺集序》中所说理与辞的关系,但是这意的含义与理的含义略有不同。理是指作品中比较抽象的思想性,即作家的观点倾向;而意则是作品中体现作家观点倾向的具体内容,它往往是与一定的象联结在一起的。它要表现作家特定的个性,所以是以气为辅的。杜牧强调要立意为先,以意取胜,有了意而后文采辞句才能"绕前捧后",安排得体。

杜牧对元、白所写的元和体诗,亦即平铺直叙的长篇排律和风情宛然的艳体诗,曾有过很不满的表示。他在《唐故平卢军节度巡官陇西李府君墓志铭》中曾引用李戡的话说:"诗者可以歌,可以流于竹,鼓于丝,妇人小儿,皆欲讽诵,国俗薄厚,扇之于诗,如风之疾速。尝痛自元和以来,有元、白诗者,纤艳不逞,非庄士雅人,多为其所破坏。流于民间,疏于屏壁,子父女母,交口教授,淫言媟语,冬寒夏热,入人肌骨,不可除去。吾无位,不得用法以治之。"这虽然不是杜牧的话,但杜牧在引用时,明显可以看出他是十分赞成李戡这段话的。他在《献诗启》中说他自己"苦心为诗,本求高绝,不务奇丽,不涉习俗,不今不古,处于中间"。这"不务奇丽",可能是指晚唐诗风而言,然而杜牧的诗并非"不务奇丽",他自己紧接上文就说:"既无其才,徒有其奇。"但是既为"献诗"以求"恩知",自然是以"高绝"为标的,而不讲"奇丽"了。从"本求高绝"和"不涉习俗"来说,则还是比较符合实际的,并且与他赞同李戡反对元、白的元和体诗,可相印合。杜牧在文学创作上特别推崇杜甫、韩愈,其《读韩杜集》诗云:"杜诗韩集愁来读,似倩麻姑痒处抓。天外凤凰谁得髓,无人解合续弦胶。"这不仅是因为他与杜、韩作品中忧国忧民的思想感情有共鸣之处,而且从艺术上说,他也喜欢杜甫的沉郁壮健、韩愈的雄奇怪伟。他把李、杜、韩、柳看作唐代最有成就的文学家,"李杜泛浩浩,韩柳摩苍苍。近者四君子,与古争强梁"(《冬至日寄小侄阿宜诗》)。尤其是李、杜,他给予了很高的评价:"命代风骚将,谁登李杜坛?少陵鲸海动,翰苑鹤天寒。"(《雪晴访赵嘏街西所居三韵》)然而,杜牧的诗虽有俊迈不羁的豪爽气概,但毕竟带有没落时代颓伤情调,而与盛唐的李、杜和中唐的韩、柳都有所不同了。更明显的是,他的诗还具有风情宛然、"轻倩秀艳"(《李调元诗话》语)的特点,这也是晚唐的时代风气和文艺思潮所使然。他虽借李戡的话贬斥、讥笑元、白的元和体诗,可是他自己有不少诗作却明显地受元和体艳情诗的影响。此点明人杨慎和王世贞都指出过,《升庵诗话》卷九"崔道融读杜紫微集"条中说:"杜牧尝讥元、白云:'淫词媟语,入人肌肤,吾恨不在位,不得以法治之。'而牧之诗淫媟者,与元、白等耳,岂所谓睫在眼前犹不见乎?"《艺苑卮言》卷四云:"杜紫微掊击元、白不减霜台之笔,至赋《杜秋》诗,乃全法其遗响,何也?"确实,杜牧的《赠别》《闺情》《杜秋娘诗》等在风情艳丽方面和元、白元和体诗是很相似的,至于他那些描写狎妓生活的风流篇章,也和后来韩偓的《香奁集》相去无几了。而且杜牧的一些怀古咏史的诗作中也多少带有某些艳情色彩,如《赤壁》《泊秦淮》之类,但是他讲究语言文辞的凝练、含蓄,而不像元、白那样浅切、直露,因此,我们可以说,杜牧对元、白的抨击主要还是在语言文辞的过俗少雅方面。同时,他为李戡写墓志铭,总还是要以比较正统的身份出现的。实际上,他是并不反对"风情宛然"的艳体诗的,而是要在艺术表现方面把它从俗的方向拉回到雅的道路上来,以高雅的艺术形式写艳情的内容,并在艳情之中融入感时伤世的心态,这是对元和体诗的一种改造和发展,也是合乎由中唐到晚唐文艺思潮发展趋向的。

李商隐(813—858),字义山,号玉溪生,怀州河内(今河南沁阳)人,早年曾为牛党令狐楚所赏识,在其幕府当巡官,开成二年(837)中进士后,在李党泾原节度使王茂元幕府为书记,王以女妻之,受到牛党斥责。会昌二年(842)在礼部应试,以书判拔萃,得授秘书省正字。后牛党执政,李商隐长期不得志,在郑亚、卢弘止、柳仲郢等幕府为幕僚,一直到死。李商隐是晚唐成就最高的文学家,诗和散文都写得很好,有独特的风格,以绮丽华美见长。他的诗歌创作着重在创造具有浓厚象征色彩的朦胧意境,他的散文创作则以格律缜密、色彩华艳的四六骈文名扬一时。在文学思想上,他进一步发展了杜牧的思想,大胆地突破传统观念的束缚,明确反对文学创作上的师圣明道,主张缘情体物、抒写性灵,更彻底、更自觉地使文学与儒家政教脱钩,而成为表现个人感情角落、心灵世界的产物,而这又是和现实社会有密切联系的。在散文创作方面,他不理睬以韩、柳为代表的古文家的理论主张和创作实践,并且反其道而行之,大肆写作属对工切的华丽四六骈体文,甚至很自负地嘲笑六朝骈文名家之不及。他十六岁时古文就写得很好,十七岁又从令狐楚学骈文,他在《樊南甲集序》中说:"居门下时,敕定奏记,始通今体。后又两为秘省房中官,恣展古集,往往咽噱于任(昉)、范(云)、徐(陵)、庾(信)之间。有请作文,或时得好对切事,声势物景,哀上浮壮,能感动人。十年京师寒且饿,人或目曰:韩文杜诗,彭阳(令狐楚)章檄,樊南穷冻,人或知之。仲弟圣仆,特善古文,居会昌中,进士为第一二,常以今体规我,而未为能休。"可见,李商隐古文、骈文都擅长,而更喜欢写骈文,但也不排斥古文,并对古文也给了很高评价。然而,他对古文家的宗经明道、贬斥骈文是很不满意的。其《上崔华州书》中说:"愚生二十五年矣。五年诵经书,七岁弄笔砚。始闻长老言:'学道必求古,为文必有师法。'常悒悒不快,退自思曰:夫所谓道,岂古所谓周公、孔子者独能邪?盖愚与周、孔俱身之耳。以是有行道不系今古,直挥笔为文,不爱攘取经史,讳忌时世。百经万书,异品殊流,又岂能意分出其下哉!"在《容州经略使元结文集后序》中还说:"孔氏固圣矣,次山安在其必师之邪?"这确实是惊世骇俗之论! 行道不以古今分高下,亦非周孔所独能,今人行道著文不必以周孔为师,不需博取经史,不去讳忌时世,直接挥笔而书,反而更加鲜明有力,不见得在周孔之下。为文既不以阐明古道为目的,自然在散文语言形式上也不必以古文骈文分优劣。李商隐的散文既有古文也有骈文,都写得很好,但因为当时提倡古文反对骈文的高潮刚过,古文写作成为一种文坛风尚,所以李商隐对师圣明道提出非议,又以属对精切、声律调谐、气势哀壮、感情激昂的四六骈文称雄一代,自然就显得非常突出了。李商隐的散文理论和创作实践,纠正了古文提倡者全盘否定骈文的片面性,又以注重感情和气势改变了骈文过分追求形式美而忽视内容充实的弊病,这对中国古代散文理论和散文创作的健康发展,是有积极作用的。

李商隐在论元结文章时还提出了文学创作"以自然为祖,元气为根"的重要思想。万物生于元气、顺乎自然是中国古代哲学思想中的一种重要的宇宙本体论。老子认为道是宇宙的本体,而道"其中有精",这"精"就是指精气,亦即元气,它是万物的本源。王充在《论衡》中曾说:"元气未分,浑沌为一。""天地,含气之自然也。"(《谈天》)人也是禀元气所生,"人之善恶,共一元气;气有多少,故性有贤愚"(《率性》)。文是人的性灵之体现,所以也根源于自然、元气。这是与儒家传统以"天人感应"为基础的"河出图,洛出书,圣人则之"说和"原道""征圣""宗经"说不同的文学本源论。从这种观点出发,必然要以真实、自然、富于变化作为衡量文学作品艺术美的标准。李商隐在《容州经略使元结文集后序》中赞扬"次山之作,其绵远长大,以自然为祖,元气为根,变化移易之"。又驳斥有些人的"次山不师孔氏为非"之论,特别引用元结的"三皇用真而耻圣,五帝用圣而耻明,三王用明而耻察"说,把真作为衡量一切的最高原则,同时也是他审美理想的核心所在。他对元结文章的评价很高,其间当然也有某些研究者所说不全符合元结文章实际之处,但他确实看到了元结文章由崇尚自然、元气而形成的朴素本色美,如"太虚无状,大赟无色"一样无穷无尽,像"山相朝捧,水信潮汐"一样顺其自然。李商隐所称颂元结的是他作品中真率的感情,深沉的内容,天然的气势,严正的态度。

李商隐从元气自然论的文学本源论出发,在诗歌创作方面,特别强调要言志缘情,抒写性灵。其《献相国京兆公启》中说:"人禀五行之秀,备七情之动,必有咏叹,以通性灵。故阴惨阳舒,其途不一,安乐哀思,厥源数千。远则郦、邺、曹、齐以扬领袖,近则李、苏、颜、谢用极菁华。嘈囋而鼓钟在悬,焕烂而锦绣入玩。刺时见志,各有取焉。"他指出诗歌是人的感情之自然流露,人禀五行之秀,内含七情,有所激动,必然要借诗歌来抒发自己性灵,以达到"刺时见志"的目的,从《诗经·国风》到苏、李、颜、谢,无不如此。他这里所说的"志"不是狭隘的儒家政教,而是泛指各类诗歌中诗人之志。他在另一篇《献相国京兆公启》中曾以"师旷荐音""后夔作乐"来比喻自己的诗作,并说自己创作"其或绮霞牵思,珪月当情,乌鹊绕枝,芙蓉出水,平子四愁之日,休文八咏之辰,纵时有斐然,终乖作者"。这不仅说明他对自己的才华相当自负,而且从他所用典故中可以看出他对谢朓、江淹、曹操、谢灵运、张衡、沈约等人都是很欣赏的,主张以绮丽的文词来抒写情思,通达性灵,这正是元、白早期提倡"救济人病,裨补时阙"时曾竭力反对的所谓"嘲风雪、弄花草"之作。由此可见,李商隐不仅在散文理论上对以韩柳为代表的古文理论加以否定,在诗歌理论上也对以元、白早期诗论为代表的新乐府理论加以否定。

李商隐在诗歌理论方面值得我们注意的,还有对李贺的评价。他曾经写过一篇《李贺小传》,开篇就说:"京兆杜牧为李长吉集序,状长吉之奇甚尽,世传之。"这个"奇"就是指杜牧对李贺诗的艺术特色的概括。对李贺的才华和他具有独创性的奇诡险怪而又秾丽凄清的艺术风貌,李商隐是非常欣赏的。他在小传的末尾感叹道:"呜呼,天苍苍而高也,上果有帝耶?帝果有苑圃、宫室、观阁之玩耶?苟信然,则天之高邈,帝之尊严,亦宜有人物文彩愈此世者,何独眷眷于长吉而使其不寿耶?噫,又岂世所谓才而奇者不独地上少,即天上亦不多耶?长吉生二十四年,位不过奉礼太常,当世人亦多排摈毁斥之。又岂才而奇者,帝独重之,而人反不重耶?又岂人见会胜帝耶?"深深地为李贺的怀才不遇和抑郁早逝感到惋惜,对李贺的才华和艺术成就给予了极高的评价,认为像李贺这样"才而奇者"不仅人间少有,即天上亦不多。他和杜牧一样,看出李贺诗歌虽然写的是超乎现实的幻想世界,神仙鬼怪的境界,但是仍然蕴藏着对现实的不满和深沉的寄托。在这一方面,李商隐显然也受到李贺的影响,他在《谢河东公和诗启》中曾说自己的《西溪》诗之创作是"盖以徘徊胜境,顾慕佳辰,为芳草以怨王孙,借美人以喻君子"。其实,他的有些爱情诗也是有寄托的。

李商隐的诗文理论表现了和中唐儒学复古主义文学思想很不同的特点,所以我们可以说,如果杜牧的文学思想开始由中唐向晚唐过渡的话,那么,到了李商隐则是比较典型地体现晚唐文学思想特征的代表了。

晚唐提倡隐逸冲淡文学的主要代表是皮日休和陆龟蒙。他们在吴郡为诗友,有《松陵唱和集》传世,人称皮、陆。皮日休和陆龟蒙都以隐士自居,浪迹江湖,但他们实际是很关心社会政治的,和元、白一样受儒家仁政、民本思想影响很深,然而处在动乱、衰亡的时代,眼见唐王朝大势已去,朝廷当政者腐朽糜烂,"刳剥生灵为事业,巧通豪滑作梯媒"(贯休《东阳罹乱后怀王慥使君》)。他们对现实都有十分清醒的认识,知道救世刺时、改革弊政已不可能,为此只好隐居避世,以诗酒自娱,但他们内心并不能忘情现实社会,所以在诗文中都有不少对社会腐败和酷吏赃官的尖刻讽刺、愤怒斥骂,皮日休尤为明显。他们诗歌创作风貌比较朴素,以清丽淡远见长;散文创作效法韩、柳,以古文为主,尤擅长讽刺小品。

皮日休,原字逸少,后改为袭美,据萧涤非先生《皮子文薮》前言考证,大约生于834年,死于883年左右。皮日休是襄阳人,早年隐居鹿门山,自称鹿门子、闲气布衣、醉吟先生、醉民、醉士等,唐懿宗咸通八年(867)进士,曾为著作郎、太常博士,不久"遭乱,归吴中(苏州)"(参见《唐诗纪事》卷六十四)。据皮日休《松陵唱和集序》说,咸通十年(869),他为吴郡部从事,遂认识陆龟蒙,与之相友善。皮日休在吴中时间比较长,与陆龟蒙诗酒唱和,过的是半隐居生活。黄巢军入江浙有两次,一在878年,一在879年,皮日休被"劫以从军"在哪一年不详。广明元年(880)黄巢攻入长安,以皮日休为翰林学士,883年4月黄巢兵败,唐朝军队收复长安,皮日休被诛。或谓皮因为黄巢作谶词,被怀疑讥笑黄巢,而遭杀害,未知孰是。

皮日休在诗歌创作上以和陆龟蒙的唱和闻名于世,皆为隐逸诗。他们咏酒、咏茶、咏渔具、咏太湖、咏四明山、咏各种隐居生活的情趣。皮日休于《太湖诗序》中说："余顷在江汉,尝褥鹿门渔泂湖,然而未能放形者,抑志于道也。……道之不行者,有困辱危殆;志之可适者,有山水游玩,则休戚不孤矣。"而诗就是这种放形山水的江湖隐逸生活的最好精神寄托:"野侣相逢不待期,半缘幽事半缘诗。"(《鲁望春日多寻野景日休抱疾杜门因有是寄》)"爱酒有情如手足,除诗无计似膏肓。"(《吴中言情寄鲁望》)"吟罢不知诗首数,隔林明月过中天。"(《寒夜文宴得泉字》)"十载江湖尽是闲,客儿诗句满人间。"(《奉和鲁望秋赋有期次韵》)皮日休有《七爱诗》,其中诗人有两位,即李白与白居易。他爱李白,是因为"负逸气者,必有真放,以李翰林为真放焉"(《七爱诗序》)。他爱白居易,是因为他既能"直声惊谏垣""作得典诰篇",也能在道不行时"清望逸内署""欻从浮艳诗","忘形任诗酒,寄傲遍林泉"。他并不反对元、白的元和体诗,而是赞赏的,他和陆龟蒙还有不少类似元、白长篇排律的唱和之作。皮日休也学习元、白的新乐府,仿之而作《正乐府》十首,并在序中说古代的乐府诗是为了使人知"国之利病,民之休戚","诗之美也,闻之足以劝乎功;诗之刺也,闻之足以戒乎政"。为此,他选"有可悲可惧者,时宣于咏歌"而为《正乐府》,但这不过是山水田园隐逸中所掺杂的一点忧愤而已。在《追和虎丘寺清远道士诗序》中说:"圣贤有不得其志者,则必垂之于言也。大则为经诰,小则为歌咏。盖不信于当时,则取诉于后世。"此所谓"咏歌",并非只指《正乐府》一类诗,主要还是指清丽淡远的隐逸诗,故此序中说清远道士之诗,"格之以清健,饰之以俊丽,一句一字,若奋若搏,彼建安词人傥在,不得居其右矣"。皮日休在《太湖诗序》中说:"道之不行者,有困辱危殆;志之可适者,有山水游玩,则休戚不孤矣。"又说:"噫,江山幽绝见贵于地志者,余之所到不翅于半,则烟霞鱼鸟林壑云月可为属厌之具矣。尚栩然于志者,抑古圣人所谓独行之性乎,逸民之流乎,余真得而为也。"道虽因时世颓败而不行,然可于翱游山水中以寄其志。所以,在皮日休看来,凡不得志者,可寓意于各种类型的诗,如讽谕、隐逸、闲适、田园、山水、艳情等等。例如白居易:"何期遇訾毁,中道多左迁。天下皆汲汲,乐天独怡然。天下皆闷闷,乐天独舍旃。高吟辞两掖,清啸罢三川。处世似孤鹤,遗荣同脱蝉。仕若不得志,可为龟镜焉。"(《七爱诗·白太傅居易》)美刺讽谕和隐逸闲适,不过是文人在或达或穷的不同遭遇下,在盛世、乱世、衰世的不同社会环境下,在文学创作中寄托情志的不同表现而已。因此,注重诗歌的艺术形式,自然也是无可厚非的。他在《松陵集序》中说:"古之士穷达必形于歌咏,苟欲见乎志,非文不能宣也,于是为其词。词之作,固不能独善,必须人以成之。"古代诗有六义,"逮及吾唐开元之世,易其体为律焉,始切于俪偶,拘于声势","由汉及唐,诗之道尽矣"。诗歌艺术本身在发展,形式也愈来愈多样,其《杂体诗序》中讲到联句、离合、回文、叠韵、双声等多种形式的诗歌,都是充分肯定的。他对晚唐诗歌的看法,如他认为"近代称温飞卿、李义山为之最"(《松陵集序》),亦可见他诗论主张之所在了。

皮日休在散文创作思想中更明显地表现了含怒骂于隐逸闲适之中的特点。他在《鹿门隐书序》中说:"醉士隐于鹿门,不醉则游,不游则息。息于道,思其所未至。息于文,惭其所未周。故复草隐书焉。呜呼,古圣王能旌夫山谷民之善者,意在斯乎。"隐逸者或醉酒、游乐于山林江湖之间,或以道与文为之寄托情志。所以应当懂得在什么样的社会环境下写什么样的文章。《鹿门隐书》中说:"文学之于人也,譬乎药,善服有济,不善服反为害。"在那种昏庸无能、腐朽糜烂的统治者当政的时代,偏要以文学去干政,向帝王进行争谏,除遭致杀身之祸以外,还能有什么结果呢?所以,他认为有志之士只能隐身江湖,怡情山水,但亦不妨寄道于文,以传之后世。他在《鹿门隐书》和其他文章中就有不少对世道人心的深刻剖析,对社会黑暗的尖锐揭露,对贪官污吏的愤激怒骂,对当朝权贵的大胆抨击,乃至对暴虐君主的痛斥诅咒。

例如:

> 古之官人也,以天下为己累,故己忧之。今之官人也,以己为天下累,故人忧之。
> 古之隐也,志在其中;今之隐也,爵在其中。
> 毁人者,失其直;誉人者,失其实;近于乡愿之人哉。
> 古之用贤也,为国;今之用贤也,为家。
> 古之杀人也,怒;今之杀人也,笑。

> 古之置吏也,将以逐盗;今之置吏也,将以为盗。

在《原谤》一文中,他还说:"后之王天下,有不为尧舜之行者,则民扼其吭,摔其首,辱而逐之,折而族之,不为甚矣。"他中进士前一年(咸通七年)自编的《皮子文薮》是为"贡于有司"用的,为的是寻求仕途的发展,所收大都是表现他政治见解的著作,"皆上剥远非,下补近失,非空言也"。(《文薮序》)说明他是有兼济天下之志的,所以他所提倡的隐逸文学和自六朝以来的隐逸文学有一个很不同的地方,就是他的思想基础是以儒家为主,而不是以释老为主的,是没落衰亡时代不得志的有识之士,无可奈何才隐居避世,与山水为朋,故其诗文在闲情逸趣中往往蕴含着许多愤世嫉俗之论,在冲和淡远之中常常不免有激昂感伤之情。这是晚唐提倡的隐逸冲淡文学之重要特点。

陆龟蒙,字鲁望,生年不详,《唐诗纪事》谓"中和初,遘疾而终"。与皮日休同时,吴郡(今江苏苏州)人。曾举进士,不中,遂不再应试,隐居松江甫里,自称江湖散人,又号天随子、甫里先生。他为人很高傲,"不喜与流俗交,虽造门亦罕纳"。颇有江湖名士风度,"不乘马,每寒暑得中,体无事时,放扁舟,挂蓬席,赍束书、茶灶、笔床、钓具,鼓棹鸣榔,太湖三万六千顷,水天一色,直入空明,或往来别浦。所诣小不会意,径往不留"(《唐才子传》)。他虽然在《笠泽丛书》中也有一些讽刺现实的小品、杂文,并在《笠泽丛书序》中说:"内壹郁则外扬为声音,歌、诗、赋、颂、铭、记、传、叙,往往杂发。"但主要还是隐逸之作。他认为诗歌是体现人的情性的,其《自遣诗序》中说:"且诗者持也,谓持其情性,使不暴去。"这是引用《诗纬·含神雾》"诗者,持也"说及刘勰《文心雕龙·明诗》中对"持"的解释,来说明人的感情往往似"雪泥鸿爪",需要诗歌来记载,以保留美好的瞬间。而他的隐逸生活之种种情趣自然也要借诗歌来抒发。"题诗石上空回笔,拾蕙汀边独倚桡。"(《奉酬袭美病中见寄》)"直应天授与诗情,百咏唯消一日成。"(《和袭美送孙发百篇游天台》)他的《五歌》都是写田园生活的,如《放牛》《水鸟》《刈获》《雨夜》《食鱼》,其小序中写道:"古者歌咏言,《诗》云:'我歌且谣。'《传》曰:'劳者愿歌其事。'吾言之拙,艰不足称,咏且谣而歌其事者,非吾而谁?作五歌以自释意。"其实也是一种隐士情志的寄托。陆龟蒙和皮日休一样,都很钦佩文中子王通,但主要是尊敬他生于"乱世不仕",隐居而"退于汾晋",又能"序述六经,敷为《中说》"(皮日休《文中子碑》),保持儒者风度。陆龟蒙在描写自身生活、思想、性格的《甫里先生传》中说自己:"性野逸无羁检,好读古圣人书,探六籍,识大义,就中乐《春秋》,抉擿微旨。见有文中子王仲淹所为书,云三传作而《春秋》散,深以为然。"并且阐述了他对文学的爱好和对诗歌艺术美的看法:"平居以文章自怡,虽幽忧疾痛中,落然无旬日生计,未尝暂辍。……少攻歌诗,欲与造物者争柄,遇事辄变化,不一其体裁。始则凌轹波涛,穿穴险固,囚锁怪异,破碎阵敌,卒造平淡而后已。"他的艺术美理想最终还是落在自然平淡上,但他认为要达到这个目标,必须经过一个人工磨炼、历尽艰险的过程,方能实现。《唐诗纪事》说他"尝体江(淹)、谢(朓)赋事,名振江左。居于姑苏,藏书万余卷,诗篇清丽"。平淡清丽是皮、陆所提倡的隐逸文学之主要艺术风貌。在散文理论方面,陆龟蒙与古文家的观点也不同,他在《复友生论文书》中曾说他"自小读六经,颇有熟者,求文之旨趣、规矩不出于此,妄矣"。他不赞成文与辞异、文优而辞劣的说法,也不赞成声病之辞非文的说法,认为"文者辞之总,辞者文之用","文辞一也"。"声之不和,病也。去其病则和,和则动天地、感鬼神,反不得谓之文乎?"这也充分说明他是非常重视文学的艺术技巧的,而重艺术正是晚唐文学的特色之一。

皮、陆的文学思想和司空图实际上是有很多共同之处的。把皮、陆说成和司空图在文学创作和文学思想上是对立的,前者主张反映民生疾苦,揭露社会黑暗,后者主张逃避和脱离现实,追求唯美主义的艺术,这是不妥当的,也是不符合事实的。皮、陆和司空图都受儒家思想影响很深,都是在乱世、衰世因不得志而隐居江湖山林的,在诗歌创作上都以写隐逸山水田园诗为主,艺术风貌上也比较接近,只是司空图对李唐王朝忠心耿耿,不像皮、陆那样清醒超脱,对社会的黑暗腐败没有皮、陆认识得那么深透,因此,也没有他们那种讽刺怒骂,而是潜心于研究诗歌艺术,借以摆脱精神上的苦闷和压抑。关于司空图的诗论,我们在下节再详论。

晚唐五代之交,宣扬纵情声色的香艳文学有了很大的发展,这是和没落时代文人的绝望、消极情绪之泛滥,有很密切关系的。倡导这种文学思想的主要代表是韩偓和欧阳炯。韩偓(842—932),字致尧,小名冬郎,自号玉山樵人,京兆万年(今陕西西安)人。龙纪元年(889)进士,曾因有功于昭宗,为翰林学士、中书舍人、兵部侍郎等,因为权臣朱温所恶,贬濮州司马,后虽又召为翰林学士,但惧而不敢再入朝,入闽依威武节度使王审知,唐亡后居南安县。韩偓虽以《香奁集》出名,但这是他早期作品,他为官以后还写了不少诗,颇多感世伤时之作,风格婉丽,有点接近李商隐。清代纪昀在《四库全书总目》"韩内翰别集"条说:"其诗虽局于风气,浑厚不及前人,而忠愤之气时时溢于语外。性情既挚,风骨自遒,慷慨激昂,迥异当时靡靡之响。"应该说是比较公允的。不过,韩偓在文学思想上影响最大的还是《香奁集》。沈括在《梦溪笔谈》中说《香奁集》为和凝所作是错误的,葛立方在《韵语阳秋》中已经辩正。韩偓《香奁集序》说这些作品写于庚辰(860)、辛巳(861)至庚子(880)、辛丑(881)间,均为他中进士前所作,原有千余首,"其间以绮丽得意亦数百篇",曾广为流传,"往往在士大夫之口,或乐工配入声律,粉墙椒壁,斜行小字,窃咏者不可胜记"。黄巢攻入长安后,大都散佚,经收辑复得百余篇,遂编为《香奁集》。其序写于任翰林学士之后,他说:"遐思宫体,未降称庾信攻文;却诮《玉台》,何必倩徐陵作序。初得捧心之态,幸无折齿之惭。柳巷青楼,未尝糠秕;金闺绣户,始预风流。咀五色之灵芝,香生九窍;咽三危之瑞露,春动七情。如有贵其不经,亦望以功掩过。"韩偓对这些闺阁艳情之作,虽比之《玉台》宫体,但并无否定之意,认为"柳巷青楼"未必都可视之糠秕,而"金闺绣户"亦有应感佩之风流,其间虽有正统儒家以为"不经"之处,但也希望能"以功掩过"。他说自己"诚知非大夫所为",然而又"不能忘情","天所赋也"。从《香奁集》中所收的诗来看,其中确有许多香艳、轻薄甚至淫荡的情调低下之作,但也有不少是以绮丽的文词写对爱情的思念、追忆、怅恨、哀怨等,多有情真语切、生动感人之作。因此,我们对韩偓提倡的艳情文学,既要看到它有欣赏士大夫纵情声色的堕落生活之不良倾向,又要看到它往往也是士大夫在国破家亡、落魄潦倒境况下,借沉湎声色以求得精神解脱的产物,具有深刻的时代烙印,而且也不乏"同是天涯沦落人"的某种真诚感情,犹如后来《桃花扇》中的侯方域和李香君一般。否则,也不会有这么多人来"窃咏",并在社会上广泛流传了。

韩偓的《香奁集》和五代赵崇祚的《花间集》在文学思想上有直接的联系。《花间集》是对《香奁集》的进一步发展,文学思想更趋向于淫靡香艳。《香奁集》中的香艳诗如韩偓所说,已有不少被"乐工配入声律",而《花间集》中所收的唐末五代曲子词,如欧阳炯《花间集序》中所说,"声声而自合鸾歌","字字而偏谐凤律",则是全部配乐而歌的。词是一种新兴的文学形式,中唐以后才逐渐流行,到晚唐五代艺术上就比较成熟了。五代后蜀赵崇祚编的《花间集》共收十八位词人作品五百首,其中除温庭筠、皇甫松、和凝、张泌外,均为蜀中文人。前蜀、后蜀割据蜀中将近六十年,由于地理条件关系,战祸、动乱较少,处于相对比较稳定的环境,权豪贵族们生活在歌舞宴饮、花天酒地之中,曲子词正是在这样的背景下流行和发达起来的。《花间集》的主要部分是香艳词,欧阳炯写的《花间集序》就是它在理论上的代表。他对花间词的价值做了如下的分析:"《杨柳》《大堤》之句,乐府相传;《芙蓉》《曲渚》之篇,豪家自制。莫不争高门下,三千玳瑁之簪;竞富樽前,数十珊瑚之树。则有绮筵公子,绣幌佳人,递叶叶之花笺,文抽丽锦;举纤纤之玉指,拍按香檀。不无清绝之辞,用助娇娆之态。"也就是说,花间词实是"绮筵公子""绣幌佳人"的淫靡放荡生活之写照,以"清绝之辞""助娇娆之态",故其艺术风貌以精工艳丽为主,"镂玉雕琼,拟化工而迥巧;裁花剪叶,夺春艳以争鲜"。欧阳炯认为"自南朝之宫体,扇北里之倡风","有唐以降"并未中断,而是更加发展了,故"家家之香径春风,宁寻越艳;处处之红楼夜月,自锁常娥。在明皇朝则有李太白应制《清平乐》词四首,近代温飞卿复有《金荃集》,迩来作者,无愧前人"。国家四分五裂,社会动荡不安,灾难遍布大地,百姓饥寒交迫,处在这样的时代,而引导文学以华艳的词藻去表现轻佻的艳情,描写女人的服饰和体态,为豪门贵族、纨绔子弟助乐佐欢,不能不说是一种文学的堕落。南宋著名的爱国诗人陆游在《花间集跋》中就曾尖锐地指出:"斯时天下岌岌,士大夫乃流宕如此!"花间词人中像韦庄等,也写过一些清丽明朗、格调较高的词作。从艺术上说,花间词还是有贡献的,它丰富了词的艺术表现技巧,特别是细腻精致的描写,含蓄蕴藉的表达,以及拟人象征方法的运用等,都对后来词的创作和词论的发展有深远的影响。

晚唐五代文学思想与文学理论批评的发展,除上述几个主要流派以外,值得注意的尚有以选本形式出现的诗论主张。韦庄(约836—910)是著名诗词作家,他选有《又玄集》,其序写于光化三年(900),明确提出他的选诗标准是"清词丽句",这与他自己的诗词风貌是接近的。韦縠,五代后蜀监察御史,编有《才调集》,选唐人诗一千首。其《才调集叙》中说:"或闲窗展卷,或月榭行吟。韵高而桂魄争光,词丽而春色斗美。"可知是以"韵高""词丽"为选诗标准。此外,《旧唐书》作者刘昫(887—946)虽然在《文苑传序》中赞扬唐代文学"发言为论,下笔成文,足以纬俗经邦,岂止雕章缛句","贞观之风,同乎三代",但是实际上极力推崇声律说代表沈约,反对"是古非今",认为各个时代有自己的特点:"世代有文质,风俗有淳醨,学识有浅深,才性有工拙。"而在《元稹白居易传论》中论及六朝,"至潘、陆情致之文,鲍、谢清便之作,追于徐、庾,踵丽增华,纂组成而耀以珠玑,瑶台构而间之金碧",可见他对华艳骈俪文学是很赞赏的。这些都是和晚唐文学思潮一致的。对晚唐流行的艳丽文风,也有人提出过一些不同见解。例如黄滔在《与王雄书》中说:"夫俪偶之辞,文家之戏也,焉可赍其戏于作者乎?"在《答陈磻隐论诗书》中说:"诗本于国风王泽,将以刺上化下,苟不如是,曷诗人乎?"又说咸通、乾符之际,"郑、卫之声鼎沸,号之曰'今体才调歌诗',援雅音而听者憒,语正道而对者睡。噫,王道兴衰,幸蜀移洛,兆于斯矣"。很明显是从儒家正统诗论出发对当时文风的不满。吴融在《禅月集序》中也从诗教观点批评了唐诗自李贺以后,"皆以刻削峭拔飞动文彩为第一流,而下笔不在洞房蛾眉神仙诡怪之间则掷之不顾"这种不良倾向。但是,他们并没有什么新的创见,自然也无法改变整个文学思潮的走向。

第二节　司空图论诗歌的"味外之旨""象外之象,景外之景"

司空图是晚唐一位著名的诗人,同时又是唐代很重要、很有成就的文学理论批评家,他的许多诗论文章,如《与李生论诗书》《与王驾评诗书》《与极浦书》《题柳柳州集后序》等,以及他的《诗赋》,以诗歌意境为中心,总结了诗歌艺术发展中的一些重要经验,提出了"象外之象,景外之景""韵外之致""味外之旨""思与境偕"等著名的诗歌美学范畴,对唐以后诗歌理论批评的发展有十分深远的影响。历来大家所推崇的《诗品》

(或称《二十四诗品》),从没有人怀疑过它是否为司空图所作。20世纪90年代中始有学者提出其真伪问题,认为系后人之伪托,经过近十年来研究的深入,认为《二十四诗品》是伪作者所提出的主张(认为是明人怀悦所作)已经被证明是完全错误的,因为在怀悦出生前已经有《二十四诗品》存在。他们所提出的其他证据也大都被推翻或受到有力质疑,虽然目前还没有充足的文献可以完全证实为司空图所作,但是也没有一条根据可以证明不是他所作。至少我们可以知道《二十四诗品》在元代已经有了,而且还有些材料可以说明也许在宋代就有了。而苏轼在《书黄子思诗集后》中所说的"二十四韵"也不能绝对说就是指《与李生论诗书》中的二十四联有"味外味"的诗,因为究竟《与李生论诗书》是不是二十四联,不同的版本和不同的批评家看法也不同。因此,本书仍然把《二十四诗品》作为司空图的作品来加以论述。司空图的诗歌美学思想,是和司空图所处的时代及其经历、他的整个人生观、宇宙观不可分割地结合在一起的。为此,我们首要要简略地介绍他的生平和思想。

司空图(837—908),字表圣,河中虞乡(今山西永济)人。他生活在唐末社会动荡不安的时代,早年颇有济世安民的理想,很希望得到贤明君主的赏识,能有所作为,干一番事业,为振兴李唐王朝效犬马之劳。他在自己文集的序言中说,"平生之志"不在"文墨之伎",而在研究治乱得失之经验,与古代贤能豪杰之士一较上下。在《将儒》一文中,他说希望有"忧天下而访于我者"能重用他,使他的才能得到充分发挥,努力去改变当时"儒失其柄,武玩其威"所造成的"道之不振"的局面。然而,在唐王朝面临覆亡的时刻,政治黑暗腐败,不可能任用贤才,而且他个人也无法挽狂澜于既倒。他于唐懿宗咸通十年中进士后,其遭遇也是很坎坷的。他先随其恩师王凝为幕僚,恰逢王仙芝、黄巢领导的农民大起义,王凝在镇压农民起义过程中病死。后司空图被召拜殿中侍御史,因"赴阙迟留,责授光禄寺主簿,分司东都"(《旧唐书·司空图传》)。唐僖宗广明元年卢携入朝为相,召司空图为礼部员外郎,后迁礼部郎中。然而正好在这年冬天,黄巢军队攻入长安,唐僖宗仓皇出逃,奔向四川,司空图扈从不及,流落于乱兵之中。据他文集中《段章传》一文说,他当时在长安崇义里到处躲藏,有一次他刚要出门,遇黄巢军搜查,"有拥戈拒门者"恰好是他中进士时的一个驭者段章。段章因司空图当年待他不薄,劝他随自己归顺其新主黄巢手下张将军,但司空图是非常忠于李唐王朝的,故坚决不从。段章带他到大路上放他走,他遂连夜逃到咸阳桥,经鄠县(今陕西西安鄠邑)辗转回到河中,住在中条山王官谷他家祖传的别墅。光启元年(885)唐僖宗由四川返回凤翔时曾召司空图为知制诰,不久又迁为中书舍人。然而,唐僖宗在回到长安后不久,又发生了李克用兵变的事件,再次逃出长安,到达宝鸡。这次司空图又跟从不及,不得不在惊恐之中重新返回家乡,隐居在中条山王官谷。他的心情是很悲凉的,"身病时亦危,逢秋多恸哭。风波一摇荡,天地几翻覆"(《秋思》)。在这样一个动荡的时代,他没有勇气再去寻求仕途上的发展,只能隐居深山,以诗酒自娱。他在《丁未岁归王官谷有作》一诗中说:"家山牢落战尘西,匹马偷归路已迷。冢上卷旗人簇立,花边移寨鸟惊啼。本来薄俗轻文字,却致中原动鼓鼙。时取一壶闲日月,长歌深入武陵溪。"然而,这对他来说实在是迫不得已之举,所以"闲知有味心难肯,道贵谋安迹易平。陶令若能兼不饮,无弦琴亦是沽名"(《书怀》),当亦作于是年。他的心并不能真正平静下来,只是"宦游萧索为无能",才"移住中条最上层"(《退栖》)。光启三年(887)司空图五十岁,他在题为《五十》的一首诗中说:"清秩偶叨非养望,丹方频试更堪疑。"虽然自己"身闲事少",仍然心系朝廷安危,并不真想频试丹方。不过,他对济世救时也已经失去了信心。

唐昭宗龙纪初,复召拜司空图为中书舍人,但没有多久就因病辞官,寓居华阴(今陕西华阴县东南)。景福(892—893)中又被召为谏议大夫,但司空图眼看"朝廷微弱,纪纲大坏",李唐王朝颓败之势已不可挽回,自己也无能为力,故不愿为官,"移疾不起"(参见《旧唐书》本传)。此后,唐昭宗虽曾两次召他为官,他都称病不到任。尤其经过柳璨之祸(柳璨迎合朱全忠,杀戮旧臣,司空图亦险遭其害),他对乱世仕途之险恶感到十分恐惧,决心隐居避世,再也不出来了。但他心里始终没有忘掉李唐王朝,在《偶书》一诗中说:"莺也解啼花也发,不关心事最堪憎。"又说:"自有池荷作扇摇,不关风动爱芭蕉。只怜直上抽红蕊,似我丹心向本朝。"(同上)司空图这种精神上的深沉痛苦,只能从佛老思想上去寻求解脱。他在《自诫》一诗中说:"众人皆察察,而我独昏昏。取训于老氏,大辩欲讷言。"他并不想置身于现实之外,但又不得不超脱于现实之外。他是由感伤、痛苦、悲观、绝望而转向佛老的任其自然、恬静冲淡、远离浊世、超然物外的。"从此当歌唯痛饮,不须经世为闲人。"(《有感》)"名应不朽轻仙骨,理到忘机近佛心。"(《山中》)他企图从佛老的空寂心境中去获得人生的归宿。

司空图的晚年生活就是在这样的矛盾心情中度过的。然而司空图后期思想中,佛老毕竟是占了主要地位的,正如他在《休休亭记》中所说,他自己年老无能,早已没有"济时之用",故"日与名僧高士游咏"于"泉石林亭"之中,"与野老同席,曾无傲色"。他像庄子一样豁达,而且如《旧唐书》本传所说,"预为寿藏终制。故人来者,引之圹中,赋诗对酢,人或难色,图规之曰:'达人大观,幽显一致,非止暂游此中。公何不广哉!'"他自号"耐辱居士","与靖节、醉吟第其品级于千载之下",过着"一局棋,一炉药,天意时情可料度,白日偏催快活人,黄金难买堪骑鹤"的生活(《休休亭记》)。在这种情况下,司空图和诗歌结成了好朋友。

他的诗是写得很好的,主要是写他在中条山王官谷隐居生活的闲情逸趣,以及各种山水田园胜景。他赞美王维、韦应物的诗是"澄淡精致,格在其中",其实这也正是他诗歌的艺术风格特征。他的诗善于写情绘状,而清新自然;淘洗熔炼,而不落人工痕迹;淡中有浓,朴处见华,含蓄蕴藉,富有"韵外之致"。如:"坡暖冬生笋,松凉夏健人。"(《下方》)"川明虹照雨,树密鸟冲人。"(《华下送文浦》)"孤屿池痕春涨满,小栏花韵午晴初。"(《光启四年春戊申》)"得剑乍如添健仆,亡书久似忆良朋。"(《退栖》)但是,他写得最好的诗,还是那些抒发隐居避世而又不忘朝廷安危、充满压抑痛苦感伤心情的篇章,生动真切,韵味深厚,如《华上》:"故国春归未有涯,小栏高槛别人家。五更惆怅回孤枕,犹自残灯照落花。"不过,从他诗歌创作的主观愿望来说,还是希望在诗歌中创造一个淡泊、超脱的佛老精神境界,来消除痛苦和悲哀,作为自己精神上的寄托。他并不想以诗歌来经世治国、济时安民,所以嘲笑杜甫诗歌的"酸寒堪笑处"(《力疾山下吴村看杏花》),说元、白"力勍而气孱",是"都市豪估"(《与王驾评诗书》)。并且提出:"诗中有虑犹须戒,莫向诗中著不平。"(《白菊》)他说:"此生闲得易为家,业是吟诗与看花。若使他生抛笔砚,更应无事老烟霞。"(《闲夜》)又说:"浮世荣枯总不知,且忧花阵被风欺。侬家自有麒麟阁,第一功名只赏诗。"(《力疾山下吴村看杏花》)他对诗歌的深深爱好,把诗作为自己生命的伴侣,对诗的艺术有精深的领会,所以,他在诗歌理论批评中,比较偏重诗歌的艺术美,深入地探讨了诗歌意境的美学特征。

他在著名的《与李生论诗书》一文中,在钟嵘论诗歌滋味的基础上,进一步提出了诗歌的"味外味"问题。他说:"文之难,而诗之难尤难。古今之喻多矣,而愚以为辨于味,而后可以言诗也。"这个"味"又不是一般的味,真正醇美的诗,其味在具体的咸酸之外。他说:"江岭之南,凡足资于适口者,若醯,非不酸也,止于酸而已;若鹾,非不咸也,止于咸而已。华之人所以充饥而遽辍者,知其咸酸之外,醇美者有所乏耳。"咸酸是食物的具体的味,而人们在吃这种食物时所感到的美味,并不是食物具体的咸或酸,而是难以言喻的一种口感,然而食物的这种美味,又是离不开具体的咸酸的。文学作品也是如此,文学作品运用生动的语言,描写了许多具体的景象,但是文学作品的真正醇美之处,并不在这些具体的景象上,而在于由这些具体的景象所构成的、存在于这些具体景象之外的艺术意境上,可以让读者用自己的想象去补充它、丰富它。司空图又说:"近而不浮,远而不尽,然后可以言韵外之致耳。"这"近而不浮,远而不尽",说的就是诗歌艺术意境的特征,前者指对构成意境的具体景象的描写要真实自然,如在目前,而不空泛;后者指由这些具体景象构成的意境应当含蓄深远,有无穷之余味。他说诗歌创作"倘复以全美为工,即知味外之旨矣"。所谓"以全美为工",是指不仅能体现佛老的精神境界,而且要创造含不尽之意见于言外的深远艺术意境。

他在这封书信中还特别举出他自己诗歌创作中具有"味外味"的诗例共二十四联(按:《文苑英华》载此文为二十一联,宋代的刘克庄在《后村诗话》后集卷一中说司空图在《与李生论诗书》中是"自摘其警联二十六"),例如:"得于早春,则有'草嫩侵沙短,冰轻著雨销'。又'人家寒食月,花影舞时天'。(原注:上句云:隔谷见鸡犬,山苗接楚田。)又'雨微吟足思,花落梦无憀'。得于山中,则有'坡暖冬生笋,松凉夏健人'。又'川明虹照雨,树密鸟冲人'。得于江南,则有'戍鼓和潮暗,船灯照岛幽'。又'曲塘春尽雨,方响夜深船'。又'夜短猿悲减,风和鹊喜灵'。得于塞下,则有'马色经寒惨,雕声带晚饥'。得于丧乱,则有'骅骝思故第,鹦鹉失佳人'。又'鲸鲵人海涸,魑魅棘林高'。得于道宫,则有'棋声花院闭,幡影石幢幽'。得于夏景,则有'地凉清鹤梦,林静肃僧仪'。得于佛寺,则有'松日明金象,苔龛响木鱼'。又'解吟僧亦俗,爱舞鹤终卑'。得于郊园,则有'远陂春旱渗,犹有水禽飞'。(原注:上句:绿树连村暗,黄花入麦稀。)得于乐府,则有'晚妆留拜月,春睡更生香'。得于寂寥,则有'孤萤出荒池,落叶穿破屋'。得于惬适,则有'客来当意惬,花发遇歌成'。虽庶几不滨于浅涸,亦未废作者之讥呵也。又七言云:'逃难人多分隙地,放生鹿大出寒林。'又'得剑乍如添健仆,亡书久似忆良朋'。又'孤屿池痕春涨满,小栏花韵午晴初'。又'五更惆怅回孤枕,犹自残灯照落花'。(原注:上句:故国春归未有涯,小栏高槛别人家。)又'殷勤元日日,欹午又明年'。(原注:上句:甲子今重数,生涯只自怜。)皆不拘于一概也。"从司空图列举的这二十四联诗中,可以看出他所说的"味外之旨""韵外之致",正是指艺术意境所具有的含蓄不尽、意在言外的特点。同时也可以看出,司空图所欣赏的是以这种艺术意境来表现山水田园隐逸生活、寄托佛老情操的诗歌。故苏轼《书黄子思诗集后》云:"唐末司空图崎岖兵乱之间,而诗文高雅,犹有承平之遗风,其论诗曰:'梅止于酸,盐止于咸,饮食不可无盐梅,而其美常在咸酸之外。'盖自列其诗之有得于文字之表者二十四韵,恨当时不识其妙,予三复其言而悲之。"对司空图的"味外之旨"诗论和他的具有"味外味"的诗歌创作,都给予了很高的评价。

司空图认为诗歌艺术意境的创造,必须做到"思与境偕"。他在《与王驾评诗书》中论述了唐代诗歌发展的历史后,又说:"然河汾蟠郁之气,宜继有人。今王生者,寓居其间,浸渍益久,五言所得,长于思与境偕,乃诗家之所尚者。则前所谓必推于其类,岂止神跃色扬哉?""思与境偕"说的是诗人在审美创造中,主体和客体、理性与感性、思想与形象的融合化合,达到了天衣无缝的最高水平。司空图的"思与境偕"是对刘勰"神与物游"思想的进一步发展,"思"即是刘勰所说的"神思",指创作过程中的艺术思维活动。刘勰所说的"物"即是指外界物象,而司空图的"境"则比刘勰的"物"要更为丰富和广阔,是指包含了时间和空间,也包含了众多物象以及它们之间联系的客观世界之一角。所以,"思与境偕"不仅说明艺术思维是与具体物象相结合的,而且是和某种特定的外在境界相联系的。"思与境偕"的提出也是受王昌龄、皎然诗论影响的结果。王昌龄曾提出"境思"的说法,所谓"思若不来,即须放情却宽之,令境生。然后以境照之,思则便来,来即作文。如其境思不来,不可作也"。这就是讲的思与境的结合。皎然在《诗式》中"取境"条讲要"先积精思",然后取境,使思与境能完美地统一。司空图正是在他们有关论述的基础上,更为突出地强调了思和境的和谐契合。

在《与极浦书》中,司空图对这种味在咸酸之外、"思与境偕"的诗歌意境的美学特征,做出了非常有名的理论概括,这就是所谓"象外之象,景外之景"论。他说:"戴容州云:'诗家之景,如蓝田日暖,良玉生烟,可望而不可置于眉睫之前也。'象外之象,景外之景,岂容易可谈哉!"蓝田日暖,良玉生烟,是一种若有若无的朦胧美,似实而虚,似虚而实,虚虚实实,实实虚虚,故可望而不可置于眉睫之前。这种诗歌意境在有形的具体的情景描写之外,还能借象征、暗示创造一个无形的、虚幻的、存在于人想象中的、更为广阔的艺术境界。前一个有形的具体的景象是实境,后一个无形的想象的景象是虚境,即是"象外之象,景外之景"。这个虚境不是平面的画像,而是一个立体的空间,艺术的空间,它可以让读者把自己的想象和创造纳入其中,从而使它更充实、更丰富。这正是对王昌龄的诗境论、皎然的情境论、刘禹锡的境生象外论的进一步发展,也是对唐代诗歌意境论的一个总结。

司空图有《诗赋》(或作《诗赋赞》)一篇是对诗歌创作过程的形象描绘,同时也是对诗歌创作过程中诗人高超的艺术创造才能的歌颂。其云:

> 知非诗诗,未为奇奇。研昏练爽,戛魄凄肌。神而不知,知而难状。挥之八垠,卷之万象。河浑沆清,放恣纵横。涛怒霆蹴,掀鳌倒鲸。镌空攉壁,峥冰掷戟。鼓煦呵春,霞溶露滴。邻女自嬉,补袖而舞。色丝屡空,续以麻絇。鼠革丁丁,燉之则穴。蚁聚汲汲,积而成垤。上有日星,下有风雅。历眩自是,非吾心也。

前两句或为"知道非诗,诗未为奇",杨慎《升庵诗话》卷四引《诗赋》全文,作"自知非诗,诗未为奇"。按司空图的美学思想来看,当以上引《四部丛刊》本《司空表圣文集》为是。其意是:知非诗之诗,未为奇之奇。也就是说,诗歌醇美之味在诗外,亦即"象外之象,景外之景",故知非诗之诗,才是最美之诗。诗歌创作之奇,不在有意为之,而在不为奇而奇,顺乎自然而为奇,这才是真正的奇。这就是《与李生论诗书》所说:"直致所得,以格自奇。"诗歌创作过程中,诗人以全身心投入,其间种种神妙之处,是难以言状的。宇宙万象尽在诗人胸中,意象纷纭,变化莫测。随着诗人感情的起伏,忽而怒涛汹涌,掀鳌倒鲸;忽而春日煦煦,霞溶露滴;与日月星辰相媲美,同风雅比兴共一体。诗歌艺术美的创造是多么伟大!由《诗赋》中可以看出司空图对诗歌艺术的审美特征之研究是非常深刻的。因此,他的文学观念和一般人相比,也就更为科学、合理。他一方面指出"文之难,而诗之难尤难",说明诗和文(尤其是非文学文章)的区别;另一方面,他又看到诗歌和文艺散文有共同性,作家也可以诗文兼善。他在《题柳柳州集后序》中举出不少实例说明诗文可以互补、互济,并不一定会"相伤"。"尝睹杜子美《祭太尉房公文》,李太白佛寺碑赞,宏拔清厉,乃其歌诗也。张曲江五言沉郁,亦其文笔也。"韩愈以散文称雄一代,但他的诗也写得很好,"其驱驾气势,若掀雷抉电,奔腾于天地之间,物状奇变,不得不鼓舞而徇其呼吸也"。诗与文同为文学作品,只是不同体裁有不同特点而已。"愚观文人之为诗,诗人之为文,始皆系其所尚,既专则搜研愈至,故能衔其功于不朽。亦犹力巨而斗者,所持之器各异,而皆能济胜以为勍敌也。"文人可以文为主而兼善诗,诗人也可以诗为主而兼善文。

现题司空图撰的《诗品》不见于现存司空图文集十卷和诗集五卷,然司空图著作散佚颇多,据表圣光启三年文集自序所说,其自编文集为一鸣前集,诗、笔均有,另有《密史》等则不编入。今本文集中《绝麟集述》一文作于天复二年(902),其中说乾宁二年(895)他"自关畿窜浙上"时所写之诗亦皆载入前集,而此年编《绝麟集》则未言是否入前集,抑或另有后集,然由此可见今存文集、诗集均非其原编《一鸣集》。据新旧《唐书》、晁公武《郡斋读书志》、《唐才子传》等载,其《一鸣集》或文集,皆为三十卷。

陈振孙《直斋书录解题》卷十六所记《一鸣集》十卷为"蜀本","但有杂著无诗,自有诗十卷别行"。卷十九又云"司空表圣十卷","别有全集,此集皆诗也"。则《全唐诗》谓"有《一鸣集》三十卷,内诗十卷",当是符合实际的。焦竑《国史经籍志》、钱谦益《绛云楼书目》均载有《一鸣集》三十卷,绛云楼焚毁在清顺治七年(1650),书目系追记。《绛云楼书目》现存四卷,有陈景云注,一般的书目下卷数是陈景云注的,但是卷三唐文集类中的"司空图《一鸣集》三十卷"却是钱谦益原文,"三十卷"并非陈景云注文,可知绛云楼确有三十卷本。钱谦益是著名的藏书家,其绛云楼藏有大量宋元古本,可能三十卷本《一鸣集》就是在绛云楼失火后佚失的。自清初以后所载为文集十卷,另有诗集,不再见有三十卷之记载。《四库》所纪十卷注为"两淮裕家藏本",总目提要谓"是编前后八卷,皆题为杂著,五卷六卷独题曰碑",则与《五代诗话》所云"杂著八卷,碑版二卷"相同。诗集原十卷,至明胡震亨编《唐音统签》时仅存五卷,《全唐诗》编为三卷。原三十卷《一鸣集》中是否有《诗品》无法考定,当然也不能完全排斥有的可能性。因为钱谦益在崇祯十四年(1641)所作的《邵幼青诗草序》中说过这样一段话:"司空表圣之论诗曰:'晴雪满竹,隔溪渔舟。可人如玉,步屧寻幽。'吾之遇二邵于斯也,表圣之所云,显显然在心目间,称之曰诗人焉,其可矣。"钱谦益所引《二十四诗品》中《清奇》一品中的文字,其版本和毛晋《津逮秘书》本显然不同,其"晴雪满竹"一句一般均为"晴雪满汀",毛晋《津逮秘书》亦为"汀",而恰恰《诗家一指》本作"竹"。同时,刊刻于明末的《说郛》一百二十卷本(陶珽本),其所载司空图《二十四诗品》中这一句亦为"竹"。当时绛云楼尚未焚毁,钱谦益是否根据三十卷本《一鸣集》,也不是没有可能。就目前已有的材料看,在晚明以前确无人称引,亦无人著录司空图《诗品》。题司空图著《诗品》,最早为明末人,如郑鄤《题诗品》、费经虞《雅伦》及崇祯年间毛晋所编《津逮秘书》及吴永《续百川学海》等。认为《二十四诗品》非司空图所作的研究者认为,从晚明到清代,认为它是司空图所作,都是受毛晋《津逮秘书》司空图《诗品》跋语的影响(郑鄤的书刻于明亡之后),毛晋以苏轼《书黄子思诗集后》所说司空图"盖自列其诗之有得于文字之表者二十四韵"作为肯定司空图所作的根据,而实际苏轼所说并非指《二十四诗品》,而是指《与李生论诗书》

中所引的二十四联诗。毛晋的跋语写于崇祯五年(1632)左右,但是陶珽重辑本《说郛》一百二十卷亦载有司空图《二十四诗品》,而陶珽本始刻于万历后期,据王应昌顺治四年(1647)序,其"版毁于辛酉武林大火",辛酉为天启元年(1621),故当早于毛晋的《津逮秘书》,不可能是受毛晋跋语影响。此外明末的《续百川学海》《锦囊小史》、冯梦龙编的《唐人百家小说琐记家》等,也都收有司空图《二十四诗品》,很难说均刊刻于毛晋《津逮秘书》之后。现存明人贺复征所编的《文章辨体汇选》第四百三十九卷也收了《二十四诗品》,明确题为"唐司空图"著。据其所著《道光和尚述》,当为明代天启、崇祯年间人。

  还值得我们注意的是苏轼看到的司空图《与李生论诗书》所引司空图自己的诗究竟是几联,也需要进一步研究。《文苑英华》所收为二十一联,与本集二十四联(《唐文粹》同)相比,少四联("人家寒食月,花影舞时天","雨微吟足思,花落梦无憀","五更惆怅回孤枕,犹是残灯照落花","殷勤元日日,欹午又明年"),多一联("暖景鸡声美,微风蝶影繁"),一联异文("日带潮声晚,烟和楚色秋",本集为"戍鼓和潮暗,船灯照岛幽")。南宋周必大《文苑英华》校本据本集补入四联,为二十五联,并注明"日带"一联有异文,《全唐文》所收按周必大校本,亦为二十五联。明代胡震亨《唐音统签》卷七百零四司空图诗五卷前小传下注引也为二十五联,与现存本集本二十四联不同。但有异文的一联为"戍鼓和潮暗,船灯照岛幽",与本集同,而不是"日带潮声晚,烟和楚色秋",亦未注明其有异文。"夜短"一联在"曲塘"一联后,也与本集同,而不像《文苑英华》本是在"雨微"一联后。从文字的差异上看,胡震亨所引有的与本集相同,例如"孤萤出荒池"(《文苑英华》为"孤萤入空巢"),有的与《文苑英华》本、《唐文粹》本同,例如"草嫩侵沙长,冰轻著雨消"(本集为"草嫩侵沙短,冰轻著雨销"),有的与本集、《文苑英华》均异,如"回塘春尽雨"(本集、《文苑英华》《唐文粹》均为"曲塘春尽雨")、"魑魅棘林幽""幡影石坛高"(本集本为"魑魅棘林高""幡影石幢幽",《文苑英华》《唐文粹》为"魑魅棘林高""幡影石坛幽")。特别是本集本"又七言云"以下所引五联的前三联为七律,第四联为七绝,第五联为五绝,下云"皆不拘于一概也",紧接着说:"盖绝句之作,本于诣极,此外千变万状,不知所以神而自神也。"似乎这五联均为绝句,故文字上恐有讹误,《文苑英华》本无第四、第五联绝句则比较通顺,而胡震亨引为:"又论绝句诗本于诣极,则有'殷勤元日日,欹午又明年','五更惆怅回孤枕,犹是残灯照落花',此外千变万化,不知所以神而自神。"胡引虽是叙述,但较本集本更为确切。这说明胡震亨所引《与李生论诗书》并非据《文苑英华》本,亦非《唐文粹》本与现存本集本,可能另有所据,不知是否为三十卷本《一鸣集》?又,《唐音统签》卷七百零八司空图诗末所引图诗残句,有七联源于《与李生论诗书》(其中两联为同一首诗中四句),胡震亨于其下注云:"见图与人论诗书,得意者凡二十二联,除有全什外,重记于此。"前文明明共是二十五联,为什么这里又说是二十二联呢?我以为胡震亨是按司空图原文,只算到"客来当意惬,花发遇歌成"一联,到这里一共二十联,其中有两联下有小注说明上一联的内容,加在一起正好二十二联,基本上都是五言律诗(只"孤萤"一首为五言古诗)。因为司空图在此联下说:"虽庶几不滨于浅涸,亦未废作者之讥诃也。"说明他所举自己有"韵外之致"的作品即到此为止,下面所举则是七言和绝句中之"不拘于一概"者。可见胡震亨是把司空图注中举出的几联也算在内的。值得我们注意的是司空图在《与李生论诗书》中共有四联后加了小注,说明上一联写的内容,例如于"远陂春早渗,犹有水禽飞"下注"上句:绿树连村暗,黄花入麦稀"。很有意思的是,洪迈所引苏轼在题跋中说到司空图认为他自己有"味外味"的两联诗,其中一联就是司空图所注的上句"绿树"一联,它并不在司空图所说的二十四联或二十五联之中。可见,苏轼和胡震亨都把司空图小注中引的上一联也看作是有"味外味"的作品,于是这里就发生了不少值得思索的问题:是不是《司空表圣文集》本二十四联就一定可靠呢?如果像苏轼那样把"绿树"一联也算作是司空图自己所举有"味外味"的诗例,那就最少也是二十五联了,若把注中的四联都加进去,则总数就有二十八九联了。《文苑英华》编定于雍熙四年(987),在苏轼出生前约五十年,是一部影响很大的官方组织编辑的书。《唐文粹》编成于大中祥符四年(1011),是以《文苑英华》为基础的。这两部书苏轼应该是见到过的,但是这两部书中所载《与李生论诗书》则不一样,《唐文粹》本和现存本集比较接近,而三十卷本《一鸣集》中《与李生论诗书》所引是几联就不清楚了。那么苏轼所见的《与李生论诗书》是哪种本子,究竟是几联?这需要认真地加以研究和考定,但是至少我们现在还不能认定苏轼所见《与李生论诗书》一定是二十四联。苏轼既把小注中的诗联也看作是有"味外味"的例子,那么不管哪一种本子都不可能是二十四联。

　　认为《诗品》是明人伪托者的主要根据是明刊本《诗家一指》中有"二十四品"与《诗品》基本一致,而并未说明是司空图所作。他们认为《诗家一指》的著者为明景泰间的怀悦,"二十四品"属他自撰,而明末人始以苏轼之语牵合,将其从《诗家一指》中摘出,托为司空图之作。他们怀疑《诗品》的真伪也是有一定道理的,因为如果否定了苏轼《书黄子思诗集后》所说"二十四韵"是指《二十四诗品》,目前还找不到一条可以确凿证明《诗品》是司空图所著的材料。然而《诗家一指》实际上并非明人怀悦所作,则是可以肯定的。根据张健博士的考证(参见其《〈诗家一指〉的产生时代与作者》,《北京大学学报》1995年第5期),日本东京内阁文库所藏明嘉靖刊本杨成《诗法》五卷,前有杨成写于成化庚子(1480)原序,说"偶得写本诗法一部,不知何人所编",其中所收内容基本上是元人诗法著作,《诗家一指》当亦为元人著作。杨成和怀悦先后同时,其所得写本《诗法》中《诗家一指》自然不会是怀悦所著。张健还查到明洪武年间赵㧑谦的《学范》一书中的"作范"部分曾引用《诗家一指》,那时怀悦尚未出生,足可证明《诗家一指》非怀悦所著,故明人许学夷《诗源辨体》说"《诗家一指》出于元人",当是可信的。明胡震亨《唐音癸签》亦将《诗家一指》列入"宋元人诗话"部分的元人诗法著作中。根据日本大山洁的考证(参见其《〈诗法源流〉伪书说新考》,载中华书局《文史》2000年第2辑),收有《二十四诗品》的日本五山版《诗法源流》当刊行于元代至治到天历年间。又据清初卞永誉《式古堂书画汇考》卷二十五中曾收有明代祝允明的《枝指生书宋人品诗韵语集》,即《二十四诗品》。其下有祝允明跋语,可知其来源是《摘翠编》,顾应祥(号箬溪)在任岭南巡抚时见是书,祝允明书写时间是明正德十一年(丙子,1516)。万历三十一年(1603)冯梦祯有跋语。他们都认为是宋人论诗韵语。说明《二十四诗品》在宋代已有。但《诗家一指》的编撰者难以确切考定,而其中"二十四品"当系从前人著作中摘引,从元人诗法类著作情况看,其所引前人著作,一般都不注明出处。因此,也不能说没有引用司空图著作的可能性。司空图的《二十四诗品》在清代的学者中有极为广泛深刻的影响,没有人怀疑过它的真实性,他们中有很多是国学根底深厚的大学问家或著名的诗学批评家,如钱谦益、王夫之、王士禛、赵执信、厉鹗、纪昀、杭世骏、薛雪、沈德潜、袁枚、翁方纲等,皆有所论述,而到嘉庆以后则论述的人更多,还有不少对《二十四诗品》的演绎仿作,而《四库总目提要》更认为"唐人诗格传于世者,王昌龄、杜甫、贾岛诸书,率皆依托,即皎然杼山《诗式》,亦在疑似之间;惟此一编,真出图手"。《诗家一指》有很多种版本,并被收入《格致丛书》,不是难见之书,他们不会都没有看见。纪昀主编的《四库全书总目提要》存目就收有梁桥《冰川诗式》及胡文焕的《格致丛书》,这两种书中都有《诗家一指》,纪昀恐怕不会没有看到过。他们不可能都是由于受毛晋对苏轼《书黄子思诗集后》的"误解"影响所至。所以在没有确凿根据否定《二十四诗品》是司空图所作时,还是应该继续作为司空图著作来看待。

  从司空图生平思想以及他的诗歌创作情况来看,根据《二十四诗品》以道家思想为核心的特点,他写作《诗品》的可能性是完全存在的。在司空图二十多年的隐居生活中,作为他的生命之支柱的主要有三个方面。一是释老思想,道经和佛典是他生活中的重要伙伴,尤其是研读道经、烧炼丹药,成为他排遣痛苦和忧愁、获得精神解脱的主要途径。在司空图诗歌中有许多道家生活的描写,以及和高僧的诗酒往来,这和齐己、虚中、尚颜、徐夤等人赠诗中的描写是一致的:

    天下艰难际,全家入华山。几劳丹诏问,空见使臣还。瀑布寒吹梦,莲峰翠湿关。兵戈阻相访,身老瘴云间。

——齐己《寄华山司空图》

    金阙争权竞献功,独逃征诏卧三峰。鸡群未必容于鹤,蛛网何繇捕得龙。

    非云非鹤不从容,谁敢轻量傲世踪。紫殿几征王佐业,青山未拆诏书封。

——徐夤《寄华山司空侍郎二首》

    门径放莎垂,往来投刺稀。有时开御札,特地挂朝衣。岳信僧传去,仙香鹤带归。他年二南化,无复更衰微。

　　逍遥短褐成,一剑动精灵。白昼梦仙岛,清晨礼道经。黍苗侵野径,桑椹污闲庭。肯要为邻者,西南太华青。

——虚中《寄华山司空图二首》

　　剑佩已深扃,茅为岳面亭。诗犹少绮美,画肯爱丹青。换笔修僧史,焚香阅道经。相邀来未得,但想鹤仪形。

——尚颜《寄华阴司空侍郎》

　　二是诗歌艺术,写诗和论诗是他闲居无事时的主要生活内容,诗和他的二十多年隐居生活结下了不解之缘。而且也有创作四言诗的经验,比如他写的《诗赋》就是一首很好的四言诗。他以诗来抒写隐居生活情趣,也散发一些对时世的感慨,但并不重视诗歌的社会政治意义和教育作用,对诗的研究主要是在诗歌的艺术技巧方面。三是山水景物,无论是中条山,还是太华山,都有幽美、秀丽的自然风光,这是他移情遣兴、萌发诗意的最好客观环境。司空图的诗歌中有许多是对华山景色的描写,它和《诗品》中有关华山景色的描写是较为一致的。而这三方面也都符合写作《二十四诗品》的主观条件和客观条件。

　　《诗品》是专心致志地研究诗歌创作的人才能写出来的,也需要有相对安定的环境来让作者细致地思考琢磨,同时它又不是一般的诗歌评论,而是属于诗歌作法,也就是诗格、诗式一类的作品。而中晚唐时的这一类著作大都出于一些诗僧、隐士之手,如中唐有皎然《诗式》《诗议》,晚唐有郑谷、齐己等合撰的《新定诗格》,齐己的《风骚旨格》,虚中的《流类手鉴》,徐夤的《雅道机要》等。郑谷、徐夤都归隐山林,齐己、虚中均为诗僧,他们都是乱世的隐居闲人,又醉心于诗歌艺术技巧的研究,恰好都是司空图的朋友。而司空图则无论在诗歌创作还是诗歌理论方面,都要高出他们一头,因此写出《诗品》这样既属于诗格诗式范围内,又有较高理论水平的著作,应该说是合乎情理的。司空图《诗品》之"品",和钟嵘《诗品》之"品"不同,不是指诗的高下等级,而是指诗的不同的风貌,相互间不分优劣,因此和齐己、虚中等的"体""式""门"有类似之处。齐己《风骚旨格》中有"十体",也均用二字概括,其中"清奇""高古"

和司空图《诗品》中的两品一样,不过没有对每一品作描述。书中另有"二十式""四十门",也都是用二字概括,如"二十式"中有"高逸""出尘"等,"四十门"中有"隐显""清苦""想象""正气"等。虚中的《流类手鉴》说:"善诗之人,心含造化,言含万象。"在对诗的认识上也和《诗品》比较一致。徐夤《雅道机要》中的"明门户差别""明联句深浅""明体裁变通",即是对齐己的"四十门""二十式""十体"做具体发挥,主要是引诗例为证。司空图处在这样的客观环境下,确是存在着写《诗品》的可能性的。这就使我们想起王晞《林湖遗稿序》(此文真伪尚有争议)中所说的"全十体,备四则,该二十四品,具一十九格",恐怕还是有一定根据的。

如果我们把司空图的诗歌中有代表性的意象和《诗品》的意象做一番比较,也可以发现他们之间确有非常多的共同性。比如"流莺""碧桃"的意象,《诗品·纤秾》:"碧桃满树,风日水滨,柳阴路曲,流莺比邻。"司空图诗《鹂》:"不是流莺独占春,林间彩翠四时新。"《移桃栽》:"禅客笑移山上看,流莺直到槛前来。"《狂题十八首》:"昨日流莺今日蝉,起来又是夕阳天。"《携仙箓九首》:"移取碧桃花万树,年年自乐故乡春。"又比如"碧空""碧云"的意象,《诗品·沉着》:"海风碧云,夜渚月明。如有佳语,大河前横。"《高古》:"月出东斗,好风相从,太华夜碧,人闻清钟。"《清奇》:"可人如玉,步屟寻幽,载行载止,空碧悠悠。"司空图诗《狂题十八首》:"月姊殷勤留不住,碧空遗下水精钗。"《寄永嘉崔道融》:"碧云萧寺霁,红树谢村秋。"《陈疾》:"霄汉碧来心不动,鬓毛白尽兴犹多。"《秋景》:"旋书红叶落,拟画碧云收。"此外,《诗品》中有"画桥碧阴""碧山人来""碧松之阴""碧苔芳辉"。司空图诗中有"纱碧笼名画"(《赠信美寺岑上人》)、"碧莲黄菊是吾家"(《雨中》)、"相招须把碧芙蓉"(《送道者二首》)、"青山满眼泪堪碧"(《敷溪桥院有感》)、"芭蕉丛畔碧婵娟"(《狂题十八首》)等,喜欢用"碧"字是和他的高洁情操分不开的。再比如"幽人"的意象,《诗品·洗炼》:"载瞻星辰,载歌幽人,流水今日,明月前身。"《自然》:"幽人空山,过雨采蘋,薄言情悟,悠悠天钧。"《实境》:"取语甚直,计思匪深。忽逢幽人,如见道心。"司空图诗《退居漫题七首》:"堤柳自绵绵,幽人无恨牵。只忧诗病发,莫寄校书笺。"《僧舍贻友人》:"竹上题幽梦,溪边约敌棋。"《秋思》:"势利长草草,何人访幽独。"《杂题》:"孤枕闻莺起,幽怀独悄然。"此外,像"鹤""菊""烟萝""天风"等意象,以及许多比较特殊的词语,如"晴雪""绿阴""真迹""机""默""岁华""南山"等,在《诗品》和司空图诗中都是常用的。

《诗品》从其书名来看,似乎是讲诗歌的品第、等级的,因为在六朝已经有过谢赫《古画品录》、钟嵘《诗品》、庾肩吾的《书品》等,乃至梁武帝的《棋品》,都是品第优劣、区分高下的。不过,《诗品》虽分二十四品,却并不分辨高下优劣,显示等级差别,各品之间是平等的。《诗品》的"品"字含义,与谢赫、钟嵘等人不尽相同,是指"品格"的意思,即是诗歌的艺术境界。二十四诗品就是二十四种不同艺术风貌的诗歌境界。清代神韵说的代表王士禛最喜欢《诗品·含蓄》一品中说的"不着一字,尽得风流"八字,认为它道出了诗歌创作的"三昧",他在《香祖笔记》中说:"'采采流水,蓬蓬远春',二语形容诗境亦妙,正与戴容州'蓝田日暖,良玉生烟'八字同旨。""采采流水"两句见于《诗品》中《纤秾》一品,其实,整部《诗品》都是对诗境的描写,不过这两句尤为神妙而已。至于"蓝田日暖"两句则本是司空图在《与极浦书》中所引戴叔伦的话,戴叔伦正是借此说明"诗家之景"的。清代性灵说的代表袁枚仿《二十四诗品》而作《续诗品》,他在序中说他很喜欢《诗品》,但是"惜其只标妙境,未写苦心,为若干首续之"。袁枚《续诗品》共三十二首,都是讲的如何刻画诗境的方法。但是,《二十四诗品》中也并非完全没有讲到创造诗歌意境的"苦心",不过,重点是描绘诗境。清代注释《诗品》的孙联奎在《诗品臆说》中说"《诗品》意在摹神取象"。"摹神取象"就是指对诗境的描绘。《诗品》的每一品都是一首十分精彩的十二句的四言诗,以诗歌的形式来描绘诗境的特点,这也是一种很特殊的文学批评方法。

《诗品》所描绘的二十四种不同的诗境在思想内容和艺术表现方面,都有共同的特征。它们都是老庄的精神境界和理想人格在具有"象外之象,景外之景"的诗歌意境中之体现。两者的高度和谐统一,和司空图提出的"思与境偕"是一致的,这正是诗家所竭力追求的目标。二十四诗品在艺术风格上虽然是不同的,但每一品诗境都很充分地体现着老庄虚静恬淡、超尘拔俗的精神情操与理想人格。例如《冲淡》一品:

> 素处以默,妙机其微。饮之太和,独鹤与飞。犹之惠风,荏苒在衣。阅音修篁,美曰载归。遇之匪深,即之愈稀。脱有形似,握手已违。

孙联奎《诗品臆说》解释前两句云:"静则心清。""心通造化,自然妙契稀微。"平素处世静默,弃绝功名利禄,胸中无"机心",身不缠"机事",和自然相契,与造化合一。所以能如《庄子·天地》篇所说:"视乎冥冥,听乎无声。冥冥之中,独见晓焉;无声之中,独闻和焉。"具有这种冲和淡远精神品格的人,禀阴阳之和气而生,与淡逸之仙鹤俱飞;相随和缓之春风,漫步潇洒之竹林;不即不离,无痕迹可求;若即若离,有飘逸神韵。《高古》一品中描写的"畸人",《自然》一品中描写的"幽人",《飘逸》一品中描写的"高人",也都有与冲淡之人类似的精神品格。《庄子·大宗师》说:"畸人者,畸于人而侔于天。"他不同于世俗之人,没有功名利禄、是非祸福等纠缠身心,而与自然造化相契合。所谓:"畸人乘真,手把芙蓉。泛彼浩劫,窅然空踪。"(《高古》)他早已超越尘世浩劫,升登天堂之上。"高人画中,令色絪缊。御风蓬叶,泛彼无垠。"(《飘逸》)如列御寇之"御风而行,泠然善也"(《庄子·逍遥游》)。对人世纷繁早已不屑一顾。"幽人空山,过雨采蘋。薄言情悟,悠悠天钧。"(《自然》)他在幽静之中深深地领悟了自然的奥妙,主体的"我"已完全地融入了客体的自然之道中。诚如《庄子·大宗师》中说的"真人"一样:"其寝不梦,其觉无忧,其食不甘,其息深深。""不知说生,不知恶死。""翛然而往,翛然而来。"幽人与道心已密不可分地合在一起。例如《实境》云:

> 取语甚直,计思匪深。忽逢幽人,如见道心。清涧之曲,碧松之阴。一客荷樵,一客听琴。情性所至,妙不自寻。遇之自天,泠然希音。

"实境"本来是很现实的,但是,《诗品》的"实境"中,只有具体景物构成的诗境是现实的,而其中所体现的精神情操和理想人格,则是超乎现实之上的,是一种非常人所有的理想境界。恰如庄子所说的庖丁解牛、轮扁斫轮一样,其所作所为是日常生活中很普通的事,而其精神境界则是与道相合的。《诗品》所说的"豪放",不是人间英雄豪杰的豪放,而是"观化匪禁,吞吐大荒","真力弥满,万象在旁"。有如庄子说的"天地与我并生,万物与我为一",得自然之真力,备充实之元气,故豪放不羁,遨游太空,"前招三辰,后引凤凰。晓策六鳌,濯足扶桑"。《诗品》所说的"劲健",不是世俗人间的强劲壮健,而是由于"饮真茹强,蓄素守中","天地与立,神化攸同",自然真力充实于内,天地元气横溢于外,故能"行神如空,行气如虹。巫峡千寻,走云连风"。《诗品》中所描写的这种老庄的精神情操和理想人格,贯穿在二十四种不同的诗境之中,就其超然物外、清静寡欲这一主要特征来说,与佛教哲学所提倡的精神境界是一致的。

《诗品》中所描绘的不同风貌的二十四种诗境,从艺术方面来看,也都有其共同之处,这就是司空图在《与极浦书》中所概括的"象外之象,景外之景"这种诗歌意境的美学特征,例如《纤秾》:

> 采采流水,蓬蓬远春,窈窕深谷,时见美人。碧桃满树,风日水滨,柳阴路曲,流莺比邻。乘之愈往,识之愈真,如将不尽,与古为新。

这是一派明丽清新、生机勃勃、色彩鲜艳、幽静秀美的景象,诚如《皋兰课业本》所说:"此言纤秀秾华,仍有真骨,乃非俗艳。"这些生动的描写,把读者引入使人流连忘返、美不胜收的艺术世界之中,同时也让读者从中感受到忘却人间烦恼、尘世污浊,享受自然界纯洁、高尚、清爽、秀丽的美好春光之愉快与幸福。诗人展现在读者面前的不是一个静止的平面,而是一个活跃的空间:水流潺潺,泉声叮咚,莺雀欢飞,鸣叫不断,碧桃垂柳,斗艳争辉,幽谷美人,时隐时现。这个富有动态美的空间,可以引起读者十分丰富的联想,并用自己的生活经验去补充它,这样它就具有无穷的言外之意。又如《典雅》一品写道:

> 玉壶买春,赏雨茅屋,坐中佳士,左右修竹。白云初晴,幽鸟相逐,眠琴绿阴,上有飞瀑。落花无言,人淡如菊,书之岁华,其曰可读。

这一品也是写得很美的:幽静肃穆的修竹林中,佳士正坐在茅屋里酌酒赏雨。俄顷雨止,天空放晴,鸟儿欢逐,瀑布飞溅。佳士酒酣,眠琴于绿荫之下,如陶渊明之抚无弦琴,不必有琴音而自有琴趣。佳士亦如"幽人""高人"一般,具有冲和淡远的精神境界,不过更突出了其典雅的风姿而已。作者描写的这个"高韵古色"的情景,使读者产生了对佳士神韵的无穷遐想,"落花无言,人淡如菊",他对世俗的一切纷扰早已弃绝,心与道契而顺乎天然,故无忧无虑,潇洒自如。这种具有耐人寻味的"象外之象,景外之景"的诗歌意境,才会使读者感受到"味在咸酸之外"的"醇美"(参见《与李生论诗书》)。

《诗品》中描绘二十四种不同诗境时,也涉及这种具有"象外之象,景外之景"的诗歌意境,在艺术创作方法上的一些特点,归纳起来,大概有以下几方面。

第一,"超以象外,得其环中","不着一字,尽得风流"。这是在着重说明意境创造的关键是要充分发挥"虚"的作用,诗境必须善于以实出虚,而不能拘泥于具体描写的"实"的部分。"超以象外",指作品不能受已经展示的意象之局限,而要看到象外之虚境才是更充分地体现诗人情思的重要部分。"得其环中",指诗歌意境创造中"虚"的部分起着支配一切、控制一切的作用。《庄子·齐物论》说:"枢始得其环中,以应无穷。"环,是门上下横槛上的圆洞,用以承受枢的旋转。门枢纳入环中,即可转动自如。庄子以门的结构为例来说明"虚"的重大意义。司空图则以此来说明虚境在意境创造中的决定作用。如陶渊明的"采菊东篱下,悠然见南山",谢灵运的"池塘生春草,园柳变鸣禽",王维的"行到水穷处,坐看云起时",都应当从"超以象外,得其环中"的角度去理解,方能领略其妙处。"超以象外,得其环中"是就艺术意境的特征来说的,适用于各种艺术,而从以语言为物质手段的文学来说,其表现就是"不着一字,尽得风流"。孙联奎《诗品臆说》说:"'不着一字'即'超以象外','尽得风流'即'得其环中'。"文学是语言的艺术,怎么能"不着一字"呢?《诗品》所说并不是不要语言文字,而是强调诗境的创造要得之于语言文字之表,要重在"含不尽之意见于言外",这就是"象外之象,景外之景"。王士禛之所以喜欢这两句话,正是因为它比较确切地概括了诗歌意境的特征。清代赵执信在《谈龙录》中批评王士禛说:"观其所第二十四品,设格甚宽,后人得以各从其所近,非第以'不着一字,尽得风流'为极则也。"纪昀《四库全书总目提要》亦承赵说。其实,他们不仅没有真正理解王士禛的含意,而且对《诗品》这两句话的重要意义和深远影响也缺乏认识。

第二,"生气远出,不着死灰","若纳水輨,如转丸珠"。这是指诗境要表现生命活力和具有动态美。《诗品》中有《精神》一品,集中发挥了《庄子·齐物论》关于"形固可使如槁木,而心固可使如死灰乎"的思想,要求诗歌意境表现出生气勃勃的活跃生命力,如"奇花初胎""青春鹦鹉",让事物内在的精神气质栩栩如生地传达出来。动态美是体现生命活力的重要方面,中国古代建筑十分讲究"飞动"之美,刘勰《文心雕龙·诠赋》篇曾说过"延寿《灵光》,含飞动之势"。唐代皎然也讲到诗歌的"飞动"之美(见《文镜秘府论·南卷》引)。《诗品》专门有《流动》一品,要求诗境能体现天地万物自然运行的规律:"荒荒坤轴,悠悠天枢。载要其端,载闻其符。"并用不停转动的水车和自然滚动的丸珠,来比喻诗境应当描写出事物不断发展变化的状态。好像蓝田美玉在日光照耀下莹莹闪光,有如袅袅轻烟,冉冉上升,无穷无尽,永远具有变化莫测的新景象。

第三,"离形得似,庶几斯人","脱有形似,握手已违"。这是强调诗歌意境要重在传神,而不落形迹。所谓"离形",即是不受形的束缚,不拘泥于形似;"得似",即是要传神,得神似而非形似。这样,就可以把"风云变态,花草精神,海之波澜,山之嶙峋"生动地呈现在读者面前,使人感到呼之欲出,神态毕露。只有"离形得似",方能做到"生气远出,不着死灰"。两者是紧密相连而不可分离的。这也是《诗品》把绘画创作中传神理论运用到诗歌意境创造中的一个具体表现。

第四,"真予不夺,强得易贫","妙造自然,伊谁与裁"。意境的创造贵在自然真实,而无人工矫揉造作之弊。这种诗境的获得完全是自然的,"俱道适往,着手成春,如逢花开,如瞻岁新"。它是诗人即目所见、心与境会的产物,而不是苦思冥想得来的。它既是诗人妙造之自然,又不见任何人工之痕迹。只要兴会所至,"俯拾即是",强求则不可得。他在《与李生论诗书》中曾说诗歌创作要做到"直致所得,以格自奇",即是此意。这是对钟嵘《诗品序》中提倡"自然英旨"、主张"直寻"说和皎然主张天真自然、"与造化争衡"说的进一步发挥。

第五,"如矿出金,如铅出银","浅深聚散,万取一收"。《诗品》认为诗境的创造必须在丰富的生活经验基础上加以提炼、概括,几经洗炼去粗取精,方能获得光华四溢的真金真银。这精彩的"一境",乃是从归纳、选择"万境"中得来的,所以说是"万取一收"。孙联奎解释这一句道:"万取,取一于万,即'不着一字';一收,收万于一,即'尽得风流'。"诗歌意境创造既要真实自然,浑然一体,又必须凝练精致,功力深厚。《诗品》"万取一收"说的提出,是对刘勰《文心雕龙》中"以少总多,情貌无遗"说及"言之秀矣,万虑一交"说的发展。宋代苏轼在《书鄢陵王主簿所画折枝》中说的"谁言一点红,解寄无边春",其原理也是相同的。

司空图的诗歌理论主要是对陶渊明、王维一派山水田园诗艺术创作经验的总结,他在对唐代诗人的评论中,最推崇王维、韦应物。其《与王驾评诗书》中说:"国初上好文章,雅风特盛。沈、宋始兴之后,杰出于江宁,宏肆于李、杜,极矣!右丞、苏州趣味澄敻,若清沇之贯达。大历十数公,抑又其次。元、白力勍而气孱,乃都市豪估耳。刘公梦得、杨公巨源,亦各有胜会。阆仙、东野、刘得仁辈,时得佳致,亦足涤烦。厥后所闻,逾褊浅矣。"虽然他给予李、杜以很高的地位,但这是就中唐以来对李、杜的一般看法而言的,前面已讲到他对杜甫是有批评的,而李白则和王维有接近的一面。他对元、白贬斥得很厉害,主要是指元和体诗。他真正欣赏的还是王、韦,此点可以看得很清楚。他在《与李生论诗书》中也专门提出:"王右丞、韦苏州,澄淡精致,格在其中,岂妨于遒举哉?"许印芳《诗法萃编》中《与李生论诗书跋》说:"表圣论诗,味在咸酸之外。因举右丞、苏州以示准的。"这是不错的。王、韦一派诗歌上承陶渊明,司空图对陶渊明是非常钦佩的。司空图的诗歌创作和艺术风貌属于陶、王、韦一派,他们在诗歌美学思想上是很一致的。中国古代以陶、王、韦等为代表的山水田园隐逸诗,大都受佛老思想影响,对现实采取比较消极的态度。他们中间很多人对现实的黑暗、社会的腐败是十分不满的,不愿意与之同流合污,因而洁身引退,回到纯朴的大自然中去,以保持自己高洁的情操。他们隐居田园山林,在对秀美的自然景色、宁静的田园风光的描写中,体现了自己所追求、向往的生活趣味和精神情操,创造了一个与现实人间充满污浊争斗、尔虞我诈完全不同的理想世界。这一派诗歌在创作方法上受道家、玄学、佛教的超绝言象论影响很深,把"言不尽意""言为意筌"具体运用到山水田园诗的创作中,例如陶渊明的《饮酒》诗:"结庐在人境,而无车马喧。问君何能尔?心远地自偏。采菊东篱下,悠然见南山。山气日夕佳,飞鸟相与还。此中有真意,欲辩已忘言。"清人温汝能说"采菊"两句是"境在寰中,神游象外"(《陶诗汇评》)。这不仅是说这两句的艺术特征,而且也可以用来概括整个陶诗的艺术特征。虽"结庐在人境",却无车马之喧,写的是宁静的田园生活,然而却体现了桃花源般的理想境界。诗人生活在"人境"之中,而他的心则已离开现实"人境",处于和桃花源中人一样的自由自在、无拘无束、率性而为、怡然自乐的理想状态。陶渊明总是把世俗"人间"和自然"园林"看作是对立的两个世界。他说:"静念园林好,人间良可辞。"(《庚子岁五月中从都还阻风于规林》)又说:"诗书敦夙好,园林无世情。"(《辛丑岁七月赴假还江陵夜行涂口》)其实,"园林"不也在"人间"吗?"园林"难道就没有"世情"吗?只是陶渊明心目中的"园林"已非现实人间,而是一个理想化了的桃花源般的超现实境界。明人许学夷《诗源辨体》中说:"陶靖节超然物表,遇境成趣。"都是说陶诗有超乎具体景象之外的无穷意趣,这就是"象外之象,景外之景"。王维的诗也同样有"境在寰中,神游象外"的特征。王维善于在对秀丽的山水田园景色的描写中,体现禅宗空静寂灭的悟境,例如他的《终南别业》:"中岁颇好道,晚家南山陲。兴来每独往,胜事空自知。行到水穷处,坐看云起时。偶然值林叟,谈笑无还期。"写的是在山林水边悠闲散步、坐看云起,但其所表现的却是超越人世劫难,弃绝世情俗虑,万缘俱寂,身心两忘的禅家心态。这不也是"象外之象,景外之景"吗?王维的《辋川集》中的诗亦复如此,所以清代王士禛在《蚕尾续文》中说:"王、裴《辋川绝句》,字字入禅。"又说王维"雨中山果落,灯下草虫鸣"(《秋夜独坐》),"明月松间照,清泉石上流"(《山居秋暝》),"妙谛微言,与世尊拈花,迦叶微笑,等无差别"。正是指其诗中诗境与禅境的统一,有"象外之象,景外之景"。然而,"象外之象,景外之景"作为诗歌艺术意境的重要特征,虽在陶、王、韦一派诗歌创作中表现得最为突出,又并非只在他们的诗歌中才有,而是具有更广泛的运用,像王昌龄、李白等也都擅长这种具有"象外之象,景外之景"特征的诗歌创作,如王昌龄的《芙蓉楼送辛渐》、李白的《玉阶怨》之类,也都是很典型地体现了这种特征的名作。因此,司空图有关诗歌意境创造及其审美特征的论述,对整个诗歌创作和诗歌理论批评的发展,都具有深远的意义和重大的影响。

司空图的文学思想与宋以后的许多著名文学理论批评家,如苏轼、严羽、王士禛等人的文学思想,有十分深刻的内在联系,并形成一个以创造超脱空灵艺术意境为中心的文学理论批评流派,它对中国古代具有东方特色的民族艺术传统的形成和发展起了很大的作用,做出了重要贡献。

第三节　晚唐五代的诗格和诗句图

唐代文学理论批评发展过程中,有一个很值得我们注意的现象,是出现了大批有关诗歌创作具体法式的诗格,以及为文人写诗提供范例用的诗句图一类著作。初盛唐就开始有了这种诗格著作,到晚唐五代就相当多了。这是和唐朝诗歌创作的空前繁荣以及诗歌成为科举考试的重要内容分不开的。由于诗写得好不好和文人的仕途升沉直接联系起来了,不管你有没有诗才,喜欢不喜欢诗歌,都必须学会写诗,否则就中不了进士,也难获得官职,所以人人都从小就学习写诗。据《唐会要》卷七十六记载:"天宝十三载十月一日,御勤政楼,试四科举人,其辞藻宏丽,问策外更试诗赋各一道。"又据《云溪友议》卷上说:"文宗元年秋,诏礼部高侍郎锴,复司贡籍,曰:'……在卿精拣艺能,勿妨贤路。其所试赋,则准常规;诗则依齐梁体格。'"所谓诗"依齐梁体格"是指要符合严密的声律规则。为了求得当权者的赏识,许多文人要向达官贵人赠送自己的诗作,以求得他们的提携。适应这种需要,诗歌作法、诗句摘抄之类的书也就应运而生了。日本空海著《文镜秘府论·南卷·论文意》引王昌龄《诗格》云:"凡作诗之人,皆自抄古人诗语精妙之处,名为随身卷子,以防苦思。作文兴若不来,即须看随身卷子,以发兴也。"这大约就是诗句摘抄、诗句图之类流行的缘由。既然"考文者以声病为是非"(见贾至《议杨绾条奏贡举疏》),自然会出现许多讲诗歌创作声律对偶的书。初盛唐时期的诗格一类著作,其中心就是研究具体的声律对偶方法。空海从中国带回日本的一些诗格类作品,主要内容就是讲声病的。例如沈约《四声谱》、刘善经

《四声指归》、崔融《唐朝新定诗格》、王昌龄《诗格》、元兢《诗髓脑》、皎然《诗议》等。空海在《文镜秘府论序》中说:"沈侯、刘善之后,王、皎、崔、元之前,盛谈四声,争吐病犯,黄卷溢箧,缃帙满车。贫而乐道者,望绝访写;童而好学者,取决无由。"在《西卷》中又说:"颙、约已降,兢、融以往,声谱之论郁起,病犯之名争兴;家制格式,人谈疾累;徒竞文华,空事拘检;灵感沉秘,雕弊实繁。窃疑正声之已失,为当时运之使然。洎八体、十病、六犯、三疾。或文异义同,或名通理隔,卷轴满机,乍阅难辨,遂使披卷者怀疑,搜写者多倦。"《文镜秘府论》主要就是引用这些书的内容编撰成的。初盛唐诗格类的著作大都只注重烦琐的细碎格律,而在诗歌理论上无大建树,唯有王昌龄《诗格》及皎然《诗式》《诗议》能突破此局限,从诗歌意境创造方面做了相当深入的论述,此已见前述。

初盛唐写诗格类著作,较早的是上官仪(?—664),其书已佚,他有关对偶之说,有《诗人玉屑》引《诗苑类格》所载的六对说和八对说,如"一曰正名对,天地日月是也。二曰同类对,花叶草芽是也"。元兢,据罗根泽先生考证,即元思敬,约与上官仪同时,有《诗髓脑》,或谓《诗格》,未知是否为一书。《文镜秘府论》曾引其六种对,而元兢书中当不止六种对,《天卷》中还引他的论声调的"换头""护腰""相承"三术。元兢还著有《古今诗人秀句》两卷,新旧唐书均有著录。《文镜秘府论·南卷·集论》引论秀句一文,罗根泽先生疑即元兢《古今诗人秀句》之序是很有道理的(参见《中国文学批评史》第二册)。王利器先生又做补充考证,更足以证明此说(参见其《文镜秘府论校注》)。故空海将之置于《河岳英灵集叙》之后。文中说自龙朔元年(661)起,经十年而未终两卷,至参与编《芳林要览》后始得完成。又云选秀句自古诗起至上官仪止,可见此文写作当在总章二年(669)后。序中论及选秀句之标准,颇值得重视。其云:"余于是以情绪为先,其(罗谓此'其'为下'直'之衍误)直置为本,以物色留后,绮错为末;助之以质气,润之以流华,穷之以形似,开之以振跃。或事理俱惬,词调双举,有一于此,罔或孑遗。"着意在表达感情,体现气质,要求真实自然,形神并重,以物象为情思之载体,流丽华美的词藻为表现手段。这是符合当时文学思潮特点的,与殷璠主张比较接近。崔融(653—706)的《唐朝新定诗格》也没有流传下来,《文镜秘府论·东卷·二十九种对》的第二十六至二十八种对谓出自崔氏《唐朝新定诗格》。李峤(644—713)的《评诗格》见于《吟窗杂录》及《格致丛书》等,与《文镜秘府论》所引差不多。《评诗格》云诗有九对、十体,其十体属于诗歌的内容与艺术表现方法,如"形似""质气""情理""直置""雕藻""映带""宛转""飞动""清切""精华"等,和元兢《古今诗人秀句序》中提出的秀句标准很接近。由此可见,初盛唐这类诗格作品,从以讲声律、对偶为主,逐渐向论诗歌艺术表现技巧和美学风貌方面发展。所以,后来就出现了王昌龄的《诗格》和皎然的《诗式》《诗议》。

到了晚唐五代,诗格和诗句图这一类著作有了更大的发展。这是和当时文学思潮受没落、动乱、衰亡时代士大夫绝望、消沉情绪影响,偏向于追求文学的艺术美,极其讲究精密的对偶格律、表现技巧有关的。同时,科举考试也更加重视诗赋的格律字句,诚如罗根泽先生所指出,五代后蜀庄宗、明宗都曾下敕考官,如或考生有属对不切、犯韵违格者,均不得放及第(参见《中国文学批评史》第二册)。自晚唐五代至宋初,现存和尚有书目可考及他书摘引者,有数十种之多,但有不少著作,其确切时代已不可考,更有署名唐人而系宋人作伪者。在这些著作中,除少数有一定理论价值、总结了某些诗歌创作的艺术经验外,多数属琐碎格律技巧,意义不是很大。现存晚唐五代诗格方面著作,主要保存在宋人蔡传《吟窗杂录》中,后来经南宋陈应行增补,新加了若干内容,故明刊宋本《吟窗杂录》题陈应行编。陈振孙《直斋书录解题》在《吟窗杂录》下曾说此书:"莆田蔡传撰,君谟之孙也。取诸家诗格诗评之类集成之。又为《吟谱》,凡魏晋而下,能诗之人,皆略具其本末,总为此书。"蔡襄(1012—1067),字君谟,北宋仁宗时人,则其孙蔡传撰《吟窗杂录》时代还是比较早的。所收有魏文帝《诗格》、钟嵘《诗品》、贾岛《二南密旨》、白乐天《文苑诗格》《金针诗格》、王昌龄《诗格》《诗中密旨》、李峤《评诗格》、皎然《诗议》《诗式》、李洪宣《缘情手鉴诗格》、徐衍《风骚要式》、齐己《风骚旨格》、文彧《诗格》、保暹《处囊诀》、虚中《流类手鉴》、淳大师《诗评》、李商隐《梁词人丽句》、王玄《诗中旨格》、王叡《炙毂子诗格》、王梦简《诗要格律》、徐夤《雅道机要》等。后来明代胡文焕《格致丛书》所收诗格方面著作,与《吟窗杂录》差不多,即是从《吟窗杂录》来的。《吟窗杂录》三十卷以后,罗根泽先生认为《直斋书录解题》未曾提及,故可能为陈应行补编,这也是很有见地的。

在现存的这些诗格著作中,题为魏文帝所著者,肯定是伪作,曹丕不可能有这样的著作。题贾岛、白居易者,亦有可能是伪作,但目前尚无确证,不过至少是经过晚唐五代或宋初人改编的。题王昌龄作的《诗格》和《诗中密旨》,前者内容、文字与《文镜秘府论》引王昌龄《诗格》除少数类似外,大部分不同,说明《吟窗杂录》本所收恐非王昌龄原作。《诗中密旨》未见《文镜秘府论》提及,其中有的内容与《文镜秘府论》所引皎然诗论同,《文镜秘府论》引"王氏论文云",有的亦见《诗中密旨》,故可知《诗中密旨》恐系后人据王昌龄《诗格》的某些内容加上别的论述伪作的。其他的著作基本上是晚唐五代人所撰,作伪的可能性很小。

晚唐五代的诗格类著作,内容上不同于初盛唐时的这类著作,不是专讲对偶、格律、声病等,而是比较多地论述了诗歌创作中的许多具体艺术表现技巧,其中也涉及一些重要的艺术理论问题,虽然深度不太够,但是在文学理论批评的发展过程中,也还是起过一定作用的。这些,我们从各种著作中加以综合归纳,主要有以下几点。

第一,论言志与缘情。言志、缘情本是中国古代诗论的传统论题,晚唐五代诗格在论述时有一些小的发挥。如王玄《诗中旨格》云:"且诗者,在心为志,发言为诗,时明则咏,时暗则刺之。"认为言志应考虑到时代的明暗而或颂或刺。《魏文帝诗格》有"六志"条,把言志分为六种情况:一为"直言","谓的中物体,指事而言";二为"比附","谓论体写状,寄物方形";三为"寄怀","谓含情郁抑,语带讥微";四为"赋起","谓就迹题篇,因事遣笔";五为"贬毁","谓指物实佳,兴文要毁其美";六为"赞誉","谓小中出大,短内生长"。六志说亦见《文镜秘府论·地卷》,文字略异,解释较详,知此当为《诗格》作者改编前人说而来。"六志"说对言志的各种不同表现方法和表现特点做了很具体的分析与说明。关于诗歌的缘情,诗格一类书都比较强调含蓄。例如桂林淳大师《诗评》中说:"夫缘情蓄意,诗之要旨也。"而诗中情意要使读者从涵咏中去体会,在表面语言上看不出来,"诗之言为意之壳",诗意"如铅中金,石中玉,水中盐,色中胶,皆不可见","但见其言,不见其意,斯为妙也"。这和司空图的"味外之旨"论是很接近的,偏重从诗歌艺术的审美特征方面来理解言志缘情。

第二,论"六义":风、赋、比、兴、雅、颂。题名贾岛的《二南密旨》中专门论述了"六义",也是从诗歌的艺术特征角度来讲的,与传统经学家所论不同。其云:"歌事曰风,布义曰赋,取类曰比,感物曰兴,正事曰雅,善德曰颂。"以"取类"与"感物"来说明"比"和"兴"的不同特点,是比较新颖的,也从创作角度对比兴做了很好的区分。书中对"六义"的具体阐说也很有特点,其云:

风论一
风者,讽也,即与体定句,须有感。外意随篇目自彰,内意随入讽刺,歌君臣风化之事。

赋论二
赋者,敷也,布也,指事而陈,显善恶之殊态。外则敷本题之正体,内则布讽诵之玄情。

比论三
比者,类也,妍媸相类。相显之理,或君臣昏佞,则物象比而刺之;或君臣贤明,亦取物比而象之。

兴论四
兴者,情也,谓外感于物,内动于情,情不可遏,故曰兴,感君臣之德政废兴而形于言。

雅论五
雅者,正也,谓歌讽刺之言,而正君臣之道,法制号令,生民悦之,去其苛政。

颂论六
颂者,美也,美君臣之德化。

这里虽有传统儒家讲"六义"的影响,但有新的内容,如用内外意(此说下文将详论)来论"风"与"赋",以物象相比论"比",以感物动情论"兴",都是很有新意,并贴近诗歌艺术特征的。又如题王昌龄著的《诗中密旨》释比兴云:"比者,各令取外物象已兴事。兴者,立象于前,然后以事喻之。"也是从意象创造的角度来论述比兴的。

第三,论内外意。把诗歌的意分为"内意"和"外意",是许多诗格著作都讲到的。题白居易作的《金针诗格》讲得最好:"内意欲尽其理,理谓义理之理,颂美箴规之类是也。外意欲尽其象,象谓物象之象,日月山河虫鱼草木之类是也。内外含蓄,方入诗格。"这是对刘勰的"隐秀"说及皎然的"重意"说的具体发挥。"内意"是指诗歌内在的思想、观点、倾向,"外意"是指诗歌具体呈现出来的意象。徐夤《雅道机要》对作诗"须明内外意"给以很重要的地位,他说:"内外之意,诗之最密也。苟失其辙,则如人去足,如车去轮,其何以行之哉!"为此,他对各类题材诗的内外意做了很详细的剖析,其云:

赠人
外意须言前人德业,内意须言皇道明时。
送人
外意须言离别,内意须言进退之道。
牡丹
外意须言美艳香盛,内意须言君子时会。
花落
内意须言正风将变,外意须言风雨之象。
鹧鸪
外意须明飞自在,内意须言小得失。
闻蝉
外意须言暗韵悠扬,幽人起兴;内意须言国风芜秽,贤人思退之故。

这种讲法似显得很呆板,给人以一个死框框,按这种方法去写,恐也难写出好诗,但是它确也提示人们要注意诗歌创作中应当有内外意,这正是诗歌艺术的特点,同时也揭示出了文学创作中思想和形象的特殊关系。

第四,论诗歌创作中的物象。晚唐五代诗格中很注意诗歌中物象的描写。例如释虚中《流类手鉴》中说:"夫诗道幽远,理入玄微,凡俗罔知,以为浅近。真诗之人,心含造化,言含万象。且天地日月草木烟云,皆随我用,合我晦明。此则诗人之言,应于物象,岂可易哉!"对物象的重视是与对诗的内外意之认识有关的,因为诗歌的"外意"都是和物象描写紧密地结合在一起的,故云"外意欲尽其象"。"心含造化,言含万象",讲的正是创作过程中诗人内心与外境的结合,人与自然的统一。内心情思意念须借相应的外界物象来体现,为求得两者恰到好处的融合贯通,就需要研究如何根据诗人情意之需要来选择合适的物象。《流类手鉴》所说物象之流类共有五十五类,专讲如何运用物象来模拟诗歌所要描写的各种情状,如"残阳落日","比乱国也";"故国故园","比廊庙也";"孤云白鹤","比贞士也"。徐寅《雅道机要》进一步提出:"凡为诗须搜觅,未得句先须令意在象前,象生意后,斯为上手矣。不得一向只构物象,属对全无意味。"说明物象是为达意而构想的。徐衍《风骚要式》讲诗法五门,专有"物象门",并引虚中之言云:"物象者,诗之至要,苟不体而用之,何异登山命舟,行川索马,虽及其时,岂及其用?"此段话不见今本《流类手鉴》。题白居易著《金针诗格》讲诗有三体:"以声律为窍,以物象为骨,以意格为髓。"亦可说明物象在诗歌创作中的重要地位。《二南密旨》中有"论物象是诗家之作用"条,谓"造化之中,一物一象皆察而用之,比君臣之化;君臣之化,天地同机,比而用之,得不宜乎"。又有"论引古证用物象"条,谓"四时物象、节候者,诗家之血脉也,比讽君臣之化深"。其"总例物象"条则列出了许多比喻用的物象。此均可见当时对诗歌创作中物象描写的高度重视。

  第五,论诗歌中意境的描写。皎然在《诗式》中论意境特征时曾说到要表现"意中之静""意中之远",晚唐五代诗格对此有不少的发挥。桂林淳大师《诗评》中论到诗歌的"缘情蓄意"时说:"一曰:高不言高,意中含其高。二曰:远不言远,意中含其远。三曰:闲不言闲,意中含其闲。四曰:静不含静,意中含其静。"高、远、闲、静的意境不是以平铺直叙的方式来体现的,言高而不得高,言远而不得远,不言而能使人感受到高、远、闲、静,才是真正的含蓄无穷之意境。题白居易著《金针诗格》中说诗有七义:"一曰说见不得言见,二曰说闻不得言闻,三曰说远不得言远,四曰说静不得言静,五曰说苦不得言苦,六曰说乐不得言乐,七曰说恨不得言恨。"实际也是讲的诗歌意境之特征。题白居易著的《文苑诗格》颇重意境的创造,谓有"先境而入意"及"入意而后境"两类,并说:"若空言境入浮艳,若空言意又重滞。"其"语穷意远"条说:"为诗须精搜,不得语剩而智穷,须令语尽而意远。"并认为谢朓的"余霞散成绮,澄江净如练"是"语尽意未穷也"。

第六,论诗歌的题材、体裁与风格。关于诗歌的题材,诗格这一类著作也有过一些归纳,其目的自然还是为文人提供写诗的借鉴,它对真正的诗人之创作并无多大意义,然而对研究古代诗歌创作的状况来说,还是有一定参考价值的。这方面最有代表性的是释齐己的《风骚旨格》,其中所说"诗有四十门",就是指诗歌的各种不同题材和主题思想内容,如"皇道""隐显""得意""世情""忠正""清苦""志气""鬼怪""礼义"等等。徐夤《雅道机要》中"明门户差别"列二十门,与齐己所列绝大多数重复,只有"动静"等个别门为齐己所无。题贾岛著的《二南密旨》曾论到诗的题目之重要性,其云:"题者,诗家之主也;目者,名目也,如人之眼目。眼目俱明,则全其人中之相,足可坐窥于万象。"对各种诗的体裁,有的诗格也有所论及,如王叡《炙毂子诗格》。论述比较多的是诗歌的"体"与"势",这是讲诗歌的风格与各种特殊的内在态势。皎然论诗体十九字对晚唐五代诗格中这方面论述影响比较大,王玄《诗中旨格》曾为其每一字举具体诗例来说明。齐己《风骚旨格》中列诗有十体:一曰高古,二曰清奇,三曰远近,四曰双分,五曰背非,六曰无虚,七曰是非,八曰清洁,九曰覆妆,十曰阖门。每一体均举两句诗例说明。但是这些论述都比较一般,远远达不到皎然的水平,亦无多少新意。在论诗势方面则有些新的发展。比较早论到诗势的是王昌龄,据《文镜秘府论·地卷》载"十七势"乃为王昌龄《诗格》所述,是指诗歌艺术的各种具体表现技巧:"第一,直把入作势;第二,都商量入作势;第三,直树一句,第二句入作势;第四,直树两句,第三句入作势;第五,直树三句,第四句入作势;第六,比兴入作势;第七,谜比势;第八,下句拂上句势;第九,感兴势;第十,含思落句势;第十一,相分明势;第十二,一句中分势;第十三,一句直比势;第十四,生杀回薄势;第十五,理入景势;第十六,景入理势;第十七,心期落句势。"然而晚唐诗格中讲"势",则大都为一种形象的比喻,如齐己《风骚旨格》中讲诗有十势为:狮子返掷势,猛虎踞林势,丹凤衔珠势,毒龙顾尾势,孤雁失群势,洪河侧掌势,龙凤交吟势,猛虎投涧势,龟潜巨浸势,鲸吞巨海势。徐夤《雅道机要》中讲八势,有六势与齐己同,另有云雾绕山、孤峰直起两势。文彧《诗格》中也讲到诗有十势,有的与齐己同。这种论诗方法的优点是生动形象,给人以具体的感受,可以领会诗作的风貌特色,但很难从理论上概括其特点,这可能是因为"势"本指每一首诗所特有的艺术表现形态,它原是千差万别的,说得太死了,反而不能准确地把握住特色。

第七,论诗歌的情、意、事和趣、理、势。题贾岛著《二南密旨》中提出的诗的三格是:情、意、事。这是指构成诗歌内容的几个因素,事是诗歌所写的具体内容,情、意所属托的对象,意是蕴含于物象之中的,它不形于物象,情是感于外界事物而产生的,故"三格中情最切也"。题王昌龄著《诗中密旨》提出的诗有三格:得趣、得理、得势,是指诗歌创作中思想内容、审美特征和内在自然态势。所谓趣,即指诗歌的审美趣味;"理",指思想内容中包含的人情物理;势,指体现理、趣的特定形态。后来诗歌理论批评中有关理和趣、意和势关系的论述,正是在此基础上的发展。

第八,其他有关诗歌的格律与技巧。晚唐五代的诗格类著作中,论及声律、对偶的已不太多了,也没有什么新的内容。但对律诗的各联的写作特点则相当重视。如沙门文彧的《诗格》中论首联破题有五种:就题("用题目便为首句是也")、直致("就题中通变其事以为首句是也")、离题("外取其首句,免有伤触是也")、粘题("破题上下二句,重用其字是也")、入玄("取其意句绵密,只可以意会,不可以言宣也")。次论颔联有四种:句到意不到、意到句不到、意句俱到、意句俱不到。再次论颈联云:"与颔联相应,不得错用。"四论尾联云:"亦云断句,亦云落句,须含蓄旨趣。"律诗每联都由上下两句(出句和对句)构成,题王昌龄著的《诗中密旨》中"诗有九格"条,就着重研究了构成上下两句的种种不同情况,如"上句立兴,下句是比";"上句体物,下句状成";"上句体事,下句意成"等等。此外,关于诗眼的论述也很值得注意。保暹《处囊诀》说"诗有眼",如贾岛的"鸟宿池边树,僧敲月下门","敲字乃是眼也"。讲的是诗中一些关键的字对意境的创造有十分重要的意义,这就是诗眼。后来宋代诗话中就很重视诗眼,范温撰有《潜溪诗眼》。各类诗格著作都列举有大量的诗例,一般是选录比较有代表性的、能说明问题的诗句,以便作为模仿、学习的典范。另外还有一些没有作法、评述的诗句选本,也就是诗句图,它是和诗格类著作相配的。初盛唐时有元兢的《古今诗人秀句》二卷,又有元鉴和吴兢合编的《续古今诗人秀句》二卷。晚唐五代时比较重要的诗句图有张为的《诗人主客图》,以白居易为广大教化主、孟云卿为高古奥逸主、李益为清奇雅正主、孟郊为清奇僻苦主、鲍溶为博解宏拔主、武元衡为瑰奇美丽主,然后在每一位主下,设上入室、入室、升堂、及门各若干人,每人都选一些诗作。虽是一选本,但对所选诗歌分为不同流派。其他的诗句图,则只是选诗句而已,如李洞的《贾岛诗句图》,李商隐《梁词人丽句》等,后者可能是托名李商隐的伪书,因为既选南朝梁诗,而李商隐所推崇的任昉、范云、徐陵、庾信均不入选,可知不会是李商隐所编。

综上所述,可以看出晚唐五代的诗格类著作虽然烦琐、细碎,缺乏理论深度,甚至显得死板、机械,但是也提出了不少对诗歌创作有益的好见解,对丰富诗歌艺术的表现方法做出过一定的贡献。有的诗句图也体现了某些文学观点。在文学理论批评的发展历史上,应当有它们的一席之地。